CONCOURS D'ENTRÉE AUX GRANDES ÉCOLES SCIENTIFIQUES
2021-2022

L'enfance

Rousseau, *Émile ou De l'éducation* (livres I-II)

Andersen, *Contes*

Soyinka, *Aké, les années d'enfance*

Ioana Danaila
Docteure en études anglophones

Sylvain Ledda
Professeur de littérature française

Johanna Lenne-Cornuez
Agrégée et docteure en philosophie

Raïssa Maillard
Agrégée de philosophie

Maud Schmitt
Professeure en classes préparatoires scientifiques
Agrégée de lettres modernes et docteure en littérature française

Corinne von Kymmel
Professeure en classes préparatoires scientifiques
Agrégée de lettres modernes et docteure en littérature et langue française

GF Flammarion

Les éditions auxquelles nous renvoyons dans ce volume sont les suivantes :

— ROUSSEAU Jean-Jacques, *Émile ou De l'éducation, livres I-II*, édition de Pierre Crétois, GF-Flammarion, 2021.

— ANDERSEN Hans Christian, *Contes*, traduction de Marc Auchet, Le Livre de Poche, « Classiques », 2003.

— SOYINKA Wole, *Aké, les années d'enfance*, traduction d'Étienne Galle, GF-Flammarion, 2021.

ISBN : 978-2-0802-4742-1

SOMMAIRE

INTRODUCTION AU THÈME
L'ENFANCE

PRÉAMBULE 13

I. Les figures de l'enfance 17

II. Une enfance à éduquer 28

III. Se soucier de l'enfance : de l'amour parental à la protection juridique 41

CONCLUSION 53

PREMIÈRE PARTIE
ROUSSEAU

I. Présentation d'*Émile ou De l'éducation*, livres I-II 61

II. L'enfance dans *Émile ou De l'éducation*, livres I-II 75

CONCLUSION 102

DEUXIÈME PARTIE
ANDERSEN

INTRODUCTION 109

I. Présentation des *Contes* 111

II. L'enfance dans les *Contes* 124

CONCLUSION 153

TROISIÈME PARTIE
SOYINKA

INTRODUCTION 161

I. Présentation d'*Aké, les années d'enfance* 161

II. L'enfance dans *Aké, les années d'enfance* 175

Conclusion 198

QUATRIÈME PARTIE
L'ENFANCE DANS LES ŒUVRES AU PROGRAMME

Introduction 205

I. Portraits d'enfants 206

II. Regards d'adultes sur l'enfance 220

III. L'éducation 232

Conclusion 250

CINQUIÈME PARTIE
MÉTHODOLOGIE

I. Généralités concernant les épreuves écrites 257

II. Le résumé à l'écrit des concours Centrale-Supélec et CCINP 257

III. La dissertation 261

IV. Préparer les épreuves de l'oral 268

SIXIÈME PARTIE
CORRIGÉS DE DISSERTATIONS ET DE RÉSUMÉS

I. Dissertation rédigée

Sujet 1 275

II. Plans de dissertations

Sujet 2 284
Sujet 3 289
Sujet 4 293
Sujet 5 297

III. Pistes de réflexion

Sujet 6 302

IV. Résumés corrigés

Sigmund Freud, *Névrose, psychose et perversion* 305
Hannah Arendt, *La Crise de la culture* 309

SEPTIÈME PARTIE
RÉPERTOIRE DE CITATIONS 313

HUITIÈME PARTIE
LEXIQUE 333

TABLE DES ENCADRÉS 341

TABLE DES ILLUSTRATIONS 343

INTRODUCTION AU THÈME

L'enfance

par Raïssa Maillard

Préambule 13
Encadré : La représentation de l'enfance dans les arts plastiques 16

I. Les figures de l'enfance 17
A. Les conceptions de l'enfance 17
1. L'enfance comme privation ou « défaut d'être » 17
2. La prise en compte du naturel de l'enfant 18
Illustration : Camille Claudel, La Petite Châtelaine, *1895-1896* 20
3. L'enfance, âge de la liberté 21
B. Le monde de l'enfance 22
1. Le rapport magique au monde et l'animisme 22
2. Pourquoi jouer ? 24
3. L'ennui et la rêverie 25
Encadré : Raconter l'enfance : la place de l'enfance en littérature 26

II. Une enfance à éduquer 28
A. Les grandes ruptures dans l'histoire de l'éducation 28
1. Les philosophes contre les sophistes 28
2. Une éducation médiévale visant à conserver les ordres 29
Encadré : Garçons et filles : la même enfance ? 30
3. Vers une instruction de l'individu 32
B. Les voies de la pédagogie 33
1. Discipliner par la sanction ou laisser libre ? 33
Illustration : Charlie Chaplin, The Kid, *1921* 34
2. Éduquer ou instruire ? 35
C. La dimension politique de la question éducative 37
1. L'éducation, une question politique 37
2. L'État doit-il conditionner l'individu ou l'émanciper ? 38
3. La question de l'enseignement moral à l'école 39
Illustration : Pablo Picasso, Paul en Arlequin, *1924* 40

III. Se soucier de l'enfance : de l'amour parental à la protection juridique 41
A. L'amour parental est-il une invention ? 41
1. Un amour parental à l'épreuve de la mortalité infantile et des stratégies sociales 41
Illustration : Carlos Saura, Cría cuervos, *1976* 43
2. Le souci parental pour l'enfance n'est pas une invention récente 44
3. Le père, la mère : des rôles bien définis ? 45
B. De l'enfant comme bien dont on dispose à l'enfance libérée 46
1. L'enfant, sujet de l'autorité paternelle 46
2. L'enfance ou l'analogie du politique : du roi patriarche à l'émancipation des peuples 47
Encadré : L'enfance en dates 48

C. L'enfance protégée : la reconnaissance de l'enfant comme sujet de droits 50
1. Préserver l'enfance de l'exploitation 50
2. Excuser l'enfance : le statut pénal de l'enfant 51
3. La protection de l'enfance : l'enfant reconnu comme sujet de droits 52

Conclusion 53

Orientations bibliographiques 54

L'enfance est à l'origine des plus grands paysages.
Nos solitudes d'enfant nous ont donné
les immensités primitives [1].

PRÉAMBULE

Déterminer et cerner ce que revêt le terme « enfance » pourrait sembler d'une simplicité précisément enfantine : il désignerait de manière limpide la période de la vie humaine qui s'étend de la naissance à l'âge adulte. L'enfance renverrait à ce grand premier volet de toute existence, constitué des premières années, et elle serait suivie des autres âges de la vie adulte : la pleine maturité et la vieillesse. Elle comprendrait alors tout le temps de la vie au cours duquel on est enfant, et, si l'on voulait être plus précis, il conviendrait de se référer au premier article de la Convention internationale des droits de l'enfant, qui définit l'enfant comme « un être humain âgé de moins de 18 ans, sauf si la majorité est atteinte plus tôt en vertu de la législation qui lui est applicable ».

Or délimiter ainsi l'enfance par une temporalité commune à tous est loin d'être satisfaisant. D'une part, la raison tient aux variations historiques et culturelles : l'âge de la sortie de l'enfance et de l'entrée dans la vie adulte diffère grandement selon les époques et les sociétés. Si aujourd'hui en France, et dans la plupart des pays, on est officiellement enfant, c'est-à-dire mineur, jusqu'à ses 18 ans, il n'en a pas toujours été ainsi : dans l'Antiquité, on devient adulte quand on a atteint la puberté, tandis qu'à d'autres époques, comme au Moyen Âge, on considère que l'enfance peut durer jusqu'à la vingtaine de l'individu. L'âge de la majorité varie également de nos jours, de 14 à 21 ans selon les États. D'autre part, la sortie de l'enfance reste tributaire de variables individuelles puisqu'elle est fonction du développement psycho-physique de l'individu, par exemple, ou de son statut (puberté, vie matrimoniale, autonomie, indépendance financière). Ainsi, l'enfance offre des contours flous, qu'il nous faudra interroger.

Cette définition, quelque peu tautologique – l'enfance désignant la période de la vie où l'individu est un enfant –, a le mérite de mettre au jour deux enjeux. Premièrement, si l'enfance recouvre une durée plus ou moins déterminée de la vie humaine, la limitation temporelle qui lui est assignée révèle une conception particulière de cette période. La faire s'achever à 12 ans n'engage pas la même représentation de l'enfance que si elle courait jusqu'à la vingtaine de l'individu. Il est donc nécessaire de parcourir, même succinctement, l'évolution de la représentation de

1. Gaston Bachelard, *La Poétique de la rêverie*, PUF, 1960, p. 87.

l'enfance, selon le découpage temporel choisi et la différence de traitement entre les sexes. Le second enjeu tient à la disparité évidente des âges de l'enfance. Le terme « enfance », pour large qu'il soit, regroupe des moments extrêmement divers, qui touchent le nourrisson comme l'adolescent(e). Les Latins distinguaient ainsi l'*infantia*, de la naissance à la septième année, de la *pueritia*, qui court jusqu'à la puberté – vers 14 ans pour les garçons et 12 ans pour les filles. Or la diversité de ces âges ne met-elle pas en question l'unité conceptuelle du terme « enfance » ? Est-il possible de ressaisir l'enfance comme temps unifié, en en révélant les caractéristiques générales, tout en étant attentif à la spécificité de chaque étape du développement de l'enfant ?

Revenons sur l'étymologie du terme. Parce que l'« enfant » signifie « celui qui ne parle pas » – l'*in-fans* –, ou encore, selon les mots du philosophe Alain (1869-1951), celui qui « parle avant de savoir ce qu'il dit [1] », l'enfance peut être désignée comme la période où l'être humain n'accède que progressivement au langage, partant, à la raison. Deux questionnements s'ensuivent. Le premier regarde une conception de l'enfance marquée par l'imperfection et le manque d'être : considérée comme l'âge du progrès et du perfectionnement permanent, en vue d'un accomplissement à venir, elle suppose que l'enfant est un être inachevé. Or, en réduisant l'enfance à une étape subordonnée à une autre fin qu'elle-même, c'est-à-dire à la vie pleine et entière de l'âge adulte, ne prend-on pas le risque de rater notre objet même, à savoir ce qui fait le propre et la saveur de l'enfance ?

Deuxièmement, on peut se demander si l'enfant est vraiment « celui qui ne sait pas user du langage », du moins correctement, ni de sa raison. De fait, ne possède-t-il pas bel et bien un langage, le sien propre, depuis ses babillements jusqu'aux grands récits d'aventures qu'il s'invente ? Ou encore n'est-il pas celui qui sait s'emparer de la langue beaucoup plus librement, se faisant modèle pour le poète, comme l'écrit Victor Hugo (1802-1885) dans *L'Art d'être grand-père* à propos de ses petits-enfants qui « jasent » : « Ce n'est pas la parole, ô ciel bleu, c'est le verbe ;/ C'est la langue infinie, innocente et superbe [2] » ? L'enfance ne serait pas non plus l'âge de la déraison, mais celui d'un rapport au monde insouciant, empreint d'images, de magie, où les objets s'animent et où les animaux parlent, où, en somme, tout est possible. L'adulte pourrait alors comprendre l'enfant en faisant l'effort de se mettre à sa hauteur, en suivant son développement et ses besoins, en essayant tant bien que mal d'« entrer » dans son monde. Pour ce faire, il peut tenter de retrouver en lui le sentiment de l'enfance en se remémorant la sienne, et peut même prendre plaisir à renouer avec les jeux et les rêveries qui l'habitaient alors.

1. « L'enfant parle naturellement avant de penser, et il est compris des autres bien avant qu'il se comprenne lui-même » (Alain, *Les Idées et les Âges*, dans *Les Passions et la Sagesse*, Gallimard, 1960, p. 319).

2. Victor Hugo, *L'Art d'être grand-père*, GF-Flammarion, 1985 ; rééd. 2018, p. 37.

Ce constat nous conduit à penser le paradoxe de l'enfance : c'est toujours à l'âge adulte que l'on en parle. Pour devenir un sujet de réflexion, un objet littéraire ou artistique, l'enfance est toujours narrée, dépeinte par celui qui n'est plus enfant : elle est pensée après coup, une fois achevée, à travers le prisme de la mémoire ou de l'imagination. Repenser et raconter l'enfance suppose donc soit une introspection soit une projection : se mettre à la place de celui que l'on a été mais qu'on n'est plus, ou se mettre à la place de l'enfant pour parler en son nom. Très rares sont les écrits, peintures ou compositions musicales d'enfants ou d'adolescents, à l'instar de celles du jeune Mozart (1756-1791), à être reconnus comme des œuvres à part entière. Le *Journal* d'Anne Frank (1929-1945) n'a cessé d'interroger par son statut : est-ce une œuvre littéraire ou un témoignage à valeur historique ? Aussi l'enfance est-elle destinée à être saisie dans un récit *a posteriori*, un récit aux voix multiples, car recomposer ses souvenirs suppose de faire appel à d'autres que soi pour connaître l'enfant que l'on a été. C'est donc à partir d'une double extériorité que l'on peut raconter l'enfance, la faire parler, et tenter de retrouver l'intériorité d'un vécu propre à l'enfant.

Parallèlement, l'enfance fait replonger tout penseur ou écrivain dans un univers d'émotions brutes, de sensations très puissantes qui ont laissé leur trace. Rien de surprenant alors à ce que l'enfance soit un *topos* privilégié de la littérature. Le genre de l'autobiographie apparaît à ce titre comme une mine d'or pour appréhender l'enfance : la manière dont le sujet se rapporte à son passé constitue une pierre de touche pour comprendre l'œuvre, le cheminement artistique de l'auteur, et pour penser l'enfance en général. La parole poétique entretient elle aussi un rapport privilégié à l'enfance : nombreux sont les poètes qui invoquent ce temps comme un paradis perdu, source d'inspiration, ou comme une matrice synesthésique pour la création, car l'enfance semble bien être un âge où les impressions sensibles sont décuplées et en communication les unes avec les autres.

Enfin, on peut s'étonner que l'enfance ne soit pas un concept classique de la philosophie, à l'instar d'autres notions comme la justice, la science, l'art, la vérité, etc. ; et, pourtant, elle ne peut que faire l'objet d'un questionnement et d'un champ de réflexion privilégiés. En effet, comment construire une pensée du sujet sans se pencher en détail sur ce qui a amené l'individu à devenir celui qu'il est, sans s'intéresser au chemin parcouru dans l'enfance ? Cette vaste période, qui s'étend de la naissance à l'avènement de l'âge adulte, n'est-elle pas principielle pour comprendre les ressorts de l'âme humaine ?

Il serait injuste de dire que les philosophes n'ont pas pensé l'enfance, ou que la philosophie a fait preuve d'indifférence à ce sujet. Les théories sur l'éducation sont centrales depuis Platon (428-348 av. J.-C.) et Aristote (384-322 av. J.-C.), jusqu'à Jean-Jacques Rousseau (1712-1778) qui en fait le thème de sa grande œuvre, l'*Émile*. Loin d'être un impensé, l'enfance est souvent traitée à l'aune d'autres problématiques,

La représentation de l'enfance dans les arts plastiques

Dans l'art de la Grèce et de la Rome antiques, si l'on trouve de nombreuses représentations d'enfants à tous les âges, c'est souvent sur les stèles funéraires, où l'on voit des familles pleurant des enfants défunts. Dans la statuaire, on songe par exemple à *L'Enfant à l'oie* (IIe siècle av. J.-C.), représenté de manière héroïque, étranglant l'oiseau, ou au *Tireur d'épine* (Ier siècle av. J.-C.) figurant un jeune adolescent qui se retire une épine du pied.

La période médiévale apparaît en revanche comme un temps d'occultation artistique de la figure de l'enfance. Cette observation doit cependant être relativisée tant le nouveau-né y est partout présent dans l'image du Christ, que ce soit dans les représentations de la nativité ou dans celles de la Vierge à l'Enfant (voir par exemple Giotto di Bondone, *La Nativité et l'annonce aux bergers*, v. 1303). Mais cet enfant n'est pas saisi dans son caractère d'enfant : il est peint sous les traits d'un adulte miniature. Si, au-delà de la période médiévale, les anges sont ou de jeunes enfants ou des adolescents, afin d'exprimer leur caractère asexué et pur, là encore, ce n'est pas l'enfance qui est saisie pour elle-même, dans ses jeux, ses préoccupations ou ses attitudes propres : l'enfance n'est alors qu'un symbole (Hans Memling, « Anges musiciens », *Retable de Santa María la Real de Nájera*, 1489).

Du Moyen Âge à l'âge classique, la centralité du portrait de commande conduit les peintres à représenter les enfants des familles aristocratiques de façon très codifiée avec tous les attributs de la noblesse. Si les visages sont ceux d'enfants, les habits et les postures appartiennent aux adultes. L'enfant n'y est pas vraiment peint pour lui-même, mais en vue de produire l'image parfaite d'un enfant sage et corseté, conforme aux idéaux éducatifs de l'époque (Giovanni Antonio Boltraffio, *Portrait d'un jeune garçon au béret*, 1495-1498). Le tableau de Véronèse, la *Présentation de la famille Cuccina à la Vierge* (1571), vise à marquer la place différentielle des garçons et des filles et à mettre en valeur le rang du commanditaire.

Cependant, à partir de la Renaissance, l'enfance commence à apparaître pour elle-même, en particulier dans la peinture hollandaise. On peut penser, par exemple, aux représentations d'écoles où l'on voit le maître en figure d'autorité entouré de ses élèves aux attitudes enfantines (Adriaen Van Ostade, *Le Maître d'école*, 1662). On passe alors d'un art pictural cantonné au symbole à un art plus attentif aux réalités de l'enfance. *Jeux d'enfants* de Pieter Bruegel l'Ancien (1560), représentant une cour de récréation, est révélateur de cette transformation du regard de l'artiste sur l'enfance. Même si les enfants ont encore des visages trop adultes, on y distingue toute la palette des jeux enfantins : saute-mouton, cerceaux, ballon, galipettes, quilles, échasses, osselets, colin-maillard, acrobaties, jeux d'adresse et jeux de rôles. Dans l'art italien, le naturalisme du Caravage le conduit à traduire la naïveté et la fougue de l'adolescent dans des autoportraits (*Le Jeune Bacchus malade*, v. 1593), des tableaux religieux ou des scènes de genre (*Les Tricheurs*, 1595). Dans *Le Martyre de saint Matthieu* (1599-1600), l'ange qui tend la palme à Matthieu n'est plus un adolescent fait ange, mais un ange fait adolescent.

Ce n'est qu'avec la métamorphose du regard porté sur l'enfance et l'affirmation de plus en plus forte de ce que Philippe Ariès a appelé « le sentiment de l'enfance [1] » que l'artiste s'attache à saisir l'enfance comme telle. Édouard Manet, sous les traits d'un fifre (*Le Fifre*, 1866) ou d'un enfant jouant aux bulles (*Les Bulles de savon*, 1867), donne corps à des attitudes réellement enfantines. Dans le tableau *Maternité* (1892) d'Eugène Carrière, c'est l'amour maternel qui est figuré dans tout son naturel. Les artistes représentent encore leurs propres enfants, à l'instar de Pablo Picasso qui peint son fils, déguisé, regardant le spectateur avec ingénuité, les mains serrées l'une contre l'autre, dans la célèbre toile *Paul en Arlequin*, réalisée en 1924 (voir p. 40).

Enfin, les dessins ou peintures d'enfants sont source d'inspiration pour l'artiste. On dit que Pablo Picasso et Joan Miró ont reconnu l'un et l'autre qu'il leur aurait fallu des années pour apprendre à dessiner ou à peindre comme des enfants. Le peintre expressionniste Paul Klee changera quant à lui de style après avoir redécouvert ses propres dessins d'enfant, en 1902. Certes, ces peintres soulignent la nécessité de désapprendre ce qu'on a appris pour briser les codes de la peinture académique et créer librement dans une joie pure, mais ils se sont aussi beaucoup inspirés des créations d'enfants, pour sortir de l'art figuratif et retrouver simplicité et fantaisie.

---

1. Philippe Ariès, *L'Enfant et la vie familiale sous l'Ancien Régime*, Seuil, 1975.

mais garde toute sa place sur le devant de la scène, car, chargée qu'elle est d'implications sociales, politiques et civiques, elle n'engage rien moins qu'une conception de la nature humaine.

I. Les figures de l'enfance

A. Les conceptions de l'enfance

1. L'enfance comme privation ou « défaut d'être »

Force est de constater que l'enfance a longtemps été perçue en creux, négativement, comme un moment de l'existence marqué par un « manque d'être », une grande dépendance et un inachèvement. Cette représentation, selon laquelle l'enfant serait un être « en puissance » et imparfait, s'ancre exemplairement dans la théorie aristotélicienne des vertus. Au livre I des *Politiques*, Aristote écrit ainsi : « Puisque l'enfant est inachevé [*ateles*], il est clair que sa vertu propre elle aussi ne se définit pas par rapport à lui, mais par rapport à la fin qui est la sienne, c'est-à-dire à celui qui le gouverne [1]. » L'adjectif employé, *ateles*, qui signifie « non fini », « incomplet », place l'enfance sous le signe d'un état transitoire, qui n'a pas d'intérêt en soi, mais qui tend vers une finalité bien plus appréciable : le déploiement des vertus et la réalisation de l'excellence humaine à l'âge adulte. Aussi la vie adulte est-elle cause finale de l'enfance, épanouissement de l'individu et réalisation pleine de son humanité. En ce sens, l'enfant n'est pas si éloigné de l'animal [2] ; en tout cas il est doté d'un *degré ontologique* moindre que l'adulte. Cette représentation de l'enfant perdurera jusqu'à la modernité. L'historien Philippe Ariès (1914-1984) dépeint ainsi le « sentiment superficiel de l'enfant », qu'il appelle « mignotage », l'enfant étant vu comme « une petite chose drôle », avec laquelle on s'amuse « comme avec un animal, un petit singe impudique [3] ». L'enfant apparaît alors condamné à une sorte d'anonymat, et lorsqu'il meurt, on ne le regrette que comme un être qui n'aura pas eu la chance de se réaliser.

L'enfance présente donc uniquement un intérêt en tant que potentialité et s'apparente à une progression au cours de laquelle l'individu doit

1. Aristote, *Les Politiques*, livre I, chap. XIII, trad. P. Pellegrin, GF-Flammarion, 2015, p. 132.

2. L'« âme [des enfants] ne diffère pour ainsi dire en rien de l'âme des bêtes » (Aristote, *Histoire des animaux*, livre VIII, chap. I, 588b, trad. P. Pellegrin, GF-Flammarion, 2017, p. 478).

3. Philippe Ariès, *L'Enfant et la vie familiale sous l'Ancien Régime*, *op. cit.*, p. 6.

acquérir les différentes facultés propres à l'homme (le langage, la raison, la morale). On n'envisage alors l'enfance qu'à l'aune d'une comparaison avec l'âge adulte, et elle ne sert qu'à préparer l'après, le passage à la plénitude de l'être qui a atteint le terme de sa croissance et la réalisation de son excellence. Aussi les enfants sont-ils longtemps représentés comme des adultes « en miniature » dans la peinture ; de même, les jeux d'enfant sont destinés à leur faire mimer les activités des adultes, comme dans les *Lois* de Platon, où les jouets imitent les outils des adultes qu'ils deviendront. L'enfant lui-même ne se plaît-il pas à dire « Quand je serai grand… », présentant ce moment comme un horizon ardemment souhaité ? Dans les *Principes de la philosophie du droit*, Hegel (1770-1831) appuie la nécessité d'éduquer les enfants sur leur propre sentiment d'insatisfaction et sur leur désir naturel de « devenir grands » :

> La nécessité pour les enfants d'être éduqués est chez eux comme le sentiment propre d'être insatisfaits en eux-mêmes tels qu'ils sont – comme la tendance à appartenir au monde des adultes, auquel ils aspirent comme à une réalité plus haute, le souhait de devenir grands [1].

C'est pourquoi Hegel va jusqu'à conclure qu'on ne doit pas traiter l'élément enfantin comme quelque chose de valable en soi.

Enfin, si la tradition aristotélicienne a le mérite d'asseoir une conception relativement optimiste de l'enfance – puisqu'elle est une progression de la puissance à l'actualisation des facultés –, il existe une perspective plus sombre, selon laquelle l'adulte pourrait se réaliser, non pas *grâce à* mais *contre* l'enfant qu'il a été. L'enfance se caractérise alors par le règne des pulsions, de l'irrationalité et des préjugés, à l'instar de ce qu'affirme Descartes (1596-1650) dans le *Discours de la méthode*. Nulle nostalgie à avoir pour cet âge de la déraison, qui n'est qu'une « perte de temps », écrit-il, en regrettant que, « pource que nous avons tous été enfants avant que d'être hommes, […] il nous a fallu longtemps être gouvernés par nos appétits [2] » ! Dès lors, l'enfance sert facilement d'analogie à tout mauvais usage de la raison, tandis que l'enfant devient un paradigme des foules paresseuses qui ne savent pas penser par elles-mêmes.

2. La prise en compte du naturel de l'enfant

Sans retracer en détail les tournants majeurs d'une « histoire de l'enfance » et la lente transformation du regard porté sur l'enfant, rappelons brièvement quelques étapes qui ont conduit de la *paideia* grecque – ce processus d'éducation visant à atteindre l'excellence – à la prise en compte de la spécificité et des besoins liés à chaque âge de l'enfant.

1. Georg Wilhelm Friedrich Hegel, *Principes de la philosophie du droit*, § 175, trad. J.-L. Vieillard-Baron, GF-Flammarion, 1999, p. 241.
2. René Descartes, *Discours de la méthode*, GF-Flammarion, 2000 ; rééd. 2016, p. 43.

Philippe Ariès, qui a eu le mérite de faire pleinement entrer l'enfance dans le champ des études historiographiques, soutient que nous serions passés d'une relative indifférence à l'égard de l'enfance, au Moyen Âge et à l'âge classique, à l'émergence du « sentiment moderne de l'enfance ». Or cette thèse se trouve largement nuancée, notamment par les travaux de Didier Lett (né en 1959) [1] : dans la société antique et au Moyen Âge, l'enfance est bel et bien objet d'amour et de soin [2], mais d'une autre manière que ce qu'Ariès appelle le « sentiment moderne de l'enfance ». Pas de grande rupture donc, mais une lente transformation préparée par le Moyen Âge, qui conduit à un renouvellement du rapport à l'enfance à la Renaissance. En effet, la tradition humaniste va mener à un souci nouveau porté à l'enfant, afin d'en faire un « honnête homme » : il n'est qu'à lire les pages de Rabelais (1483 ?-1553), où il décrit avec jubilation la naissance et l'enfance de Gargantua. C'est un premier pas sur la voie de la reconnaissance de l'enfant comme individu à part entière. De la même manière, on remarque une individuation de l'enfant dans la peinture : longtemps représenté avec des traits et des habits d'adultes en miniature, ou idéalisé dans la figure des anges, l'enfant est peu à peu peint de manière plus réaliste, avec ses jouets, son mouvement et son regard, que l'artiste introduit subtilement, au-delà des codes imposés.

Mais c'est certainement l'œuvre de Rousseau qui opère le plus grand bouleversement dans la conception de l'enfance. À partir de l'*Émile*, on va enfin considérer l'enfance pour ce qu'elle est et reconnaître une perfection propre à chaque âge, comme on peut le lire à la fin du livre II :

> Chaque âge, chaque état de la vie a sa perfection convenable, sa sorte de maturité qui lui est propre. Nous avons souvent ouï parler d'un homme fait ; mais considérons un enfant fait : ce spectacle sera plus nouveau pour nous, et ne sera peut-être pas moins agréable [3].

Il faut donc écouter ce que la nature nous indique des besoins spécifiques de l'enfant, à chaque étape de son développement. L'enfance est une fin en soi, au sens où elle doit voir se déployer l'expérience sans laquelle un homme ne peut se réaliser pleinement. Au livre I, Rousseau imagine un homme-enfant [4], sorte d'enfant monstrueux déjà doté de toutes les facultés de l'adulte, pour mieux soutenir que nul ne saurait faire l'économie du vécu de l'enfance, car ce temps seul et ses différentes

1. Didier Lett et Danièle Alexandre-Bidon, *Les Enfants au Moyen Âge. Ve-XVe siècle*, Fayard, 2013.

2. Didier Lett prend pour exemples le vocabulaire très riche pour désigner l'enfant, la manière dont on entoure le nourrisson de soins, l'inquiétude qu'il ne soit pas baptisé à temps s'il vient à mourir, et surtout le souci de son éducation.

3. Jean-Jacques Rousseau, *Émile ou De l'éducation*, livre II, GF-Flammarion, 2021, p. 317.

4. Rousseau écrit : « [...] cet homme-enfant serait un parfait imbécile, un automate, une statue immobile et presque insensible » (*ibid.*, livre I, p. 111).

Camille Claudel, *La Petite Châtelaine*, 1895-1896.
Photo © Musée La Piscine (Roubaix), Dist. RMN-Grand Palais/Arnaud Loubry

L'impact de Camille Claudel sur l'évolution de la sculpture a longtemps été occulté par sa relation avec Auguste Rodin et le succès de ce dernier. L'une de ses œuvres les plus spectaculaires d'une série de bustes grandeur nature représente une enfant de 6 ans, Marguerite Boyer, la petite-fille de la propriétaire du château de l'Islette près d'Azay-le-Rideau où Camille Claudel a séjourné pour se reposer d'une interruption de grossesse. Avec *La Petite Châtelaine*, qui a nécessité pas moins de 62 heures de pose, l'artiste fait preuve d'une grande prouesse technique : en creusant dans le marbre, créant ainsi un « piège à lumière », elle parvient à rendre compte de la finesse des traits de l'enfant et du détail de sa chevelure noueuse. Ce portrait frappe par son naturel, l'enfant y apparaissant tel qu'en lui-même ; son visage nous livre toute l'inquiétude propre à l'enfance, ainsi qu'un regard tourné vers le ciel, peut-être vers le monde des adultes, marqué par un certain étonnement.

étapes peuvent permettre l'avènement d'un sujet conscient de lui-même et des autres.

Ainsi l'enfance ne doit-elle plus être comprise comme moment en creux ou négatif ; elle relève, au contraire, d'un dispositif naturel, condition d'acquisition de toutes les capacités intellectuelles et morales de l'individu. Voilà pourquoi l'enfance réussie est celle où l'on accepte de perdre son temps. L'enfance, loin d'être une déficience à laquelle il faudrait remédier, est en elle-même perfection, car elle est la condition de réalisation de l'être humain et de son ouverture au monde.

3. L'enfance, âge de la liberté

Dans la perspective rousseauiste, l'enfance reste la condition *sine qua non* de la réalisation d'une nature humaine, qui porte le souci d'une nature propre attribuée à chaque âge. Mais qu'en serait-il d'une représentation de l'enfance détachée de tout devoir-être ou libérée d'une conception, forcément contraignante, d'une nature humaine à réaliser ?

Considérer l'enfance seulement pour elle-même, ce serait la penser comme le moment privilégié où tous les possibles sont encore ouverts, où il suffirait de laisser libre cours à l'imagination et au vagabondage de l'enfant. L'enfant n'est-il pas celui qui demeure dans un état de pure indétermination, puisqu'il n'a pas encore pu se réaliser, ni même décider qui il allait être ? Comme dans la chanson de Brel (1929-1978), l'enfance, c'est « tout ce qui n'est pas écrit [1] ». L'enfance et l'adolescence paraissent avant tout caractérisées par le sentiment d'une liberté non consciente d'elle-même. Ainsi, l'enfant est le seul à « échappe[r] normalement à l'angoisse de la liberté [2] », selon l'expression de Simone de Beauvoir (1908-1986), pour qui l'enfance serait en ce sens « métaphysiquement privilégiée [3] » : l'enfant jouit de la liberté sans s'en rendre compte et, qui plus est, il n'a pas à endosser l'entière responsabilité de ses actes. C'est ce que confesse le jeune Werther dans le roman d'apprentissage de Goethe (1749-1832), faisant un parallèle entre les enfants et l'homme qui « entretient dans son cœur le doux sentiment de la liberté » : « Ceux-là sont les plus heureux qui, comme les enfants, vivent au jour la journée [4] ! »

1. Jacques Brel, « L'enfance », 1966.
2. Simone de Beauvoir, *Pour une morale de l'ambiguïté*, Gallimard, 1947, p. 49.
3. « L'enfant échappe normalement à l'angoisse de la liberté ; il peut être à son gré indocile, paresseux, ses caprices et ses fautes ne concernent que lui ; elles ne pèsent pas sur la terre ; elles ne sauraient entamer l'ordre serein d'un monde qui existait avant lui, sans lui, où il est en sécurité par son insignifiance même ; il peut faire impunément tout ce qui lui plaît, il sait que rien jamais n'arrivera par lui, tout est donné déjà ; ses actes n'engagent rien, même pas lui-même » (*ibid.*).
4. Johann Wolfgang von Goethe, *Les Souffrances du jeune Werther*, trad. B. Groethuysen, Gallimard, 1954, p. 41.

Cette inconscience explique très largement l'insouciance enfantine : l'enfance doit se déployer sous le regard protecteur des adultes, à l'abri des vicissitudes qu'impose l'entretien de sa propre vie. En ce sens, la vie de l'enfant est libre parce que détachée des soucis matériels propres à l'âge adulte. Mais la protection des parents et des éducateurs peut facilement être retournée en son contraire. De fait, le confort qu'il y a à vivre sous une autorité protectrice impose à l'enfant de subir les injonctions et les assignations de ses parents, dont le regard risque en permanence de le réifier en lui attribuant de l'extérieur une identité. C'est pourquoi Jean-Paul Sartre (1905-1980) voit dans l'enfance non pas l'expérience de la liberté, mais bien au contraire un moment de réification. L'avenir de l'individu se scellerait ainsi par les mots que les adultes utilisent pour qualifier leur enfant, l'amenant, à travers leur regard, à la conscience de son identité, voire de son destin. Sartre y insiste dans *Les Mots* (1963), son autobiographie, et dans ses biographies de Baudelaire, de Flaubert et de Jean Genet. À propos du dernier, il écrit : « *Qui* est Jean Genet ? Dans un moment tout le village le saura… Seul, l'enfant l'ignore […]. Soudain […] [u]ne voix déclare publiquement : "Tu es un voleur." Il a dix ans [1]. » Voilà comment le destin de Jean Genet, enfant, s'impose à lui : par la voix des adultes et l'identité violemment assignée qui vient briser son insouciance première.

B. Le monde de l'enfance

1. Le rapport magique au monde et l'animisme

L'une des caractéristiques les plus frappantes de l'enfant concerne les croyances et le rapport magique qu'il entretient avec le monde qui l'entoure. L'enfant croit en effet que toute chose susceptible de mouvement est vivante, ainsi une pierre qui roule, une porte qui se referme, les astres, le vent, ou encore ses jouets sont-ils à ses yeux autant d'êtres doués de volonté et de parole. De la même manière, l'enfant est convaincu que tout animal, y compris en peluche, est capable, comme lui, de ressentir du plaisir et de la douleur et de l'exprimer. Ces croyances forment ce que l'on peut appeler un rapport *animiste* au monde, l'univers de l'enfance se rapprochant alors des croyances magiques. Aux yeux de l'enfant, toute chose peut être habitée par un esprit, bon ou mauvais, et

1. Jean-Paul Sartre, *Saint Genet, comédien et martyr*, Gallimard, 1952, p. 26. Sartre utilise le même schéma dans *Baudelaire* : « L'enfant tient ses parents pour des Dieux. Leurs actes comme leurs jugements sont des absolus ; ils incarnent la Raison universelle, la loi, le sens et le but du monde. Lorsque ces êtres divins posent leur regard sur lui, ce regard le justifie aussitôt jusqu'au cœur même de son existence ; il lui confère un caractère défini et sacré : puisqu'ils ne peuvent se tromper, il est comme ils le voient » (*Baudelaire*, Gallimard, 1947, p. 63).

peut porter secours ou constituer un danger. C'est pourquoi, comme l'explique le pédo-psychologue Bruno Bettelheim (1903-1990), le conte, le mythe et la fable lui parlent parce qu'ils sont adaptés à la manière dont l'enfant se rapporte au monde en ce qu'il n'y a pas de frontière entre l'inanimé et l'animé, entre les animaux et les hommes [1]. Baguette magique (« La Belle au bois dormant »), miroir fantastiquc (« Blanchc-Neige »), bottes de sept lieues (« Le Petit Poucet »), tapis volant et lampe merveilleuse (« Aladin ou la lampe merveilleuse ») sont autant d'objets-personnages investis d'un rôle d'auxiliaire ou d'opposant. Il y aurait beaucoup à dire sur la fonction du fantastique dans les histoires pour enfants. Retenons surtout son rôle paradoxal de réassurance : alors que des explications rationnelles fournies par l'adulte ne peuvent pas toujours être intégrées par l'enfant, si mature soit-il, et le plongeraient dans une grande inquiétude, les contes et histoires fantastiques lui offrent une compréhension du monde beaucoup plus immédiate et intuitive, qui le réconforte et atténue ses peurs.

Cet animisme de l'enfant a pu être rapproché de l'animisme de certains peuples. Selon l'un des présupposés des grandes philosophies de l'histoire du XIXe siècle, les sociétés dites primitives représenteraient un état d'enfance de l'humanité. Tout en s'efforçant de ne pas réduire l'explication du comportement des « primitifs » à un fonctionnement enfantin, l'anthropologue Lucien Lévy-Bruhl (1857-1939), citant son confrère Edward Tylor (1832-1917), opère des rapprochements hasardeux :

> Conformément à cette philosophie enfantine primitive qui voit dans la vie humaine le principe qui permet immédiatement de comprendre la nature entière, la théorie sauvage de l'univers en rapporte les phénomènes en général à l'action volontaire d'esprits personnels répandus partout [2].

Ainsi, le premier état de l'humanité, analogue à l'enfance, serait celui du fétichisme marqué par l'anthropocentrisme dans les explications des phénomènes naturels : il consisterait, selon le philosophe positiviste Auguste Comte (1798-1857), « à attribuer aux êtres extérieurs une vie essentiellement analogue à la nôtre [3] ». Cette conception évolutionniste rapprochant des moments de l'histoire humaine ou des stades du développement des sociétés d'un état d'enfance, conçue comme période naïve de fusion avec la nature, qui a été abandonnée aujourd'hui, a puissamment façonné les représentations des civilisations passées ou non occidentales.

---

1. « L'enfant fait confiance à ce que lui raconte le conte de fées parce qu'ils ont l'un et l'autre la même façon de concevoir le monde » (Bruno Bettelheim, *Psychanalyse des contes de fées*, « Le besoin de magie chez l'enfant », Robert Laffont, 1976 ; rééd. « Pocket », 1999, p. 73).

2. Edward Tylor, *Primitive Culture*, cité par Lucien Lévy-Bruhl, *Les Fonctions mentales dans les sociétés inférieures*, PUF, 9e éd., 1951, p. 15.

3. Auguste Comte, *Discours sur l'esprit positif* [1844], Vrin, 1995, p. 45.

2. Pourquoi jouer ?

Si l'on voulait symboliser l'enfance par une seule image, ce pourrait être celle d'un grand terrain de jeux : jeux en plein air, jeux de rôles, jeux éducatifs et jeux de société, jeux de mime, jeux d'adresse et jeux sportifs. Sans entrer dans le détail de la classification proposée par Roger Caillois (1913-1978) dans *Les Jeux et les Hommes*, sans non plus redessiner les contours d'une histoire du jouet et des jeux d'enfants, nous pouvons simplement formuler trois raisons principales pour lesquelles l'enfant passe son temps à jouer : il joue pour apprendre, il joue pour se socialiser, et il joue… pour jouer. La première fonction des jeux d'enfants est éminemment didactique. Les premiers jeux permettent à l'enfant en bas âge de s'approprier son corps et d'appréhender le monde qui l'entoure, en exerçant ses sens. En grandissant, c'est aussi en jouant qu'il va gagner en habileté et acquérir une bonne maîtrise de son corps – ainsi les jeux en plein air lui apprennent-ils à courir, quand les jeux d'équilibre lui enseignent la coordination des mouvements et les jeux d'adresse, la précision des gestes et la patience. Le principe des jeux sensés ou dits « de société » est généralement le développement d'une ou de plusieurs facultés – habileté mentale, mémoire, réflexion et concentration.

Jouer revêt également une fonction essentielle de socialisation de l'enfant. Ainsi en est-il des jeux d'imitation, où l'enfant mime les adultes, quand il joue au « comme si », ou au « on disait que » : la petite fille et le petit garçon jouent au papa et à la maman, à la dînette, au pompier, au gendarme et au voleur, intégrant par là les différents rôles et fonctions sociales. De la même manière, le jeu peut permettre à l'enfant de canaliser ses pulsions à l'égard des autres, en déplaçant sur un plan symbolique ses rapports de rivalité. Sans compter qu'apprendre à respecter les règles du jeu est aussi synonyme de socialisation et d'initiation au respect des mœurs et des lois. En d'autres termes, le jeu constitue pour les enfants une entrée dans la culture et dans l'apprentissage des comportements appropriés au sein d'une société très codifiée.

Mais le jeu de l'enfant nous rappelle aussi ce qui fait le propre même de l'enfance : n'est-ce pas le temps de l'existence où nous avons pu, par fulgurance, échapper aux chaînes des finalités raisonnables, pour nous adonner à une activité purement gratuite ? Vouloir assigner systématiquement une finalité au jeu de l'enfant, ce serait passer à côté de ce qui fait la saveur même de l'enfance : insouciante, elle est pleine de ces moments qui ne servent à rien, qui ne répondent à aucune utilité pratique directe. Si, souvent, l'enfant ne sait pas dire pourquoi il joue, c'est qu'il joue pour jouer, c'est qu'il est tout entier pris dans une activité qui ne tend vers rien d'autre que le plaisir du jeu. L'enfant exprime ainsi la pure joie d'être, par ses éclats de rire et son aptitude à vivre dans le temps présent. Ce sont précisément ces traits de l'enfance – gratuité du jeu, affirmation du moi, joie pure de la création – qui la désignent comme modèle d'existence pour Nietzsche (1844-1900), lorsqu'il fait de l'enfant la troisième métamorphose du moi dans *Ainsi parlait Zarathoustra.*

3. L'ennui et la rêverie

L'enfant, quand il n'est pas occupé à faire quelque chose, s'ennuie, et s'en plaint. Partant, l'ennui semble bien faire partie intégrante du monde de l'enfance. Qui ne repense avec une pointe de nostalgie à cette période de l'existence où le temps semblait s'étirer à l'infini et où chaque jour était une nouvelle éternité ? En s'ennuyant, l'enfant apprend de sa solitude, car alors il se met à rêver. Or, dans le rêve et ses premières contemplations, l'enfant s'ouvre à la vie et au monde ; il s'invente aussi parfois un lieu imaginaire, un paradis d'enfance. Parlant de sa petite-fille Jeanne, Victor Hugo écrit ces vers dans un poème intitulé « La sieste » : « Elle fait au milieu du jour son petit somme ;/ Car l'enfant a besoin du rêve plus que l'homme,/ Cette terre est si laide alors qu'on vient du ciel [1] ! » Mais c'est sans doute le philosophe Gaston Bachelard (1884-1962), dans son ouvrage intitulé *La Poétique de la rêverie*, qui a le mieux décrit le rapport étroit et privilégié de l'enfance au rêve. Dans son chapitre III, consacré aux « Rêveries vers l'enfance », Bachelard définit l'enfance non plus comme un manque d'être, mais comme une « antécédence d'être [2] ». Que veut-il dire par là ? Il signifie que les rêveries de l'enfant inaugurent son premier rapport au monde, et survivent dans l'adulte comme

> [la] permanence, dans l'âme humaine, d'un noyau d'enfance, une enfance immobile, mais toujours vivante, hors de l'histoire, cachée aux autres, déguisée en histoire quand elle est racontée mais qui n'a d'être réel que dans ses instants d'illumination, autant dire dans les instants de son existence poétique [3].

De fait, on ne peut saisir l'enfance si on la comprend seulement en tant que délimitation temporelle ; il faut plutôt l'envisager dans une durée – une « permanence », écrit Bachelard –, un passé qui parle en nous, et auquel la rêverie continue d'être le moyen d'accès privilégié. C'est tout le paradoxe de l'enfance : apparemment perdue pour l'adulte, elle est néanmoins à l'origine de son être. C'est pourquoi l'enfance ne relève pas uniquement du vécu subjectif, mais également d'une forme d'archétype, de matrice de l'être, que Bachelard appelle la « valeur d'enfance ». L'enfance archétypale est bien plus qu'une somme de souvenirs, elle acquiert une fonction poétique dans la mesure où elle est, précisément, ce avec quoi le poème nous permet de renouer : « Toutes ces beautés du

1. Victor Hugo, *L'Art d'être grand-père*, *op. cit.*, p. 47.
2. Gaston Bachelard, *La Poétique de la rêverie*, *op. cit.*, p. 93.
3. *Ibid.*, p. 85.

RACONTER L'ENFANCE : LA PLACE DE L'ENFANCE EN LITTÉRATURE

Une triple thématique de l'enfance émerge dans la littérature : le livre qui s'adresse à l'enfant, l'enfant comme personnage de roman ou de théâtre, et le récit de sa propre enfance dans les œuvres autobiographiques.

La place de la figure juvénile dans la littérature suit l'histoire des représentations de l'enfant. Quelque peu insignifiants dans la vie, les enfants ont des rôles de simples adjuvants ou de faire-valoir dans les récits ; au mieux, les anecdotes de l'enfance du héros servent uniquement à annoncer la grandeur de son destin. Au théâtre, le rôle de l'enfant se confond souvent avec celui du valet, notamment dans la figure du « petit page ». Progressivement, de Molière à Marivaux et Beaumarchais, on observe une montée en puissance des revendications des « enfants de... », c'est-à-dire des jeunes gens qui se posent comme sujets capables de choix autonomes contre leurs parents.

Les premières œuvres où l'enfance devient centrale sont celles adressées à l'enfant. Or, pendant longtemps, les livres pour enfants se cantonnent à des histoires moralisatrices de peu de valeur littéraire, ou à des livres destinés à leur enseigner l'histoire et la culture. Il ne faut pas se méprendre : les *Fables* de La Fontaine ou les *Contes* de Perrault sont destinés aux adultes, ce n'est que plus tard qu'on leur assignera un rôle pédagogique. Un des premiers livres qui parle de l'enfance et à l'enfant est un récit de Fénelon adressé à la jeunesse royale, *Les Aventures de Télémaque* (1699) : ce roman d'apprentissage, relatant les pérégrinations et les exploits du fils d'Ulysse, entend assurer à son lecteur une formation morale et politique, tout en le plongeant dans un imaginaire qui parle aux enfants. En 1858, *Les Petites Filles modèles* de la comtesse de Ségur fait également exception : il s'agit d'un roman à portée morale certes, mais qui a été écrit pour des enfants. La comtesse, qui s'est battue pour s'occuper de ses propres enfants à une époque où ce n'était pas l'usage dans l'aristocratie, considère l'enfant comme un sujet, et son personnage principal, Sophie, acquiert une véritable épaisseur psychologique. Citons enfin le roman de Lewis Carroll, *Alice au pays des merveilles* (1865) : le récit s'ouvre sur l'ennui d'une petite fille, Alice, qui juge inintéressants les livres qui l'entourent, dénués d'images et de dialogues, et qui va virer dans un monde fantastique et bizarre en suivant un grand lapin blanc vêtu d'une redingote et d'une montre à gousset.

Aussi faut-il attendre le XIXe siècle pour que l'enfant devienne le héros éponyme de l'histoire. À ce titre, Charles Dickens est l'un de ceux qui ont le plus œuvré en la matière : se souvenant de sa propre expérience, Dickens nous livre deux des plus beaux récits de l'enfance malheureuse mais résiliente, avec les célèbres personnages de *David Copperfield* (1850) et d'*Oliver Twist* (1837). À son tour, avec Gavroche et Cosette, Victor Hugo dépeint dans *Les Misérables* (1862) la complexité de l'enfance la plus commune, celle des milieux pauvres : bien que ballotté en tous sens dans le monde cruel des adultes, l'enfant est toujours débrouillard et bon, et se fait même héros sublime, symbole de l'innocence populaire bafouée. Plus tard, de nombreux romans à portée autobiographique se voudront de poignants récits d'une enfance plus ou moins martyrisée, permettant de venger l'enfant qui ne pouvait pas se défendre. Citons pour exemples *L'Enfant* (1881) de Jules Vallès, qui s'adresse à « tous ceux qui furent tyrannisés par leurs maîtres ou rossés par leurs parents », *Poil de Carotte* (1894) de Jules Renard, ou encore *Vipère au poing* (1948) d'Hervé Bazin.

Ainsi, les récits autobiographiques accordent à l'enfance une place de choix et deviennent une sorte de kaléidoscope pour comprendre l'œuvre et son auteur. Qu'elle soit considérée comme simple moment dans toute une existence, ou qu'elle fasse l'objet d'un traitement privilégié, voire qu'elle en soit le sujet central, l'enfance n'est plus anecdotique ni dans la vie de l'individu ni dans la littérature. Avec *Les Confessions* (1782), Rousseau inaugure une nouvelle forme de récit de soi, qu'il veut une analyse sincère, afin de faire voir « un homme dans toute la vérité de la nature ». Il serait illusoire de voir l'autobiographie comme une image fidèle de l'enfance ; celle-ci, en effet, est reprise dans le questionnement rétrospectif de l'adulte sur sa propre identité.

Soulignons que l'un des traits marquants des autobiographies des XVIIIe et XIXe siècles est la différence entre le récit d'enfance des hommes et des femmes écrivains. En effet, l'enfance, parenthèse privilégiée où les femmes peuvent encore échapper aux humiliations liées à leur sexe, est présentée comme un âge d'or, dont l'auteure a plaisir à se souvenir pour le revivre une seconde fois. Ainsi en va-t-il des *Mémoires* (1886) de Louise Michel, ou de l'*Histoire de ma vie* (1855) de George Sand, qui exalte la singularité de l'enfant : « Il faut croire que la vie est une bien bonne chose en elle-même, puisque les commencements sont si doux, et l'enfance un âge si heureux. Il n'est pas un de nous qui ne se rappelle cet âge d'or comme un rêve évanoui [1]. » Aussi l'enfance merveilleuse contraste-t-elle avec l'enfance volée d'un Stendhal, ou encore d'un Châteaubriand, qui se peindra comme l'enfant le moins aimé de sa mère dans les *Mémoires d'outre-tombe* (1848). Au XXe siècle, la prépondérance des genres de l'autobiographie et de l'autofiction déploie un panel très riche de figures d'enfant, comme dans l'œuvre magistrale de Nathalie Sarraute, *Enfance* (1983), où le sujet du discours dialogue avec son double-enfant pour faire resurgir, à travers une écriture parcellaire qui suit les vagabondages de l'esprit enfantin, « ce qui tremblote quelque part dans les limbes [2] ».

1. George Sand, *Histoire de ma vie*, dans *Œuvres autobiographiques*, Gallimard, « Bibliothèque de la Pléiade », 1970, p. 529.
2. Nathalie Sarraute, *Enfance*, Gallimard, 1983, p. 9.

monde, quand nous les aimons maintenant dans le chant des poètes, nous les aimons dans une enfance retrouvée, dans une enfance réanimée à partir de cette enfance qui est latente en chacun de nous [1]. » Parce que nous ne pouvons nous ouvrir à un rapport poétique au monde qu'en revivant nos impressions d'enfant, la poésie nous permet, en retour, de raviver l'enfance en nous. Ainsi, l'enfance ne réside-t-elle pas seulement dans des souvenirs d'un passé révolu, mais elle est, en tant que passé retrouvé, un ensemble de sentiments et d'états que l'art nous permet, en quelque sorte, d'éprouver de manière encore plus intense, comme dans l'œuvre de Proust (1871-1922), pour lequel « les vrais paradis sont les paradis […] perdus [2] ».

II. UNE ENFANCE À ÉDUQUER

A. Les grandes ruptures dans l'histoire de l'éducation

1. Les philosophes contre les sophistes

Dans l'Antiquité grecque, l'importance de la *paideia*, qui veut atteindre l'excellence humaine, témoigne du soin porté à l'enfance et de la conscience que les Grecs avaient du rôle central de l'éducation, mais dans un sens précis : la *paideia* ne vise pas tant l'émancipation individuelle que l'intégration des enfants dans les cadres spécifiques et préexistants de la cité. L'éducation doit être adaptée à la forme particulière de chaque cité, à son organisation et à ses besoins, comme l'estime Aristote au livre I des *Politiques*. Il faut néanmoins se garder de schématiser et conserver à l'esprit que les discours et réflexions sur l'éducation que l'on trouve sous la plume des philosophes peuvent être assez éloignés des pratiques pédagogiques réelles.

C'est sans doute Platon qui, le premier, offre au fil de ses dialogues une théorie complète de l'éducation. Il s'agit même du questionnement central de son grand œuvre, *La République*, qui défend une conception de l'éducation fondée sur une analogie entre l'âme humaine et la cité. Si,

1. *Ibid.*, p. 109.

2. Proust écrit : « […] si le souvenir, grâce à l'oubli, n'a pu contracter aucun lien, jeter aucun chaînon entre lui et la minute présente, s'il est resté à sa place, à sa date, s'il a gardé ses distances, son isolement dans le creux d'une vallée ou à la pointe d'un sommet, il nous fait tout à coup respirer un air nouveau précisément parce que c'est un air qu'on a respiré autrefois, cet air plus pur que les poètes ont vainement essayé de faire régner dans le Paradis et qui ne pourrait donner cette sensation profonde de renouvellement que s'il avait été respiré déjà, car les vrais paradis sont les paradis qu'on a perdus » (*Le Temps retrouvé*, GF-Flammarion, 2011, p. 267).

dans l'homme, la tête doit commander aux autres organes, il en va de même dans la cité. Cela suppose à la fois que le sage philosophe dirige la cité et que chacun y trouve sa place en fonction de ses aptitudes propres pour contribuer à la perfection du tout. De façon assez étonnante pour l'époque, Platon défend l'idée selon laquelle le statut social ou le sexe des enfants ne doivent pas être pris en compte dans l'éducation : les femmes et les hommes de quelque rang qu'ils soient peuvent en effet prétendre au plus haut niveau d'excellence dans leur formation. L'enjeu de l'éducation n'est pas l'épanouissement de l'individu dans une sphère privée, mais consiste plutôt à repérer les plus aptes à travers des jeux et des mises à l'épreuve, afin que chacun occupe la place qui lui convient le mieux.

À l'opposé des idées platoniciennes, les sophistes, avec lesquels dialogue souvent Socrate (v. 470-399 av. J.-C.), sont les premiers pédagogues et les grands éducateurs de l'aristocratie athénienne – seule capable de se payer leurs services. Certains d'entre eux semblent proposer une défense étrange du régime démocratique, fondée sur une conception relativiste de la vérité qui n'aurait rien de transcendant et qui ne serait jamais que le produit du débat public. Pourtant, ils ne défendent pas l'égalité, au contraire. Pour eux, les jeunes aristocrates athéniens doivent être formés, dès le plus jeune âge, à la rhétorique et aux arts pour qu'ils puissent démontrer publiquement leur supériorité en vue d'affermir leurs positions dans l'agora. Cela suppose une contestation de la conception platonicienne de la citoyenneté. Il ne s'agit pas de repérer de façon égalitaire ceux qui, dans le peuple, présentent les meilleures aptitudes pour les mettre au service de la cité, mais de permettre à l'aristocratie athénienne de conserver son pouvoir par la maîtrise démocratique du *logos*. C'est ce que révèle clairement la position du sophiste Calliclès dans le *Gorgias* lorsqu'il critique l'éducation démocratique qui revient à faire des meilleurs (*aristoï*) des esclaves :

> Les êtres les meilleurs et les plus forts, nous commençons à les façonner, dès leur plus jeune âge, comme on fait pour dompter les lions ; avec nos formules magiques et nos tours de passe-passe, nous en faisons des esclaves, en leur répétant qu'il faut être égal aux autres et que l'égalité est ce qui est beau et juste [1].

Il se pose en fervent défenseur de la libération des jeunes aristocrates du joug de l'égalité, afin qu'ils secouent « tout ce fatras [2] » et reprennent, par la parole, le pouvoir que la démocratie leur a enlevé.

2. Une éducation médiévale visant à conserver les ordres

Le Moyen Âge est marqué par le morcellement des enseignements, correspondant à une société extrêmement cloisonnée. L'éducation

1. Platon, *Gorgias*, trad. M. Canto-Sperber, GF-Flammarion, 1987, p. 213.
2. *Ibid.*

Garçons et filles : la même enfance ?

De la période médiévale à la période moderne, l'habit du nourrisson est le même selon le sexe : d'abord des langes puis un maillot avec un bonnet, et, après 2 ans, une robe ou une cotte, longue et large, fendue sur le côté. Vers 7 ans, les habits commencent à se différencier entre filles et garçons : eux portent un pourpoint avec des collants ; elles, une robe longue ajustée. Ce n'est que plus tard que les vêtements seront distingués selon les sexes dès le plus jeune âge. Aux XVIe et XVIIe siècles, les représentations picturales montrent de très jeunes enfants habillés comme des adultes, les filles avec des robes à crinoline et les garçons avec l'épée.

Aux périodes médiévale et moderne avoir une fille est vu comme une charge. Appartenant au « sexe faible », elle doit être protégée – c'est-à-dire, surtout, gardée vierge – jusqu'au mariage en vue duquel il convient de lui constituer une dot. C'est pourquoi on compte plus d'infanticides de jeunes filles que de jeunes garçons. L'interprétation chrétienne des textes bibliques place alors la féminité du côté de la tentation, influençant pour longtemps la représentation d'une petite fille appelée à cultiver sa pudeur pour canaliser une lascivité qui lui serait intrinsèque. Le garçon, au contraire, qui appartient au « sexe actif », doit être éduqué en vue de s'occuper de sa famille, de partir à la guerre ou de travailler en fonction de son statut social.

D'abord considérée comme responsable du péché originel, la femme est ensuite affublée d'une image d'ingénue ou, pire, de sotte, incapable de raisonner car prisonnière de ses émotions et de ses diverses passions. Cette représentation de passivité et de sentimentalisme des filles et, au contraire, de rationalité et de pouvoir d'agir des garçons a forgé de durables rapports de genre entre les uns et les autres, manifestés par les jouets des enfants et les choix éducatifs : la jeune fille de bonne famille étudie la danse, la musique et la littérature, pour briller en société et agrémenter la vie domestique, mais elle ne peut décemment s'adonner aux autres sports ni aux sciences, au droit ou à la philosophie. Si les filles peuvent parfois accéder à une éducation jusqu'à 14 ans, c'est bien pour les préparer à servir leur mari et à s'occuper de leurs enfants. L'éducation de Sophie proposée par Rousseau dans l'*Émile* est secondaire (elle n'occupe qu'une petite partie du livre V) et reste cantonnée au rôle de complément du mari.

Il convient néanmoins de nuancer ces représentations générales. On sait que Platon le premier, étonnamment moderne en cela, veut que la République idéale offre la même éducation aux deux sexes. Au Moyen Âge, les travaux sont souvent beaucoup plus mixtes qu'on l'imagine. Remarquons aussi qu'au XVIIIe siècle, de célèbres femmes de la noblesse animent des salons où la haute société se retrouve pour parler politique, art, science et philosophie, ce qui prouve qu'un certain nombre de jeunes filles avaient pu recevoir une éducation plus complète et variée. Ce constat bat en brèche notre interprétation de ces époques, souvent trop marquée par le prisme du XIXe siècle, qui a accusé un recul quant au rôle des femmes et à leur soumission au mari. Nul doute également que l'essor progressif du féminisme, porté par la démocratisation des idées politiques, que l'on peut lire dans les écrits de Condorcet et d'Olympe de Gouges au XVIIIe siècle, ou encore de John Stuart Mill au XIXe siècle, ainsi que l'évolution des réalités sociales, l'extension du travail des femmes et la réglementation du travail des jeunes enfants dans le milieu ouvrier ont contribué à atténuer la différenciation fille/garçon dans les représentations et les apprentissages.

Il n'en reste pas moins que, longtemps encore, les jeunes filles sont élevées dans la perspective d'une mise sous tutelle de l'homme, qu'il soit père ou mari : la femme, juridiquement mineure, ne peut accéder à une éducation supérieure et ne jouit du droit de vote qu'en 1944 en France. Dans les familles bourgeoises, les jeunes filles doivent être « rangées », pour reprendre la formule de Simone de Beauvoir, et élevées dans les histoires romanesques et l'imaginaire de la sensiblerie, quand les garçons peuvent accéder aux études supérieures et briguer des postes à responsabilité. Le psychologue Lawrence Kohlberg, en 1958, tente pour sa part de montrer par ses expérimentations que le garçon accéderait plus vite à un plus haut degré de développement moral, car ce dernier reposerait sur le respect de la loi morale, tandis que la fille aurait un rapport à autrui fondé sur les sentiments, donc empreint d'irrationalité. Il faudra attendre la fin du XXe siècle pour que l'on prenne largement conscience que les différences de genres se construisent très tôt dans l'enfance, particulièrement à travers l'éducation – les études actuelles montrent par exemple que les filles, bien sûr autant rationnelles que les garçons, atteignent un meilleur niveau scolaire.

aristocratique, d'un côté, relève de la sphère domestique où l'on fait intervenir gouverneurs (éducation et apprentissage des valeurs et des codes de l'honneur) et précepteurs (instruction et apprentissage des savoirs savants) payés par les parents en vue de l'inscription de l'enfant dans le rang qui est le sien. L'éducation religieuse, d'un autre côté, est plutôt réservée à l'aristocratie mais reste susceptible de s'ouvrir au peuple, et se rapproche en ce sens d'une éducation publique. C'est donc au sein de l'Église que l'on peut trouver des formes d'éducation collective ; cependant, les enfants ayant vocation à entrer dans les ordres apprennent surtout à lire et à écrire en vue de déchiffrer et de savoir par cœur les Évangiles, et ainsi mieux s'imprégner de la parole divine. Les écoles sont souvent construites à côté des églises et le clergé garde la mainmise sur l'éducation (c'est également dans et par l'Église que naissent au XIIIe siècle les premières universités). Charlemagne s'efforcera d'organiser cette école cléricale, au sein de laquelle règne la sévérité des sanctions. Au XIIe siècle, l'historien Guibert de Nogent (v. 1055-v. 1125) rend compte de cette brutalité, qui fait écho à certains préceptes de la Vulgate : « Baguette et réprimande procurent la sagesse, le jeune homme livré à ses envies fait honte à sa mère » (Proverbes, XXIX, 15).

Le peuple enfin n'a pas vocation à sortir de sa condition : c'est la congrégation professionnelle du père qui prend en charge les jeunes hommes pour les former par l'apprentissage. Aucune mobilité sociale n'est envisagée, même si l'on essaie de placer l'enfant en apprentissage chez un maître de meilleure condition. Au VIIIe siècle, dans ses capitulaires, Charlemagne introduit la règle de ne pas changer de profession afin de maintenir la hiérarchie sociale, chacun conservant, tout au long de sa vie, le statut qui est le sien à la naissance. Dans une telle société le partage des tâches entre les sexes est bien délimité : la mère s'occupe de l'éducation religieuse, tandis que le père apprend le métier au garçon ; les filles sont « gardées » plus qu'éduquées – c'est-à-dire que les parents doivent avant tout assurer leur virginité jusqu'au mariage. Aussi, l'éducation n'est alors qu'une manière de sceller un destin social et genré.

3. Vers une instruction de l'individu

C'est au siècle des Lumières que s'effectue le grand tournant. Il n'y a qu'à lire cette citation de Montesquieu (1689-1755) évoquant les nouveaux fonctionnements de la société de son temps, en raison de l'influence des républiques marchandes d'Italie et d'Europe du Nord, au livre XX, chapitre XXII, de *L'Esprit des lois* : « Les lois qui ordonnent que chacun reste dans sa profession, et la fasse passer à ses enfants, ne sont et ne peuvent être utiles que dans les États despotiques, où personne ne peut, ni ne doit avoir d'émulation [1]. » C'est dans ce cadre de plus grande

1. Montesquieu, *De l'esprit des lois*, livre XX, chap. XXII, GF-Flammarion, 1979, p. 23.

mobilité sociale que l'éducation de l'individu prend toute son importance.

On se met à penser une éducation en vue de la liberté individuelle permettant à chacun de faire ses propres choix et de s'affranchir des tutelles par le développement de l'esprit critique et la large diffusion de l'instruction. Au lieu de brimer l'individualité, l'éducation doit désormais veiller à la laisser s'exprimer en ouvrant les places à tous, indépendamment de la naissance, comme la Déclaration des droits de l'homme et du citoyen le dispose en 1789 en son article 6 : « Tous les citoyens étant égaux à ses yeux [la loi] sont également admissibles à toutes dignités, places et emplois publics, selon leur capacité, et sans autre distinction que celle de leurs vertus et de leurs talents. » Il s'agit alors d'instruire également tous les enfants en vue de leur donner les mêmes chances de réussite au sein d'une société qui devient de plus en plus mobile, comme en témoigne la dissolution des corporations par la loi Le Chapelier en 1791, et de plus en plus respectueuse de la personnalité de chacun.

B. Les voies de la pédagogie

1. Discipliner par la sanction ou laisser libre ?

On considère souvent que la sanction est nécessaire à l'éducation. Cette croyance en une stricte discipline utile à l'enfant pour le mettre sur le droit chemin trouve son origine dans le christianisme pour lequel tout homme naît pécheur ; en conséquence, « qui épargne la baguette hait son fils, qui l'aime prodigue la correction » (Proverbes, XIII, 24). L'être humain ressemblerait ainsi à un bois tordu qu'il s'agirait de redresser en le corrigeant. Quand la raison est encore insuffisante, c'est au châtiment de dissuader l'enfant du vice auquel il aurait une propension : « La folie est ancrée au cœur du jeune homme, le fouet de l'instruction l'en délivre » (Proverbes, XXII, 15).

Dans un contexte différent, la théorie psychanalytique de Freud (1856-1939) propose une autre justification de la sanction. Le jeune enfant subissant la puissance de ses pulsions, l'histoire de sa structuration serait celle de l'intériorisation des interdits par l'intervention de la figure paternelle. Celle-ci sépare l'enfant de l'objet de la réalisation de ses pulsions, et lui refuse par là l'expression la plus immédiate de ses tendances. Éduquer, ce serait dire non aux plaisirs enfantins. Ainsi, un autre psychanalyste, Lacan (1901-1981), écrira explicitement : « Ma thèse comporte en effet que la loi morale s'affirme contre le plaisir [1]. » L'éducation comme intériorisation de la loi est donc nécessairement négation et redressement de la tendance au plaisir qui caractérise l'état d'enfance.

1. Jacques Lacan, *L'Éthique de la psychanalyse*, « Séminaire », livre VII, Seuil, 1986, p. 28.

Charlie Chaplin, *The Kid*, 1921.

Premier long métrage de Charlie Chaplin, *The Kid* raconte la relation qui se tisse entre un vagabond et John, l'enfant qu'il recueille. Ce dernier est représenté dans une forme de bonheur alors qu'il vit dans une extrême pauvreté dont il semble ne pas avoir conscience. Il s'agit là de l'image idéalisée de l'enfance insouciante, constituée de plaisirs simples. Le rôle paternel de Charlot est présenté de façon particulièrement émouvante. Alors qu'il a si peu, il donne tout à cet enfant trouvé : ses draps découpés sont transformés en couches, une vieille théière en biberon, les pancakes sont distribués en abondance dès que possible. Malgré l'apparente légèreté de la comédie, l'indignation face à la pauvreté des enfants et à l'arbitraire de la naissance parcourt l'œuvre, la bonté du vagabond renforçant le sentiment d'injustice. La condition de l'enfant pauvre n'a rien à voir avec celle de l'enfant de bonne famille : John aide son père d'adoption à gagner sa vie en cassant des vitres que Charlot répare ensuite. Mais, parce qu'il a reçu de ce père ce qu'il y a de plus précieux, le souci de son bonheur et la tendresse, il ne voudra pas le quitter lorsque les autorités viendront l'arracher à cette vie de misère.

Si, au contraire, on ne considère pas la nature humaine comme entachée par le péché ou prisonnière des pulsions, on peut l'envisager comme un trésor précieux qui nous dirige vers le bien : c'est ce que fait Rousseau dans l'*Émile*. Dès lors, toute sanction qui viserait à redresser le bois tordu que serait l'enfant devient caduque. Cette idée se trouve déjà sous la plume de l'écrivain humaniste Érasme (v. 1466-1536) lorsqu'il déplore l'usage inconsidéré des châtiments corporels : « Je reviens à l'enfance, rien n'est plus nuisible que l'accoutumance aux coups ; l'usage qui en est fait transforme une nature bien douée en un caractère intraitable [1]. » Au lieu d'abuser de la sanction, Érasme recommande de se servir des sentiments de honte et de fierté pour ramener l'enfant sur le droit chemin. John Locke (1632-1704), de son côté, insiste sur le fait que l'enfant n'est pas seulement un être de pulsions, mais que la raison lui est accessible : plutôt que de le châtier, il faut raisonner avec lui, lui faire comprendre le sens de sa conduite et les raisons de ne pas reproduire ses erreurs. Aussi, l'éducation n'a-t-elle pas besoin de la « sanction expiatoire », pour reprendre l'expression du pédo-psychologue Jean Piaget (1896-1980). L'enfant étourdi, faisant des bêtises sans penser à mal, doit prendre la mesure des conséquences naturelles de ses actes afin de régler sa liberté ; mais il ne s'agit ni de lui faire expier un péché dont il n'est aucunement à l'origine, ni de corriger sa nature prétendument pervertie qui le conduirait sur le mauvais chemin.

Une éducation qui fait confiance au naturel de l'enfant est fondée sur la liberté. Platon dit déjà que le corps se forme par la contrainte mais l'âme par la liberté : n'est-ce pas la voie pédagogique la plus fructueuse ? Bien avant les théories de Maria Montessori (1870-1952), des humanistes comme Érasme et Montaigne (1533-1592) placent explicitement au centre de la pédagogie le double enjeu de la liberté et de l'intérêt. L'éducation utopique rabelaisienne dans l'abbaye de Thélème a en effet comme mot d'ordre « Fais ce que voudras » : « Parce que les gens libres, de bonne nature, bien instruits, conversant en nobles compagnies, ont par nature un instinct, un aiguillon [...] qui toujours les pousse à agir vertueusement et les détourne du vice [2]. » Le bon pédagogue est celui qui conduit l'enfant librement, c'est-à-dire qui sait éveiller son intérêt pour l'amener au savoir par l'envie et la curiosité.

2. Éduquer ou instruire ?

La conception que l'humanisme de la Renaissance offre de l'éducation est celle de l'« honnête homme » qui a « la tête bien faite plutôt que bien

---

1. Érasme, *Declamatio de pueris statim ac liberaliter instituendis*, trad. J.-C. Margolin, Droz, 1966, p. 436.
2. François Rabelais, *Gargantua*, chap. LVII, éd. M. Marrache-Gouraud, GF-Flammarion, 2016 ; rééd. 2021, p. 401.

pleine [1] », pour reprendre les mots que Montaigne applique au bon précepteur dans le chapitre XXVI du livre I des *Essais* intitulé « De l'institution des enfants ». C'est toute la différence entre *éduquer* l'enfant à la bonne maîtrise de ses aptitudes, et l'*instruire*, au sens de lui inculquer des savoirs. Locke reprend cette distinction dans *Quelques pensées sur l'éducation* : il repousse à la fin de son traité l'assimilation des disciplines comme la géographie, les langues anciennes, l'arithmétique, parce qu'il faut prioritairement apprendre à l'enfant à bien penser avant que de l'instruire [2].

La question est alors de savoir ce qu'on entend par *éduquer* : est-ce amener l'enfant à découvrir le trésor des vérités qu'il a déjà en lui *par la réflexion* ou est-ce le conduire à découvrir lui-même la vérité *par l'expérience* ? Partant, toute réflexion éducative renvoie au problème de l'inné et de l'acquis, et se retrouve au beau milieu du champ de bataille philosophique autour de la question de l'apprentissage des connaissances. Si l'enfant possède déjà en lui la raison et les semences de la vérité, l'éducation consistera à le mettre en possession de sa raison pour le faire accoucher de toutes les vérités dont il est capable – comme le veut la maïeutique socratique. Au contraire, dans la perspective empiriste, l'âme humaine n'est, à la naissance, qu'une page vierge, ou une pièce vide ne contenant aucune connaissance, selon l'expression de Locke. C'est donc par et à travers l'expérience vécue que l'enfant finit par se forger tant ses moyens de penser que ses connaissances. Dans ce cadre, les apprentissages résultent directement des expériences accumulées. Ainsi un pédagogue comme Célestin Freinet (1896-1966) donne-t-il une place cardinale aux leçons de choses par lesquelles les enfants peuvent apprendre la vie.

Toutefois, il ne s'agit pas de faire vivre à l'enfant des expériences désordonnées. Rousseau montre bien que celles-ci doivent suivre un certain ordre et être organisées de telle sorte qu'elles conduisent l'enfant à se poser lui-même des questions afin qu'il devienne apte à les résoudre seul. Les pédagogies actives comme celle de Maria Montessori, dans lesquelles l'enfant trouve par lui-même les réponses à partir d'instruments laissés à sa portée par le maître ou la maîtresse, supposent également une expérimentation à la fois organisée et libre par laquelle l'enfant se retrouve en position de produire lui-même les savoirs dont il a besoin en fonction des moments de sa vie.

À l'opposé, le modèle de l'instruction peut apparaître comme une façon d'imposer aux enfants des savoirs tout faits venus de l'extérieur et qu'ils ne sont pas nécessairement aptes à comprendre, en témoignent les célèbres scènes de la pièce de théâtre de Ionesco (1909-1994), *La Leçon*,

---

1. Michel de Montaigne, *Essais*, éd. P. Villey, PUF, « Quadrige », 2004, p. 150.
2. Locke écrit : « Vous vous étonnerez peut-être que je parle de l'instruction en dernier lieu, surtout si j'ajoute qu'elle est à mes yeux la moindre partie de l'éducation » (*Quelques pensées sur l'éducation*, trad. G. Compayré, Vrin, 2007, p. 270).

où se mêlent comique de l'absurde et sadisme du professeur, situations burlesques et tragiques d'un enseignement fatal. Peut-on pour autant vouloir un affranchissement total de la transmission des savoirs au nom d'une pédagogie active qui ferait de l'enfant le producteur de ses propres savoirs ? Il semble en effet difficile d'attendre de l'enfant qu'il reconstruise seul tout l'édifice des connaissances. À cet égard, la pratique de l'« innutrition » défendue par les humanistes de la Renaissance apparaît comme un idéal de réappropriation active des savoirs classiques pour en produire de nouveaux, idéal qui associe l'acte de penser par soi-même – « tête bien faite » –, auquel il est donné une primauté, et l'acte de penser avec et par les autres – « tête bien pleine » [1].

C. La dimension politique de la question éducative

1. L'éducation, une question politique

Avec les transformations du contexte politique au XVIIIe siècle et la disparition des cadres statiques de la société, de l'aristocratie et des corporations, une nouvelle conception de l'école voit le jour, visant à donner à tous les enfants accès à l'instruction. Les *Cinq mémoires sur l'instruction publique* de Condorcet (1743-1794), à la fin du XVIIIe siècle, en sont les prémices et l'aboutissement sera l'école gratuite et obligatoire de Jules Ferry (1832-1893), à la fin du XIXe siècle, où s'impose la figure de l'instituteur laïque contre celle de l'homme d'Église. On passe du modèle de l'éducation domestique à celui de l'éducation publique. Une question se pose alors : l'éducation vise-t-elle à faire « un homme ou un citoyen », pour reprendre l'expression de Rousseau ?

Parmi les penseurs des Lumières, nombreux sont ceux qui estiment que l'éducation doit conduire l'individu à son plus haut degré de perfection individuelle. Voici les termes dans lesquels le sociologue Émile Durkheim (1858-1917) exprime la pensée de Kant (1724-1804) : « Le but de l'éducation est de développer dans chaque individu toute la perfection dont il est susceptible [2]. » Or Durkheim ne souscrit pas à une telle conception individualiste de l'école, mais considère au contraire que l'éducation revêt une fonction éminemment sociale, car elle consiste en une « socialisation méthodique de la jeune génération [3] ». L'école est produite par la société pour répondre à ses besoins et à ses attentes ; de là découle la manière dont elle façonne l'individu. C'est la raison pour laquelle elle représente un enjeu politique central : « Du moment que l'éducation est une fonction essentiellement sociale, l'État ne peut s'en

1. C'est ce qu'illustre chez Montaigne la pratique de la citation qui est toujours, en même temps, dialogue avec des savoirs savants digérés.
2. Émile Durkheim, *Éducation et sociologie*, Alcan, 1922, p. 36.
3. *Ibid.*, p. 49.

désintéresser. Au contraire, tout ce qui est éducation doit être, en quelque mesure, soumis à son action [1]. » Cet enjeu est déjà soulevé par Condorcet à la fin du XVIIIe siècle lorsqu'il relie étroitement *égalité des droits* et *accès à la connaissance* dans *Cinq mémoires sur l'instruction publique* :

> Une constitution vraiment libre, où toutes les classes de la société jouissent des mêmes droits, ne peut subsister si l'ignorance d'une partie des citoyens ne leur permet pas d'en connaître la nature et les limites, les oblige de se prononcer sur ce qu'ils ne connaissent pas, de choisir quand ils ne peuvent juger [2].

Il articule ainsi la forme nouvelle de la société moderne démocratique avec le développement nécessaire d'une instruction publique ouverte à tous, permettant le développement des aptitudes individuelles.

2. L'État doit-il conditionner l'individu ou l'émanciper ?

Si l'État est en charge d'éduquer l'enfance et de s'occuper de la formation de l'homme comme citoyen, cela implique-t-il qu'il doive le conditionner pour le mettre au service de la société tout entière, ou bien qu'il doive le libérer des déterminismes et des tutelles qui peuvent l'asservir ? C'est tout le questionnement de l'éducation des Lumières, qui repose sur l'idée d'affranchir l'individu de ses relations de soumission ou d'influence afin qu'il puisse penser et agir par lui-même. Une bonne éducation se doit d'être pensée et menée en faveur de cette liberté individuelle, et ce, à plusieurs niveaux : exemplairement, par le développement de l'esprit critique, elle doit permettre à l'individu de se libérer du joug des autorités. Il s'agit alors de défaire l'ancien nœud qui rattachait l'éducation à l'Église et à la religion, par la laïcité et la neutralité de l'État en matière de choix de vie et de convictions. Dans *La Vérité*, Zola (1840-1902) met ainsi en scène l'opposition entre l'école laïque gratuite, où les enfants des diverses religions se mêlent librement et apprennent à raisonner, et les écoles cléricales payantes et dogmatiques. Mais l'enjeu est également de libérer les individus de leur destin social en égalisant l'accès aux savoirs nécessaires à leur réussite, parallèlement à l'ouverture à tous de l'accès aux différentes fonctions au sein de la société.

Ce faisant, l'école publique est écartelée entre deux pôles : *l'instruction*, qui vise à donner à tous les mêmes savoirs et les mêmes compétences en vue de la réussite professionnelle, et *l'éducation*, qui vise, par l'esprit critique et la pensée autonome, à libérer les enfants des tutelles et des autorités pour choisir par eux-mêmes leur vie. Ces deux fins de l'école

1. *Ibid.*, p. 60.
2. Nicolas de Condorcet, *Cinq mémoires sur l'instruction publique*, GF-Flammarion, 1994, p. 80-81.

publique, apparemment divergentes, semblent converger en un point : le triomphe d'une société où la liberté individuelle devient centrale.

Pourtant, un tel individualisme reste superficiel. En effet, Durkheim l'a indiqué, l'école a pour rôle la socialisation et c'est pour cela que l'État ne peut s'en détourner. De ce point de vue, c'est l'organisation de la société moderne qui a besoin de produire des hommes individualisés, instruits et libres de choisir leur propre destin. L'instruction sert alors à préparer les enfants à entrer dans un monde du travail de plus en plus complexe, où les compétences requises sont toujours plus pointues. Parallèlement, cette même société nécessite des individus capables d'adaptabilité et d'autocritique pour faire face aux évolutions perpétuelles et de plus en plus rapides d'une société où les enfants sont sûrs de ne pas connaître la même vie que leurs parents. L'objectif de l'école semble alors être passé subrepticement de l'autonomie de l'individu à une nouvelle injonction sociale de performance, notamment par une individualisation de plus en plus prononcée des parcours scolaires.

3. La question de l'enseignement moral à l'école

Se pose alors la question cruciale de l'enseignement moral. On pourrait penser, à l'instar de Condorcet, que l'école publique doit s'en tenir à l'instruction pour assurer la neutralité de l'enseignement devant les diverses convictions des parents et des enfants [1]. L'éducation revient aux parents, à l'école revient l'instruction. Cependant, la question de l'enseignement moral a toujours été un enjeu central du système scolaire à travers un enseignement républicain inspiré, à certains égards, du « catéchisme positiviste » d'Auguste Comte prônant le règne de la raison contre les superstitions et l'irrationnel des croyances.

Il est évident que la dimension morale de l'école a aujourd'hui reculé par rapport au contexte de la IIIe République où les manuels scolaires visaient à faire des enfants « bien éduqués », c'est-à-dire adhérant à certaines valeurs morales. Il n'est qu'à feuilleter l'illustre *Tour de France par deux enfants* [2], ouvrage extrêmement moralisateur qui véhicule des valeurs fondées sur le travail, l'épargne et la discipline sociale. Or établir l'enseignement scolaire sur des valeurs morales trop fortes et subjectives relèverait d'un principe ou d'une conception trop paternaliste, l'école outrepassant son rôle et ses droits. C'est pourquoi on envisage aujourd'hui plus volontiers que l'école soit chargée seulement d'une éducation civique (c'est-à-dire à la citoyenneté). Mais, dans tous les cas, on observe

1. Condorcet écrit : « Un autre motif encore de borner l'éducation publique à la seule instruction, c'est qu'on ne peut l'étendre plus loin sans blesser des droits que la puissance publique doit respecter » (*ibid.*, p. 84).

2. Ce manuel scolaire publié en 1877 par Augustine Fouillée-Tuillerie, sous le pseudonyme G. Bruno, a eu un immense succès et sera utilisé jusqu'en 1950 pour apprendre à lire aux enfants. Chacun de ses 121 chapitres commence par une maxime moralisatrice.

Pablo Picasso, *Paul en Arlequin*, 1924.

Avec ce tableau, Picasso rejoint la tradition des peintres qui se sont intéressés à l'enfance en se tournant vers l'intime et en peignant leurs propres enfants : ici, il représente le fils qu'il a eu avec sa femme Olga en 1921. L'inventeur du cubisme, qui aime introduire l'univers du cirque dans ses toiles, utilise le costume bariolé d'Arlequin pour associer l'enfance à l'imaginaire et à la rêverie. Le fauteuil imposant et de couleur sombre contraste avec la clarté du visage de Paul et l'instabilité de sa posture : ce dernier se tient dans un équilibre précaire, qui souligne la difficulté de concentration de l'enfance et sa fragilité. La douceur de ses traits, son air sérieux et son regard qui interroge le spectateur témoignent, chez le peintre, de la volonté de rendre saisissante la beauté du visage et d'exprimer toute la tendresse qui le lie à son fils. Le tableau semble inachevé, avec des parties restées à l'état de dessin (les pieds du fauteuil, les chaussures de l'enfant et la collerette bouffante de son costume), mais c'est là une liberté que prend Picasso, peut-être pour renforcer l'impression d'évanescence et d'instabilité de l'enfant, prêt à retourner à ses jeux.

que l'école ne se détourne pas de ce qui constitue sa fonction centrale : socialiser les enfants et donc aussi les conduire à intérioriser la norme. C'est pour cette raison que le ministère de l'Instruction publique, en France, est devenu ministère de l'Éducation nationale, en 1932.

La question demeure alors de savoir si la norme sociale est mieux intériorisée quand elle est imposée d'en haut par les adultes, à travers des cours de morale et une discipline stricte, ou quand elle se forge de façon plus horizontale par les interactions entre les enfants et le questionnement moral qui leur est propre, comme le souhaite Piaget dans son livre *Le Jugement moral chez l'enfant*. Sur ce point, les partis pris scolaires oscillent entre, d'un côté, la discipline et l'imposition hétéronome de la norme, et, de l'autre côté, sa constitution autonome par les enfants eux-mêmes, au sein d'une école pensée comme lieu privilégié d'une socialisation libre.

III. Se soucier de l'enfance : de l'amour parental à la protection juridique

A. L'amour parental est-il une invention ?

1. Un amour parental à l'épreuve de la mortalité infantile et des stratégies sociales

Le statut de l'enfance semble bien interroger la société : entre une enfance sous tutelle et une enfance dont on prend soin, c'est toute la question des rapports moraux et politiques qui se pose. Nous l'avons vu, l'enfant a longtemps été perçu comme un être inachevé, que l'on ne considère pas encore comme une personne, et pour lequel on est souvent loin d'éprouver de véritables sentiments. On pourrait prendre pour exemple du caractère artificiel de l'affection parentale pour la jeune enfance les propos de Montaigne, relatifs à sa propre expérience de père qui semble ne pas aimer ses enfants. N'est-on pas étonné en lisant le passage du chapitre VIII du livre II des *Essais* intitulé « L'affection des pères aux enfants », lorsqu'il y défend qu'il n'y aurait aucun lien d'obligation ou d'affection naturelle des parents à l'égard de leurs enfants ?

> La seule raison doit avoir la conduite de nos inclinations. J'ai, de ma part, le goût étrangement mousse [émoussé] à ces propensions qui sont produites en nous sans l'ordonnance et entremise de notre jugement. Comme, sur ce sujet dequoi je parle, je ne puis recevoir cette passion dequoi on embrasse les enfants à peine encore nés, n'ayant ni mouvement en l'âme, ni forme

> reconnaissable au corps, par où ils se puissent rendre aimables. Et ne les ai pas soufferts volontiers nourris près de moi [1].

Mettant en scène l'opposition entre raison et passion, Montaigne justifie son scepticisme tout raisonnable à l'égard de l'affection parentale qu'il ne comprend pas, dans des mots qui nous semblent aujourd'hui difficiles à entendre.

Si l'on se figure souvent les temps anciens comme une période où les enfants n'étaient pas aimés et où les parents ne se sentaient pas investis de devoirs envers eux, cette représentation est largement à nuancer. En effet, il existe des facteurs exogènes qui ont pu expliquer l'indifférence parentale, plus ou moins réelle, à l'égard de la vie et de la mort des enfants. L'historien Philippe Ariès défend exemplairement l'idée selon laquelle cette insensibilité découlerait de la mortalité infantile :

> Il y en [des enfants] avait trop, dont la survie était si problématique ! Le sentiment était et est resté longtemps très fort qu'on faisait plusieurs enfants pour en conserver seulement quelques-uns. [...] On ne pouvait s'attacher trop à ce qu'on considérait comme un éventuel déchet [2].

Dans l'*Émile*, Rousseau, rejoignant les statistiques dont nous disposons aujourd'hui, affirme que « la moitié des enfants qui naissent périt avant la huitième année [3] » et que, par conséquent, « un enfant devient plus précieux en avançant en âge [4] ». Le rapport à la vie est ainsi endurci par la banalité de la mort. Dans ce contexte, la relation des parents à l'égard de leurs enfants ne fait que témoigner de la dureté de la vie en général.

Dans les sociétés traditionnelles, les enfants véhiculent des stratégies sociales qui ont pour effet de les réifier et de négliger leurs affects. Une descendance nombreuse fait partie du prestige du clan : l'enfance se trouve alors moins un objet de soin qu'un instrument de la consolidation du groupe social. Dans un autre contexte, en Chine, la politique de l'enfant unique a pu conduire à l'acceptation tacite du sacrifice des petites filles. L'un des autres facteurs d'une insensibilité aux devoirs dus à l'enfance du fait d'enjeux propres aux adultes tient dans l'idée qu'une famille nombreuse assure aux parents un entretien durant leurs vieux jours, tandis que, dans nos sociétés contemporaines, l'existence d'un système de retraite organisé par l'État éloigne cette préoccupation et favorise un rapport désintéressé à l'enfance. Les progrès de la médecine et le tournant malthusien de sociétés modernes [5] qui, avec la transition démographique, font de moins en moins d'enfants confortent cette situation

1. Michel de Montaigne, *Essais*, *op. cit.*, p. 387.
2. Philippe Ariès, *L'Enfant et la vie familiale sous l'Ancien Régime*, *op. cit.*, p. 60.
3. Jean-Jacques Rousseau, *Émile ou De l'éducation*, *op. cit.*, livre I, p. 76.
4. *Ibid.*, p. 77.
5. Tournant dont Zola est un témoin inquiet. Il évoque la multiplication des avortements et des infanticides dans un roman intitulé *Fécondité* (1899), dans lequel il fait d'ailleurs un éloge de l'amour parental.

Carlos Saura, *Cría cuervos*, 1976.

Au-delà de sa portée politique visant le franquisme, le film *Cría Cuervos* du réalisateur espagnol Carlos Saura – dont le titre évoque un dicton espagnol (« Cría cuervos y te sacaran los oyos » : « élève des corbeaux et ils te crèveront les yeux ») – nous offre un des plus beaux documents qui soient sur l'enfance. L'histoire se déroule dans les années 1970, dans une grande maison décrépie de la bourgeoisie madrilène, et nous fait suivre l'itinéraire d'Ana, âgée d'une dizaine d'années, qui vient de perdre ses parents et se retrouve avec ses deux sœurs à subir l'éducation d'une tante maternelle rigide et froide. Loin d'être présenté de manière idyllique, le monde de l'enfance se heurte au monde des adultes, mais aussi au deuil : pour faire face à la mort de sa mère, Ana se crée un refuge imaginaire où elle a le pouvoir de la faire réapparaître. Le regard acerbe du réalisateur nous fait entrer dans l'intériorité d'Ana, faite de solitude, d'images puissantes et de rêveries face à la déception suscitée par le monde des adultes, sur la mélodie de la célèbre chanson de Jeannette, « Porqué te vas ». C'est sur cet air que les trois sœurs se mettent à danser ensemble lors d'une des nombreuses scènes de leurs jeux d'enfant, figurant l'univers qu'elles se sont recréé à elles seules, tout comme celle où elles s'emparent des affaires de leur mère pour se maquiller et se déguiser en femmes.

nouvelle d'une enfance bien portante, objet de l'attention et de l'affection parentales. La modernité participe ainsi à la transformation du regard sur l'enfance, qui devient de plus en plus un trésor à préserver et de moins en moins une ressource fragile dont il faudrait se détacher émotionnellement.

2. Le souci parental pour l'enfance n'est pas une invention récente

On peut toutefois se demander si le souci de l'enfance et l'amour parental n'ont pas toujours existé malgré un contexte peu propice à leur développement. La sensibilité parentale, d'où procède le sentiment de la responsabilité et des devoirs, semble bien plutôt ressortir d'un caractère atemporel. On en trouve la trace et le témoignage depuis les écrits antiques jusque dans les travaux des historiens contemporains comme Didier Lett. Prenons pour exemple Tacite (v. 56-v. 120) qui rend compte des excès de Néron (37-68) tant à la naissance de sa fille, Claudia Augusta, qu'à sa mort : « De même que son allégresse, son chagrin fut démesuré [1]. » Songeons encore aux stoïciens, qui placent les devoirs parentaux à l'égard de l'enfance au rang des devoirs naturels, jusqu'à celui d'« avoir une véritable affection pour ses enfants », selon Marc Aurèle (121-180) [2]. Ces devoirs parentaux sont pensés comme relevant à la fois de la raison et de l'affection. La raison commande de prendre soin de la fragilité de notre descendance – car c'est le rôle du parent, dans l'ordre de la nature, de prendre en charge ceux qui sont nés de lui –, et l'affection naturelle nous y conduit :

> La nature par le moyen de la raison attache l'homme à l'homme, à une communauté de vie et de langage, elle lui inspire avant tout de l'amour pour ceux qui sont nés de lui, le pousse [...] à s'efforcer en conséquence de réunir tout ce qui est propre à l'alimentation et à l'entretien, non seulement pour lui-même mais pour sa compagne, ses enfants et les autres êtres qu'il aime et sur lesquels il veille [3].

En outre, le christianisme, à travers les enseignements évangéliques de Jésus-Christ, a largement contribué à donner à l'enfant une place centrale, renversant ainsi la primauté des parents dans l'ordre moral et accordant une place décisive à cet être fragile et vulnérable. Enfin, la mortalité des enfants a toujours été vécue comme une épreuve, même quand elle était banale, comme en témoigne le tableau d'Eugène Carrière (1849-1906), *L'Enfant malade*, qui illustre de façon emblématique la douleur d'une mère face à la fragilité enfantine.

---

1. Tacite, *Annales*, livre XV, chap. XXIII, trad. P. Wuilleumier, Les Belles Lettres, 1989, p. 154.
2. Marc Aurèle, *Pensées pour moi-même*, livre I, chap. XIII, trad. M. Meunier, GF-Flammarion, 1992, p. 34.
3. Cicéron, *De officiis*, livre I, chap. IV, trad. Ch. Appuhn.

Contrairement à ce qu'on a pu penser à la suite des travaux de Philippe Ariès, l'amour parental n'est donc pas une invention moderne, mais il a été repéré et théorisé de longue date comme un appui dans l'exercice de devoirs parentaux. Toutefois, la condition de l'homme moderne, le confort, la baisse de la mortalité infantile, le contrôle des naissances ont fait que le souci de l'enfance s'est affirmé et a pris une place prépondérante dans l'existence humaine. Pour preuve de la préoccupation nouvelle pour l'enfance, le succès de la psychologie de Donald Winnicott (1896-1971). Dans *La Famille suffisamment bonne*, le psychologue britannique théorise en particulier la structuration psychique de l'enfant par rapport à l'affection que lui porte sa mère. Cette dernière est prise entre deux écueils : d'une part, la négation de son enfant du fait de son propre narcissisme, lorsqu'elle ne voit en lui qu'une image d'elle-même ; d'autre part, sa propre négation en raison d'une attention démesurée portée à l'enfant. Entre ces deux écueils nuisibles se place l'image de la mère « suffisamment bonne [1] », ni trop sacrificielle ni trop envahissante, tout comme il est possible de trouver une juste mesure entre l'enfant malaimé et l'enfant-roi.

3. Le père, la mère : des rôles bien définis ?

Dans un tel cadre de pensée, la question du père reste problématique en ce qui concerne les formes d'affection dues à l'enfant. Une grande différenciation entre le rôle du père et le rôle de la mère à l'égard de l'enfance a des racines profondes dans le modèle patriarcal dominant : si le père apparaît comme la figure de l'autorité qui impose la loi et la règle, à la mère seule reviendrait le souci de l'enfant. L'éthique du *care*, ou éthique de la sollicitude, initiée par deux chercheuses américaines, Carol Gilligan (née en 1936) et Joan Tronto (née en 1952), a tenté de saisir les incohérences d'un tel modèle. Carol Gilligan s'oppose ainsi à la vision du psychologue Lawrence Kohlberg (1927-1987), pour qui les petites filles accuseraient un retard moral par rapport aux garçons, parce qu'elles feraient moins systématiquement référence à la règle mais plus souvent à la sollicitude pour répondre à des situations de conflit. Or, pour Carol Gilligan, les petites filles ne seraient pas *moins* morales mais *autrement* morales du fait de la sollicitude maternelle à laquelle on les prépare [2]. Il conviendrait alors de récuser l'hégémonie de la conception masculine de la morale par la loi, en vue de généraliser la relation de sollicitude, pour repenser la morale et la politique au sein de la société.

---

1. « Si le maternage n'est pas suffisamment bon, le nourrisson se résume à une série de réactions à des empiétements et le vrai *self* de l'enfant échoue à se former, ou se dissimule derrière un faux *self compliant* qui tend surtout à se protéger des coups que le monde frappe à sa porte » (Donald Winnicott, *La Famille suffisamment bonne*, trad. F. Bouillot, Payot, 2010, p. 13).

2. Carol Gilligan, *Une voix différente. La morale a-t-elle un sexe ?* [1982], trad. V. Nurock, Flammarion, « Champs », 2019.

Dès lors, le père n'a plus à être exclu ni à s'exclure des soins dus à l'enfance au nom du fait qu'il représenterait la seule instance d'autorité. L'entrée des femmes dans la vie active leur a ouvert la possibilité de se détacher du rôle historique qui leur était assigné, et qui consistait à prendre en charge le foyer. Parallèlement, la reconnaissance du caractère construit des genres permet une nouvelle représentation du rôle du père, qui peut tout aussi bien « materner » l'enfant et l'entourer de soins et d'affection, choses qui étaient auparavant réservées aux femmes. On assiste alors à un partage plus égalitaire des charges, du souci des besoins et des vulnérabilités de l'enfant, dont témoigne par exemple l'extension récente du « congé paternité » à vingt-cinq jours en France.

B. De l'enfant comme bien dont on dispose à l'enfance libérée

1. L'enfant, sujet de l'autorité paternelle

L'enfant a historiquement été assimilé, dans la Rome antique, au *dominium*, c'est-à-dire aux propriétés du *pater familias*. Ce statut s'est accompagné d'un droit du père à disposer de la vie de sa progéniture : le père pouvait choisir de reconnaître le nouveau-né ou de l'« exposer » : de le laisser à l'abandon devant sa porte. Cette conception d'une enfance à la merci du père se retrouve jusqu'au XVIIIe siècle, bien qu'assouplie, sous la plume de Kant. Celui-ci évoque, au sujet du statut juridique des enfants, un « droit personnel d'espèce réelle [1] ». Le droit personnel désigne le droit d'obliger une personne ; cependant, ce droit du père de commander ses enfants n'est pas fondé sur un contrat, mais découle d'une forme de propriété que désigne « le droit personnel d'espèce réelle ». Ainsi la femme et les enfants sont-ils des personnes dont on dispose par commandement, assimilables à des biens que l'on possède. Il n'est qu'à se souvenir des figures des *patres familias* dans les comédies de Molière (1622-1673), lequel met en scène des pères si peu soucieux du bonheur de leurs enfants qu'ils sont prêts à les marier de force par intérêt égoïste.

De fait, pendant longtemps, l'enfance est pensée uniquement comme soumise à une autorité paternelle toute-puissante, imposée du fait des limitations rationnelles et matérielles de la vie enfantine. La mise sous tutelle de l'enfant, soumis à l'autorité naturelle et absolue du père, semble justifiée parce que le père détient à la fois la raison et les moyens de sa subsistance. Dès lors, on comprend la double analogie qui lie le rôle du père régnant sur sa famille et les rapports politiques dans la société : le

1. Emmanuel Kant, *Métaphysique des mœurs. Doctrine du droit*, section 3, trad. A. Renaut, GF-Flammarion, 2018, p. 76.

père est l'équivalent du législateur, c'est lui qui interdit et sanctionne. Cette représentation trouve une nouvelle assise chez Freud, pour qui le père est celui qui établit la loi et, en séparant l'enfant de sa mère, celui qui censure et permet l'intériorisation de l'interdit. Aussi, la psychanalyse freudienne reconduit et naturalise le rôle tout politique du père et l'état de subordination d'une enfance à la merci des commandements paternels.

2. L'enfance ou l'analogie du politique : du roi patriarche à l'émancipation des peuples

En réalité, c'est tout le pouvoir politique qui a pu être historiquement pensé sur le modèle du pouvoir paternel. En effet, l'autorité royale a longtemps été conçue comme découlant en ligne directe d'Adam, lui-même fait roi du monde par Dieu : c'est à travers la transmission de son autorité à la branche aînée mâle que les monarques seraient investis, selon la règle de la primogéniture dans la loi salique [1]. Jusque sous la plume de Locke, on retrouve l'idée selon laquelle les premières sociétés étaient gouvernées par les patriarches, c'est-à-dire les pères de famille, dont l'autorité familiale devenait la structure de l'autorité politique [2].

C'est ainsi que l'on observe bien souvent, chez les auteurs qui s'inquiètent du pouvoir grandissant du peuple, la figure d'un peuple enfant à l'égard duquel il faudrait faire preuve de pédagogie ou, à défaut, auquel il conviendrait d'imposer des sanctions. On trouve même cette image d'un peuple encore enfant pendant la Révolution française, y compris parmi les révolutionnaires qui craignent l'affranchissement trop rapide des citoyens : « Un peuple sortant de l'esclavage est un enfant », écrit le député Jacques Pierre Brissot (1754-1793).

Thomas Hobbes (1588-1679) est le premier à avoir contesté le pouvoir absolu du père sur l'enfant et renversé le préjugé patriarcal. Selon lui, les enfants n'appartiennent pas aux pères, mais à l'état de nature, et ce sont les mères qui tiennent les enfants en leur puissance. Hobbes précise que « si [la mère] prend soin de [l'enfant], il lui doit la vie, et se trouve donc obligé de lui obéir plutôt qu'à qui que ce soit d'autre ; en conséquence, c'est à elle qu'appartient la domination de l'enfant [3] ». L'enfant n'est plus intrinsèquement *alieni juris*, personne soumise à l'arbitraire d'un maître, mais il devient un être libre qui a promis obéissance à celle qui protège sa vie [4]. L'autorité ne revient pas naturellement

1. Robert Filmer, *Patriarcha ou Du pouvoir naturel des rois* [1680], L'Harmattan, 1991.
2. John Locke, *Second Traité du gouvernement* [1689], chap. VII.
3. Thomas Hobbes, *Léviathan*, chap. XX, Dalloz, 1999, p. 209.
4. « L'enfant doit en effet obéir à celui qui préserve sa vie : en effet cette préservation étant la fin en vue de laquelle on s'assujettit à autrui, tout homme est censé promettre obéissance à celui qui a le pouvoir de le sauver ou de le perdre » (*ibid.*, p. 210).

L'ENFANCE EN DATES

789 : Charlemagne promulgue son capitulaire *Admonitio generalis*, qui décide de la restauration d'écoles monastiques ou épiscopales.

XIIe siècle : Naissance des premières universités.

1530 : Fondation du Collège royal (qui deviendra le Collège de France). Quelques professeurs commencent à dispenser leurs cours en français.

Du XVIe au XVIIIe siècle : Les Jésuites fondent de nombreux établissements qui proposent un enseignement gratuit en latin.

1679 : L'*Habeas Corpus Act*, inscrit dans la loi anglaise, assure à tout citoyen anglais de bénéficier d'un procès juste et équitable.

1698 : Ordonnance du roi Louis XIV qui oblige les parents à mettre leurs enfants dans les « petites écoles ».

1789 : Révolution française et *Déclaration des droits de l'homme et du citoyen*, qui proclame que « tous les hommes naissent et demeurent libres et égaux en droits ».

1792 : Le marquis de Condorcet présente un plan d'instruction publique, afin de protéger les enfants des familles pauvres. La majorité est établie à 21 ans en France.

1793 : Premier code civil énonçant les devoirs de « surveillance et protection » des parents à l'égard de leurs enfants.

1795 : Début de l'école laïque. La loi Lakanal institue une école pour 1000 habitants.

1802 : Création des premiers lycées.

1813 : Interdiction du travail dans les mines pour les enfants de moins de 10 ans.

1833 : Émergence d'un enseignement primaire public. La loi Guizot impose à chaque commune de se doter d'une école publique.

1841 : Loi sur l'interdiction du travail pour tous les enfants de moins de 8 ans.

1850 : Loi Falloux, qui incite à ouvrir des écoles pour filles.

1867 : Loi Duruy, qui impose l'ouverture des écoles pour filles dans les communes de plus de 500 habitants.

1874 : Loi réduisant la durée de la journée de travail des enfants (6 heures pour les enfants de moins de 12 ans et 12 heures pour les enfants de plus de 12 ans). Interdiction de faire travailler les enfants de moins de 12 ans dans les manufactures.

1880 : Les filles ont accès à l'enseignement secondaire et ont le droit d'aller au collège et au lycée.

1881-1882 : Les lois Jules Ferry rendent l'enseignement primaire public obligatoire, gratuit et laïc pour tous les enfants de 6 à 13 ans.

1889 : Loi qui permet de déchoir de leurs droits les parents maltraitants.

1912 : Création de la Société des Nations unies (SDN) et de tribunaux pour enfants. Reconnaissance de l'irresponsabilité pénale de l'enfant de moins de 13 ans.

1919 : Création par la SDN du Comité de protection de l'enfance.

1924 : Déclaration de Genève. Adoption de la charte des droits fondamentaux des enfants par l'UISE (Union internationale de secours aux enfants). En France, les programmes scolaires deviennent identiques pour les filles et les garçons, et les filles ont le droit de passer le baccalauréat.

1936 : La scolarité est rendue obligatoire jusqu'à 14 ans.

1949 : Déclaration universelle des droits de l'homme promulguée par l'Assemblée générale des Nations unies.

1956 : Code de la famille et de l'aide sociale.

1959 : Charte des droits de l'enfant adoptée par l'ONU. En France, scolarité obligatoire jusqu'à 16 ans.

1964 : Mise en place des DDASS (Directions départementales de l'assistance sanitaire et sociale) chargées de la prise en charge de l'enfance.

1966 : Adoption par l'ONU du Pacte international relatif aux droits économiques, sociaux et culturels (qui reconnaît aux enfants le droit à la protection contre l'exploitation économique, le droit à l'éducation et le droit à la santé) et du Pacte relatif aux droits civils et politiques (qui établit le droit à un nom et à une nationalité).

1968 : L'uniforme est supprimé à l'école.

1970 : Publication des lois relatives à l'autorité parentale qui remplace la puissance paternelle (suppression de la désignation du père comme « chef de famille »).

1974 : La majorité est abaissée à 18 ans.

1976 : La mixité devient obligatoire pour toutes les écoles.

1979 : Année internationale de l'enfance.

1989 : Adoption à l'ONU de la Convention internationale des droits de l'enfant (54 articles). Son préambule énonce la nécessité d'accorder un statut spécial de protection à l'enfant.

1990 : Premier sommet mondial pour l'enfance au siège de l'ONU.

1995 : Le 20 novembre est décrété en France « Journée nationale de défense et de promotion des droits de l'enfant », qui devient journée internationale en 2000.

2002 : L'autorité parentale est redéfinie comme un « ensemble de droits et de devoirs ayant pour finalité l'intérêt de l'enfant ».

2019 : L'école est obligatoire dès l'âge de 3 ans.

2021 : Allongement du congé paternité à 25 jours, dont 7 jours obligatoires.

aux parents, mais résulte d'un contrat tacite, comme il en sera de l'autorité politique.

Remarquons que, pour Rousseau, l'obligation qu'ont les enfants d'obéir au père n'existe que tant qu'ils dépendent de lui pour leur subsistance. Aussitôt cette dépendance disparue, le fondement de l'autorité parentale s'évanouit : « Les enfants ne restent-ils liés au père qu'aussi longtemps qu'ils ont besoin de lui pour se conserver [...]. S'ils continuent à rester unis ce n'est plus naturellement, c'est conventionnellement [1]. » De même, Louis de Jaucourt (1704-1780), dans l'article « Enfant » de l'*Encyclopédie*, met en cause le devoir d'« obligation perpétuelle où sont les enfants envers leur père et leur mère ». S'ensuit que si les enfants n'appartiennent pas au père, les sujets ne sont pas non plus la propriété des monarques. Ainsi, coïncident la « libération des enfants », pour reprendre l'expression d'Alain Renaut (né en 1948) [2], et la sortie de l'humanité des tutelles. C'est pourquoi Kant caractérise les Lumières comme un temps d'affranchissement marqué par le passage d'un peuple enfant à un peuple *sui juris* – qui est son propre maître et se donne sa propre loi, ose penser par lui-même et s'affranchir de l'hétéronomie à la faveur de l'autonomie [3]. De façon tout à fait analogue, cette reconsidération de l'autorité politique s'accompagne de la reconsidération de l'autorité paternelle et de la prise en compte de l'enfant comme sujet de droit plein et entier : c'est à partir de là que s'affirmera la possibilité de se protéger de la tyrannie parentale et de défendre ses droits fondamentaux.

C. L'enfance protégée : la reconnaissance de l'enfant comme sujet de droits

1. Préserver l'enfance de l'exploitation

Au cours de la période moderne et contemporaine se dessine progressivement un cadre juridique et social visant à reconnaître le statut spécifique de l'enfance comme âge de la vie à protéger. C'est ainsi que Locke, dans un mémorandum de 1697 portant sur les lois réservées aux pauvres (*Poor Laws*), propose de mettre en place des écoles destinées aux enfants démunis :

> Le remède le plus efficace que nous puissions concevoir, et que nous proposons donc humblement, est qu'en vertu de la nouvelle loi à mettre en place, des écoles d'industrie soient établies dans chaque paroisse, où seront obligés d'aller les enfants de tous ceux qui demandent des secours [4].

1. Jean-Jacques Rousseau, *Du contrat social* [1762], GF-Flammarion, 2001, p. 46.
2. Alain Renaut, *La Libération des enfants. Contribution philosophique à une histoire de l'enfance*, Calmann-Lévy, 2002.
3. Emmanuel Kant, *Qu'est-ce que les Lumières ?*, 1784.
4. John Locke, *Que faire des pauvres ?* [1697], PUF, 2013, p. 41.

L'approche de Locke n'est pas encore celle de l'assistance publique, car il s'agit moins de protéger les enfants pauvres que de régler le problème de la pauvreté en les occupant pour les discipliner, à travers des écoles financées par le produit du travail des enfants eux-mêmes.

Dès le XIXe siècle et la révolution industrielle, le travail des enfants fait d'ailleurs l'objet de préoccupations spécifiques. Friedrich Engels (1820-1895) évoque ainsi des jeunes mineurs dans son ouvrage *La Situation de la classe laborieuse en Angleterre* (1845) : « Dans les mines de charbon ou de fer travaillent des enfants de quatre, cinq, sept ans [...]. Il n'est pas rare que les enfants, en arrivant chez eux, se jettent sur le carrelage devant le foyer et s'endorment aussitôt. » En 1867, Jules Simon (1814-1896) publie quant à lui un ouvrage intitulé *L'Ouvrier de huit ans*, évoquant la situation juridique des enfants face au travail :

> Quel père de famille, quel patriote, quel homme de cœur pourrait se consoler de ces générations englouties ou atrophiées, de ces enfants condamnés à la fatigue dès le berceau, de l'instruction rendue impossible ou dérisoire, des familles désolées, de la dépravation précoce ? Et cependant, pour guérir tant de maux, que faut-il ? Il ne faut aucun sacrifice. Il suffit de vouloir [1].

Vouloir, c'est bien ce à quoi s'attellera le législateur. Ainsi, la prise de conscience de la nécessité de préserver l'enfance de l'exploitation laborieuse se fait jour au XIXe siècle en parallèle de l'émergence de l'État social, c'est-à-dire d'un État qui se préoccupe de la protection de la population vulnérable. Les récits de Charles Dickens (1812-1870) s'attacheront à dénoncer la condition des enfants démunis, comme le célèbre roman *Oliver Twist*, qui raconte les mésaventures d'un jeune orphelin, depuis les supplices qu'il endure dans l'hospice (*workhouse*) où il a été recueilli jusqu'à la maltraitance qu'il subit dans le milieu de la petite criminalité londonienne. Ce n'est qu'en 1841, en France, qu'est votée une loi sur le travail des enfants, dite « loi Guizot », qui, même si elle ne sera jamais appliquée, marque le début d'une série de mesures visant à la protection de l'enfance.

2. Excuser l'enfance : le statut pénal de l'enfant

Contre l'idée de condamner pénalement un enfant comme s'il était un adulte, apparaît la notion d'« excuse de minorité » dans les codes pénaux révolutionnaires de 1791 et napoléonien de 1810, fixant à 16 ans l'âge de la majorité pénale. Néanmoins, jusqu'en 1850, les enfants fréquentent les mêmes prisons que les adultes. Ce n'est que plus tard que des secteurs leur seront attribués, puis que l'on privilégiera les mesures éducatives par rapport aux mesures punitives.

1. Jules Simon, *L'Ouvrier de huit ans*, A. Lacroix, 1867, p. 212.

Des formes de châtiments sévères à l'égard des enfants demeureront cependant, en témoignent les bagnes qui leur sont réservés ou les maisons de correction. On peut citer, par exemple, la colonie de Mettray, créée en 1839 – et fermée cent ans plus tard – en vue de rééduquer les jeunes délinquants. Quoique fondée sur le principe idéaliste de corriger et de réinsérer les enfants en déshérence, elle s'assimile néanmoins à une forme de bagne pour enfants. Jean Genet (1910-1986), qui y a passé une partie de son existence, de ses 10 ans à ses 18 ans, l'a décrite dans *Miracle de la rose* : « Par Harcamone, Divers et Bulkaen, je vais encore revivre Mettray qui fut mon enfance. Je vais retrouver la Colonie pénitentiaire abolie, le bagne d'enfants détruit [1]. » Dans son enquête *Les Enfants du bagne*, Marie Rouanet (née en 1936) a voulu redonner une voix aux derniers bagnards en France, de 1850 jusqu'au milieu du XXe siècle :

> Avec leur crâne rasé, leurs sabots, leurs pantalons de treillis, leurs vestes grises, [ces enfants de prison] se ressemblaient, ceux de 1850 n'étaient guère différents de ceux de 1900, de 1930, de 1945. [...] Je voulais les suivre au travail, pendant lequel il était interdit de parler, sur le chemin des champs ou de l'atelier ; au dortoir, glacé l'hiver, rempli l'été à l'heure du coucher, d'une grande clarté chaude, encore diurne ; dans leurs courses d'évadés, dans leur cachots où ils inscrivaient leur nom ; devant la pitance du réfectoire, dans le bruit des écuelles de fer [2].

La lecture ou la vision de toutes les enfances malheureuses, de chaque enfant sans enfance ne peut que serrer le cœur et révolter, tant la place d'un enfant ne sera jamais ni en prison ni au travail.

3. La protection de l'enfance : l'enfant reconnu comme sujet de droits

Ce n'est qu'après la guerre que s'initie la protection de l'enfance à proprement parler. Le premier long métrage de Maurice Pialat (1925-2003), sorti en 1968, *L'Enfance nue*, est un témoignage frappant de cette préoccupation nouvelle pour l'enfance : il montre la prise en charge par l'administration sollicitant, rémunérant et contrôlant les familles d'accueil. Tout un pan du système social se met en place, qui pose l'enfance au centre de ses préoccupations.

Ainsi, en France, le décret du 24 février 1956 instaure le Code de la famille et de l'aide sociale. Celui-ci reprend des mesures prises entre 1943 et 1953, et institue un service centré sur l'enfant. En 1964 sont mises en place les DDASS (Directions départementales des affaires sanitaires et sociales), chargées de la prise en charge de l'enfance. Celles-ci

1. Jean Genet, *Miracle de la rose*, Gallimard, 1977, p. 20.
2. Marie Rouanet, *Les Enfants du bagne*, Payot, 1992, p. 43-44.

sont complétées par l'Aide sociale à l'enfance qui a vocation, dès les années 1980, à venir en aide aux mineurs en difficulté afin de les protéger, notamment contre les maltraitances familiales. L'enfance est alors arrachée à la seule autorité absolue des parents pour devenir un objet de préoccupation à part entière, qu'il revient à la communauté de préserver spécifiquement.

C'est dans la seconde moitié du XXe siècle, dans le sillage de la Déclaration universelle des droits de l'homme, que la reconnaissance des droits de l'enfant parachève l'affranchissement de l'humanité à l'égard des tutelles. Après de longues tractations, l'Assemblée générale des Nations unies promulgue deux textes relatifs aux droits de l'enfant le 16 décembre 1966. Tandis que le Pacte international relatif aux droits économiques, sociaux et culturels reconnaît aux enfants le droit à la protection contre l'exploitation économique, le droit à l'éducation et le droit à la santé, le Pacte relatif aux droits civils et politiques établit quant à lui le droit à un nom et à une nationalité.

Les Nations unies proclament l'année 1979 année internationale de l'enfant. La Pologne propose de mettre en place un groupe de travail appartenant à la commission des droits de l'homme des Nations unies pour rédiger une convention internationale. La convention internationale des droits de l'enfant issue de ce groupe de travail est votée le 20 novembre 1989. Elle contient 54 articles, qui énoncent les droits civils, économiques, sociaux et culturels de l'enfant.

CONCLUSION

Dans nos sociétés contemporaines, l'enfance a pris une place prépondérante, qui contraste fortement avec la relative indifférence dont elle a longtemps été l'objet. On parle de l'enfance, on écrit et on lit sur l'enfance, on prend soin de l'enfant et de son éducation. Mais l'adulte qui porte ainsi son regard sur une période révolue de sa vie est-il capable de voir l'enfant dans l'enfant, ou bien n'est-il pas condamné à rester au seuil de l'objet qu'il contemple et d'en faire une simple surface de projection ? Cette alternative fait que l'enfance se trouve toujours « au milieu du gué » entre la période de vie vécue par l'enfant, qui ne peut pas encore se dire, et la période de vie racontée par l'adulte, alors qu'elle n'est plus. Ainsi l'enfance échappe-t-elle toujours en partie à ceux qui prétendent la prendre en charge : les récits autobiographiques de l'enfance correspondent souvent à des souvenirs reconstruits par l'adulte, et l'éducateur doit faire effort pour comprendre les besoins spécifiques de l'enfant. L'enfance est-elle pour autant inaccessible à l'adulte ? Au-delà d'alimenter sa fantaisie nostalgique, ne peut-elle pas être un lieu de rencontre, voire un pont qui relierait enfant et adulte ? Peut-être Bachelard nous oriente-t-il vers une réponse quand, dans les très belles pages qu'il consacre au sujet dans *La Poétique de la rêverie*, il définit l'enfance comme une ouverture au monde :

> Et c'est ainsi qu'il y a communication entre un poète de l'enfance et son lecteur par l'intermédiaire de l'enfance qui dure en nous. Cette enfance demeure d'ailleurs comme une sympathie d'ouverture à la vie, elle nous permet de comprendre et d'aimer les enfants comme si nous étions leurs égaux en vie première [1].

ORIENTATIONS BIBLIOGRAPHIQUES

Références philosophiques et historiographiques

ARIÈS Philippe, *L'Enfant et la vie familiale sous l'Ancien Régime*, Seuil, 1975.

ARISTOTE, *Les Politiques*, trad. P. Pellegrin, GF-Flammarion, 2015.

ARISTOTE, *Histoire des animaux*, trad. P. Pellegrin, GF-Flammarion, 2017.

BACHELARD Gaston, *La Poétique de la rêverie*, PUF, 1960.

CONDORCET Nicolas DE, *Cinq mémoires sur l'instruction publique* [1792], GF-Flammarion, 1994.

ÉRASME, *Declamatio de pueris statim ac liberaliter instituendis*, trad. J.-C. Margolin, Droz, 1966.

LETT Didier et ALEXANDRE-BIDON Danièle, *Les Enfants au Moyen Âge. Ve-XVe siècle*, Fayard, 2013.

LOCKE John, *Quelques pensées sur l'éducation* [1693], trad. G. Compayré, Vrin, 2007.

MONTAIGNE Michel DE, *Essais* [1580], PUF, « Quadrige », 2004.

PLATON, *La République*, trad. G. Leroux, GF-Flammarion, 2016.

PLATON, *Gorgias*, trad. M. Canto-Sperber, GF-Flammarion, 1987 ; rééd. 2018.

RENAUT Alain, *La Libération des enfants. Contribution philosophique à une histoire de l'enfance*, Calmann-Lévy, 2002.

Références littéraires

BEAUVOIR Simone DE, *Mémoire d'une jeune fille rangée*, Gallimard, 1958.

CARROLL Lewis, *Alice aux pays des merveilles* [1865], trad. H. Parisot, GF-Flammarion, 2016.

DICKENS Charles, *Oliver Twist* [1837], trad. S. Monod, Le Livre de Poche, 2005.

1. Gaston Bachelard, *La Poétique de la rêverie*, *op. cit.*, p. 86.

DICKENS Charles, *David Copperfield* [1850], trad. S. Monod, GF-Flammarion, 2015.
FÉNELON, *Les Aventures de Télémaque* [1699], GF-Flammarion, 1968.
HUGO Victor, *L'Art d'être grand-père* [1877], GF-Flammarion, 1985 ; rééd. 2018.
PROUST Marcel, *À la recherche du temps perdu* [1913-1927], GF-Flammarion, 2019.
SARRAUTE Nathalie, *Enfance*, Gallimard, 1983.
VALLÈS Jules, *L'Enfant* [1878], GF-Flammarion, 2007.
VALLÈS Jules, *Le Bachelier* [1881], GF-Flammarion, 2011.
WRIGHT Richard, *Black Boy*, trad. M. Duhamel, Gallimard, 1947.

Filmographie

BROOK Peter, *Sa majesté des mouches*, 1963.
CHAPLIN Charlie, *The Kid*, 1921.
COMENCINI Luigi, *L'Incompris*, 1966.
DOILLON Jacques, *Ponette*, 1996.
KURYS Diane, *Diabolo menthe*, 1977.
LAUGHTON Charles, *La Nuit du chasseur*, 1955.
PIALAT Maurice, *L'Enfance nue*, 1967.
SAURA Carlos, *Cría cuervos*, 1976.
TARKOVSKI Andreï, *L'Enfance d'Ivan*, 1962.
TRUFFAUT François, *Les Quatre Cents Coups*, 1959.

PREMIÈRE PARTIE

Rousseau

Émile ou De l'éducation, livres I-II

par Johanna Lenne-Cornuez

Encadré : Vie de Rousseau 60

I. Présentation d'*Émile ou De l'éducation*, livres I-II 61

A. Le contexte de l'œuvre 61

1. L'éducation, préoccupation centrale des Lumières 61
2. La « marche de la nature » 63

B. Situation de l'*Émile* dans l'œuvre de Rousseau 65

C. Philosophie et fiction 66

1. L'*Émile*, un traité d'éducation ? 66
2. « Notre véritable étude est celle de la condition humaine » 67

*Encadré : Plan général de l'*Émile 68

D. Principes importants des livres I et II de l'*Émile* 70

1. La bonté de la nature humaine et l'éducation naturelle 70

Illustration : « Façon de redresser la tige courbe d'un jeune arbre, servant d'exemple à la façon de redresser une jambe », 1741 73

2. La critique sociale 74

II. L'enfance dans *Émile ou De l'éducation*, livres I-II 75

Introduction 75

*Encadré : Plan des livres I et II de l'*Émile 77

A. Qu'est-ce qu'un enfant ? 78

1. Les bornes de l'enfance 78

Encadré : Amour de soi, amour-propre, pitié 81

2. L'état originel 82
3. Moralité de l'amoralité 84

B. Savoir conduire les enfants 86

1. La liberté naturelle et la gaieté de l'enfance 86

*Illustration : « Thétis », illustration tirée de la première édition de l'*Émile, *1762* 88

2. L'éducation négative 90

Encadré : Le gouverneur 91

C. Pour une philosophie de l'enfance 95

1. Savoir se mettre à la place de l'enfant 95
2. Laissez mûrir l'enfance dans l'enfant 97

Illustration : Jean-Baptiste Greuze, Le Petit Paresseux, *1755* 99

3. La sagesse de l'*enfant fait* 100

Conclusion 102

Orientations bibliographiques 103

VIE DE ROUSSEAU

1712 : Naissance de Jean-Jacques Rousseau le 28 juin à Genève.
1722 : En pension chez le pasteur Lambercier.
1728 : Fuite de Genève. Rencontre de Mme de Warens à Annecy. Conversion au catholicisme. Perte de ses droits de citoyenneté.
1731 : Installation chez Mme de Warens à Chambéry.
1735-1737 : Séjour dans le vallon des Charmettes, près de Chambéry.
1740-1741 : Préceptorat à Lyon chez M. de Mably. *Projet pour l'éducation de M. de Sainte-Marie.*
1742 : Présentation de son projet de notation musicale à l'Académie des sciences de Paris.
1743-1744 : Secrétariat auprès de l'ambassadeur de France à Venise.
1745 : Rencontre avec Thérèse Levasseur. Entrée dans le cercle des philosophes. Amitié avec Diderot.
1749 : Secrétariat pour les Dupin. **Collaboration à l'*Encyclopédie*** au sujet de la musique. Rédaction du ***Discours sur les sciences et les arts*** (dit *Premier Discours*).
1750 : Prix de l'Académie de Dijon pour le *Premier Discours*.
1751 : Polémiques autour de la publication du *Premier Discours*.
1753-1754 : Rédaction du *Discours sur l'origine et les fondements de l'inégalité parmi les hommes* (dit *Second Discours*), dédié à la République de Genève. Réintégration dans ses droits de citoyenneté.
1755 : Publication du *Second Discours*. **Publication de l'article « Économie politique » dans l'*Encyclopédie*.**
1756 : Installation à l'Ermitage chez Mme d'Épinay. *Lettre à Voltaire* sur la Providence (18 août).
1757 : Installation à Montmorency.
1758 : *Lettre à d'Alembert sur les spectacles*. Rupture avec Diderot.
1761 : Publication de *Julie ou la Nouvelle Héloïse*, mise en vente à Paris (immense succès).
1762 : Publication du *Contrat social ou Principes du droit politique* et de *Émile ou De l'éducation*. Condamnation par le Parlement de Paris. Fuite de France. Condamnation de Genève. Refuge à Yverdon, puis à Môtiers (en Suisse).
1763 : *Lettre à Christophe de Beaumont*, en réponse au Mandement de l'Archevêque de Paris contre l'*Émile*. **« Abdication » de sa citoyenneté genevoise**.
1764 : *Lettres écrites de la montagne*, en réponse aux *Lettres écrites de la campagne* du procureur général Tronchin.
1765 : Rédaction du ***Projet de constitution pour la Corse***. Les *Lettres écrites de la montagne* sont brûlées à La Haye et à Paris. Refuge sur l'île de Saint-Pierre.
1766 : Séjour en Angleterre auprès de Hume.
1767 : Rupture avec Hume. Retour en France.
1770 : Les *Confessions* sont achevées. Lectures publiques.
1771 : Rédaction des ***Considérations sur le Gouvernement de Pologne***.
1772-1776 : Rédaction des ***Dialogues de Rousseau juge de Jean-Jacques***.
1776-1778 : Rédaction des ***Rêveries du promeneur solitaire***.
1778 : Mort de Rousseau le 2 juillet à Ermenonville.
1794 : Transfert des restes de Rousseau au Panthéon, le 11 octobre.

I. Présentation d'*Émile ou De l'éducation*, livres I-II

A. Le contexte de l'œuvre

1. L'éducation, préoccupation centrale des Lumières

Le XVIIIe siècle est connu pour sa foi dans le progrès de la raison et des connaissances humaines. Les lumières, tant de l'individu que de la civilisation, libérant des préjugés et des superstitions, peuvent ouvrir à un progrès indéfini. L'aptitude à se perfectionner distingue l'homme de l'animal dont la nature est stationnaire [1]. Dépassant l'antinomie entre une nature déchue et des coutumes diverses, l'éducation institue une continuité entre la nature et la culture, favorable à un bonheur aussi bien individuel que collectif. L'optimisme anthropologique des Lumières est pourtant loin d'être aussi univoque qu'on le croit d'ordinaire. Rousseau est sans doute l'auteur qui jette le plus de trouble sur l'histoire humaine. Critique interne au courant des Lumières [2], l'auteur du *Discours sur les sciences et les arts* fait son entrée en philosophie en remettant en cause le lien présumé harmonieux entre le progrès du savoir et le progrès moral de l'humanité. Le néologisme *perfectibilité*, s'il désigne « la faculté de se perfectionner » qui « réside parmi nous tant dans l'espèce, que dans l'individu », marque tout autant l'origine des « erreurs » que des « lumières », des « vices » que des « vertus » [3]. Cette « faculté distinctive, et presque illimitée », permettant à l'être humain de s'écarter de son état naturel, est ambivalente. L'homme libre, quoique capable de s'élever aux aspirations les plus sublimes, est désormais en contradiction avec lui-même et avec les autres. Aussi Rousseau n'envisage-t-il son projet d'éducation ni comme l'adaptation de l'individu à un état social et civilisé ni comme le moyen d'une accumulation indéfinie de connaissances, mais comme la formation d'un être en accord avec ses dispositions naturelles et en harmonie avec ses semblables.

À la suite des traités de civilité du XVIIe siècle destinés à « policer » l'homme en société, les traités d'éducation fleurissent au siècle des Lumières et s'attachent tant aux soins et à la santé de l'enfant, à l'acquisition de connaissances éclairant son jugement, qu'à ses qualités sociales

1. Voir Buffon, *Discours sur la nature des animaux*, 1754. *A contrario*, Condillac, dans le *Traité des animaux* (1755), défend l'idée d'une simple différence de degrés entre l'entendement animal et l'entendement humain et d'une possibilité de perfectionnement des bêtes.

2. Rousseau n'est pas anti-Lumières, mais propose une critique interne des Lumières. Voir Bruno Bernardi, « Rousseau, une autocritique des Lumières », *Esprit*, n° 357, 2009, p. 109-124.

3. *Discours sur l'origine et les fondements de l'inégalité parmi les hommes*, éd. B. Bernardi et B. Bachofen, GF-Flammarion, 2008, p. 80.

et morales [1]. Tout en louant chez ses prédécesseurs l'importance accordée au corps et aux exercices physiques, Rousseau critique la tripartition de l'éducation distinguant les préceptes relatifs à la santé, à l'instruction et aux mœurs de l'élève. Dans le sillage de Montaigne, l'auteur de l'*Émile* révoque toute éducation pédante qui vise l'érudition du disciple pour mieux faire briller son maître. Contre des usages contraignants qui entendent plier à des règles le naturel enfantin présumé indiscipliné, il s'agit de renouer avec la sagesse antique en prônant un art de vivre. À rebours d'une éducation livresque qui emplit la tête de l'élève de connaissances inutiles, la compréhension véritable de tout savoir dépend de l'expérience qui nous l'approprie. Il faut apprendre à jouir de son existence et de ses facultés [2]. Congédiant toute éducation qui opposerait l'exercice physique à la formation intellectuelle, Rousseau s'intéresse de près aux soins apportés à l'enfant dès la naissance et s'inspire de nombreux préceptes de l'*Histoire naturelle* de Buffon. L'auteur de l'*Émile* initie également un dialogue critique fécond avec Locke. *De l'éducation des enfants*, paru en 1693 et traduit par Coste en 1695, rencontre un succès important en France. L'*Encyclopédie* y renvoie comme à une source qui fait autorité [3]. Désireux de considérer les enfants tels qu'ils sont et de les libérer de certains préjugés aristocratiques, Locke conseille de les conduire par leur intérêt propre plutôt que par la contrainte, afin d'en faire des individus entreprenants et sociables. Or Rousseau, tout en s'appropriant bon nombre de pensées lockiennes, marque dès la Préface de son ouvrage la distance qui sépare la finalité de sa pédagogie de celle de son illustre prédécesseur : « Malgré tant d'écrits, qui n'ont, dit-on, pour but que l'utilité publique, la première de toutes les utilités, qui est l'art de former des hommes, est encore oubliée. Mon sujet était tout neuf après le livre de Locke, et je crains qu'il ne le soit encore après le mien » (p. 46).

Il faut entendre ici *l'art de former des hommes* en un triple sens. L'*état d'homme* s'oppose d'abord à la place de l'homme dans le système social établi. Contre une éducation qui assigne à l'individu une place sociale exclusive, il s'agira de former un être conscient de sa condition humaine. L'*état d'homme* se distingue ensuite de celui de citoyen : aux yeux de Rousseau, la patrie antique n'est plus. Renonçant à former un membre d'une communauté politique, dont l'existence est tout entière attachée au bien de sa cité, Rousseau entend former un être qui se sait naturellement semblable à tout être humain. L'*homme formé* prend en dernier ressort un sens moral : la vertu d'humanité primera dans toutes ses actions. Un des principes essentiels de l'éducation rousseauiste dans l'enfance est de

1. Voir l'article « Éducation » (1755) dans l'*Encyclopédie* de Diderot et d'Alembert, rédigé par Dumarsais.

2. « [...] si vous n'êtes qu'un pédant, ce n'est pas la peine de me lire » (II, p. 231). Voir Montaigne, *Essais*, livre I, chap. 25, « Du pédantisme » ; chap. 26, « De l'institution des enfants » ; livre III, chap. 13, « De l'expérience ».

3. Voir l'article « Enfance » (Médecine) de D'Aumont.

ne pas *moraliser* précocement l'enfant en projetant sur lui des intentions dont il est dénué et en lui imposant de vaines leçons. Notons pourtant que, dès l'enfance, le pédagogue rousseauiste considère qu'« [i]l n'y a qu'une science à enseigner aux enfants : c'est celle des devoirs de l'homme » (I, p. 88). Nulle contradiction cependant : seul l'enfant qui aura été protégé de prescriptions morales paradoxalement corruptrices se comportera ensuite de façon humaine avec ses semblables.

2. La « marche de la nature »

L'œuvre de Rousseau s'inscrit dans un contexte empiriste. Si la catégorie de l'*empirisme* n'est forgée qu'à la fin du siècle par Kant, elle peut servir à définir le courant philosophique né de l'*Essai concernant l'entendement humain* de Locke (paru en 1690, traduit en français par Coste en 1700) dont l'influence fut considérable en Europe. Le philosophe anglais y propose une « philosophie naturelle de l'âme » ou une « philosophie expérimentale de l'esprit humain [1] » qui suit la formation des idées dans un esprit conçu comme une « table rase ». Locke y réfute l'existence des idées innées : aucune n'est préalable à l'expérience. Il entend montrer « que les hommes peuvent acquérir toutes les connaissances qu'ils ont, par le simple usage de leurs facultés naturelles, sans le recours d'aucune impression innée [2] ». À la suite de la généalogie lockienne des idées à partir des sensations et de la réflexion, l'*Essai sur l'origine des connaissances humaines* (1746) de Condillac affirme que les facultés de l'esprit elles-mêmes doivent être comprises dans leur dimension génétique. Mais c'est surtout avec le *Traité des sensations* de 1754 que les premiers livres de l'*Émile* dialoguent. Afin de réfuter « le penchant que nous avons à croire » que certaines idées sont nées avec nous et afin de démontrer que « nous avons appris à voir, à entendre, à goûter, à sentir, à toucher », Condillac imagine une statue « organisée intérieurement comme nous, et animée d'un esprit privé de toute espèce d'idées ». La statue prend alors vie grâce au philosophe-expérimentateur qui assiste à la formation de sa conscience du monde extérieur et d'elle-même en lui « ouvrant » un à un chacun de ses sens [3].

Chez Rousseau, tout comme la célèbre statue imaginée par Condillac, l'enfant devra apprendre à faire *usage de ses sens* dont dépendent la formation de ses idées et sa faculté de raisonner elle-même. Au livre I de l'*Émile*, l'hypothèse d'un enfant qui « eût à sa naissance la stature et la force d'un homme fait » (p. 110) rappelle la manière dont Condillac

---

1. Voir Voltaire, *Lettres philosophiques*, lettre XIII « sur M. Locke », 1734 ; d'Alembert, Discours préliminaire de l'*Encyclopédie*, 1750.
2. John Locke, *Essai philosophique concernant l'entendement humain*, trad. P. Coste, éd. P. Hamou, Le Livre de Poche, 2009, p. 133.
3. Étienne Bonnot de Condillac, *Traité des sensations*, Fayard, « Corpus des œuvres de philosophie en langue française », 1984, p. 10-11.

montre qu'un homme immédiatement formé serait dans l'incapacité de faire usage de ses facultés. Là où Buffon, dans son *Histoire naturelle* (« De l'homme », « Des sens en général »), faisait déjà l'hypothèse « d'un homme dont le corps et les organes seraient parfaitement formés, mais qui s'éveillerait tout neuf pour lui-même et pour tout ce qui l'environne », Condillac retourne la fiction contre son auteur : cet homme « tout neuf » serait incapable des mouvements et des idées que Buffon lui suppose. Ce dernier n'aurait pas mené à son terme l'analyse génétique dont il se prévaut. Condillac accuse Buffon, « qui a tenté de faire l'histoire de nos pensées », de « supposer tout d'un coup dans l'homme qu'il imagine, des habitudes qu'il aurait dû lui faire acquérir ». Le *Traité des sensations* serait « le seul ouvrage où l'on ait dépouillé l'homme de toutes ses habitudes » pour démontrer comment il acquiert l'usage de ses facultés [1]. Rousseau reprend la critique condillacienne de Buffon : l'homme doit apprendre à faire usage de ses sens, à identifier l'objet qui cause sa sensation, mais aussi à identifier le sens qui le lui fait sentir. Sans éducation de sa perception, l'homme n'aura aucune conscience de son corps propre, au point qu'il « ne saurait pas même qu'il en a un » (I, p. 111). Mais la supposition rousseauiste de cette « statue immobile et presque insensible » implique également une critique de la statue de Condillac : Rousseau montre que la formation des facultés intellectuelles ne dépend pas seulement de l'usage de nos sens mais d'un renforcement des organes grâce aux libres mouvements et à la croissance du petit enfant.

Par-delà ce dialogue interne au courant empiriste, le point capital est le suivant : l'enfance n'est pas un temps inutile et vain qu'une nature mal faite aurait pu nous épargner. Ce temps est absolument nécessaire à la conscience de soi et de ses facultés, car leur usage dépend de leur formation, et leur maîtrise ne s'acquiert que progressivement. Le temps de l'enfance est *la condition de leur appropriation*. La genèse des idées n'est pas seulement l'histoire de leur développement successif : leur formation progressive rend seule possible leur compréhension. Si tout lui était donné d'un coup, l'homme ne saurait faire usage d'aucune de ses facultés. Si des idées lui sont imposées, elles lui demeurent étrangères. L'expérience est la condition de la connaissance parce qu'elle est la condition de la libre disposition de ses facultés.

C'est sur ce principe gnoséologique qu'est fondée « la partie systématique » de l'*Émile* « qui n'est autre chose ici que la marche de la nature » (Préface, p. 47). La nature humaine est définie comme sensible et affective : « Nous naissons sensibles, et, dès notre naissance, nous sommes affectés de diverses manières par les objets qui nous environnent » (I, p. 58). Suivre la marche de la nature, c'est alors suivre le développement interne des facultés et des organes de l'enfant en lui permettant de les cultiver par des rapports convenables avec les choses et les autres. Dans l'éducation naturelle, l'ordre génétique des facultés est pris pour norme.

1. *Ibid.*, p. 287.

Le rôle de l'éducateur sera d'assister ce développement naturel et d'aider la formation des connaissances de l'élève dans ses rapports avec ce qui l'entoure, de manière à ce qu'il se situe dans le monde de façon convenable à son âge et à ses dispositions. L'empirisme rousseauiste n'a rien de réductionniste : l'être humain n'est pas tout entier façonné par l'extériorité. Il est naturellement défini par des *dispositions intérieures* qui peuvent être étouffées ou corrompues, mais qui ne peuvent jamais être totalement anéanties. De plus, l'esprit n'est pas le réceptacle passif de sensations d'où découleraient ses idées. L'être humain prend progressivement conscience de *son activité* dans la formation d'idées qui résultent de la mise en rapport de notions formées à partir de l'expérience.

B. Situation de l'*Émile* dans l'œuvre de Rousseau

À la suite des condamnations que subira l'*Émile* de la part des autorités politiques et religieuses, françaises et genevoises, et qui forceront Rousseau à s'exiler et à tenter de se justifier, celui-ci proposera plusieurs relectures de son œuvre, intégrant chacun de ses ouvrages dans un ensemble formant un « système ». La compréhension systématique de l'œuvre de Rousseau suit un ordre d'exposition synthétique dans lequel l'*Émile* occupe la première place. Il faut alors lire Rousseau dans un ordre « rétrograde » : le dernier ouvrage théorique qu'il écrivit est celui qui atteint le principe premier de son système, celui de la bonté originelle de l'homme [1]. Ainsi, on peut voir l'ensemble de son œuvre comme « le développement de son grand principe que la nature a fait l'homme heureux et bon mais que la société le déprave et le rend misérable [2] ». L'*Émile* est alors la démonstration du « principe fondamental de toute morale », sur lequel Rousseau dit « avoir raisonné dans tous ses écrits » : « l'homme est naturellement bon, aimant la justice et l'ordre [3] ».

Inversement, si l'on suit l'ordre d'invention des œuvres, Rousseau considère que toutes ses thèses originales étaient déjà contenues dans le *Discours sur l'inégalité* [4] : l'être humain, bon par nature, est perverti par les contradictions du système social. De l'analyse de ces contradictions découle notamment dans l'*Émile* le rejet de l'« éducation façonnière des riches [5] » qui inculque à l'élève des préjugés nocifs non seulement pour les autres mais pour lui-même, en faisant de lui un homme impitoyable, méprisant et impérieux. Il est courant de considérer le *Second Discours*

1. Voir *Troisième Dialogue, Rousseau juge de Jean-Jacques*, dans *Œuvres complètes* de Rousseau (abrégé OC), Gallimard, « Bibliothèque de la Pléiade », t. I, p. 933.
2. *Ibid.*, p. 934. Voir aussi la lettre à Malesherbes du 12 janvier 1762 : « l'homme est bon naturellement » et « c'est par ces institutions seules que les hommes deviennent méchants » (OC I, p. 1135).
3. Lettre à C. de Beaumont, OC III, p. 935.
4. *Confessions*, OC I, p. 406.
5. *Ibid.*, p. 117.

comme la dénonciation d'un ordre établi inégalitaire et injuste, auquel l'*Émile* aurait la charge de remédier par l'éducation naturelle, et que le *Contrat social* chercherait à résoudre en exposant les principes de toute institution politique légitimement fondée. Il faut cependant aussi lire l'*Émile* pour lui-même. L'originalité de « la plus grande et la meilleure œuvre [1] » de Rousseau tient à la fois à son ampleur théorique, déployant une *philosophie du sujet* au travers de la genèse de ses connaissances et de la conscience qu'il prend de lui-même dans ses rapports sensibles et moraux, à sa critique sociale, diagnostiquant les contradictions des sociétés modernes, et à son genre proprement inclassable, entre traité d'éducation, système philosophique et fiction.

C. Philosophie et fiction

1. L'*Émile*, un traité d'éducation ?

Les questions d'éducation ont très tôt intéressé Rousseau. Il fut quelque temps précepteur auprès des enfants de M. de Mably, un notable de Lyon, pour qui il rédigea un projet d'éducation. Il s'occupa aussi brièvement du fils de Mme Dupin, femme de lettres qui tenait à Paris un brillant salon littéraire. Certaines des anecdotes racontées dans les premiers livres de l'*Émile* font certainement référence à ces expériences. Si Rousseau a pu mentionner ailleurs son goût pour ce rôle d'éducateur, il se présente ici « [h]ors d'état de remplir la tâche la plus utile » (I, p. 85) et assume le paradoxe de se contenter de dire ce qu'il n'a pas su faire [2]. L'ouvrage n'a pourtant rien d'un traité d'éducation ordinaire et l'auteur anticipe l'incrédulité de son lecteur : « On croira moins lire un traité d'éducation que les rêveries d'un visionnaire » (Préface, p. 47).

Si le lecteur risque d'accuser Rousseau de s'être égaré dans des vues chimériques, c'est que l'*Émile* peut être qualifié de subversif en plusieurs sens. L'ouvrage opère d'abord un *renversement de méthode* : plutôt que de « propose[r] ce qui est faisable » (Préface, p. 48), Rousseau entend congédier toutes les pratiques en usage. S'en tenir à ce que l'on croit possible, ce serait réitérer les erreurs ordinaires. Il s'agira de suivre en tout point une route opposée. Le traité est subversif en un sens également politique : l'auteur refuse de satisfaire aux exigences parentales prétendant élever les enfants pour la position sociale à laquelle ils sont supposés être destinés. Congédiant les préjugés distinctifs des nobles et des riches, l'éducation rousseauiste est révolutionnaire en ce qu'*elle refuse de perpétuer l'injustice de l'ordre établi.*

1. Premier *Dialogue*, OC I, p. 687.
2. Il est également connu que Rousseau abandonna ses propres enfants à l'assistance publique.

Rousseau procède également à un *bouleversement de tous les genres littéraires*, mélangeant analyses conceptuelles, préceptes pédagogiques, anecdotes biographiques, saynètes fictives, ou encore confessions. Ni ouvrage spéculatif ni recueil de conseils pratiques, l'*Émile* n'est pas un traité ordinaire d'éducation, sans être pour autant une pure œuvre de fiction. Son originalité doit beaucoup à son personnage éponyme. Émile n'est réductible ni à une hypothèse de pensée, celle d'un homme formé dans l'ordre de la nature mais élevé pour vivre en société, ni à un personnage conceptuel destiné à incarner les idées philosophiques de l'auteur, ni à un héros de roman, quoiqu'il tende à le devenir. En se donnant « un élève imaginaire » (I, p. 85), Rousseau entend apporter, grâce à la fiction, la preuve paradoxale de ses principes et de sa méthode : « le lecteur sentira pour lui, s'il suit le progrès de l'enfance et la marche naturelle au cœur humain » (I, p. 86). Conscient de la défiance que susciteront des idées aussi éloignées de la théorie dominante et de la pratique établie, l'auteur compte sur la puissance de la fiction pour mener à bien son expérimentation philosophique et persuader le lecteur de la bonté de son projet.

2. « Notre véritable étude est celle de la condition humaine »

Aux dires de Rousseau lui-même, l'*Émile* est loin de s'apparenter à un véritable traité d'éducation qu'il conviendrait d'appliquer à la lettre. Il s'agit plutôt d'un ouvrage philosophique dont l'ambition est de démontrer que « l'homme est naturellement bon », en montrant « dans l'histoire du cœur humain » où se situe « l'origine de tous les vices [1] ». En expliquant par quelles voies l'éducation doit préserver la bonté naturelle de l'homme, Rousseau expose son anthropologie. Si la nature humaine se définit originellement par l'amour que l'être a de lui-même et qui le pousse à fuir la douleur et à rechercher ce qui est source de bien-être, elle ne saurait être vue comme une nature substantielle ou figée. L'homme est un être sensible et mû par ses affections : il ne peut donc être défini ni se comprendre lui-même indépendamment des rapports dans lesquels il s'inscrit et de l'histoire de ses passions.

Ainsi, la véritable étude de l'*Émile* est celle de la condition humaine. Le concept de *condition* inscrit l'être humain au sein des rapports physiques et moraux qui affectent son existence. Étudier la condition humaine, c'est alors étudier les affections et les passions de tout être humain. Les hommes sont naturellement égaux, parce qu'ils sont tous affectés par les mêmes misères – la souffrance, la maladie, la mort – et soumis au diktat de la nécessité –, celle de satisfaire leurs besoins. L'étude de la condition humaine est donc celle de sa vulnérabilité mais aussi des ressources propres dont l'être humain dispose pour y remédier, sans

1. Lettre à Cramer du 13 octobre 1764.

Plan général de l'*Émile*

Chaque livre de l'ouvrage correspond à un « âge » de l'élève. La scansion peut être restituée en suivant trois critères : 1. le *développement* des facultés et des organes et le progrès des connaissances de l'élève ; 2. la *méthode* pédagogique prescrite ; 3. la *conscience de soi* de l'élève et des types de *rapports* qui définissent son identité.

Livre I : L'enfance (*infans*)

L'enfant est défini par son *état de faiblesse*, que Rousseau distingue soigneusement d'un état de soumission à la volonté d'autrui. Contre le désintérêt courant des précepteurs à l'égard de l'*infans*, il faut savoir écouter le langage naturel de celui qui ne sait pas parler. L'enjeu est d'assister l'enfant dans la satisfaction de ses besoins sans faire naître en lui un *besoin de fantaisie*. La méthode suivie est celle de *l'éducation négative*, au sens ici où elle tend à laisser l'enfant le plus libre de ses mouvements possible. Sa liberté *naturellement réglée* vise le renforcement de ses organes, essentiel à sa bonté. Dans ce premier âge, l'enfant n'a pas la conscience de lui-même, ni le sentiment unifié de sa propre existence : il est tout entier dans chacune de ses sensations.

Livre II : L'enfance (*puer*)

Ce deuxième moment se caractérise par le renforcement progressif des organes de l'enfant, auquel pourvoit un *principe* interne qui le rend naturellement *actif*. Émile est mû par le souci de sa conservation et de son bien-être, indépendamment de toute considération de l'opinion d'autrui. Ses sensations, d'abord purement affectives, se transforment en sensations représentatives jusqu'à la formation d'idées simples. *L'éducation négative* consiste ici dans le choix des objets et des situations dans lesquelles l'enfant est placé, afin de suivre le progrès naturel de ses facultés. Le gouverneur ne lui impose aucune leçon de morale ni instruction. Le *puer* se définit, contrairement à l'*infans*, par son usage de la parole, et par la naissance de la conscience de soi de l'enfant qui fait l'épreuve de son pouvoir d'action sur les choses qui l'environnent.

Livre III : L'âge d'intelligence

S'il n'a pas été perverti, l'enfant atteint ici un état de puissance : ses forces surpassent ses besoins. Ce surplus d'énergie doit alors être orienté de manière à lui faire acquérir des connaissances utiles. Cet âge est celui de *l'instruction*. La méthode est toujours celle de *l'éducation négative* en ce sens qu'il ne s'agit pas d'inculquer à l'élève des connaissances qui lui resteraient étrangères, mais de le guider par l'expérience et le jeu à les acquérir par lui-même. Les sciences acquises sont toutes subordonnées à l'intérêt de l'élève, lui-même circonscrit à *l'utile réel*. Il ne s'agit pas de former un érudit mais un être judicieux. La formation du jugement suppose ici l'acquisition de critères d'évaluation. Émile comprend sa place dans l'ordre naturel des choses et juge les *contradictions du système social*. La critique de l'économie politique est essentielle au développement futur de ses dispositions morales.

Livre IV : L'adolescence (l'âge de l'humanité)

L'éveil du *désir sexuel* n'initie pas seulement un nouvel âge mais une *seconde naissance* dans l'existence de l'individu qui prend conscience des intentions des autres et désire être aimé. Rousseau met l'accent sur ce moment de « crise » qui décidera si les passions affectueuses ou haineuses domineront le cœur du sujet. En un sens, *l'éducation négative* se poursuit : il s'agit toujours de guider l'intérêt de l'individu grâce à la manière de le situer dans ses rapports, non plus avec les choses, mais avec autrui. Mais il faut aussi *changer de méthode* afin de retarder la cristallisation du désir et d'étendre le sentiment empathique sur tout le genre humain. Avant d'aimer une femme, Émile doit apprendre à aimer ses semblables et à défendre les intérêts des plus démunis. Le livre IV comporte un moment célèbre, celui de la *Profession de foi du vicaire savoyard* : l'éducation religieuse d'Émile passe par l'identification à un prêtre qui lui expose ce qu'il lui importe de croire et attache la religion naturelle à la conscience, *juge infaillible du bien et du mal*. Émile est alors un sujet moral, pour qui *rien d'humain n'est étranger*.

Livre V : Le dernier acte de la jeunesse (l'âge de choisir où vivre)

Le désir sexuel peut enfin se cristalliser. La méthode du gouverneur pour guider le désir ardent de son élève vers l'être qui lui convient passe par des discours et des promesses qui ont pour but de protéger Émile des illusions des sens. Cette partie de l'ouvrage est très controversée car Rousseau y expose ses vues sur « la femme », l'éducation distincte qu'elle doit recevoir et sa dépendance à l'égard de l'homme. Après la connaissance de soi dans ses rapports matériels, sociaux et moraux, Émile apprend à se connaître dans ses *rapports civils*, à juger de la légitimité des institutions politiques, et à choisir le pays dans lequel il fondera une famille. L'ouvrage se mue en roman des amours d'Émile et de Sophie, et se clôt sur leur heureuse union.

vainement chercher à la nier. L'objet de l'*Émile* est d'abord « l'homme abstrait, l'homme exposé à tous les accidents de la vie humaine » (I, p. 65). L'ouvrage n'occulte pas pour autant l'étude des conditions sociales des individus, loin s'en faut. Dans les sociétés modernes, où les rangs sont distincts et où les inégalités de richesse empêchent les uns de subvenir à leurs besoins parce qu'ils sont privés de ce que les autres ont en trop, la pédagogie rousseauiste entend rendre l'élève conscient de sa condition humaine et de l'injustice de l'ordre social établi.

Puisque le cœur humain a une histoire, l'étude de la condition humaine ne peut demeurer toujours abstraite. À mesure que l'élève prend conscience de lui-même et se singularise, il devient une personne située dans des rapports particuliers et agissant dans un lieu concret. Aussi l'étude de la condition humaine se mue-t-elle en *roman de la nature humaine*. L'histoire d'un élève fictif à la fois vertueux, libre et heureux, apparaîtra sans doute chimérique au lecteur qui croit que la nature humaine est irrémédiablement corrompue. Le roman des amours d'Émile et de Sophie, qui occupe le livre V, semblera naïf au lecteur qui n'aura pas saisi que « la partie la plus importance et la plus difficile de toute l'éducation » est celle qui concerne « la crise qui sert de passage de l'enfance à l'état d'homme ». De l'étude de la condition humaine au récit romanesque, la conséquence est bonne :

> Si j'ai dit ce qu'il faut faire, j'ai dit ce que j'ai dû dire : il m'importe fort peu d'avoir écrit un roman. C'est un assez beau roman que celui de la nature humaine. S'il ne se trouve que dans cet écrit, est-ce ma faute ? Ce devrait être l'histoire de mon espèce : vous qui la dépravez, c'est vous qui faites un roman de mon livre [1].

D. Principes importants des livres I et II de l'*Émile*

1. La bonté de la nature humaine et l'éducation naturelle

Rousseau affirme avoir raisonné dans tous ses écrits à partir d'un principe fondamental, celui de la bonté de la nature humaine. L'*Émile* peut être lu comme la démonstration de ce principe, justifiant en retour la bonté du projet d'une éducation naturelle. Dès le *Second Discours*, la thèse de Rousseau révoque toute méchanceté naturelle des hommes, dans une perspective doublement polémique. D'une part, contre Hobbes, il s'agit de montrer que l'homme naturel n'est pas hostile aux autres, ni mû par un désir de puissance ou d'appropriation de toute chose. Il est *innocent*, au sens étymologique du terme : il n'a aucun désir

1. *Émile ou De l'éducation*, éd. A. Charrak, GF-Flammarion, 2009, livre V, p. 602. Les références à cette édition sont indiquées dans la suite de l'ouvrage par l'abréviation *Émile* (2009).

de nuire, il est inoffensif. Cette thèse a des conséquences importantes pour la conception de l'enfant : si l'on n'a pas corrompu ses sentiments naturels, celui-ci ne commet jamais *sciemment* de mal.

D'autre part, contre la doctrine du péché originel, Rousseau défend avec constance « qu'il n'y a point de perversité originelle dans le cœur humain, et que les premiers mouvements de la nature sont toujours droits [1] ». Contre une théologie qui renvoie l'état d'innocence de l'homme au temps précédant la chute, l'auteur lave les passions primitives de toute culpabilité antécédente à leur développement et à leur histoire. L'amour de soi, sentiment premier de l'être humain, pousse à préserver sa vie, à la conserver et à rechercher son bien-être. Mais cet intérêt n'est pas antagoniste de celui des autres. Tant que l'homme ne se soucie pas de la façon dont les autres le considèrent et ne désire pas être reconnu comme meilleur ou supérieur, rien ne le prédispose à l'animosité ou à la haine. La *libido dominandi*, *sentiendi*, ou *sciendi* (désir de domination, concupiscence charnelle, ou appétit de savoir) n'est pas première : elle dérive de la perversion de l'amour de soi en amour-propre. Les forces de l'homme naturel étant en parfait équilibre avec ses besoins, et ses besoins étant naturellement limités, rien ne justifie la supposition de sa méchanceté [2]. Là encore, cette thèse a des conséquences capitales sur la manière de considérer l'enfance : l'éducation naturelle devra préserver la bonté naturelle en empêchant la corruption de l'amour de soi, en protégeant l'autolimitation naturelle des désirs, et en accroissant les forces qui favorisent l'indépendance.

Bonté ne signifie cependant pas vertu. Il faut se garder de confondre la bonté naturelle avec la volonté délibérée de faire le bien. Rousseau distingue soigneusement les deux concepts. La vertu implique un *effort* pour surmonter certains désirs qui conduiraient à nuire à autrui ou à mal agir [3]. Puisque ces désirs antagonistes ou vicieux ne sont pas naturels au cœur humain, l'homme n'a originellement pas besoin de les combattre. Mais puisqu'un tel conflit n'existe pas à l'état de nature, l'homme primitif est bon sans être vertueux. De plus, la vertu suppose la connaissance du bien et du mal et la conscience de son devoir [4]. Or l'homme est naturellement ignorant. Si cette ignorance n'est pas un mal, puisqu'elle le préserve de toute volonté de nuire, elle le laisse cependant naturellement incapable de toute volonté vertueuse : « l'unique passion qui naisse avec l'homme, savoir l'amour de soi, est une passion *indifférente* en elle-même au bien et au mal [5] ». L'éducation rousseauiste aura pour but de former la raison, faculté essentielle à la compréhension des idées morales, et de

1. Lettre à C. de Beaumont, OC IV, p. 935.
2. Voir *Émile* (2009), livre IV, p. 305.
3. Voir la lettre à Franquières, OC IV, p. 1143 : « Il n'y a point de vertu sans combat [...]. La vertu ne consiste pas seulement à être juste, mais à l'être en triomphant de ses passions, en régnant sur son propre cœur. »
4. Voir la « Profession de foi du vicaire savoyard » (*Émile*, livre IV).
5. Lettre à C. de Beaumont, OC IV, p. 936.

favoriser l'éveil de la conscience. La bonté naturelle n'est cependant pas pure neutralité ou indifférence à l'égard du sort des autres. La disposition à la bienveillance est naturelle au cœur humain : nous compatissons aux peines de l'être souffrant et désirons le soulager autant que cela nous est possible. Mais la société, en opposant les intérêts des individus, est la cause de l'étouffement de cette pitié naturelle qui est la source affective des vertus morales.

La thèse de la bonté naturelle, tout en libérant la nature humaine de la culpabilité du péché originel, dédouane Dieu de toute imputation du mal et charge les institutions sociales et les actions humaines du poids de cette responsabilité : « Tout est bien sortant des mains de l'Auteur des choses, tout dégénère entre les mains de l'homme » (I, p. 53). L'homme naturel est une hypothèse de pensée permettant de discerner la généalogie des vices dans les contradictions du système social, et de dégager l'espace d'un autre possible que cette situation misérable et injuste. Mais il ne saurait être question de laisser l'enfant grandir sans éducation, au motif qu'il faudrait laisser agir la nature. L'être humain est un être social, Émile est destiné à vivre en société. L'éducation naturelle n'est donc pas une absence d'éducation ; elle n'a pas non plus pour but de maintenir l'enfant dans l'isolement. Paradoxalement, elle rend plus que jamais nécessaire *l'artifice* pour protéger l'enfant de l'ordre social perverti. Puisque les mouvements naturels sont toujours droits, il ne s'agira certes pas de « corriger la nature [1] », ni de « contrôler la nature » en tentant vainement de détruire les passions qui définissent l'être humain [2], mais il s'agira de suivre ces mouvements dans leurs développements naturels. Tandis que l'homme primitif demeure ignorant, l'enfant de l'éducation naturelle devra acquérir des connaissances. Mais celles-ci ne seront pas inculquées du dehors, ni imposées par la volonté d'un maître. Elles épouseront la genèse de ses facultés et permettront à l'enfant d'en comprendre la valeur.

L'éducation naturelle permet l'actualisation de « facultés virtuelles » (II, p. 153) qui seraient demeurées en sommeil chez l'homme primitif. Ce développement de la perfectibilité humaine ne sera cependant pas le lieu d'une dénaturation car toutes les habitudes qu'assimilera Émile seront « conformes à la nature » (I, p. 58). Cette conformité peut être interprétée en plusieurs sens. D'abord, les *habitudes naturelles* sont durables parce qu'elles conviennent à nos dispositions primitives : elles les développent plutôt qu'elles ne les déforment, elles les rendent conscientes et permettent de se situer dans des rapports harmonieux. Ensuite, elles ont été acquises dans le respect de l'ordre génétique des facultés, en suivant « la marche naturelle du cœur humain » (II, p. 237), tandis que les vertus acquises « par imitation » (les habitudes qui singent la vertu sans que l'enfant soit en mesure de comprendre pourquoi il lui

1. Voir *Julie ou la Nouvelle Héloïse*, partie V, lettre 3.
2. *Émile* (2009), livre IV, p. 305.

« Façon de redresser la tige courbe d'un jeune arbre, servant d'exemple à la façon de redresser une jambe », gravure tirée de *L'Orthopédie ou l'art de prévenir et de corriger dans les enfants les difformités du corps* de Nicolas Andry, 1741.

BIU Santé (Paris)/01126

Dans *L'Orthopédie ou l'art de prévenir et de corriger dans les enfants les difformités du corps*, Nicolas Andry vulgarise en 1741 une nouvelle branche de l'art médical en donnant des conseils d'hygiène infantile et des règles pour « faire de beaux enfants » (la *callipédie*). Par des techniques de redressement du corps, il s'agit d'en éviter les difformités et les jugements sociaux qui y sont associés. Andry entend imposer une présence médicale au sein de la vie domestique.

Si Rousseau s'intéresse à l'hygiène, il est très critique à l'égard de la médecine et de « la mode » qui consiste à entourer les enfants de médecins. D'une façon générale, il condamne toute science ou pratique qui entend corriger la nature, discipliner le corps de l'enfant et le conformer à des normes sociales arbitraires.

importe de faire son devoir) sont perdues à la moindre occasion. Les habitudes conformes à la nature sont des « habitude[s] de l'âme » (II, p. 202) que rien ne pourra altérer. Enfin, ces habitudes ne mettent jamais l'individu en contradiction avec lui-même. Là où les individus de son temps sont en contradiction permanente avec les autres et avec eux-mêmes, prêchant le bien et faisant le mal, étouffant l'empathie naturelle pour se livrer à leurs appétits rivaux, sacrifiant leur bonheur sur l'autel de l'opinion publique et du désir d'être admiré, Émile sera toujours lui-même et « toujours un » (I, p. 61) : ses paroles seront toujours en accord avec ses actes, son bien ne sera jamais exclusif de celui des autres, son devoir ne contredira jamais son intérêt. Pour réaliser un tel prodige, il faudra que toutes les leçons de son éducation « tendent aux mêmes fins » (I, p. 56) : l'accord de l'être humain avec lui-même est la condition de son accord avec les autres.

2. La critique sociale

L'éducation naturelle que propose l'*Émile* se distingue de l'éducation civile. Cette dernière forme des *citoyens* tandis que la première forme des *hommes*. Rousseau soutient l'idée que l'éducation « publique et commune » (I, p. 61) n'est plus « praticable » (I, p. 48) [1]. Plusieurs raisons peuvent être avancées, d'ordre géopolitique (les nations sont devenues trop grandes pour éviter les dérives despotiques du pouvoir), économique (les inégalités et le luxe ruinent l'unité de la communauté), et psychologique (les individus modernes sont repliés sur leurs intérêts particuliers et dévorés par l'ambition et l'appât du gain). L'*Émile* affirme l'impossibilité pour l'homme des sociétés modernes de s'élever aux vertus patriotiques du héros antique. À défaut de toute institution publique véritable, « l'éducation particulière et domestique » demeure la seule possible : Émile sera élevé par un gouverneur ; il jouira d'un bonheur indépendant de la société corrompue dans laquelle il devra néanmoins s'établir.

L'éducation naturelle est cependant loin d'être sans rapport avec l'ordre social : elle se fonde sur la conscience et la mise à distance des contradictions du système. Le choix et la finalité de l'éducation naturelle procèdent d'abord d'un *constat sociologique*. Rousseau diagnostique un bouleversement de l'ordre social : la hiérarchie sociale, moins attachée aux statuts de l'Ancien Régime qu'aux richesses, est plus instable. Former un individu pour une place sociale qui lui serait destinée, ce serait commettre une imprudence qui pourrait lui être fatale. *A contrario*, « l'éducation naturelle doit rendre un homme propre à toutes les conditions humaines » (I, p. 90). Le goût de l'enfant doit par exemple être

1. Voir aussi *Discours sur l'économie politique*, OC III, p. 259-262. Cela ne signifie pas qu'Émile sera dispensé de tout devoir civique : il s'agit de l'objet principal du livre V.

éduqué de la manière la plus conforme à la nature, parce que c'est la plus *universelle* : cette éducation lui permettra d'être heureux en tout lieu.

Mais l'enjeu de cette éducation qui désolidarise le bonheur de l'individu de sa position sociale est également *moral.* Il s'agit d'apprendre à l'enfant à éprouver les peines naturelles à la condition universelle des êtres humains. Aussi ne faudra-t-il pas qu'il contracte d'habitude particulière qui lui assignerait une position sociale exclusive : « la seule habitude utile aux enfants est de s'asservir sans peine à la nécessité des choses, et la seule habitude utile aux hommes est de s'asservir sans peine à la raison. Toute autre habitude est un vice » (II, p. 322). Contre les « éducation[s] exclusive[s] » des riches (II, p. 260), l'éducation naturelle élève un être moral qui saura reconnaître en tout être humain son semblable parce qu'il n'attachera pas son existence à une condition particulière. C'est pourquoi Rousseau se choisit un élève riche : l'éducation naturelle le sauvera de tous les préjugés de sa condition sociale (I, p. 90). Cela implique, dès l'enfance, une critique de l'économie politique et une propédeutique à la générosité envers les plus démunis (II, p. 200-203). Au terme de l'enfance, « tous les hommes sont encore égaux » aux yeux d'Émile (II, p. 323).

II. L'ENFANCE DANS *ÉMILE OU DE L'ÉDUCATION*, LIVRES I-II

Introduction

« On ne connaît point l'enfance » (Préface, p. 46). Cette méconnaissance rappelle celle de la nature humaine : la Préface de l'*Émile* fait écho à la Préface du *Second Discours* où Rousseau compare la nature humaine, impossible à connaître tant elle a été corrompue par la société, à la statue du dieu Glaucus, si déformée par la mer et les tempêtes qu'il est impossible d'en concevoir « l'état primitif[1] ». Le paradoxe est à première vue insoluble : de même que les changements historiques et l'accumulation des connaissances nous éloignent toujours un peu plus de la compréhension de l'état originel de l'être humain, notre méconnaissance du premier âge de la vie ne pourrait pas être réparée, tant le développement de nos facultés nous ôte toute possibilité de comprendre la condition primitive de l'individu naissant. Cette ignorance n'est pas un simple oubli auquel l'adulte pourrait remédier par un effort pour se souvenir du temps où il était enfant. La cause est bien plus profonde : il s'agit d'une *méconnaissance de soi* et de sa *condition naturelle.* Trouver le chemin qui nous mène

1. *Discours sur l'origine et les fondements de l'inégalité parmi les hommes*, *op. cit.*, p. 51.

à l'enfance, ce serait alors faire un pas de géant dans « la plus utile et la moins avancée de toutes les connaissances humaines », celle de l'homme [1].

Tandis que, dans la première partie du *Discours sur l'inégalité*, Rousseau écarte tous les faits pour concevoir l'homme dans un état fictif d'absolue indépendance, l'auteur de l'*Émile* se donne un élève imaginaire dont il évalue les progrès fictifs. Si la raison du philosophe est ici soutenue par l'imagination, elle ne produit pas pour autant de pures chimères car elle n'est pas dénuée de tout guide. Pour connaître les impulsions et affections naturelles, il faut appuyer ses raisonnements sur la connaissance de son propre cœur et de ses sentiments. Pour connaître l'enfance, il est encore possible d'observer les enfants et leurs premiers mouvements, à condition d'être capable de les voir tels qu'ils sont, et non tels que l'on désirerait qu'ils deviennent ou tels que l'on craint qu'ils soient. Quand bien même la méthode éducative défendue dans l'*Émile* serait « chimérique et fausse », Rousseau prétend que son ouvrage ne serait pas sans utilité : son objet principal est d'apporter des lumières inédites sur ce qu'est l'enfance.

Le *Second Discours* reprochait aux philosophes d'avoir mal raisonné en projetant sur l'homme primitif et indépendant des passions et des connaissances qui présupposent des relations et des institutions sociales : l'état de nature était confondu avec l'état social. L'étude de l'enfance de l'individu semble tout aussi inaccessible que celle de l'enfance de l'humanité. La difficulté est double. Pour être en mesure de connaître l'enfance telle qu'elle est naturellement, il faudrait s'abstenir de la déformer par des idées et des passions qui découlent de notre condition sociale et de l'état actuel de la société. Observer les enfants tels qu'ils sont élevés par les pratiques en usage serait de peu d'utilité : dès le berceau, le naturel est corrompu ou altéré en eux par les contradictions du système social et les usages qui en découlent. Connaître l'enfance suppose alors une longue méditation sur les premiers mouvements de la nature et sur nos dispositions intérieures, en faisant *abstraction* des circonstances particulières et de ce qui est dénaturé par la façon d'élever les enfants.

En outre, quand le philosophe serait assez sage pour ne pas prêter à l'enfant des passions ou des intentions qui lui sont inculquées par les pratiques établies, il faudrait encore qu'il soit assez bon métaphysicien pour ne pas présumer déjà formées des facultés qui sont encore virtuelles chez l'enfant. La connaissance de l'enfance suppose alors celle de la généalogie des facultés et des idées, afin de ne pas chercher « toujours l'homme dans l'enfant, sans penser à ce qu'il est avant que d'être homme » (Préface, p. 46). Tout semble donc faire obstacle à la connaissance de l'enfance : les *préjugés sociaux* qui projettent dans l'enfant des aspirations et des normes déterminées par l'ordre établi et les positions sociales ; les *préjugés de l'homme fait* pressé d'imposer à l'enfant des

1. *Ibid.*

PLAN DES LIVRES I ET II DE L'*ÉMILE*

Livre premier (p. 51-141)

Distinction des types d'éducation
Éduquer selon la nature (p. 53-58)
L'antinomie de l'homme et du citoyen (p. 58-66)
L'éducation commence dès la naissance
Contre l'emmaillotement des enfants (p. 66-71)
Sur l'allaitement et les devoirs maternels (p. 71-75)
Tableaux des misères de l'enfance causées par nos préjugés et usages (p. 75-80)
Les devoirs paternels. Le gouverneur et l'« élève imaginaire » (p. 80-88)
La situation initiale d'Émile (p. 88-92)
Critique de la médecine (p. 93-97)
Le choix de la nourrice et les premiers soins (p. 97-110)
Sensations et langage de l'enfant avant de savoir parler
L'hypothèse d'un homme-enfant. Les premières sensations affectives (p. 110-120)
Langue naturelle et « premières voix » de l'enfant (p. 120-123)
Généalogie de la méchanceté des enfants (p. 123-128)
Déduction des maximes de l'éducation dans l'enfance (p. 128-133)
Formation du langage chez l'enfant et manières de leur parler (p. 133-141)

Livre deuxième (p. 143-328)

Contre les usages ordinaires, l'éducation négative
Genèse de la conscience de soi (p. 145-148)
La fausse sagesse de la prévoyance et « la route du vrai bonheur » (p. 148-159)
Liberté et dépendances. Les enfants impérieux (p. 159-170)
Contre les leçons de morale. La bonté naturelle (p. 170-180)
L'éducation négative (p. 180-183)
Rapports du gouverneur et de l'enfant avec l'entourage (p. 183-188)
Genèse des notions morales et des idées
Leçon sur la propriété (p. 188-196)
Les enfants ne mentent que par la faute des maîtres (p. 196-200)
Leçon de générosité (p. 200-205)
Les prétendus cas exceptionnels (p. 205-209)
Les facultés des enfants. Leurs raisonnements (p. 209-211)
Les études propres au premier âge. Sciences de choses contre science de mots (p. 211-219)
Les fables : horribles leçons pour l'enfance (p. 219-227)
Apprendre à lire (p. 227-230)
Exercer continuellement le corps. Contre les éducations pédantes et autoritaires (p. 230-237)
L'enfant capricieux (p. 237-244)
Physique expérimentale
Rendre le corps robuste et sain pour rendre les opérations de l'esprit faciles et sûres (p. 244-261)
Exercer les sens. Exercer le toucher. Jeux de nuit (p. 261-277)
Exercer la vue. La course. Le dessin. La géométrie (p. 277-295)
Exercer l'ouïe. La voix. La musique (p. 295-300)
Exercer le goût (p. 300-313)
Exercer l'odorat (p. 313-317)
Conclusion
Portrait de l'enfant parvenu aux confins de l'enfance (p. 317-328)

devoirs et des savoirs qu'il n'est pas en âge de comprendre. Aussi la connaissance de l'enfance requiert-elle un véritable effort de conversion du regard : pour connaître l'enfance, c'est d'abord en soi-même qu'il faut opérer un changement.

A. Qu'est-ce qu'un enfant ?

I. Les bornes de l'enfance

L'enfance est le premier âge de la vie. Les livres I et II de l'*Émile* concernent la formation de l'élève de la naissance jusqu'à l'âge de douze ans. Mais il faut d'emblée remarquer combien Rousseau subvertit cette définition chronologique. D'une part, l'auteur allonge considérablement le temps de cette période primitive [1]. La dilatation du premier temps de la vie dans la philosophie rousseauiste n'a rien d'anecdotique : elle correspond à une méthode qui s'oppose à l'empressement et à la prétention à vouloir brûler les étapes pour sortir au plus vite l'enfant de l'enfance. D'autre part, ce premier âge n'est pas, aux yeux de Rousseau, un temps inutile que la nature aurait mieux fait de nous épargner. L'enfance est d'ordinaire définie *négativement* comme la période qui précède l'âge de raison, que la tradition a fixé à sept ans. Or nul ne s'avise de considérer la raison dans sa dimension génétique : elle ne saurait advenir toute formée, comme par magie, à l'âge de sept ans, surtout si sa formation a auparavant été contrariée par des instructions inadaptées. Ainsi, à la conception illusoire d'une *raison intellectuelle* émergeant d'une enfance considérée comme le temps des erreurs et des fautes, Rousseau oppose le concept de *raison puérile*. Il s'agit de conduire l'enfant à la maturité de la capacité de raisonnement qui lui est propre, sans juger de cette faculté à l'aune des progrès que l'on voudrait précocement qu'il fasse.

La connaissance de l'enfance suppose donc de se dépouiller des préjugés ordinaires qui empêchent de voir l'enfant tel qu'il est, et l'accablent de maux qui pourraient aisément lui être épargnés si le pédagogue n'était pas si prévenu dans sa manière de le considérer. Rousseau met au jour le préjugé qui sous-tend les pratiques éducatives de son temps : la nature serait mal faite. Pourquoi nous avoir fait petits et impuissants, faibles et irrationnels, quand elle aurait pu tout aussi bien nous faire naître d'emblée avec les forces nécessaires à notre conservation et les facultés déjà formées ? Considérant l'enfance comme un temps perdu, on se hâte d'en faire sortir l'enfant à marche forcée. Pire encore, considérant celle-ci comme un temps d'erreurs et d'indiscipline, on s'empresse de *corriger*

1. L'article « Enfance » de l'*Encyclopédie* place son terme, de façon traditionnelle, vers l'âge de sept ou huit ans.

la nature de l'enfant et d'imposer des contraintes normatives à son comportement.

La façon ordinaire de considérer l'enfance est triplement fautive. Au mieux, elle est vue comme un *temps inutile* : on délaisse alors l'enfant jusqu'à ce qu'on le croie en âge de raisonner, sans penser que ce temps est absolument déterminant pour la formation de ses facultés et la manière dont il se conduira ensuite. Mais loin de laisser l'enfant libre à cet âge, ce moment primitif de l'existence est bien plutôt vu d'ordinaire comme « le *temps de corriger* les mauvaises inclinations de l'homme » (II, p. 150 ; nous soulignons). Le petit être, considéré comme naturellement mû par des désirs vicieux, est alors soumis aux plus injustes traitements, condamné à la servitude et au malheur. Enfin, l'enfance, vue comme le moment qui précède l'âge de raison, est considérée comme un *temps d'inaptitude intellectuelle.* Or l'*Émile* congédie la réflexion cartésienne qui faisait de l'âge adulte le temps de la rectification des errements de l'enfance [1]. Descartes faisait de l'enfance un *temps négatif*, où l'âme est si rivée aux impressions du corps et si dépendante de l'instruction des précepteurs que l'usage de la raison ne peut être que déficient. Rousseau fera de l'enfance un *temps nécessaire* à l'émergence de la conscience de soi et à la maîtrise de ses facultés.

Plutôt que d'assigner à l'enfance des bornes négatives, en la définissant comme le temps de la déraison, il faut y voir un *temps formateur de soi et de sa raison.* Loin d'être un temps perdu, il s'agit d'un *temps nécessaire* car nul ne peut disposer de ses facultés que par l'expérience et en les sentant se former en soi-même. Si la nature avait créé l'enfant avec « la stature et la force d'un homme fait », elle aurait fait de lui un « parfait imbécile, un automate » (I, p. 110-111). Croire que l'enfance aurait pu nous être épargnée, c'est ne pas comprendre que toute faculté véritable suppose la capacité à en faire usage, et que cet usage ne peut s'acquérir que progressivement. Toute genèse est temporelle, et toute faculté maîtrisée suppose une genèse de sa maîtrise.

Ainsi, chez Rousseau, l'enfance n'est pas un temps social qui pourrait arbitrairement se compter en nombre d'années. Ce temps doit être défini de manière immanente à la genèse des dispositions de l'individu. Contre ceux qui assignent des bornes extrinsèques à l'enfance, l'auteur de l'*Émile* entend la définir *de l'intérieur* par la naissance des facultés et la généalogie de leur usage. L'enfant est dans l'enfance *tant que* ses forces progressent mais demeurent inférieures à ses besoins. Il sortira de l'enfance (au livre III) lorsque ses forces surpasseront ses besoins et qu'il pourra alors les investir au-delà de ce qui est nécessaire à la conservation immédiate de lui-même. L'enfance dure *tant qu'*il perfectionne sa raison

1. « Pour ce que nous avons tous été enfants avant que d'être hommes [...], il est presque impossible que nos jugements soient si purs et si solides qu'ils auraient été si nous avions eu l'usage entier de notre raison dès le point de notre naissance, et que nous n'eussions jamais été conduits que par elle » (Descartes, *Discours de la méthode*, IIe partie, GF-Flammarion, 2000, p. 43).

par l'usage de ses sens et *tant que* ses raisonnements sont liés à son intérêt présent et sensible. L'enfant sortira de l'enfance quand il pourra étendre son intérêt au-delà du présent – il sera alors capable d'anticipation – et au-delà du rayon proche de l'espace sensible – il élargira son horizon. Quoique l'enfance ne dure pas toujours, l'enfant en tant qu'enfant vit dans un *présent éternel* – centré sur son bien-être immédiat sans projection dans l'avenir – et dans un *lieu utopique* – centré sur son corps et ce qui l'affecte dans un environnement proche, sans imaginer l'existence d'autres lieux que celui où il se trouve. En ce sens, l'enfance pourrait durer toujours chez ceux qui en restent à *cette forme de conscience de soi et de ses rapports*. Certains hommes demeurent de grands enfants, rivés à leur intérêt immédiat [1].

Rousseau entend définir l'enfance de façon *intrinsèque*, par opposition à toute définition qui la jugerait de l'extérieur, à partir de ce qu'elle n'est pas, et qui lui reprocherait ses imperfections. On peut avancer trois critères de définition, en reprenant la distinction que Rousseau établit au début de l'*Émile* entre trois sortes d'éducation : « Cette éducation nous vient de la nature, ou des hommes ou des choses » (I, p. 56). En suivant la définition de ces « trois sortes de maître », l'enfance se caractérise d'abord par le développement interne des organes, par le passage d'un état d'extrême vulnérabilité à un état de force relative, et par la genèse de la raison, à partir des sensations affectives jusqu'aux premières idées. L'enfance s'étend donc du sommeil de la raison « jusqu'aux confins de la raison puérile » (II, p. 317) (1). Le deuxième maître, « l'éducation des hommes », devra se régler sur le premier, en suivant l'ordre génétique des forces et des facultés. Puisque la raison puérile rapporte tout à l'intérêt présent et sensible, la chaîne de ses idées sera établie par l'amour de soi. Le gouverneur devra empêcher que cet intérêt ne se corrompe en amour-propre (2). Celui-ci agira en disposant autour de l'enfant les objets convenables à l'éveil de ses sens et de son jugement, et en le plaçant dans des situations qui lui fassent prendre conscience de l'ordre nécessaire de ses rapports sensibles avec les choses (3).

Ainsi, les livres I et II forment un tout qui peut être appelé enfance, en raison de l'état de développement des dispositions naturelles (1), de la façon dont le gouverneur doit instruire l'enfant (2), et de la conscience que celui-ci a de ses rapports avec les choses et les autres (3). L'enfance des livres I et II se caractérise *primo* par la croissance des organes et par l'usage progressif des sens, *secundo* par la libre disposition des mouvements du corps et par la formation de la raison puérile, c'est-à-dire du jugement impliqué dans l'usage des facultés sensitives, *tertio* par le fait de rapporter toutes choses à ses besoins véritables, à son bien-être sensible et présent, en un mot par le fait d'être guidé par une unique passion, l'amour naturel de soi.

---

1. Voir la gourmandise contre-nature des hommes restés enfants (II, p. 305-306).

AMOUR DE SOI, AMOUR-PROPRE, PITIÉ

Dans l'anthropologie rousseauiste, l'amour de soi et la pitié sont les deux affections primitives et anté-rationnelles de l'animal humain. Dans le *Discours sur l'inégalité*, Rousseau définit l'amour de soi comme le « sentiment naturel qui porte tout animal à veiller à sa propre conservation [1] ». La pitié qui nous met à la place de l'être souffrant et nous porte à le secourir est le « sentiment naturel qui, modérant dans chaque individu l'activité de l'amour de soi-même, concourt à la conservation mutuelle de toute l'espèce [2] ». Le second *Discours* présente donc la pitié comme une affection modératrice de l'amour de soi dont la maxime de bonté naturelle est : *« Fais ton bien avec le moindre mal d'autrui qu'il est possible.* » L'amour-propre, quant à lui, naît des relations entre les hommes et des comparaisons qui induisent des sentiments de rivalité et d'hostilité : « L'amour-propre n'est qu'un sentiment relatif, factice, et né dans la société, qui porte chaque individu à faire plus de cas de soi que de tout autre, qui inspire aux hommes tous les maux qu'ils se font mutuellement et qui est la véritable source de l'honneur [3]. »

L'*Émile* présente les affections de l'individu dans leur dimension génétique. L'amour de soi est le premier sentiment de l'enfant. L'éducation doit le préserver, dans l'enfance, de l'éveil précoce de l'amour-propre : « Jusqu'à ce que le guide de l'amour-propre, qui est la raison, puisse naître, il importe donc qu'un enfant ne fasse rien parce qu'il est vu ou entendu, rien en un mot par rapport aux autres, mais seulement ce que la nature lui demande » (II, p. 179). La pitié se développe au moment de l'adolescence. Elle est alors définie comme une *expansion de l'amour de soi* d'où dérivent tous les sentiments moraux. Elle suppose le développement de l'imagination qui nous met à la place des autres, et de la raison qui permet les comparaisons. La pitié, en nous identifiant aux autres par nos souffrances communes, peut être étendue jusqu'à devenir *l'amour de l'humanité* qui est « le principe de la justice humaine [4] ». L'amour-propre est lui aussi une dérivation de l'amour de soi sous l'effet des comparaisons avec autrui. Mais à l'inverse de la pitié qui est le ressort de l'identification au semblable, l'amour-propre est mû par le désir d'être préféré aux autres.

> L'amour de soi, qui ne regarde qu'à nous, est content quand nos vrais besoins sont satisfaits ; mais l'amour-propre, qui se compare, n'est jamais content et ne saurait l'être, parce que ce sentiment, en nous préférant aux autres, exige aussi que les autres nous préfèrent à eux, ce qui est impossible. Voilà comment les passions douces et affectueuses naissent de l'amour de soi, et comment les passions haineuses et irascibles naissent de l'amour-propre [5].

1. *Discours sur l'inégalité*, note XV, p. 190.
2. *Ibid.*, p. 98.
3. *Ibid.*, p. 190-191.
4. *Émile* (2009), livre IV, p. 339.
5. *Ibid.*, p. 307.

Pour fixer les bornes de l'enfance, il faut aussi déterminer ce qui change *au sortir de celle-ci* : au livre III, les forces de l'enfant surpasseront ses besoins et lui permettront d'élargir le cercle de sa perception et de son intérêt (1) ; ce sera alors le temps de l'instruction, de l'acquisition ordonnée de connaissances qui ne sont plus rivées à l'intérêt sensible immédiat : Émile sera capable d'articuler différents savoirs dans un système et de concevoir l'ordre des choses dans lequel il prend place (2) ; il sera capable d'un rapport judicieux aux choses qui l'environnent, discernant ce qui lui est utile, anticipant ce dont il a besoin, mais aussi congédiant toute forme de rapport qui ne serait pas fondée sur l'utilité réelle (3).

Il faut cependant noter que les *trois* premiers livres de l'ouvrage forment également un tout qui peut être nommé « enfance ». Le livre IV marque une rupture essentielle : l'individu naît une seconde fois au moment de l'éveil du désir sexuel. Dans les trois premiers livres de l'*Émile*, la passion dominante est l'amour de soi, c'est-à-dire le désir de sa propre conservation et de son bien-être réel, sans considération des jugements de valeur sociaux et moraux (1) ; le gouverneur a empêché toute corruption de cet amour de soi en amour-propre et concentré son instruction sur l'usage des organes, des sens, et sur l'acquisition de connaissances utiles (2) ; Émile, dans l'enfance, est centré sur lui-même et sur ce qui lui importe matériellement (3). Seule « la crise » que provoque le désir sexuel le tournera vers autrui, et le décentrera de lui-même, en le mettant à la place des autres (naissance de la pitié), et en l'intéressant à la manière dont ils le considèrent (naissance de l'amour-propre). Les bornes de l'enfance peuvent alors être déterminées par *l'entrée dans le monde moral* : « Tant qu'il ne se connaît que par son être physique, il doit s'étudier par ses rapports avec les choses : c'est l'emploi de l'enfance ; quand il commence à sentir son être moral, il doit s'étudier par ses rapports avec les hommes : c'est l'emploi de sa vie entière [1]. » Tant que l'enfant rapporte toute chose à son être physique et à son utilité propre, sans s'intéresser à l'opinion que les autres ont de lui, et sans connaissance de ses devoirs envers eux, il n'est pas sorti de l'enfance.

2. L'état originel

L'état originel de l'enfant est défini par Rousseau comme un état de vulnérabilité extrême : « le premier état de l'homme est la misère et la faiblesse » (I, p. 122). Cette faiblesse n'est cependant pas un défaut. Il convient d'envisager cet état originel comme un état nécessaire à l'être humain accompli. « On se plaint de l'état de l'enfance ; on ne voit pas que la race humaine eût péri, si l'homme n'eût commencé par être enfant » (I, p. 55). D'une part, cet état de faiblesse doit être envisagé comme un

1. *Émile* (2009), livre IV, p. 307.

état de croissance et de développement. Or il est nécessaire que nous naissions faibles afin de sentir nos forces croître. Sans cet état originel de faiblesse, l'être humain ne deviendrait jamais un être conscient de lui-même. « Avec leur force se développe la connaissance qui les met en état de la diriger. C'est à ce second degré que commence proprement la vie de l'individu ; c'est alors qu'il prend la conscience de lui-même » (II, p. 148). Le passage du livre I au livre II marque la naissance de la conscience de soi, rendue possible par le développement des forces de l'enfant. Avant cela, celui-ci a des sensations mais « nul sentiment, nulle idée », « pas même de sa propre existence ». Au terme de la première partie de l'enfance, selon la citation d'Ovide qui clôt le livre I, « il vit et n'a pas conscience de sa propre vie » (p. 141). Cela ne signifie pas que ce temps primitif soit inutile, puisqu'il en va de la naissance de l'individu défini comme un être conscient de ce qu'il ressent et de son pouvoir d'action sur ce qui l'entoure. Aussi, toute la première partie de l'enfance est-elle consacrée au renforcement des organes. Pour celui qui prend soin de l'enfant, cela suppose en réalité de le laisser le plus libre de ses mouvements qu'il soit possible. Les enfants, naturellement remuants, se fortifient spontanément. Ce « principe actif » (I, p. 127) naturel doit simplement être protégé, en empêchant que l'enfant ne se fasse mal et que quiconque ne contrarie ses mouvements.

Ensuite, cet état originel est absolument nécessaire à la prise de conscience de ses sensations dont dépend la justesse des idées, et à l'usage de ses sens dont dépend la faculté de satisfaire ses besoins. L'enfant doit progressivement sentir le rapport entre « le malaise des besoins » et la capacité d'y pourvoir. C'est pourquoi cet état primitif de faiblesse est paradoxalement indispensable à la libre disposition de ses organes et de ses facultés. Un état de force initial plongerait l'individu dans une ignorance et une impuissance dont il ne sortirait jamais. La puissance d'un être ne se mesure pas à la force absolue dont il dispose mais à sa capacité à en disposer et à en faire librement usage. La genèse est la condition nécessaire de la constitution de l'individu en sujet de ses facultés. L'enfant est originellement faible parce que ses besoins surpassent de loin sa capacité d'y subvenir. Rousseau détermine cet état originel par un rapport interne entre les forces et les besoins de l'enfant. L'enfant est faible relativement aux besoins dont il ressent le malaise, et non pas relativement à un *homme fait* qui le dominerait.

Outre ce changement de signification donnée à la faiblesse originelle, Rousseau entend congédier la définition ordinaire de l'*infans* comme celui qui ne peut pas parler. Les plaintes et les pleurs sont le langage naturel des enfants. Il importe de savoir les écouter. Mais de même qu'il ne faut pas considérer l'état initial de faiblesse infantile comme un état de soumission, il ne faut pas prêter à l'expression de leurs besoins des intentions qui ne sont que l'effet de nos préjugés ou de notre manière d'agir. Rousseau étend l'éducation à la petite enfance : « l'éducation de l'homme commence à sa naissance ; avant de parler, avant que d'entendre, il s'instruit déjà » (I, p. 113) [1]. Que l'enfant ne parle pas encore ne signifie pas qu'il n'ait rien à dire. Ainsi, à la suite de l'éducation lockienne, l'éducation rousseauiste engage une véritable *sémiotique des pleurs*. Il faut se mettre à l'écoute des « premières voix » de l'enfant. Rousseau rend sonore la « langue naturelle et commune à tous les hommes », « celle que les enfants parlent avant de savoir parler » (I, p. 121). Le silence de l'enfant est le signe de son bien-être ; ses cris sont l'expression du malaise des besoins. L'hédonisme primitif est commun à la philosophie empiriste. Un *infans* heureux est donc un enfant silencieux.

Mais il faut prendre garde aux réactions inconsidérées face aux plaintes de l'enfant. Que ce soit parce qu'elles nous irritent ou parce qu'elles nous rendent compatissants, l'empressement à faire cesser ces plaintes peut être la cause de leur accroissement au-delà du nécessaire. Le risque est de faire naître chez l'enfant la croyance qu'il a du pouvoir et qu'il peut disposer d'autrui à sa guise. En cédant trop facilement aux pleurs, on place l'enfant en position de maître. Inversement, en tentant de les réprimer, on risque de faire naître un sentiment de soumission et le désir de s'en libérer. La moralité de l'enfant se joue *dès le berceau*. L'enjeu est d'empêcher la naissance du « besoin de fantaisie » au-delà du « vrai besoin » (II, p. 164), aussi bien que celle d'un sentiment d'assujettissement à la volonté d'autrui. La manière dont l'individu se conduira avec autrui dépend de la façon dont on s'est conduit avec lui dès sa naissance. « De ces pleurs, qu'on croirait si peu dignes d'attention, naît le premier rapport de l'homme à tout ce qui l'environne : ici se forge le premier anneau de cette longue chaîne dont l'ordre social est formé » (I, p. 122).

3. Moralité de l'amoralité

L'état originel de l'individu n'est pas misérable au sens moral du terme. Contre une conception de la condition humaine accablée par un sentiment de misère morale, il importe selon Rousseau de ne pas dévaloriser la faiblesse physique de l'enfant. « Nous plaignons le sort de l'enfance, et c'est le nôtre qu'il faudrait plaindre. Nos plus grands maux nous viennent de nous » (I, p. 79). Conformément au principe rousseauiste de la bonté naturelle, l'état primitif a beau être un état vulnérable, il n'est pas un état nuisible à l'enfant, ni nocif pour son entourage. Si l'enfant a besoin d'assistance et de soins, cela ne signifie pas qu'il doive être placé dans un état d'assujettissement à la volonté des adultes. Le sentiment de soumission est seule cause de la souffrance morale de l'enfant et de sa corruption. L'enfant sent qu'il a besoin des autres pour pourvoir à ses besoins, mais il ne doit pas se sentir à la merci de ceux qui prennent soin de lui. En plaçant l'enfant dans un rapport de domination, on transforme

1. Voir John Locke, *Quelques pensées sur l'éducation*, Vrin, 2007, section XIII.

un état de faiblesse et de dépendance physiques en un sentiment de contrainte et de soumission aux autres. On fait alors naître le désir de renverser ce rapport de domination et d'occuper la place du maître. La méchanceté n'est pas naturelle aux enfants. Elle naît d'une éducation corruptrice qui place l'enfant tantôt en position dominante, comme si les autres étaient à son service, tantôt en position de servitude, obéissant à des commandements qu'il n'est pas en mesure de comprendre. Il importe que l'enfant se sente assisté, et non pas servi ; aimé, et non pas assujetti.

Les éducations en usage à l'époque de Rousseau prêtent à l'enfant une méchanceté qui est en réalité le simple effet de son impuissance et du principe actif qui pourvoit naturellement au renforcement de ses organes. À croire l'enfant méchant, celui-ci pourrait le devenir : notre manière de le considérer induit une manière corruptrice de nous rapporter à lui. Constatant qu'il s'agite, nous le croyons intempérant. Parce qu'il casse parfois des objets sans raison apparente, nous le croyons pervers. Cesser de projeter sur lui les raisons d'agir des adultes et considérer *l'enfant dans l'enfant* est la véritable conversion philosophique à laquelle nous invite Rousseau. Ne pas prêter précocement à l'enfant d'intentions morales, c'est paradoxalement veiller à sa moralité future. L'enfance est un *état d'amoralité*, et non d'immoralité. En considérant l'enfant comme naturellement méchant, on se rend responsable de sa corruption, parce que, en cherchant à contraindre sa volonté, on fait naître chez lui un désir tyrannique similaire.

Or les enfants sont des êtres privés d'intentions morales, pour deux raisons essentielles. *Primo*, ils n'ont aucune connaissance spontanée des notions du bien et du mal. Aucune action infantile ne doit donc être interprétée comme une intention de nuire. L'enfant peut être la cause d'un mal mais il ne *veut* jamais le mal. L'intention morale suppose le développement de la raison qui permet de concevoir les notions générales de bien et de mal. L'enfant sans prévoyance, tout entier fixé dans l'instant présent et rapportant tout à lui-même, ne saurait généraliser ses idées : « Avant l'âge de raison, nous faisons le bien et le mal sans le connaître ; et il n'y a point de moralité dans nos actions, quoiqu'il y en ait quelquefois dans le sentiment des actions d'autrui qui ont rapport à nous » (I, p. 126). L'inconséquence des éducations en usage est de définir l'enfance comme le moment précédant l'âge de raison, tout en prêtant à l'enfant une connaissance du bien et du mal qui ne peut naître que de la raison pleinement formée. Ainsi la généalogie rousseauiste de la méchanceté de l'enfant reconduit-elle celle-ci à la nocivité des pratiques établies et au manque de cohérence des éducateurs. « Connaître le bien et le mal [...] n'est pas l'affaire d'un enfant » (II, p. 173).

Secundo, la moralité de l'intention dépend de la possibilité d'une expansion affective et d'un décentrement empathique qui nous met à la place d'autrui. Or, tout autant que l'ignorance, la faiblesse naturelle de l'enfant interdit de le considérer comme un être doté d'intentions morales. Si l'enfant est faible par nature, le rendre bon suppose de le laisser accroître ses forces, tout en empêchant la naissance de besoins imaginaires. L'enfant vulnérable est centré sur lui-même, mais il ne l'est pas par méchanceté, il l'est *par nécessité* : il « n'est méchant que parce qu'il est faible ; rendez-le fort, il sera bon » (I, p. 126). La méchanceté qui découle de la faiblesse ne doit pas s'entendre en un sens moral puisqu'aucune intention de nuire n'est imputable à l'enfant. S'il casse quelque chose, c'est par sentiment d'impuissance, ou plutôt par nécessité d'éprouver ses forces et de les accroître. Une fois acquis le sentiment de sa puissance, l'enfant peut commencer à diriger judicieusement son pouvoir d'action sur les choses, à condition que l'on n'ait pas fait naître entre-temps des désirs factices qui le maintiendraient dans un sentiment de dépendance, ses besoins dépassant alors illusoirement ses forces.

La critique rousseauiste de la méchanceté naturelle de l'enfant s'adresse à Hobbes (I, p. 125) [1]. De même que l'homme naturel, dans le *Second Discours*, ne doit pas être considéré comme méchant puisque ses besoins sont limités et qu'il peut aisément y subvenir sans dépendre des autres, l'enfant ne doit pas être considéré comme potentiellement méchant. Sa faiblesse le resserre sur son intérêt présent. À mesure que ses forces s'étendent, il peut révéler sa bonté naturelle. L'enfant est sans volonté nocive, quoique faible. Augmenter sa puissance d'agir, c'est préserver son innocence. À considérer l'enfant comme un méchant en puissance, on exerce sur lui une contrainte injuste qui aura pour effet paradoxal de le rendre tel. Le véritable méchant n'est pas un *puer robustus*, mais au contraire un être qui se sent dominé et désire renverser cette domination en prenant la place du maître. La méchanceté est ici le symptôme d'une faiblesse que l'on masque et d'une dépendance dont on voudrait se défaire. *A contrario*, « considérer l'enfance en elle-même » suppose de percevoir que l'enfant a besoin d'être secouru parce qu'il est faible, mais qu'il n'a pas besoin d'être discipliné parce qu'il serait naturellement vicieux. En assujettissant l'enfant à « nos caprices », on le rend « impérieux et mutin » (II, p. 170). Rousseau montre que les places de dominant et de dominé sont relatives l'une à l'autre et réversibles. Il s'agit alors de préserver l'enfant de tout désir d'occuper la place du tyran en le préservant du sentiment d'être esclave. Cela n'en fait pas encore un être vertueux, mais cela le prépare à le devenir.

B. Savoir conduire les enfants

1. La liberté naturelle et la gaieté de l'enfance

Chaque âge est à lui-même sa propre fin et doit être d'abord considéré dans sa perfection propre. Suivre *la marche de la nature* implique que la

1. L'homme naturel est appelé *puer robustus* par Hobbes. Voir *Le Citoyen*, GF-Flammarion, 1982, p. 73.

nature est prévoyante et que la succession des âges suit un ordre nécessaire. Celui qui sait conduire l'enfant selon la nature est instruit par une double pensée : il sait voir *l'enfant dans l'enfant*, c'est-à-dire concevoir ce qui convient à l'enfance indépendamment des âges qui suivront ; il sait aussi qu'une enfance parfaitement vécue pour elle-même préparera au mieux le bonheur et la liberté de l'*homme fait*. Ainsi, loin d'asservir l'enfance à des fins ultérieures, loin de voir dans l'enfant l'homme que l'on voudrait le faire devenir, le gouverneur rousseauiste ne se préoccupe que du bonheur et de la liberté propres à l'enfance, et c'est ainsi qu'il pourvoit le mieux son élève de ce qui lui sera utile à l'avenir.

L'enfance est sacrifiée par les éducateurs ordinaires. Les mauvais usages tiennent à une double erreur. D'une part, la mortalité infantile rend les parents craintifs et leurs actions mauvaises par excès de prudence. Leur principe de précaution les conduit à affaiblir l'enfant en croyant le protéger du monde extérieur et à l'empêcher de jouir de l'existence en croyant faire son bien. Contre une conception réductrice de la vie humaine limitée à la conservation de soi dans l'existence, Rousseau montre que celle-ci réside dans nos sentiments et nos actions. À une vision quantitative de l'existence qui vise simplement sa prolongation, Rousseau oppose une *conception intensive de la vie humaine* :

> Il s'agit moins [d'empêcher l'enfant] de mourir que de le faire vivre. Vivre, ce n'est pas respirer, c'est agir ; c'est faire usage de nos organes, de nos sens, de nos facultés, de toutes les parties de nous-mêmes, qui nous donnent le sentiment de notre existence. L'homme qui a le plus vécu n'est pas celui qui a compté le plus d'années, mais celui qui a le plus senti la vie.
>
> (I, p. 66)

L'erreur de mettre l'enfant sous cloche par peur qu'il ne lui arrive un malheur est beaucoup plus profonde qu'on ne le croit. Non seulement on aura sacrifié son enfance en l'empêchant de jouir de son existence mais, s'il survit au-delà, on aura transformé sa vulnérabilité naturelle en une incapacité durable à affronter les aléas de l'existence humaine. En songeant à lui épargner les petites peines de l'enfance, on en prépare de bien plus grandes : « c'est une précaution barbare de prolonger la faiblesse de l'enfance sous les fatigues des hommes faits » (I, p. 75). *A contrario*, en le plaçant dans les situations les plus diverses sans pour autant le mettre en danger, en l'exerçant continuellement à s'adapter aux conditions de vie les plus variées, le gouverneur est bien plus prévoyant que ne le sont les mères qui pèchent par excès de prudence. Les premières leçons doivent être des « leçons de courage » : « Souffrir est la première chose qu'il doit apprendre, et celle qu'il aura le plus grand besoin de savoir » (II, p. 146).

D'autre part, cette première éducation à endurer les *accidents de la vie humaine* et à s'exercer à en affronter les souffrances communes sera loin de rendre l'enfant malheureux. À la tristesse des enfants surprotégés qui ne peuvent jamais se sentir vivants, Rousseau oppose la gaieté de son

« Thétis », illustration tirée de la première édition de l'*Émile*, 1762.

Rousseau choisit cette gravure pour illustrer le livre I. Toute mère, à l'image de Thétis trempant Achille dans l'eau du Styx, rêve de rendre son enfant invulnérable. Mais l'invulnérabilité est un concept mal entendu : on croit qu'il s'agit d'échapper à la condition humaine en s'élevant au-dessus d'elle. Cette conception illusoire et vaine conduit à affaiblir l'enfant en croyant le protéger. L'invulnérabilité n'est pas le fait de ne jamais être blessé ou atteint par un mal, mais de savoir l'endurer. « Tremper l'enfant dans l'eau du Styx » ne signifie pas lui épargner les épreuves de la vie, mais l'y préparer. L'invulnérabilité réside dans la conscience de sa vulnérabilité et dans la faculté de la soulager ou de la supporter.

élève fictif : « Mon élève aura souvent des contusions ; en revanche, il sera toujours gai. Si les vôtres en ont moins, ils sont toujours contrariés, toujours enchaînés, toujours tristes » (II, p. 148). Le bonheur n'est pas dans l'absence de souffrances mais dans le sentiment de vivre. À rebours d'une *ataraxie* mortifère, la gaieté est dans l'usage de ses membres et la diversité des expériences.

À l'erreur d'enfermer l'enfant dans une chambre au lieu de le laisser vivre au grand air s'ajoute le désir de l'instruire en le forçant à écouter des leçons abstraites dont il ne comprend pas l'utilité. La gaieté naturelle de l'enfant s'éteint aussitôt qu'on le contraint à l'enfermement et à l'étude :

> Que faut-il donc penser de cette éducation barbare qui sacrifie le présent à un avenir incertain, qui charge un enfant de chaînes de toute espèce, et commence par le rendre misérable, pour lui préparer au loin je ne sais quel prétendu bonheur dont il est à croire qu'il ne jouira jamais ?
>
> (II, p. 149)

Rousseau peint avec les accents les plus émouvants ce *tableau de l'enfance sacrifiée* par l'inhumanité d'une éducation qui en fait une prison et un esclavage.

Le type de bonheur qui caractérise l'enfance est la gaieté, qui est l'effet naturel du pouvoir croissant d'action de son corps et de la liberté de ses mouvements. La gaieté ne découle pas d'un sentiment d'invulnérabilité mais du plaisir d'une découverte de soi dans l'usage de ses facultés (« user de la vie », I, p. 76). À l'état de passivité auquel sont contraints les enfants, Rousseau oppose le sentiment d'activité qui définit la vie. La liberté naturelle dont Émile jouit prépare au mieux la liberté morale qui le définira plus tard. La « route du vrai bonheur » n'est pas dans le désir d'accroissement indéfini de sa puissance, mais au contraire dans une « égalité parfaite » entre « la puissance et la volonté » (II, p. 153). Loin d'être une liberté abusive et débridée, elle est naturellement « bien réglée » par des besoins limités et par « les seules lois du possible et de l'impossible » (II, p. 177) que l'enfant apprend à connaître en éprouvant la liberté de ses mouvements et son pouvoir d'action dans le monde.

Rousseau oppose la liberté naturelle à l'empire, la liberté véritable à l'autorité arbitraire que l'on désire avoir sur les autres. « L'homme vraiment libre ne veut que ce qu'il peut, et fait ce qu'il lui plaît. Voilà ma maxime fondamentale. Il ne s'agit que de l'appliquer à l'enfance, et toutes les règles de l'éducation vont en découler » (II, p. 160). Une enfance libre est une enfance heureuse qui, loin d'abuser de la liberté, apprend la nécessité des rapports entre les choses en en faisant l'épreuve. Cette compréhension sensible des lois de la nature préserve l'enfant de tout désir impérieux. Loin de faire de la liberté d'Émile une licence désordonnée, l'éducation naturelle le rend peu à peu conscient du *joug de la nécessité* qui s'impose à toute volonté humaine. Quoiqu'elle ne soit pas contraignante, la pédagogie rousseauiste ne se caractérise ni par un laisser-aller ni par une permissivité débridée. Les règles que suit Émile sont celles que sa nature sensible et physique lui impose. Elles ne lui sont pas imposées par une volonté extérieure qui serait ressentie comme arbitraire, mais éprouvées en situation, puis comprises à mesure que se forme l'idée de ses rapports avec les choses.

Que les limites de ses actions et que ses idées du possible et de l'impossible ne soient pas imposées par le gouverneur, mais conçues comme les effets naturels de sa place dans l'ordre des choses, protège le désir d'Émile de toute corruption en désir de domination. Parce qu'il ne sent peser sur lui aucun commandement d'autrui, l'élève rousseauiste ne nourrit aucune volonté tyrannique de devenir à son tour le maître. Parce qu'il aime agir et faire les choses par lui-même, il ne désire aucunement que les autres soient à son service. La première maxime rousseauiste prescrit de laisser à l'enfant le plein usage de ses forces qui sont par nature limitées. La deuxième règle de la méthode suppose de n'aider l'enfant à accomplir que ce qui est déterminé par son « besoin physique ». En se bornant à ne viser et concevoir que « l'utile réel », la troisième maxime protège l'enfant d'un *esprit de domination* qui n'est pas naturel. Enfin la quatrième règle prescrit d'être attentif au point où, « quittant la route de la nature », l'enfant commencerait à désirer des biens qu'il n'évaluerait pas pour leur utilité mais parce que l'opinion des autres leur accorde un prix. « L'esprit de ces règles est d'accorder aux enfants plus de liberté véritable et moins d'empire, de leur laisser faire plus par eux-mêmes et moins exiger d'autrui » (I, p. 129). L'empire désigne la fausse liberté qui résulte d'un rapport de domination. L'éducation naturelle soustrait l'enfant tant au désir d'assujettissement qu'à la crainte d'être assujetti. Sa liberté est véritable parce qu'elle est bornée par ses propres forces et que, en étant consciente des limites naturelles de son pouvoir, elle se rapporte au monde de la façon la plus judicieuse. « Laiss[er] à l'enfance l'exercice de la liberté naturelle » le protège de « l'esclavage » de l'ordre social et des vices qui en sont l'effet (II, p. 170). Le seul désir d'Émile au terme de l'enfance est d'« être à son aise et libre » (II, p. 250) de ses mouvements, sans jamais nourrir le vain désir de s'approprier ce qui lui est inutile, ni de soumettre autrui à sa volonté.

2. L'éducation négative

L'éducation négative est le principe pédagogique révolutionnaire de l'*Émile*. Préférant être un *auteur à paradoxes* plutôt qu'à préjugés, Rousseau met en avant un concept qui semble être à première vue celui d'une anti-éducation ou d'une contre-formation. La définition est donnée au livre II : « La première éducation doit donc être purement négative. Elle consiste, non point à enseigner la vertu ni la vérité, mais à garantir le cœur du vice et l'esprit de l'erreur » (p. 180-181).

Le gouverneur

Aux trois personnes chargées d'éduquer l'enfant, Rousseau substitue « un seul guide » : cela ne signifie pas tant que le gouverneur doive faire office à la fois de « gouvernante », de « précepteur » et de « maître », mais bien plutôt que Rousseau congédie cette tripartition « mal entendue ».

Là où le commencement de la vie est confié à une nourrice qui se contente de nourrir l'enfant et le contraint dans ses mouvements (notamment par l'emmaillotement), le gouverneur sait que « nous commençons à nous instruire en commençant à vivre » (I, p. 65). Il s'inquiète donc de l'instruction de l'enfant *dès sa naissance*.

Mais là où les maîtres songent vaniteusement au savoir que leurs élèves étaleront, le gouverneur rousseauiste n'agit que par *le choix des objets* qui entourent l'enfant. Les premières leçons sont tout entières contenues dans *les situations* dans lesquelles Émile est placé. Contre les pédants dont les méthodes ont pour seul effet de dégoûter l'enfant de tout apprentissage, Émile n'est guidé que par son intérêt propre et s'instruit sans jamais assimiler le savoir à une punition ou à un asservissement. À rebours du maître « sévère et fâché » qui efface la gaieté de l'enfant, le gouverneur est « son ami, son camarade, c'est le compagnon de ses jeux » (II, p. 320). Le gouverneur est son seul « émule » (II, p. 287) – sa compagnie incite Émile à l'exercice de ses facultés – mais il n'est ni son maître ni son rival. À la haine que l'enfant nourrit à l'égard de son tuteur, Rousseau substitue un lien d'amitié unique qui a la durée d'une vie.

Si Rousseau donne à l'éducateur d'Émile le nom de « gouverneur », c'est qu'il s'agit « moins pour lui d'instruire que de conduire » (I, p. 88). Celui-ci n'a cependant rien du pédagogue ordinaire chargé d'accompagner le jeune homme faire ses premiers pas dans « le monde [1] ». Il se soucie des vertus morales de son élève mais ne les confond pas avec la politesse et la civilité mondaines. Il les fait naître de la bienveillance et des douces affections du cœur humain. Le gouverneur conduit l'enfant à comprendre par lui-même *le nécessaire, l'utile* puis *le convenable et bon* [2], sans jamais rien lui imposer dont il ne ressentirait pas l'importance.

Cependant, le gouverneur ressemble aussi à un législateur qui travaille dans l'ombre à faire de l'enfant ce qu'il veut qu'il soit, à un divin Mentor qui maîtrise tout sans en avoir l'air, ou à un Pygmalion qui le façonne à l'image de son propre désir. L'ambiguïté est énoncée par Rousseau lui-même : « Dans les éducations les plus soignées, le maître commande et croit gouverner : c'est en effet l'enfant qui gouverne [...]. Prenez une route opposée avec votre élève ; qu'il croie toujours être le maître, et que ce soit toujours vous qui le soyez ». Émile est-il libre ou n'est-ce que « l'apparence de la liberté » (II, p. 235) ?

1. Voir l'article « Gouverneur d'un jeune homme » de l'*Encyclopédie*.
2. *Émile* (2009), livre III, p. 238.

En un sens premier, il s'agit de *laisser agir la nature* et de *ne rien faire*, afin d'éviter de contrarier ses « premiers mouvements ». L'éducation négative est justifiée en son principe par la thèse de la bonté naturelle (I, p. 178) [1]. Contre tout constructivisme éducatif, l'enjeu est de suivre la nature, car la règle convenable à l'enfant lui est immanente : les dispositions sont par nature sans abus, les facultés proportionnées, leur développement ordonné, les besoins limités. Aussi la tâche du gouverneur consiste-elle, au moins dans l'enfance, à se contenter de « faire au dehors ce que [la nature] fait au dedans » (I, p. 76). Puisque l'activité naturelle des membres de l'enfant pourvoit à leur renforcement, la « méthode inactive » (II, p. 230) consiste à la favoriser. L'enfant acquérant la notion d'espace par le mouvement, le gouverneur doit veiller à cette liberté. L'éducation négative est une *méthode protectrice* des dispositions naturelles : « en naissant l'enfant est déjà disciple, non du gouverneur, mais de la nature. Le gouverneur ne fait qu'étudier sous ce premier maître et empêcher que ses soins ne soient contrariés » (I, p. 110).

Pour que l'enfant soit le disciple de la nature, le maître doit en connaître « la marche ». L'éducation négative est loin d'être une absence de méthode ou un appel à la passivité. Le rôle du gouverneur est paradoxalement *exorbitant* : il doit « empêcher que rien ne soit fait » (I, p. 63). L'éducation naturelle rend nécessaire l'éducation négative qui protège de tout rapport social corrupteur, empêche que rien de nocif ne soit fait par la faute des autres, et évite toute forme de corruption sociale. Cela suppose-t-il un isolement de l'enfant ? Rousseau n'entend pas priver Émile de tout contact ou le transporter sur une « île déserte » (II, p. 183) [2]. Il faut cependant que le gouverneur sélectionne adéquatement l'ensemble des objets qui lui sont présentés, ce qui justifie de l'élever à la campagne plutôt qu'à la ville (II, p. 185). Plus encore, tout l'entourage doit être maîtrisé de façon à ce que personne ne se rende coupable d'introduire des préjugés ou de vicier sa volonté. Le moyen pour le gouverneur de neutraliser les effets nocifs du système social est d'acquérir de l'autorité sur toutes les personnes en relation avec l'enfant. Si cette autorité, qui n'est pas exempte de paternalisme, est fondée sur « l'estime de la vertu », alors l'entourage suivra les recommandations du gouverneur (II, p. 184).

L'enfant doit être protégé de tout rapport de commandement et d'obéissance, non seulement avec les personnes qui l'entourent, mais avec le gouverneur lui-même : il ne doit sentir de « résistance que dans les choses et jamais dans les volontés » (I, p. 124). Il en va de sa moralité. Sa raison n'ayant pas atteint sa maturité, il est encore incapable de comprendre le bien-fondé des devoirs que l'on pourrait lui donner. L'enfant ressent la volonté d'autrui peser sur lui comme une contrainte arbitraire dont il cherche au plus vite à se libérer. Le gouverneur ne doit donc rien lui prescrire, car ses commandements auraient pour seule conséquence de

1. Sur cette thèse, voir ci-dessus, p. 70-72.

2. Sur cette « précaution inutile », voir notamment la pièce de Marivaux intitulée *La Dispute* (1744).

rendre les devoirs « non seulement haïssables, mais impraticables » pour l'enfant (II, p. 200). L'exemple de la promesse est particulièrement frappant : exiger que l'enfant promette et soit fidèle à sa promesse, c'est lui demander une chose impossible car son esprit est encore borné par l'intérêt immédiat et présent. L'enfant trahira inexorablement sa promesse. Plus grave encore, il commencera à concevoir des moyens de la trahir sans se faire punir, et c'est ainsi que le vice s'introduit en lui par la faute d'éducateurs incapables de se mettre à la place de l'enfant. Paradoxalement, « la loi de l'obéissance [...] produit la nécessité de mentir » (II, p. 198).

L'éducation négative est la négation de l'« autorité toujours enseignante » (II, p. 232) désireuse d'imposer des leçons et de faire entendre raison à l'enfant. Contre Locke qui conseille de raisonner avec les enfants (II, p. 173), le gouverneur rousseauiste renonce à occuper la place de maître. L'hétéronomie, loin de préparer l'autonomie de l'élève, conduirait celui-ci à l'habitude fâcheuse de faire reposer son jugement sur celui du gouverneur. Au contraire, Émile s'exerce « à se suffire à lui-même » et « prend ses leçons de la nature et non pas des hommes » (II, p. 233-234). L'enfance est donc *le temps paradoxal de l'absence de tout rapport d'autorité* aux yeux de l'enfant. Il faut ne « rien exiger des enfants par obéissance », ne « rien apprendre dont ils ne sentent l'avantage actuel et présent, soit d'agrément, soit d'utilité » (II, p. 228).

Les enfants doivent se croire pleinement libres. Mais il s'agit pourtant de les conduire : il y a « bien de la différence entre leur obéir et ne pas les contrarier » (I, p. 124). Le gouvernement de l'enfant s'obtient par des *leçons de choses* et des *exercices pratiques* (I, p. 65) qui ont toujours l'apparence de *jeux* suscitant l'intérêt de l'enfant afin qu'il incorpore pour ainsi dire le savoir, plutôt que de le ressentir comme une connaissance abstraite et hétéronome qui n'aurait aucun sens pour lui. Ses facultés sensibles sont instruites par la variété des situations qui l'impliquent. Le développement des facultés, la sédimentation des âges et leur irréversibilité prescrivent la nature, l'ordre et la progression des apprentissages. La mémoire et l'imagination étant d'abord inactives, l'esprit de l'enfant est accaparé par de pures sensations affectives. Il apprend peu à peu à rapporter les sensations aux objets qui les causent. Le gouverneur « ne doit point donner de préceptes, il doit les faire trouver » (I, p. 88). Dans l'enfance, ces préceptes sont tout entier en actes, dans l'épreuve sensible des rapports nécessaires entre les choses : les leçons doivent être « plus en actions qu'en discours » (II, p. 194). Tout apprentissage doit être ludique, « toute l'enfance n'étant ou ne devant être que jeux et folâtres amusements » (II, p. 306). Pour que ces jeux ne semblent pas arbitraires, ils doivent être motivés par l'intérêt puéril. « [...] les mener par leur bouche » (II, p. 305) préserve de les mener par l'amour-propre dont l'enfant devrait être exempt. La gourmandise est sans abus tant que le goût de l'enfant n'a pas été corrompu : il est naturellement limité par ses besoins. « L'intérêt présent, voilà le grand mobile, le seul qui mène sûrement et loin » (II, p. 228).

L'éducation négative est également *dilatoire*. Rousseau l'énonce de façon pour le moins paradoxale : « la plus utile règle de toute l'éducation », « [c]e n'est pas de gagner du temps, c'est d'en perdre » (II, p. 180). Aux yeux des éducateurs ordinaires, le gouverneur d'Émile perdra son temps car il retardera toute instruction. En réalité, il donne du temps à la formation des organes et de la raison. Plutôt que de nier le temps nécessaire à la genèse des facultés, le gouverneur laisse à Émile le temps de sentir, de se mouvoir, de prendre conscience de lui-même, puis de faire usage de chacun de ses sens, de tâtonner, marcher, arpenter, mesurer, peindre.

Le temps laissé à Émile n'est pas du temps perdu mais du *temps gagné*, en un double sens. Émile acquiert la maîtrise la plus essentielle qui soit, celle de son propre corps et des instruments de connaissance qui lui sont inhérents. Ce temps lui donne une conscience adéquate de ses rapports sensibles et de sa place dans l'ordre matériel des choses. Ses lumières ne tiennent pas à l'accumulation de savoirs mais à la capacité de bien juger et de s'approprier ce qu'il sait. L'enfant à qui l'on a laissé le temps de mûrir sera alors l'élève le plus enclin à s'instruire et d'autant plus docile qu'il ne se sentira pas contraint de l'être :

> [...] si vous pouviez amener votre élève sain et robuste à l'âge de douze ans, sans qu'il sût distinguer sa main droite de sa main gauche, dès vos premières leçons les yeux de son entendement s'ouvriraient à la raison ; sans préjugés, sans habitudes, il n'aurait rien en lui qui pût contrarier l'effet de vos soins.
>
> (II, p. 181)

En outre, ce temps est gagné sur la perversion induite par des instructions précoces. La précocité n'est pas seulement une mauvaise chronologie des apprentissages, elle produit une corruption irréversible. En apprenant à l'enfant ce qu'il n'est pas en âge de comprendre, on n'introduit pas seulement des erreurs que l'on pourrait ensuite corriger, mais on le conduit à faire un usage vicié du savoir : « À chaque instruction précoce qu'on veut faire entrer dans leur tête, on plante un vice au fond de leur cœur » (II, p. 177). Le vice naît du décalage entre ce que l'on enseigne à l'enfant et la conscience qu'il a de lui-même et de son intérêt. L'enfant centré sur son intérêt présent et sensible n'est pas en mesure, par exemple, de concevoir la réciprocité des obligations morales. Certaines notions morales peuvent lui être enseignées mais il faut le faire par l'intermédiaire d'une leçon concrète et non par des leçons de morale : l'épisode du jardinage en fournit un exemple (II, p. 191-194). De plus, tout savoir précoce est alors considéré par l'enfant, non pour sa valeur de vérité intrinsèque, mais comme un instrument de pouvoir. Percevant que le maître pédant fait usage du savoir à des fins de domination, l'élève vicié l'envisage comme tel. Mieux vaut viser la justesse du raisonnement que l'érudition. Mieux vaut l'ignorance que la perversion : il vaut mieux que les enfants « soient bons que savants » (II, p. 199).

L'éducation négative a enfin une vertu *prophylactique*. Non seulement elle protège des effets corrupteurs du système social et des instructions précoces, mais elle rend l'enfant apte à s'en prémunir. En le laissant se forger des ressources propres et une capacité autonome à s'orienter dans le monde et à faire usage des choses, on préserve la bonté naturelle de l'enfant qui se sent en accord avec lui-même et jouissant de ses facultés. Parce que son amour naturel de lui-même ne s'est pas précocement mué en amour-propre, Émile ne conçoit pas son intérêt comme rival de celui des autres et évite tout rapport conflictuel. Il se sent suffisamment fort et indépendant pour ne nourrir aucun désir de domination ni d'appropriation abusive. En ne visant pas l'érudition mais la formation du jugement pratique, le gouverneur est bien plus prévoyant qu'il n'y paraît : il tâche « de lui former un magasin de connaissances qui servent à son éducation pendant sa jeunesse, et à sa conduite dans tous les temps » (II, p. 219). Par les « exercices continuels » physiques et pratiques auxquels le gouverneur conduit Émile « sous la seule direction de la nature », se forme « la seule espèce de raison dont le premier âge soit susceptible et la plus nécessaire à quelque âge que ce soit ». La *raison puérile* n'est pas une raison infantile, imparfaite et destinée à être corrigée. Au contraire, « l'usage de nos forces, les rapports de nos corps aux corps environnants, l'usage des instruments naturels qui sont à notre portée et qui conviennent à nos organes » (II, p. 244) servent toute la vie.

L'éducation négative est-elle une méthode réservée à l'enfance ? Rousseau semble la circonscrire au premier âge de la vie. Le gouverneur agira par la suite beaucoup plus directement sur son élève, par des conseils et des questions, puis par des discours et des promesses. La naissance du désir sexuel, au livre IV, prescrira de « changer de méthode » avec l'adolescent. Cette restriction temporelle peut cependant être mise en doute. À chaque âge, des maximes appropriées doivent être suivies, et le gouverneur est attentif à la spécificité du temps de l'enfance. Néanmoins, l'éducation négative définie comme méthode protectrice, dilatoire, prophylactique, formatrice des dispositions suivant leur genèse naturelle, et visant toujours la liberté et le bonheur de l'élève, est considérée par Rousseau comme la pédagogie convenable à tous les âges [1].

C. Pour une philosophie de l'enfance

1. Savoir se mettre à la place de l'enfant

La place de l'enfance dans l'ordre de la vie humaine demeure impensée par les pédagogues ordinaires :

> L'humanité a sa place dans l'ordre des choses ; l'enfance a la sienne dans l'ordre de la vie humaine : il faut considérer l'homme dans l'homme, et

1. Dans les *Considérations sur le gouvernement de Pologne*, Rousseau fait de l'éducation négative la seule bonne méthode. Voir OC III, p. 968.

> l'enfant dans l'enfant. Assigner à chacun sa place et l'y fixer, ordonner les passions humaines selon la constitution de l'homme, est tout ce que nous pouvons faire pour son bien-être.
>
> (II, p. 151)

Considérer l'enfance par sa « place » signifie envisager la vie humaine comme un tout organique au sein duquel chaque étape a sa cohérence interne et sa nécessité relative aux autres. Concevoir la singularité de l'enfance dans ses manières de sentir, de voir le monde, de se rapporter aux choses et aux autres et d'avoir conscience de soi, c'est en réalité faire de ce premier âge le plus utile à toute la vie. Laisser l'enfant être enfant le rend apte à être homme, au sens génétique de l'*homme fait* dont toutes les facultés et dispositions seront parfaitement développées, et au sens moral de l'*être humain* enclin à la bienveillance.

« Nul de nous n'est assez philosophe pour savoir se mettre à la place d'un enfant » (II, p. 224). La philosophie de l'enfance implique une conversion empathique du regard :

> Hommes, soyez humains, c'est votre premier devoir ; soyez-le pour tous les états, pour tous les âges, pour tout ce qui n'est pas étranger à l'homme. Quelle sagesse y a-t-il pour vous hors de l'humanité ? Aimez l'enfance ; favorisez ses jeux, ses plaisirs, son aimable instinct.
>
> (II, p. 150)

L'enfant n'est pas encore capable de se mettre à la place d'autrui et d'évaluer sa souffrance, mais le devoir de l'adulte est en revanche de se mettre à la place de l'enfant en imaginant ses sensations, ses peines, ses limites et en favorisant le bonheur dont il est capable à son âge. Quoique l'enfant ne soit pas encore capable d'intention morale ni de vertu, il importe de « le considérer ici comme un être moral » (II, p. 148), c'est-à-dire conscient de son existence, et « par conséquent déjà capable de bonheur ou de misère » (II, p. 148).

Plutôt que de s'empresser de sortir l'enfant de l'enfance, il faut le *maintenir à sa place d'enfant*, non pas celle d'un être soumis aux volontés des adultes, mais celle d'un être en devenir qui doit acquérir une sagesse qui lui est propre et qui lui sera toujours utile. Se mettre à la place de l'enfant, c'est comprendre la bonté naturelle de l'enfance. L'enjeu est d'abord de ne pas projeter sur *l'enfance ouverte à tous les possibles* la position sociale exclusive à laquelle on voudrait par avance le destiner. « [...] vu la mobilité des choses humaines, vu l'esprit inquiet et remuant de ce siècle qui bouleverse tout à chaque génération » (I, p. 65-66), ce serait une méthode insensée que d'assigner à l'enfant une place sociale dont dépendra son bonheur. Le maintenir à sa place d'enfant lui assure au contraire un bonheur indépendant de l'ordre social contradictoire et injuste.

La place qui convient à l'enfant dans l'enfance est *autocentrée* : l'enfant rapporte toute chose à lui-même, n'étant pas encore éveillé à l'altérité ni au sens moral de ses actes. Il apprend à se connaître au travers de ses rapports avec les choses et de sa capacité d'action sur elles. La place à laquelle il doit être maintenu n'a rien d'une position de soumission à la volonté des adultes ou de dépendance à leur égard. L'enfant est maintenu à sa place naturelle, en un sens *génétique* – celle qui lui convient selon la genèse de ses facultés –, mais également en un sens *anthropologique* : l'enfant apprend à reconnaître « la place que la nature [...] assigne [à l'homme] dans la chaîne des êtres » et « la dure loi de la nécessité » à laquelle il ne faut pas vainement résister mais à partir de laquelle on peut définir l'étendue réelle de sa liberté (II, p. 159).

Le sens génétique de la place de l'enfant n'est connu que du gouverneur : celui-ci détient une connaissance de l'enfance qui échappe à son élève. Ce décalage entre la conscience que l'enfant a de lui-même et la connaissance qu'il doit acquérir est ce qui justifie que l'enfant soit maintenu à sa place avant d'être capable d'y demeurer par lui-même : « L'homme sage sait rester à sa place ; mais l'enfant, qui ne connaît pas la sienne, ne saurait s'y maintenir » (II, p. 161). Le sens anthropologique de la place naturelle désigne la connaissance de soi que l'enfant doit atteindre et qui lui permettra d'être à la fois autonome et humain. Sachant faire un usage judicieux de ses forces et de ses sens, conscient de ce qu'il peut et de ce dont il a besoin, il ne sera pas comme ces hommes que leur enfance dévoyée a rendu dépendants des autres et incapables d'agir par eux-mêmes. Les « enfants gâtés par l'éducation » (II, p. 175), particulièrement par « l'éducation façonnière des riches » (II, p. 165), ne deviennent jamais des *hommes faits* mais font toute leur vie les enfants. Pour n'avoir pas été élevés dans la conscience de leurs facultés et de leur place dans l'ordre naturel, ils se maintiennent dans une dépendance infantile dont ils tirent « une vanité puérile » se croyant importants parce qu'ils sont servis (II, p. 162).

En maintenant l'enfant à sa place naturelle, au double sens génétique et anthropologique, on le prépare à se penser en tant qu'être humain et à s'identifier à tout autre en tant que tel. « Traitez votre élève selon son âge. Mettez-le d'abord à sa place, et tenez-l'y si bien, qu'il ne tente plus d'en sortir. Alors, avant de savoir ce que c'est que sagesse, il en pratiquera la plus importante leçon » (II, p. 175). Il y a bien une *sagesse propre à l'enfance*, qui tient à l'usage de ses facultés et au sentiment du « pesant joug de la nécessité » (*ibid.*) que la nature impose à tout être humain. L'individu dont l'enfance a permis de se sentir à sa place dans l'ordre naturel des choses se prépare à devenir un être bienfaisant, pour qui *rien d'humain n'est étranger.*

2. Laissez mûrir l'enfance dans l'enfant

Savoir se mettre à la place de l'enfant, c'est « donner à l'enfance le temps de mûrir » (II, p. 205), plutôt que de le forcer à devenir grand.

Le gouverneur doit connaître « le prix du temps » : l'enfance ne dure pas en pure perte, elle permet d'apprendre à se connaître et à jouir de son existence. Les éducations abusives ne connaissent pas la valeur de l'enfance et s'empressent de la nier. La perte est alors irréversible pour l'individu qui sera mal à l'aise dans son corps, toujours insatisfait et méchant parce qu'il se sentira dépendant des autres et impuissant. « [...] laisse[r] mûrir l'enfance dans les enfants » (II, p. 181-182) est la belle maxime de l'œuvre de Rousseau qui initie une pédagogie à hauteur d'enfant et consciente de l'importance de respecter la temporalité de son développement. L'enfance mûrit dans l'enfant en le laissant jouir de ses membres et de ses mouvements, par l'exercice physique et le jeu. En laissant « l'âme oisive », on la prépare paradoxalement à bien penser : la fortification des organes et l'usage des facultés sensibles sont déterminants pour la justesse des idées.

Laisser mûrir l'enfance dans l'enfant, c'est le rendre capable d'une gaieté dont rien ne pourra le défaire car elle ne tient qu'au sentiment de son existence et de son activité. L'« oisiveté prétendue » n'est pas une perte de temps mais détermine la faculté d'en jouir, là où les autres enfants sont élevés dans l'angoisse que produit une éducation qui les projette toujours dans l'avenir. L'anticipation n'est pas prévoyance mais fausse sagesse qui anéantit en l'enfant toute possibilité de jouir du présent. À cette « triste et stérile enfance » (II, p. 218), il faut substituer une enfance heureuse qui donnera à l'adulte la faculté de l'être toujours. « Comment ! n'est-ce rien que d'être heureux ? n'est-ce rien que de sauter, jouer, courir toute la journée ? De sa vie il ne sera si occupé » (II, p. 208). L'enfant sera alors mûr pour apprendre avec intelligence, et capable d'une rare sagesse, celle qui rend véritablement heureux. « Bientôt il deviendrait entre vos mains le plus sage des hommes ; et en commençant par ne rien faire, vous auriez fait un prodige d'éducation » (II, p. 181).

Laisser mûrir l'enfance, c'est aussi donner à l'enfant le temps de révéler ses dispositions, d'actualiser des facultés. Les éducations ordinaires s'empressent de juger de ce dont l'enfant est capable ou incapable, et restreignent ainsi par avance le champ des possibles. Tantôt on projette par vanité des aptitudes exceptionnelles sur un enfant alors forcé de travailler à développer un don supposé, et empêché d'être un enfant comme un autre : le bonheur propre à l'enfance lui est dénié. Tantôt on projette sur l'enfant une « inaptitude [...] imaginaire » (II, p. 294) et on limite ses facultés pour ne pas avoir cultivé ses aptitudes puériles qui supposent des exercices physiques et pratiques, plutôt qu'intellectuels.

> Respectez l'enfance, et ne vous pressez point de la juger, soit en bien, soit en mal. Laissez les exceptions s'indiquer, se prouver, se confirmer longtemps avant d'adopter pour elles des méthodes particulières. Laissez longtemps agir la nature, avant de vous mêler d'agir à sa place, de peur de contrarier ses opérations.
>
> (II, p. 208)

Jean-Baptiste Greuze, *Le Petit Paresseux*, 1755.

La peinture de Greuze de 1755 montre un enfant qui dort plutôt que d'étudier. Selon Rousseau, les études et les livres sont le « fléau de l'enfance » (II, p. 227). « Des livres ! quel triste ameublement pour son âge ! » (II, p. 320). Ils exercent une violence sur l'esprit de l'enfant qui n'est pas en âge de s'y intéresser et qui se voit imposer des signes dont il ne comprend pas le sens. Le titre donné au tableau, « Le Petit Paresseux », semble souscrire à la vision que Rousseau congédie, celle d'une éducation empressée de corriger et d'instruire l'enfant. Mais le sommeil de l'enfant touche le spectateur. Le sentiment qui se dégage de la peinture de Greuze est celui de l'attendrissement pour un enfant paisible qui échappe à l'étude à laquelle on a voulu le contraindre.

3. La sagesse de l'*enfant fait*

Loin d'être un imbécile ou un polisson, l'enfant parvenu à la pleine maturité de l'enfance détient une sagesse remarquable, à condition de ne pas l'avoir modelée sur celle de l'adulte ni de la juger à cette aune. Au terme de l'enfance, c'est un « enfant fait » (II, p. 317) que Rousseau nous invite à contempler, expression stupéfiante qui indique qu'on ne peut voir la beauté de l'enfance que si l'on lui a laissé le temps de grandir et de développer les facultés caractérisant son âge et ayant leur perfection propre. La sagesse de l'*enfant fait* est d'abord *socratique*. À condition qu'on ait bien voulu « faire d'un enfant un enfant » et non pas « un docteur » (II, p. 181), il ne prétendra pas savoir ce qu'il ne sait pas, ni briller par son érudition. « [...] un enfant mal instruit est plus loin de la sagesse que celui qu'on n'a point instruit du tout » (II, p. 208). Le gouverneur a enseigné à Émile l'« art [...] d'être ignorant » (II, p. 246) : plutôt que de remplir sa tête d'un savoir qui lui demeure étranger, il lui a permis de perfectionner les instruments sensibles et le jugement qui lui permettra d'acquérir toutes les connaissances qui lui seront utiles. Plutôt que de faire à sa place, il a laissé Émile apprendre en expérimentant. Contre la « manie enseignante et pédantesque » qui désire « apprendre aux enfants ce qu'ils apprendraient beaucoup mieux d'eux-mêmes » (II, p. 147), la sagesse d'Émile est limitée mais consciente de ses limites, elle est entièrement pratique mais réellement comprise.

« [...] l'enfance est le sommeil de la raison » (II, p. 209). Le gouverneur qui se met à la place de l'enfant n'attend pas de lui des raisonnements abstraits ni une compréhension des devoirs moraux qui incombent à l'homme. Que la raison soit en sommeil n'impose pas de la laisser dormir mais de favoriser son éveil par des exercices appropriés. Il est encore trop tôt pour exiger de l'individu une « raison intellectuelle ou humaine » qui « consiste à former des idées complexes par le concours de plusieurs idées simples ». La raison d'Émile sera en revanche parvenue à la pleine maturité dont elle est capable dans l'enfance : « nous avons amené notre élève, à travers les pays des sensations, jusqu'aux confins de la raison puérile : le premier pas que nous allons faire au-delà doit être un pas d'homme » (II, p. 317). Sa sagesse ne doit pas se mesurer à l'aune de l'*homme fait* mais à l'aune de ce qu'est l'enfance et par comparaison avec les enfants qui n'ont pas été élevés selon la marche de la nature : « [d]ans tout ce qui est à portée de l'enfance », « il juge, il raisonne, il prévoit mieux qu'eux tous » (II, p. 325). Sa sagesse repose sur la « netteté de judiciaire enfantine » (II, p. 327-328), c'est-à-dire sur une capacité à juger en situation des rapports concrets entre les choses et de ses rapports sensibles avec elles.

> La nature veut que les enfants soient enfants avant que d'être hommes. Si nous voulons pervertir cet ordre, nous produirons des fruits précoces, qui n'auront ni maturité ni saveur, et ne tarderont pas à se corrompre ; nous aurons de jeunes docteurs et de vieux enfants. L'enfance a ses manières de

voir, de penser, de sentir, qui lui sont propres ; rien n'est moins sensé que d'y vouloir substituer les nôtres [...].

(II, p. 173-174)

Si les leçons de morale sont inadaptées à l'enfant, il ne s'ensuit pas qu'il faille renoncer à toute propédeutique à la morale. Mais il s'agit de respecter la genèse des notions morales en les formant en situation et par l'expérience. Ainsi Émile dispose d'« un petit nombre de notions morales qui se rapportent à son état actuel » (II, p. 322). Il est incapable de grands discours sur ses devoirs envers les autres, mais il dispose d'idées utiles qui « doivent l'éclairer un jour sur ses devoirs, s'y tracent de bonne heure en caractères ineffaçables, et lui servent à se conduire pendant sa vie d'une manière convenable à son être et à ses facultés » (II, p. 219). En outre, parce qu'il n'a pas été soumis à la loi tyrannique de l'obéissance, il se sent aimé et conduit avec bienveillance, ce qui éveille en lui une inclination réciproque. L'attachement mécanique à ceux qui prennent soin de lui puis l'attachement conscient de l'intention bienfaisante d'autrui nourrissent une « modeste confiance en son semblable » (II, p. 323) qui le prépare à agir humainement. « Celui qui sent le besoin qu'il a du secours des autres, et qui ne cesse d'éprouver leur bienveillance, n'a nul intérêt de les tromper » (II, p. 197). Si la vertu d'Émile est encore « négative » puisqu'elle consiste uniquement à s'abstenir de faire du mal à autrui (II, p. 204), elle le prépare bien mieux à la bienfaisance que toutes les leçons abstraites et grandiloquentes.

Enfin, l'enfant parvenu à maturité détient une sagesse qui lui sera utile en tout temps et dont les éducations ordinaires le privent. Par une « physique expérimentale relative à sa propre conservation » (II, p. 245), Émile apprend à se connaître dans ses rapports sensibles avec les choses qui l'environnent. Grâce aux seules leçons de l'expérience, sa sagesse consiste dans la conscience progressive du joug de la nécessité auquel nul être humain ne saurait échapper. Aux sciences de mots incompréhensibles pour l'enfant, il faut substituer des « sciences de choses » (II, p. 212) qui forment son jugement pratique. Parce qu'Émile a une connaissance expérimentale des lois de la nature, on pourrait croire que « la nature est à ses ordres » (II, p. 325), tant il sait s'y rapporter de la façon qui lui convient. La sagesse d'Émile est *incarnée* au sens où elle dérive de la maîtrise des « instruments » de connaissance que sont ses sens et ses organes. Émile se connaît lui-même en tant qu'être sensible, et ses idées sont « utiles » parce qu'elles « se rapportent à son bonheur » (II, p. 219). Son bonheur est absolu car il ne dépend pas des autres : Émile n'a pas la prétention d'être préféré aux autres ni de vouloir les dominer. Sans le vouloir, il est supérieur aux enfants de son âge par son expérience, son habileté physique et la conscience qu'il a de lui-même.

Conclusion

La philosophie de Rousseau propose une définition de l'enfance que l'on peut d'abord qualifier d'*internaliste*, au sens où ce premier temps de la vie est compris dans sa perfection propre et non pas subordonné à un temps ultérieur. Sa définition est également *anthropologique* : en comprenant *l'enfant dans l'enfant*, on comprend la nécessité de l'enfance pour l'homme. En laissant l'enfant n'être qu'enfant, l'enfance accède à une éternité paradoxale : la sagesse puérile est utile à tout âge ; l'adulte se souviendra de l'enfant qu'il était au sens où il ne perdra jamais les habitudes qu'il a acquises dans l'enfance. Mais la sagesse de l'*enfant fait* doit être distinguée de l'attitude infantile de ceux qui sont devenus de grands enfants désireux de soumettre les autres à leurs caprices. La sagesse d'Émile est une sagesse utile à l'être humain en un sens à la fois *génétique* – elle lui permet de grandir et de sortir de l'enfance – et *moral* – elle le rend apte au bonheur et à la bienfaisance. L'enfance telle qu'elle est conçue par Rousseau a également une vertu *prophylactique* : par le plaisir d'agir par soi-même, on prémunit l'enfant du désir tyrannique de se faire servir ; par la compréhension sensible de ce qui est réellement utile à la satisfaction de ses besoins, on le préserve d'une dépendance nocive à l'égard de l'opinion publique. Rousseau montre enfin que la définition de l'enfance dépend du *regard* que nous portons sur l'enfant. Notre méconnaissance de l'enfance et sa mauvaise considération sont la cause de sa corruption. L'enfance est « le plus dangereux intervalle de la vie humaine » (II, p. 180) : les facultés et le jugement de l'enfant n'étant pas encore développés, toute instruction précoce ou toute méthode inadaptée provoque un décalage vicieux entre les rapports dans lesquels l'enfant est placé et sa capacité à les comprendre.

La définition inédite de l'enfance dans la philosophie rousseauiste préfigure la défense d'un *droit de l'enfant à être enfant*. Ce droit est double. Il s'agit d'abord du droit de l'enfant à jouer et à jouir du bonheur innocent propre à son âge, sans être soumis à des contraintes arbitraires. Il s'agit ensuite du droit de l'enfant à bénéficier d'une éducation ouverte à tous les possibles, et non pas enfermée dans des préjugés sociaux, ni lui assignant une place prédéfinie. « Vivre est le métier que je lui veux apprendre » (I, p. 64). En lui apprenant à être maître de son corps et à faire usage de ses facultés sensibles, Rousseau laisse à l'enfant le temps de vivre sans le prédestiner à un quelconque métier ou état social. Parce que « [n]ous ignorons ce que notre nature nous permet d'être » (I, p. 113), le premier devoir de l'éducateur est de laisser mûrir l'enfance.

ORIENTATIONS BIBLIOGRAPHIQUES

Éditions de référence

ROUSSEAU Jean-Jacques, *Émile ou De l'éducation, livres I-II*, éd. P. Crétois, GF-Flammarion, 2021. Le dossier de l'édition fait la part belle au thème de l'enfance.

ROUSSEAU Jean-Jacques, *Émile ou De l'éducation* [1762], éd. A. Charrak, GF-Flammarion, 2009.

Autres sources

CONDILLAC Étienne Bonnot DE, *Traité des sensations* [1754], Fayard, 1984.

LOCKE John, *Essai philosophique concernant l'entendement humain* [1690], trad. P. Coste, éd. P. Hamou, Le Livre de poche, 2009.

LOCKE John, *Quelques pensées sur l'éducation* [1695], Vrin, 2007.

ROUSSEAU Jean-Jacques, *Discours sur l'origine et les fondements de l'inégalité parmi les hommes* [1755], éd. B. Bernardi et B. Bachofen, GF-Flammarion, 2008.

Études

DROUIN-HANS Anne-Marie, FABRE Michel, KAMBOUCHNER Denis et VERGNIOUX Alain (dir.), *L'Émile de Rousseau : regards d'aujourd'hui*, Hermann, 2013.

HABIB Claude (dir.), *Éduquer selon la nature. Seize études sur Émile de Rousseau*, Desjonquères, 2012.

LENNE-CORNUEZ Johanna, *Être à sa place. La formation du sujet dans la philosophie morale de Rousseau*, Classiques Garnier, 2021.

MARTIN Christophe, *« Éducations négatives ». Fictions d'expérimentation pédagogique au XVIIIe siècle*, Classiques Garnier, 2012.

DEUXIÈME PARTIE

Andersen

Contes

par Sylvain Ledda

Encadré : Vie d'Andersen 108

Introduction 109

I. Présentation des *Contes* 111

A. Formation du conteur 111

1. L'enfance d'Andersen : source des *Contes* ? 111
2. Les années de formation 112

B. Andersen et le genre du conte 113

1. Un genre codé 114
2. Renouveau du conte à l'âge romantique 115
3. Contes populaires, contes littéraires ? 116

C. Écriture et esthétique des *Contes* 117

1. Contexte éditorial 117
2. Contes autobiographiques ? 118
3. Réalisme et féerie 119

D. Motifs et thèmes 120

1. La quête matérielle et spirituelle 120
2. Métamorphoses et anthropomorphisme 121
3. La nature et la cité 122

Illustration : Hans Christian Andersen et sa famille, 1863 123

II. L'enfance dans les *Contes* 124

A. Visages de l'enfance 125

1. Typologie 125
2. Un motif fédérateur : la solitude enfantine 127
3. La parole enfantine 129

B. Un univers aux dimensions de l'enfance 131

1. Jeux d'enfant 131
2. Décors et paysages d'enfance 134
3. Éloge du petit 135

C. L'enfance entre réalités et merveilles 136

1. L'enfant et la famille 136

Encadré : Un voyage musical au pays de l'enfance : Scènes d'enfants *de Robert Schumann* 137

2. L'enfance malmenée 140
3. Quêtes et voyages enfantins 141
4. Métamorphose et transfiguration 143

D. Un conte exemplaire : « La petite sirène » 145

1. Transposition de l'enfance d'Andersen 146
2. Un conte initiatique pour enfants ? 147
3. Mise en abyme du conte 150

Conclusion 153

Orientations bibliographiques 154

VIE D'ANDERSEN

1805 : Naissance de Hans Christian Andersen le 2 avril à Odense au Danemark. Il est le fils d'un cordonnier et d'une blanchisseuse.

1812 : Son père s'engage dans les armées napoléoniennes ; issu d'un milieu pauvre, Andersen est contraint de travailler.

1816 : Mort de son père ; sa mère, alcoolique, se remarie. Andersen se réfugie dans la littérature et fabrique des petits décors de théâtre et des costumes.

1819 : Andersen quitte Odense pour Copenhague, où il espère réussir au théâtre.

1820-1822 : Il est élève à l'école de danse ; il joue les utilités au Théâtre royal et vit de petits travaux.

1822 : Personnage influent, Jonas Collin le prend sous son aile et lui fait obtenir une bourse d'étude du roi Frederik VI ; en septembre 1822, il entre au collège avec des camarades bien plus jeunes que lui.

1822-1828 : Années sombres pour Andersen, qui subit les brimades du directeur du collège, Simon Meisling ; il écrit de nombreux poèmes, pièces de théâtre, ébauches de romans.

1829 : Premier succès littéraire avec un récit de voyage à la manière d'Hoffmann.

1833 : Premier d'un des nombreux voyages d'Andersen en Europe ; premier roman influencé par Mme de Staël, *L'Improvisateur*, qui connaît un grand succès en dépit de critiques.

1835 : Andersen fait paraître deux petits cahiers de *Contes racontés aux enfants*. Immense succès.

1837 : Publication du troisième recueil de *Contes*, dont « La petite sirène » et « Les nouveaux habits de l'empereur » ; voyage en Suède ; publication du roman *Rien qu'un violoneux*.

1838 : Publication d'un nouveau recueil de *Contes* ; pension qui le met à l'abri du besoin.

1839-1840 : *Livres d'images sans images*, récits proches des *Contes* ; le drame *Le Mulâtre* remporte un certain succès.

1841-1843 : Voyage en France, où il rencontre Victor Hugo, Dumas, Lamartine ; nouveau volume de *Nouveaux Contes*, sans la mention « racontés aux enfants ».

1844-1847 : Voyages en Allemagne. Il prend l'habitude d'être reçu par les grands de ce monde ; il rencontre le compositeur Robert Schumann et Jakob Grimm ; publication de *Nouveaux Contes* en 1844, 1845, 1847 ; en 1847, il entreprend l'un des plus importants de ses voyages.

1848-1852 : Publication de *Nouveaux Contes* ; représentation de plusieurs pièces, qui obtiennent un succès médiocre ; en 1852, publication de deux recueils de contes intitulés *Histoires*.

1853-1857 : Nombreux voyages en Allemagne ; premiers volumes de ses *Œuvres complètes* (1853) ; **en 1855, parution de son autobiographie, *Le Conte de ma vie*.**

1858-1862 : *Nouveaux Contes et Histoires* ; séjour en Suisse, en Allemagne et en Espagne, où il assiste avec effroi aux corridas.

1863-1868 : Publication d'*En Espagne* ; il est désormais une icône nationale.

1868-1872 : Nouveaux voyages en Suède, en Allemagne, en Hollande, en France et en Suisse ; poursuite de la publication de ses *Œuvres complètes* ; publication de *Nouveaux Contes et Histoires*.

1873-1875 : Souffrant, Andersen reçoit la visite du roi du Danemark en personne ; en 1874, publication du dernier recueil de *Contes et Histoires*. Andersen meurt le 4 août 1875 des suites d'un cancer du foie.

INTRODUCTION

Traduits dans toutes les langues, lus par des générations d'enfants et d'adultes, les *Contes* d'Andersen font partie du patrimoine culturel universel. Certains d'entre eux ont même acquis une célébrité exceptionnelle grâce à l'adaptation (« La petite sirène », « La Reine des Neiges »), au point d'instiller dans notre imaginaire des motifs – voire des mélodies à notre oreille –, qui nous lient avec force à l'univers des *Contes*. Une telle diffusion, une telle médiatisation, exceptionnelles dans l'histoire de la littérature, ne doivent pas occulter la foncière originalité de l'œuvre de Hans Christian Andersen et la grande variété des quelque cent cinquante-six contes qu'il publia de 1835 à sa mort. Cet ensemble constitue avant tout l'œuvre singulière d'un des plus grands écrivains danois. Ces contes sont tout à la fois le fruit d'une tradition générique, d'une culture romantique, mais aussi l'émanation de l'imaginaire d'un écrivain sensible, qui a fait du conte le lieu d'une expression littéraire profondément renouvelée.

Il faut cependant prendre garde à l'effet d'appropriation collective que produisent les *Contes*. Comme le rappelle Régis Boyer, traducteur et spécialiste d'Andersen, « les *Contes* d'Andersen ne sont pas des récits du type populaire, ils sont assurément bien danois, et ils n'appartiennent qu'à lui ». Helene Oyrup constate quant à elle que « dans de nombreux pays, la réputation d'Andersen est probablement celle d'un auteur moins “littéraire” que, disons, Lewis Carroll, alors que leurs œuvres partagent bien des caractéristiques, comme le goût des jeux de langue et des expérimentations, ainsi qu'une prédilection pour certaines formes de déconstruction [1] ». Même si, dans le cadre de ce cours, nous allons aborder les *Contes* d'Andersen dans leur traduction, il faut avoir à l'esprit qu'il s'agit d'œuvres littéraires d'une foncière originalité. Les *Contes* sont fortement marqués par la personnalité de leur auteur, au point que bon nombre d'entre eux et parmi les plus célèbres (« La petite sirène », « Le vilain petit canard », par exemple) sont considérés comme des transpositions autobiographiques. Aussi faudra-t-il prendre en considération la vie d'Andersen, sa culture, ses rencontres, et plus généralement le climat intellectuel dans lequel il évolue, pour appréhender des textes nourris de souvenirs et de coutumes danoises.

Au seuil de ce cours, il convient de rappeler qu'Andersen ne classait pas ses *Contes* au rayon de la littérature de jeunesse, comme c'est le cas aujourd'hui. Sur un cliché de 1864, on peut certes le voir assis, un volume en main, faisant la lecture à quatre fillettes (voir illustration, p. 123), dont la plus petite semble accaparée par ce qu'elle entend. C'est cette image que l'histoire littéraire a fixée autour de l'écrivain-conteur. Or, si le premier volume des contes paru en 1835 fait explicitement

1. Helene Oyrup, « Hans Christian Andersen, une voix particulière dans l'art de la littérature enfantine », *La Revue des livres pour enfants*, n° 226, décembre 2005, p. 98.

mention des enfants comme destinataires, très vite Andersen affirme que ses récits ne sont pas seulement adressés au jeune public. Comme le rappelle Marc Auchet, « l'auteur de "La petite sirène" est à la fois *plus* et *autre chose* qu'un inoffensif auteur pour enfants [1] ».

La vogue du conte à l'âge romantique corrobore l'hypothèse selon laquelle les contes ne sont pas seulement destinés à un jeune public, mais présentent un discours social et politique, voire philosophique, adressé à un lectorat adulte. L'usage que la psychanalyse a fait des *Contes* d'Andersen suffit à prouver le caractère sérieux de leur contenu, qui nourrit une réflexion sur l'humain et sur l'altérité. Loin de contenir une morale simpliste ou réductrice, les *Contes* abordent des sujets on ne peut plus sérieux, reflets des préoccupations sociales et spirituelles d'un écrivain qui s'est montré sensible à la condition humaine.

Étudier le thème de l'enfance dans les *Contes* nécessite de se poser un certain nombre de questions et de prendre en considération quelques paramètres. Dans un premier temps, il s'agit de réfléchir à la destination des contes : pourquoi forment-ils un ensemble qu'on fait lire aux enfants ? La part du pédagogique et du ludique dans ces récits explique en partie que les enfants trouvent dans les *Contes* divertissement et enseignement. Ainsi, on pourra se demander si ces récits présentent des invariants liés au genre, s'ils offrent une morale manichéenne, où les bons seraient gratifiés et les méchants punis. Dans un deuxième temps, on interrogera la place et la représentation de l'enfance dans les *Contes*. Relèvent-elles d'une conception réaliste ou merveilleuse de cet âge de la vie ? On ne s'étonnera pas, en effet, de croiser de nombreux personnages d'enfants dans les *Contes*, sans que ce choix soit systématique – beaucoup ne font pas des enfants les héros de l'histoire. Loin d'être seulement le temps du rêve et de l'insouciance, chez Andersen, l'enfance est souvent l'occasion d'une épreuve ou d'une traversée : épreuve du corps, de la mort, de la séparation. Cet âge de la vie est aussi figuré par un univers très concret : la chambre, les joujoux, les rites familiaux, qui signalent à notre attention un sens aigu de l'observation des espaces de l'enfance de la part d'Andersen. Dans la plupart des contes, le thème de l'enfance est ainsi associé à celui de l'altérité (figurée par la famille, l'amitié, les jouets comme entités familières). En étudiant ces modalités de représentation de l'enfance, il conviendra de s'intéresser à l'un des aspects majeurs des *Contes* : les métamorphoses, les modifications physiques et psychiques, qui conduisent l'enfant sur le chemin de la vie.

---

1. *(Re)lire Andersen*, dir. M. Auchet, Klincksieck, 2007, p. 7.

I. Présentation des *Contes*

A. Formation du conteur

1. L'enfance d'Andersen : source des *Contes* ?

Hans Christian Andersen est né en 1805 à Odense sur l'île de Fionie, ville que la légende associe à la figure d'Odin, et que l'on retrouve dans de nombreux contes scandinaves. Si l'on en croit les différents textes autobiographiques qu'il a laissés, et en particulier *Le Conte de ma vie*, Andersen aurait eu une enfance heureuse, propice au développement de son imaginaire : « Bien que mes parents vécussent au jour le jour, comme l'on dit, j'avais l'impression de vivre dans l'abondance [1]. » Ce moment de sa vie, idéalisé par le récit rétrospectif, est crucial pour comprendre sa carrière de conteur. Les détails qu'il décrit, les petites anecdotes qu'il mentionne entrent en effet en parfaite harmonie avec l'univers si précis de ses *Contes*, à tel point qu'on peut se demander si sa biographie ne construit pas à rebours sa propre légende de conteur en édulcorant la vérité.

Bien qu'il ait donné une vision heureuse de ses jeunes années, l'enfance d'Andersen contient tous les ingrédients d'un conte triste : « il était une fois le fils d'un savetier et d'une blanchisseuse très pauvres qui rêvait d'être poète… » Andersen naît et grandit dans une famille nécessiteuse ; les circonstances historiques et économiques, qui poussent son père à s'engager dans l'armée napoléonienne en 1812, le contraignent à travailler dès l'âge de sept ans dans une usine de textile. C'est la mort de son père en 1816 (il a alors onze ans) qui scelle son destin : il quitte l'école et doit rapporter de quoi vivre. Si elle choque notre conception de l'enfance, cette situation sociale n'a rien d'exceptionnel : depuis la seconde moitié du XVIIIe siècle, avec le développement de l'industrie textile, les enfants sont utilisés dans les filatures pour leur habileté et leur petite taille. Les *Contes* portent la trace de l'expérience de la pauvreté vécue par Andersen et de la nécessité pour les enfants de travailler. S'ils peignent l'oisiveté et le jeu qu'on associe habituellement à l'enfance, les *Contes* décrivent aussi des conditions de vie difficiles, dont « La petite fille aux allumettes » est l'exemple le plus célèbre.

Dans un entretien qu'il accorde à France Culture en 1981, le folkloriste Claude Gaignebet rappelle combien le contexte culturel dans lequel évolue le jeune Andersen est essentiel pour comprendre ses *Contes* [2].

1. Hans Christian Andersen, *Le Conte de ma vie*, trad. C. Lund, Les Belles Lettres, 2019, p. 18.
2. « Sur les traces d'Hans Christian Andersen à Odense » : www.franceculture.fr/emissions/les-nuits-de-france-culture/un-homme-une-ville-hans-christian-andersen-a-odense-13-1ere-diffusion-27021981.

Par sa famille, notamment sa grand-mère paternelle dont il fut proche, Andersen a pu avoir accès à des histoires issues de la tradition scandinave et allemande ; ayant fréquenté l'hospice des pauvres d'Odense, il raconte également avoir entendu les récits que les anciens racontaient et les chansons traditionnelles : « Les récits des vieilles femmes, autant que les attitudes, des fois, tout cela me rendait si superstitieux qu'à la nuit tombante j'osais à peine m'aventurer hors du logis familial [1]. »

On trouve dans ses *Contes* la trace de ce folklore, en particulier au début de « La Reine des Neiges », qui évoque la figure du troll – dans la mythologie scandinave, cet « être malveillant, nain ou géant, revêtant une forme laide tenant à la fois de l'homme et de l'animal avec un gros nez, [habite] des cavernes dans les montagnes ou les forêts » (*Trésor de la langue française*). Une part du merveilleux andersenien est donc issue de contes populaires, sans pour autant qu'on puisse réduire son œuvre à cette source unique. Ajoutons enfin à ce tableau de l'enfance d'Andersen que sa grand-mère paternelle a pu faire naître chez lui un fantasme d'élévation sociale, en lui contant la légende familiale selon laquelle une de ses ancêtres, une aristocrate allemande de Cassel, aurait été enlevée par un acteur de comédie, ruinant ainsi la réputation de la famille ! De telles mythologies familiales nourrissent l'imagination d'un enfant sensible et réceptif.

2. Les années de formation

L'univers des *Contes* ne doit pas être appréhendé dans la seule dynamique des souvenirs d'enfance. L'un des événements les plus marquants dont témoigne Andersen dans son autobiographie – et sur lequel s'accordent les spécialistes –, c'est sa rencontre avec le théâtre. Celle-ci décida de sa carrière ultérieure dans le monde des lettres :

> Le théâtre ne tarda pas à devenir mon lieu de prédilection. Comme je ne pouvais y aller que rarement, je recherchai l'amitié d'un marchand de programmes, qui m'en donnait un à condition que j'en distribue dans mon quartier. Le titre de la pièce et le nom des acteurs suffisaient pour que j'imagine toute une comédie. Sans m'en douter, je faisais ainsi mes débuts de poète [2].

Après avoir occupé plusieurs petits emplois, Andersen rêve de devenir artiste des planches. Il rejoint Copenhague avec l'espoir d'y devenir comédien. Il débute comme danseur et acrobate, joue les utilités dans quelques pièces, sans réussir à s'imposer. La vie théâtrale fascine à ce point Andersen qu'il rédige plusieurs pièces : un drame d'inspiration romantique, dans la veine de Walter Scott, *Le Château de la forêt*, un

1. Hans Christian Andersen, *Le Conte de ma vie*, *op. cit.*, p. 15.
2. *Ibid.*, p. 18.

mélodrame, *Les Bandits de Vissemberg*, et une tragédie inspirée de Shakespeare, *Alfsol.* Toutes sont refusées et le jeune homme prend conscience de ses lacunes intellectuelles. Grâce à la protection de Jonas Collin (1776-1861), administrateur et mécène, il intègre sur le tard un lycée en 1822. Ayant accumulé beaucoup de retard, il obtient son baccalauréat à vingt-trois ans en 1828. Ces années figurent parmi les plus douloureuses d'Andersen, notamment à cause des mauvais rapports qu'il entretient avec le directeur du lycée, Meisling, mais aussi en raison de la différence d'âge avec les autres élèves. Sans risquer de hasardeux parallèles avec les *Contes*, notons que la différence par rapport au groupe et l'altérité douloureuse sont les thèmes centraux de récits comme « La petite sirène » ou « Le vaillant soldat de plomb ».

Les premières œuvres d'Andersen témoignent de deux influences littéraires à la mode que le jeune Danois intègre à son imaginaire. Comme de nombreux écrivains romantiques de sa génération, Andersen s'enthousiasme pour Shakespeare, dont on redécouvre et joue le répertoire. Shakespeare fascine Andersen au point qu'il utilisera le prénom Villiam comme l'un de ses premiers pseudonymes. L'engouement pour Shakespeare n'est pas seulement un phénomène danois mais européen. À cet égard, Andersen est un jeune homme dont les goûts sont ceux des romantiques de sa génération, Alexandre Dumas ou Alfred de Musset, ses contemporains français. Outre l'intérêt pour le dramaturge anglais, qui lui vaudra plus tard le surnom de « Shakespeare danois », Andersen découvre les romans historiques de l'écrivain écossais Walter Scott, dont il s'inspire dans ses pièces et dans ses romans. La vogue de Walter Scott envahit l'Europe au moment où Andersen est adolescent, c'est-à-dire dans les années 1820-1825.

Les premières œuvres d'Andersen ne sont donc pas des contes mais des pièces de théâtre et des romans ; à partir de la fin des années 1820, il voyage constamment dans toute l'Europe et tire de ses périples des récits de voyage, qui rencontreront un certain succès. Dans la hiérarchie littéraire, les contes viennent donc après les œuvres dramatiques et romanesques. Toute sa vie durant, et en dépit du succès des *Contes*, Andersen se rêvera en dramaturge, mais obtiendra ses plus grands succès avec ses romans et ses contes.

B. Andersen et le genre du conte

Qu'Andersen ait choisi la forme du conte pour s'exprimer ne doit pas surprendre, en dépit de ses ambitions artistiques dans le domaine du théâtre ou du roman. Le conte suscite en effet un vif intérêt au début du XIXe siècle dans les milieux intellectuels européens, notamment en France et en Allemagne, dont le Danemark subit l'influence intellectuelle. La redécouverte du conte reflète en effet une préoccupation propre au romantisme européen : la recherche dans les traditions nationales voire régionales de spécificités culturelles propres à chaque pays. Quelle est la place du conte dans la vie littéraire européenne quand Andersen publie son premier recueil en 1835 ? Quelle est sa connaissance du genre et comment celle-ci a-t-elle pu influencer sa propre imagination de conteur ?

1. Un genre codé

De manière générale, le conte se définit par trois critères distincts et complémentaires : sa tradition orale, sa nature fictionnelle, ses invariants formels. On considère que le conte est souvent issu d'une tradition populaire, sans pour autant que celle-ci soit fixe et immuable. Généralement, le conte affiche sa part de fiction dès les premières lignes du récit avec la formule « il était une fois », qui illustre le lien consubstantiel du conte à la fiction. Andersen l'utilise parfois, au moins autant pour sacrifier à la tradition du genre que pour jouer avec ses codes. Comme l'a bien remarqué la critique, Andersen s'attache à restituer dans ses contes la part d'oralité qui s'attache au genre. La voix d'un conteur narrateur se fait entendre grâce au ton, aux différentes interpellations du lecteur, à une écriture directe qui produit l'effet d'une performance orale. La langue orale est l'une des caractéristiques des contes d'Andersen ; elle signale une volonté de s'inscrire dans le canon du genre, mais aussi le souci d'être compris de tous, enfants et adultes. À cet égard, Andersen n'hésite pas à malmener la langue danoise ou à utiliser de très nombreuses onomatopées dans ses contes. Sur ce point, la traduction au programme restitue fidèlement le style oral d'Andersen, en traduisant un certain nombre de mots d'enfants qui appartiennent à l'expression orale. Bien qu'il soit difficile d'aborder cette question du style, car Andersen écrit en danois, quelques éléments formels rattachent l'écriture des *Contes* à la tradition du genre.

En dépit de son oralité, le conte s'est affirmé comme un genre littéraire à part entière dans toute l'Europe. Le succès des *Contes* de Perrault ou de Mme d'Aulnoy à la fin du XVIIe siècle a certes associé ce genre à l'enfance, mais il lui a également donné une dimension littéraire, voire polémique. Un stéréotype bien ancré dans l'imaginaire collectif veut cependant que le conte s'inscrive dans un cadre domestique, selon une pratique immuable : une mère ou une grand-mère raconte le soir à la veillée des contes du temps passé… Si cette « image » d'Épinal illustre de nombreux contes et n'a pas totalement disparu de l'univers d'Andersen, elle est en partie erronée car on sait de longue date que les contes étaient majoritairement destinés aux adultes, ce dont témoigne, par exemple, la tradition dont s'empare Voltaire quand il compose *Zadig* ou *Candide*, ou Mérimée, Musset ou Maupassant quand ils rédigent leurs propres contes. Même si, à partir du XVIIe siècle, les contes ont parfois été confondus avec la littérature de jeunesse, c'est en partie une vue de

Cultura

La culture avec un grand AAAH!

TEL : 03.21.08.01.60
LUNDI AU SAMEDI DE 8H00 à 19H00

Vous avez été reçu par CAISSE 1

COLLECTIF / PREPA MANUEL		x1	(1)
9782080247421		18,90	18,90

NET A PAYER EN EUR : 18,90

PAIEMENT EN EUR
CARTE BANCAIRE : 18,90

DETAIL TVA

CODE	TAUX	HT	TVA	TTC
1	5,50	17,91	0,99	18,90

Nombre d'articles : 1
Nombre de retours : 0

CAISSE : 019 - 02 LE 21/06/2021
TICKET : 1422729 A 16:35:06

6000 1910 2014 2272 96

Echanges ou avoirs sous 15 Jours
(Sauf Clients Cultur'addict = 3 Mois)
A bientôt dans votre magasin préféré !

l'esprit. Quand Andersen publie ses contes, le genre est donc teinté d'une certaine ambiguïté et tout l'art du conteur danois va consister en l'appropriation d'un genre de manière personnelle.

2. Renouveau du conte à l'âge romantique

Quand il publie son premier recueil de contes en 1835, Andersen est au fait de l'émulation produite autour de ce genre bref. Deux influences majeures doivent ici être évoquées, qui ont eu une importance dans le choix d'Andersen de se tourner vers les contes. Il s'agit de l'œuvre des frères Grimm [1] d'une part, et de celle d'E.T.A. Hoffmann [2] d'autre part.

Dans un article qu'il consacre à la comparaison entre certains contes de Grimm et d'Andersen, Cyrille François rappelle que « les contes des frères Grimm et ceux de Hans Christian Andersen sont en grande partie indissociables [3] ». Cette proximité est principalement due à la diffusion des contes vers un jeune lectorat dans des volumes qui éditent conjointement les contes allemands et danois. Ainsi, bien que différents dans leur genèse, leur forme et leur représentation de l'enfance, les contes des deux auteurs ont bien souvent été rassemblés. Vingt ans séparent néanmoins la parution des deux premiers cahiers de contes des frères Grimm, *Contes de l'enfance et du foyer* (*Kinder und Hausmärchen*) en 1812 et 1815, du recueil d'Andersen en 1835. Entre ces deux dates, les théories et les méthodes des frères Grimm se sont diffusées, en particulier au Danemark. Par conséquent, il est vraisemblable qu'Andersen ait eu connaissance de l'œuvre des frères Grimm, dont le travail consiste à collecter des contes et légendes issus de la tradition populaire germanique. Dans la préface des *Contes* de 1812, les frères Grimm expliquent en effet que leur entreprise est moins strictement littéraire que patrimoniale, la collection des contes étant une manière de préserver un capital culturel commun, dont ils se font les passeurs. Pour les frères Grimm, les contes ont en outre une origine divine, partant, une valeur hautement spirituelle. Or cette théorie a une grande influence sur les conteurs danois du premier tiers du XIXe siècle. L'un des écrivains romantiques danois les plus importants, Adam Oehlenschläger (1779-1850), s'intéresse aux contes de Grimm, les traduit et les diffuse au Danemark à partir de 1819. Quant à Just Thiele (1795-1874), il s'inspire de la méthode folkloriste des frères Grimm, recensant des récits populaires qu'il publie sous le titre de *Légendes populaires danoises* entre 1818 et 1823. Un dernier conteur mérite d'être mentionné, Mathias Winther (1795-1834), qui publie en 1823 un recueil de contes populaires danois, dont Andersen s'inspirera pour « Les cygnes sauvages ». À partir des *Contes* de Grimm circulent à

1. Jacob Grimm (1785-1863) et Wilhelm Grimm (1786-1859).
2. Ernst Theodor Amadeus Hoffmann (1776-1822).
3. Cyrille François, « Andersen trouve-t-il son conte ? », *Genesis*, 44/2017, p. 65.

la fois une vogue et une méthode : vogue des contes populaires, méthode scientifique qui consiste à récolter des récits anciens.

La seconde influence qu'a subie Andersen est celle d'Hoffmann, surnommé « le fantastiqueur ». Si les frères Grimm s'appuient sur un matériau folklorique préexistant, Hoffmann puise dans son imaginaire et dans sa culture musicale la nature de ses contes fantaisistes. Publiés à partir de 1814, les récits d'Hoffmann appartiennent conjointement au genre de la nouvelle et du conte. Musicien, peintre, écrivain, ce touche-à-tout de génie a promu la fantaisie au rang de muse inspiratrice – la vogue d'Hoffmann en Europe est d'ailleurs considérable, aussi bien en France qu'en Angleterre et qu'au Danemark. Comme le rappelle Cyrille François, Andersen « fait ses véritables débuts littéraires en janvier 1829 avec un récit inspiré d'E.T.A. Hoffmann, [...] *Voyage à pied du canal de Holmen à la pointe est d'Amager pendant les années 1828 et 1829* [1] ». Les points de contact entre l'univers hoffmannien et andersenien sont nombreux. On notera en particulier dans les deux cas un sens de l'animation extraordinaire : les objets sont vivants, dotés de la parole et de sens. Ils se meuvent et s'expriment ; dans les deux cas aussi, la fantaisie le dispute à l'ironie et à l'humour. Contrairement à une idée reçue en effet, les *Contes* d'Andersen ne sont pas tout uniment noirs ou désespérés ; à l'instar de ceux d'Hoffmann, ils présentent des situations humoristiques, voire cocasses. Selon le biographe d'Andersen Robert Nisbet Bain, « le *Voyage à pied* est un fouillis confus et déroutant des images et des fantaisies les plus extravagantes, à la manière de Hoffmann, dans ses humeurs les plus folles, le Hoffmann du *Chat Murr* et des *Élixirs du diable* qu'à cette époque Andersen idolâtrait [2] ». L'importance des frères Grimm et d'E.T.A. Hoffmann dans le paysage littéraire oblige dans une certaine mesure Andersen à se positionner vis-à-vis de ces deux modèles. Il choisira une troisième voie, celle de l'inspiration personnelle, nourrie de souvenirs d'enfance et d'une sensibilité aiguë.

3. Contes populaires, contes littéraires ?

Le paysage littéraire danois et européen présente une grande variété de contes quand Andersen écrit son premier récit, « L'ombre », en 1829. L'une des ambitions d'Andersen consiste toutefois à se dégager du sillon populaire et folkloriste pour tracer son propre chemin. Au cours de sa carrière de conteur, il n'aura de cesse de revendiquer cette singularité, ce qui contribuera à forger de son vivant la légende de l'inventeur d'un genre de contes très personnels. À l'image d'Hoffmann en effet, et contre la veine populaire du genre, Andersen envisage le conte comme un espace de création à part entière, comme un lieu d'invention où peuvent

1. *Ibid.*, p. 65.
2. Robert Nisbet Bain, *Hans Christian Andersen. A Biography*, 1895, p. 72-73 (nous traduisons).

s'exprimer tout à la fois des idées personnelles, mais aussi certaines pensées sociales, politiques ou religieuses. En somme, Andersen crée sa *poétique* du conte qui, tout en bénéficiant de la bonne diffusion du genre à l'époque romantique, demeure très personnelle. Pour autant, il ne nie pas la dimension populaire ou légendaire du genre, mais il se distingue à cet égard des frères Grimm par la manière dont il décrit les mœurs de son temps et instille dans ses récits de nombreux détails relatifs à la vie au Danemark au XIXe siècle.

Dès 1829, dans la préface de son recueil de poésie où figure le conte « L'ombre », Andersen explique qu'il a transcrit un conte entendu durant son enfance, qui appartient à la tradition des contes populaires danois. Mais comme le note Cyrille François, cette mention ne doit pas occulter d'autres indices textuels, qui rattachent ses contes à la meilleure production littéraire de l'âge romantique :

> Plusieurs indices confirment toutefois que, loin de vouloir transposer une tradition orale, Andersen s'inscrit dans une tradition littéraire sous l'égide de plusieurs parrains. La citation de Goethe placée en épigraphe rappelle dès le début que le conte n'est pas envisagé dans une dimension populaire, mais *via* la médiation du poète : « Märchen noch so wunderbar, / Dichterkünste machen's wahr » [Des contes, si merveilleux soient-ils, L'art du poète les rend vrais] [1].

En se plaçant sous le haut patronage de Goethe et en évoquant Hoffmann, Andersen revendique une filiation littéraire. Il situe ses contes non pas dans une tradition populaire, mais, en un geste éminemment romantique, dans une appropriation personnelle et poétique.

ANDERSEN

C. Écriture et esthétique des *Contes*

1. Contexte éditorial

Andersen a trente ans quand paraît la première livraison de ses contes. Selon Marc Auchet, « l'année 1835 fut particulièrement faste pour Andersen, puisque, en plus de son premier roman [*L'Improvisateur*], il publia aussi son premier recueil de contes, intitulé *Contes racontés pour des enfants* [...]. Il faut voir dans ces deux innovations – un roman de qualité et une tentative dans le genre du conte – le signe que l'écrivain a atteint sa maturité [2] ». Œuvre de discernement, les *Contes* (dont les plus célèbres sont publiés dans les années 1835-1845) témoignent de l'habileté d'un écrivain en pleine possession de ses moyens intellectuels et créatifs. Le premier recueil (en deux livraisons successives) comporte « Le briquet », « Le petit

1. Cyrille François, « Andersen trouve-t-il son conte ? », art. cité.
2. « Préface », *Contes*, Le Livre de Poche, 2003, p. 15.

Claus et le grand Claus », « La princesse sur le pois », « Les fleurs de la petite Ida », puis « La petite Poucette », « Le vilain garçon », « Le compagnon de voyage ». Chaque année ou presque, jusqu'à la fin de sa vie, Andersen publie une livraison de contes dans des petits volumes.

L'indication qui accompagne la première parution ne doit pas tromper sur le lecteur attendu des *Contes*. Dès les années 1840, Andersen supprime tout destinataire. Par la suite, et à plusieurs reprises au cours de sa vie, il rappellera que ses récits sont destinés à un lectorat d'adultes et d'enfants, tandis que les lectures publiques qu'il donne de ses contes s'effectuent devant un auditoire d'adultes. Sur un plan purement formel, les recueils d'Andersen ne comportent pas seulement des contes, au sens strict du terme, mais aussi des « histoires », des petites nouvelles. D'ailleurs, c'est sous la dénomination de *eventyr* et *historier* qu'elles sont publiées. Andersen distingue deux types de récits en utilisant ces termes distincts. Les *eventyr* (que l'on peut traduire par « contes d'aventures ») se caractérisent par leurs très nombreuses péripéties, des rebondissements et des situations extraordinaires ; ce genre de récit comporte des éléments merveilleux et féeriques. Les *historier* peuvent être rapprochées du genre de la fable : plus réalistes dans leur cadre, elles sont aussi plus brèves. En 1855, dans *Conte de ma vie*, Andersen précise que « Histoires, c'est le nom qui me semble le plus approprié dans notre langue pour caractériser mes contes dans toute leur étendue et leur nature ».

Si certains contes recourent au merveilleux, d'autres sont ancrés dans une réalité quotidienne qui les rapproche du genre de la nouvelle. La variété générique à l'intérieur des recueils des *Contes* est également la marque de fabrique d'Andersen : il s'agit de surprendre le lecteur, de passer d'un univers d'enchantement et de magie (« Le briquet », « La Reine des Neiges ») à un apologue animalier (« Le vilain petit canard ») ou encore à la description d'une enfance malmenée (« La petite fille aux allumettes », « Elle n'était bonne à rien ! »).

2. Contes autobiographiques ?

Dans son livre très largement autobiographique, *Il était une joie… Andersen*, le romancier et académicien Didier Decoin décrit ses rencontres successives avec les *Contes* d'Andersen. Il donne pour acquise la part autobiographique de cette œuvre, s'inscrivant dans le sillage de l'exégèse andersenienne, qui considère que nombre des contes évoquent des souvenirs personnels de l'auteur. Pour en convaincre son lecteur, Didier Decoin évoque l'un des plus célèbres, « Le vilain petit canard » :

> Bien sûr, pour la plupart des commentateurs et préfaciers d'Hans Christian Andersen, le conte de référence, celui qu'on pourrait appeler le conte absolu, reste « Le vilain petit canard ». Parce qu'il est la description minutieuse, au premier degré, de la métamorphose, qui fit d'un gosse pitoyable, errant dans les bas-fonds de Copenhague, l'un des écrivains les plus adulés de son temps […].

Caustique et revanchard envers ceux qui n'avaient pas tout de suite humé le talent d'Andersen, « Le vilain petit canard » ne va tout de même pas jusqu'au règlement de comptes. Il n'est pas davantage une leçon de courage pour ceux qui sont humiliés à cause de leurs différences. Le conte fut publié en 1842, époque où les handicapés étaient le plus souvent tenus pour des *punis* [1].

La théorie selon laquelle plusieurs contes seraient des projections personnelles, voire des autobiographies transposées, a fait florès. Dans sa présentation des *Contes*, Marc Auchet rappelle ainsi que chez Andersen la constitution d'un « mythe personnel forgé dès l'enfance » est à l'origine d'un certain nombre de contes, ce qui corrobore l'hypothèse selon laquelle la plupart des *Contes* réunis dans l'édition au programme « ont une dimension autobiographique ».

Les souvenirs d'enfance de l'auteur se font sensibles dans le conte « Elle n'était bonne à rien ! ». Dans ce récit tragique, un jeune garçon procure à sa mère, une lavandière, l'alcool dont elle a besoin pour se réchauffer. Travaillant dans une eau glacée, la mère trouve du réconfort dans la boisson, tandis qu'autour d'elle les persiflages vont bon train. Or cette mère est dévouée à son fils et le narrateur renverse le paradigme de la mauvaise mère pour en faire une figure idéale de mère aimante, au-delà de la mort. L'alcoolisme de la mère d'Andersen, attesté par des témoins et par le conteur lui-même, trouve ici une réponse idéalisée. D'autres contes ont donné lieu à des interprétations autobiographiques, voire psychanalytiques. Selon l'anthropologue Agnès Giard, « La petite sirène » serait par exemple la transposition des désirs homosexuels d'Andersen. Selon le psychanalyste François Flahault, la projection autobiographique ne fait pas de doute, mais ne doit pas être réduite à l'expression de pulsions homosexuelles qu'il aurait eues pour Jonas Collin [2] ou son fils. Quant au conte « Le vilain petit canard », publié en 1842, il aurait été composé après l'échec de la pièce de théâtre *L'Oiseau dans le poirier*, huée par le public lors de sa première représentation : l'histoire du « Vilain petit canard » exprimerait la revanche du cygne (le poète) sur les canards (le commun des gens ordinaires). S'il faut se garder de voir Andersen derrière chaque conte, selon toute évidence bon nombre d'entre eux sont directement issus d'événements personnels ou intimes, notamment de souvenirs d'enfance.

3. Réalisme et féerie

Certains contes se déroulent dans un univers uniquement merveilleux (« La petite sirène »). Ils présentent les invariants bien connus du genre : un château, des princes et des princesses, des fées et des sorcières. Mais

1. Didier Decoin, *Il était une joie… Andersen*, Ramsay, 1982.
2. François Flahault, *Fictions et spéculation sur les contes de tradition orale et les contes d'Andersen*, 1985 (thèse de doctorat).

d'autres contes sont des récits réalistes qui se déroulent dans un lieu inconnu. C'est le cas par exemple des « Nouveaux habits de l'empereur », qui ne présente aucun élément merveilleux ou féerique ; il prend en effet place dans un contexte à dimension humaine, sans qu'il soit possible de le situer précisément dans l'espace et dans le temps.

D'autres *Contes* d'Andersen séduisent par l'équilibre entre réalisme et merveilleux. Il s'agit même d'une des originalités d'Andersen de tendre constamment des liens entre les référents à la réalité, les merveilles, auxquels on peut ajouter une certaine forme d'onirisme. C'est le cas du « Briquet », qui met en scène un soldat bien réel, mais dont les mésaventures le conduisent vers les sortilèges d'une sorcière. « Les fleurs de la petite Ida », l'un des premiers contes d'Andersen, illustre la tension entre réalisme et merveilleux. Le récit s'enracine dans le chagrin d'une petite fille qui découvre au matin que ses fleurs sont fanées. Loin d'apporter une réponse rationnelle à ce constat, Andersen imagine la figure d'un conteur (le jeune étudiant) qui introduit une dimension merveilleuse et onirique à la situation :

> « Pourquoi les fleurs sont-elles si laides aujourd'hui ? demanda-t-elle encore, en lui montrant tout un bouquet qui était complètement fané.
>
> – Eh bien, sais-tu ce qui ne va pas ? dit l'étudiant. Les fleurs ont été au bal cette nuit, et c'est pour cela qu'elles gardent la tête baissée !
>
> – Mais les fleurs ne savent pas danser ! dit la petite Ida.
>
> – Si, dit l'étudiant, quand il fait nuit et que nous, nous dormons, elles virevoltent joyeusement. Elles ont un bal presque toutes les nuits. »
>
> (« Les fleurs de la petite Ida », p. 45)

D. Motifs et thèmes

À propos du choix du conte par Andersen, Isabelle Jan propose une analogie éloquente : « Il a choisi le conte, comme Chopin avait choisi le piano et, comme Chopin, de ce choix apparemment réducteur, il a tiré toutes les ressources et fait éclater toutes les harmonies [1]. » Il est en effet difficile de résumer les grands thèmes des contes d'Andersen, étant donné leur nombre et leur variété, mais on peut tenter de les classer en fonction de leurs sujets et du rapport qu'ils entretiennent avec le réel.

1. La quête matérielle et spirituelle

L'univers du conte se caractérise bien souvent par la quête d'un objet concret ou abstrait, quête qui aboutit en général à une reconfiguration profonde de l'être. Ce motif est présent dans de nombreux contes,

1. Isabelle Jan, « Andersen, écrivain de toujours ? », *La Revue des livres pour enfants*, n° 226, p. 78.

notamment sous la forme du voyage initiatique ou de la pérégrination. La structure de « La Reine des Neiges » se fonde sur le motif traditionnel de la recherche d'un bien perdu, en l'occurrence le petit Kay, envoûté par l'éclat de verre. Dans les contes d'Andersen, la quête introduit bien des éléments religieux. Au moment où il compose ses récits, la religion et la littérature entretiennent en effet des relations étroites, et nombreux sont les contes du recueil qui évoquent Dieu, les anges, le Ciel, l'Au-Delà. Dans la majeure partie des *Contes* figure un élément religieux, comme la présence d'une Bible ou de personnages en situation de prière, par exemple. Rappelons ici qu'Andersen a reçu une éducation luthérienne, que sa mère était très croyante et que lui-même pratiquera sa religion jusqu'à la fin de sa vie. Associé aux motifs religieux, le thème de la mort est omniprésent dans les *Contes*, qu'il s'agisse d'un enfant frappé par le deuil d'un parent ou de la mort de l'enfant lui-même. Ainsi, dans « La petite fille aux allumettes », Andersen fait-il allusion à la survie de l'âme après la mort et au « royaume de Dieu ». Dans une perspective chrétienne, la mort qu'on croise dans les *Contes* ne revêt pas nécessairement une dimension tragique, mais peut constituer une métamorphose heureuse, la délivrance d'une souffrance. Le dénouement du « Vaillant soldat de plomb » illustre le bonheur de la métamorphose et l'espoir d'une survie symbolique ou spirituelle à la mort. Par conséquent, il n'est pas étonnant de trouver de très nombreuses références à Dieu dans les contes, la puissance divine étant le plus souvent un guide vers le bonheur, la rédemption ou la vérité.

2. Métamorphoses et anthropomorphisme

Dans la plupart des contes européens, la métamorphose et l'anthropomorphisme sont au cœur des récits. Ces deux *topoï* sont présents dans de nombreux *Contes* d'Andersen, mais selon des formes variées et à des fins différentes. Les spécialistes du conteur s'accordent sur le fait que la métamorphose est une transposition très personnelle du besoin de fuite qu'a ressenti toute sa vie Andersen. Issu d'un milieu très pauvre, il ne s'est jamais parfaitement intégré à la bonne société, en dépit de son constant besoin de reconnaissance. Aussi faut-il lire dans la métamorphose une aspiration à être ailleurs ou à être un autre, qui se manifeste par l'instabilité foncière du conteur. Se métamorphoser, comme dans le cas du vilain petit canard, c'est accéder à une autre apparence et, sur le plan symbolique et social, à un autre niveau d'élévation sociale, que suggère l'image des cygnes majestueux volant haut dans le ciel. Dans les *Contes*, la métamorphose est aussi liée à la représentation du corps et à l'image qu'Andersen avait de lui-même, conscient d'être différent, y compris physiquement. La métamorphose pourrait se résumer de la manière suivante dans les contes : changer d'apparence, c'est changer de vie, c'est tenter d'accéder au bonheur, voire à la quête de soi-même (« La petite sirène »).

L'anthropomorphisme est une technique couramment employée dans les *Contes* : il s'agit de prêter des caractéristiques humaines à des animaux ou à des objets – dans « Le chat botté » de Perrault, le chat en question est doté de la parole et de l'intelligence. Notons que, dans les *Contes* d'Andersen, si certains animaux parlent, ce sont bien plus souvent les objets qui s'animent et confèrent aux récits leur part de merveilleux. L'exemple du vaillant soldat de plomb illustre ce rapport poétique qu'Andersen établit avec le monde des objets. Objets inanimés s'animent certes, mais aussi végétaux. Dans l'univers d'Andersen, les plantes sont douées également de traits humains : dans l'un de ses premiers contes, « Les fleurs de la petite Ida », un conteur (l'étudiant) imagine la vie nocturne et festive des fleurs ; certains contes comme « Le sapin » ou « Le dernier rêve d'un vieux chêne » font d'un végétal, en l'occurrence un arbre, la figure centrale du récit. Souvent les récits qui mettent en scène un objet ou un végétal sont des apologues qui transcrivent des préoccupations morales ou sociales d'Andersen. Ainsi, « Le dernier rêve d'un vieux chêne » est une méditation religieuse sur la mort, sur le caractère irremplaçable et unique de chaque vie humaine.

3. La nature et la cité

Les *Contes* d'Andersen ne se déroulent pas tous dans de sombres forêts, loin de toute vie humaine. Certes, la nature est un motif central des *Contes*, et à cet égard les rattache au goût romantique pour les paysages. Force est d'admettre que les descriptions de la nature sont toujours très précises chez Andersen, qui témoigne d'une connaissance personnelle des phénomènes naturels, voire d'un certain talent de botaniste. La présence récurrente du rosier, des plantes qui environnent les hommes, le rôle que tiennent les arbres dans le paysage confèrent aux récits une forme de lyrisme de la contemplation, à l'œuvre dans « L'ombre » ou « Le lin », dont l'*incipit* illustre la poésie de la nature et l'analogie entre la nature et l'homme :

> Le lin était en fleur ; il a de jolies petites fleurs bleues, douces comme les ailes d'une mite et bien plus délicates encore… Le soleil brillait sur le lin et les nuages de pluie l'arrosaient, c'était aussi bon pour lui que, pour les petits enfants, d'être baignés puis de recevoir un baiser de leur mère. Cela les rend beaucoup plus charmants. Il en allait de même pour le lin [1].

On notera que, dans les *Contes*, la description de la nature relève tantôt du souci du détail, tantôt suscite un discours d'emphase, introduisant une dimension lyrique aux récits, à l'image des premières lignes d'« Une histoire de dunes », qui fait se rencontrer de façon délicate les paysages du Jutland et la vision d'une Espagne exotique et mauresque (p. 253).

1. « Le lin », dans *Contes*, éd. R. Boyer, Gallimard, 1994, p. 185.

Hans Christian Andersen et sa famille, 1863.
© Collection Dupondt/akg-images

La postérité a fait d'Andersen l'un des plus célèbres auteurs de contes. Cette représentation de l'écrivain en conteur s'est construite de son vivant, comme en témoigne ce cliché pris en 1863. Entouré de quatre jeunes filles, dont une enfant agenouillée, Andersen porte l'attribut de l'écrivain, le livre, dont on devine qu'il s'agit d'un volume de ses contes. La composition, le jeu des costumes et des postures relèvent de la mise en scène. Il ne s'agit pas d'une photographie improvisée ni prise sur le vif, mais d'un cliché posé, qui médiatise l'identité artistique d'Andersen afin de la léguer à la postérité.

Élégamment vêtu d'une redingote noire et d'un pantalon clair, Andersen s'adresse à un auditoire de jeunes filles, que l'on devine issues d'un milieu social aisé. Elles pourraient être sœurs et représenter quatre âges, de l'enfance à l'adolescence. Les trois plus grandes, au second plan, portent une robe blanche ornée de passementeries et de jolis cols, tandis que la robe de la fillette du premier plan semble confectionnée dans un coton rayé. Toutes sont soigneusement peignées. L'écrivain tient un livre ouvert sur ses genoux et dans sa main gauche un petit bouquet de fleurs, symbole de douceur – peut-être lit-il l'un de ses premiers contes, « Les fleurs de la petite Ida » ? Dans une perspective genrée, ce cliché pourrait renvoyer à l'idée que les contes seraient une lecture féminine.

Bien que placé à gauche de la photographie, le conteur occupe en réalité le centre de la composition, grâce au livre d'une part, et aux jeux des regards d'autre part. De fait, les quatre auditrices le considèrent et l'écoutent avec attention, tandis qu'une relation de complicité s'instaure entre Andersen et la plus jeune, qui échangent un regard. Une certaine douceur émane de cette photographie, l'auteur jouant le rôle du conteur bienveillant, qui rappelle qu'Andersen fréquentait la meilleure société.

Parallèlement à cette dilection pour une nature poétisée dont témoignent les *Contes*, Andersen rappelle régulièrement à son lecteur qu'aux côtés des idylles naturelles se trouvent les villes, les cités où travaillent les plus pauvres. Un certain nombre de contes d'Andersen se déroulent en effet dans un cadre urbain, et les espaces de la rue et de la maison de ville ancrent les récits dans leur siècle. « Le vieux réverbère » et « La petite fille aux allumettes » se déroulent dans un décor assez proche, celui d'une rue, la nuit. Le cadre urbain est rappelé par d'autres détails, tels que la présence d'un maire (« Elle n'était bonne à rien ! ») ou du système politique qui régit les petites villes et les villages (« Le fils du concierge »). La variété des décors des *Contes* (du traditionnel château de conte de fées à la rue d'une ville) participe de leur modernité, Andersen ayant su renouveler les lieux communs des espaces dédiés au merveilleux.

II. L'ENFANCE DANS LES *CONTES*

Les *Contes* d'Andersen mettent très souvent en scène l'enfance, soit à travers des figures de bambins, soit à travers l'univers qu'on rattache à cet âge de la vie. Ainsi, certains *Contes* ont pour héros des petits garçons ou des petites filles, auxquels les jeunes lecteurs peuvent s'identifier à travers leurs aventures. Le succès mondial des *Contes* d'Andersen, notamment auprès du jeune lectorat, pourrait laisser croire à l'universalisme de leur morale. Or les éléments de « couleur locale » relatifs au Danemark ou à l'expérience d'Andersen sont omniprésents, et l'intérêt du traitement de l'enfance dans les *Contes* repose essentiellement sur le regard subjectif que le conteur porte sur elle. C'est pourquoi, si les *Contes* présentent des invariants liés à l'enfance, il faut tenir compte de l'imagination de l'auteur et de tout ce qu'elle apporte à la poésie de l'enfance en littérature. Cette singularité de la représentation de l'enfance tient en partie à une vision idéaliste d'Andersen, qui la dépeint comme le temps de l'innocence et de la vérité, ainsi que le rappelle le psychanalyste François Flahault :

> La valorisation de l'esprit d'enfance est omniprésente dans l'œuvre d'Andersen. La figure de l'enfant y est idéalisée : l'enfant est innocent, l'amour qui le lie à sa mère ou à un autre enfant n'est pas sexué, n'est pas marqué par la coupure, la division, le renoncement à la complétude [1].

Bien qu'idéalisée, l'enfance n'est pas uniforme sous la plume d'Andersen. Ses *Contes* en présentent des visions variées et mettent en scène des

---

1. « Tirer parti d'un rien. La valeur de ce qui est sans valeur », dans *(Re)lire Andersen*, *op. cit.*, p. 77.

types d'enfants différents. Ce qui frappe le lecteur, c'est plutôt l'acuité avec laquelle le conteur observe l'enfance, finesse qui se manifeste en particulier dans la manière dont les *Contes* utilisent les jouets ou peignent un univers à échelle d'enfant. De là une attention significative aux petites choses, à ce qu'on pourrait appeler le « microcosme de l'enfance ». La représentation des lieux et des objets liés à l'enfance confère aux récits leur cohérence : ces derniers, familiers ou mystérieux, plongent le lecteur dans une figuration de l'enfance à mi-chemin entre symbolisme et pragmatisme. Un élément structurel récurrent caractérise également le traitement de l'enfance dans les contes : sa solitude.

Si parmi les figures enfantines se trouve un bon nombre de jeunes princes et princesses, les *Contes* mettent aussi en scène des enfants issus d'une réalité qu'a pu observer Andersen. Cette tension entre une représentation merveilleuse et réaliste de l'enfance est l'une des marques de fabrique de l'auteur. Si, dans certains contes, l'enfance présente un visage heureux, la plupart des récits sont marqués par des séparations, des difficultés à s'intégrer, voire des deuils. Aussi le thème de la famille est-il central dans la représentation de l'enfance, les rapports avec les parents et les aïeux, mais également avec les frères et sœurs surdéterminant ce qu'on pourrait appeler « la condition enfantine ». À cet égard, les motifs de l'épreuve, de la mort de l'enfant, voire la mort de l'enfance, traversent l'univers des *Contes* et leur donnent une dimension initiatrice ou à tout le moins formatrice. Parmi les plus célèbres des *Contes* d'Andersen figure « La petite sirène », qui réunit tous ces thèmes. Emblème de la ville de Copenhague, cet être merveilleux est désormais un symbole national au Danemark. Or le conte qui lui est consacré dévoile la complexité des discours qu'Andersen porte sur l'enfance. C'est pourquoi une étude approfondie de ce récit permettra, au terme de ce parcours, de croiser plusieurs discours sur l'enfance.

A. Visages de l'enfance

1. Typologie

Différents enfants apparaissent au fil des *Contes*, dans des cadres divers et sous divers cieux. Deux types d'enfants se distinguent en fonction du parti pris esthétique d'Andersen [1]. D'une part, les figures qu'on croise traditionnellement dans les récits merveilleux, au premier rang desquelles les princesses et les princes. C'est le cas des plus célèbres d'entre elles : « La petite sirène », « La princesse sur le pois », « La Reine des Neiges », « Les cygnes sauvages », etc. D'autre part, les enfants

1. Selon qu'il écrit des *eventyr* ou des *historier*, le cadre est merveilleux ou réaliste (voir ci-dessus, p. 118).

qu'Andersen place dans un cadre réaliste : la jeune héroïne des « Fleurs de la petite Ida », la pauvresse de « La petite fille aux allumettes », le petit garçon d'« Elle n'était bonne à rien ! », etc. Dans certains contes, l'enfant n'est pas au cœur du récit, mais joue un rôle de premier plan pour sa compréhension. C'est le cas des « Nouveaux habits de l'empereur », dont la supercherie est révélée grâce à un enfant qui surgit de la foule au dénouement. Dans « La cloche », les enfants ne sont pas non plus les principaux protagonistes, mais fournissent une clé de lecture de ce conte quelque peu énigmatique. De fait, Andersen met en scène un groupe de communiants qui fait l'expérience du passage de l'enfance à la vie adulte :

> Puis vint un jour de confirmation, le pasteur avait fait un beau sermon émouvant, les communiants avaient été vivement émus, c'était un jour important pour eux, d'enfants qu'ils étaient, ils devenaient soudain des adultes, leur âme d'enfant devait passer en quelque sorte dans une personne plus raisonnable.
>
> (« La cloche », p. 222-223)

Dans « Les bougies », c'est la chandelle de suif qui tient le premier rôle, mais à travers sa lumière Andersen peint des joies enfantines. Dans « Le sapin », il décrit le bonheur de Noël que partage un groupe d'enfants, qui n'est cependant pas au cœur du récit. Qu'il soit le héros ou une figure périphérique, l'enfant occupe donc toujours une place déterminante dans le conte : il est intégré à la vie sociale et familiale et fait partie du paysage mental du conte, qu'il intervienne à un moment clé de sa structure ou qu'il introduise une réflexion morale à partir de sa situation, qu'il observe ou qu'un tiers décrit.

À tout prendre, chaque conte présente un visage différent de l'enfance, que le récit soit rattaché à un contexte réaliste ou à un cadre merveilleux. Certains contes, en effet, ne mettent pas en scène d'enfants proprement dits, mais le lecteur peut déceler les procédés usuels du merveilleux, tels que l'anthropomorphisme des contes animaliers, qui rattachent le récit à l'enfance. C'est le cas du « Grand serpent de mer », qui s'ouvre sur la description d'un petit poisson qui « avait mille huit cents frères et sœurs » (p. 363) ou du « Vilain petit canard », dont on comprend qu'ils incarnent un thème majeur lié à l'enfance, celui de la différence au sein d'une même fratrie. Le conte « Le sapin » relate certes l'histoire d'un arbre, mais son *incipit* permet au lecteur d'assimiler le héros à un enfant :

> Dans la forêt, il y avait un joli sapin. Il poussait à un bon endroit, le soleil parvenait jusqu'à lui, il avait suffisamment d'air, et il était entouré d'un grand nombre de camarades, sapins et pins, plus grands que lui. Mais le petit sapin était pressé de pousser.
>
> (« Le sapin », p. 139)

Grâce aux qualificatifs à valeur hypocoristique [1] « joli » et « petit », un enfant impatient se dessine sous les traits du sapin qui a hâte de devenir grand. Le procédé d'anthropomorphisme offre une représentation symbolique de l'enfance. Quand les enfants n'apparaissent pas directement dans la trame narrative, le plus souvent, Andersen choisit en effet d'utiliser des objets ou des éléments qui appartiennent à leur univers. « Le vaillant soldat de plomb » décrit ainsi les mésaventures tragi-comiques d'un jouet d'enfant qui tombe amoureux d'une figurine de papier. Ces ressorts sont certes ceux du conte merveilleux, mais Andersen leur donne une signification morale, voire sociale, qui excède la seule fonction ludique ou apologétique du conte. La présence des objets de l'enfance est une plongée dans cet âge de la vie. En attirant l'attention sur l'univers enfantin, Andersen rappelle constamment à son lecteur que l'enfance est une période complexe, loin d'exclure la lucidité, les trahisons ou les souffrances qu'on prête habituellement au monde des adultes. C'est pourquoi la modernité des *Contes* d'Andersen se manifeste dans l'expression très étendue des émotions enfantines : peur, angoisse de la séparation, incompréhension ; mais aussi joies simples, émerveillements, primesauts. Si les plus marquants des *Contes* ont une teneur tragique ou pathétique, le comique traverse également les récits, et le monde de l'enfance est parfois traité avec humour. À l'intérieur d'une même histoire, Andersen peint l'enfance grâce à plusieurs registres. C'est le cas du « Vilain petit canard », dont les mésaventures tragi-comiques aboutissent à une idéalisation quasi spirituelle, suggérée par le majestueux envol du cygne.

2. Un motif fédérateur : la solitude enfantine

Les enfants des *Contes*, qu'ils soient merveilleux ou réalistes, ont en commun un désir d'ailleurs, des envies de vagabondage, à l'image du petit Kay de « La Reine des Neiges », ou du vilain petit canard : enfants, bêtes, végétaux, petits objets du quotidien, chacun éprouve le désir de fuir vers un ailleurs soit pour échapper à sa condition, soit pour découvrir son identité, soit pour retrouver un objet perdu. Quelle que soit la quête de l'enfant, elle passe nécessairement par la solitude, par le face-à-face avec soi-même. On observe en effet la récurrence des images d'enfants isolés, qui subissent une mise à l'écart ou doivent s'exiler loin de chez eux. Ce motif fédère l'ensemble des contes dont le héros est un enfant, au point que les spécialistes d'Andersen ont lu dans ce *topos* une projection personnelle, l'écrivain ayant souffert de l'abandon et de la solitude dans sa prime jeunesse.

La solitude enfantine est un lieu commun du conte andersenien, et une bonne part du caractère attachant voire émouvant des *Contes* tient

1. Ce terme s'emploie pour désigner une intention affectueuse.

à ce choix de peindre l'enfant seul face au monde, face à son destin. Dans « La petite sirène », la solitude de l'héroïne éponyme grandit à mesure qu'elle s'éloigne du groupe dont elle est issue, en quête de sa propre identité à travers l'expérience amoureuse (voir p. 145 *sq.*) ; dans « La Reine des Neiges », la petite Gerda fait également l'expérience de la solitude quand elle quitte son foyer pour partir à la recherche de Kay ; en dépit de rencontres (la corneille, la petite fille de brigands), sa quête est une traversée de la solitude ; dans « Les cygnes sauvages », c'est la petite Élisa qui est séparée de ses frères et doit faire l'expérience de l'abandon avant de retrouver les siens. Les images d'enfants jouant seuls abondent également dans les *Contes* ; un épisode des « Cygnes sauvages » présente cette image topique de l'enfance, celle d'une petite fille rêvant à partir d'un jouet improvisé :

> La pauvre petite Élisa était dans la cabane du paysan et elle jouait avec une feuille verte. Elle n'avait pas d'autre jouet, et elle fit un trou dans la feuille, regarda le soleil au travers, et il lui sembla qu'elle voyait les yeux clairs de ses frères, et à chaque fois que les chauds rayons du soleil brillaient sur ses joues, elle pensait à tous leurs baisers.
>
> (« Les cygnes sauvages », p. 96)

« Le vilain petit canard » présente également la trame d'une mise à l'écart et d'une solitude désespérée. Ce motif atteint un haut degré d'émotion dans « La petite fille aux allumettes », livrée à elle-même par grand froid dans une rue, une nuit de Saint-Sylvestre. Le contexte festif rend plus terrible la solitude de la petite fille, qui rêve en regardant à travers les fenêtres éclairées :

> La petite voyait l'intérieur d'une salle à manger où la table était couverte d'une nappe d'un blanc éclatant, de vaisselle en porcelaine fine, et sur laquelle une oie rôtie, farcie de pruneaux et de pommes, fumait en répandant un parfum délicieux. Mais ce qui était encore plus magnifique, c'est que l'oie sauta de son plat et roula sur le plancher, une fourchette et un couteau dans le dos. Elle arriva jusqu'à la pauvre fille. L'allumette s'éteignit alors, et elle n'avait plus devant elle que le mur épais et froid.
>
> (« La petite fille aux allumettes », p. 214)

Sa vision onirique est-elle le résultat de la solitude ou du froid qui progressivement la paralyse ? Par un jeu de contrastes, Andersen montre la solitude de l'enfance et propose incidemment une réflexion sur la condition des enfants pauvres. Comme le note Marys Renné Hertiman, en effet, « "La petite fille aux allumettes" est devenue la figure emblématique de la pauvreté européenne. La fillette représente à elle seule les conséquences de l'exploitation des enfants, la résignation, la peur qu'ils ont des adultes, cruels ou insensibles, et surtout, leur abandon dans la société [1] ». Aussi le motif de l'isolement intervient-il à plusieurs niveaux

1. Marys Renné Hertiman, « L'être-sans. Sociabilité du discours misérabiliste dans les contes d'Andersen », *Signes, discours et sociétés*, n° 20 : revue-signes.gsu.edu.tr/article/-LrY-LKRbpfGGoIRs51T.

de compréhension pour le lecteur. D'une part, la solitude de l'enfant produit du *pathos*, qui fait qu'on s'attache à son histoire – c'est un ressort traditionnel du conte merveilleux ; d'autre part, la solitude suppose des épreuves à surmonter seul, ce qui introduit des formes de dramatisation dans le récit ; enfin, derrière cette solitude se déploie un discours social sur la condition des enfants et plus généralement sur le sort que la société du XIXe siècle leur réserve. À travers le motif de l'enfant solitaire, Andersen revisite la fonction divertissante et pédagogique du conte, invitant aussi le lecteur adulte à réfléchir à la condition de l'enfant.

3. La parole enfantine

L'une des spécificités des *Contes* d'Andersen tient à l'importance quantitative de la parole des enfants. Ce choix a des incidences sur le style et la portée des récits. Marc Auchet rappelle en effet qu'« il faut avoir constamment à l'esprit le fait que ces textes ont été conçus pour être lus à haute voix [1] ». Loin d'être académique ou classique, la langue des contes est vive, rythmée, constamment aux prises avec le réel, notamment parce que les enfants y prennent la parole. Ce style résulte en partie d'un double choix : d'une part restituer le langage enfantin, d'autre part faire parler les enfants et intégrer leur parole à la trame narrative. Aussi les propos que tiennent les enfants sont-ils essentiels pour comprendre la manière dont Andersen s'approprie le monde de l'enfance.

La langue enfantine produit souvent des effets humoristiques ou burlesques, que la traduction en français tente de rendre à l'aide d'onomatopées, de mots d'enfants, d'expressions amusantes ou de questions déroutantes. Ce système a une double fonction : reconstituer un langage enfantin et capter l'attention de l'auditoire grâce à un vocabulaire amusant. À cet égard, « Le vilain petit canard » est un florilège de drôleries audibles : outre le « coin-coin » des canards, on entend le « pip-pip » des canetons qui cassent leur coque, le « pif-paf » du fusil qui tire sur les jars, le « flic-flac » d'un chien qui fait demi-tour dans une flaque d'eau. Tout ce jeu avec la langue enfantine traverse les contes, qui font intervenir des animaux, à l'image de la corneille de « La Reine des Neiges » dont l'entrée dans le récit est introduite par une réplique cocasse, commentée par un narrateur complice : « "Croa, croa, comment qu'ça va ? comment qu'ça va ?" Elle ne parlait pas trop bien, mais elle était très bien disposée à l'égard de la petite fille » (p. 167).

Dans les *Contes*, les paroles des enfants sont souvent naïves, ce qui correspond à une représentation usuelle de la pensée enfantine. Mais Andersen va au-delà de l'expression d'une naïveté inhérente à l'enfance. « Les fleurs de la petite Ida » illustre le paradigme naïveté/profondeur

1. « Préface », *Contes*, Le Livre de Poche, « Classiques », 2003, p. 23.

que cherche à instaurer l'auteur. Le conte débute par une exclamation triste et candide de la petite fille, qui plonge le lecteur dans son univers en partant de son point de vue d'enfant : « Mes pauvres fleurs sont toutes mortes ! dit la petite Ida. Elles étaient si jolies hier soir, et maintenant, toutes les feuilles pendent ! Pourquoi se fanent-elles ? » (p. 45). Andersen restitue ici le parler enfantin à travers des questions qui semblent déroutantes pour un adulte. Or la parole naïve de l'enfant permet d'enclencher la fantaisie narrative du conte, grâce à l'explication inattendue que l'étudiant fournit pour expliquer le phénomène naturel de la fane. Le système dialogique entre enfants et adultes introduit ici une réflexion plus profonde sur le devenir de toute forme de vie terrestre : le questionnement désarmant d'une enfant débouche sur la création d'un monde fantaisiste – les fleurs vont au bal – et une méditation sur l'éphémère de la vie. Dans d'autres contes, la parole donnée aux enfants est en butte à celle des adultes, produisant des effets de dramatisation pathétique. Au début du conte « Elle n'était bonne à rien ! », Andersen utilise l'échange entre le fils de la lavandière et le maire pour faire ressortir la bêtise et l'aveuglement moral du second ; au dénouement, il redonne la parole à l'enfant, resté silencieux car témoin de l'action. Sa question aussi simple que désolante permet d'éclairer le titre du conte :

> « Ma chère mère ! dit-il, et ses larmes ruisselaient. Est-ce vrai que tu n'étais bonne à rien ?
>
> – Si, elle était bonne à quelque chose, dit la vieille fille en levant les yeux au ciel. Je le sais depuis des années et depuis sa dernière nuit. Je peux te dire qu'elle était bonne à quelque chose ! et Notre-Seigneur dans le royaume des cieux le dit aussi. Laisse donc le monde dire : "Elle n'était bonne à rien !" »
>
> (« Elle n'était bonne à rien ! », p. 269)

La parole des enfants, souvent teintée de naïveté ou de simplicité, débouche le plus souvent sur une vérité supérieure. À cet égard, les contes illustrent le fameux adage selon lequel la vérité sort de la bouche des enfants ; autrement dit, l'innocence qu'on associe traditionnellement à l'enfance permet au lecteur d'adhérer au pacte de sincérité morale des *Contes*. Contrairement à bon nombre de contes enfantins, ceux d'Andersen ne montrent pas d'enfants qui mentent. Le conteur accorde un large crédit à leur parole, bien plus vraie et plus authentique que celle des adultes. Ce constat est illustré par bien des contes, en particulier par « Les nouveaux habits de l'empereur », au dénouement duquel, alors que personne n'ose dire que le roi est nu, un enfant dans la foule dévoile haut et fort la supercherie :

> « Mais voyons, il n'a rien sur lui ! », dit un petit enfant.
>
> « Mon dieu, écoutez la voix de l'innocent ! » dit le père. Et on se chuchota de l'un à l'autre ce que l'enfant avait dit.
>
> « Mais voyons, il n'a rien sur lui ! » cria finalement tout le peuple.
>
> (« Les nouveaux habits de l'empereur », p. 87-88)

La parole que le conteur accorde aux enfants peut être également interprétée dans une perspective religieuse, et plus précisément évangélique. Les *Contes* sont en effet baignés de la culture luthérienne d'Andersen, la plupart d'entre eux ayant un lien avec la spiritualité de l'auteur soit à travers des rites, soit à travers la croyance en l'au-delà. Or la tradition évangélique dans laquelle a grandi Andersen considère les enfants comme des envoyés de Dieu, Jésus ayant enjoint à ses disciples de redevenir des enfants pour entrer dans le royaume des Cieux. « Laissez les enfants venir à moi, ne les empêchez pas, car le Royaume de Dieu est à ceux qui sont comme eux » (Marc 10, 14). Certes, les enfants des *Contes* ne prêchent ni ne formulent des discours théologiques, mais Andersen introduit dans leur langage celui de la prière, de l'invocation à Dieu. L'un des contes les plus religieux d'Andersen, « La petite fille aux allumette », illustre le paradigme évangélique selon lequel les enfants et les pauvres auront leur place au royaume de Dieu. Parce qu'elle s'adresse au ciel en se souvenant des paroles de sa grand-mère : « Lorsqu'une étoile tombe, c'est qu'une âme monte vers Dieu » (p. 215).

Ajoutons enfin, sur un autre plan, que la présence de très nombreux dialogues où interviennent les enfants explique le succès des contes auprès du jeune public. C'est cette dimension théâtrale qu'Andersen insuffle à ses récits qui charme l'auditoire, constatait son ami Edvard Collin :

> Qu'il raconte des histoires de son cru ou qu'il répète, la façon de raconter était si exclusivement la sienne propre et si vivante qu'elle ravissait les enfants. Lui-même s'amusait à donner libre cours à sa fantaisie, le récit allait interminablement, abondamment pourvu des façons de parler familières aux enfants et de gestes appropriés. À la phrase la plus sèche, il donnait vie [...]. Ceux qui, par la suite, l'avaient entendu lire ses *eventyr* ne pouvaient que se faire une faible idée de la vie extraordinaire de cette causerie dans le cercle des enfants [1].

Soumis à l'épreuve de la solitude, les enfants des *Contes* ont une voix et une personnalité qui les font exister pour ce qu'ils sont, et pas seulement dans un rapport de domination et de soumission au monde des adultes. Observateur attentif de leur univers, Andersen parvient à restituer le monde de l'enfance en mettant en lumière la poésie de cet âge de la vie.

B. Un univers aux dimensions de l'enfance

1. Jeux d'enfant

L'enfance est le temps du jeu et de l'insouciance. Dans la fiction, cet âge de la vie est bien souvent représenté grâce à des scènes ludiques ou grâce au rapport passionné que l'enfant entretient avec ses jouets. On se

1. Cité par Régis Boyer dans sa « Préface » aux *Contes*, Gallimard, « Folio », 1994, p. 24-25.

souviendra ici que l'une des scènes les plus émouvantes des *Misérables* de Victor Hugo met en scène une enfant face à son jouet : quand Jean Valjean offre une poupée à Cosette, celle-ci, après l'avoir baptisée Catherine, la contemple sans la toucher :

> Cosette posa Catherine sur une chaise, puis s'assit à terre devant elle, et demeura immobile, sans dire un mot, dans l'attitude de la contemplation.
> « Joue donc, Cosette, dit l'étranger.
> – Oh ! je joue », répondit l'enfant [1].

Les *Contes* d'Andersen montrent, eux aussi, des enfants occupés à jouer, avec une poupée, une feuille ou une allumette ; quel que soit le jouet – joujou du pauvre ou joujou du riche –, cette activité enfantine introduit dans les récits une signification morale ayant souvent un lien avec la question de l'altérité et de la solitude. Au début de « La Reine des Neiges », la complicité entre Gerda et Kay passe ainsi par le jeu : « [...] on leur permettait souvent d'aller se rejoindre, de s'asseoir sur leurs petits bancs sous les roses, et c'était un endroit où ils jouaient merveilleusement » (p. 153). Les jeux d'enfants décrits dans « Le sapin » sont joyeux et fraternels ; ils font ressortir la condition tragique du sapin : « Les garçons jouaient dans la cour et le plus petit avait sur sa poitrine l'étoile d'or que l'arbre avait portée le soir où il avait été le plus heureux » (p. 149). Dans « Une histoire des dunes », Andersen peint avec justesse l'imagination ludique des enfants : « Avec des pierres et des coquillages, il construisait des navires entiers et des images qui pouvaient servir à décorer la pièce » (p. 295). Dans l'univers du conte andersenien, l'enfance qui joue est un motif récurrent.

Si nombreuses soient les scènes de jeux, le thème ludique se manifeste de manière originale dans les *Contes* par le rôle concret et symbolique dévolu aux jouets. Plusieurs *Contes* reposent sur le procédé d'anthropomorphisme, qui relatent les aventures d'objets inanimés ou d'animaux doués de parole et de raison : ce lieu commun du conte, Andersen se l'approprie à des fins morales et poétiques, tout en élaborant une représentation subjective de l'enfance et des enfants. La fantaisie de l'auteur se déploie en effet dans ses choix d'animer des petites choses, en leur conférant des sentiments humains : la vanité d'une aiguille, les états d'âme d'un réverbère, le sentimentalisme d'un soldat de plomb, les mésaventures amoureuses d'une bergère de porcelaine, etc. Parmi tout cet ensemble d'objets animés, les poupées, les pantins et autres figurines introduisent dans le récit une théâtralité miniature et une légère teinte fantastique – on se souviendra ici qu'Andersen enfant se réfugiait dans la construction de petits décors de théâtre et de figurines pour pallier sa solitude. Ce tropisme enfantin trouve une expression sensible dans les *Contes*, qui introduit une fantasmagorie ludique dans les récits. « Le vaillant soldat de plomb » ou « La bergère et le ramoneur » recourent ainsi au double motif du ludisme et du « petit théâtre » de l'enfance.

---

1. Victor Hugo, *Les Misérables*, éd. P. Laforgue, GF-Flammarion, 2020, t. I, p. 602.

« Le vaillant soldat de plomb » propose une réflexion riche sur l'identité enfantine qui se construit à partir d'un jouet et sur le rapport que l'enfant entretient avec celui-ci. À l'occasion de son anniversaire, un garçonnet reçoit un cadeau dont rêve beaucoup de petits garçons : un coffret de vingt-cinq soldats de plomb. Ce cadeau « genré » énonce une vision traditionnelle des rôles dévolus aux petites filles et aux petits garçons. À ces derniers échoient des présents liés à des codes virils, les fillettes recevant quant à elles des cadeaux conformes à leur futur statut dans la société (mère, épouse). On notera ici qu'Andersen est plutôt conformiste dans sa conception de l'enfance à travers les jouets qu'il attribue aux filles et aux garçons. À cet égard, ses *Contes* sont fidèles à l'image qu'on se fait des enfants au XIXe siècle. Mettant en parallèle la vie des enfants et la vie des jouets (« Aussitôt, les jouets commencèrent à s'amuser », précise le narrateur, p. 90), Andersen montre l'avers des jeux plaisants et ses conséquences sur les jouets. Victime de négligence (le petit soldat est placé sur le rebord d'une fenêtre), puis d'une expérience de navigation involontaire qui le conduit dans le ventre d'un poisson, enfin d'un caprice d'enfant qui le jette « dans le poêle, sans dire pourquoi il faisait cela » (p. 93), le petit soldat est certes vaillant (il reste stoïque) mais aussi souffrant. On voit comment, dans ce conte, le ludique sert de trame narrative et introduit deux éléments caractéristiques des *Contes* d'Andersen : une fantaisie un peu triste, une réflexion sur le destin, dont l'énigme réside dans l'image poétique finale qui réunit « un petit cœur de plomb » et une « paillette » couleur charbon. Tout à la fois élément déclencheur et dénouement du conte, le jeu d'enfant est étroitement dépendant de celui qui le décide, c'est-à-dire de l'enfant lui-même. Comme le suggère Julia Nussbaumer, la responsabilité de l'action revient toujours aux adultes et aux enfants, non aux jouets eux-mêmes.

> [...] le soldat de plomb comme la danseuse restent les jouets de l'action ; son départ à l'aventure et leur fin commune au milieu des flammes sont provoqués par des forces extérieures à leur volonté (les enfants, la bonne, le vent et peut-être le troll) qui les manipulent. À aucun moment on ne peut, semble-t-il, leur imputer un mouvement, un déplacement, si ce n'est – mais le cas reste ambigu, nous en reparlerons – lorsque le soldat « s'éten[d] de tout son long » sur la table où il a été posé pour pouvoir admirer confortablement la danseuse. Ils restent donc tous deux les personnages d'une mise en scène extérieure, figuration du jeu théâtral [1].

Un tel constat pourrait également être formulé pour « Le sapin » et d'autres contes. Si le jeune arbre rêve d'abord de quitter la sombre forêt où il est né, ce sont finalement les enfants et les adultes qui scellent son destin : comme le petit soldat de plomb, le sapin termine sa vie dans les

---

1. Julia Nussbaumer, « Figurine, silhouette et ombre dans deux contes d'Andersen (*Le Vaillant Soldat de plomb*, 1838, et *L'Ombre*, 1847) », dans Laurence Schifano (dir.), *La Vie filmique des marionnettes*, Presses universitaires de Paris-Nanterre, 2008 ; disponible en ligne : books.openedition.org/pupo/819.

flammes. C'est pourquoi le thème ludique des contes est dépendant de l'action des enfants sur leur propre univers.

2. Décors et paysages d'enfance

Cet univers enfantin, Andersen le décrit dans ses dimensions macrocosmiques et microcosmiques. Le conteur se montre en effet très attentif aux détails qui constituent le cadre de l'enfance. Les espaces de l'enfance se déclinent en deux grands domaines : les lieux réalistes, empruntés à la culture danoise, et les décors inspirés du conte de fées. Les enfants investissent tous ces espaces, la fantaisie du conte leur permettant de passer de la maisonnée familiale à des royaumes enchantés, comme c'est le cas dans « La Reine des Neiges ».

On notera que tous les espaces merveilleux des contes de l'enfance sont représentés dans les *Contes*. D'une part, les paysages naturels, la forêt, le ciel, les abysses, les vastes paysages. D'autre part, les décors architecturés, au premier rang desquels les châteaux et les manoirs. « Le jardinier et ses maîtres » reprend dès l'*incipit* le décor traditionnel du conte de fées : « À une lieue de la capitale, il y avait un vieux manoir aux murs épais, avec des tours et des pignons crénelés » (p. 375). Ces décors font partie de l'imaginaire que l'enfant associe au conte ; dans les récits, ils créent un effet de contraste, l'enfant évoluant dans ces espaces démesurés, ce qui produit une sensation de vertige et de peur, mais confère aussi un souffle épique au récit. Dans « La Reine des Neiges », Gerda traverse ainsi des paysages merveilleux et hostiles : « Ils traversaient la forêt sombre », précise le narrateur (p. 175). Par son attrait merveilleux, ses connotations de mystère et de danger, la forêt est le décor attendu des peurs d'enfant. Au-delà de la forêt, c'est le pays des fées. Mais Andersen peint aussi bon nombre de décors domestiques, notamment figurés par la chambre ou la pièce où s'organise la vie familiale, autour du poêle, élément emblématique d'une maison danoise. Un certain nombre de contes « domestiques » se déroulent dans un cadre réaliste, à l'image du « Lutin chez le charcutier », qui décrit la mansarde d'un pauvre étudiant et la boutique bien garnie d'un charcutier. Tous ces décors, naturels ou domestiques, sont des lieux communs du conte d'enfant.

Là où Andersen se montre plus original dans le lien entre enfance et espace, c'est quand il puise dans sa culture personnelle et met en scène des enfants dans des lieux inédits. Certains contes, dont le récit évoque une légende, peignent des décors danois. C'est le cas en particulier dans « Le Vent raconte l'histoire de Valdemar Daae et de ses filles » ou dans « En regardant par une fenêtre à Vartou » qui se réfèrent explicitement au Danemark. Les conditions climatiques sont ainsi étroitement liées aux paysages que les enfants traversent et qui, par leur nature hiémale, rappellent l'origine scandinave de l'écrivain et l'imprégnation des paysages danois dans son imaginaire. Le décor hivernal est l'un des lieux communs des contes d'Andersen, qui participe à leur vraisemblance et à leur ancrage géographique. La neige fait partie de l'univers mental de l'enfance, elle fige le paysage de plusieurs contes où l'enfant est le principal protagoniste. Le grand froid est toujours synonyme d'épreuve. Dans « Le vilain petit canard », le changement de saison devient une menace pour celui qui n'est pas encore cygne.

> L'automne arriva, les feuilles de la forêt devinrent jaunes et brunes ; le vent les saisit et les fit voltiger, et en haut dans les airs, il semblait faire froid. Des nuages lourds pendaient, chargés de grêle et de flocons de neige et, sur la clôture, le corbeau criait : « Oa, oa ! », tellement il avait froid. Rien que d'y penser, on était gelé. Le pauvre petit canard n'allait vraiment pas bien.
>
> (« Le vilain petit canard », p. 135)

Plus nette encore est la dangerosité du décor hivernal dans « La petite fille aux allumettes », dont l'intrigue pourrait se résumer en une phrase : l'histoire d'une petite fille qui meurt de froid une nuit d'hiver.

À ce propos, l'association de l'enfance au décor urbain est originale et moderne. Elle présente bien souvent une dimension sociale, l'enfant des villes étant généralement un enfant pauvre. Dans « En regardant par une fenêtre à Vartou », Andersen décrit ainsi une vieille femme qui regarde la ville, et dont le regard s'arrête sur des enfants misérables qui jouent. Cette scène urbaine donne lieu à une méditation sur le passé légendaire de Vartou et sur le temps de l'innocence qu'est l'enfance :

> Regardez ! [...] Ces petits pauvres, comme ils jouent joyeusement ! Comme leurs joues sont rouges, comme leur regard est candide, mais ils n'ont ni chaussures ni chaussettes ! Ils dansent sur la levée de terre couverte de verdure, là où, il y a bien longtemps, d'après la légende, à l'époque où la terre s'enfonçait toujours, des gens attirèrent un enfant innocent avec des fleurs et des jouets dans le trou béant qu'ils murèrent pendant que le petit était en train de jouer et de manger.
>
> (« En regardant par une fenêtre à Vartou », p. 257)

3. Éloge du petit

Très souvent, les contes d'Andersen décrivent le monde de l'enfance à partir de détails, de petits riens, voire d'éléments en apparence insignifiants (à tout le moins pour les adultes). C'est à partir de la mise en scène des toutes petites choses que le conteur parvient à faire entrer son lecteur dans un monde enfantin. Plusieurs *incipit* se focalisent ainsi sur un petit objet, un détail quotidien. Par exemple, le conte « L'aiguille à repriser », qui s'ouvre par la description d'une aiguille, illustre cette attention au microcosme à l'échelle du monde de l'enfant : « Il était une fois une aiguille à repriser qui faisait tellement la fière qu'elle se prenait pour une aiguille à coudre. » Le conte « Le faux col » se construit quant à lui à partir d'un détail vestimentaire. Pour entrer dans le monde de l'enfance, Andersen réduit ainsi les proportions, attirant le regard du lecteur sur ce qu'un enfant peut voir ou percevoir. Ce réalisme de détail, comique ou dramatique, permet à l'auteur de créer un effet de réel. Il revêt aussi une dimension pathétique dans certains contes. Ainsi, dans « La petite fille aux allumettes », le premier objet qui apparaît dans le récit est-il une pantoufle trop grande (p. 213), avant de laisser place à l'objet central du récit, l'allumette, l'une des plus petites choses qu'on puisse trouver dans l'usage quotidien. Dans « Le lin », c'est la fleur de ce végétal qui ouvre le récit. Or celle-ci est petite et frêle, comme le suggère la première comparaison « comme les ailes d'une mite [1] ». Emblématique encore du rôle du détail dans la représentation de l'univers de l'enfance, le pois de « La princesse sur le pois » : seule une petite fille exceptionnelle peut prendre la mesure du microcosme.

C'est souvent à partir de ce microcosme que se déroule la trame d'une vérité plus grande et plus fondamentale, d'une expérience faite par l'enfant qui le fait accéder à un degré supérieur de maturité. Dans « Les fleurs de la petite Ida », par exemple, un bouquet fané est le point de départ d'une méditation sur le caractère éphémère de l'existence, mais surtout sur la puissance du rêve. Comme le constate François Flahault à propos du conte « Le faux col », « on ne saurait mieux souligner l'alchimie créatrice par laquelle un petit rien et quelques hasards se transforment en objet littéraire. Une transsubstantiation pour ainsi dire [2] ». L'attention d'Andersen aux petits objets de la vie quotidienne participe de la représentation de l'enfance : à partir d'un détail ou d'un objet réaliste peut s'ouvrir tout un monde de merveilles.

C. L'enfance entre réalités et merveilles

1. L'enfant et la famille

Chez Andersen, nombreux sont les contes qui évoquent ou représentent le cadre familial dans lequel les enfants évoluent. Point d'ancrage socialement réaliste, cette représentation rattache encore les jeunes personnages à une généalogie, qui va parfois jusqu'à questionner l'hérédité – « quant à toi, ne deviens jamais ivrogne, mais c'est sans doute ce qui va t'arriver », prédit le maire de « Elle n'était bonne à rien ! » au fils de la lavandière, buveuse notoire – et leur offre de surcroît une première confrontation avec l'altérité (p. 261-262). Mais les modèles de configuration familiale et de parentalité proposés dans les *Contes* ne constituent

1. « Le lin », dans *Contes*, éd. R. Boyer, *op. cit.*, p. 185.
2. « Tirer parti d'un rien. La valeur de ce qui est sans valeur », art. cité.

Un voyage musical au pays de l'enfance : *Scènes d'enfants* de Robert Schumann

Au début des années 1840, Andersen rencontre le compositeur allemand Robert Schumann (1810-1856). Entre ces deux contemporains se noue un lien, au point que Schumann s'est inspiré du conteur danois. Une sensibilité commune se dévoile dans leur œuvre. Tous les deux manifestent en effet une grande curiosité pour le domaine du conte et de l'enfance. En 1838, Schumann publie les *Scènes d'enfants* op. 15 (*Kinderszenen*), qui comportent treize pièces pour piano relativement brèves. Les titres du cycle, choisis *a posteriori* par le compositeur, font tous référence de manière explicite ou implicite au monde de l'enfance : « Gens et pays lointains », « Curieuse histoire », « Colin-maillard », « L'enfant suppliant », « Bonheur parfait », « Un événement important », « Rêverie », « Au coin du feu », « Cavalier sur le cheval de bois », « Presque trop sérieusement », « Croquemitaine », « L'enfant s'endort », « Le poète parle ». Tous ces titres participent de la volonté de Schumann de caractériser l'enfance à travers les éléments qui la définissent : les jeux, les émotions passagères, les rêves.

Au royaume de l'enfance

Comme le titre « Scènes d'enfant » le suggère, le cycle pianistique se penche sur le monde de l'enfance en évoquant des petits moments de vie de manière poétique. À l'image des *Contes* d'Andersen, les saynètes musicales de Schumann font intervenir des jeux (« Colin-Maillard », « Cavalier sur le cheval de bois »), mais aussi des émotions qui oscillent entre la peur, les pleurs et la quiétude. Passant de la description des états émotionnels d'un enfant aux univers que l'imagination enfantine invente, cette composition est une invitation à voyager musicalement au royaume de l'enfance. La plus célèbre pièce du cycle, « Rêverie », est ainsi une berceuse très douce, qui suggère l'apaisement d'un enfant plongeant dans le sommeil.

Schumann et Andersen, âmes d'enfant ?

Dans une lettre de 1838, le compositeur explicite sa démarche : ses *Scènes d'enfants* « sont l'œuvre d'un grand enfant destinée aux enfants ». Cette intention peut être rapprochée de celle d'Andersen. Les pièces pianistiques de Schumann sont en partie imaginées à partir de souvenirs personnels, notamment celui de la virtuose Clara Wieck, que Schumann rencontra enfant. À l'instar des *Contes*, les *Scènes d'enfants* ne sont pas destinées aux enfants. Si certains aspects de leur œuvre réciproque évoquent cette jeunesse (des motifs musicaux, des thèmes), la complexité de leur création respective les destine à des adultes qui souhaiteraient se replonger dans le monde de l'enfance. Tous les deux s'intéressent à cet âge de la vie à travers des symboles poétiques, dans lesquels ils puisent la profondeur d'une méditation sur la simplicité. D'un tempérament nostalgique, inspirés par la poésie qu'ils ont lue pendant leur enfance et leur adolescence, Andersen et Schumann ont su donner au monde de l'enfance une place de premier plan dans le monde des arts et des lettres : « un art de raconter qui fut celui de Schumann et celui d'Andersen [1] ».

1. Isabelle Jan, *Andersen et ses contes*, Aubier, 1977, p. 45.

pas de simples éléments narratifs et descriptifs, ils se révèlent généralement porteurs d'une charge symbolique qui conditionne ou contribue à amorcer le parcours du jeune personnage. Andersen bouleverse ainsi le schéma familial traditionnel (un père, une mère et des enfants), pour mettre en scène des ordres contrariés, des foyers incomplets et déséquilibrés, ou encore des parentalités – ou substituts parentaux – dont les défaillances confinent parfois à la mise en danger de l'enfant. À cet égard, « La petite sirène » offre un modèle exemplaire de configuration familiale à la fois déséquilibrée et incomplète, qui révèle ses failles dès la première partie du récit :

> Depuis de nombreuses années, le roi de la mer était veuf, et sa vieille mère tenait la maison. C'était une femme intelligente, mais fière de sa noblesse, c'est pourquoi elle portait douze huîtres à sa queue, tandis que les autres grands personnages n'avaient le droit d'en porter que six. Elle n'en méritait pas moins de grands éloges, en particulier parce qu'elle aimait beaucoup les petites princesses de la mer, ses petites-filles. C'étaient six enfants charmantes, mais la plus jeune était la plus belle de toutes [...].
>
> (« La petite sirène », p. 55-56)

Plusieurs indications convergent ici, qui dessinent un schéma familial dans lequel la surreprésentation féminine est vectrice de déséquilibre, et à propos duquel le lecteur ne tarde pas à deviner qu'il se double encore d'un ordre matriarcal implicite. La figure du père et du roi s'efface derrière celle de sa propre mère, qui endosse le rôle de référent maternel auprès de ses petites filles. La psychanalyste Ève Pilyser relève la dimension « implicitement incestuelle » qu'on peut voir dans une telle configuration, et celle, également œdipienne, de ce royaume « gouverné par un étrange couple mère-fils a-conflictuel, dans un monde fusionnel où nulle sexualité ou conjugalité n'est évoquée [1] ». Dans une perspective similaire, le conte « Les cygnes sauvages » offre un terreau favorable à de telles interprétations. Le récit propose la vision d'un modèle familial à la fois comparable et inversé, qui reconduit les motifs du veuvage, de l'impuissance paternelle et de la surreprésentation d'un sexe au détriment de l'autre, masculin cette fois-ci. Ainsi l'héroïne se distingue-t-elle au sein de sa fratrie dès la formule d'ouverture : « Bien loin d'ici, [...] habitait un roi qui avait onze fils et une fille, Élisa » (p. 95). Comme souvent dans les *Contes*, la fratrie distingue le héros en offrant un point de comparaison qui touche au faire-valoir : si les onze frères d'Élisa font d'elle le personnage le plus singulier de la famille, les cinq sœurs de la petite sirène agissent de façon similaire sur le plan narratif : semblables entre elles, peu individuées, elles font ressortir la singularité et/ou la supériorité en tout point de leur cadette. Par un similaire effet de contraste, les petits canetons jaunes mettent en lumière les différences physiques de leur

1. Ève Pilyser, « La petite sirène, la désincarnation comme unique issue face à l'œdipe familial », *Les Cahiers jungiens de psychanalyse*, 2017, n° 145, p. 46.

vilain petit canard de frère : « En voilà un énorme caneton ! [...] Il ne ressemble à aucun des autres ! » (p. 128-129), compare la canne. Quant au soldat de plomb, il se distingue de ses vingt-quatre « frères » par son unique jambe.

Dans « Les cygnes sauvages », la configuration familiale se complète à son tour d'un substitut maternel puissant, malveillant cette fois-ci : une figure traditionnelle du conte, celle de la belle-mère, qui prend l'ascendant sur le père, roi et mari, jusqu'à appliquer son autorité sur les enfants royaux. De la même manière que la figure de la grand-mère, celle de la marâtre est l'occasion pour Andersen de reprendre à son compte les archétypes du récit merveilleux, qui configurent le genre en même temps qu'ils lui fournissent une grille de lecture, marquée par la tradition et le symbole. Toutes deux n'en sont pas moins des figures symétriquement opposées et endossent auprès de l'enfant un rôle qui n'est pas le leur, mais qui répond à des modalités contraires. Ainsi la figure de la grand-mère, chaleureuse et magique, constitue-t-elle chez Andersen un relai bienveillant à une parentalité défectueuse ou absente. C'est le cas de la grand-mère de la petite sirène, mais aussi de celle de « La petite fille aux allumettes » : « seule personne [à avoir] été bonne pour elle », cette grand-mère offre à l'enfant mourante une compagnie dans ses derniers instants, avant de lui être un passeur bienveillant, qui ouvre la voie vers un monde meilleur : « Elle prit la petite fille dans ses bras, et elles s'envolèrent toutes les deux joyeuses au milieu de ce rayonnement, bien haut, bien haut, là où il n'y avait plus ni froid, ni faim, ni angoisse : elles étaient auprès de Dieu » (p. 215). Les grands-mères endossent également auprès des enfants un rôle de transmission, qui mêlent leurs enseignements de contes et légendes, et fournissent aux jeunes personnages un substrat de connaissance religieuse ou métaphysique : « Lorsqu'une étoile tombe, c'est qu'une âme monte vers Dieu » (p. 215), a appris sa grand-mère à la petite fille aux allumettes, quand celle de la petite sirène l'informe que les humains ont, contrairement aux sirènes « une âme qui vit toujours, qui vit après que leur corps s'est changé en poussière, [et qui] s'élève dans l'air limpide jusqu'aux étoiles scintillantes » (p. 67). Dans « La Reine des Neiges », la grand-mère donne quant à elle à Kay et Gerda une explication merveilleuse au phénomène naturel des tempêtes de neige : « Ce sont les abeilles blanches qui essaiment » (p. 154).

Entre ces deux pôles familiaux que constituent la grand-mère et la marâtre, double négatif de la mère, la mère véritable s'apparente quant à elle à une sorte de figure intermédiaire, dans les *Contes* d'Andersen. Sans être idéale, celle-ci ne manque en général pas d'amour pour son enfant ; en mère courage, elle fait de son mieux pour assurer sa survie : « Je travaille tellement dur que le sang est prêt à jaillir à la racine de mes ongles, mais ça ne fait rien, pourvu que je puisse assurer ton avenir honnêtement, mon cher petit ! » (p. 262), dit à son enfant celle dont tout indique finalement qu'elle était « bonne à quelque chose » (p. 269), quand cette autre mère pauvre des « Bougies » reste « à coudre jusque tard dans la nuit pour avoir de quoi subvenir [aux] besoins [de ses enfants] » (p. 361-362). La mère d'adoption du « Vilain petit canard », si elle échoue à protéger son enfant des brutalités de ses congénères, sait le regarder par-delà son apparence et l'aimer comme ses autres canetons : « Comme il se sert habilement de ses pattes, et comme il se tient droit ! C'est mon enfant aussi ! Il est même beau, finalement, quand on le regarde bien ! » (p. 129). Au centre de la cellule familiale dans laquelle évolue l'enfant, la figure maternelle ou son substitut semblent faire office de modèles ou de contre-exemples, intéressants à resituer dans la société et l'époque où Andersen écrit ses *Contes* : une société patriarcale, qui résume l'accomplissement féminin à la maternité.

2. L'enfance malmenée

Autre constante des contes, liée à leur contexte historique de rédaction, les mauvais traitements et la dureté des conditions d'existence des jeunes héros participent du réalisme de l'œuvre en même temps qu'ils la colorent de pathétique.

Ces tourments, s'ils sont principalement le lot des enfants pauvres des *Contes*, épargnent quelquefois ces derniers – dans « Les bougies », par exemple, où la pauvreté du foyer ne prive l'enfant ni de chaleur ni d'amour maternel – et viennent toucher jusqu'aux enfants royaux. Le traitement infligé aux princes et à la princesse dans « Les cygnes sauvages » est à ce titre exemplaire d'une maltraitance parentale dans laquelle la cruauté de la belle-mère autant que l'indifférence paternelle concourent à faire de ces enfants pour qui « tout allait pour le mieux » de « pauvres enfants » (p. 95) : chassée du foyer puis changée en souillon pour l'une, transformés en cygnes et condamnés à l'errance pour les autres. « La petite fille aux allumettes » suggère pour sa part une autre forme de maltraitance, qui fait craindre à l'héroïne le retour au foyer et les représailles paternelles : « elle n'osait pas retourner chez elle : elle n'avait pas vendu d'allumettes et personne ne lui avait donné le moindre sou. Son père la battrait, et, du reste, il faisait froid chez elle aussi » (p. 214). À ces violences parentales peuvent se substituer également celles, fraternelles, dont le vilain petit canard est la victime : « ses frères et sœurs eux-mêmes étaient méchants avec lui, et ils disaient toujours : "Si seulement le chat voulait t'attraper, affreuse créature !" » (p. 131).

Des personnages extérieurs à la cellule familiale de l'enfant contribuent également à son existence douloureuse. Le petit canard, victime des enfants de sa mère adoptive, l'est encore de toute la basse-cour. « [M]ordu, bousculé, et ridiculisé, non seulement par les canards, mais aussi par les poules » (p. 130), il ne découvre de l'altérité que ses facettes les plus sombres, celles-là mêmes qu'éprouve l'enfant dont la vieille fille se remémore la légende dans « En regardant par une fenêtre à Vartou ». Le spectacle d'enfants pauvres jouant avec insouciance dans l'herbe est l'occasion d'évoquer l'exemple peut-être le plus paroxystique de cruauté gratuite et criminelle que compte le recueil : « [...] des gens attirèrent un enfant innocent avec des fleurs et des jouets dans le trou béant qu'ils murèrent pendant que le petit était en train de jouer et de manger » (p. 257).

Il arrive encore que l'enfant se malmène lui-même, par sens du sacrifice et du devoir. Élisa accepte de s'infliger de terribles brûlures en cueillant et travaillant à mains nues les orties avec lesquelles elle doit tisser les cottes de mailles censées redonner forme humaine à ses frères :

> Elle plongea ses mains délicates parmi les affreuses orties, elles étaient comme du feu. Elles firent de grosses cloques sur ses mains et ses bras, mais elle acceptait volontiers ces souffrances si seulement elle pouvait sauver ses chers frères. Elle écrasa chacune des orties de ses pieds nus, et elle tressa le lin vert.
>
> (« Les cygnes sauvages », p. 107)

La scène prend ainsi les allures d'une mortification consentie, que redouble le mutisme auquel s'astreint l'héroïne. Mortifications et « vœux de silence » ne sont pas sans évoquer le conte de « La petite sirène », dans lequel l'héroïne accepte avec la même abnégation les souffrances qui doivent la mener jusqu'au prince : « À chaque pas qu'elle faisait, elle avait l'impression de marcher sur des aiguilles pointues et des couteaux aiguisés, comme la sorcière l'en avait avertie, mais elle supporta cela volontiers » (p. 73).

À l'opposé des modèles d'enfances *a priori* heureuses et tranquilles que proposent les *Contes*, douleurs, violences et maltraitances marquent certains parcours enfantins. Elles semblent alors s'imposer la plupart du temps comme la condition et le corollaire redoutables, mais formateurs, de leurs voyages et de leurs quêtes.

3. Quêtes et voyages enfantins

Ceux des *Contes* d'Andersen qui mettent en scène des personnages d'enfants déclinent régulièrement les motifs archétypaux du voyage et de la quête, et se chargent ainsi d'une dimension formatrice importante. Le voyage peut dès lors se définir comme le parcours à la fois spatial et symbolique que doit sillonner le jeune héros, qui le confronte aux épreuves et lui livre les enseignements nécessaires à son évolution, à son passage à l'âge adulte. Masquée généralement par un but explicitement formulé, la transfiguration est l'enjeu véritable d'un tel voyage : cette renaissance à soi marque le point de départ symbolique d'un nouveau mode d'être au monde et d'une nouvelle vie. Vladimir Propp, qui analyse le schéma traditionnel du voyage dans les contes, propose de le décliner en sept grandes étapes [1], qui ne sauraient néanmoins s'appliquer nécessairement ni systématiquement aux *Contes* d'Andersen. Quoi qu'il en soit, l'auteur danois exploite la dimension symbolique du voyage, résumée en ces termes par Jean Chevalier et Alain Gheerbrant :

> Le voyage exprime un désir profond de changement intérieur, un besoin d'expériences nouvelles, plus encore que de déplacement local. Selon Jung, il témoigne d'une insatisfaction qui pousse à la recherche et à la découverte de nouveaux horizons [2].

La quête, qui (re)double ce voyage, désigne quant à elle la recherche. Elle est ce vers quoi tend, ou croit tendre, le parcours, qu'elle conditionne autant qu'elle motive.

Dans les *Contes*, *enfance* rime bien souvent avec *errance* : la multiplication des lieux traversés par le héros, disparates et multiples, indifférenciés par la quasi-absence de toponymie, concourt à égarer aussi bien le lecteur que le personnage. « Les cygnes sauvages » est à ce titre significatif : le parcours d'Élisa est une véritable traversée des paysages. La petite fille s'égare et passe par champs, marais, forêt et rivages avant de retrouver ses frères et d'entamer avec eux un second voyage : celui qui, par voie aérienne, les mène vers ce « beau pays » (p. 102) dans lequel ils retrouvent tout à la fois une place, une forme humaine et un statut. De même, le parcours du vilain petit canard lui découvre-t-il « le vaste monde » (p. 134) : le départ de la basse-cour s'apparente métaphoriquement à une seconde sortie de l'œuf, ouvrant au petit rejeté les vastes horizons qui lui laissent tout le loisir de se perdre avant de se retrouver, ou plutôt de se redécouvrir. L'errance conditionne encore le voyage des personnages du conte « La cloche ». La longueur et le caractère aléatoire du parcours ont raison de tous les personnages en quête de l'origine du son de cloche lointain et merveilleux, à l'exception de deux garçons. Fils de roi et enfant pauvre, partis chacun dans une direction opposée, ils sont tous deux récompensés de leur foi et de leur opiniâtreté : toutes les routes mènent à la « grande église de la nature et de la poésie » (p. 227) pour qui ne renonce jamais à la chercher, semble dire le conte, et la « cloche sacrée invisible » (p. 227) sonne pour ceux qui savent écouter leur cœur. *A priori* confus, ces itinéraires sont-ils nécessaires aux enfants pour s'accomplir ? Ils redoublent et matérialisent physiquement le cheminement psychologique de ces derniers. Xavier Garnier va cependant jusqu'à nier l'authenticité de cette apparence d'errance que revêt le voyage dans le genre du conte, que sous-tend en réalité une logique

1. Voir Vladimir Propp, *Morphologie du conte*, Seuil, 1969 [1928]. Sept étapes structurent selon ce critique le voyage initiatique du héros de conte : l'appel de l'aventure, le départ du monde connu vers le monde inconnu, la rencontre d'un adjuvant ou donateur, le combat contre l'agresseur ou les ennemis, la réparation du méfait, le retour au monde d'origine, et la transfiguration ou renaissance à un soi différent.

2. Jean Chevalier et Alain Gheerbrant, *Dictionnaire des symboles*, Robert Laffont, « Bouquins », 2019, p. 1187.

narrative réelle et qui, mise au service de l'initiation, en conditionne l'issue : « Contrairement aux apparences, il n'y a donc pas d'errance dans la logique initiatique. Aussi sinueux que soit son chemin, la figure itinérante comprendra en bout de course qu'il fallait qu'elle en passe par ces tours et détours [1]. »

Ces itinéraires géographiques se doublent encore d'une trajectoire temporelle, qui fait passer les jours ou les saisons à mesure que défilent les paysages : ils participent de l'impression d'une forme de lenteur, au sein même du genre pourtant bref qu'est le conte. Né en été, ainsi que l'indique le début du récit (p. 127), le vilain petit canard traverse les saisons jusqu'à renaître au printemps, sous sa forme de jeune cygne. De même les indices temporels ponctuent l'errance d'Élisa, qui vagabonde plusieurs jours et nuits dans la forêt avant de déboucher sur la mer. Quittant un rapport tout en horizontalité au monde, le voyage prend encore une dimension et une direction ascensionnelle dans « La petite sirène ». Depuis le fond de l'océan jusqu'aux hauteurs célestes dans lesquelles évoluent les « filles de l'air » (p. 80), le monde terrestre, objet présumé de la quête de l'héroïne, ne constitue en réalité que l'étape intermédiaire d'un parcours plus vaste, qui prépare la transfiguration finale.

4. Métamorphose et transfiguration

Motif récurrent des récits merveilleux, la transformation relève même d'une constante narrative du conte, qui agit selon deux directions. Certes, elle touche en premier lieu les héros et personnages, mais la nature même du conte, didactique et formatrice, veut encore qu'elle opère sur le lecteur lui-même, qui doit ressortir enrichi et changé de sa lecture. Lieu commun du genre, la transformation est toutefois loin d'être systématique dans les *Contes* d'Andersen, qui la réserve principalement à ceux mettant en scène l'enfance et ses cheminements, et selon des modalités très différentes d'un récit à l'autre. Une hiérarchie des processus de transformations pourrait ainsi être établie, des plus implicites et métaphoriques, aux plus spectaculaires et merveilleux. L'auteur danois s'inscrit dès lors dans un sillage traditionnel, qui fait de la transformation des personnages d'enfant un motif pluriel, dont Catherine Desprats-Péquignot rappelle la pluridimensionnalité :

> Nombre de contes (tels ceux de Grimm, Andersen ou Perrault), dont certains sont encore connus des enfants d'aujourd'hui, racontent des extrêmes du corps dans des métamorphoses de beautés ou de laideurs, des bouleversements et transformations d'apparences, des passages du corps d'un état à un autre, des retrouvailles ou des conquêtes de formes et de vies humaines. Par là se racontent et se parlent des douleurs et des peurs, la solitude et l'abandon,

1. Xavier Garnier, « À quoi reconnaît-on un récit initiatique ? », *Poétique*, Seuil, 2004, p. 450.

des conflits intérieurs, des angoisses innommables dont celle de son propre corps, des désirs et des craintes, des joies et des peines [1].

Métamorphoses, transfigurations, transformations de type social, ou amenant un retour miraculeux des facultés perdues, sont autant de déclinaisons proposées par le conteur dans son recueil. Dans « L'invalide », la transformation consiste à faire retrouver l'usage de ses jambes à Hans, après cinq ans d'infirmité et d'alitement. Récompense pour celui qui a su s'éveiller mais aussi « amene[r] la réflexion et la joie dans la maison » (p. 423) grâce à sa lecture des contes, cette première transformation en permet et prépare une autre : celle, sociale, du fils de paysans qui reçoit finalement une éducation et se destine à apprendre un métier, relieur ou maître d'école (p. 427). De même, le vilain petit canard bénéficie-t-il d'une double transformation, sociale et physique : celle du petit oiseau de basse-cour intégrant la cour de ces « oiseaux royaux » (p. 136) que sont les cygnes et celle qui suit en réalité la pente naturelle d'un processus de croissance. Cette transformation ne revêt ces contours merveilleux que parce que, longtemps ignorée, elle est tardivement découverte à travers le regard sidéré du concerné, rendu dans la narration par la ponctuation exclamative :

> « Vous n'avez qu'à me tuer ! » dit le pauvre animal, et il courba la tête vers la surface de l'eau en attendant la mort. Mais que vit-il dans l'eau limpide ? Il vit sa propre image au-dessous de lui. Ce n'était plus un oiseau aux mouvements maladroits, d'un gris noir, vilain et répugnant ; il était lui-même un cygne !
>
> (« Le vilain petit canard », p. 137)

Les phénomènes de métamorphoses, notamment de l'humain à l'animal, prennent quant à eux la forme de mises à l'épreuve. Ainsi, les frères d'Élisa, enfants victimes d'un mauvais sort dans « Les cygnes sauvages ». La métamorphose ornithologique, qui éprouve ceux qu'elle touche directement aussi bien que l'héroïne, trouve sa résolution au terme du long parcours d'abnégation et de douleur qu'accepte Élisa pour rendre forme humaine à ses frères. Le retour des cygnes à leur forme initiale n'est alors pas décrit comme un processus évolutif, même rapide, mais comme une véritable apparition, avec toute la dimension surnaturelle, voire religieuse, qu'elle suggère :

> Alors les onze frères arrivèrent, ils prirent place autour d'elle dans la charrette et battirent de leurs grandes ailes. La populace s'écarta alors effrayée.
>
> « C'est un signe du ciel ! Elle est sûrement innocente ! » chuchotèrent beaucoup de gens, mais ils n'osaient pas le dire à haute voix.

1. Catherine Desprats-Péquignot, « Corps extrêmes, corps d'enfance : prouesses de la chirurgie réparatrice et de la parole de contes de fées », *Champ psychosomatique*, vol. 34, n° 2, 2004.

> Le bourreau la prit alors par la main, elle jeta brusquement les onze cottes de mailles sur les cygnes et onze beaux princes apparurent, mais le plus jeune avait une aile de cygne à la place d'un bras, car il manquait une manche à sa cotte de mailles, elle n'avait pas pu la terminer.
>
> (« Les cygnes sauvages », p. 113)

Véritable *deus ex machina*, la métamorphose, pourtant à l'origine du périple et des souffrances, conditionne ici le dénouement heureux du conte, ainsi que le rétablissement d'une justice signifié par le retour du droit à la parole : « Maintenant je peux parler ! dit-elle. Je suis innocente ! » (p. 113). Dans « La petite sirène », la métamorphose humaine de l'enfant, conçue d'abord comme une fin en soi, relève également de la mise à l'épreuve du cœur et du corps. Transitoire, l'état qu'apporte cette métamorphose prépare une transformation d'un autre ordre : la transfiguration. Dans son sens premier, religieux, la transfiguration désigne la transformation qui suit la résurrection et rejoint directement l'expérience de la petite sirène : morte et dissolue en écume, elle renaît sous la forme supérieure, aérienne, mais désincarnée, d'une « fille de l'air ».

Quand la métamorphose est souvent le fait d'une formule (celle que la méchante reine adresse aux onze princes) ou d'une préparation ensorcelée (le filtre magique de la sorcière des mers dans « La petite sirène », ou encore le bain empoisonné – et inefficace – que prépare sa belle-mère à Élisa), la transfiguration découle quant à elle d'un haut fait du cœur, qu'elle récompense autant qu'elle consacre. Plus haute forme de transformation, la transfiguration déclare l'accomplissement. Elle signe la renaissance. On peut ainsi lire dans cette perspective de salut divin la mort des enfants. Celle de la petite fille aux allumettes illustre le paradigme du merveilleux chrétien que le conteur met en œuvre dans le récit : le passage de la vie terrestre à la vie éternelle introduit dans l'imaginaire du conte andersenien tout ce qui vient du Ciel, les étoiles et les anges.

D. Un conte exemplaire : « La petite sirène »

Riche de symboles, recomposé à partir d'une légende populaire de la Russie médiévale[1], « La petite sirène » est aujourd'hui l'un des plus célèbres récits de son auteur, qui lui vaut en partie sa consécration. Mais une erreur commune veut que le conte soit destiné au jeune public auquel il s'adresse supposément. Or on y décèle la richesse d'un genre dont l'oralité et la simplicité apparentes cachent des dimensions et une symbolique complexes. « La petite sirène » est exemplaire de cette poétique andersenienne, qui concentre plusieurs des motifs liés à l'enfance. Aspects autobiographiques, initiatiques, mais encore charme de la voix

1. Dans la légende russe de « La fille du roi des mers », l'héroïne n'aspire pas tant à monter vers le monde des hommes qu'elle ne s'applique plutôt à entraîner ces derniers dans les profondeurs marines.

et de la parole y sont valorisés, qui tissent la trame d'un conte dans lequel le merveilleux s'affirme d'autant plus nettement que son ancrage dans la réalité intime et psychique de l'auteur est profond.

1. Transposition de l'enfance d'Andersen

« La petite sirène » fait partie des contes où la présence de l'auteur est prégnante. Pour nombre de critiques, avec la petite sirène, Andersen se serait conçu un double merveilleux. La solitude et la marginalité de la petite fille, d'abord au fond des mers, puis sur terre, revêtent dès lors une signification autobiographique, qui décrit par analogie l'enfance marginale et solitaire d'Andersen. « Il ne fréquentait pas d'autres enfants et, à partir d'un certain âge, il a passé son temps à lire ou à jouer avec un théâtre de poupées », explique Marc Auchet [1]. La « jolie statue de marbre » en forme de « charmant petit garçon » (p. 57), que l'héroïne plante au centre de son jardin et entoure de toutes ses attentions, évoque ce jeu d'enfance. De même, le portrait que la narration fait de cette « enfant étrange, silencieuse et réfléchie » (p. 56), qu'elle caractérise et distingue tout au long du conte par des superlatifs, offre la vision d'une enfance en décalage, et dans laquelle Andersen se raconte lui-même par effet de contrepoint ou, à l'inverse, d'opposition : la petite sirène est « la plus jeune » de sa fratrie et il est sans doute l'élève le plus âgé de l'école de Slagelse. Elle est « la plus belle » (p. 56) de toutes les sirènes, puis « de tout le château » (p. 73) ; il est doté d'un physique ingrat, pour ne pas dire grotesque. Elle est fille de roi ; il est fils de cordonnier, et sa mère est alcoolique ; petite-fille d'une reine « fière de sa noblesse » (p. 55), il a pour grands-parents un fou interné et une mythomane. Cependant, tous les deux viennent des profondeurs d'une société (les abysses pour la sirène, les bas-fonds pour Andersen) ; tous les deux poursuivent un rêve et une ambition comparables. Le parcours ascensionnel – depuis le fond de l'océan jusqu'aux hauteurs célestes du monde des « filles de l'air » – que suit la petite sirène redouble nettement celui, intellectuel et social, de son auteur. Des bas-fonds d'Odense jusqu'aux milieux aisés de la plus haute aristocratie, en passant par les sphères littéraires danoises et européennes, Andersen s'élève lui aussi ; par l'esprit et la plume, il quitte le monde des hommes pour rejoindre les poètes dans leur monde, et conquiert, si ce n'est l'immortalité de l'âme, du moins celle du nom. Comme son auteur, qui s'impose finalement par des voies littéraires secondaires [2], la petite sirène ne touche à son rêve d'une âme immortelle qu'à la condition d'emprunter un chemin détourné : le séjour terrestre

1. « Préface », *Contes*, *op. cit.*, p. 12.

2. Andersen tente d'abord de percer sur scène, comme acteur puis comme dramaturge, mais échoue dans ces deux domaines. Ses romans et poèmes lui permettent de conquérir un public étranger, mais peinent à convaincre dans son propre pays. C'est par les contes et le genre merveilleux qu'il parvient finalement à acquérir sa renommée.

ne lui aura pas permis de jouir de l'amour humain qui l'en eût dotée, mais l'acceptation volontaire du sacrifice et de la mort lui ouvre les portes d'une voie certes plus longue et éprouvante, mais aussi plus gratifiante et proche de la nature de son cœur. L'une de ses nouvelles compagnes de l'air lui explique les enjeux de ce chemin d'abnégation :

> Les filles de l'air n'ont pas non plus d'âme immortelle, mais elles peuvent s'en créer une par de bonnes actions. Nous volons vers les pays chauds où l'air pestilentiel tue les hommes ; nous y apportons de la fraîcheur. Nous répandons dans l'atmosphère le parfum des fleurs et apportons le réconfort et la guérison. Lorsque nous nous sommes efforcées de faire le bien pendant trois cents ans, nous recevons une âme immortelle et avons part au bonheur éternel des hommes.
>
> (« La petite sirène », p. 80)

Outre cette ascension, la petite sirène et son auteur ont en commun une intelligence, une rêverie, une émotivité… et une déception. L'impossibilité amoureuse, qui conditionne le dénouement du conte, est également transposée depuis le vécu de l'auteur jusqu'au récit. « Les états affectifs d'Andersen, d'une façon générale, et sa vie sentimentale, en particulier, ont été tout sauf harmonieux et paisibles » (p. 17), rappelle Marc Auchet. La petite sirène elle-même, qui échoue à se faire aimer du prince, le regarde tristement la condamner tandis qu'il en épouse une autre :

> Elle savait que c'était le dernier soir qu'elle voyait celui pour qui elle avait quitté sa famille et son foyer, donné sa voix ravissante et enduré tous les jours des souffrances interminables, sans qu'il s'en soit douté. […] Le prince embrassait sa charmante épouse et elle jouait avec ses cheveux noirs ; et ils allèrent se reposer dans la magnifique tente, en se tenant par le bras.
>
> (« La petite sirène », p. 78)

« De tous les tourments intérieurs qu'il a pu avoir, c'est sans doute la solitude qui a le plus pesé sur lui » (p. 16), avance Marc Auchet, et en ce sens, la rencontre de l'héroïne avec ses semblables évanescentes représente peut-être pour l'auteur la conjuration d'un tel poids. La difficulté pour l'enfant à trouver son rôle dans l'ordre du monde constitue une thématique centrale des récits d'Andersen, qui unit sirène et conteur dans une même réponse et un même mouvement : monter, monter toujours plus haut, sans craindre la chute, monter non pas par orgueil, mais par nécessité vitale, monter jusqu'à rencontrer les siens, jusqu'à renouer avec sa véritable nature, jusqu'à trouver sa place.

2. Un conte initiatique pour enfants ?

La question de la place de l'individu dans l'ordre du monde ne relève pas uniquement de la préoccupation personnelle et angoissée de l'auteur, mais conditionne également les contes de type « initiatique ». Car plus qu'un conte merveilleux, « La petite sirène » rejoint encore le répertoire de ces récits qui mettent en scène le cheminement évolutif d'un enfant, en cours d'individuation, qui se construit à mesure des rencontres qu'il fait, des épreuves qu'il traverse, des souffrances qu'il endure, et des leçons qu'il en tire. Lancé dans une quête du sens caché de la vie, et dans une quête de soi, le sujet initié subit une transformation symbolique, qui le conduit à la véritable connaissance de son être. Ainsi que l'explique Mircea Eliade, « l'initiation est le commencement d'un état qui doit amener la graine, l'homme, à sa maturité, sa perfection. Et comme la graine, il doit d'abord mourir pour renaître [1] ». Phénomène d'abord anthropologique, social et religieux, l'initiation devient finalement un *topos* littéraire, qui propose notamment au conte un canevas archétypal et lui fait don d'une trame. « La petite sirène » respecte les étapes traditionnelles de cette trame. En quête d'aventures et d'ailleurs, aidée de façon surnaturelle par la sorcière des mers, l'héroïne voyage depuis le monde connu (les fonds marins) jusqu'à l'inconnu (le monde des hommes) et commence dès lors une transformation en plusieurs étapes et sur plusieurs dimensions : en même temps que l'enfant grandit et devient femme, la créature marine passe par une incarnation terrestre pour renaître à sa nature aérienne et céleste.

De nombreuses épreuves configurent et permettent cette métamorphose. Morales et physiques, éprouvantes et dangereuses, elles sont un passage obligé pour le héros du conte initiatique, et participent de son évolution par la mise à l'épreuve de son corps, mais aussi de son esprit et de son cœur. Ainsi la solitude inhérente à l'héroïne prend-elle aussitôt une dimension initiatique, que redouble encore l'arrachement familial et social qu'elle s'impose : « elle n'osa pourtant pas aller [auprès des siens], maintenant qu'elle était muette et qu'elle voulait les quitter pour toujours » (p. 72), explique le narrateur à la veille du départ de l'héroïne pour le monde inconnu. L'épreuve morale de la solitude se prolonge dans celle du dénuement et du renoncement volontaires : la petite sirène ne renonce pas seulement à sa famille, à son monde, à tout ce qu'elle connaît, mais accepte encore de renoncer à ce qu'« [elle a] de meilleur » (p. 71) : sa voix, et, plus largement, à tout ce qu'elle est : « une fois changée en être humain, jamais tu ne pourras plus redevenir sirène ! » (p. 71), l'avertit la sorcière des mers, et nous percevons bien, ici, à quel point l'initiation réclame jusqu'au renoncement de soi. En acceptant ce marché, l'héroïne accepte de n'être plus sur terre que la « petite enfant trouvée » (p. 74), réduite à un anonymat qui questionne la dimension identitaire de l'initiation et met à l'épreuve celle de l'héroïne.

Ces épreuves psychologiques se doublent encore d'épreuves physiques, véritables tortures initiatiques qui font de la douleur la condition

1. Mircea Eliade, *Naissances mystiques*, Gallimard, « Les Essais », 1959, p. 7-8.

de l'élévation. Ainsi le prix à payer pour les jambes humaines tant désirées associe deux mutilations : celle de la langue (« Tire ta petite langue afin que je la coupe pour me payer » [p. 71], réclame la sorcière), et celle de la queue de poisson, dont la forme nouvelle ne permet pas d'oublier la blessure originelle :

> Ta queue se fendra et, en se rétrécissant, elle se transformera en ce que les hommes appellent de jolies jambes, mais cela te fera mal, ce sera comme si une épée tranchante te transperçait. [...] [C]haque pas que tu feras te causera autant de douleur que si tu marchais sur un couteau bien affilé qui ferait couler ton sang.
>
> (« La petite sirène », p. 70-71)

L'avertissement de la sorcière se vérifie sitôt le marché accepté et la potion avalée. L'évocation de la douleur physique jalonne dès lors le texte et accompagne la jeune héroïne durant tout son séjour terrestre :

> La petite sirène but le breuvage brûlant au goût âcre, et ce fut comme si une épée à double tranchant traversait son corps délicat ; elle s'évanouit et resta comme morte. Quand le soleil brilla sur la mer, elle se réveilla, et elle sentit une douleur cuisante [...].
>
> (« La petite sirène », p. 72-73)

Dans l'ordre des violences, la mention de l'« épée à double tranchant » par laquelle la sirène se sent déchirée évoque symboliquement cette même langue à laquelle elle a renoncé. Porteur d'une lourde charge initiatique, le motif de l'épée consacre traditionnellement la bravoure physique, mais aussi intérieure et spirituelle [1] ; elle s'impose encore, dans la symbolique biblique, comme un double de la parole : « L'Apocalypse décrit une épée à deux tranchants sortant de la bouche du verbe [car] la langue a, comme l'épée, deux tranchants [2] », expliquent Jean Chevalier et Alain Gheerbrant. Ainsi les deux mutilations que s'inflige l'héroïne paraissent-elles se redoubler mutuellement, ou fusionner symboliquement en une seule blessure, qui dit un renoncement à la fois double et complémentaire : celui de l'appartenance à un peuple, dont la queue de poisson était l'insigne, certes, mais encore celui de la singularité de l'héroïne, que la voix distinguait plus que tout. Cette première mort symbolique, que suit la renaissance sous forme humaine, annonce dans le conte cette autre mort initiatique qu'est la dissolution en écume. Celle-ci ouvre un nouveau chapitre dans l'existence de la petite sirène, qui la métamorphose en « fille de l'air » (p. 80) et lui propose un nouveau programme initiatique : trois siècles de bienveillance et d'abnégation, pour atteindre la transfiguration finale. « Dans trois cents ans, nous

1. À propos de la richesse symbolique du motif de l'épée, voir Jean Chevalier et Alain Gheerbrant, *Dictionnaire des symboles*, *op. cit.*, p. 469-471.
2. *Ibid.*, p. 470-471.

entrerons de la même manière dans le royaume de Dieu ! » (p. 80), promet l'une des nouvelles camarades de l'héroïne.

3. Mise en abyme du conte

Voix et parole tiennent une place centrale dans « La petite sirène », qui relève d'une véritable mise en abyme du conte et met en perspective les pouvoirs du conteur sur les enfants. Conçu pour être lu à haute voix, marqué par les tournures oratoires, le conte intègre le paradoxe d'une héroïne muette, et qui, avant même de le devenir, cultive déjà le silence et l'introversion. Le récit insiste en plusieurs endroits sur cet aspect de la personnalité de la jeune sirène, qui se renforce encore après sa première ascension vers la surface :

> Elle avait toujours été silencieuse et réfléchie mais elle le fut maintenant encore plus. Ses sœurs lui demandèrent ce qu'elle avait vu la première fois qu'elle avait été là-haut, mais elle ne raconta rien.
>
> (« La petite sirène », p. 64)

Comme verrouillée de l'intérieur, l'enfant ne partage rien des richesses et rêveries qui peuplent son esprit, mais goûte cependant au plaisir de s'entendre conter des histoires et n'a « pas de plus grande joie que d'entendre parler du monde d'en haut où vivent les humains » (p. 57). La perte définitive de sa voix, par l'amputation de la langue, se double de la perte d'un moyen de communication, qui conditionne largement son échec à conquérir réellement le cœur du prince. La jeune fille ne semble cependant pas tant regretter la fonction communicatrice de sa voix que celle du chant, et ne percevoir pour la première fois l'importance de la première que lorsque ce handicap l'empêche de s'identifier auprès du prince : « [il] lui demanda qui elle était et comment elle était arrivée là, et elle le regarda d'un air doux et pourtant si triste avec ses yeux bleu foncé, car, bien sûr, elle ne pouvait pas parler » (p. 73). La perte de sa faculté de chanter est quant à elle regardée avec un regret beaucoup plus marqué, quand un chœur d'esclaves vient lui rappeler le don qu'elle a sacrifié à ses jambes et à sa place sur terre :

> [L]'une d'elles chanta mieux que toutes les autres, et le prince applaudit et lui sourit, et la petite sirène en fut attristée, elle savait qu'elle aurait chanté beaucoup mieux encore ! Elle pensa : « Oh ! si seulement il savait que, pour être auprès de lui, j'ai cédé ma voix à tout jamais ! »
>
> (« La petite sirène », p. 73)

Autour de l'enfant sirène, les autres personnages usent avec une facilité naturelle de la parole, qui renforce les silences de la première par effet de contraste. Ainsi ses cinq sœurs concluent-elles leur propre marché : « l'une promettait toujours à l'autre de lui dire ce qu'elle avait vu et ce qu'elle avait trouvé de plus beau le premier jour » (p. 57). L'aînée revient donc de sa première ascension vers la surface avec « cent choses à raconter » (p. 58), la deuxième des sœurs « ne se lass[e] pas de décrire [la] beauté [des nuages] » (p. 58), et toutes se livrent à des descriptions abondantes de leurs découvertes, rapportées tantôt au discours indirect libre, tantôt au discours narrativisé. Quand elle ne prend pas la forme de ces histoires et comptes rendus oraux, la parole prend encore celle de la rumeur et du bavardage, bien perceptible après que la petite sirène a osé la confidence auprès de l'une de ses aînées :

> À la fin, elle n'y tint plus, et elle raconta la chose à l'une de ses sœurs et, aussitôt, toutes les autres furent au courant, mais elles furent bien les seules, à part quelques autres sirènes qui ne le répétèrent qu'à leurs amies les plus intimes.
>
> (« La petite sirène », p. 65)

Cette parole propagée, en même temps qu'elle brise le droit au secret et à la discrétion, prend toutefois une valeur positive, que soulignent les accents humoristiques avec lesquels le narrateur la rapporte, et permet à la petite sirène d'obtenir une réponse salutaire quant à la manière de retrouver le prince : « L'une d'entre elles savait qui était le prince, elle avait vu aussi la fête célébrée sur le bateau, elle savait où il était et où se trouvait son royaume » (p. 65).

C'est toutefois le personnage de la grand-mère qui entretient avec la parole le rapport le plus évident et assuré. Celle-ci s'impose en quelque sorte comme un autre double du conteur lui-même, qui assume la charge, comme lui, mais depuis le fond des mers, de bercer les enfants d'histoires sur le monde d'en haut. La place prédominante de la reine douairière dans la structure familiale et sociale s'explique autant qu'elle s'impose par l'importance de sa parole : omniprésente dans les fonds marins, et fréquemment rapportée *via* un discours direct, elle la distingue nettement des autres personnages, y compris du roi lui-même, qui, effacé, ne prend jamais la parole dans le récit. Conteuse d'histoires et mémoire vivante, elle est aussi la garante du savoir, qui sait parler des différences culturelles qui séparent son peuple de celui du « monde supérieur » – « Ce qui, justement, est ravissant, ici dans la mer, ta queue de poisson, ils la trouvent affreuse là-haut sur la terre » (p. 67), explique-t-elle à l'héroïne –, mais aussi répondre aux questions d'ordre ontologique et métaphysique : « Nous n'avons pas d'âme immortelle, nous ne reprenons jamais vie, nous sommes comme le roseau vert qui, une fois coupé, ne peut pas reverdir ! » explique-t-elle à sa petite fille, qui l'interroge sur la mort. Et de poursuivre :

> Les humains, au contraire, ont une âme qui vit toujours, qui vit après que leur corps s'est changé en poussière ; elle s'élève dans l'air limpide jusqu'aux étoiles scintillantes ; de même que nous nous élevons du fond de la mer pour

voir le pays des humains, ainsi eux s'élèvent jusqu'à des lieux inconnus, pleins de délices que nous ne pourrons jamais voir.

(« La petite sirène », p. 67)

C'est principalement à travers ce personnage que le dispositif de mise en abyme du conte se met en place, qui accentue l'oralité et rappelle la place fondamentale qu'elle occupe aux yeux d'Andersen, ainsi que le note Marc Auchet :

Il faut avoir constamment à l'esprit le fait que ces textes ont été conçus pour être lus à haute voix. Celui qui a toujours aspiré à être reconnu, fêté, admiré, a vite compris quel parti il pourrait tirer de ses lectures devant des auditoires choisis. Lui qui avait jadis ardemment souhaité devenir acteur, voilà qu'il avait désormais la possibilité d'être constamment en représentation ! Le texte était mis en valeur par des mimiques et par une lecture particulièrement expressive [1].

L'analogie entre la grand-mère et le conteur s'affirme de façon presque littérale à travers la manière qu'ils ont de décrire chacun le monde de l'autre, en puisant dans leur propre référentiel pour rendre compte d'une réalité relativement comparable : « Lorsqu'on ouvrait les grandes fenêtres d'ambre, les poissons nageaient jusqu'à elles, comme chez nous les hirondelles entrent en volant quand nous ouvrons » (p. 56), explique le conteur, repris comme en écho quelques paragraphes plus loin :

Elle s'émerveillait surtout de ce que, sur la terre [...] les poissons qu'on voyait entre les branches puissent chanter si haut et si agréablement que c'en était un plaisir. C'étaient les petits oiseaux que la grand-mère appelait des poissons, sans quoi elle ne se serait pas fait comprendre, puisque ses petites filles n'avaient jamais vu d'oiseau [2].

(« La petite sirène », p. 57)

Les modalités discursives et le rapport à la parole semblent donc s'organiser en strates dans le conte et déplier leur éventail de possibilités. Du mutisme et de l'introversion à la transmission et au bavardage, en passant par le chant et le conte, la voix déploie ses gammes, jusqu'à sa propre transfiguration : elle devient alors une « mélodie si subtile qu'aucune oreille humaine ne peut l'entendre [ni] aucune musique terrestre [la] reproduire [3] ».

Exemplaire d'une poétique et d'un genre trop injustement réduits à un statut de littérature enfantine, « La petite sirène » s'apparente à un véritable rébus herméneutique et symbolique. Ce conte, qui puise dans le folklore populaire, mais également dans la mythologie personnelle et dans le parcours existentiel de l'auteur, dessine celui, initiatique, d'une

1. « Préface », *Contes*, *op. cit.*, p. 23.
2. *Ibid.*, p. 57.
3. *Ibid.*, p. 79-80.

enfant qui nous initie aussi à mesure qu'elle grandit, s'émancipe et s'éveille à sa nature profonde. Le pouvoir de la voix y est mis en abyme autant qu'en perspective. Il rappelle l'essence même du conte en redoublant la tradition orale dont il est issu et dont il dépend. Triplement présent dans son récit, Andersen ne s'impose pas seulement comme narrateur, mais crée avec sa petite sirène un double merveilleux de sa propre enfance, et fait du personnage de la grand-mère une diseuse d'histoires, à laquelle il délègue sa fonction de conteur. C'est avec celle-ci que semble se nouer le seul dialogue possible entre deux peuples que tout oppose, humain et marin, suggéré par des jeux d'échos qui nous rappellent la nature universelle des histoires et de la transmission orales.

CONCLUSION

Au terme de cette traversée des *Contes* d'Andersen, plusieurs remarques peuvent être formulées. Sur le plan social, bien avant que soient promulgués les « Droits de l'enfant [1] », Andersen s'est intéressé à la condition de l'enfant. Une réflexion d'ordre économique et moral sous-tend l'écriture de certains contes, nourris de la spiritualité personnelle de l'écrivain. Sur le plan esthétique, Andersen a su renouveler le genre du conte de fées, en s'appropriant certains de ses stéréotypes, en puisant le cas échéant dans la culture populaire. Mais ce qui fait l'originalité du traitement de l'enfance dans ses récits tient surtout dans la modernité de son écriture, tendue entre une vision tragique et humoristique de cet âge de la vie. C'est pourquoi la morale des contes d'Andersen, quand elle implique un enfant, est souvent paradoxale. Loin de prôner l'obéissance et la soumission des enfants à leurs parents, les *Contes* mettent bien souvent en scène une aspiration à la liberté. Ainsi le motif de l'enfance est-il souvent associé à celui du voyage, expérience majeure de la vie humaine dans l'imaginaire andersenien. Qu'il s'effectue dans les abysses ou dans les nuages, à travers les forêts profondes ou les paysages enneigés, le voyage symbolise le temps de l'enfance avec ses découvertes et ses enseignements. Sa vie durant, Andersen n'a jamais pu se fixer, comme si le mouvement était une manière pour lui de ne jamais entrer pleinement dans une vie d'adulte installé dans la société. Une nouvelle fois, on peut lire derrière cet *éthos* d'éternel pérégrin une manière de garder un pied dans l'enfance, de conserver la capacité de l'émerveillement qu'on prête aux enfants.

Si les *Contes* d'Andersen plaisent toujours aux jeunes lecteurs, c'est que les obstacles et les épreuves qu'ils décrivent portent des valeurs

1. En 1989, le monde se dote d'une Convention internationale des droits de l'enfant, portée par l'UNICEF.

humaines et questionnent le rôle de l'altérité, de la place de l'individu dans la famille et dans la société. Peut-on grandir sans se confronter aux autres ? Quelle image de la famille les enfants gardent-ils quand ils deviennent grands ? La force des *Contes* d'Andersen, c'est de rester à jamais gravés dans la mémoire des adultes qui les ont lus enfants. L'une des réussites du conteur est encore d'avoir su regarder l'enfance à son échelle, en mettant en lumière des détails que les adultes ne voient plus, mais qui revêtent une grande importance aux yeux des plus petits. Cette acuité, Andersen la partage avec Saint-Exupéry qui, en imaginant *Le Petit Prince* un siècle plus tard, en 1943, invente un dialogue unique entre un petit garçon et un aviateur. Sous l'apparence d'un récit pour enfant, Saint-Exupéry, après Andersen, invite à une lecture symbolique du monde : les décors, les objets, les animaux se font les vecteurs d'idées humanistes et de valeurs universelles qui touchent tous les cœurs, ceux des petits comme ceux des grands.

Orientations bibliographiques

Édition de référence

Contes, trad. M. Auchet, Le Livre de Poche, « Classiques », 2003.

Autres éditions

Contes, trad. P. G. La Chesnais, éd. F. Fix, GF-Flammarion, 2021. Le dossier de l'édition fait la part belle au thème de l'enfance.

Contes, trad. D. Soldi, éd. C. François, Classiques Garnier, 2017.

Contes, trad. et éd. R. Boyer, Gallimard, « Folio », 1994.

Autobiographie

ANDERSEN Hans Christian, *Le Conte de ma vie*, trad. C. Lund, Les Belles Lettres, 2019.

Articles et études

AUCHET Marc (dir.), *(Re)lire Andersen*, Klincksieck, 2007. Dans ce volume, voir en particulier la présentation de Marc Auchet, les articles concernant les *Contes* se trouvent dans la première partie du volume.

FLAHAULT François, *Fictions et spéculation sur les contes de tradition orale et les contes d'Andersen*, 1985 (thèse de doctorat). Thèse de psychologie, qui offre d'intéressantes analyses des contes les plus connus.

FRANÇOIS Cyrille, « Andersen trouve-t-il son conte ? », *Genesis*, 44/2017. Article récent et passionnant d'un des meilleurs spécialistes actuels d'Andersen.

JAN Isabelle, *Andersen et ses contes*, Aubier, 1977. Un essai très personnel, avec des perspectives utiles à la lecture des contes.

NISBET BAIN Robert, *Hans Christian Andersen. A Biography*, 1895.
OYRUP Helene, « Hans Christian Andersen, une voix particulière dans l'art de la littérature enfantine », *La Revue des livres pour enfants*, n° 226, décembre 2005.
PILYSER Ève, « La petite sirène, la désincarnation comme unique issue face à l'œdipe familial », *Les Cahiers jungiens de psychanalyse*, 2017, n° 145.

Médias

« Le Monde enchanté d'Andersen », documentaire diffusé sur Arte en 2020 : www.arte.tv/fr/videos/098378-000-A/le-monde-enchante-d-andersen/
« Sur les traces d'Hans Christian Andersen à Odense », émission de France Culture, 1981 : www.franceculture.fr/emissions/les-nuits-de-france-culture/un-homme-une-ville-hans-christian-andersen-a-odense-13-1ere-diffusion-27021981

TROISIÈME PARTIE

Soyinka

Aké, les années d'enfance

par Ioana Danaila

Encadré : Vie de Soyinka 160

Introduction 161

I. Présentation d'*Aké, les années d'enfance* 161

A. Le contexte de l'œuvre 161

1. Le contexte historique 161
2. Le contexte littéraire 163

B. Situation *d'Aké, les années d'enfance* dans l'œuvre de Soyinka 165

C. Les genres de l'œuvre 167

1. Le récit autobiographique 167
2. Le *Bildungsroman* 168

D. Les thèmes de l'œuvre 170

1. Les lieux de l'enfance 170
2. Les croyances d'« une Afrique en transition » 171
3. Regards de l'enfant sur le monde 172

*Encadré : Structure d'*Aké, les années d'enfance 173

II. L'enfance dans *Aké, les années d'enfance* 175

A. L'espace de l'enfance 175

1. L'espace et l'âme du village 175
2. Le noyau familial 177

B. « Une Afrique en transition » 179

1. La pluralité des langues 181
2. Le syncrétisme religieux 182

Illustration : Masque egúngún *datant de la fin du XIX*^e^ *siècle (Iseyin, État d'Oyo, Nigéria)* 184

3. La voie du changement 186

Encadré : Quelques figures d'enfants dans la littérature africaine 188

C. Le monde imaginaire de l'enfance 189

1. La perception du temps 189
2. L'enfant et le langage 192
   a. La magie des mots et l'humour 192
   b. Une critique du monde des adultes 194

Conclusion 198

Orientations bibliographiques 199

SOYINKA

Vie de Soyinka

1934 : Naissance d'Akinwande Oluwole Babatunde « Wole » Soyinka le 13 juillet à Abeokuta, la capitale de l'État d'Ogun dans le sud-ouest du Nigéria.

1940-1945 : Études primaires et secondaires à l'école publique d'Abeokuta. Il commence à écrire et reçoit des prix pour ses poèmes.

1946-1950 : Études secondaires au Government College.

1952-1954 : Études universitaires à l'University College à Ibadan.

1952 : Création de la « Pyrates Confraternity », association qui s'oppose à la mentalité coloniale.

1954-1957 : Études en Angleterre, à l'université de Leeds.

1958 : *Les Gens du marais* (pièce de théâtre).

1959 : *Le Lion et la Perle* (pièce de théâtre).

1960 : Indépendance du Nigéria. Soyinka publie *La Danse de la forêt* (pièce de théâtre).

1961 : Création du Mbari Club, centre d'activités culturelles proposé aux étudiants de l'université d'Ibadan.

1964 : *Les Interprètes* (roman).

1965 : Soyinka obtient un poste à l'université de Lagos.

1965-1966 : Il dirige le département de théâtre de l'université d'Ibadan.

1967 : *La Récolte de Kongi* (pièce de théâtre). *Idanre et autres poèmes* (recueil de poèmes). Il reçoit à Londres, avec le dramaturge et metteur en scène anglais Tom Stoppard, le prix John Whiting, qui récompense la création dramatique.

1967-1970 : Guerre du Biafra avec le Nigéria, déclenchée à la suite de la sécession du Biafra, région du sud-est du Nigéria, majoritairement peuplée par l'ethnie igbo. Soyinka est emprisonné par le gouvernement pendant plus de deux ans pour avoir soutenu la cause biafraise.

1969 : Soyinka retrouve son poste à l'université d'Ibadan.

1971-1975 : Inquiet de la situation politique du Nigéria, Soyinka s'impose un exil volontaire et se rend dans différents pays.

1972 : *Cet homme est mort*, récit autobiographique inspiré de son expérience carcérale. *Une saison d'anomie* (roman).

1973 : *Les Bacchantes d'Euripide* (pièce de théâtre).

1975 : Retour au Nigéria, en poste à l'université d'Ife. *La Mort et l'Écuyer du roi*, pièce représentée l'année suivante à Chicago et à New York.

1981 : Publication d'*Aké, les années d'enfance*, première partie de son autobiographie.

1986 : Prix Nobel de littérature. Soyinka est le premier écrivain africain à recevoir cette distinction.

1989 : *Isara : périple autour de mon père* (récit autobiographique).

1994 : *Ibadan, les années pagaille. Mémoires : 1946-1965* (récit autobiographique). Opposé au gouvernement de Sani Abacha (1993-1998), Soyinka est contraint à l'exil. Accusé de trahison par le gouvernement, il risque la peine de mort. Il revient au Nigéria en 1998, après la mort du dictateur.

2001 : *Baabou roi* (pièce de théâtre), satire de la vie politique nigériane inspirée d'*Ubu roi*.

2006 : *Il te faudra partir à l'aube* (récit autobiographique).

2010 : Il crée son parti politique, le Front démocratique pour une fédération des peuples, en vue des élections présidentielles de 2011.

2012 : *De l'Afrique* (essai).

Depuis 2014 : Il préside la Communauté africaine de culture (CAC), association d'écrivains et d'artistes du continent africain, fondée en 1956.

2017 : Il est nommé professeur au sein de la faculté d'humanités de l'université de Johannesburg, en Afrique du Sud.

Introduction

Quand Soyinka publie *Aké, les années d'enfance*, il a quarante-sept ans. Alors que l'auteur est en pleine ascension sur la scène littéraire mondiale, ce récit, qui représente un retour aux sources, et notamment à la culture traditionnelle yorouba, occupe une place particulière dans son œuvre : le retour au temps de l'enfance, situé dans un *illo tempore*, lui permet un retour à la culture de ses ancêtres, en même temps qu'il jette un regard souvent critique sur le monde des adultes. En effet, s'il revient avec tendresse sur ses premières années, Soyinka n'idéalise pas pour autant le monde de son enfance : l'originalité de son récit autobiographique est illustrée par le regard à la fois enjoué et critique que pose le narrateur sur l'univers des adultes. Cette double posture est mise en scène par le langage : tantôt plein de candeur, tantôt fruit d'un art bien maîtrisé, il ancre l'enfance dans un monde féerique (par les souvenirs qui réactualisent cette époque) et dans le monde réel du Nigéria des années 1940. Innocent dans le monde déployé devant lui, l'enfant est mû par le désir d'y vivre et de le comprendre, sans pourtant accepter les concessions. C'est ce travail de découverte du monde qui l'entoure, non dépourvu de tensions, qui fait l'objet du récit autobiographique. Découvrir le monde, c'est l'observer, c'est aussi s'y adapter en développant son jugement critique. Ainsi, *Aké* est pour Soyinka le lieu d'une réflexion sur la façon dont il est devenu homme, artiste et citoyen.

I. Présentation d'*Aké, les années d'enfance*

A. Le contexte de l'œuvre

1. Le contexte historique

Espace géographique et affectif qui concentre l'action du récit, le village d'Aké des années 1930 et 1940 est un territoire économique et socioculturel chrétien[1]. L'écrivain le compare par contraste au village d'Isara, le lieu natal de son père, beaucoup plus isolé de cette influence, donc moins cosmopolite et moins ouvert aux échanges[2]. Ces deux espaces représentent les deux principaux pôles du récit et de l'enfance de Soyinka, marqués par d'importantes disparités sociales représentées

1. Le territoire actuel du Nigéria est à l'époque une colonie britannique.
2. James Gibbs, *Wole Soyinka*, Basingstoke, Macmillan Modern Dramatists, 1986, p. 1-2.

par les deux familles : la famille d'Essay, à Isara, est très modeste alors que la famille de Wole, à Aké, est plus aisée, grâce notamment au statut de directeur d'école de son père qui fait de lui l'une des personnalités locales les plus marquantes.

Si la période des « années d'enfance » est un âge globalement heureux et insouciant, qui semble même parfois hors du temps, certains événements historiques permettent de situer l'époque exacte du récit : on entend gronder les canons de la Seconde Guerre mondiale. Lorsque le narrateur évoque le conflit qui fait rage en Europe, il mentionne le nom de Hitler, comme il parlerait d'un personnage mi-réel, mi-fantastique vivant dans une terre lointaine :

> Hitler se mit à monopoliser la boîte [la radio]. Il avait son programme à lui et, je ne sais comment, si lointaine que parût cette guerre voulue par son caprice, nous étions entraînés de plus en plus dans l'arène grandissante de la menace. Hitler se rapprochait de chez nous de jour en jour. Bientôt le salut « Gagner-la-Guerre » remplaça certains des propos bruyants qu'échangeaient Essay et ses amis.
>
> (VIII, p. 211)

Mais d'autres fois le nom du dictateur allemand est associé à des images apocalyptiques. Le narrateur parle d'« Harmagedon », synonyme de fin du monde, pour dépeindre l'atmosphère générale, et il décrit à plusieurs reprises des scènes glaçantes, comme ici l'explosion d'un navire :

> Un matin, Les Nouvelles rapportèrent qu'un navire avait sauté dans le port de Lagos avec une partie de son équipage. L'explosion avait brisé les vitres, arraché les toits et secoué l'île [Victoria Island]. La lagune était en flammes et les habitants de Lagos s'étaient rassemblés sur la plage, stupéfaits devant cet étrange augure des grandes flammes folles qui bondissaient à la surface de l'eau. Vraiment Hitler se rapprochait.
>
> (VIII, p. 212)

L'enfant ne semble pas pour autant traumatisé par ces événements. Avec son imagination débordante – et l'humour de Soyinka adulte –, il transforme Hitler en personnage quasi imaginaire, le détachant presque de la sombre réalité historique qu'il ne connaît pas. Il se rend compte malgré tout que ce climat est anxiogène pour les adultes, car la menace hitlérienne n'est pas sans rappeler le pouvoir colonial britannique au Nigéria [1], auquel les membres de sa famille, comme son oncle Daodu, font souvent allusion. En effet, les années 1940 sont aussi marquées par l'apparition de mouvements nationalistes et/ou anticoloniaux qui préparent l'indépendance. Dans le passage suivant résonnent les noms de deux chefs de mouvements nationalistes, Oliver

1. Le Nigéria a été sous l'influence britannique depuis la seconde moitié du XIXe siècle lorsque l'Empire britannique y a établi un protectorat fondé sur l'exploitation du pétrole dans le delta du fleuve Niger (Oil Royal Protectorate). Le territoire reste une colonie britannique (issue de la fusion de deux protectorats, celui du Nigéria du Nord et celui du Nigéria du Sud) entre 1900 et 1960.

Ogedengbe Macaulay, dit « Oged », et Nnamdi Azikiwe, dit « Zik », le premier président du Nigéria indépendant, élu en 1961 :

> À un certain moment, beaucoup plus tard, nous apprîmes la formation du Syndicat des Femmes nigérianes. Le mouvement des *onikaba* [...] devenait un mouvement populaire et à l'échelle de la nation. Et il fut pris dans celui des forces qui cherchaient à mettre un terme à la domination des Blancs sur le pays.
>
> Car soudain on entendit : Oge-e-e-e-ed !
>
> Puis ce fut : Ze-e-e-e-e-ek ! Ses discours, disait-on, étaient capables de soulever les montagnes.
>
> De jeunes nationalistes radicaux se faisaient emprisonner pour sédition, et la sédition, cela signifiait maintenant que l'on exigeait des Blancs qu'ils nous laissent nous diriger nous-mêmes.
>
> (XIV, p. 377-378)

Ces deux personnalités sont des activistes dans le parti nationaliste du Conseil national du Nigéria et du Cameroun (NCNC), actif entre 1944 et 1966, qui a eu une influence décisive dans l'obtention de l'indépendance des deux pays en 1960. Assistant secrétaire de ce parti, Oged fut ensuite président de sa sous-branche zikkiste, appelée ainsi d'après le surnom de Nnamdi Azikiwe, qui en fut la figure centrale. Des références au Conseil ponctuent le discours du personnage de Daodu : « Si Mussolini a pu saper l'indépendance de l'Abyssinie, quelle chance le nouveau Conseil national du Nigéria et du Cameroun a-t-il d'obtenir une certaine autonomie ? » (XV, p. 427). En mentionnant le dictateur italien Benito Mussolini et l'occupation italienne de l'Abyssinie (aujourd'hui l'Éthiopie), entre 1936 et 1941, Daodu, observateur attentif de l'actualité politique, dresse un parallèle avec les aspirations d'indépendance du Nigéria et du Cameroun, aspirations qu'il estime ne pas pouvoir se concrétiser compte tenu du contexte international. En effet, le deuxième conflit mondial, bien qu'ayant lieu dans des terres éloignées de l'Afrique, influence la situation des pays africains, comme le montre l'exemple de l'Éthiopie.

Le récit de Soyinka est donc marqué à la fois par les événements de la Seconde Guerre mondiale, qui prennent place dans l'Europe lointaine, et par les mouvements nationalistes et anticoloniaux, au Nigéria comme dans d'autres pays d'Afrique. Cette époque tumultueuse est un repère important dans l'histoire littéraire du Nigéria, qui inspirera nombre de ses écrivains et marquera le début de sa littérature nationale.

2. Le contexte littéraire

Selon la chronologie de Jane Bryce, on compte jusqu'à présent « trois générations » d'écrivains nigérians [1]. La première, la génération des

1. Jane Bryce, « "Half and Half Children" : Third-Generation Women Writers and the New Nigerian Novel », *Research in African Literatures*, vol. 39, n° 2, 2008, p. 49-67.

écrivains dits « classiques », tels Chinua Achebe, Christopher Okigbo, Gabriel Okara, J.P. Clark et Abiola Irele, s'est affirmée à l'époque de l'indépendance du Nigéria (1960). La deuxième génération est celle des écrivains des années 1970 et 1980, dont font partie Festus Iyayi, Ben Okri et Biyi Bandele. La troisième est la génération des écrivains contemporains, comme Chimamanda Ngozi Adichie, Chris Abani et Helon Habila, qui marquent la fin des années 1990 et le début du nouveau millénaire.

Wole Soyinka fait partie de la première génération d'écrivains, qui constitue un jalon intellectuel et artistique majeur de l'époque des années 1950 et 1960. Cette génération est caractérisée par son engagement dans la construction culturelle de la nation naissante à travers son ancrage dans les cultures traditionnelles et sa contestation du colonialisme. Elle vise la création d'une littérature nationale, qui marquera la spécificité culturelle et historique nigériane. Ainsi, beaucoup d'œuvres sont ancrées dans les cultures traditionnelles par le recours aux langues indigènes, comme l'igbo (chez Chinua Achebe), le yorouba (chez Soyinka) ou le haussa. La présence de deux langues dans un même récit, comme c'est le cas dans *Aké*, multiplie les possibilités d'expression des réalités propres aux cultures nigérianes (les fêtes traditionnelles, les croyances religieuses, les relations entre les différentes ethnies, la vie quotidienne des villes et des villages, l'univers de la gastronomie, l'univers du marché) et permet de se détacher de la langue du colonisateur, langue officielle de tous les champs de la vie publique dans le Nigéria colonial. S'établit ainsi un rapport de forces entre les cultures natives et la domination britannique.

Beaucoup des œuvres écrites à cette époque contestent alors ouvertement le colonialisme. Le roman *Tout s'effondre* de Chinua Achebe, publié en 1958, est à ce jour le roman écrit par un auteur africain le plus lu au monde. L'action du récit prend place dans les années 1890, dans le pays igbo, lors de l'arrivée des premiers colons britanniques. Elle déroule l'histoire d'Okonkwo, personnage tragique qui s'oppose au changement inévitable représenté par leur domination politique et religieuse. Le poète Christopher Okigbo, souvent considéré comme le poète le plus talentueux de sa génération et l'un des poètes modernistes africains les plus importants, a lui aussi marqué l'époque de l'indépendance nigériane. Son œuvre est empreinte de symboles igbos hérités du mythe ouest-africain vaudou (ou vodoun). Sa mort à l'âge de 34 ans, au début de la guerre du Biafra (1967-1970), a représenté un choc énorme dans le monde de la culture et des lettres africaines. Mentionnons également Amos Tutuola, dont l'écriture fluide et imagée emprunte beaucoup aux contes traditionnels (comme Soyinka, il fait partie de l'ethnie yorouba dont il parle la langue). Son usage de l'anglais non standard, très proche de l'oral, est la marque principale de son originalité. Malgré la critique de certains compatriotes sur l'utilisation qu'il fait de l'anglais, il a inspiré certains écrivains, dont Raymond Queneau, qui traduit le roman *L'Ivrogne dans la brousse* en français en 1953, un an après sa parution en anglais.

La période de la fin des années 1960 et 1970, suivant la guerre du Biafra, puis le début des années 1980, est très propice à l'affirmation des voix littéraires venant de tout le continent africain. Au Nigéria, à la suite des « titans » de l'époque de l'indépendance, les autrices Flora Nwapa et Buchi Emecheta écrivent sur la condition des femmes et militent pour leur émancipation. L'expérience féminine trouve une place privilégiée dans une esthétique littéraire qui fait écho au climat historique et politique (la guerre laisse place à des régimes successifs de dictature militaire). Les écrivaines nigérianes, aux côtés d'écrivaines d'autres pays africains (Yvonne Vera et Tsitsi Dangarembga du Zimbabwe, Mariama Bâ et Aminata Sow Fall du Sénégal, Bessie Head d'Afrique du Sud), marquent cette époque par leurs œuvres dont la portée est à la fois littéraire et sociale, critiquant l'oppression politique, le racisme et la discrimination sexiste.

C'est dans ce contexte que Wole Soyinka s'affirme sur la scène mondiale. Comme beaucoup des écrivains des années 1960 et 1970, son engagement politique constitue l'une des lignes de force de son œuvre. Ainsi, à la fin des années 1970, Soyinka est l'un des principaux opposants du président Shehu Shagari (1979-1983). La montée spectaculaire du prix du riz, l'un des aliments de base au Nigéria, au moment de sa prise de pouvoir déclenche de nombreuses révoltes populaires. À la suite de cet événement, Soyinka écrit une pièce de théâtre intitulée *Rice Unlimited* (*Du riz à volonté*) pour marquer son opposition à cette mesure du gouvernement [1]. Il affirmera tout au long de sa carrière son engagement et ses prises de position politiques.

B. Situation *d'Aké, les années d'enfance* dans l'œuvre de Soyinka

Très variée, l'œuvre de Soyinka s'épanouit dans tous les genres : théâtre, essai, roman, poésie, récit non fictionnel. Ses pièces de théâtre, qui constituent le fonds le plus solide de son œuvre, ont pour thème la mythologie yorouba associée à la satire politique (*La Récolte de Kongi*, 1967) [2], à la vie quotidienne des villageois (*Le Lion et la Perle*, 1959) et aux mythes grecs (*Les Bacchantes d'Euripide*, 1973). L'une des particularités de son œuvre est la manière dont les mythes ancestraux – yorouba ou grecs – font écho aux réalités politiques du Nigéria : la pièce *La Danse de la forêt* est écrite en 1960 à l'occasion de l'indépendance de son pays, et *Une saison d'anomie* (1972) évoque les crimes commis pendant la

1. James Gibbs détaille cet épisode dans son ouvrage *Wole Soyinka*, *op. cit.*, p. 140 et 148-149.

2. Cette pièce a été adaptée au cinéma en 1970 par le réalisateur américain Ossie Davis. Wole Soyinka y joue le rôle principal du dictateur africain.

guerre du Biafra tout en réinterprétant le mythe grec d'Orphée. En ce sens, l'œuvre théâtrale de Soyinka se situe au carrefour des influences européennes et des mythes yoroubas, dans un cadre à la fois intemporel et marqué par les réalités historiques et politiques de son pays.

La plupart de ses poèmes sont également inspirés des traditions et de la mythologie yorouba, dont ils explorent l'aspect mystique : *Cycles sombres*, par exemple, est un recueil de poèmes sur Ogun, le dieu suprême du panthéon yorouba. Leur puissance lyrique est contrebalancée par le contexte très concret de certains textes : *Poèmes de prison* (1969) et *Une navette dans la crypte* (1972) sont écrits à la suite de son incarcération dans les années 1960 pour avoir milité pour la cause biafraise.

Les réalités politiques et sociales du Nigéria font également l'objet d'un roman satirique, *Les Interprètes* (1964), et d'essais critiques, comme *Le Mythe, la littérature et le monde africain* (1976), où il compare les cultures occidentale et ouest-africaine, et *Art, dialogue et scandale. Essais sur la littérature et sur la culture* (1988). La partie non fictionnelle de l'œuvre de Soyinka est aussi constituée de quatre récits autobiographiques : *Aké, les années d'enfance* (1981), *Isara : périple autour de mon père* (1989), *Ibadan, les années pagaille* (1994) et *Il te faudra partir à l'aube* (2006).

Isara est construit autour de la figure du père de l'auteur (appelé Essay dans *Aké*), qui reçoit ici le nom fictif d'Akinyode. À travers la figure paternelle, le récit dépeint l'époque qui précède la Seconde Guerre mondiale, avec un mélange d'influences britannique et yorouba, dont *Aké* est aussi l'écho.

Ibadan, les années pagaille est une chronique des années d'adolescence et de jeunesse de Soyinka. Son expérience est rythmée par le tumulte des événements des années 1946-1965, de l'époque de l'indépendance et de l'avant-guerre du Biafra. Chronologiquement, cette œuvre est considérée comme la suite d'*Aké*, malgré leurs différences importantes. La plus évidente est l'atmosphère – si, dans *Aké*, l'enfance, la famille et la communauté du village natal occupent une place centrale, dans *Ibadan*, l'auteur se concentre davantage sur le climat social et politique de l'époque de sa jeunesse : le contexte y est donc plus sombre que dans *Aké*. Le critique Biodun Jeyifo voit dans cette œuvre beaucoup d'échos de l'époque à laquelle Soyinka écrit : les années de la présidence de Sani Abacha (1993-1998), période de dictature militaire et de censure des intellectuels et des artistes condamnée par Soyinka [1]. Il dresse ainsi un parallèle entre les deux époques afin de souligner sa détestation de tous les régimes oppresseurs en même temps qu'il milite pour la liberté d'expression, qu'il considère comme quintessence du travail artistique.

1. Biodun Jeyifo, *Wole Soyinka, Poetics, Politics, and Postcolonialism*, Cambridge University Press, 2004, p. 208-209.

Avec *Aké*, il met sur le devant de la scène sa communauté et surtout sa famille, à commencer par ses parents dont il fait des personnages complexes : sa mère, Chrétienne Sauvage, est une croyante fervente qui dirige son foyer d'une main énergique ; son père, Essay, est plus calme, plus posé et plus tolérant envers ses enfants.

C'est par ailleurs dans ce récit que Soyinka relate l'origine de sa fascination pour le dieu Ogun du panthéon yorouba, le dieu du métal, de la guerre et des chasseurs, divinité duelle par ses attributs créateurs et destructeurs. Selon le critique James Gibbs, l'ambivalence et la complexité de l'œuvre de Soyinka, profondément ancrée dans la mythologie et la culture yoroubas, doivent beaucoup à cette divinité rejetée par sa mère, chrétienne pratiquante [1]. Le récit mêle ainsi des influences de l'univers européen (la religion chrétienne, l'importance de l'éducation à l'occidentale) et l'ancrage dans la culture traditionnelle yorouba, qui seront les piliers de son œuvre. Dans cette perspective, le récit peut se lire comme un travail d'archéologie littéraire qui retrace les origines et les sources d'inspiration de l'œuvre de Soyinka.

C. Les genres de l'œuvre

1. Le récit autobiographique

Ce genre littéraire, théorisé par Philippe Lejeune, se caractérise par le fait que le narrateur, qui est dit intradiégétique, est lui-même l'objet du récit : le narrateur, qui parle à la première personne, le personnage et l'écrivain se confondent [2]. Le critique définit ce genre comme étant un « récit rétrospectif en prose qu'une personne réelle fait de sa propre existence, lorsqu'elle met l'accent sur sa vie individuelle, en particulier sur l'histoire de sa personnalité [3] ». Les critères principaux de l'écriture autobiographique sont donc l'utilisation de la première personne du singulier, ou *je*, la dimension rétrospective et la réflexion sur soi-même, critères que l'on retrouve dans *Aké*.

Outre l'omniprésence de la première personne, la dimension rétrospective de l'écriture peut se lire dans les temps du verbe. Alors que la majorité du récit est rédigée au passé simple, certains passages sont écrits au présent de l'indicatif, comme la description de la Promenade de Dayisi :

1. James Gibbs, *Wole Soyinka*, *op. cit.*, p. 18-19. Dans le chapitre « Sources and Inspirations », le critique fait une analyse de l'ancrage de l'auteur dans la culture yorouba, dont le dieu Ogun est la figure centrale.
2. Philippe Lejeune, *Le Pacte autobiographique*, Seuil, « Points Essais », 1996, p. 15.
3. *Ibid.*, p. 15.

> Les chants lyriques des marchandes ambulantes de *moin-moin* enveloppé de feuilles résonnent encore en certains lieux d'Aké et, du reste, de la ville, mais sur la Promenade de Dayisi on trouve aussi un magasin qui vend du *moin-moin* dans une vitrine éclairée par des tubes à néon vert de mer.
>
> (X, p. 298)

Le changement des temps du verbe témoigne ici du passage du temps et marque une distance entre l'enfant d'autrefois et l'adulte du temps de l'écriture. Cette prise de distance permet la réflexion sur soi-même et sur la communauté dans laquelle il vit. Par exemple, les personnalités, différentes mais complémentaires, de ses parents telles qu'il les décrit dans le récit sont à l'origine symbolique de la personnalité ambivalente de l'auteur lui-même. Le traducteur Étienne Galle affirme d'ailleurs que Soyinka « est Ogun, c'est-à-dire Dionysos et Apollon tout ensemble » (préface, p. IV). Dans la mythologie grecque, Dionysos et Apollon sont des personnalités contraires : Dionysos est le dieu du vin, de l'ivresse, des excès et de l'extase mystique, associé aux forces terrestres de la vie et de la fécondité, tandis qu'Apollon est le dieu du soleil, incarnant la force de l'esprit et de la raison.

En sondant ainsi le passé du petit Wole, le récit autobiographique met en avant la formation individuelle de l'auteur et son parcours intérieur au sein même de la communauté éclectique d'Aké.

2. Le *Bildungsroman*

Le *Bildungsroman*, qui signifie roman d'apprentissage ou roman de formation, est un genre littéraire né en Allemagne au XVIIIe siècle. Même s'il a beaucoup évolué au fil du temps, sa principale caractéristique a toujours été de retracer le parcours du protagoniste, de l'enfance jusqu'à la majorité ou l'âge adulte. Bien qu'il n'appartienne pas au genre fictionnel, *Aké* peut se lire comme une forme de *Bildungsroman* puisque le passage vers l'adolescence se fait au moment de son départ pour le Lycée National d'Ibadan, où l'écrivain reste jusqu'en 1950. Le début des études équivaut donc à un départ symbolique du monde de l'enfance pour le monde des adultes, soit une forme de rite de passage vers une nouvelle phase de la vie.

Le récit compte parmi ses éléments constitutifs des événements traumatiques (la mort, la pauvreté, la guerre), dont la fonction est de mettre en avant le passage vers cette nouvelle étape. Le critique Biodun Jeyifo ne qualifie pas *Aké* de récit d'apprentissage authentique dans la mesure où il n'y a pas de véritable événement traumatique qui marquerait la période de l'enfance de façon indélébile [1]. Toutefois, si le seul événement

1. Biodun Jeyifo, *Wole Soyinka, Poetics, Politics, and Postcolonialism*, *op. cit.*, p. 192-193.

douloureux mentionné dans le récit est la mort de sa petite sœur, Folasade, le jour même de son premier anniversaire, cet événement prend une importance décisive. Le souvenir de sa mort marque la mémoire du petit Wole : « Comme si cela n'avait pas d'importance, comme si cela ne signifiait rien que Folasade non seulement fût morte, mais qu'elle eût choisi de s'en aller le jour même de son premier anniversaire » (VII, p. 192-193). Bien qu'il ne fasse pas l'objet d'un véritable traumatisme, le souvenir des parents endeuillés est aussi marquant : « Chrétienne Sauvage se tenait tout à côté, avec sur le visage un sourire doux et triste » (VII, p. 191).

Par ailleurs, le héros s'approprie des expériences fondamentales de la vie afin de s'y préparer, dont l'une des plus importantes est son goût pour l'école :

> – Ce sont les livres de ton père ?
> – Oui, je veux les apprendre.
> [...] Ne pas avoir envie d'aller à l'école ! Les cartes en couleurs, les images et tout ce qui était accroché aux murs, les jetons colorés, les craies, les ardoises, les encriers dans de jolis trous ronds, les crayons de couleur et les cahiers de dessin [...]... Je n'avais encore jamais vu une salle de jeux aussi attirante.
>
> (II, p. 55-56)

Aux yeux du petit Wole, l'espace de l'école n'est pas seulement un lieu d'éducation et d'instruction, mais aussi un espace de découverte et d'évasion de son univers quotidien : « Chrétienne Sauvage observa mon abandon progressif de la participation à la bonne marche de la maison et laissa faire. "Papa m'a donné des devoirs" était péremptoire et ne souffrait aucune discussion » (VI, p. 160). Les deux moments où le narrateur rejoint l'école en dehors de son village natal (il doit quitter Aké pour aller au Lycée d'Abeokuta puis à Ibadan à la fin du récit) peuvent aussi se lire comme des étapes de la sortie de l'enfance.

Enfin, un autre élément du genre du *Bildungsroman*, lié à l'expérience de l'éducation, est la présence de figures de maîtres ou de guides spirituels dans l'apprentissage de la vie. Les exemples les plus marquants sont les parents de Wole, son père étant directeur de l'école d'Aké, et son oncle Daodu, enseignant au Lycée d'Abeokuta. Bien que très sévère en cours et ayant recours aux punitions corporelles (« Après une exécution manquée, il se contentait de fouetter les élèves de la rangée fautive », XII, p. 336), Daodu est l'un des personnages qui traitent les enfants comme des adultes : « [Lui et son épouse] étaient toujours prêts à me parler, à tout enfant qui le souhaitait d'ailleurs, comme ils le faisaient avec les adultes » (XV, p. 427). La considération, la confiance et le respect évoqués dans cet extrait de la fin du récit sont des outils précieux que le petit Wole emportera avec lui sur la route du Lycée d'Ibadan.

D. Les thèmes de l'œuvre

1. Les lieux de l'enfance

> Ce terrain qui s'étale et ondule appartient tout entier à Aké. Ce n'était pas seulement la fidélité à la mission qui me remplissait de perplexité et d'irritation à la pensée que Dieu avait choisi de plonger ses regards sur son propre lieu saint, la concession de la mission, des hauteurs impies d'Itoko. Il y avait, bien sûr, le mystère des écuries du Chef, avec leurs chevaux vivants, presque au faîte de la colline ; mais, au-delà, cette route vertigineuse montait raide d'un marché bruyant à l'autre, donnant vue à travers Ibàràpa et Ita Aké jusque dans les recoins les plus secrets de la mission elle-même.
>
> (I, p. 11)

L'*incipit* du récit déploie le monde dans lequel évolue le petit Wole, son espace géographique et affectif. En effet, le village d'Aké, véritable microcosme, n'est pas seulement le lieu statique et inanimé de l'action : il est au cœur des mouvements constants de la narration :

> Les divertissements de la rue débordaient souvent dans la mission. Le bruit les annonçait de loin. Nous suivions l'événement et, rapidement, il nous était possible de dire s'il allait passer près de chez nous [...]. Je pouvais maintenant escalader rapidement l'échelle comme les autres. Si le spectacle apparaissait par la crête effleurant le ciel de la route d'Itoko, nous savions qu'il allait tourner le coin de la concession de l'église pour se diriger vers le palais, continuer tout droit en longeant le cénotaphe du guerrier Okenla et la librairie avant de prendre la direction d'Igbèin et du lycée des Kuti [...].
>
> (VI, p. 168)

Le narrateur passe rapidement des simples descriptions de la nature ou des lieux à la description des personnages qui les peuplent et les rendent vivants :

> L'Évêché, à la différence de la demeure du Chanoine, ne se trouvait pas vraiment près des rochers et des bois. Le terrain de jeux des filles l'en séparait, et nous savions que cette zone tampon avait toujours existé. De toute évidence les évêques n'aimaient guère défier les esprits. Seuls les curés pouvaient le faire. [...] J.J. Ransome-Kuti avait bel et bien, de son vivant, ordonné à une bande de ghommides de retourner là d'où ils venaient. Ma mère me l'a confirmé.
>
> (I, p. 19-20)

Les lieux deviennent des échos des personnages qui les habitent et qui sont, comme eux, en mouvement permanent, acquérant une « âme » à travers leurs vies, leurs expériences et leurs manières d'être qui influencent aussi l'enfance du petit Wole.

Les personnages les plus marquants dans le récit sont en premier lieu les parents et la famille élargie du narrateur. Pa Delumo, le Chanoine, ainsi que le libraire et sa femme sont pour Wole des présences familières et protectrices :

> Nous dormions souvent chez le libraire. Mme B. envoyait une servante à la maison pour dire que nous allions manger et dormir chez elle, et le tour était joué. Lorsque les choses se gâtaient pour nous, nous courions nous mettre à l'abri derrière elle et elle nous protégeait de son corps. « Non, non, c'est moi qui prends la correction », disait-elle...
>
> (I, p. 38)

Cette galerie de personnages, où chacun a sa personnalité propre, fait de ce microcosme un lieu haut en couleur. Dans cette mesure, *Aké* illustre ce proverbe africain : « Il faut un village pour élever un enfant. » La communauté d'Aké représente en effet le cœur du récit, le monde de l'enfance et la source d'inspiration première de Soyinka.

2. Les croyances d'« une Afrique en transition »

Au cours de la description de son village, le narrateur évoque à la fois le monde de la mission chrétienne et les *egúngún* [1], les personnages masqués qui dansent lors des cérémonies traditionnelles yoroubas :

> Dieu donc se rendait directement à [l'église] Saint-Pierre pour l'office du matin, faisait une brève apparition à l'office de l'après-midi, mais réservait sa présence la plus protocolaire et la plus exotique pour l'office du soir qui, en son honneur, se faisait toujours en langue anglaise. L'orgue prenait une sonorité sombre pour cet office du soir, et l'on ne doutait pas qu'il adaptât ses sons normaux aux réponses sépulcrales de Dieu lui-même, ces réponses aux timbres d'*egúngún* qu'il faisait aux prières qu'on lui présentait.
>
> (I, p. 12)

La coexistence des traditions yoroubas et du christianisme, mentionnée ici pour la première fois, est très présente dans le récit. Le Révérend J.J., qui parcourt toute la région pour prêcher la foi chrétienne, est un autre exemple de cette double présence :

> Il se déplaçait beaucoup, à pied ou à bicyclette, pour rester en contact avec tous les secteurs de son diocèse et répandre la Parole de Dieu. Il rencontrait souvent de l'opposition mais rien ne pouvait le faire reculer. Un jour, dans un des villages du pays ijebu, il lui arriva une terrible aventure. On l'avait averti de ne pas prêcher un certain jour où l'*egúngún* devait sortir, mais il s'obstina et organisa un office. Le cortège de l'*egúngún* passa, et la voix ancestrale dit au prédicateur d'arrêter immédiatement, de renvoyer ses gens et de sortir rendre hommage. Le Révérend J.J. continua comme si de rien n'était.

1. L'auteur les appelle un « cortège d'ancêtres masqués » (p. 12). Ces personnages sont aussi présents dans la culture et la spiritualité des Igbos sous le nom d'*egwugwu*.

> Alors l'*egúngún* s'en alla, emmenant ses hommes avec lui. Mais, en passant devant le portail, il frappa dessus avec sa baguette, par trois fois. Le dernier homme du cortège avait à peine quitté la cour de l'église que le bâtiment s'écroula. Les murs s'effondrèrent et le toit se désintégra. Mais par miracle les murs tombèrent à l'extérieur tandis que la charpente tombait dans les allées ou était projetée au-dehors, en tous cas pas sur les fidèles.
>
> (I, p. 25)

Cette histoire, racontée au petit Wole par Chrétienne Sauvage, prend la forme d'une parabole, dont l'enseignement serait que la foi l'emportera toujours sur ses détracteurs. Mais au-delà de sa morale chrétienne, cette scène rassemble les composantes de deux croyances religieuses : la foi chrétienne et la foi yorouba, qui se côtoient non sans tension dans la vie quotidienne. Le christianisme est fondé sur la foi en un Dieu unique (bien que la personne divine soit composée de trois entités indivisibles, le Père, le Fils et le Saint-Esprit), qui se caractérise par la toute-puissance et la miséricorde. Les croyants qui suivent les commandements de Jésus, son fils, ont accès à la vie éternelle après la mort. La croyance yorouba, polythéiste, est centrée à la fois sur les différents dieux et sur l'hommage rendu aux ancêtres, qui rejoignent le monde de l'au-delà après la mort. Les *egúngún*, qui sont les esprits incarnés de ces ancêtres, sont aussi doués de pouvoirs magiques, raison pour laquelle les humains leur doivent respect et obéissance (ce que ne fait pas le Révérend J.J. qui, en bon chrétien, n'encourt aucune malédiction grâce à sa foi en Dieu).

Ce syncrétisme religieux est typique d'un monde où les influences européennes et indigènes sont tout aussi présentes, comme le montrent également les voyages de l'enfant d'Aké (sous influence chrétienne et occidentale) à Isara (sous influence yorouba et moins occidentalisée). Cette Afrique, dont Aké est un condensé, est l'Afrique de l'époque d'avant les indépendances et du début des mouvements nationalistes ; son l'héritage colonial est encore profondément ancré dans la vie des habitants : la foi chrétienne, l'usage de l'anglais dans des contextes officiels (à l'école et pendant les offices religieux) et le rôle de plus en plus important de l'éducation (Essay en est l'exemple le plus marquant, son prestige social venant de son métier de directeur). Ce rapport complexe entre la domination coloniale qui touche à sa fin et l'ancrage dans la tradition est l'un des sujets centraux du récit et aura une influence considérable sur la suite de l'œuvre de Soyinka.

3. Regards de l'enfant sur le monde

Lorsque le narrateur décrit le village d'Aké dans l'*incipit* du récit, il ne se contente pas d'une simple énumération des lieux et des éléments qui composent ce paysage. Son point de vue transparaît très souvent dans le récit et, dès le début, l'enfant fait preuve de beaucoup de maturité et d'humour :

STRUCTURE D'*AKÉ, LES ANNÉES D'ENFANCE*

Chapitre I : Description des lieux emblématiques du village d'Aké (la mission, l'orgue, la résidence du Chanoine, l'école primaire, le Verger) et présentation des principaux personnages (les membres de la famille de Wole, le libraire et son épouse, le Chanoine).

Chapitre II : Wole est fasciné par l'école et pressé d'y entrer malgré son jeune âge (il a trois ans). Il assiste au spectacle des *egúngún*, qui l'émerveille.

Chapitre III : Il est autorisé à venir à l'école. Il s'éloigne sur le chemin du retour parce qu'il a suivi la fanfare et est ramené chez lui par des officiers.

Chapitre IV : Épisode du bain dans la bassine d'eau avec la servante Nubi. Wole est agacé par sa manière de lui donner le bain.

Chapitre V : Première mention du village d'Isara, le village natal de son père, Essay, pour la fête du Nouvel An.

Chapitre VI : Description des chambres séparées de ses parents, des odeurs et des bruits.

Chapitre VII : Transfert du petit Wole de la chambre de son père, où il dormait jusqu'alors, dans celle de sa mère, où il dort sur une natte avec son frère et ses sœurs.

Chapitre VIII : Mort de sa petite sœur, Folasade, à l'âge d'un an à la suite d'une maladie. Seul événement traumatique du récit.

Chapitre IX : Deuxième voyage du narrateur et de sa famille à Isara. Description détaillée de la famille d'Essay, des coutumes, du marché et des plats traditionnels. Discussion avec son père au sujet du prochain départ du narrateur pour le Lycée d'Abeokuta (L.A.). Description d'un épisode d'initiation (les incisions rituelles aux chevilles et aux poignées faites par le grand-père), qui constitue un rite de passage vers l'adolescence.

Chapitre X : Description au présent de l'indicatif des bruits, des odeurs et des goûts de son enfance sur la Promenade de Dayisi.

Chapitre XI : Maladie d'Essay, qui l'oblige à garder la chambre et le rend vulnérable aux yeux de Wole. Discussion au sujet des études que le garçon doit poursuivre et de ses responsabilités en tant qu'« homme de la famille » (p. 308).

Chapitre XII : Arrivée de Wole au Lycée d'Abeokuta, qualifié d'« école d'aguerrissement » (p. 315). Il y passe six mois.

Chapitres XIII : Description du lycée, de certains camarades et des conditions d'enseignement très strictes. Début des réunions des femmes d'Egba présidées par Chrétienne Sauvage.

Chapitre XIV : Confrontation verbale entre Chrétienne Sauvage et l'Alake au sein d'une des réunions contre l'impôt payé par les femmes.

Chapitre XV : Doléances des femmes touchant les conditions de leur vie quotidienne (manque de moyens, problèmes d'illettrisme). Départ de Wole pour le Lycée National d'Ibadan, vu comme une sortie symbolique de l'enfance.

> Par les jours de brume, la côte abrupte qui montait vers Itoko rejoignait le ciel. Si Dieu n'habitait pas là réellement, il ne faisait guère de doute qu'il descendait d'abord sur le faîte de la colline, avant d'enjamber d'un pas de géant ces marchés babillards – qui osaient vendre le dimanche – et d'entrer dans l'église Saint-Pierre, puis de passer à la mission pour prendre le thé avec le Chanoine.
>
> (I, p. 11)

La pointe d'ironie qui agrémente les descriptions géographiques et les différentes scènes rapportées est omniprésente : le narrateur donne souvent l'impression d'observer très attentivement le monde autour de lui, en prenant beaucoup de distance, et adopte de manière générale une posture critique. En ce sens, sa perspective sur les événements est plutôt celle d'un adulte que celle d'un enfant de onze ans :

> Quand il s'occupait de musique, Daodu devenait maniaque. [...] Il repérait infailliblement l'origine des fausses notes. Mais je restais perplexe devant son incapacité d'éliminer tout simplement ceux qui, de toute évidence, manquaient d'oreille. Après une exécution manquée, il se contentait de fouetter les élèves de la rangée fautive. La vraie solution était évidente, toute simple, mais il ne semblait jamais la considérer.
>
> (XII, p. 335-336)

En outre, au cours du récit, le petit Wole prend conscience des inégalités du monde dans lequel il vit lorsqu'il assiste aux réunions du syndicat des femmes, dont le détail occupe les trois derniers chapitres :

> [...] les femmes d'Egba en ont assez. Elles meurent de faim, leurs enfants meurent de faim, ils sont malades, ils n'ont aucun espoir de pouvoir faire des études et d'avoir un avenir meilleur, et pourtant leurs mères sont de plus en plus accablées de fardeaux. Maintenant, ces femmes disent : « Assez. »
>
> (XIV, p. 391-392)

Les réunions des femmes d'Egba sont l'un des facteurs déterminants de l'éveil de l'enfant à la réalité de son monde. Désormais capable d'analyser plus finement les injustices sociales, Soyinka enfant fait preuve ici d'une maturité et d'une subtilité d'analyse du monde environnant supérieures à son âge, annonçant l'engagement politique de l'écrivain.

II. L'ENFANCE DANS *AKÉ, LES ANNÉES D'ENFANCE*

A. L'espace de l'enfance

1. L'espace et l'âme du village

L'un des aspects importants du récit est la perception de la matérialité du monde par l'enfant à travers ses sens. Le village d'Aké, exposé dans l'*incipit*, est un espace dont les repères et les contours sont créés par les gens qui l'animent. Ainsi, le marché du soir d'Aké est décrit comme un monde en soi :

> Le soir les arômes du marché s'élevaient librement, nous invitant à nous soulager des *onini* et des sous que nous avions réussi à économiser au cours de la semaine. Car elles étaient rassemblées là : la vendeuse de *jogi* qui passait en lançant son grand cri lyrique derrière le mur de l'arrière-cour tous les matins à la même heure, suivie quelques instants plus tard de celle d'*akara* dont les beignets de haricots laissaient encore subrepticement l'huile d'arachide suinter et parfumer les airs. Dans le marché, nous nous arrêtions pour contempler les doigts experts incurvés des vieilles femmes et de leurs apprenties qui saisissaient dans le mortier la pâte blanche en doses soigneusement calculées et la jetaient dans l'huile frémissante des marmites basses à larges bords. [...]
>
> Même lorsque l'*akara* était cuit sans apprêts, ses arômes imprégnés d'huiles remplissaient les marchés et disputaient l'attention des passants à la saveur piquante des tranches de noix de coco rôtissant dans ces gâteaux de farine que nous appelions *kasada*, à la viande maigre frite et dure du *tinko*, à l'odeur relevée de fromage pourri de l'*ogiri*, à celles du maïs grillé, des légumes frais ou du *gbegiri*. [...] Un *onini* et même une pièce de cinquante centimes ne pouvaient satisfaire tous nos désirs, mais le spectacle et les odeurs étaient gratuits.
>
> (X, p. 293-294)

Cette ample description du marché à travers les couleurs, les parfums, les goûts, les textures des plats et le bruit ambiant revêt une dimension sensorielle décisive pour le garçon, qui vit une expérience synesthésique essentielle à la connaissance de son environnement.

L'espace du village d'Aké est pour lui le centre du monde : « il paraissait impossible qu'il existât tant de *choses* au monde ! » s'exclame-t-il (III, p. 87). Élément central dans le récit, le marché est une composante de l'âme du village par le mouvement continu qu'il génère, l'échange et le contact humain. En effet, ce lieu symbolique, qui est souvent au cœur des communautés traditionnelles africaines [1], constitue ici l'un des

1. Le motif du marché est aussi repris dans la littérature nigériane contemporaine. Dans le roman *GraceLand* (2004) de Chris Abani, le protagoniste Elvis traverse le marché et décrit cet endroit non seulement comme un monde sensoriel avec une véritable alchi-

noyaux durs du microcosme d'Aké en lui donnant en outre une « personnalité » très marquée :

> Les odeurs s'en sont allées. À leur place, des bruits surtout, et même eux sont des formes tordues délirantes des voix intimes, discrètes, des êtres et des choses qui remplissaient ensemble Aké de l'aube au crépuscule et dont les variantes nocturnes assourdies défiaient notre analyse tandis que, sur nos nattes, nous luttions contre le sommeil. Même l'odeur la moins agréable, l'odeur légèrement nauséeuse d'une punaise écrasée, mêlée d'un relent de ce camphre qui aurait dû empêcher son apparition, faisait partie de l'invisible réseau de la « personnalité » d'Aké ; elle appartenait au même ordre que les marmonnements nocturnes de Sorowanke, la folle qui vivait près du manguier et qui rêvait tout haut.
>
> (X, p. 285)

Dans cet extrait, la description de la « personnalité » d'Aké contribue à la construction de l'espace du village comme d'un personnage à part entière. Si les deux premiers chapitres ont pour fonction de cadrer l'espace narratif en marquant les repères de l'enfance du narrateur (la mission chrétienne et son jardin ainsi que l'école), le début du troisième chapitre décrit la façon dont le petit Wole franchit cette limite spatiale :

> Je ne savais pas encore grimper à l'échelle tout seul, mais je savais déjà où elle se trouvait. [...]
>
> Et puis un jour Joseph se laissa fléchir et me hissa sur ses épaules d'où, pour la première fois, je pus regarder par-dessus le mur de notre cour. Je suivis des yeux le groupe de danseurs arrivant par la route qui passait devant le cénotaphe et derrière l'église avant de disparaître dans une direction que Joseph disait être celle du palais. J'avais reconnu l'église et le cénotaphe. J'avais également reconnu un autre trait du paysage, le grand portail de la mission. Je compris alors que les murs extérieurs de la mission étaient joints bout à bout, cédant la place en certains endroits à des portails ou à des fenêtres.
>
> (III, p. 77)

Le fait de monter sur les épaules de Joseph pour balayer du regard l'ensemble de la cour de la mission ne relève pas seulement d'une simple curiosité : il est aussi un geste symbolique de l'enfant qui souhaite dominer l'espace par son regard afin de se l'approprier. C'est par l'appropriation de l'espace, ou des « traits du paysage », que le narrateur commence à élargir son univers pour aller au-delà. Ainsi, le romancier dessine le paysage narratif et affectif de l'enfance du narrateur pour

---

mie des plats, mais aussi comme un lieu d'échange matériel et spirituel du monde des vivants vers l'au-delà. De même, dans *La Route de la faim* (1991) de Ben Okri, la dimension spirituelle, voire métaphysique, du marché est relevée plusieurs fois à travers le personnage focalisateur d'Azaro. Cette dimension fait écho à la communication entre le monde des vivants et celui des esprits.

mieux l'élargir et le transformer sans cesse, en même temps qu'il sonde le devenir du protagoniste.

Les voyages dans la famille d'Essay, à Isara, pour le Nouvel An sont pour le narrateur les premières occasions de voyager en dehors de son village natal et de découvrir un horizon à la fois familier et nouveau :

> Le Nouvel An, c'était Isara. Le porc fumé, la senteur des feux de bois, la poussière rouge de la saison sèche, les toits de chaume sec. Le Nouvel An, c'était le vin de palme, l'*ebiripo*, l'*ikokore*… un amour, une protection d'une autre sorte, plus solide, vieille comme la Terre. Isara était plein de gâteries imprévues, comme lorsque Père descendait l'un de ces paquets mystérieux des chevrons et que l'on découvrait que c'était du gibier fumé conservé depuis si longtemps qu'il n'en avait plus d'âge. Nos femmes avaient la peau plus sombre à Isara, beaucoup plus sombre. Les *buba*, les pagnes et les châles étaient aussi de cet indigo aux nuances variées, bien que l'on rencontrât parfois un châle blanc ou un foulard de tête d'un jaune éclatant où le visage s'enfonçait encore davantage dans l'ombre antique.
>
> (V, p. 134-135)

SOYINKA

Là encore, le romancier s'attache à décrire les odeurs, les plats et les couleurs. Mais il met ici l'accent sur les visages et les vêtements spécifiques de la région, donnant au tableau une touche d'originalité et presque d'exotisme par rapport au village d'Aké, sans pour autant rendre Isara dépaysant puisqu'il s'agit du village natal du père de Wole.

Si le village d'Aké est un personnage en soi, la galerie de personnages mis en scène par Soyinka est l'un des éléments essentiels du processus d'apprentissage du petit Wole. Pa Delumo, le curé (appelé aussi le Chanoine ou le Pasteur), est l'autorité religieuse locale. Le libraire et sa femme sont, comme on l'a vu, des personnages familiers du narrateur qui aident souvent sa famille. Quant à Bukola, amie du protagoniste, elle est l'une des seuls enfants mentionnés dans le récit. Elle incarne l'image de l'*àbikú* : un enfant mort-né qui revient à la vie dans un cycle continu. Les attributs exceptionnels de ces enfants, qui peuvent communiquer avec le monde des esprits, sont à même de leur garantir une place privilégiée parmi les autres enfants et au sein de la communauté.

Toutefois, si les amis et les figures du village représentent des repères de cet espace affectif qu'est le village d'Aké, le noyau dur reste la famille proche du narrateur.

2. Le noyau familial

Les nombreuses références aux plats et aux saveurs ne sont pas uniquement des outils de construction de l'espace du village d'Aké ; elles sont également des repères de la vie de famille. Ainsi, le plat appelé *moinmoin* est l'un de ceux qui rassemblent la famille du narrateur autour de la table :

> Beere avait la passion du *moin-moin* [...]. Lorsqu'elle venait en personne et s'asseyait à table avec nos parents, un cri outragé s'échappait de ses lèvres si une servante par trop zélée avait débarrassé le mets raffiné cuit à la vapeur des feuilles où il était enveloppé. [...] Puis, avec un air espiègle sur son visage agrémenté de lunettes, elle découpait une tranche au centre du *moin-moin* et la poussait sur le côté à notre intention avec un clin d'œil, faisant ensuite observer qu'elle aimerait mieux renoncer au gros morceau que de perdre ces lames légères avec leur saveur signée Chrétienne Sauvage, scellées en des recoins secrets astucieusement surpris par ses doigts experts.
>
> (X, p. 297-298)

Ce plat légendaire, qui est une spécialité de Chrétienne Sauvage, est aussi une forme de préservation de la tradition.

La référence à la mère de l'auteur n'est pas anodine. Surnommée Chrétienne Sauvage, elle représente l'un des piliers du foyer. Personnage énergique, symbole de la force et de l'autorité, de la liberté d'être et de penser, elle déborde de vitalité. Sa chambre est à son image :

> Chez elle c'était une débauche d'odeurs, le parfum permanent des naissances, des maladies, des gâteaux, des biscuits, des menues marchandises. Cela allait de la riche senteur terreuse de l'*aso okè* aux boules de camphre en passant par des centaines d'onguents. [...]
>
> La chambre de Chrétienne Sauvage était l'expression de la nature même des enfants qu'elle prenait sous son aile ; c'était une chambre animée d'une guerre intérieure et qui cependant formait un tout.
>
> (VI, p. 154 et 157)

Cette correspondance entre sa personnalité et son espace personnel reflète le lien fort que les personnages tissent avec leur environnement, l'énergie dont ils infusent leur espace de vie. Là encore, les odeurs ont un rôle important dans la construction narrative : la manière des personnages d'occuper l'espace (à travers, entre autres, leur signature olfactive) le rend vivant.

Quant au père du narrateur, dont le surnom, Essay, illustre sa rigueur professionnelle et sa passion pour les livres, il incarne la figure de l'intellectuel. Directeur de l'école d'Aké, il est calme et patient, représentant un autre type d'autorité et d'inspiration que Chrétienne Sauvage :

> [...] un jour, il m'appela dans sa chambre. Il était assis dans son lit et il me dit de prendre place dans son fauteuil près de la fenêtre. Je ne l'avais jamais vu sourire autant, avec tant d'insistance.
>
> – Tu ne dois pas te laisser vaincre par quoi que ce soit, commença-t-il, parce que tu es l'homme de la famille [...]. Ce que tu dois poursuivre en tout temps, ce sont tes études. Ne les néglige pas.
>
> (XI, p. 308)

Le goût pour les études et la lecture est comme un legs transmis par le père à son fils. Si la mère incarne la vie débordante et la foi, le père, qui est aussi le modèle de réussite de Soyinka, joue plutôt le rôle d'un guide spirituel par son calme et sa sérénité.

Un autre personnage très important au sein de la famille est Daodu, l'oncle du narrateur, enseignant au Lycée d'Abeokuta. S'il est sévère avec ses étudiants, il est également un homme aux vues très modernes. Lors des réunions des femmes organisées par Chrétienne Sauvage, il est considéré comme « un allié véritablement formidable » (XIV, p. 370) et tient des propos très avant-gardistes pour l'époque :

> – Savez-vous quel est le vrai problème avec les *aróso* ? dit-il un jour C'est qu'elles sont illettrées. Elles ne savent ni lire ni écrire ; c'est pour cela qu'elles se font exploiter. Si vous y consacriez une demi-heure à chaque réunion, vous arriveriez à alphabétiser toutes les femmes du pays egba d'ici la fin de l'année !
>
> (XIII, p. 342)

SOYINKA

Personnage progressiste, Daodu se rapproche de la figure du père avec lequel il partage la même vision de l'éducation comme la voie la plus sûre vers l'émancipation personnelle et collective. En ce sens, Soyinka, qui suivra aussi ce chemin, rend ici hommage à Daodu en tant qu'homme éclairé. De manière plus générale, les figures masculines (Essay, Daodu, mais aussi le grand-père ou Broda Pupa d'Isara) sont assimilées à des figures de maîtres, d'éducateurs ou de guides spirituels.

B. « Une Afrique en transition »

L'oncle du narrateur est aussi l'une des figures centrales de ce qu'Étienne Galle appelle « une Afrique en transition » (préface, p. XII), c'est-à-dire une époque au croisement des traditions et de la modernité occidentale, où l'indépendance du pays se fait imminente et où l'éducation devient le principal moyen d'accès à une vie meilleure en permettant de s'investir dans la vie sociale, culturelle et politique du pays. Ces différentes figures familiales, issues des deux villages, contribuent à la formation de l'auteur, qui s'inscrit à son tour dans la mosaïque de cette « Afrique en transition ».

> – Je n'enverrai jamais Koye ni aucun de ses frères dans une école dirigée par des Blancs, dit-il [Daodu] en pointant le doigt dans ma direction. Mais tu dois bien comprendre ceci : ce n'est pas seulement parce qu'ils sont blancs, c'est aussi parce que ce sont des colonisateurs. Ils essaient de détruire la force de caractère de nos enfants…
>
> (XV, p. 426)

Ce fragment de la longue conversation avec Daodu, à la veille du départ du narrateur pour le Lycée National d'Ibadan, est une préparation à l'université et à la diversité du monde. Mais cette conversation peut aussi être comprise comme une leçon d'histoire en raison des nombreuses références historiques qu'elle convoque, tels le racisme et la traite négrière :

> – L'homme blanc est raciste, dit-elle [l'épouse de Daodu]. Tu connais ton histoire, la traite des esclaves. Pour lui le Noir n'est qu'une bête de somme, un âne à faire trimer. Quant aux Asiatiques, et cela comprend les Indiens, les Japonais, les Chinois et le reste, ils sont seulement un peu au-dessus de nous. Alors, lancer cette terrible bombe, expérimenter cette horrible chose sur des êtres humains, pourvu que ce ne soient pas des Blancs, c'est pour eux la même chose qu'expérimenter sur du bétail.
>
> (XV, p. 425)

L'événement auquel il est fait référence ici est le bombardement de la base militaire américaine de Pearl Harbor par l'armée japonaise en décembre 1941 (il est évoqué plus haut comme le « bombardement des Japonais », XV, p. 425). Si d'autres personnages historiques sont cités (Mussolini et Churchill), Daodu mentionne cet événement en particulier afin d'ouvrir l'horizon du narrateur vers d'autres mondes et de lui montrer que l'espace d'Aké n'est que le point de départ vers d'autres espaces et d'autres cultures. La mention de l'uniforme des établissements scolaires britanniques est un autre exemple de cet élargissement du regard :

> – [...] Pourquoi diable un jeune homme n'aurait-il pas le droit d'avoir des poches à son short ? [...] Dans son pays, dans ses écoles à lui [l'homme blanc] – et souviens-toi, j'ai visité un certain nombre de collèges privés pendant notre conférence, Eton, Harrow, etc. –, eh bien, les internes portent des costumes qui ont tous des poches. Même dans les plus petites classes. La question que je me pose est la suivante : pourquoi faut-il que l'un d'eux vienne ici comme proviseur et interdise à ses élèves noirs d'avoir des poches à leurs shorts, POURQUOI ?
>
> [...] Daodu me prenait souvent au collet [...] ; il m'interrogeait pour savoir si j'étais au courant de telle ou telle nouvelle récente de Lagos ou d'ailleurs et il me demandait mon avis. Ce pouvait être l'agitation ouvrière, la formation d'une association, des projets d'alliance dans la guerre en cours, une nouvelle invention scientifique... Si je n'avais pas entendu parler de cette nouvelle, il hochait la tête d'un air de reproche.
>
> (XV, p. 426-427)

L'intérêt de Daodu pour l'actualité souligne non seulement son esprit curieux, cultivé et critique, mais aussi et surtout son désir d'accompagner son neveu dans la même voie : il veut développer l'esprit critique de Wole en lui demandant sans cesse de formuler une opinion et de se tenir toujours au courant de l'actualité. En ce sens, l'« Afrique en transition » est ici non seulement une image incarnée par certains personnages, mais aussi un processus dont la pluralité des cultures, des croyances, des langues et des points de vue constitue le noyau.

1. La pluralité des langues

L'un des traits caractéristiques du récit de Soyinka est la pluralité des langues parlées par les habitants du village au quotidien :

> Le sergent leva les yeux à son tour, se retourna et se mit à marcher dans ma direction. [...] Lorsqu'il [l'officier blanc] fut tout près il se baissa et, dans l'accent le plus invraisemblable qu'il m'eût jamais été donné d'entendre, me demanda :
> – Kini o fe nibi yen ?
> Je me doutais bien qu'il avait dû parler dans ma langue mais, pour moi, cela n'avait aucun sens ; je jetai un regard désespéré vers le sergent et lui dis :
> – Je ne comprends pas. Qu'est-ce qu'il dit ?
> Les yeux de l'officier s'ouvrirent tout grands.
> – Oh, tu parles anglais.
> Je fis oui de la tête.
> – Bien. C'in trin minlin. Je demandais : Qu'in-ce quin tin vin ? Qu'in-ce quin jin pin faire pour toi ?
> – Je veux rentrer chez moi.
>
> (III, p. 96)

Ce mélange des langues reflète bien cette époque de transition du pays, comme de l'Afrique de l'Ouest en général (le sergent blanc incarne l'autorité coloniale et le prestige social qui y est associé), mais aussi le plurilinguisme de l'Afrique. Ainsi, dans le récit, plusieurs langues coexistent souvent dans le même discours :

> De nouvelles sonorités entraient dans la maison, le dialecte grave d'Ijebu que nous tâchions d'imiter de notre mieux. Lorsque Essay conversait avec les visiteuses, nous avions de la chance si nous pouvions comprendre une phrase ou deux. Elles semblaient parler une autre langue, et non le yorouba que nous utilisions sans même y penser. Autour de leurs feux dans la cour, ces sonorités remplissaient la nuit comme le chant funèbre d'un culte étrange, assez semblable à la psalmodie des *ogboni* qui parfois arrivait jusqu'à nous depuis leur lieu d'assemblée de l'Aafin.
>
> (IX, p. 248-249)

La sensibilité du narrateur aux sonorités et à la musique des langues et des dialectes (il compare le dialecte des visiteuses à une « psalmodie ») constitue une source d'inspiration pour l'écrivain en devenir. Comme un symbole de ce plurilinguisme, le yorouba, la langue native de Soyinka, se mêle partout à l'anglais dans le roman :

> – Et Oncle Sanya, qu'est-ce qu'il a fait ? Il s'est battu avec lui ?
> – Sanya wo ni yen ? Il a été le premier à se mettre à courir. Bo o ló o yà mi, o di kítipà kítipà ! Personne ne pensait plus aux gros escargots. Cet *iwin* nous a suivis jusqu'à la maison... bref, vous imaginez le remue-ménage.
>
> (I, p. 22)

Les mots en yorouba sont soit en italique dans le texte original, soit simplement insérés dans le discours en anglais, sans aucune mention particulière. Le fait de mélanger ainsi les langues, souvent dans une même phrase, est propre à beaucoup de locuteurs des pays d'Afrique.

Par ailleurs, le pidgin, une langue issue du croisement entre le yorouba et l'anglais, est mentionné dans *Aké* comme *lingua franca* (la langue de la communication effective et quotidienne dans une région définie) de la communauté :

> Paa Adatan patrouillait dans les alentours de l'Aafin, furieux que personne ne le prît dans l'Armée pour l'envoyer affronter Hitler, personnellement, et mettre fin à la guerre une fois pour toutes.
>
> – Ah, Maman Wole, ces Anglais vé sélment la gloire pou é-mêmes. I vé pas Noirs i gagner cé guerre et fini cé fou-yéyé Hitler ou fois. Méténant régade é. Hitler i bombarder nous pour Lagos déjà, et é pas capab défende nous.
>
> (VIII, p. 213)

Dans ce fragment, dont la traduction rend bien la musicalité du pidgin nigérian, le discours est aussi une image du personnage de Paa Adatan, frustré de ne pas pouvoir faire ses preuves dans l'armée. Si la manière de parler des personnages est aussi un reflet de leur façon d'être, le mélange des langues à l'échelle du récit peut se lire comme une métaphore de la pluralité des voix, des discours et des cultures de cette « Afrique en transition », où les croyances et les traditions occupent une place centrale.

Comme Soyinka, de nombreux écrivains africains font entendre plusieurs langues dans leurs œuvres. Par exemple, la Nigériane Chimamanda Ngozi Adichie, membre de l'ethnie igbo et l'une des autrices les plus connues du continent à l'heure actuelle, affirme que, dans sa famille ou entre amis, elle utilise très souvent une ou plusieurs langues (l'igbo et l'anglais) et que cette pratique fait partie de sa culture et de son apprentissage [1]. Ce cas est représentatif de nombre de pays et de communautés à travers l'Afrique, dont la communauté yorouba anglophone dans le récit de Soyinka.

2. Le syncrétisme religieux

> – Quand je mourrai, je pourrai revenir en *egúngún* ? demandai-je à Osiki.
>
> – Je ne crois pas, dit-il. Je n'ai jamais entendu dire qu'un chrétien soit devenu *egúngún*.

1. Interview avec Chimamanda Ngozi Adichie, « Chimamanda Ngozi Adichie in Conversation at City, University of London », 20 avril 2018 ; disponible sur www.youtube.com/watch ?v=W0KXRGNlUpQ.

Je posai une autre question :

– Est-ce qu'on parle anglais dans le monde des *egúngún* ?

– Je n'en sais rien, dit Osiki en haussant les épaules. Notre *egúngún* ne parle pas anglais.

C'était un problème qui me paraissait important. Sur les vitraux derrière l'autel de l'église Saint-Pierre on pouvait voir trois Blancs habillés de longues robes qui, de toute évidence, étaient des robes d'*egúngún*. Ils avaient le visage découvert, ce qui ne ressemblait guère à nos *egúngún* à nous, mais j'avais le sentiment que c'était là un trait particulier au pays d'où venaient ces Blancs. Après tout, Osiki avait expliqué qu'il y avait de multiples sortes d'*egúngún*. [...]

– Ce ne sont pas des *egúngún*, dit-elle [Tinu], ce sont les portraits de deux missionnaires, plus celui de saint Pierre.

(II, p. 69-70)

Cette discussion entre Osiki, Wole et Tinu, sa grande sœur, illustre le syncrétisme religieux du pays yorouba. L'incertitude du narrateur quant à l'identité des figures des saints chrétiens sur le vitrail de l'église d'Aké renvoie au fait que, habitué à la présence des deux religions (le christianisme et la croyance traditionnelle yorouba), l'enfant les comprend comme un tout : ainsi, il appelle saint Pierre « l'*egúngún* saint Pierre » (II, p. 72). De même, Chrétienne Sauvage utilise un terme yorouba pour désigner la foi chrétienne :

– Le temps de la foi est passé. Ils avaient la foi, nos premiers chrétiens, la vraie foi, pas seulement aller à l'église et chanter des hymnes. La foi. *Igbàgbó*. C'est cette foi-là qui donne la vraie force.

(I, p. 23)

Cette association de termes et de concepts parfois contradictoires se reflète aussi dans son surnom, qui en dit long sur sa dévotion : si elle est une croyante fervente, elle n'en demeure pas moins libre de rendre hommage à son héritage spirituel yorouba et ce, sans qu'elle y voie un véritable contre-sens.

Le syncrétisme religieux est d'ailleurs mis en avant dès le début du récit :

L'orgue prenait une sonorité sombre pour cet office du soir, et l'on ne doutait pas qu'il adaptât ses sons normaux aux réponses sépulcrales de Dieu lui-même, ces réponses aux timbres d'*egúngún* qu'il faisait aux prières qu'on lui présentait.

(I, p. 12)

Les processions des *egúngún* (les esprits des ancêtres) dans les rues d'Aké sont décrites en détail à plusieurs reprises, comme autant d'expériences intenses :

Masque *egúngún* datant de la fin du XIXe siècle (Iseyin, État d'Oyo, Nigéria).
Source : Chicago Art Institute, Tillie C. Cohn Endowment Fund, 1976.308

Le mot *egúngún* renvoie à la cérémonie de la danse des masques qui symbolisent les esprits des défunts vénérés au même titre que les dieux dans nombre de pays d'Afrique. Pendant la procession, les ancêtres assurent la communication entre le monde des vivants, l'au-delà et le monde des dieux, jouissant ainsi d'un grand respect de la part des humains.

Ce masque est une illustration du mélange culturel né après la colonisation britannique. En effet, coexistent ici des éléments indigènes – les oiseaux qui surmontent le casque symbolisent les pouvoirs surnaturels des femmes, associés parfois à la sorcellerie, et les scarifications faciales sont des marques distinctives d'une certaine lignée [1] – et des éléments européens – le casque colonial britannique porté par le personnage. Si l'accessoire vestimentaire est un symbole de la colonisation, le fait qu'il soit porté par un natif yorouba montre une forme d'appropriation de cette influence étrangère dans la vie culturelle, sociale et religieuse nigériane.

Dans *Aké*, la coexistence du christianisme et des processions des ancêtres dans l'esprit du petit Wole en est l'un des exemples les plus marquants. Les deux croyances non seulement coexistent, mais elles sont presque interchangeables dans l'esprit du narrateur. Ainsi, le masque *egúngún* illustre l'« Afrique en transition » qui s'empare des influences européennes pour les (ré)interpréter et se les réapproprier.

1. www.artic.edu/artworks/51194/mask-for-egungun-ere-egungun.

Une fois, de surprise, j'avais failli tomber des épaules de Joseph lorsque l'un d'eux, en passant près du mur, avait levé les yeux, fait signe et appelé de sa voix de gorge habituelle :

– Nle o, omo Tisa Agba. [Salut, fils du Chef des Maîtres.]

[...] Ma mère hocha la tête, poussa un soupir et nous laissa écouter Osiki nous parler des différentes sortes d'*egúngún* : ceux qui étaient dangereux, pleins de maléfices, et qui pouvaient vous frapper d'épilepsie ou pire ; ceux qui étaient furieux et qu'il fallait maîtriser avec de grosses cordes ; les *opidan* qui grâce à leurs tours de magie se métamorphosaient en alligators, en serpents, en tigres et en béliers puis reprenaient leur aspect d'*egúngún*. Il y avait aussi les acrobates ; ceux-là, je les avais vus moi-même par-dessus le mur, exécutant leurs numéros au milieu d'un cercle de spectateurs près du cénotaphe. Ils faisaient des sauts périlleux avant et arrière, repliaient leurs membres de la façon la plus étrange, s'enfonçaient jusqu'à la taille dans un mortier et parcouraient ainsi une courte distance comme s'ils faisaient la course.

(II, p. 68-69)

Le spectacle des *egúngún* a un impact décisif sur le futur dramaturge. Le critique James Gibbs affirme que ces processions comptent parmi les sources d'inspiration les plus décisives pour son œuvre à venir [1]. Enfant, il découvre en effet la dimension artistique de leurs danses et de leur mise en scène et est en mesure d'apprécier, en dehors de leur portée spirituelle, leur aspect théâtral.

D'autres indices de ce syncrétisme religieux sont distillés dans le récit. Ainsi, lorsqu'il va au Lycée d'Abeokuta, le narrateur raconte l'histoire de l'*oogun* (un objet doté de pouvoirs surnaturels) :

Deux garçons étaient venus ensemble de la même ville. C'étaient aussi des Ijebus, mais pas d'Isara. [...] Ils avaient apporté un *oogun* qui devait plonger tous les autres dans la confusion tandis qu'ils prendraient les premières places sans problème. Un garçon d'Edo jurait les avoir vus enterrer quelque chose dans un coin de la classe où nous devions passer les examens. [...] Il ne pouvait y avoir qu'un seul motif : ils étaient venus « gâter le terrain » pour les autres !

(XIII, p. 356)

Cette anecdote, narrée avec surprise et humour, est représentative de la coexistence des traditions et de la modernité, exemplifiée ici par l'examen d'entrée au lycée. Mais cette coexistence n'est pas sans tension, comme le montre la réaction de l'élève d'Edo qui illustre, en dehors d'une certaine appréhension des traditions, un sentiment de jalousie envers la compétition. À une plus large échelle, la coexistence des deux croyances dans la communauté d'Aké peut être une source de conflit : dans l'épisode de l'effondrement de l'église, raconté au narrateur par

1. James Gibbs, *Wole Soyinka*, *op. cit.*, p. 22.

Chrétienne Sauvage dans le premier chapitre, il est question d'un affrontement des deux religions qui renvoie à un désir d'affirmer chacune son pouvoir sur l'autre. Cet affrontement fait écho au contexte colonial des années 1940 et au début des luttes pour l'indépendance du Nigéria.

Ainsi, si le récit de Soyinka peut être considéré comme l'illustration d'« une Afrique en transition », c'est à travers l'imbrication du neuf et de l'ancien, du moderne et du traditionnel, qui coexistent parfois en harmonie, parfois sur fond de tensions, comme sur une immense scène de théâtre.

3. La voie du changement

La découverte d'Isara et de la famille de son père est pour le narrateur l'occasion de se rendre compte du contraste qui existe non seulement entre son univers familier et un autre moins connu, mais aussi entre deux mondes aux cultures différentes : tradition et modernité se côtoient en permanence à cette époque, qui voit les germes de l'indépendance du pays.

> Les cases en banco de Père étaient très pauvrement meublées, sa garde-robe ne comptait que deux ou trois *agbada*, quelques *buba* et quelques pantalons portés comme vêtements de tous les jours, des bonnets, ses toges de chef. [...] Les maisons de ces marchandes nous remplissaient de mélancolie, leur misère ne pouvait se cacher. Derrière la joie de notre présence nous sentions maintenant l'effort pour simplement survivre, une vie faite de marches de soixante kilomètres, chargées de marchandises.
>
> (IX, p. 251-252)

La surprise du petit Wole est d'autant plus grande qu'il vit dans un milieu plus aisé et bénéficie d'un meilleur confort matériel. Ainsi, l'arrivée de l'électricité à Aké constitue un autre pas vers la modernisation :

> Des ouvriers vinrent à la maison. Ils posèrent des lignes de petits clous et d'agrafes étroites. [...] Nous appuyions sur un bouton et la pièce était inondée de lumière. [...]
>
> Maintenant les ouvriers étaient en train de poser un nouveau fil sur les murs [...]. Il n'y avait pas d'ampoules, pas d'interrupteurs en plus sur les murs. Mais on apporta dans la maison une grande boîte en bois que l'on installa tout en haut du grand secrétaire [...].
>
> [...] Elle commençait son monologue tôt le matin après avoir d'abord joué le *God Save the King*. [...]
>
> Cette boîte parlait sans s'arrêter et ne semblait pas s'intéresser aux réponses [...]. Une nouvelle ligne fut ajoutée à la ritournelle née au moment de l'arrivée de l'électricité. Tardivement, cette ritournelle avait aussi rendu hommage à Lagos où le monopole sacré du parasol réservé jusque-là à la royauté avait été brisé pour la première fois.
>
> (VIII, p. 207-209)

Dans cet épisode, raconté avec l'humour de l'écrivain adulte mêlé à l'enthousiasme de l'enfant, l'installation de l'électricité prend aux yeux de Wole des proportions gigantesques. Son père, figure centrale de l'événement, est décrit comme un démiurge capable de « commander » la lumière, dans une réinterprétation du *fiat lux* divin.

L'allusion au climat politique de l'époque offre toutefois un deuxième niveau de lecture : la référence à l'hymne national de la Grande-Bretagne, puissance colonisatrice, ainsi qu'à la capitale, Lagos [1], renvoie aussi à l'avènement de l'indépendance nigériane. Similairement, la description des « NOUVELLES » (VIII, p. 209) est une forme de satire de la société de l'époque, Essay et ses amis du club faisant partie d'un cercle restreint de personnes éduquées qui critiquent les actualités.

Parmi les événements historiques qui jalonnent le chemin vers le changement figure la révolte des femmes egbas contre l'autorité locale de l'Alake et l'administration coloniale britannique, amplement décrite à la fin du récit. Il est question de mettre un terme à l'exploitation dont sont victimes les femmes à travers des impôts trop lourds ou une charge de travail physique inégale par rapport à celle des hommes. Daodu, leur allié principal, met l'accent sur l'importance cruciale de l'éducation dans le processus d'émancipation des femmes :

> – Vous savez, vous les femmes, vous avez des objectifs tout à fait louables, mais vous donnez l'impression de ne pas savoir comment vous y prendre pour les atteindre. [...] Les femmes qui ont vraiment besoin de votre aide, ce sont les *aróso*, mais il n'y en a pas ici. Oubliez les problèmes de raffinements mondains. Consacrez-vous aux *aróso*. Amenez-les à vos réunions. Ce sont elles qui ont besoin de votre aide.
>
> (XII, p. 339)

Selon Daodu et Chrétienne Sauvage, qui dirige les réunions des femmes, l'éducation constitue ainsi la voie d'accès privilégiée à l'indépendance et à un mode de vie moderne. Cette valeur est l'une des plus importantes pour l'enfant, comme elle le sera plus tard pour l'écrivain : elle autorise l'émancipation, individuelle aussi bien que collective, des « forces qui cherch[ent] à mettre un terme à la domination des Blancs sur le pays » (XIV, p. 377).

Dans cette mesure, le petit Wole développe un goût particulier pour l'école, tout impatient qu'il est d'y aller avec sa grande sœur Tinu, bien qu'il n'en ait pas encore l'âge (II). Plus tard, les six mois qu'il passe au Lycée d'Abeokuta et la perspective d'aller au lycée d'Ibadan (XV) sont pour lui l'occasion de sortir de son microcosme familier, pour partir affronter le monde inconnu mais fascinant qui lui garantit la liberté à l'égard de sa famille.

---

1. Lagos a été la capitale du Nigéria et sa plus grande métropole jusqu'à l'indépendance, en 1960. La capitale politique fut alors transférée à Abuja, au centre du pays. Lagos reste aujourd'hui la plus grande ville du pays et sa capitale économique.

Quelques figures d'enfants dans la littérature africaine

La figure de l'enfant est présente chez beaucoup d'écrivains africains. Le roman *L'Enfant noir*, écrit par le Guinéen Camara Laye en 1954 [1], est l'un des premiers récits modernes sur l'enfance par un auteur africain. Il met en scène un monde enchanté, rythmé par les croyances ancestrales et les traditions. Comme dans *Aké*, l'enfance laisse peu à peu la place à la jeunesse lorsque le narrateur part poursuivre ses études en France. Le roman met alors l'accent sur l'opposition entre deux mondes : d'une part le village traditionnel, plein de vie et familier ; d'autre part la France, qui est vue comme une lointaine terre promise, à la fois fascinante par les légendes qui l'entourent et redoutable en raison des différences culturelles.

Inspiré par l'enfance de l'auteur, le roman est publié à une époque où les lectures et les programmes scolaires dans la plupart des pays africains sont encore dominés par les canons européens. En ce sens, l'œuvre de Camara Laye est un contrepoids à la culture exclusivement européenne, permettant de raviver un héritage exceptionnellement riche et encore peu connu par les jeunes à l'époque des indépendances africaines.

L'univers de l'enfance est aussi présent chez l'auteur et ethnologue malien Amadou Hampâté Bâ, notamment dans son récit *Amkoullel, l'enfant peul* (1991). Dans un épisode qui relate le premier jour d'école du narrateur, Amadou, lors duquel les élèves doivent prendre leur place selon les ordres du maître, l'auteur trace une séparation nette entre les coutumes traditionnelles et l'éducation moderne : « Reprenez les places que je vous ai données. Ici, il n'y a ni princes ni sujets. Il faut laisser tout cela chez vous, derrière la rivière [2]. » Si, dans le roman de Hampâté Bâ, l'école est un agent qui gomme les différences sociales, se voulant un facteur de progrès social et culturel au sein de la société [3], dans *Aké* l'éducation représente plutôt une occasion d'explorer le monde extérieur et de s'affirmer comme individu pensant, acteur de sa communauté et de son pays.

Avec *La Route de la faim* (1991) du Nigérian Ben Okri [4], la figure de l'enfant prend une dimension plus spirituelle. Le protagoniste *àbikú*, Azaro, renvoie au personnage de Bukola dans *Aké* qui, par sa double nature, peut communiquer avec le monde des esprits. À travers cette distance prise avec le monde réel, le regard d'Azaro se pose non seulement sur sa communauté, mais aussi sur le pays qui encourt des changements majeurs.

Enfin, le roman de l'écrivain américano-nigérian Chris Abani, *Comptine pour l'enfant-soldat* (2007) [5], continue cette longue lignée de récits sur l'enfance mais en lui donnant une dimension très sombre : le contexte de la guerre civile dans un pays non nommé, qui rend la mort omniprésente, est contrebalancé par le langage très imagé et poétique du protagoniste My Luck, un jeune adolescent de quinze ans. L'expérience traumatique est ainsi sans cesse sublimée par son regard plein de candeur et d'espoir.

1. Camara Laye, *L'Enfant noir* [1954], Pocket, 2007.
2. Amadou Hampâté Bâ, *Amkoullel, l'enfant peul*, Actes Sud, 1991, p. 330-331.
3. Le contexte est similaire à celui du Nigéria anglophone et colonisé (le Mali est alors une colonie française), mais l'époque est différente : le récit de Hampâté Bâ se déroule dans les années 1910.
4. Ben Okri, *La Route de la faim* [1991], trad. A. Weill, Robert Laffont, « Pavillons », 2004.
5. Chris Abani, *Comptine pour l'enfant-soldat* [2007], trad. A. Wicke, Albin Michel, 2011.

Au cours de sa conversation avec son père avant de partir pour le lycée d'Ibadan, il prend conscience que l'éducation est la chance pour lui de découvrir le monde et de devenir un individu, une personne à part entière :

> – Il est vrai que tu es maintenant au lycée ici. Mais tu dois continuer à préparer les examens d'entrée au Lycée National. Pas seulement pour entrer mais pour obtenir une bourse. [...]
> Je promis de viser la bourse. Cela semblait si important pour lui, et soudain je fus saisi par le sentiment que j'étais en train d'accomplir une importante transition, à cause d'une promesse qui me liait éternellement. Il était clair que rien ne devait m'empêcher d'accomplir cette promesse faite entre deux personnes sur un terrain mal connu, encore inexploré. Il hocha la tête, comme s'il voyait ma découverte et en était satisfait.
> – Les choses ne se passent pas toujours comme nous l'avons prévu. Il y a beaucoup de déceptions dans la vie. Il y a toujours de l'inattendu. [...] Tu découvriras que seule la détermination renverse les obstacles, la pure détermination. Et la foi en Dieu ; ne néglige pas tes prières.
>
> (XI, p. 309)

SOYINKA

Lorsque le narrateur fait inconsciemment cette promesse à son père, il ouvre aussi un chemin à suivre, une voie qui le fera évoluer individuellement, et non plus seulement au sein de sa communauté. Ce moment coïncide avec la prise de conscience de la maladie d'Essay, qui n'est plus aux yeux de l'enfant une figure démiurgique, comme dans la scène de l'arrivée de l'électricité, mais un être fragile. Cette promesse tacite équivaut alors à une prise en main de son propre sort, lié non seulement aux études, qui garantissent la liberté et le prestige social, mais aussi à l'écriture comme travail artisanal de la langue.

C. Le monde imaginaire de l'enfance

1. La perception du temps

Le narrateur enfant perçoit le passage du temps à travers l'enchaînement d'événements quotidiens qui ont lieu à proximité de la maison ou du village d'Aké. Par exemple, l'épisode de la toilette dans la bassine d'eau (chap. IV) ou celui du trou creusé dans le plafond rongé par les termites témoignent de l'importance des expériences quotidiennes dans la perception du temps :

> Tout d'un coup les nattes du plafond nous tombaient sur la tête : les termites avaient poursuivi leur action silencieuse sans que personne ne soupçonnât leur omniprésence. On retirait de dessous le lit un carton de papiers depuis longtemps oublié et l'on s'apercevait que les termites l'avaient abîmé. Sortis d'une fissure cachée du mur, ils pénétraient dans le toit et se mettaient

au travail. Brusquement, la tôle ondulée était à nu : il n'y avait rien entre le toit de zinc et les nattes, rien.

(V, p. 135)

Ces épisodes qui, aux yeux des personnages adultes, sont sans conséquence prennent des proportions gigantesques dans l'imagination de l'enfant : ces moments sont pour lui un moyen de (re)découverte active du monde. Ils réactivent par ailleurs, dans l'esprit de l'écrivain adulte, les sensations et les émotions du passé et permettent à Soyinka de reconstruire le monde de son enfance. Le village d'Aké est en effet un espace littéraire créé de toutes pièces par la mémoire :

> Enclose de ses murs grossièrement crépis, des murs de derrière aveugles de ses maisons et d'un amoncellement de rochers que des arbres géants tentaient en vain de dissimuler, la mission d'Aké, avec ses toits de tôle ondulée, donnait l'impression d'une forteresse. Nous y sentant en sécurité, nous montions et descendions librement, passant de l'un à l'autre de ses niveaux enchevêtrés et emmêlés de feuilles, [...] de ses bosquets inattendus d'arbres fruitiers cachés. Les hibiscus poussaient partout. L'air était lourd des senteurs de feuilles de citronniers, de goyaves et de mangues, gluant de la sève des *boum-boum* et des sécrétions de l'arbre à pluie.
>
> (I, p. 13)

Ce fragment, qui met l'accent sur le rôle des odeurs et des images, recompose l'univers familier de l'enfant. Toutefois, cette description est le fruit des souvenirs du narrateur, qui filtre cette époque de sa vie à travers le temps qui a passé et son expérience.

D'ailleurs, plus loin dans le roman, son regard change. Devenu adulte, il voit d'un œil critique l'évolution de son village d'enfance :

> Les chants lyriques des marchandes ambulantes de *moin-moin* enveloppé de feuilles résonnent encore en certains lieux d'Aké et, du reste, de la ville, mais sur la Promenade de Dayisi on trouve aussi un magasin qui vend du *moin-moin* dans une vitrine éclairée par des tubes à néon vert de mer. Ce *moin-moin* coudoie les hamburgers McDonald, les Poulets Rôtis du Kentucky, les hot-dogs et les friands déshydratés. [...] Et dans les foyers des nouveaux riches on le fourre avec des œufs, des sardines mises en boîtes au Portugal et du corned-beef d'Argentine. [...] Les énormes gourdes, où les vendeuses de lait caillé présentaient leur marchandise, ont été bannies et remplacées par des boîtes chromées au bec luisant qui déversent des liquides jaunâtres dans des cornets fragiles. Si encore c'était de la *crème* glacée !
>
> (X, p. 298-299)

Cette critique du temps présent, variante du thème de l'*ubi sunt* [1], est liée à une forme de regret d'une époque qui tend à disparaître. Aux yeux

1. Locution latine signifiant « Où sont-ils ? », abréviation de la question rhétorique « Ubi sunt qui ante nos fuerunt ? » (« Où sont ceux qui nous ont précédés ? »). Par extension, elle désigne un procédé littéraire qui prend la forme d'une lamentation sur le temps présent, indigne du passé glorieux et authentique.

de l'auteur, le temps présent est fade et marqué par le seul désir de reproduire le mode de vie occidental mais seulement en surface, sans tenir compte des réalités du terrain et donc sans opérer de véritable mutation.

La description de cet endroit particulier qu'est la Promenade de Dayisi témoigne aussi des changements inévitables apportés par la modernité :

> Nous nous faisions les dents sur les *robo*, ces boulettes grillées dures de graines de melon écrasées, et sur le *guguru-epa* […]. Aujourd'hui sur la Promenade de Dayisi les mâchoires semblent tout aussi surmenées ; en fait, elles mâchonnent sans arrêt… du chewing-gum. Parmi les boutiques fantaisie éclairées par des tubes à néon et des batteries d'ampoules colorées on peut aussi apercevoir un appareil qui distribue du pop-corn, uniformément ultra-léger. […]
>
> Parfois la Promenade de Dayisi se prêtait à d'étranges cruautés. À la saison des mangues, la Place d'Aké était envahie par des odeurs particulièrement entêtantes.
>
> (X, p. 299-302)

Le passage de l'imparfait au présent de l'indicatif est frappant : ce va-et-vient entre les années d'enfance et « aujourd'hui » témoigne très nettement de la fuite du temps et de la transition de l'enfant vers l'âge adulte.

On notera toutefois que le ton du narrateur n'est pas toujours critique ou sarcastique. Au début du chapitre V, l'évocation des changements du clocher et des environs de la mission d'Aké est teintée de nostalgie :

> Même le baobab a perdu de sa taille avec le temps ; et pourtant j'avais cru que ce rempart serait éternel, échapperait aux perspectives élargies d'une enfance disparue. Sa circonférence s'est rétrécie et ses branches ne donnent plus qu'un peu d'ombre.
>
> (V, p. 127)

Avec le recul, le regard que l'adulte pose sur son enfance (son « enfance disparue ») est empreint de tristesse et d'amertume : le temps qui passe rend les événements plus ternes et moins sensationnels qu'ils n'apparaissaient aux yeux de l'enfant. La nostalgie de ce fragment fait écho à l'épisode de la mort de sa petite sœur, Folasade :

> Cependant même le CHANGEMENT avait parfois un comportement incohérent. Jusqu'à la naissance de Folasade j'avais cru que le CHANGEMENT était une chose qu'une ou plusieurs personnes de la maison attrapaient puis perdaient, comme la Température. Celui de Folasade fut permanent. […]
>
> Un matin, il y eut dans ses gestes [de Chrétienne Sauvage] quelque chose de plus résolu qu'à l'ordinaire. Un homme que nous ne connaissions que sous le nom de Charpentier […] entra à la maison avec une petite caisse en bois de forme carrée. […]

> Folasade était couchée dans une longue robe blanche qui lui couvrait son plâtre et lui cachait les pieds. [...]
>
> Il n'y eut aucun CHANGEMENT après le départ de Folasade, aucun. Je m'attendais d'un jour à l'autre à un cataclysme aux proportions incalculables, mais rien ne se produisit. [...] Cette normalité était presque arrogante [...].
>
> Comme si cela n'avait pas d'importance, comme si cela ne signifiait rien que Folasade non seulement fût morte, mais qu'elle eût choisi de s'en aller le jour même de son premier anniversaire.
>
> (VII, p. 188-193)

Si le critique Biodun Jeyifo affirme que, à l'exception de cet épisode, les événements traumatisants sont absents du récit [1], il n'en demeure pas moins que la douleur ressentie par le narrateur à la suite de cet événement est immense. Ainsi, la mort de sa petite sœur, qui fait l'objet de nombreuses descriptions poignantes, non seulement est un épisode bouleversant, mais conduit aussi à la révélation de l'instabilité de toute chose et de la finitude humaine.

Avec lucidité, le petit Wole prend conscience de la possibilité de la perte, toujours présente dans le processus de changement. Malgré son très jeune âge, il témoigne d'un sens de l'observation et des mots très développé (ce que traduit le mot en majuscules « CHANGEMENT »), qui s'apparente à sa fascination pour le langage, lequel a vocation à rehausser la réalité.

2. L'enfant et le langage

a. La magie des mots et l'humour

La fascination du petit Wole pour la lecture est précoce : elle remonte à ses premières années d'école. Le reproche que lui adresse à ce sujet Chrétienne Sauvage est éloquent :

> – S'esquiver et aller se cacher dans un coin tout seul pour lire, lire et lire, c'est tout ce qu'il sait faire. Il fait semblant de s'occuper avec des livres parce qu'il est incapable de faire quoi que ce soit d'autre.
>
> (VII, p. 200)

Son attrait pour les mots le rend attentif à toutes les sonorités de son environnement, y compris aux différents dialectes qu'il tente d'imiter. Ainsi du dialecte d'Ijebu, parlé par les tantes d'Essay, qui revêt pour lui une connotation mystérieuse.

> Autour de leurs feux dans la cour, ces sonorités remplissaient la nuit comme le chant funèbre d'un culte étrange, assez semblable à la psalmodie

1. Biodun Jeyifo, *Wole Soyinka, Poetics, Politics, and Postcolonialism*, *op. cit.*, p. 192.

des *ogboni* qui parfois arrivait jusqu'à nous depuis leur lieu d'assemblée de l'Aafin.

(IX, p. 248-249)

Le narrateur s'intéresse non seulement aux histoires racontées lors de cette veillée, mais aussi à la musicalité des mots. Il retrouve ce plaisir dans les histoires que lui raconte son père au moment du coucher. L'atmosphère paisible qui leur est associée donne une dimension presque magique au cadre de l'enfance. L'écrivain gardera en mémoire ces instants précieux qui constitueront pour lui une source d'inspiration privilégiée.

En outre, l'une des particularités des histoires d'*Aké* est l'humour avec lequel elles sont racontées. Presque tous les événements mentionnés dans le récit sont agrémentés de cette touche très personnelle du narrateur :

> Chrétienne Sauvage ne fit aucun effort pour essayer d'expliquer comment [l'écroulement de l'église] s'était passé, si bien que cet exploit me parut être du même ordre que la foi qui transportait les montagnes et qui permettait à Chrétienne Sauvage de verser de l'huile d'arachide d'une grande bassine dans une bouteille sans en renverser une goutte. Elle avait l'étrange habitude de soupirer avec une sorte de ravissement, attribuant à la foi sa sûreté de main et rendant grâces à Dieu. Mais, si la bassine glissait et qu'elle perdait une goutte ou deux, elle murmurait que ses péchés s'étaient appesantis et qu'elle avait besoin de prier davantage.

(I, p. 26)

Humour, tendresse et ironie se mêlent dans les propos du narrateur. La tendance perfectionniste de sa mère acquiert ici une dimension quasi surhumaine grâce à la force qu'elle puise dans sa foi. Intransigeante et toujours attentive, Chrétienne Sauvage sait détecter le moindre signe d'indisposition chez ses enfants. Cette attitude caractéristique est décrite par le narrateur notamment dans l'épisode de la « Température » :

> La Température était un de ces mots magiques... Si Chrétienne Sauvage disait que vous faisiez de la Température, vous faisiez de la Température. Comme nous faisions la cuisine sur un foyer ouvert, je me demandais toujours comment, en mettant la main sur le front de l'un quelconque d'entre nous dans cette cuisine mal aérée, on n'aurait pas découvert de la Température. Essay, je le remarquais parfois, n'était pas aussi impressionné par la Température.

(V, p. 133)

La répétition et l'emploi de la majuscule donnent au mot « Température » une importance particulière. Bien qu'imprégnée d'humour bienveillant à l'égard de Chrétienne Sauvage, stricte et disciplinée, cette scène témoigne d'une ironie parfois mordante envers les adultes en général. Dans l'ensemble du récit, la fonction des majuscules est l'exagération du sens donné aux mots et aux choses par les adultes. Le narrateur se questionne par exemple sur l'usage des noms « père et mère » tel qu'il est pratiqué à Isara :

> Isara était notre seconde maison, la maison natale d'Essay. Tous les grands-parents là-bas s'appelaient « père et mère », et d'une certaine façon nous prononcions ces mots comme s'ils avaient eu des majuscules.
>
> (V, p. 133-134)

« Père » et « mère » sont ici des noms génériques qui désignent des personnes faisant partie de la famille élargie ou de la communauté à qui l'on doit le respect en vertu de leur âge et de l'autorité qui en découle. Cette forme de respect est ici remise en cause par le narrateur, comme une manière de marquer plus encore les différences qui existent entre Aké et Isara au sujet du rapport entre les adultes et les plus jeunes.

Si l'attitude du petit Wole est parfois moqueuse envers les adultes, elle l'est aussi envers les institutions qui régissent la vie de la communauté d'Aké : « L'église ne laissa à la mission qu'un curé et son catéchiste ; Aké ne méritait plus d'avoir un évêque » (I, p. 31). Cette remarque, conjuguée à la description des offices quotidiens dans l'*incipit*, met en évidence l'esprit critique du narrateur qui, bien que très jeune, n'est pas sans savoir que le pays dans lequel il vit est sous domination coloniale (« les Nouvelles » écoutées par son père et ses amis en sont la preuve) ou que les instances morales de sa communauté ne sont pas toujours un modèle pour la société. Dans cette perspective, le récit peut se lire comme une critique du monde des adultes.

b. Une critique du monde des adultes

Le rapport critique du narrateur aux adultes commence au sein de sa famille. Ainsi, bien qu'il ait la chance de grandir dans un milieu paisible et équilibré, le petit Wole ne manque pas d'observer et de critiquer certains comportements des adultes, notamment à l'égard des enfants :

> Chrétienne Sauvage ne manquait jamais une occasion de montrer mes talents aux visiteurs et, au début, je n'avais nul besoin qu'elle me pousse. Mais il fallut ensuite qu'elle fasse participer Tinu à la mise en scène en dénigrant ses résultats relativement moins brillants. [...] Je considérais que l'aider à faire ses devoirs était la même chose que de faire les miens ; je ne voyais pas la différence et je ne comprenais pas qu'Essay jugeât nécessaire de lui poser des questions dont le but évident était de la prendre en défaut. Mais l'humilier devant des étrangers, c'était le crime impardonnable.
>
> (VI, p. 158-159)

La discrimination entre les filles et les garçons n'échappe pas au petit Wole, privilégié par rapport à sa sœur. Les études apparaissent donc comme un domaine genré, et le traitement différent des hommes et des femmes dans la société constitue une injustice dont le narrateur est bien conscient. Le comportement de Chrétienne Sauvage semble d'autant plus difficile à comprendre qu'elle accueille des enfants orphelins dans son foyer : « D'autres arrivaient la tête mangée de teigne, l'estomac ballonné par la malnutrition, les jambes mangées de pian et les cheveux remplis de poux » (VI, p. 157). La confrontation des deux épisodes – l'humiliation publique de Tinu et l'accueil des enfants – suscite chez le petit Wole un questionnement aux accents de justice et d'égalité sociale.

Son attitude critique n'est pas facile à accepter pour sa famille, comme le montre par exemple la discussion de ses parents le concernant :

> Au petit déjeuner, ils en parlèrent [du fait que Wole oppose beaucoup de résistance à être lavé par la servante de la famille].
> – Tu sais, ton fils…, commença-t-elle. Je ne sais pas ce qu'il a fait à l'eau, mais ils n'ont pas l'air de s'entendre. Tu sais ce qui s'est passé ce matin ?
> Ils parlaient de moi comme si je n'avais pas été là. C'était une de leurs étranges habitudes, mais j'avais également remarqué que c'était là le propre de la plupart des grandes personnes ; ils parlaient de leurs enfants devant eux comme s'ils n'avaient pas été là. Nous, nous ne parlions jamais d'eux quand ils pouvaient nous entendre. Assis à notre table je les écoutais et secouais vigoureusement la tête en signe de dénégation. Non, ils n'avaient pas compris ; j'étais sûr, comme à l'ordinaire, d'avoir trouvé la faille dans leur raisonnement.
>
> (IV, p. 109)

La rancune et les reproches de l'enfant envers ses parents dépassent ici le simple caprice ; il s'agit plutôt d'une remise en question profonde de leur attitude et de leur façon de raisonner, dont le fondement est l'infériorité des enfants par rapport aux parents. L'assurance perceptible dans le ton du narrateur (« Non, ils n'avaient pas compris ») témoigne d'une prise de conscience du fait que, malgré le respect et la crainte engendrés par leur pouvoir au sein de la famille, les adultes ne sont pas infaillibles et sont tout aussi susceptibles de se tromper que les enfants. On notera que le terme « raisonnement » utilisé dans cet extrait fait écho au nom de « raisonneur » donné par Chrétienne Sauvage au narrateur lui-même quelques lignes plus loin :

> – Tu ne devrais pas trop l'encourager, mon chéri. Il est trop raisonneur. Tu sais ce qu'il a dit au sacristain dimanche dernier pendant l'office de l'après-midi ? Il n'arrêtait pas de bavarder, lui et son nouvel ami, le fils d'Edun. Alors le sacristain est allé le réprimander. Tu sais ce qu'il a répondu, ton fils ?
> – Qu'est-ce qu'il a dit ?
> – Avec toute la foule qui chantait et priait dans l'église, comment est-ce que le sacristain pouvait prouver qu'il parlait ? Tu imagines ? Il a demandé au sacristain de prouver qu'il parlait ! Je suis sûre que si le sacristain avait

SOYINKA

> accepté ils seraient encore en train de discuter dans les bancs. Voilà comment il est, cet enfant.
>
> (IV, p. 113-114)

Provocateur et rétif à leur autorité, le narrateur ne questionne donc pas seulement le statut des adultes, censés détenir le savoir et la vérité, mais aussi leur comportement. Ainsi, il se construit comme un personnage duel, en opposition autant qu'en accord avec les adultes (par son attitude calme et posée), tout en questionnant leur autorité. Cette attitude, qui peut paraître contradictoire, peut aussi se lire comme un effet du double regard posé sur l'enfance, celui du petit Wole et celui de Soyinka adulte.

Cependant, ces mêmes adultes qu'il critique font aussi l'objet de sa fascination :

> [Essay] restait assis sur sa chaise, parfaitement immobile. Je sentais qu'il écoutait. Par la fente de la porte je ne voyais qu'une mince bande de son dos, mais je savais qu'il tendait l'oreille pour essayer d'entendre si je ne bougeais pas dans l'office. C'était un jeu entre nous. Pourquoi ? je l'ignorais, mais Essay ne bougeait jamais le premier. Un bruit de pas, un toussotement, un objet renversé, un grincement de la porte. Tant que je ne signalais pas ma présence il se contentait de rester immobile, s'emparait par exemple d'un cure-dents et, le regard perdu, oubliant où il était, commençait à se nettoyer les dents. Élégamment. Je restais collé au sol, respirant à peine.
>
> (IV, p. 115)

Le sens remarquable du détail et l'acuité des observations illustrent l'idée que la voix narrative résulte d'un double regard appartenant à la fois au monde de l'enfance (le temps de la narration) et au monde de l'âge adulte (le temps de l'écriture autobiographique, des années plus tard) : si l'enfant est sensible aux moindres détails de son environnement, l'écrivain bénéficie de l'atout de l'expérience du travail de la langue.

Plus encore, les traditions et les coutumes de sa communauté font aussi l'objet de la critique du narrateur. Un exemple poignant est la situation de Sorowanke, surnommée « la folle enceinte » (X, p. 305). Par son destin tragique, Sorowanke est l'une des présences les plus saisissantes du village d'Aké. Le petit Wole la décrit dès le début comme un bouc émissaire de la communauté, faisant « l'objet d'insultes, de taquineries bon enfant ou recev[ant] quelque projectile anonyme » (X, p. 303). Enceinte et sans moyens de survie, vivant dans une cabane, la jeune femme devient la cible d'une lapidation collective, victime qu'elle est de sa propre fragilité et de sa condition misérable.

La scène du changement du nom de Dipo, le petit frère, en Femi alors qu'il a disparu de la maison pendant la journée met aussi en avant l'incompréhension du narrateur à l'égard du comportement des adultes :

Quant à Dipo, dès le lendemain il était redevenu aussi diable et aussi turbulent que jamais. Aucune trace de son aventure ou de ses suites n'était visible dans son comportement. Nous nous mîmes à le considérer comme une sorte d'être à part, de toute évidence indestructible. Un an plus tard peut-être, longtemps après la visite de l'oncle mystérieux, Chrétienne Sauvage annonça que le nom de Dipo allait être remplacé par celui de Femi. Elle expliqua qu'elle y pensait depuis quelque temps parce que les enfants appelés Dipo finissaient toujours par être casse-cou et indociles. Ce changement de nom nous laissa indifférents pour la plupart, mais je cachai ma propre stupéfaction. Une fois de plus je me sentais désemparé et décontenancé : ces grandes personnes savaient-elles jamais ce qu'elles voulaient ? Il semblait impossible que ce fût là cette Chrétienne Sauvage qui avait excité Dipo il n'y avait pas si longtemps et qui, avec la complicité de Joseph et de Nubi, l'avait poussé contre moi. Maintenant elle changeait son nom parce qu'il n'avait que trop bien répondu à leurs incitations ? Je réfléchis à ce problème pendant quelques semaines ; chaque fois que je l'entendais appeler par son nouveau nom, j'étais tout désorienté.

(VIII, p. 240)

La décision pour le moins mystérieuse de sa mère est ici un symbole du comportement des adultes, souvent jugé ridicule. Par ailleurs, le narrateur prend fréquemment beaucoup de liberté à leur égard et cherche à être traité sur un pied d'égalité. Par exemple, lors d'une visite à Isara, il attire l'attention de son père sur la question de l'hygiène précaire dans le village :

L'hygiène à Isara laissait à désirer. [...] Un jour, je demandai à Essay pourquoi nous ne pourrions pas amener à Isara, ne serait-ce que pendant notre séjour, ces inspecteurs de la santé publique qui faisaient sans s'annoncer des descentes dans les maisons d'Aké. Essay jeta un coup d'œil alentour, comme pour s'assurer que personne ne m'avait entendu. Puis il me fit promettre de ne le lui rappeler que lorsque nous serions de retour à la mission.

(IX, p. 252-253)

Cet échange illustre le fait que le garçon voit seulement les différences saillantes entre les deux endroits sans y voir la cause, à savoir le manque de moyens matériels pour améliorer les conditions d'hygiène du village. Avec une pointe d'ironie, le narrateur montre que l'aisance du petit Wole devant les adultes n'est pas toujours fondée. Comme dans les précédents extraits, le narrateur prend la liberté d'exprimer ses pensées en assumant le risque de choquer, voire d'être réprimandé. Cette liberté vient de sa résistance à l'autorité, comme le montre la scène de la prosternation devant les dignitaires, lors d'une visite avec son père au palais d'Isara :

L'inconnu retroussa les lèvres en ricanant ; de cette voix tonnante qui venait de me désarçonner, il ordonna :

– Dobalè. [Prosterne-toi.]

> […] Maintenant je n'éprouvais plus qu'un froid ressentiment devant sa présence en ces lieux et surtout à l'idée qu'il avait choisi Essay comme ennemi. […] Et devant cet inconnu arrogant, pas même Essay et sa Chrétienne Sauvage n'auraient pu m'obliger à me prosterner, s'ils avaient changé d'avis !
>
> […] Je dis, avec le sentiment de n'exprimer qu'une évidence :
>
> – Si je ne me prosterne pas devant Dieu, pourquoi est-ce je me prosternerais devant vous ? Vous n'êtes qu'un homme comme mon père, non ?
>
> Il s'ensuivit le plus long silence qu'il me fût jamais donné d'entendre dans une assemblée d'adultes. L'Odemo le rompit enfin par un long sifflement qui s'acheva par un juron :
>
> – O-o-o-o-o-oro baba o ! (Et se tournant vers Essay :) E mi su' wo re ko ? [Par mes ancêtres Oro ! C'est vous qui lui avez appris cela ?]
>
> Mon père secoua la tête en signe de dénégation, présenta ses paumes pour montrer qu'il n'avait rien à y voir.
>
> (IX, p. 245-247)

Il faut toutefois nuancer l'idée d'une résistance systématique à l'autorité : le narrateur ne rejette pas toute forme d'autorité pour le seul plaisir de le faire, mais il questionne et analyse la légitimité de cette autorité avant de s'y opposer. S'il a du respect envers ses parents et sa famille, il ne juge pas approprié de se soumettre à une autorité de façon automatique et « gratuite » : l'inconnu qui lui demande de se prosterner n'a aucune légitimité à le faire et n'est pas une figure digne de respect, car il lui intime simplement de se soumettre à une coutume sans lui donner une raison valable de le faire. À l'inverse, le petit Wole ne ressent pas du tout la même chose en présence de Daodu et de « sa Dame », qui « étaient toujours prêts à [lui] parler, à tout enfant qui le souhaitait d'ailleurs, comme ils le faisaient avec les adultes » (XV, p. 427). La considération que lui témoigne son oncle fait de ce dernier un maître authentique, qui met « l'élève » au centre de sa démarche pédagogique tout en l'encourageant à aller plus loin.

Ainsi, l'attitude du narrateur ne relève pas d'un simple caprice ou d'un acte de rébellion naturel pour son âge : il s'agit pour lui de juger de la légitimité de l'autorité qu'on veut lui imposer. En adoptant cette posture, Soyinka donne à son récit un ton original, qui s'éloigne du réalisme magique de Ben Okri ou du monde enchanté de Camara Laye (voir encadré, p. 188). Dans *Aké*, l'accent est mis sur la formation d'une personnalité critique, libre de penser et d'agir dans une société en transition.

CONCLUSION

Chez Soyinka, le paysage de l'enfance est vaste. À travers une riche galerie de personnages, dont la famille est le noyau dur, l'auteur (re)crée l'âme du village d'Aké. Cette mosaïque humaine lui permet d'analyser non seulement les caractères, mais aussi ce qu'Étienne Galle appelle « une Afrique en transition », à savoir un espace socioculturel et historique en pleine mutation. La pluralité des langues utilisées dans le récit (le yorouba, l'anglais et le pidgin nigérian) ainsi que le syncrétisme religieux entre le christianisme et les croyances traditionnelles jettent alors un pont entre la tradition et la modernité. Si le monde de l'enfance est analysé à travers la fascination du narrateur pour le langage et les contes, la magie des mots revêt aussi une dimension critique envers le monde des adultes et la société dans laquelle il vit. Le récit devient alors la fresque d'un monde en plein changement, où l'éducation et les figures des maîtres jouent un rôle central. En somme, le tableau que Soyinka brosse de son enfance est le résultat d'un travail d'archéologie littéraire, qui retrace la formation de l'individualité d'un écrivain critique et engagé.

ORIENTATIONS BIBLIOGRAPHIQUES

Édition de référence

SOYINKA Wole, *Aké, les années d'enfance*, trad. É. Galle, GF-Flammarion, 2021. Cette édition fournit notamment une préface du traducteur, utile pour comprendre le contexte littéraire de l'œuvre.

Études critiques

BÉLO Bankolè, *Wole Soyinka, poète citoyen* (DVD), L'Harmattan, 2011.

FIOUPOU Christiane, « Espaces physiques et symboliques dans la culture et la littérature yorouba », dans S. Dulucq et P. Soubias (dir.), *L'Espace et ses représentations en Afrique*, Karthala, 2004, p. 32-51.

GALLE Étienne, *L'Homme vivant de Wole Soyinka*, Silex, 1987.

RICARD Alain, *Wole Soyinka ou l'Ambition démocratique*, Silex, 1988.

QUATRIÈME PARTIE

L'enfance dans les œuvres au programme

par Maud Schmitt

Introduction 205

I. Portraits d'enfants 206

A. Une galerie de portraits 207
- 1. Personnages principaux, entre fiction et réalité 207
- 2. Enfants innocents ou enfants méchants ? 209
- 3. Enfants malheureux, enfants souffrants, enfants maltraités 212

B. « Lignes de démarcation » 214
- 1. Filles et garçons 214
- 2. Enfants pauvres et enfants riches 216
- 3. Enfants des villes et enfants de la campagne 218

II. Regards d'adultes sur l'enfance 220

A. Un âge d'or ? 220

B. Enfance et âge adulte : rupture ou continuité ? 223
- 1. L'enfant, brouillon de l'homme ou rupture radicale ? 224
- 2. L'enfant et l'adulte, deux êtres de nature différente 226
- 3. L'enfant, juge des adultes 228
- 4. Quitter l'enfance 229

III. L'éducation 232

A. Former l'enfant ou empêcher qu'il se déforme ? 232

B. Qui éduque ? 233
- 1. Les parents 233
- 2. Les maîtres 235

C. Comment éduquer ? 237
- 1. « Laisse[r] mûrir l'enfance dans les enfants » 237
- 2. L'utilité des histoires 239
- 3. Vertu des punitions ? 244

D. Qu'enseigner à l'enfant ? 246
- 1. Apprendre à souffrir, apprendre à mourir 246
- 2. Apprendre à être un homme et à le rester 248

Conclusion 250

Jusqu'aux bords de ta vie
Tu porteras ton enfance
Ses fables et ses larmes
Ses grelots et ses peurs

Tout au long de tes jours
Te précède ton enfance
Entravant ta marche
Ou te frayant chemin.

Andrée Chedid

INTRODUCTION

L'enfance fait l'objet d'une expérience paradoxale : elle est fondatrice de ce que je suis, mais elle me demeure partiellement inconnue. Elle est mon passé, mais elle paraît détachée du reste de ma vie, comme si sa temporalité était hétérogène à celle qui structure tout le reste de mon vécu. Plus on remonte vers l'origine, plus elle devient opaque et mystérieuse : la petite enfance, celle d'avant le langage et la mémoire, est l'angle mort de notre vie, sa zone de mystère, d'étrangeté.

Dès lors, faute de pouvoir la revivre ou même la connaître, résignés à se contenter des éclairs qu'une mémoire parfois trompeuse nous laisse apercevoir, on investit l'enfance d'affects et de significations symboliques. On peut repenser avec regret à cette époque où tout était encore ouvert, où la trajectoire de notre destinée n'avait pas encore été fixée, où le temps avait une autre densité, où le monde était merveilleux et surprenant sous notre regard nouveau, et où l'on ne savait rien encore de ce qui nous attendait. Ou alors, on peut la considérer avec colère ou amertume, si l'on voit en elle un milieu déterminant qui nous a assigné dès le départ une direction que nous n'avons pas pu choisir, ou si on l'associe à des expériences dont l'adulte porte encore le poids et peine parfois longtemps à se défaire. On peut encore la regarder avec un respect sacré quand on voit en elle l'image même d'une innocence perdue : « On ne rencontre plus l'enfant sans quelque effroi/ On sent qu'on est devant un plus juste que soi », écrit ainsi Victor Hugo dans son poème « L'enfant ».

On peut enfin se pencher sur l'enfance pour y chercher la clé des plus grandes énigmes de la philosophie : celles qui portent sur la morale (la morale est-elle innée ou acquise ?), sur l'homme (l'enfant contient-il l'homme ? L'homme s'explique-t-il par l'enfant ? Quel rôle jouent les expériences de l'enfance dans notre identité ?), sur le temps vécu et la mémoire (comment perçoit-on le temps qui passe ? À quel moment sort-on de l'enfance ? Le souvenir est-il une voie d'accès au passé ou une illusion rétrospective ?) – ou, de manière plus intime et plus personnelle : étais-je déjà, petit enfant, celui que je suis ? Quand ai-je commencé à être moi ? Aurais-je pu être quelqu'un d'autre ?

Toutes ces questions traversent les trois œuvres au programme, effaçant partiellement des différences pourtant marquées, et notamment la plus évidente : la différence générique. Si l'on s'attend à trouver du lyrisme dans le sous-genre du récit autobiographique qu'est le récit d'enfance de Wole Soyinka, on y verra aussi se poser avec acuité la question de l'identité et de la formation d'une conscience sociale et politique, mais aussi des questions de philosophie telles que le rapport de l'enfant au langage et au temps, par exemple. Les *Contes* d'Andersen posent par leur forme même – celle du conte – la question de l'éducation, en s'interrogeant sur ses moyens et sur la manière dont il convient de s'adresser à un enfant. Rousseau, qui annonce lui-même avoir livré, avec l'*Émile*, un faux traité d'éducation, mais un vrai ouvrage de philosophie [1], interroge autant la nature de l'enfant que, à travers lui, les hommes que nous sommes et ceux que nous aurions pu, et dû, devenir. Mais il arrive que le petit garçon théorique qu'est son Émile s'anime et prenne vie sous la plume d'un philosophe qui se fait momentanément romancier et qui rêve à travers lui sa propre enfance, avec tendresse et amusement ; le lyrisme si particulier aux souvenirs d'enfance, teinté de souriante mélancolie, n'est en effet pas absent du traité d'éducation. Des ponts sont ainsi jetés de l'une à l'autre des trois œuvres au programme, fragilisant le cloisonnement des genres, estompant la différence des époques. C'est à suivre ces lignes directrices que nous nous attacherons dans ce chapitre, en mettant au jour les questions communes à ces trois œuvres et la diversité des réponses qu'elles y apportent. On s'intéressera d'abord aux divers portraits d'enfants que l'on y trouve, avant de s'interroger sur la question du point de vue : quel regard les adultes portent-ils sur l'enfance ? Quelle image l'enfance nous renvoie-t-elle de nous-mêmes, qui en sommes sortis ? Enfin, on verra la fonction que ces trois œuvres accordent respectivement à l'éducation dans la formation des enfants.

I. Portraits d'enfants

Les enfants sont nombreux dans les trois œuvres au programme, qui en proposent une image contrastée, à travers une galerie de portraits variée et diversifiée.

---

1. Dans une lettre à Cramer d'octobre 1764, Rousseau écrit : « […] je ne puis croire que vous preniez [ce livre] pour un vrai traité d'éducation. C'est un ouvrage assez philosophique. »

A. Une galerie de portraits

Qu'ils soient personnages principaux ou silhouettes à l'arrière-plan, les enfants sont au cœur du dispositif textuel mis en place par les trois œuvres ; ils justifient aussi les questions morales et sociales que celles-ci soulèvent.

1. Personnages principaux, entre fiction et réalité

Au cœur de chacune des trois œuvres au programme se trouve un enfant. Chez Andersen, les enfants sont nombreux, à commencer par celui auquel le conteur destine ses histoires. Il s'adresse parfois directement à lui, dans l'envoi du conte ou dans sa morale finale. « Je ne me souviens pas de son nom, c'est aux savants de te le dire », avoue familièrement l'auteur à son jeune lecteur, au début du « Grand serpent de mer », en le tutoyant (p. 363). Ou encore, au commencement de « Tante Mal-aux-dents », l'auteur interpelle son lecteur en ces termes : « D'où tenons-nous cette histoire ? Veux-tu le savoir ? » (p. 429). Certains contes esquissent même la silhouette de ce destinataire fictif, dont Andersen dresse alors le portrait idéalisé à travers celui qu'il fait des enfants lecteurs. À la fin de « Le bonheur peut se trouver dans un bout de bois », qui se veut un conte sur le bonheur, l'écrivain évoque l'image qui suggère le mieux pour lui ce sentiment. Ce serait celle d'un enfant attentif et heureux, entouré de son père et de sa mère qui lui liraient une de ses histoires :

> […] je peux avoir de l'or sonnant, de l'or brillant, le meilleur qui soit, celui qui brille dans des yeux d'enfant, qui sonne dans une bouche d'enfant et dans celle de son père et de sa mère. Ils lisent ces histoires, et je suis près d'eux, au milieu de la pièce, mais invisible […]. Si je sens que ce que je raconte les rend heureux, alors, moi aussi, je dis : « Le bonheur peut se trouver dans un bout de bois ! »
>
> (*Contes*, « Le bonheur peut se trouver dans un bout de bois », p. 357-358)

Comme le jeune lecteur qu'Andersen se prend à imaginer avec attendrissement lisant ses contes, le jeune élève de Rousseau est un « élève imaginaire » (I, p. 85). Mais, pour Rousseau, le recours à l'invention est le moyen de lever l'obstacle contenu dans son projet même : celui de livrer un traité d'éducation d'un genre nouveau, une méthode qui ne se préoccuperait pas de ce qui est faisable compte tenu du « mal existant » (préface, p. 48), mais qui se propose de faire advenir l'homme tel qu'il devrait être, suivant sa nature. Dans sa préface, l'auteur anticipe en effet une double difficulté. D'une part, puisque le lecteur est un *homme fait*, et qu'il existe une rupture ontologique entre l'enfance et l'âge adulte, car l'enfance est un état de nature dont l'homme, éduqué selon les méthodes traditionnelles, s'est coupé, il sera difficile pour le lecteur de se représenter l'enfance, sujet du livre. Mais surtout, puisque la pédagogie nouvelle de Rousseau se propose de faire advenir, à partir de l'enfant, non pas « l'homme de l'homme », celui que nous sommes nous-mêmes et que nous connaissons, mais « l'homme de la nature », dont nous n'avons aucun exemple car il n'en existe aucun dans nos sociétés, il s'attend à ce qu'on le traite de « visionnaire » et ses propos de « rêveries » (préface, p. 47). C'est pourquoi Rousseau doit recourir à la fiction pour mener à bien sa démonstration et prouver qu'il est possible, en revenant à « l'origine » de l'homme (l'enfant) et en s'acheminant pas à pas vers l'âge adulte, de connaître la nature de l'homme.

L'usage que fait Rousseau de la fiction est donc méthodologique. De la même manière que Platon recourt au mythe, c'est-à-dire à des histoires inventées, ancrées dans l'univers matériel, pour figurer des réalités abstraites qui ne sont pas de l'ordre du sensible, Rousseau construit pour les besoins de sa démonstration un petit garçon imaginaire, réunissant toutes les qualités de l'élève idéal, autrement dit présentant les conditions les plus favorables à la réussite de son expérimentation. Si Émile est bien fictif, il n'en est point pour autant « fantastique ». Le petit garçon qu'on voit, tout au long des pages de son traité, grandir puis devenir progressivement un adolescent et un jeune homme, est au contraire beaucoup plus près de la nature humaine véritable que celui qu'a fait advenir la société et qui est, lui, un être « factice », comme un cheval de manège, un chien de race ou encore l'arbre difforme d'un jardin à la française (I, p. 53). La « fiction » dont relève l'*Émile* est donc investie d'un poids de vérité supérieur à la réalité effective, formée, ou plutôt déformée par l'homme social, au gré de ses caprices.

Ce personnage imaginaire d'un genre très particulier fait toutefois l'objet d'une description précise. Chacune de ses particularités physiques et chacun de ses traits de caractère répondent à un objectif méthodologique : constituer un terrain favorable à la mise en application de l'éducation naturelle et permettre la réussite de l'expérience jusqu'à son but final. Quitte à choisir, puisque son imagination a tous les droits, Rousseau préférerait par exemple que son élève « ait de la naissance » – « ce sera toujours une victime arrachée au préjugé », ajoute-t-il en guise de justification (I, p. 90). L'élève sera en bonne santé, car un enfant « infirme et valétudinaire » (I, p. 92) transformerait le gouverneur en garde-malade et détournerait le propos démonstratif de son objectif premier. Dans cette perspective, il ne sera ni brillant ni doué, mais un garçon « vulgaire » (Rousseau emploie ici le terme dans son sens étymologique, qui désigne une personne quelconque), doté d'un « esprit commun » (I, p. 88) : ses progrès n'en démontreront que mieux l'applicabilité de la méthode à n'importe quel homme qui entreprendrait de la suivre scrupuleusement.

Aké, les années d'enfance est un récit autobiographique, genre qui se caractérise par le fait que l'auteur, le narrateur et le personnage sont une seule et même personne. À travers le petit Wole, l'écrivain raconte sa propre enfance. Il n'est donc pas un personnage de fiction, et l'on a montré de même que ni l'enfant imaginé par Andersen comme destinataire de ses histoires ni l'élève idéal mettant en application les principes pédagogiques de Rousseau n'étaient des personnages de fiction au sens le plus courant du terme. Pour ce qui est de l'autoportrait que délivre Soyinka dans les pages de son récit, c'est plutôt la question de la vérité factuelle de cet enfant qu'il est intéressant de questionner. Qui raconte l'histoire ? L'écrivain devenu un homme mûr, superposant au point de vue de l'enfant qu'il a été celui de l'adulte qu'il est devenu ? Ou l'enfant, portant sur le monde un regard neuf et candide qui aurait été préservé, intact, dans la mémoire de l'auteur tout au long de ces années qui l'en séparent pourtant de manière irréversible ?

L'autobiographie et les questions qui s'y rattachent ne sont d'ailleurs pas la seule prérogative du texte qui, dans notre programme, se réclame explicitement du genre. On trouve aussi un bref autoportrait dans l'*Émile*, quand Rousseau raconte, en un récit vif et d'une tendre drôlerie, sa peur du noir et la manière dont il s'en est guéri. Le recueil des *Contes* d'Andersen présente également plusieurs histoires à caractère autobiographique : « Le vilain petit canard » et « La petite sirène » sont inspirés de son enfance et du chemin que l'enfant, issu d'une famille pauvre, a dû parcourir pour devenir l'écrivain célèbre, connu dans toute l'Europe et admis dans les cercles les plus en vue. « La petite fille aux allumettes » et « Elle n'était bonne à rien ! » s'inspirent quant à eux du personnage de sa mère. On peut ainsi risquer l'hypothèse que l'enfance est un thème qui fragilise les cloisons habituellement étanches entre factuel et fictionnel. Parler de l'enfance dans un ouvrage philosophique, un roman ou un recueil de contes implique toujours de parler de soi, ne serait-ce qu'en creux ou subrepticement.

Mais autour de ces trois figures enfantines centrales – le petit Wole, le jeune Émile créé sur mesure pour les besoins de la cause et le destinataire implicite de tous les récits d'Andersen – gravite une foule de personnages secondaires : enfants de toutes conditions, de tous milieux, de tous caractères mais aussi de toutes espèces, puisque Andersen recourt également au merveilleux pour figurer l'enfance sous les traits d'un jeune sapin, d'une jolie sirène, d'un canard, d'un soldat de plomb ou encore d'un bonhomme de neige. À eux tous, ils donnent à voir une image changeante de l'enfance, miroir où la société se regarde, question posée à la philosophie et à la morale.

2. Enfants innocents ou enfants méchants ?

Les trois œuvres au programme apportent une réponse à une question assez attendue dès lors qu'on aborde le thème de l'enfance : les enfants peuvent-ils être méchants ?

Dans les *Contes* d'Andersen, l'enfance est le plus souvent synonyme d'innocence. Ainsi, dans « La Reine des Neiges », la petite Gerda, démunie et les pieds nus, possède, par la seule force de son innocente bonté, le pouvoir de terrasser le mal et d'en délivrer Kay, son jeune ami, qu'un éclat de miroir logé dans le cœur a rendu méchant. C'est bien ce qu'affirme la magicienne, qui reconnaît dans l'innocence d'une enfant gentille un pouvoir plus grand que n'importe quel sortilège :

> Je ne peux pas lui donner un pouvoir plus grand que celui qu'elle a déjà ! Ne vois-tu pas combien il est grand ? Ne vois-tu pas comment les hommes et les animaux sont forcés de la servir, et comment elle a si bien pu parcourir le monde, les pieds nus ? Il ne faut pas que nous lui fassions savoir quel est son pouvoir, il réside dans son cœur, il vient de ce que c'est une enfant gentille et innocente.
>
> (*Contes*, « La Reine des Neiges », p. 182)

Le pouvoir de l'enfance contre le mal, non pas malgré sa fragilité et son innocence, mais en raison d'elles, est l'application d'un thème évangélique : « Si vous ne devenez pas comme des enfants, vous n'entrerez pas dans le royaume de Dieu », prévient Jésus dans un verset que cite la grand-mère à la fin du conte (p. 188), après que Gerda, revenue auprès d'elle avec Kay, a triomphé du mal. « La Reine des Neiges » se présente alors comme une parabole, à la manière de celles qu'on peut trouver dans la Bible, dont le conte propose une récriture. Au dénouement, Andersen en livre la clé d'interprétation : « l'Enfant Jésus » est bien le modèle de l'enfant par excellence, lui qui, malgré ou plutôt grâce à sa fragilité, soumet le monde entier, comme le rappelle le psaume que chante Gerda :

> Kay et Gerda se regardèrent alors dans les yeux et comprirent tout à coup le vieux psaume :
> Les roses poussent dans les vallées,
> Où avec l'Enfant Jésus nous pouvons parler !
>
> (*Contes*, « La Reine des Neiges », p. 188)

Et pourtant, on trouve dans les contes plusieurs exemples d'enfants méchants, rappelant ainsi le poids du péché originel sur l'humanité. À la fin de « La petite sirène » sont évoqués les « enfant[s] vilain[s] et méchant[s] » qui obligent les filles de l'air à verser des « larmes de chagrin » (p. 81), chaque larme rallongeant d'un jour le purgatoire de trois cents ans qui les sépare du moment où elles pourront avoir une âme immortelle. La triste fin du petit soldat de plomb est causée par la cruauté d'un garçon qui, sans raison, l'a jeté dans la poêle. Kay est aussi un enfant méchant, mais sa méchanceté est accidentelle et il n'en est pas responsable : un éclat du miroir fabriqué par le troll (« c'était "le diable" », précise le narrateur, p. 151) lui est entré dans le cœur et l'a transformé en bloc de glace. Le conte, qui s'apparente à un mythe puisqu'il entend expliquer la genèse d'un ordre moral du monde, donne ainsi des indications sur ce qu'est la méchanceté pour Andersen : un endurcissement du cœur au profit de la seule raison, d'où proviennent l'orgueil et la tristesse. Quelques enfants cruels apparaissent aussi dans les souvenirs de Wole Soyinka, comme ceux qui participent à la lapidation de la mendiante Sorowanke, la « folle enceinte » (X, p. 305). Mais leur violence est présentée comme mimétique : les adultes les exposent en effet continuellement au spectacle de leur propre brutalité.

Pour Rousseau, l'enfant est innocent par nature, car il est une page blanche : la société n'a pas encore eu le temps de le corrompre. « Tout est bien sortant des mains de l'Auteur des choses, tout dégénère entre les mains de l'homme », affirme en effet Rousseau en ouverture de l'*Émile* (I, p. 53). Puisque c'est une « maxime incontestable » que « les premiers mouvements de la nature sont toujours droits », l'enfant méchant est un contresens. Rousseau s'oppose ici à ceux, parmi les « philosophes », qui, au nom du péché originel, invoquent les « vices naturels » (I, p. 127) qu'on peut trouver chez l'enfant et qui prouvent, selon eux, la « méchanceté de l'homme », sa « perversité originelle » (II, p. 178).

Tout d'abord, l'enfant méchant n'existe pas car il demeure longtemps un être amoral. Tant que sa raison n'est qu'une faculté dormante, il ne peut avoir la conscience du bien et du mal :

> La raison seule nous apprend à connaître le bien et le mal. La conscience qui nous fait aimer l'un et haïr l'autre, quoique indépendante de la raison, ne peut donc se développer sans elle. Avant l'âge de raison, nous faisons le bien et le mal sans le connaître ; et il n'y a point de moralité dans nos actions [...].
>
> (*Émile ou De l'éducation*, I, p. 126)

COMPARAISON

Mais l'enfant donne en effet l'exemple de comportements qui peuvent apparaître méchants. Ceux-ci relèvent, selon Rousseau, de deux catégories distinctes. D'une part, il admet que l'enfant est naturellement porté à malmener et à détruire ce qui se trouve à sa portée. Il est capable, reconnaît Rousseau, d'empoigner un oiseau comme on empoignerait une pierre et de l'étouffer sans y penser. Mais il n'y a là nulle méchanceté : cette propension à briser répond à la vitalité surabondante de l'enfant, qui se vérifie elle-même en *animant* son entourage. Or l'action qui détruit, plus rapide que celle qui forme, « convient mieux à sa vivacité » (I, p. 128). D'autre part, si l'ouvrage donne plusieurs exemples d'enfants capricieux, tyranniques ou encore vaniteux, il s'agit là de la deuxième catégorie. Il ne se trouve dans le cœur humain « pas un seul vice dont on ne puisse dire comment [...] il y est entré », rappelle Rousseau (II, p. 178). Le comportement des adultes à l'égard de l'enfant est donc le seul responsable de son mauvais caractère, et nombreuses sont les occasions de l'exposer dangereusement. Ainsi, le trop grand empressement des parents à répondre aux désirs des enfants les rend impérieux :

> [...] sitôt qu'ils peuvent considérer les gens qui les environnent comme des instruments qu'il dépend d'eux de faire agir, [les enfants] s'en servent pour

suivre leur penchant et suppléer à leur propre faiblesse. [...] Car il ne faut pas une longue expérience pour sentir combien il est agréable d'agir par les mains d'autrui, et de n'avoir besoin que de remuer la langue pour faire mouvoir l'univers.

(*Émile ou De l'éducation*, I, p. 128)

À l'inverse, si le joug que l'éducateur fait porter à l'enfant est trop pénible, celui-ci concevra du dépit envers lui et s'en vengera en lui cherchant des faiblesses. Ainsi sera prise l'habitude de se plaire à trouver les défauts des gens, et le jeune homme sera moqueur et peut-être perfide (II, p. 237).

On l'aura compris, l'enfance est une période périlleuse pour ce qui est de la moralité, car les influences extérieures peuvent être déterminantes, même dans les plus petites choses. Rousseau parle de la période de la naissance à douze ans comme du « plus dangereux intervalle de la vie humaine », car « c'est le temps où germent les erreurs et les vices, sans qu'on ait encore aucun instrument pour les détruire » (II, p. 180).

3. Enfants malheureux, enfants souffrants, enfants maltraités

Aux côtés de ces enfants méchants, ou tout précocement détournés de leur nature, évoluent nombre d'enfants malheureux : leur fragilité fait d'eux les victimes désignées de la méchanceté des hommes. Cette vision pessimiste du monde et des rapports humains s'explique là aussi par le poids du péché originel, qui sert souvent de grille de lecture aux *Contes* d'Andersen. L'innocence est persécutée à travers l'enfant emmuré vivant dans « En regardant par une fenêtre à Vartou » (p. 257). Des enfants sont torturés et mis à mort, comme ceux de l'histoire cruelle du pharmacien, enfermés dans le tiroir d'une grosse commode avant d'être noyés (« La clef de la porte d'entrée »). « La petite fille aux allumettes », qui meurt de froid dans l'indifférence générale la nuit même de Noël, est encore un autre visage des souffrances enfantines.

Ainsi, le mal n'est pas seulement celui commis par les méchants ; il est aussi celui subi par des innocents : la souffrance et la maladie marquent la précarité de notre condition et, chez Andersen, les enfants n'y échappent pas. « Le grand serpent de mer » évoque en passant l'image fugace de deux cadavres enlacés, une femme et son bébé, noyés lors d'un naufrage. De manière plus développée, « L'invalide » dresse le portrait d'un enfant infirme, réduit à l'immobilité jusqu'au miracle qui lui rendra l'usage de ses jambes.

Rousseau affirme quant à lui que les enfants, dont les seules facultés développées sont celles des sens, ne connaissent « que les maux physiques » (I, p. 79). Il reconnaît toutefois que ceux-ci sont nombreux et se livre ainsi à une impressionnante énumération des maladies infantiles :

> Les dents qui percent leur donnent la fièvre ; des coliques aiguës leur donnent des convulsions ; les longues toux les suffoquent ; les vers les tourmentent ; la pléthore corrompt leur sang ; des levains divers y fermentent, et causent des éruptions périlleuses.
>
> (*Émile ou De l'éducation*, I, p. 76)

Mais, puisque ces maladies sont naturelles, elles ont leur utilité, et il ne convient pas de chercher à en protéger l'enfant : elles visent à l'endurcir. Au contraire, il faut l'y exposer et accompagner ainsi la « règle de la nature » :

> Exercez-les donc aux atteintes qu'ils auront à supporter un jour. Endurcissez leurs corps aux intempéries des saisons, des climats, des éléments, à la faim, à la soif, à la fatigue ; trempez-les dans l'eau du Styx.
>
> (*Émile ou De l'éducation*, I, p. 77)

C'est ainsi que Rousseau préconise, par exemple, de laver les nourrissons dans un bain glacé (I, p. 107), ou encore de réveiller l'enfant en pleine nuit, de façon irrégulière et imprévisible (II, p. 256), et de le faire dormir sur un lit très dur (II, p. 255) afin de l'habituer à trouver le sommeil en toute circonstance et, éventuellement, à en manquer – autant de pratiques qui pourraient, à nos yeux, être perçues comme des mauvais traitements. Il arrive pourtant que la constitution physique de certains ne soit pas assez forte : ainsi, Rousseau rappelle que « la moitié des enfants qui naissent périt avant la huitième année » (I, p. 76).

COMPARAISON

Wole Soyinka illustre aussi dans son récit la réalité de la maladie et de la mortalité infantiles. La petite Bukola, la fille du libraire, est une « *abiku* » : une enfant qui fait sans arrêt « la navette entre les deux mondes », celui des vivants et celui des morts, « aussi souvent que cela lui [plaît] » (I, p. 40). La sollicitude et l'inquiétude de ses parents l'ont d'ailleurs rendue impérieuse, dès lors qu'elle sait utiliser sa maladie comme une menace pour obtenir de ses parents qu'ils satisfassent ses moindres caprices. Elle illustre donc bien le mécanisme dont parle Rousseau, pour qui les cajoleries des parents font un enfant tyrannique.

Folasade est elle aussi une enfant malade. Mais, si le point de vue de Rousseau sur ces maux physiques de l'enfance se limitait à des considérations biologiques, le regard porté par le narrateur d'*Aké* est tout autre. Les tourments endurés par la petite fille, torturée par une souffrance qui ne lui laisse pas de repos, font l'objet de passages poignants : elle agrippe avec force le doigt qu'on lui tend à travers les barreaux de son lit et s'y accroche, avant qu'une « vague de douleur » (VII, p. 188) apparaisse dans ses yeux. Plus tard, immobile et muette sur son lit pendant des jours et des jours, elle regarde fixement le plafond, son petit corps prisonnier d'un corset de plâtre l'enserrant des aisselles au bassin. Les adultes sont égarés de chagrin, rongés par leur propre impuissance à la soulager : « jamais avant ni depuis, je n'ai vu une telle concentration de douleur et de rage mêlées », se souvient le narrateur à propos du visage de sa mère

(VII, p. 190). À l'opposé du discours de Rousseau sur le caractère naturel de la mortalité infantile, la courte vie de Folasade et son décès apparaissent davantage comme contre-nature, étranges, incompréhensibles. Que les choses reprennent leur cours normal après sa disparition est pour le narrateur une incongruité révoltante : « Je m'attendais d'un jour à l'autre à un cataclysme aux proportions incalculables, mais rien ne se produisit », s'étonne-t-il (VII, p. 192). Le fait que Folasade soit morte le jour même de son premier anniversaire semble d'ailleurs une preuve du caractère extraordinaire de cet événement, que l'on soupçonne chargé d'une signification mystérieuse. C'était une enfant « *abami, abami gidi* » : étrange, vraiment étrange, selon le grand-père. « S'en aller comme ça, le jour même de son anniversaire, hm » (IX, p. 279).

B. « Lignes de démarcation »

L'enfance révèle les lignes de partage qui traversent la société. Garçons et filles n'y jouent pas le même rôle et n'y reçoivent pas le même traitement ; les enfants pauvres et les enfants riches connaissent très tôt des destinées différentes, et à cet antagonisme s'en ajoute un autre : celui qui distingue les enfants des villes des enfants de la campagne.

1. Filles et garçons

Le narrateur d'*Aké* raconte avoir été sensible très tôt à l'existence d'une « ligne de démarcation » (VI, p. 160) qu'il ne lui est pas venu à l'esprit, tout d'abord, de contester. Celle-ci commence à lui apparaître lorsqu'il prend conscience de son statut privilégié dans la maison : à sa sœur aînée « étaient refusées les joies de l'intimité que [lui] valait sa situation privilégiée dans la chambre de [son] père », et cela lui a d'abord paru « tout à fait normal » (VI, p. 158). Mais, plus tard, cette différence de traitement entre les garçons et les filles suscitera le malaise du narrateur. Il éprouve de la gêne lorsque Tinu est systématiquement dénigrée pour que soient mieux mis en valeur ses propres succès scolaires (VI, p. 159). La prise de conscience d'une différence de traitement entre le petit garçon et les filles de la famille favorise donc l'émergence graduelle d'un sentiment d'injustice qui a déjà un caractère moral, puisqu'il n'est pas tourné vers sa seule personne. Cet épisode marque alors une étape importante dans la formation morale du garçon, qui préfigure ses années de lycéen pendant lesquelles il assistera à la naissance du Syndicat des femmes, voué à devenir un mouvement national accompagnant les luttes plus vastes contre la colonisation. Obscurément, la cause de la justice est ressentie comme bonne et apparaît déjà comme une cause commune.

Dans les *Contes* d'Andersen, le thème du mutisme, associé aux personnages féminins, traverse le recueil. À la fin du « Briquet », par exemple, la princesse épouse le soldat qui devient roi, en un dénouement à première vue représentatif de la fin heureuse des contes de fées. « [...] cela lui fit bien plaisir », précise le narrateur (p. 41) ; elle épouse pourtant l'assassin de ses parents, après qu'il les a tués sous ses yeux. Si le narrateur assume seul la responsabilité de son affirmation, car aucune parole n'est jamais prononcée par la princesse, l'amour grandissant que le soldat lui porte depuis la première fois qu'il l'a vue est unilatéral puisque, lors de leurs trois entrevues, elle dormait. Quant à la princesse sur le pois, c'est sur la qualité de son sommeil qu'on l'interroge, et sa réponse a un effet immédiat : « [L]e prince la prit alors pour femme » (p. 44). Il n'est pas plus question de sa volonté que dans l'exemple précédent. Les personnages de la petite sirène et d'Élisa, dans « Les cygnes sauvages », symbolisent par leur mutisme cette passivité à laquelle est réduite la jeune fille dans les contes. L'une donne sa voix à la sorcière en échange des jambes qui lui permettront de retrouver sur terre celui qu'elle aime, mais son mutisme causera sa mort puisqu'il l'empêchera de se faire reconnaître du prince. Par un pacte semblable, Élisa accepte la condition posée par la fée Morgane pour que ses frères soient sauvés : ne plus prononcer un mot, jusqu'à ce que les sept cottes de mailles soient tissées. C'est ainsi que, accusée de sorcellerie par l'archevêque, soupçonnée par son époux, elle sera conduite au bûcher sans une parole pour se défendre. Par ailleurs, l'instruction des filles est évoquée à deux reprises mais ne fait pas l'objet d'un thème explicite. Le début des « Cygnes sauvages » évoque Élisa, qui reste chez elle à regarder des livres d'images tandis que ses frères vont à l'école. Le père de Lotte-Lenne, qui veut donner une instruction à sa fille en vue de la marier, s'en remet au chambellan et à sa bibliothèque ; le chambellan lui prescrit la lecture d'un manuel d'éducation mondaine (« La clef de la porte d'entrée »).

Dans les deux premiers livres de l'*Émile*, les filles sont presque absentes. Émile est un garçon, et ce choix ne fait pas l'objet d'une justification, à la différence d'autres caractéristiques de l'élève, comme on l'a vu : sa constitution physique, ses aptitudes intellectuelles, sa haute naissance. Les enfants qui ont été ponctuellement confiés au gouverneur sont tous des garçons. Rousseau évoque en revanche, dans le livre I, le rôle des mères, par opposition à celui des pères, et déplore que beaucoup d'entre elles refusent leur devoir naturel qui est d'allaiter elles-mêmes leur enfant. L'instruction de la fillette consiste donc notamment à lui faire acquérir les qualités qui feront d'elle, plus tard, une mère nourricière selon la nature, et cette instruction passe par l'« exemple » montré par sa propre mère :

> Il se trouve pourtant quelquefois encore de jeunes personnes d'un bon naturel qui, sur ce point osant braver l'empire de la mode et les clameurs de leur sexe, remplissent avec une vertueuse intrépidité ce devoir si doux que la nature leur impose. Puisse leur nombre augmenter par l'attrait des biens destinés à celles qui s'y livrent ! Fondé sur des conséquences que donne le plus

simple raisonnement, et sur des observations que je n'ai jamais vues démenties, j'ose promettre à ces dignes mères un attachement solide et constant de la part de leurs maris, une tendresse vraiment filiale de la part de leurs enfants, l'estime et le respect du public, d'heureuses couches sans accident et sans suite, une santé ferme et vigoureuse, enfin le plaisir de se voir un jour imiter par leurs filles, et citer en exemple à celles d'autrui.

(*Émile ou De l'éducation*, I, p. 74-75)

2. Enfants pauvres et enfants riches

Loin d'être tenue à l'écart des différences et des inégalités qui fracturent les sociétés humaines, il semble que l'enfance les rende plus visibles encore. Ainsi, dans les *Contes* d'Andersen, une démarcation très nette sépare les enfants riches des enfants pauvres. Les enfants pauvres y sont plus innocents, car ils vivent dans la compagnie bienveillante de la nature et de Dieu à qui ils s'en remettent en toute confiance, comme à leur seul appui. C'est d'ailleurs pourquoi, bien qu'ils soient démunis de tout et que l'existence qu'ils mènent soit plus dure, seuls les enfants pauvres sont gais. Le narrateur d'« En regardant par une fenêtre à Vartou » brosse un portrait touchant des jeux joyeux des « petits pauvres » : « Comme leurs joues sont rouges, comme leur regard est candide, mais ils n'ont ni chaussures ni chaussettes ! » (p. 257). Ils « poussent des cris de joie, comme tous les autres oiseaux du ciel » (p. 259). La petite Johanne, avant de devenir la vieille femme qui donne son nom au conte, était une petite fille ainsi décrite :

Elle n'était pas jolie, elle marchait nu-pieds, ses habits étaient en lambeaux, elle n'avait personne pour les ravauder, et l'idée ne lui venait même pas de le faire elle-même. C'était une enfant, et elle était aussi gaie qu'un pinson aux rayons du soleil de Notre-Seigneur.

(*Contes*, « Ce que racontait la vieille Johanne », p. 389)

On voit revenir la même comparaison que dans l'exemple précédent : ces enfants, fragiles et ne possédant rien, sont des oiseaux. Comme eux, ils dansent et chantent spontanément, car leurs cris viennent directement de leur cœur, que rien n'a corrompu, et ils célèbrent la joie simple d'être au monde. À l'inverse, les enfants des riches sont incapables de cette gaieté car « Notre-Seigneur » n'est pas dans les foyers des nobles, où « l'orgueil [se déploie] avec arrogance et insolence » (p. 273).

Si les inégalités entre les riches et les pauvres concernent l'enfance, c'est aussi en tant que l'enfant est quelquefois victime de l'arrogance des puissants. « Elle n'était bonne à rien ! » met en scène le mépris des prétendus gens honnêtes envers les pauvres. Le maire humilie le petit garçon et cherche à lui faire honte de sa mère à cause de la « goutte » qu'elle boit. Cette dureté est encore figurée dans « Ce que racontait la vieille

Johanne », où le châtelain se plaint de ce que les pauvres ont toujours « leur nid plein de petits » et trouve dommage qu'on ne puisse « les noyer comme des petits chats » en n'en gardant « qu'un ou deux parmi les plus robustes » (p. 387).

Mais il arrive aussi parfois que l'enfant agisse lui-même avec la morgue et l'arrogance des riches. Ainsi, dans « Chaque chose à sa place », les enfants du baron, fiers déjà d'un titre de noblesse pourtant tardivement acquis par la famille, jouent aux fléchettes en prenant pour cible le portrait de leurs ancêtres remisé au grenier. « [...] ils ne font pas vraiment partie de la famille ! » expliquent-ils. « Il était marchand ambulant et elle était gardeuse d'oies. Ils n'étaient pas comme papa et maman » (p. 246). De même, la petite fille riche de « La cloche » a déjà la vanité et la dureté d'un adulte, car elle est gâtée, au sens propre du terme, comme on peut le dire d'un fruit. Elle ne se met pas, avec les autres enfants, en quête de la clochette au tintement si doux, parce qu'elle veut essayer sa nouvelle robe de bal – la promesse d'obtenir cette robe était d'ailleurs la seule raison pour laquelle elle a accepté d'accomplir sa confirmation : on voit par là à quel point, dans la vision du monde et des valeurs qui est celle d'Andersen, l'enfant riche est déjà éloigné de Dieu. Le petit garçon pauvre ne se joint pas non à l'équipée avec les autres enfants, car il doit rendre au plus vite au fils du logeur l'habit de communiant qu'il a dû lui emprunter. Identité de l'effet, divergence de cause : ce parallélisme entre les deux enfants, chacun à un pôle du spectre social, décrit une société profondément inégalitaire, dont les enfants sont le miroir. Pourtant, le conte se termine sur la communion de l'enfant de roi et l'enfant de pauvre devant la splendeur sacrée de la nature : comme pour la petite fille des brigands, la bonté naturelle de l'enfant n'est jamais loin, encore atteignable sous le vernis social qui ne tardera pas à former une croûte et à l'étouffer.

Quoi qu'il en soit, les biens de ce monde sont précaires, et plusieurs enfants font l'expérience du revers de fortune qui peut faire connaître à ceux qui sont nés pour être riches « le sort et les jours pénibles du pauvre » (p. 293). C'est ce qu'illustre « Une histoire des dunes » à travers la courte parabole des bulbes de tulipes qui, échoués sur la plage, ne déploient jamais leurs vives couleurs. Comme ces fleurs qui ne montreront jamais ce qu'elles auraient pu être, Jørgen aurait eu un destin tout autre « s'il avait été placé autre part que dans la maison d'un pêcheur près de la mer du Nord » (p. 295).

Wole grandit quant à lui dans une famille privilégiée. La misère fait toutefois irruption dans son foyer, par l'intermédiaire des enfants confiés par leur famille aux soins de Chrétienne Sauvage. Certains ont « la tête mangée de teigne, l'estomac ballonné par la malnutrition, les jambes mangées de pian et les cheveux remplis de poux » (VI, p. 157). Mais c'est seulement lorsque Wole, élève au lycée d'Abeokuta, ne voit plus son univers borné par les murs de la mission et, en assistant à l'émergence du Syndicat des femmes, fait auprès de Beere et Chrétienne Sauvage son éducation politique, qu'il prend pleinement conscience de ces inégalités sociales. Certaines familles, pressurées par l'impôt, sont si pauvres qu'elles n'ont pas même les moyens d'élever et d'éduquer leurs enfants. Elles se succèdent au lycée pour raconter tour à tour leur histoire, et demander l'appui de Chrétienne Sauvage et de Beere. Celle-ci se fait la porte-parole de leur cause auprès de l'Alake :

> [...] les femmes d'Egba en ont assez. Elles meurent de faim, leurs enfants meurent de faim, ils sont malades et ils n'ont aucun espoir de pouvoir faire des études et d'avoir un avenir meilleur, et pourtant leurs mères sont de plus en plus accablées de fardeaux.
>
> (*Aké, les années d'enfance*, XIV, p. 391-392)

De la même manière que pour la différence entre les garçons et les filles, que nous évoquions plus haut, l'évolution de Wole le porte à reconsidérer ce qui était à ses yeux d'enfant un état de fait et qui lui apparaît graduellement comme une injustice. Si Rousseau pour sa part affirme que « le pauvre n'a pas besoin d'éducation » (I, p. 90), c'est parce que le riche risque davantage d'être corrompu et dénaturé par le préjugé attaché à son rang et à son milieu. C'est d'ailleurs la raison pour laquelle il préfère qu'on lui donne un élève bien né : « Choisissons donc un riche ; nous serons sûrs au moins d'avoir fait un homme de plus, au lieu qu'un pauvre peut devenir homme de lui-même » (I, p. 90). D'ailleurs, l'éducation naturelle tend à abolir ces distinctions, qui ne peuvent concerner que « l'homme dans l'homme » (II, p. 151).

3. Enfants des villes et enfants de la campagne

Cette partition sociale à laquelle n'échappe pas l'enfance se conjugue souvent à un autre antagonisme : celui qui oppose les enfants des villes à ceux de la campagne. Il est illustré, dans le récit de Wole Soyinka, par l'opposition entre les deux maisons familiales : celle, urbaine, d'Aké, et la demeure d'Isara. Lui, le lecteur insatiable, l'enfant raisonneur, dont les succès scolaires font la fierté de ses parents, se trouve bien gauche quand, en vacances d'été à Isara, il s'agit de tuer un serpent, de manier un couteau ou de se prémunir des piqûres d'abeilles. La méconnaissance de l'environnement naturel et l'absence d'aptitude dans les travaux des champs constituent pourtant une lacune réelle dans une éducation qui, toute livresque, demeure du même coup incomplète. Broda Pupa ne manque pas de pointer le caractère relatif de sa supériorité d'enfant précoce : « Allons, ara Aké, [...], je t'emmène à l'école, et il me tendit une machette en disant : Voici ton crayon. Ton cahier t'attend là-bas, au bout d'une heure de marche. Tu es prêt ? » (IX, p. 254).

Le compagnon de Wole reprend ici à son compte les propos de Rousseau, qui affirme que nos « premiers maîtres de philosophie » doivent être

« nos pieds, nos mains, nos yeux », tant il est vrai que le développement de la « raison sensitive » précède et conditionne celui de la « raison intellectuelle » (II, p. 246). Ce n'est donc pas dans les livres que l'enfant apprendra à connaître son environnement et développera les bases d'une « physique expérimentale relative à sa propre conservation » (II, p. 245).

Mais à cette différence-là s'ajoute une différence d'un autre ordre. Le dualisme de la ville et de la campagne, représenté par les pôles symboliques que sont Aké et Isara, rend tangible une opposition entre deux mondes : celui des traditions du passé et celui de la « modernité », associée aux Anglais colonisateurs. Cette fracture est source d'incompréhension de part et d'autre. Les villageois s'étonnent – et désapprouvent – que les fils du Directeur parlent anglais à leurs parents. En retour, Chrétienne Sauvage s'efforce de convertir son beau-père au christianisme, qu'elle-même a embrassé avec ferveur, et se désole de ne pas y parvenir. L'appartenance à cet autre monde, que redouble sa position sociale privilégiée en tant que fils du Directeur, vaut à Wole les railleries de ses camarades de la campagne, qui l'appellent « notre chasseur anglais » ou se moquent de sa réticence à manger du serpent en lui lançant : « Ah, j'oubliais, [...] les enfants du Maître ne mangent pas des choses comme ça. Ils mangent du pain beurré » (IX, p. 257).

Cette comparaison parcourt également l'*Émile*, et elle est toujours à la faveur des enfants de paysans qui ont grandi plus près de la nature, et donc de leur nature. Ainsi, les enfants de la campagne, habitués aux grands espaces, parlent haut et clair tandis que les enfants citadins, « élevés dans la chambre et sous l'aile d'une gouvernante » (I, p. 136), marmottent des propos indistincts. Émile sera alors élevé à la campagne, « loin des noires mœurs des villes, que le vernis dont on les couvre rend séduisantes et contagieuses pour les enfants » (II, p. 185). Rousseau prétend faire de son élève « l'émule d'un chevreuil plutôt qu'un danseur de l'Opéra » (II, p. 277) ; il l'habituera aux promenades champêtres plutôt qu'aux promenades aux Tuileries ou au Luxembourg, qui apprennent aux enfants à aimer être regardés et leur donnent « cet air impertinent et fat qui [les] rend si ridicule[s] » (II, p. 280). Il lui enseignera la natation plutôt que l'équitation, à rebours des « éducation[s] exclusive[s] » qui « tend[ent] seulement à distinguer du peuple ceux qui [les] ont reçue[s] » (II, p. 260).

Dans les *Contes* d'Andersen, l'enfant est par nature proche de l'animal : c'est l'image de l'oiseau qui revient le plus souvent et, en vertu de leur ressemblance, les enfants entretiennent d'ailleurs avec ces animaux une relation privilégiée, de la métamorphose (dans « Les cygnes sauvages ») à l'analogie (les « petits pauvres », qui sont « comme tous les [...] oiseaux du ciel », p. 258 et 259) et jusqu'à l'intimité : dans « Le rossignol », la petite fille de cuisine qui doit s'occuper de sa mère malade sait où se trouve l'oiseau au chant merveilleux que cherchent tous les gens de la cour. Elle s'entretient avec lui quotidiennement et parle son langage. C'est d'ailleurs à l'oiseau qu'il revient de symboliser l'opposition entre le naturel et l'artificiel. Le vrai rossignol, dont le plumage est gris et banal mais le chant sublime, apporte à l'empereur mourant la consolation d'une parole d'amour aux accents christiques, s'adressant directement à son cœur, tandis que le rossignol mécanique, plaqué d'or et incrusté de diamants, n'est du premier que la triste grimace, capable seulement d'un chant sans âme.

II. Regards d'adultes sur l'enfance

Ces portraits d'enfants posent la question du point de vue. Comment l'adulte – le philosophe, le conteur, le narrateur du récit autobiographique mais aussi l'adulte que nous sommes, portant son regard sur celui qu'il a été au début de sa vie – perçoit l'enfance ? La distance qui l'en sépare est-elle franchissable ? À l'inverse, le point de vue de l'enfant sur le monde des adultes ne peut-il pas avoir une fonction révélatrice ?

A. Un âge d'or ?

Pour Soyinka, l'enfance est un âge d'or. L'enfance semble être hors du temps, étrangère, ou presque, au chaos du monde. Avant son irruption brutale dans la famille avec le décès de la petite Folasade, la mort n'a pas droit de cité au royaume de l'enfance. Le cortège funèbre passe de l'autre côté des murs, et s'il suscite la curiosité des enfants réunis pour le regarder passer, son extériorité est ainsi symboliquement soulignée. Même l'Histoire, pourtant chaotique et bruyante, semble assourdie : le nom d'Hitler se fait de plus en plus présent à partir du moment où la radio remplace dans le salon familial le vieux phonographe, mais il demeure un fantasme, un personnage de conte dans lequel s'incarnent les peurs enfantines, comme le ferait l'ogre, la sorcière ou le loup. Il alimente des anecdotes et fournit l'idée de surnoms comiques : ainsi, Dipo est baptisé « Almani », en raison de sa turbulence bagarreuse. Ces références à la guerre et aux Allemands, mais aussi les allusions à la colonisation, permettent bien sûr de dater le récit. Toutefois, celui-ci semble situé dans un temps suspendu, dans l'« *illo tempore* », le « il était une fois » vague et lointain, caractéristique du conte ou du mythe.

C'est que l'enfance a sa durée propre, qui n'est pas quantitative. Les « années d'enfance » qui donnent leur sous-titre au récit sont reléguées, en tant qu'unité de mesure du temps, au second plan de la narration. L'âge de l'enfant n'est mentionné qu'incidemment, toujours à l'initiative des adultes, et cela ne survient qu'à quatre reprises dans le récit : le jour où Wole se rend seul à l'école (« Tu es trop petit, Wole », affirme le maître ; ce à quoi Wole répond : « J'ai trois ans », II, p. 55) ; à l'occasion de l'escapade du petit garçon derrière la fanfare (« Quel âge as-tu ? » demande le sergent ; « Quatre ans et demi », répond Wole, III, p. 99) ; la veille du rituel initiatique des incisions (« si ma mémoire ne me joue pas de tour, tu as exactement huit ans et demi. C'est bien ça ? », IX, p. 272) ; enfin, à la toute fin du récit, avant de se présenter pour la deuxième fois à l'examen d'entrée du Lycée National (« Tu as quel âge, maintenant, quel âge ? » – « Onze ans », XV, p. 430). D'ailleurs, il arrive même que le temps soit supprimé : c'est le pouvoir du goyavier, qui a la faculté mystérieuse « d'avaler le temps, d'en supprimer l'existence » (V, p. 130). Cette illusion d'éternité dure jusque tard : le narrateur se souvient de sa stupeur le jour où il a remarqué que les choses et les êtres étaient soumis au changement : « Tu n'as pas remarqué ? » demande-t-il à sa sœur. « Joseph, Lawanle, Nubi, tout le monde change » (VII, p. 183).

Le caractère préservé de cette époque des souvenirs enchantés se manifeste par l'importance accordée dans le récit au mur qui entoure la mission d'Aké, comme une fortification symbolique entourant dans la mémoire de l'écrivain les années d'enfance. Celles-ci font d'ailleurs l'objet d'une idéalisation : le passage du temps est une dégradation. Le premier chapitre dresse un état des lieux désolant, faisant de la topographie la manifestation visible du passage du temps et de la sortie de l'âge d'or :

> Il est arrivé malheur à la mission d'Aké. Le sol s'est érodé, les pelouses sont dénudées et le mystère a été chassé des hauteurs autrefois si secrètes. À l'époque dont je parle il ne se passait pas un jour où ne s'ouvrît au regard un enclos, une poche de rochers, un bosquet buissonneux, une colonie d'escargots. La carcasse de voiture n'a pas changé de place, elle trône toujours à l'endroit où les enfants y grimpaient pour leurs voyages vers des pays fabuleux. Mais ce n'est plus qu'une épave : ses yeux se sont changés en orbites rouillées, son visage de dragon s'est effondré, ses dents sont peu à peu tombées.
>
> (*Aké, les années d'enfance*, I, p. 16)

Et si certains repères familiers sont encore visibles, c'est le regard sur eux qui a changé, au point qu'ils sont métamorphosés : « Même le baobab a perdu de sa taille avec le temps ; et pourtant j'avais cru que ce rempart serait éternel et échapperait aux perspectives élargies d'une enfance disparue » (V, p. 127). Le changement d'échelle de l'enfant devenu adulte détourne les lieux et les objets, pourtant identiques, de leur signification, voire de leur nature première. Depuis le présent de l'écriture, l'auteur mesure cette perte avec une amertume parfois véhémente.

L'enfance est donc disparue pour toujours et regrettée. Mais ce que nous apprend le récit de Soyinka, c'est qu'elle est aussi intacte dans le souvenir. Les murs symbolisent son cloisonnement du reste de la vie, mais ces remparts la protègent aussi et en enferment l'essence comme le ferait un flacon. « [...] les murs ont gardé leurs voix » (V, p. 133), dit le narrateur à propos de la maison d'Isara. Et le romancier connaît le chemin mémoriel pour y retourner : au point de se laisser prendre parfois à l'illusion, comme au début du chapitre IV, où le narrateur se confond avec son personnage et raconte, au présent, la scène du bain, comme s'il lui était donné de revivre son passé par-delà les années.

Chez Andersen, la représentation de l'enfance est ambiguë. « L'enfance a pour tout le monde ses moments lumineux qui, par la suite, illuminent toute la vie », affirme le narrateur d'« Une histoire des dunes » (p. 294). Pourtant, et sans que cela soit d'ailleurs contradictoire, elle est aussi décrite comme un univers angoissant, déjà habité par la mort qui trahit sa présence par des présages funestes. Ainsi, même s'il est vrai sans doute que « La petite sirène » présente le monde de l'enfance comme un « monde protégé, baigné dans une atmosphère merveilleuse » (préface, p. 12), la jeune fille rencontre toutefois souvent sous la mer des cadavres de marins ; la menace devient plus précise encore lorsqu'elle découvre, au milieu de « carcasses d'animaux », le squelette d'une petite sirène : « [...] ce fut presque le plus épouvantable pour elle », note le narrateur (p. 70), car, pour la sirène, il est clair que ces découvertes macabres sont des avertissements. De la même manière, si les quatre jours du banquet funèbre représentent pour Jørgen les « jours les plus heureux de son enfance » (p. 301), l'enfant semble oublier que ceux-ci sont vécus à l'occasion d'un enterrement ; et si cette circonstance ne gâche en rien pour le garçon la joie insouciante de l'instant, du moins le lecteur en devine le caractère prémonitoire.

Ces signes participent de la tonalité tragique étroitement associée au thème de l'enfance chez Andersen. Le tragique provient de ce que l'enfance devient précieuse après coup, quand elle est déjà perdue ; l'enfant ignore qu'il regrettera tout le reste de sa vie ces quelques années lumineuses. Parfois, c'est l'enfant lui-même qui précipite sa sortie de l'enfance, et aucun avertissement n'est assez efficace pour le retenir d'explorer le « vaste monde ». La fatalité est donc d'autant plus tragique qu'elle réside dans sa seule volonté. Ainsi, quand la petite sirène accepte les conditions de la sorcière pour échanger sa queue de poisson contre des jambes de femme, elle n'est à aucun moment abusée sur ce qui l'attend : la sorcière elle-même ne lui a prédit que du malheur. De même, le petit sapin, si pressé de pousser et de grandir pour être coupé à son tour et devenir un sapin de Noël, est sourd aux avertissements pourtant nombreux qui l'invitent à profiter de sa jeunesse, plutôt que d'en hâter la fin :

> « Sois content d'être jeune ! dirent les rayons du soleil, sois content d'être en pleine croissance, de cette vie, toute jeune, qui est en toi ! »
>
> Et le vent fit un baiser à l'arbre, et la rosée laissa tomber des larmes sur lui, mais ces choses-là, le sapin ne les comprenait pas.
>
> (*Contes*, « Le sapin », p. 140-141)

Le regard que porte Rousseau sur l'enfance est également ambivalent. L'enfance est et doit être l'« âge de la gaieté » (II, p. 149). Sa fragilité, déjà évoquée, rend d'autant plus cruelles les méthodes d'éducation qui accablent l'élève de contraintes et lui font traverser l'enfance « au milieu des pleurs, des châtiments, des menaces, de l'esclavage » (*ibid.*). C'est pourquoi Rousseau, en un plaidoyer émouvant, en appelle à la clémence et à la bienveillance des éducateurs, au nom de l'enfance et de ce qu'elle a de précieux dans les souvenirs de chacun de nous :

> Aimez l'enfance ; favorisez ses jeux, ses plaisirs, son aimable instinct. Qui de vous n'a pas regretté quelquefois cet âge où le rire est toujours sur les lèvres, et où l'âme est toujours en paix ? Pourquoi voulez-vous ôter à ces petits innocents la jouissance d'un temps si court qui leur échappe, et d'un bien si précieux dont ils ne sauraient abuser ?
>
> (*Émile ou De l'éducation*, II, p. 150)

Pourtant, dans le même temps, Rousseau pose pour un fait établi que l'« on se plaint de l'état de l'enfance » (I, p. 55), à cause de la faiblesse naturelle de l'enfant qui le place sous la dépendance de ceux qui en ont le soin. D'ailleurs, les facultés du petit enfant ne s'y trouvent qu'à l'état de promesse, en attente de leur développement futur. Tout entier défini par la négative, l'enfant est donc un ensemble de potentialités, mais il n'est rien encore : « Nous naissons capables d'apprendre, mais ne sachant rien, ne connaissant rien », précise Rousseau. Son existence, au tout début de sa vie, est alors « purement mécanique » (I, p. 110) ; il demeurera ensuite sans jugement jusque l'âge de douze ans (II, p. 210). Pourtant, le ton se fait lyrique lorsque Rousseau évoque sa propre enfance. En vieillissant, avoue-t-il, il se tourne avec émotion vers des souvenirs redevenus plus nombreux et plus tendres :

> Le vide de l'âge mûr, qui s'est fait sentir à moi, me retrace le doux temps du premier âge. En vieillissant, je redeviens enfant, et je me rappelle plus volontiers ce que j'ai fait à dix ans qu'à trente. Lecteurs, pardonnez-moi donc de tirer quelquefois mes exemples de moi-même ; car, pour bien faire ce livre, il faut que je le fasse avec plaisir.
>
> (*Émile ou De l'éducation*, II, p. 268)

Rousseau rappelle ici le caractère universel de l'enfance. Parce que chaque adulte a un jour été un enfant, la question de l'enfance rappelle à chacun des expériences fondatrices de son identité. Il y a du plaisir à se replonger dans le doux temps de l'enfance, à jamais révolu : l'enfance est bien le thème privilégié du sentiment nostalgique.

B. Enfance et âge adulte : rupture ou continuité ?

Et pourtant, malgré ce qu'elle a d'universel, l'enfance se nimbe d'un mystère qui s'épaissit à mesure qu'on s'éloigne d'elle, jusqu'à devenir, parfois, étrange, voire étrangère. Le rapport qu'entretient l'adulte à l'enfant qu'il a été est-il de continuité ou de rupture ? Les adultes peuvent-ils connaître l'enfance et la comprendre ?

1. L'enfant, brouillon de l'homme ou rupture radicale ?

Pour Rousseau, l'éducation commence dès avant la naissance : bien avant de parler et de marcher, l'enfant est déjà un maillon de la longue chaîne qui le rattache à l'ordre social. On a vu que les décisions prises pour les soins du nourrisson sont déterminantes pour les vices et les vertus du jeune homme qu'il deviendra. La même idée est reprise dans une perspective plus optimiste quand Rousseau explique que, s'il est agréable de contempler un bel enfant, intelligent et robuste, c'est parce qu'il est une promesse. Au plaisir né de la vision de cet enfant dans le moment où on le regarde s'ajoute donc le plaisir de l'imagination, car on devine déjà en lui ce qu'il deviendra :

> [...] je le vois bouillant, vif, animé, sans souci rongeant, sans longue et pénible prévoyance, tout entier à son être actuel, et jouissant d'une plénitude de vie qui semble vouloir s'étendre hors de lui. Je le prévois dans un autre âge, exerçant le sens, l'esprit, les forces, qui se développent en lui de jour en jour, et dont il donne à chaque instant de nouveaux indices ; je le contemple enfant, et il me plaît ; je l'imagine homme, et il me plaît davantage ; son sang ardent semble réchauffer le mien ; je crois vivre de sa vie, et sa vivacité me rajeunit.
>
> (*Émile ou De l'éducation*, II, p. 319-320)

Si l'enfant annonce l'adulte et le contient déjà en puissance, si les passions et les vices de l'*homme fait* résultent des faux pas éducatifs commis par ses parents quand il n'était qu'un bébé, c'est bien que l'enfance et l'âge adulte sont des états continus, au plan temporel et causal. Mais il importe, justement, de conserver à ces deux états leur juste place dans l'ordre d'une vie humaine. « Il faut considérer l'homme dans l'homme, et l'enfant dans l'enfant » (II, p. 151), rappelle Rousseau. Or la société fait ressembler les adultes à des enfants ; la dénaturation consiste justement dans l'échange de propriété entre deux états que la nature a voulus distincts. « Nous étions faits pour être hommes ; les lois et la société nous ont replongés dans l'enfance » (II, p. 162), déplore le philosophe. Si les adultes en société sont des enfants attardés, c'est que la satisfaction de leurs besoins dépend des autres ; chez les enfants, cette faiblesse est naturelle, mais, chez l'*homme fait*, elle ne l'est pas. La puissance et la domination elles-mêmes sont des faiblesses, comparables à un état de dépendance puérile : aussi, « les riches, les grands, les rois » sont des enfants qui, « voyant qu'on s'empresse à soulager leur misère, tirent de cela même une vanité puérile, et sont tout fiers des soins qu'on ne leur rendrait pas s'ils étaient hommes faits » (*ibid.*). À l'inverse, l'enfant qu'on fait jouer à l'adulte est comme un « fruit précoce qui n'aur[a] ni maturité ni saveur » : les « jeunes docteurs » ne sont jamais que de « vieux enfants » (II, p. 173), une contradiction dans les termes.

Au contraire, chez Andersen, la porosité entre ces deux âges de la vie est rare, mais enviable. Certains adultes, dans les *Contes*, ont su garder leur esprit d'enfance. Ils savent donc comprendre l'enfance et la préserver en eux-mêmes, et c'est là le signe de la bonté et de la pureté de leur cœur. C'est le cas de Gerda et Kay, dans « La Reine des Neiges », de retour chez leur grand-mère après leur long périple : « Ils étaient assis là, tous deux, adultes et cependant enfants, enfants par le cœur » (p. 188). C'est aussi le cas de Jørgen, dans « Une histoire des dunes », que le narrateur appelle « pauvre enfant » : « Enfant, justement, et pourtant il avait atteint la trentaine... » (p. 322). Pour ces adultes-là, vieillir n'est qu'une succession de métamorphoses physiques, illustrées plaisamment par le cycle des dents dans le dernier conte du recueil. La première dent de lait dans la bouche d'un enfant (« dent de l'innocence, brillante comme une petite goutte de lait blanche ! », p. 437) et la dernière dent qui tombe de la gencive du vieillard en un « jour mélancolique », délimitent la durée bien dérisoire d'une existence humaine. Mais la jeunesse, elle, échappe au temps : « [...] on est vieux, même si on reste jeune de caractère » (p. 437).

Cette aptitude à comprendre l'enfance, à parler son langage et à voir le monde à travers ses yeux est enfin la caractéristique d'un personnage que l'on voit revenir à plusieurs reprises dans le recueil : celui de l'étudiant, qui se distingue de la plupart des autres adultes par sa candeur, et dans lequel on peut voir un double d'Andersen lui-même, qui se serait mis en scène dans ses récits. L'étudiant entretient un rapport privilégié avec les enfants, qui l'adorent (« Les fleurs de la petite Ida »). Comme un enfant, il est sensible à la part de merveilleux que recèle la réalité. C'est ce que soulignent d'ailleurs les réprobations répétées du conseiller de chancellerie, qui est quant à lui un bien triste représentant du monde des adultes : « il disait toujours [...] : "A-t-on idée de faire croire des choses pareilles à cette enfant ! C'est de l'imagination, ce sont des stupidités !" » (p. 48). Cette capacité d'émerveillement prédispose l'étudiant à la poésie, dont il est épris (« Le lutin chez le charcutier », « Tante Mal-aux-dents »). Enfin, et pour toutes ces raisons, il est souvent à la marge de la société des hommes et n'y survit pas longtemps : il n'est pas armé contre le cynisme de ses semblables. Dans « L'ombre », l'étudiant est devenu un savant et déplore que « pour la plupart des gens, ce qu'il disait à propos du vrai, du bon et du beau était comme des roses pour une vache » (p. 204) ; il en tombe malade. Mais l'esprit d'enfance ouvre les portes de la vie éternelle, la seule qui compte dans la perspective chrétienne qui est celle d'Andersen, ainsi qu'il le rappelle à la fin de « La Reine des Neiges » en citant l'Évangile : « Si vous ne devenez pas comme des enfants, vous n'entrerez pas dans le royaume de Dieu » (p. 188).

2. L'enfant et l'adulte, deux êtres de nature différente

Rousseau insiste au contraire sur la coupure infranchissable qui sépare la plupart des adultes de leur enfance, la leur rendant étrangère et incompréhensible : « On ne connaît point l'enfance », affirme-t-il dans la préface (p. 46). Pourquoi ce paradoxe ? Rousseau l'explique par les habitudes progressivement acquises, qui forment une croûte masquant notre première appréhension, immédiate, des choses, au point de devenir une seconde nature. « Plus nous nous éloignons de l'état de nature, plus nous perdons de nos goûts naturels ; ou plutôt l'habitude nous fait une seconde nature que nous substituons tellement à la première, que nul d'entre nous ne connaît plus celle-ci » (II, p. 302).

L'enfant, dans les premiers moments de son existence, n'est frappé que des « choses sensibles » : ses idées s'arrêtent aux sensations. Ses « idées » d'ailleurs n'en sont pas ; elles ne sont que des « images » :

> Avant l'âge de raison l'enfant ne reçoit pas des idées, mais des images ; et il y a cette différence entre les unes et les autres, que les images ne sont que des peintures absolues des objets sensibles, et que les idées sont des notions des objets, déterminées par des rapports. Une image peut être seule dans l'esprit qui se la représente ; mais toute idée en suppose d'autres. Quand on imagine, on ne fait que voir ; quand on conçoit, on compare. Nos sensations sont purement passives, au lieu que toutes nos perceptions ou idées naissent d'un principe actif qui juge.
>
> (*Émile ou De l'éducation*, II, p. 209-210)

Puisqu'il n'a pas encore la faculté de comparer les sensations semblables entre elles pour remonter à l'idée commune, et donc des particuliers à l'espèce à laquelle ils se rattachent, les choses lui apparaissent dans leur unicité radicale : l'enfant a du monde une vision non pas quantitative, mais qualitative. Wole Soyinka représente avec beaucoup de justesse cette logique propre à l'enfance : l'univers du petit garçon est peuplé d'objets qui, à ses yeux, sont des individus. Le rocher sur lequel il aime se jucher, et dont il aurait voulu garder le secret pour lui seul, n'est pas *un* rocher, il est un « confident incomparable » (V, p. 130), « une présence patiente et placide » (V, p. 129), et est bientôt baptisé d'un nom propre : Jonas. De même pour le Verger, dont l'unicité est signalée par la majuscule, ou pour le goyavier, qui n'est pas un arbre parmi d'autres arbres, mais une créature dotée d'une vie propre, mystérieuse et singulière :

> Ce goyavier avait des affinités avec la saison des pluies, rien de réellement tangible, mais il semblait n'être vraiment lui-même qu'en cette saison. Sous les nuages menaçants il réussissait le double exploit d'exister et de se retirer dans un monde intérieur d'esprits bienveillants des feuillages, moite et cependant d'une fraîcheur toute vive, silencieux et pourtant tout rempli de sagesse communicative.
>
> (*Aké, les années d'enfance*, V, p. 130)

Cela affecte également le rapport de l'enfant au langage. Puisqu'il est inaccessible à l'abstraction, tous les mots lui apparaissent comme des noms propres, et chacun est forcément, à ses yeux, justifié par quelque chose de tangible chez la personne ou l'objet qu'il nomme. Il ignore le caractère conventionnel du langage : pour lui, le signe verbal découle directement de l'aspect de l'objet nommé. L'explication du surnom par lequel tout le monde appelle son père, « Essay », s'explique moins par les deux initiales de ses vrais prénoms, S.A., que par la ressemblance frappante de cet homme avec « ces exercices de style en prose soignée qui suivaient des règles précises de composition » qu'on appelle en anglais « essay » (I, p. 36) ; de même, il ne comprend pas que, si son père appelle le chanoine « canon », c'est en raison de l'homonymie, toute conventionnelle, de ces deux mots en anglais. Pour lui, la raison tient à l'apparence physique du chanoine dont la tête ressemble effectivement à un boulet de canon.

Autre conséquence de cette absence de différence entre les êtres et les objets : l'enfant ne voit rien d'impossible à ce que les choses s'animent. La distinction entre le possible et l'impossible n'a pas cours, pour l'enfant, qui évolue de plain-pied dans le merveilleux. Ainsi, le Lave-Main est une puissance animée, dont les intentions sont obscures et dont l'étrange magnétisme prive Wole de volonté. De la même manière, dans « Les fleurs de la petite Ida », le récit que fait l'étudiant du bal des fleurs est accepté sans méfiance. D'ailleurs, le narrateur adopte ce point de vue enfantin puisque, quelques pages plus loin, les fleurs sont décrites en train de danser et de parler, avec un grand luxe de détails : le bal a bien lieu, et non plus seulement dans l'imagination foisonnante de l'étudiant. Loin de se tenir à distance de cette description, le narrateur lui donne au contraire une apparence de normalité : c'est le propre du merveilleux, caractéristique du conte. Dès lors, pour le narrateur, la touchante gravité des petits garçons, réunis pour l'enterrement solennel des tulipes, ne prête pas à rire. C'est également sur le ton du plus grand sérieux que Wole allègue la raison de sa réconciliation avec Osiki malgré sa traîtrise : « Il était difficile de se couper d'un camarade d'école qui pouvait à volonté traverser la cour en volant » (II, p. 59). Faire le partage entre le possible et l'impossible, le normal et l'anormal est le résultat d'un long apprentissage et d'expériences répétées : la raison naissante en tire, petit à petit, des lois générales. Mais en l'absence de lois, dans le régime exclusif du particulier qui caractérise la découverte du monde, l'enfant ne peut avoir ces repères. C'est pourquoi il est crédule et accorde sa confiance à toute parole, qui est aussitôt adoptée comme vérité. C'est aussi la raison pour laquelle il est étranger au second degré et à l'ironie, qui souvent l'effraient. Ainsi, Wole est terrorisé de voir son père se saisir d'un grand couteau et faire semblant de courir après le libraire. Les rires des adultes, loin de le rassurer sur la véritable nature de cette scène, en augmentent au contraire à ses yeux le caractère diabolique.

La différence radicale entre les enfants et les adultes tient donc au regard qu'ils portent sur le monde. Elle explique l'incompréhension, voire la condescendance, que marquent parfois à l'égard de l'enfance ceux qui en sont sortis. « Tu ne sais pas de quoi tu parles. Tu n'es qu'un enfant », assène par exemple Tinu, méprisante et supérieure, à son frère cadet (II, p. 71). La phrase revient, sur un mode plus grave, dans la bouche de Chrétienne Sauvage, stupéfaite par la violence du chagrin qui submerge Wole à la mort de sa petite sœur : « Mais qu'est-ce qu'il peut comprendre ? Qu'est-ce qu'il peut comprendre ? » répète-t-elle, désemparée (VII, p. 192).

Mais l'incompréhension, voire la réprobation, est réciproque : aux yeux des enfants, les manières des adultes sont parfois bien étranges.

3. L'enfant, juge des adultes

Rousseau prévient : qu'on ne s'attende pas à ce que son élève soit poli. Libre du règne de l'opinion, Émile dit ce qu'il voit, comme il le voit :

> [...] il ne suit jamais de formule, ne cède point à l'autorité ni à l'exemple, et n'agit ni ne parle que comme il lui convient. Ainsi n'attendez pas de lui des discours dictés ni des manières étudiées, mais toujours l'expression fidèle de ses idées et la conduite qui naît de ses penchants.
>
> (*Émile ou De l'éducation*, II, p. 322)

Cette spontanéité permet à l'enfant de pointer avec fraîcheur et naïveté l'absurdité dans le comportement des adultes. Dans « Les nouveaux habits de l'empereur », c'est le petit garçon qui met fin au vaste mensonge collectif des adultes qui, esclaves de l'opinion et du jugement des autres, préfèrent jouer le rôle absurde consistant à palper un tissu imaginaire, à porter une traîne invisible d'un air grave et à redoubler de compliments devant un roi nu comme un ver plutôt que de laisser penser aux autres qu'ils sont stupides ou incompétents. La vérité reprend ses droits à partir du moment où le petit garçon s'exclame : « mais voyons, il n'a rien sur lui ! » (p. 87). Comme dans une comédie, l'empereur est finalement puni de sa vanité par le ridicule : nu devant tous, il s'efforce pourtant de conserver une bien dérisoire dignité. De la même manière, la sagacité et la candeur de Wole renvoient les adultes à l'absurdité de leurs préjugés. Ainsi, la réponse qu'il fait à « l'homme de haute taille qui se donnait des allures de roi » (IX, p. 245), lors de sa présentation au palais, et sous le regard de tous les chefs réunis en grande cérémonie, aurait sans doute rempli de fierté le gouverneur d'Émile. Sommé d'expliquer pourquoi il refuse de se prosterner, Wole répond ingénument, « avec le sentiment de n'exprimer qu'une évidence » : « Si je ne me prosterne pas devant Dieu, pourquoi est-ce que je me prosternerais devant vous ? Vous n'êtes qu'un homme comme mon père, non ? » (IX, p. 247).

4. Quitter l'enfance

Dans les deux premiers livres de l'*Émile*, Rousseau retrace méthodiquement le processus qui conduit de l'existence purement physique propre au nourrisson à l'apparition de l'être moral. Le sentiment, la mémoire, le jugement puis la raison sensitive en sont les étapes. Chez le petit enfant, les facultés de l'homme futur sont donc en sommeil, attendant d'être développées, chacune au moment qui convient naturellement. Ainsi, à condition qu'une éducation rigoureuse et prudente ait réussi à former l'homme naturel, l'itinéraire existentiel est guidé par un principe de perfectibilité : l'homme est l'épanouissement, l'accomplissement éclatant des promesses contenues dans l'enfant.

Le diagnostic est le même chez Andersen : l'apparition de la raison marque la fin de l'enfance. Ainsi, le narrateur de « La cloche » évoque le passage d'un âge à l'autre que marque le jour de la confirmation : « d'enfants qu'ils étaient, ils devenaient soudain des adultes, leur âme d'enfant devait passer en quelque sorte dans une personne plus raisonnable » (p. 223). Mais la conclusion est à l'opposé de l'optimisme rousseauiste : le développement de la raison n'est pas un gain mais une perte, car elle étouffe la voix du cœur, celle qui porte à aimer Dieu, la nature et ses semblables. La mésaventure de Kay qui, piqué par un éclat de miroir, devient méchant, illustre bien cet antagonisme du cœur et de la raison : « il voulut réciter son Notre-Père, mais seule la table de multiplication lui revint à la mémoire » (p. 158).

COMPARAISON

D'ailleurs, quitter l'enfance est toujours douloureux. Cette douleur est souvent figurée dans les contes par la souffrance physique. Le breuvage magique qui doit faire pousser des jambes à la petite sirène lui fait l'effet, quand elle le boit, d'« une épée à double tranchant travers[ant] son corps délicat » (p. 72) ; elle s'évanouit sous la douleur. À partir de ce moment, chaque pas qu'elle fait lui donne l'impression de « marcher sur des aiguilles pointues et des couteaux aiguisés » (p. 73). La même intensité d'expression caractérise la description des douleurs ressenties par le sapin au moment où la hache s'abat sur son tronc :

> La hache pénétra profondément dans sa moelle, l'arbre tomba sur le sol en soupirant, il sentit une douleur, perdit connaissance, il était bien incapable de penser à un quelconque bonheur, cela l'attristait de se séparer de son foyer, de l'endroit où il avait poussé. Il savait bien qu'il ne reverrait plus ses chers vieux camarades, les petits buissons et les fleurs qui l'avaient entouré, et peut-être même plus les oiseaux. Le départ n'avait rien d'agréable.
>
> (*Contes*, « Le sapin », p. 142)

La souffrance physique symbolise et annonce toutes les pertes et tous les renoncements qui marquent l'entrée dans l'âge adulte, présentée comme une séparation.

Dès lors, plusieurs des contes se présentent comme des récits d'apprentissage, presque toujours dysphoriques. Par exemple, l'enfance dorée des filles de Valdemar Daae est vite remplacée par les duretés de la vie et les épreuves. Dans le contexte chrétien qui est celui des *Contes* d'Andersen, la séparation qui sert de référence à ces récits d'apprentissage de la vie est celui de la Chute, raconté dans la Genèse. Le conte de « La Reine des Neiges » en propose la récriture. Le couple innocent de Gerda et Kay, au milieu de leur petit jardin à peine plus grand qu'un pot de fleurs, où s'épanouissent des roses, figure de manière assez transparente Adam et Ève dans le jardin d'Éden. L'apparition du mal force les enfants à quitter le jardin pour s'élancer dans le « vaste monde », où ils feront l'expérience de la souffrance mais aussi de la temporalité : au terme de leur périple, ils sont devenus adultes. Le sapin, lui aussi, est devenu « vieux » en très peu de temps, sans s'en rendre compte : ce sont les souris qui le lui apprennent. La même impression de rapidité vertigineuse ressort du conte intitulé « En regardant par une fenêtre à Vartou », qui oppose l'insouciance et la vivacité des petits à la sombre mélancolie de la vieille femme qui les observe par sa fenêtre. Pourtant, son enfance paraît proche à la vieille femme, et il lui semble que sa vie a passé vite, dégringolant une pente inexorable qui conduit du bonheur au malheur :

> Pauvre enfant, la chambre nuptiale de ton fiancé sera un cercueil, et tu resteras vieille fille. Depuis Vartou, derrière la balsamine, tu regardes les enfants jouer, tu vois ton histoire se répéter.
>
> Et c'est justement le drame de toute sa vie qui défile à l'esprit de la vieille fille, pendant qu'elle regarde le rempart où brille le soleil, où les enfants aux joues rouges sans chaussettes ni chaussures poussent des cris de joie, comme tous les autres oiseaux du ciel.
>
> (*Contes*, « En regardant par une fenêtre à Vartou », p. 258-259)

Un conte fait pourtant exception : « Le vilain petit canard », où le personnage trouve enfin le bonheur en se coupant de son enfance malheureuse. Cette rupture radicale, symbolisée par le long hiver rigoureux qu'il passe dans un engourdissement proche de la mort, lui permet de devenir lui-même : « Je ne rêvais pas de tant de bonheur quand j'étais le vilain petit canard ! » s'exclame-t-il, tout heureux (p. 138). Dans ce conte, l'enfance est un malentendu : l'âge adulte réconcilie le jeune cygne avec son destin véritable.

Wole Soyinka ne présente pas non plus le passage à l'âge adulte comme une transformation progressive. Le récit met en scène la durée propre à l'enfance, qui est une durée non homogène, progressant par à-coups et étrangère à la durée quantitative et linéaire. À certains moments s'opère en l'enfant une métamorphose brutale :

> Le changement était impossible à prévoir. Un rythme, une atmosphère s'étaient installés dans la maison, prenant possession des hôtes, de la famille, des visiteurs occasionnels, des parents pauvres, des « cousins », des petits abandonnés, tous à leur place dans un réseau tangible de sentiments ; et puis

il se produisait un changement ! Un petit événement ou, plus fréquemment, rien du tout, rien qu'il me fût donné de remarquer, encore moins de comprendre, et brusquement tout changeait !

(*Aké, les années d'enfance*, VII, p. 183)

Certains de ces changements font alors basculer l'enfant dans un stade nouveau qui le rapproche de sa sortie de l'enfance. Les incisions aux chevilles, infligées à Wole à l'instigation de son grand-père, en font bien sûr partie, et leur fonction initiatique est prise en charge par une tradition : elles correspondent à un rite de passage à l'âge d'homme. « Tu t'es comporté comme un vrai Akin » (IX, p. 282), un vrai *homme*, le complimentera son grand-père, satisfait. Mais la sortie de l'enfance se fait aussi par des étapes qui marquent la spécificité d'un cheminement individuel et composent la singularité du vécu. Ainsi, l'escapade de l'enfant de l'autre côté du mur en est une : « [...] j'avais le vague sentiment d'avoir été la cause de toute l'émotion de la veille et d'être maintenant tout différent de ce que j'étais avant le défilé », note-t-il (III, p. 103). La mort de Folasade en est une autre. Elle a notamment pour effet de modifier le regard porté par l'enfant sur ses parents, et en particulier sur sa mère.

Au décès de sa petite sœur sont associés chez le garçon deux sentiments : la culpabilité et la colère, même si ces deux sentiments sont à l'état diffus, en grande partie inconscients et informulés. Ils percent dans le propos qui suit la vision d'une poupée flottant dans le caniveau devant la maison du narrateur, emportée par l'inondation. Cette poupée lui évoque évidemment, quoiqu'il ne le dise pas explicitement, sa petite sœur récemment disparue. « *Maman, je viens de voir le visage de ta fille passer devant notre seuil ; je n'ai rien fait pour l'arrêter* », lit-on alors (VII, p. 194). Ces paroles ont un statut à part dans la narration, que signale la typographie en italique. On ne sait pas bien si elles sont prononcées, ou simplement pensées, ou encore s'il s'agit d'un éclair fugace qui traverse l'esprit de l'enfant, de manière à peine consciente. Le narrateur y exprime son remords, peut-être, de n'avoir pu empêcher la maladie du bébé, et de participer à l'« arrogante » permanence des choses et des êtres, malgré sa disparition. Mais le tutoiement accusateur (« le visage de *ta* fille ») indique aussi la rage rentrée de l'enfant à l'endroit de Chrétienne Sauvage, dont le chagrin lui échappe. D'ailleurs, à partir de cette étape, le garçon se découvre indifférent aux menaces et aux sanctions, capable d'une insolence toute neuve ; et ces changements dans son propre caractère le surprennent lui-même. Après une altercation avec Bunmi qui promet une réprimande imminente de ses parents, il affirme ainsi : « Je m'aperçus que cela ne m'inquiétait guère » (VII, p. 196). Sans bien en avoir conscience, Wole s'est séparé d'une partie de lui-même et a commencé à devenir un autre ; et c'est ainsi que l'on glisse, par à-coups successifs, de l'enfance apparemment éternelle à son terme qui arrive pourtant un jour.

III. L'ÉDUCATION

Réfléchir à l'enfance implique de poser la question de l'éducation. Puisque l'enfance précède tous les états ultérieurs par lesquels passe l'individu, puisqu'elle est un commencement, ouvert à tous les possibles, puisque, enfin, la personne morale se forme dans les premières années pour se fixer à l'âge adulte, l'éducation accède au statut de sujet philosophique de premier ordre. Il touche, comme le dit Rousseau, au « bonheur et [au] malheur du genre humain » (préface, p. 48), et offre à celui qui s'y penche et à ceux qui la pratiquent avec discernement et prudence une chance de façonner des hommes tels qu'ils doivent être, en fonction d'un idéal défini par la société, la morale ou encore la nature. Que signifie éduquer ? Qui doit s'en charger ? À quels moyens faut-il recourir et à quel idéal cherche-t-on à parvenir ? Voilà les questions auxquelles répondent, chacune à leur manière, les trois œuvres au programme.

A. Former l'enfant ou empêcher qu'il se déforme ?

Rousseau propose avec l'*Émile* un traité d'éducation d'un genre tout à fait nouveau. Dans une lettre à Christophe de Beaumont de 1763, il la définit par opposition aux méthodes éducatives pratiquées jusque-là :

> J'appelle éducation positive celle qui tend à former l'esprit avant l'âge et à donner à l'enfant la connaissance des devoirs de l'homme. J'appelle éducation négative celle qui tend à perfectionner les organes, instruments de nos connaissances et qui prépare à la raison par l'exercice des sens.

« Négative », cette éducation l'est à trois niveaux. Tout d'abord, au sens où elle consiste à ne rien faire. « Jeune instituteur, je vous prêche un art difficile, c'est de gouverner sans préceptes, et tout faire en ne faisant rien », annonce-t-il (II, p. 234). Elle est tout entière une « méthode inactive » (II, p. 230). Ensuite, cette éducation peut être dite négative parce qu'elle ne vise qu'à empêcher le vice, au lieu d'inculquer la vertu : « La première éducation doit donc être purement négative. Elle consiste, non point à enseigner la vertu ni la vérité, mais à garantir le cœur du vice et l'esprit de l'erreur » (II, p. 180-181). Enfin, cette éducation d'un nouveau genre reporte le plus longtemps possible l'usage de la raison. Plutôt qu'à favoriser la rapidité des progrès de son élève, l'éducateur doit ainsi chercher à maintenir son âme « oisive » (II, p. 181) en se concentrant uniquement sur le développement du corps, des organes, des sens, des forces. L'élève, quant à lui, doit apprendre l'« art » « d'être ignorant » (II, p. 246). Aussi longtemps que l'autorise la nature, l'enfant doit demeurer « comme un être insensible, comme un automate » (II, p. 183).

Mais alors, si le rôle de l'éducateur est aussi passif, ne peut-on pas s'en passer ? Non, répond Rousseau, et c'est même un travail très difficile que celui d'éduquer un enfant selon cette méthode. La fonction de l'éducateur consiste à boucher les portes par lesquelles peuvent entrer la vanité et l'amour-propre (II, p. 323) et à maintenir habilement son élève sur la route tracée par la nature. Il lui faudra alors laisser les deux premiers maîtres de l'enfant – la nature, qui est donnée d'emblée, et les choses, qui sont accidentelles et dont l'enfant est affecté – se charger de son éducation, et limiter son rôle à agencer ces rapports, sélectionner soigneusement les expériences que fera son élève en fonction du moment où il lui convient de les faire : restreindre, en somme, son horizon aux seules relations qu'il peut maîtriser, à chaque instant de son développement.

B. Qui éduque ?

Plusieurs figures d'autorité sont présentées dans les trois textes au programme, œuvrant parfois de concert pour l'éducation de l'enfant, entrant d'autres fois en concurrence.

1. Les parents

Les *Contes* d'Andersen donnent plusieurs exemples de parents aimants, qu'il s'agisse des parents biologiques ou de parents adoptifs. L'héroïne du conte intitulé « Elle n'était bonne à rien ! » est un exemple d'amour maternel et de sacrifice, de même que le couple de pêcheurs qui ont recueilli le nourrisson rescapé du naufrage, dans « Une histoire des dunes », et l'élèvent ensuite avec amour. Mais en-dehors de ces deux exemples, rares sont dans le recueil les parents présentés comme des modèles positifs, et dont on peut dire qu'ils contribuent à l'éducation de leur enfant, ne serait-ce qu'au plan moral. Les parents mis en scène dans « L'invalide » sont bienveillants. Mais le rapport est inversé, car c'est l'enfant qui fait leur éducation : en leur lisant des contes du livre offert par la châtelaine, il a, comme en témoigne le maître d'école lui-même, « éveillé et béni les esprits », « amené la réflexion et la joie dans la maison » (p. 423). À l'opposé du spectre moral, on rencontre en revanche plusieurs exemples de parents dénaturés. La cane voit d'un très mauvais œil celui de ses petits qu'elle trouve laid, gauche et qui « ne ressemble à aucun des autres » (p. 128-129). Elle ne tarde pas à le rejeter avec cruauté : « Je voudrais que tu sois bien loin d'ici ! » lui dit-elle (p. 131), ce qui le détermine à prendre son envol pour quitter sa famille, dont il n'a reçu que brimades et humiliations. Dans « Les cygnes sauvages », le père de la petite Élisa, comme la cane, ne protège pas sa fille de la méchanceté de sa nouvelle épouse. Il est effrayé par le visage d'Élisa, que la marâtre a maquillée pour la rendre laide, et il prétend que « ce n'[est] pas sa fille » (p. 97). Enfin, le seigneur Valdemar Daae, savant orgueilleux qui, dans son cabinet d'alchimiste, cherche à « déchiffre[r] le mystère des forces de la nature » (p. 278), précipite, par sa folie, ses trois filles dans la misère et le malheur.

Dès lors, des figures de substitution remplacent parfois auprès de l'enfant les parents défaillants. Les grand-mères ou les vieilles tantes ont ainsi un rôle positif, tout au long du recueil : dans « La petite sirène », « La Reine des Neiges » ou encore « Tante Mal-aux-dents », par exemple. Quant au vilain petit canard, il trouve au terme de ses rudes épreuves une famille d'adoption chez les cygnes, « oiseaux royaux » (p. 136). Du même coup est dévoilée la morale du conte, qui illustre le fait que l'aristocratie véritable n'est pas celle à laquelle nous prédispose notre naissance. La seule vraie noblesse est celle du cœur : « Peu importe qu'on soit né dans la basse-cour, si seulement on est sorti d'un œuf de cygne ! » (p. 137).

Les parents de Wole occupent chacun dans le récit un rôle d'une très grande importance. Par leurs différences marquées, ils constituent deux pôles, opposés et complémentaires. Leurs chambres respectives sont comme la métonymie de leur personne. La chambre de Chrétienne Sauvage, encombrée de « bocaux de bonbons » (VI, p. 155) coudoyant « des bibles, des recueils de cantiques et des livres en lambeaux », des « bidons de pétrole, d'huile de palme ou d'arachide » (VI, p. 156), le tout baignant dans une « débauche d'odeurs » et « le parfum permanent des naissances, des maladies, des gâteaux, des biscuits, des menues marchandises » (VI, p. 154), est à l'image de sa personne : son physique abondant, son appétit d'ogresse, ses emportements terrifiants et sa générosité y sont tout ensemble résumés. Dans la chambre d'Essay plane une odeur de moisi produite par l'entassement de papiers, de cahiers, de dossiers et de valises en cuir desséchées ; ses chaussures sont « soigneusement rangées », ses livres « bien rangés » (VI, p. 158) eux aussi dans la bibliothèque. C'est à la seconde chambre que va la préférence de Wole : et c'est vers le pôle paternel qu'il est irrésistiblement attiré.

Comme nous l'avons dit plus haut d'Andersen, Wole Soyinka s'empare du thème du jardin d'Éden dont il propose une récriture personnelle. Mais, si le thème contribue à la gravité tragique des récits d'Andersen, Soyinka en livre quant à lui une parodie plaisante, pour figurer la relation du garçon à son père, et montrer comment l'évolution de celle-ci participe de la transformation progressive de l'enfant en l'adulte futur. Ainsi, Essay est présenté comme une figure imposante, trônant de toute sa hauteur intimidante au milieu d'un jardin qu'il garde jalousement. L'infortuné maître d'école apprendra d'ailleurs à ses dépens ce qu'il en coûte de toucher aux roses de ce jardin : la punition que lui infligera Essay prendra la forme d'une humiliation cruelle et prolongée. Quand Wole assiste aux déjeuners de son père et, depuis son poste d'observation entre les pieds du fauteuil, s'assure que pas une bouchée n'arrive dans une autre bouche que la sienne, il remplit un office sacré. Le jour où est installée l'électricité dans le foyer, Essay prononce les mots mêmes du *fiat lux* divin : « Que la lumière soit ! » L'intertexte biblique, plaisamment orchestré, souligne le statut qui est celui d'Essay aux yeux du petit garçon : un Dieu tout-puissant, mystérieux et inquiétant, infiniment bienveillant malgré sa sévérité. Aussi, c'est bien le mot « bannissement » qui est employé par le narrateur lorsqu'il est temps pour lui de quitter la chambre paternelle, pour rejoindre le dortoir commun aux paillasses souillées des incontinences nocturnes de ses frères et sœurs. Mais, plus tard, la maladie d'Essay et le spectacle de sa faiblesse révéleront au petit garçon sa simple humanité. L'homme malade, qui se croit arrivé au terme de sa vie, délivre d'ailleurs à son fils un conseil où perce un aveu poignant d'humilité, bien loin de l'aura démiurgique qui lui est prêtée par l'enfant :

> Les choses ne se passent pas toujours comme nous l'avons prévu. Il y a beaucoup de déceptions dans la vie. Il y a toujours de l'inattendu. On prévoit minutieusement, on prépare les différentes étapes et puis… enfin, c'est la vie.
>
> (*Aké, les années d'enfance*, XI, p. 309)

Malgré l'admiration sans égale que Wole porte à son père, une autre figure masculine lui fait contrepoids dans le récit, celle du grand-père d'Isara. À cette seconde figure correspond tout un pan de la personnalité de Wole, qui le rattache à l'Afrique, à ses traditions, à ses ancêtres. Le grand-père contrebalance l'éducation plus moderne que lui donnent ses parents, envers laquelle il marque d'ailleurs parfois sa réprobation. C'est ainsi le vieil homme – que son petit-fils, d'ailleurs, appelle Père – qui soumet Wole au rituel initiatique des incisions, en l'absence du père – absence dont s'étonne Wole qui s'entend répondre : « ceci ne concerne que nous deux » (IX, p. 283). À Isara, les vendeuses du marché et Broda Pupa sont également un couple de parents provisoirement substitués au couple de parents biologiques, appelés par dérision le « Maître et sa Dame » par les enfants moqueurs. Enfin, Daodu et Beere jouent un rôle déterminant dans la formation intellectuelle et politique du jeune Wole, devenu lycéen. Ils voient déjà en lui l'adulte futur, et non pas seulement le gamin raisonneur qui assomme son entourage de ses questions. Chez les Kuti, ses questions mêmes deviennent inutiles, car, s'aperçoit Wole, « ils étaient toujours prêts à [lui] parler, à tout enfant qui le souhaitait d'ailleurs, comme ils le faisaient avec les adultes » (XV, p. 427).

La diversité des influences extérieures, qui peuvent s'ajouter au modèle parental pour contribuer à l'éducation de l'enfant, illustre le propos de Rousseau, qui voit dans l'éducation reçue des hommes l'un des trois facteurs déterminants de la formation d'un enfant (I, p. 56). C'est d'ailleurs bien la raison pour laquelle il préconise quant à lui de soustraire l'enfant à toute autre compagnie que celle de son éducateur.

2. Les maîtres

L'enfant doit être l'élève d'un seul maître, assure Rousseau. Dans l'idéal, et après que la mère aurait rempli son rôle en nourrissant l'enfant, ce serait au père de se charger de son éducation. Rousseau cite les exemples d'hommes illustres qui se sont appliqués à cette tâche en même temps qu'ils dirigeaient un État, accordant la même dignité à l'un et l'autre métiers. Mais il a, quant à lui, supposé son Émile orphelin (sinon de fait, du moins de droit) pour qu'il ne subisse pas d'autre influence que la sienne :

> Émile est orphelin. Il n'importe qu'il ait son père et sa mère. Chargé de leurs devoirs, je succède à tous leurs droits. Il doit honorer ses parents, mais il ne doit obéir qu'à moi. C'est ma première ou plutôt ma seule condition.
>
> (*Émile ou De l'éducation*, I, p. 90)

Gouverneur imaginaire de son élève imaginaire, il régnera alors en maître sur l'esprit de celui-ci et sera tout à la fois son père, son « ami » (I, p. 91) et son précepteur. Le terme qui convient le mieux pour décrire cette fonction est, selon lui, celui de « gouverneur », « parce qu'il s'agit moins pour lui d'instruire que de conduire » (I, p. 88), et parce que celui de « maître » employé dans l'éducation traditionnelle désigne des relations d'obligation et de contrainte de part et d'autre, très loin de l'amour mutuel qui doit définir la relation du gouverneur à son élève.

Le gouverneur qu'imagine Rousseau sera pour l'enfant tout l'univers. L'élève grandira en sa seule compagnie, et ils passeront tous leurs jours ensemble (I, p. 91). Comme, au nom de l'éducation négative, le gouverneur doit contrôler tout ce qui affecte l'âme de son élève, de peur qu'une idée puisse y germer qui, mal comprise, engendrerait des vices, il s'emploiera tout d'abord à éliminer autour de l'enfant toute influence étrangère. Le maître remplacera donc, dans la formation de l'enfant, tous les hommes. Dès lors, une très haute responsabilité morale lui échoit : il se doit d'être pour son élève un modèle irréprochable, un exemple de vertu.

Le regard du fils sur son père, tel qu'il est décrit dans le récit autobiographique de Soyinka, n'est pas sans rappeler l'attachement respectueux qu'aura Émile pour son gouverneur ; à cette différence notable que, chez Rousseau, c'est le gouverneur lui-même qui se prend à des fantasmes démiurgiques de toute-puissance, et non pas l'admiration de l'enfant qui les lui prête. L'enfant est son œuvre, sa créature, qu'il modèle à sa guise : « Si l'on pouvait apprendre à voler dans les airs, j'en ferais un aigle ; j'en ferais une salamandre, si l'on pouvait s'endurcir au feu », s'exclame Rousseau (II, p. 260). Ou encore :

> Il n'y a point d'assujettissement si parfait que celui qui garde l'apparence de la liberté ; on captive ainsi la volonté même. Le pauvre enfant qui ne sait rien, qui ne peut rien, qui ne connaît rien, n'est-il pas à votre merci ? Ne disposez-vous pas, par rapport à lui, de tout ce qui l'environne ? N'êtes-vous pas le maître de l'affecter comme il vous plaît ? Ses travaux, ses jeux, ses plaisirs, ses peines, tout n'est-il pas dans vos mains sans qu'il le sache ? Sans doute il ne doit faire que ce qu'il veut ; mais il ne doit vouloir que ce que

vous voulez qu'il fasse ; il ne doit pas faire un pas que vous ne l'ayez prévu ; il ne doit pas ouvrir la bouche que vous ne sachiez ce qu'il va dire.

(*Émile ou De l'éducation*, II, p. 235)

Il y a peu de maîtres d'école dans les *Contes* d'Andersen, car l'éducation vraiment indispensable aux enfants leur vient du grand livre de la nature, de l'expérience de la vie ou encore des contes qui se chargent de suppléer à l'une et à l'autre – on reviendra bientôt sur leur importance. On trouve toutefois dans « L'invalide » une figure très positive d'instituteur : la relation qu'il noue avec son jeune élève est celle d'un apprentissage mutuel. L'esprit de l'enfant a toutefois été préparé par ses lectures à recevoir les connaissances du monde, mais celles-ci dépassent en merveilleux les fictions de ses lectures. À l'issue de ce cercle vertueux qui montre la réussite d'une émancipation intellectuelle par l'école, Hans deviendra maître d'école lui-même.

Chez Soyinka, l'école est toujours perçue comme un objet de convoitise, et la même émulation scolaire sera mise en scène tout au long du récit. Wole envie sa sœur plus âgée qui s'y rend et prend des airs mystérieux. La salle de classe lui paraît la plus « attirante » de toutes les « salle[s] de jeux » (II, p. 56). Tout au long du récit, l'école conservera cette aura, et l'une des lignes directrices structurant le récit de ces années d'enfance réside dans la détermination du personnage à être accepté au Lycée National, avec une bourse : et il s'achève sur l'accomplissement de cet objectif. Le but atteint, toutes ces années acquièrent rétrospectivement une cohérence téléologique : le développement de Wole, son passage de la petite enfance à l'âge adulte, est un itinéraire scolaire. C'est d'ailleurs en toute logique que l'une des étapes essentielles de ce passage consiste dans l'inversion des rôles : d'élève, Wole devient à son tour enseignant, quoique tout jeune et pour des élèves autrement plus âgées que lui, qu'il se prend à rêver d'épouser, du haut de ses huit ans.

C. Comment éduquer ?

Bien que l'enfance renvoie chacun à son propre vécu, nous avons vu que celle-ci demeure en partie inconnaissable ou incompréhensible. Dès lors, de quels moyens disposent les éducateurs pour s'adresser aux enfants et amener leurs facultés à leur meilleur développement, et quels principes doivent-ils appliquer ?

1. « Laisse[r] mûrir l'enfance dans les enfants »

Un principe structure l'éducation négative de Rousseau et lui donne son caractère systématique : il convient de calquer la progression de l'élève sur la marche de la nature. « [...] la plus grande, la plus importante, la plus utile règle de toute l'éducation[.] Ce n'est pas de gagner du temps, c'est d'en perdre » (II, p. 180), déclare-t-il. « Laissez mûrir l'enfance dans les enfants », conseille-t-il encore aux maîtres (II, p. 181-182) : ce qui signifie qu'il faut renoncer à viser l'homme dans l'enfant, à hâter artificiellement ses progrès, car cet empressement contre-nature ne conduit qu'à l'erreur et ouvre la porte aux vices.

Rousseau déplore alors l'inconséquence de tous ces parents et ces maîtres qui, suivant une tendance répandue, se gonflent de fierté devant les bons mots et les traits d'esprit de leur « prétendu prodige » (II, p. 206), ou vantent la mémoire exceptionnelle et la précocité d'un enfant qui sait fort bien raconter un épisode d'histoire ancienne – priant aussitôt le « jeune docteur » de s'exécuter en public. Les effets d'une telle éducation, qui veut enseigner des sujets à un enfant mal préparé à les recevoir, sont néfastes : ils habituent très tôt l'enfant à se payer de mots, à prétendre comprendre des signes vides, et le rendent vaniteux par-dessus le marché. Rien n'est donc pire pour Rousseau que la mode actuelle de faire « raisonner » les enfants et, en un paradoxe brillant, il prie les éducateurs de revenir eux-mêmes à la raison : « soyez raisonnable, et ne raisonnez point avec votre élève » (II, p. 181).

Le petit Wole est au contraire un enfant « trop raisonneur » (IV, p. 113), qui assomme les adultes de ses questions ; c'est aussi, à l'opposé des principes rousseauistes, un enfant exceptionnellement précoce : il entre au lycée d'Abeokuta à huit ans et demi, alors que beaucoup de ses camarades de classe sont déjà des hommes. Il est la fierté de son père, qui exhibe ses succès scolaires et l'interroge quand ils reçoivent des invités pour lui permettre de briller. D'ailleurs, l'objectif d'entrer au Lycée National est d'abord une idée de son père, à laquelle Wole avoue s'être rangé docilement. En des termes proches de ceux qu'emploie Rousseau, son grand-père désapprouve Essay qui « ne croit pas qu'il faille laisser les enfants mûrir dans leur corps avant de forcer leur esprit » (IX, p. 272).

Les frères, sœurs et cousins de Wole le rappellent alors parfois à son état, avec dureté ou amusement. Nubi profite du bain pour lui faire une leçon qui ressemble à celle que pourrait faire Rousseau : tu te crois grand, mais tu ne l'es pas, lui dit-elle en substance. Il y a des différences physiques entre un adulte et un enfant, qui justifient que l'adulte doive s'occuper de l'enfant, et l'enfant être sous sa dépendance. Et elle conclut :

> Si tu crois que parce qu'on t'a accepté à l'école tu es maintenant un grand garçon à la maison, eh bien tu te trompes ; tu as encore beaucoup à apprendre. Il y a des choses qu'on ne peut pas t'apprendre à l'école.
>
> (*Aké, les années d'enfance*, IV, p. 106)

On trouve le même empressement chez le jeune sapin du conte, qui ne pense qu'à « pousser, pousser, devenir grand et vieux » (p. 140). « Il n'y a que cela de bien dans ce monde », se dit-il (*ibid.*). On a vu que les avertissements étaient impuissants à lui faire apprécier sa jeunesse, avant qu'il ne soit trop tard. Les histoires qu'on raconte aux enfants et qui, prenant acte du fait que leur raison n'est pas encore prête pour l'abstraction, cherchent à les éduquer en recourant à leur imagination sont-elles plus efficaces que ces vaines leçons ?

2. L'utilité des histoires

Andersen et Soyinka sont bien loin de penser comme Rousseau que la lecture est « le fléau de l'enfance » et les livres « les instruments de [sa] plus grande misère » (II, p. 227). Rousseau réprouve en effet l'usage des histoires, et notamment de celles qui prétendent explicitement à une visée éducative : les fables.

Il leur reproche d'abord d'envelopper la vérité de fiction et d'amusement, pour rendre l'enseignement plus agréable et ludique, alors qu'elles ne réussissent qu'à divertir l'enfant de la vérité. Celui-ci, séduit par le sens littéral, s'en tient là et ne fournit jamais l'effort interprétatif qui permettrait d'accéder au sens second, qui contient l'idée abstraite et/ou la morale.

> Comment peut-on s'aveugler assez pour appeler les fables la morale des enfants, sans songer que l'apologue, en les amusant, les abuse ; que, séduits par le mensonge, ils laissent échapper la vérité, et que ce qu'on fait pour leur rendre l'instruction agréable les empêche d'en profiter ? Les fables peuvent instruire les hommes ; mais il faut dire la vérité nue aux enfants : sitôt qu'on la couvre d'un voile, ils ne se donnent plus la peine de le lever.
>
> (*Émile ou De l'éducation*, II, p. 219-220)

Par ailleurs, le recours à l'analogie, ou encore les traits de style ou de fantaisie qui caractérisent la fable, ne font qu'en rendre le sens plus obscur. Et, par un commentaire linéaire du « Corbeau et le Renard », Rousseau s'emploie à montrer les mille obstacles sur lesquels peut achopper la compréhension de l'enfant et la ramification vertigineuse des questions que chaque vers ne manquera pas de soulever pour le jeune élève perplexe, entraînant son éducateur désemparé dans des explications sans fin, toujours plus digressives (II, p. 221-224). Enfin, quand bien même l'enfant comprendrait la morale ainsi enveloppée, celle-ci est dangereuse. Car la fable, sous ses dehors figurés, dresse un portrait parfois pessimiste des comportements humains, dont la découverte ne profite pas à un enfant trop jeune : « Je demande si c'est à des enfants de dix ans qu'il faut apprendre qu'il y a des hommes qui flattent et mentent pour leur profit ? » pointe ainsi Rousseau (II, p. 225). D'ailleurs, en ridiculisant le faible, la fable donne à suivre l'exemple du méchant, même si ce n'est pas son propos déclaré ; contre « l'intention de l'auteur », certes, l'enfant penchera toujours à « aimer le vice avec lequel on tire parti des défauts des autres » (II, p. 225). Et Rousseau de passer en revue les fables les plus célèbres de La Fontaine, qui constituaient déjà, comme aujourd'hui, un classique de l'enseignement scolaire : le renard est préférable au corbeau, il est bien plus malin ; la fourmi, un meilleur modèle que la cigale, car personne n'aime s'humilier ; le lion est le plus brillant, etc. Ces fables ne peuvent alors plus prétendre être des leçons de morale : tout au plus enseignent-elles à s'en sortir avec le plus de cynisme dans un monde où le succès personnel tient à sa plus grande capacité à tromper autrui. « Or, quelle horrible leçon pour l'enfance ! » conclut Rousseau (II, p. 225).

Toutefois, Rousseau recourt lui-même, on l'a vu, à l'utilité démonstrative de la fiction, reprenant la tradition philosophique du mythe, dans la lignée de Platon. Mais la fiction est absoute par son usage philosophique ; Platon lui-même refusait la fiction des poètes en raison de son caractère mensonger, mais recourait au mythe pour figurer des réalités extrasensibles. La fiction est alors au service de l'intellect, car elle permet de révéler l'idée.

Rousseau a pourtant le goût des histoires : plusieurs passages de l'*Émile* sont des morceaux de bravoure. Ainsi, le long développement sur les fèves, stratagème imaginé par le gouverneur pour inculquer à son élève la notion de la propriété, est un véritable petit fragment autonome, mêlant récit et dialogue, avec ses péripéties, son nœud et son dénouement. Le registre atteint au pathétique lorsque l'enfant, après les soins amoureux dispensés aux plants et racontés à l'imparfait à valeur itérative qui en souligne la patience et l'assiduité, découvre qu'ils ont été arrachés :

> Un beau jour il arrive empressé, et l'arrosoir à la main. Ô spectacle ! ô douleur ! toutes les fèves sont arrachées, tout le terrain est bouleversé, la place même ne se reconnaît plus. Ah ! qu'est devenu mon travail, mon ouvrage, le doux fruit de mes soins et de mes sueurs ? Qui m'a ravi mon bien ? qui m'a ravi mes fèves ? Ce jeune cœur se soulève ; le premier sentiment de l'injustice y vient verser sa triste amertume ; les larmes coulent en ruisseaux ; l'enfant désolé remplit l'air de gémissements et de cris.
>
> (*Émile ou De l'éducation*, II, p. 192)

Comment ne pas éprouver de compassion pour ce pauvre petit garçon, dont le chagrin est décrit d'une manière si vibrante ? Rousseau recourt à toutes les ressources du romancier pour favoriser l'empathie : le discours indirect libre, qui nous fait voir le drame par les yeux de l'enfant, l'hyperbole, l'hypotypose. Habile conteur, Rousseau a fait de nous, momentanément, des lecteurs de romans, avides de connaître l'issue de ce drame, goûtant au plaisir de la narration.

Enfin, quoique Rousseau pourfende le mensonge et vante aux éducateurs les mérites de la vérité toute nue, il raconte lui aussi des histoires à ses élèves, mais ceux-ci en sont, à leur insu, le personnage, au sein d'une mise en scène minutieusement réglée. On pourra s'étonner de l'illusion dans laquelle il les entretient, sans d'ailleurs chercher à minimiser cette part de mystification : « […] qu'il croie toujours être le maître, et que ce soit toujours vous qui le soyez », conseille-t-il aux futurs éducateurs, à qui il recommande aussi de donner à l'enfant « l'apparence » de la liberté, pour mieux « captive[r] » ainsi sa volonté (II, p. 235). Le petit garçon imaginé par Rousseau plantant des fèves pour mieux apprendre la propriété était déjà le personnage d'une manipulation dans laquelle rien n'était laissé au hasard. La réaction du jardinier qui déracinait les plants, au grand désespoir du garçonnet, était prévue par le gouverneur et faisait partie de la réussite de cet enseignement pratique. De même, le « petit tyran » dont Rousseau a été chargé quelque temps a été guéri de son caractère capricieux grâce à l'inventivité du gouverneur qui s'est fait, pour les besoins de sa cause, metteur en scène. Prétendant l'indifférence, le maître feint de laisser le garçon partir seul à la promenade. Mais, comme le dit Rousseau, « tout était préparé d'avance » (II, p. 242) ; le seul qui ne joue pas, c'est l'enfant lui-même. Car tous les autres acteurs connaissent leur rôle : le père, dont Rousseau avait obtenu le consentement ; un ami, chargé de veiller discrètement sur lui, tel « Sbrigani dans *Pourceaugnac* » (II, p. 242-243), note Rousseau en confirmant ainsi son rôle de dramaturge et le statut théâtral de la scène qu'il joue pour espérer inculquer une leçon pratique à son élève. Cette utilisation de la fiction, qui peut sembler surprenante au vu de l'insistance de Rousseau sur l'importance de la confiance dans la relation de l'élève à son gouverneur, est justifiée par le principe selon lequel les « leçons doivent être plus en actions qu'en discours » (II, p. 194).

Or c'est précisément le rôle du conte que de mettre une morale en action, et si Andersen recourt lui-même à ce genre narratif pour tenir un propos moral, l'efficacité des contes est aussi bien souvent un *thème* de ses histoires : le récit met alors en abyme son propre fonctionnement.

L'utilité des histoires est ainsi mise en scène dans le conte « L'invalide », où l'on trouve à la fois une représentation du lecteur idéal, intellectuellement et physiquement éveillé par un recueil de contes, et un mode d'emploi sur la manière dont il faut lire les histoires. « L'invalide » distingue deux niveaux de lecture, en fonction des aptitudes du public. Le premier niveau est représenté par les parents, qui s'étonnent de se sentir appelés, par le conte, à penser : « D'où cette histoire est-elle venue dans ce livre ? [...] On dirait qu'elle s'adresse à nous. Elle donne beaucoup à réfléchir ! » (p. 421). Mais les parents s'en tiennent aux deux contes qu'ils connaissent et qui délivrent une réponse aux questions précises qu'ils se posent. Ces lecteurs ont donc la réaction inverse de celle que Rousseau pointe chez l'enfant lecteur de fables : ils ne voient que l'idée, et pas l'image. Hans représente quant à lui le deuxième niveau de lecture, le lecteur vraiment idéal. Il aime tout le livre : il ne s'arrête pas à la leçon mais goûte aussi la portée poétique de ces histoires, due à l'imagination qui s'y déploie et lui permet de quitter en esprit son lit d'infirme. C'est un meilleur lecteur, sensible à l'idée, mais aussi à l'art qui l'enveloppe. D'ailleurs, cet éveil de sa sensibilité est une propédeutique au savoir, ou plus exactement au goût du savoir : le maître d'école complétera l'éveil intellectuel commencé avec le livre de contes.

Plusieurs autres histoires affichent leur intention pédagogique : en annonçant que le lecteur sera plus instruit après la lecture (« nous en saurons plus que nous n'en savons maintenant », prévient le narrateur de « La Reine des Neiges », p. 151), ou encore en prévenant que le sens littéral ne se suffit pas à lui-même et appelle à un déchiffrage, mettant ainsi au défi la sagacité interprétative du lecteur : « Maintenant, tu peux y réfléchir ! » conclut par exemple le narrateur du « Jardinier et ses maîtres » (p. 383). Si le conte est donc investi d'une visée pédagogique, la morale s'articule au sens littéral de l'histoire de plusieurs façons.

Le conte procède parfois par analogie. C'est alors un récit à clé, où chaque élément renvoie à son équivalent dans le monde que nous connaissons. On reconnaît là le fonctionnement de « La goutte d'eau », qui montre, dans une goutte d'eau observée à travers un verre grossissant, tout un peuple de petits animaux grouillants qui s'entre-dévorent : « C'est Copenhague, bien sûr, ou une autre grande ville, elles se ressemblent toutes. C'est une grande ville ! – C'est de l'eau du fossé ! » (p. 212).

Ce type de conte ne dispense pas tant une morale qu'il fait voir le monde comme il va sous un éclairage nouveau, avec le recul du merveilleux ou de la fiction, pour mieux en souligner les défauts. D'autres procèdent par allégorie : c'est le même procédé que celui qui est à l'œuvre dans le mythe philosophique ou, référence plus pertinente pour Andersen, dans le genre biblique de la parabole. Le récit figure une idée abstraite sous une forme imagée et concrète. « La Reine des Neiges », conte explicatif sur l'apparition du mal, relève de cette catégorie. Enfin, d'autres contes encore recourent à la modélisation. Ils font alors dépendre leur efficacité morale de l'identification du lecteur aux personnages. Certains sont proposés en modèles à imiter : Élisa, dans « Les cygnes sauvages », Gerda, dans « La Reine des Neiges », ou encore Hans, dans « L'invalide », sont des personnages exemplaires. À l'inverse, le conte peut aussi proposer des contre-modèles, érigés cette fois en repoussoirs. Ces personnages favorisent aussi l'identification, mais jusqu'à un certain point seulement : car ils commettent une faute ou une erreur de jugement qui entraîne un châtiment ou les précipite dans le malheur, dissuadant ainsi le jeune lecteur de suivre leur exemple. La petite sirène et le jeune sapin ressortissent à cette dernière catégorie.

Mais, si certains contes soulignent l'efficacité de la fiction pour éduquer, d'autres soulignent pourtant leur propre inutilité. Ainsi, le jeune sapin a bien été éduqué par les histoires qu'on lui a racontées, mais trop tard. Du haut de son expérience, il peut désormais faire profiter les autres de son exemple malheureux, mais personne n'y prête attention. Les rats illustrent exactement ce que dit Rousseau des enfants, qui dans les histoires ne s'attachent qu'à l'image, sans aller jusqu'à l'idée qu'elle enveloppe : ils ne s'intéressent qu'aux histoires de garde-manger et de fromages. Estimant que l'histoire racontée par le sapin n'est « pas drôle » (p. 147), ils se détournent de lui. C'est donc un conte pessimiste, qui souligne les conditions de son propre échec. La phrase finale du sapin est une invitation à ne pas suivre son exemple : « Fini ! Fini ! dit le pauvre arbre. Si seulement je m'étais réjoui quand je le pouvais ! Fini ! Fini ! » (p. 148). « L'ombre » est également un conte extrêmement sombre, qui se conclut par la victoire de « l'ombre », s'étendant sur le monde et y régnant en maître. Le mensonge triomphe, les mots n'ont plus de sens. Une leçon y est pourtant dispensée, mais c'est celle du cynisme qui entend démystifier l'innocence. Et l'enseignement même semble inutile, puisque celui qui dispense cette leçon exclut toute possibilité de changement : « Ainsi va le monde ! [...] Et les choses ne sont pas près de changer » (p. 204). Les histoires finissent d'ailleurs souvent, en ce bas monde, imprimées sur du papier qui sert d'emballage aux charcutiers, avant d'être jetées « dans le tonneau » (p. 442), déplore le narrateur de « Tante Mal-aux-dents ».

Dans *Aké*, les histoires aussi sont nombreuses et jouent un rôle important dans l'éducation des enfants. Les meilleures histoires sont celles de la Bible :

> [...] c'était à l'École du Dimanche que l'on racontait les vraies histoires, les histoires qui vivaient dans les événements eux-mêmes, franchissaient les limites des dimanches et des pages de la Bible pour entrer dans l'univers des pays, des femmes et des hommes fabuleux.
>
> (*Aké, les années d'enfance*, I, p. 14)

La Bible n'a pas le caractère intimidant des textes sacrés : elle fait partie du quotidien, les enfants l'adaptent à leur environnement familier, il existe une circulation permanente entre la vie pratique et le texte. Ainsi, l'arbre d'Adam et Ève n'était sûrement pas un pommier, mais bien plutôt un goyavier, pense le petit garçon, qui réfère ces histoires à son environnement familier. La baleine de Jonas est comparée, par l'institutrice, à l'immense rocher bien connu de tous les enfants. La Bible est également un répertoire d'exemples que l'on peut convoquer pour résoudre un problème épineux ou chercher réponse à ses questions : quand il y a débat, on y a recours pour arbitrer. Mais il convient de savoir la déchiffrer, de la soumettre à une lecture allégorique : l'enseignement se trouve dans le sens second, et non dans le sens littéral. C'est d'ailleurs un sujet d'amusement entre Essay et ses amis, qui feignent de brutaliser le libraire lorsqu'il prétend, pour rire, qu'il faut entendre les propos du Christ à la lettre. On comprend que ce qui séduit les enfants, dans les histoires de la Bible, c'est ce qui parle à leur imaginaire. Dès lors que l'enseignement de la Bible ne passe plus par des histoires mais prend la forme d'impératifs ou d'interdits, il n'intéresse plus les enfants, pour qui il redevient lettre morte. Ainsi, les maximes religieuses brodées dans des sous-verres et accrochées aux murs de la maison n'ont d'utilité pour les enfants que pratique, mais pas morale. Si les maximes leur « sauv[ent] la vie » (VII,

p. 186), c'est en un sens qui prête à rire et qui ne concerne en aucun cas le salut de leur âme ou l'apprentissage de la vertu. Les enfants utilisent le reflet des cadres pour épier les déplacements de leurs parents sans être vus, et savoir exactement quand il convient de « se tenir tranquille » (VII, p. 186) et de mettre fin à leurs sottises. La surface seule intéresse, pas la profondeur. Ils illustrent là de manière littérale ce que Rousseau reproche aux fables : les enfants s'arrêtent aux voiles dont le sens est enveloppé et ne se mettent pas en peine de les soulever.

3. Vertu des punitions ?

Rousseau s'élève contre la sévérité des éducateurs, qui, au nom d'une illusoire « prévoyance », prétendent combattre les inclinations de l'homme dans l'enfant pour l'en préserver. S'il y a lieu de traiter les enfants avec une grande fermeté, en distinguant licence et liberté, rendre heureux et gâter, la fermeté dont parle Rousseau exclut tout recours à la punition :

> [...] ne lui infligez aucune espèce de châtiment, car il ne sait ce que c'est qu'être en faute ; ne lui faites jamais demander pardon, car il ne saurait vous offenser. Dépourvu de toute moralité dans ses actions, il ne peut rien faire qui soit moralement mal, et qui mérite ni châtiment ni réprimande.
>
> (*Émile ou De l'éducation*, II, p. 177)

Comment alors ne pas tomber dans la licence ? Rousseau prévient l'objection en expliquant que l'enfant ne doit connaître que la dépendance des choses, et jamais celle des hommes ; c'est pourquoi les punitions doivent « naître des actions elles-mêmes ». De même, il ne faut jamais « défendre » de faire quelque chose, mais « empêcher » (II, p. 164). L'idée d'obéissance doit être étrangère à l'enfant, car elle apprend à l'enfant la servilité – entraînant à sa suite dissimulation, perfidie, mensonge, ainsi que le démontre Rousseau de manière implacable par le biais d'un dialogue imaginaire entre un maître et un enfant :

> L'ENFANT : Quel mal y a-t-il à faire ce qu'on me défend ?
> LE MAÎTRE : On vous punit pour avoir désobéi.
> L'ENFANT : Je ferai en sorte qu'on n'en sache rien.
> LE MAÎTRE : On vous épiera.
> L'ENFANT : Je me cacherai.
> LE MAÎTRE : On vous questionnera.
> L'ENFANT : Je mentirai.
>
> (*Émile ou De l'éducation*, II, p. 172-173)

La punition a pour autre effet funeste qu'elle altère l'image que l'enfant se fait de son éducateur : « [...] vous les indisposez contre votre tyrannie et les détournez de vous aimer », prévient Rousseau (II, p. 174-175).

Le récit de Soyinka fait état d'une grande inventivité de la part des adultes en matière de punition, et d'un mode de fonctionnement parfaitement intériorisé, par la famille mais plus généralement par la société tout entière. Il existe une large variété de châtiments corporels, des simples coups donnés dans la colère du moment aux punitions plus raffinées : les coups de baguette, dont le nombre est calculé en fonction de la gravité de l'offense, et qui sont rigoureusement distribués par Daodu exerçant ses fonctions de proviseur, ou encore la punition qui consiste à « se pencher », en restant au coin, plié à angle droit, un bras levé dans le dos vers le ciel. La punition bien souvent est un spectacle, et même, parfois, un spectacle de rue, dans lequel les passants – y compris les enfants – s'improvisent un rôle.

L'utilité du châtiment physique fait consensus parmi les adultes. Les maîtres blancs du Lycée National sont regardés avec mépris par Daodu, parce qu'ils n'y recourent que deux ou trois fois par an et donnent à ceux-ci un caractère tout ornemental, presque cérémonieux. Pourtant, l'enfant prend bien vite ses distances vis-à-vis de cette pratique dont les bienfaits éducatifs sont douteux. D'abord, avant qu'il ne soit en âge d'en mettre en doute le bien-fondé, il apprend à dissimuler et à mentir pour échapper aux coups. Imitant sa grande sœur qui l'initie à sa technique, il apprendra à feindre les frissons de la fièvre, simulant une maladie qui le rend intouchable : Wole confirme ici par son propre exemple les préventions de Rousseau contre les punitions.

C'est aussi l'incohérence de ces punitions qui sera pour le jeune Wole une révélation. L'épisode où sa mère se joint aux sarcasmes de Joseph pour l'humilier à son tour, puis déchaîne contre lui la violence du petit frère en lui suggérant de lui « donner une bonne raclée » (VII, p. 201) marquera une rupture irréversible dans la représentation qu'il se fait de sa propre mère, et plus généralement du monde des adultes : « Un seul fait m'écrasait : il n'y avait ni justice ni logique dans le monde des adultes » (VII, p. 204). L'épisode joue le rôle d'une scène fondatrice pour Wole, qui ne peut l'oublier et l'évoquera à nouveau lors d'un échange avec son grand-père : « Père, ils ne savent pas ce qu'ils veulent, tu ne trouves pas ? Ils nous punissent lorsque nous nous battons dehors, et puis ils provoquent mon frère contre moi ! » (IX, p. 271).

À mesure que se forme l'esprit du jeune Wole, les châtiments corporels lui apparaissent comme une pratique arriérée, indigne d'éducateurs éclairés :

> J'avais maintenant adopté une attitude précise en ce qui concernait l'irrationalité des adultes, me demandant, entre autres choses, pourquoi Daodu, éducateur et voyageur plein d'expérience, pouvait se comporter comme Chrétienne Sauvage qui tirait toute son autorité de ce passage de la Bible qui disait : « Qui aime bien… »
>
> (*Aké, les années d'enfance*, XII, p. 336)

C'est d'ailleurs avec stupeur qu'il découvre, à l'occasion des émeutes des femmes, la répugnance de Chrétienne Sauvage pour toute violence, elle qui accueille les désobéissances ou les insolences de ses enfants d'une pluie de coups. La découverte des faiblesses de ses parents, leurs incohérences ou leurs tâtonnements éducatifs marquent une étape importante dans sa vision des adultes et dans la formation qui doit faire de lui, à son tour, un adulte. Comme le lui avait prédit son grand-père, grandir, c'est aussi prendre conscience du caractère faillible et imparfait de ceux qui nous ont élevés : « Tu comprendras ça plus tard », avait-il répondu à l'enfant qui s'étonnait des incohérences de ses parents. « Ils ont essayé de faire une bonne chose, mais ils s'y sont mal pris » (IX, p. 271). Si la punition a bien une vertu éducative, elle manque pourtant à son but immédiat. Inefficace à corriger les vices ou à soumettre la volonté, elle participe néanmoins à un apprentissage indirect puisqu'elle précipite cette lucidité, qui accompagne la maturité.

D. Qu'enseigner à l'enfant ?

« Tout ce que nous n'avons pas à notre naissance et dont nous avons besoin étant grands nous est donné par l'éducation », rappelle Rousseau (I, p. 55). Mais de quoi avons-nous besoin ? Quel but l'éducation poursuit-elle ? Quel homme cherche-t-elle à former ?

1. Apprendre à souffrir, apprendre à mourir

On peut s'interroger sur la portée morale de certains contes d'Andersen parmi les plus pessimistes qui, comme on l'a vu, mettent parfois en scène leur propre échec et se présentent comme des tableaux quelque peu désespérants du monde comme il va, sans espoir de changement. Le monde qui sert de contexte à la plupart des histoires d'Andersen est violent, souvent injuste. Le bonheur y est précaire quand il n'est pas illusoire, et la souffrance est une nécessité ; qu'on pense, pour s'en convaincre, au destin navrant de personnages comme le vaillant soldat de plomb, la petite sirène, Jørgen dans « Une histoire des dunes », la mère dans « Elle n'était bonne à rien ! » ou les trois filles de Valdemar Daae. À l'exception peut-être de la petite sirène, qui aurait pu éviter son sort si elle n'avait pas voulu à tout prix épouser celui qu'elle « aime plus que père et mère » (p. 68), tous ces personnages subissent un sort terrible auquel ne correspond aucune faute initiale. Ils sont les victimes du destin, de la misère ou de l'orgueil et de la méchanceté des hommes. D'autres contes, en représentant la bonne fortune des méchants, proposent une morale que l'on pourrait, comme Rousseau le reproche aux fables de La Fontaine, trouver ambiguë. Quel enseignement dispense, par exemple, un conte comme « Le briquet » ? Le personnage est loin d'être exemplaire, il est menteur et assassin ; mais il n'est pas non plus un contre-modèle puisque ses crimes, loin d'être punis, lui apportent succès et réussite. Il faut alors en déduire que l'exemplarité de ces contes est plus descriptive que prescriptive. Ils montrent le monde comme il va dans le but d'habituer le jeune lecteur à la vérité de sa condition humaine et du monde qu'il est forcé d'habiter. S'il y a une leçon, elle consiste à lui montrer une manière d'y vivre le mieux possible et à ne rien espérer de la justice ici-bas.

La souffrance est aussi présentée par Rousseau comme le lot commun de l'humanité : « Le sort de l'homme est de souffrir dans tous les temps », affirme-t-il sans détour (I, p. 77). Comme Andersen, il pense qu'il faut y habituer l'enfant dès que possible. Mais cette éducation à la souffrance, conformément à la méthode exposée dans l'*Émile*, ne passe pas tant par des discours que par des exercices. Habituer l'enfant à la douleur physique la lui rendra plus supportable une fois devenu grand. Or ce qui augmente la douleur, c'est la peur qu'on en a ; aussi, le meilleur service à rendre à l'enfant pour lui éviter bien des tourments par la suite, c'est de ne jamais s'émouvoir de ses maux ou de ses blessures, de les traiter avec flegme et détachement pour qu'il ne sente que sa douleur réelle et non pas celle que lui suggère sa crainte, son inquiétude ou son impatience, sentiments qui portent sur ce qui n'existe pas encore, sur ce qui pourrait exister, et qui sont donc imaginaires. L'imagination est en effet pour Rousseau la source de nos plus grandes misères. Sa détestation des médecins découle directement de cette critique de l'imagination. Prétendant guérir les hommes, ils leur ont imprimé l'effroi des maladies ; prétendant retarder la mort, ils la leur font sentir et redouter bien avant qu'elle n'arrive. Ainsi, dans nos sociétés dénaturées, les hommes ont « désappr[is] à mourir » (I, p. 95). C'est donc à savoir endurer la souffrance sans l'augmenter encore par des chimères et à savoir vivre « jusqu'à [sa] dernière heure » (II, p. 156) qu'il faudra éduquer Émile.

L'expérience de la souffrance a d'ailleurs une utilité dans la formation morale de l'individu. Rousseau démontre dans l'*Émile* que les valeurs morales sont des sentiments avant d'être des idées, et que, chez l'enfant, ceux-ci se rapportent toujours en premier lieu au souci de sa propre conservation avant de s'étendre à autrui. Ainsi, l'expérience de la souffrance est le point de départ du sentiment de pitié, fondateur du lien affectif :

> L'homme qui ne connaîtrait pas la douleur, ne connaîtrait ni l'attendrissement de l'humanité, ni la douceur de la commisération ; son cœur ne serait ému de rien, il ne serait pas sociable, il serait un monstre parmi ses semblables.
>
> (*Émile ou De l'éducation*, II, p. 167)

Mais apprendre à souffrir et à mourir permet surtout d'être libre : tel est le but ultime de l'éducation rousseauiste.

2. Apprendre à être un homme et à le rester

La liberté est pour Rousseau la condition du bonheur ; c'est donc à être libre qu'il faut amener l'enfant, pour qu'il soit heureux, mais aussi pour qu'il soit bon, car l'un ne va pas sans l'autre.

> L'homme vraiment libre ne veut que ce qu'il peut, et fait ce qu'il lui plaît. Voilà ma maxime fondamentale. Il ne s'agit que de l'appliquer à l'enfance, et toutes les règles de l'éducation vont en découler.
>
> (*Émile ou De l'éducation*, II, p. 160)

Mais quelle est cette liberté ? Ne vouloir que ce qu'on peut : en voilà la première condition. L'homme ressent la faiblesse de ses moyens et souffre de son impuissance dès lors que ses désirs excèdent ses forces. Il faut donc retrouver le juste équilibre entre les désirs et les facultés, équilibre qui ne se trouve que dans l'état primitif ; l'imagination au contraire tient l'homme en esclavage et le rend malheureux car, en élargissant le champ des possibles, en nous faisant aspirer à une autre place que celle qui est la nôtre, elle creuse démesurément l'écart entre désir et pouvoir, et nous rend très malheureux et très dépendants. La liberté consiste donc à rester à sa juste place, celle que nous assigne la nature :

> L'homme est très fort quand il se contente d'être ce qu'il est ; il est très faible quand il veut s'élever au-dessus de l'humanité. N'allez donc pas vous figurer qu'en étendant vos facultés vous étendez vos forces ; vous les diminuez, au contraire, si votre orgueil s'étend plus qu'elles. Mesurons le rayon de notre sphère, et restons au centre comme l'insecte au milieu de sa toile ; nous nous suffirons toujours à nous-mêmes, et nous n'aurons point à nous plaindre de notre faiblesse, car nous ne la sentirons jamais.
>
> (*Émile ou De l'éducation*, II, p. 154)

Voilà pour ce qui dépend de nous. Mais le monde est changeant, instable, incertain. Dès lors, former un homme libre, c'est aussi le rendre capable de vivre dans toutes les conditions et sous tous les climats, dans la maladie comme dans la santé, dans la guerre comme en temps de paix, en le rendant adaptable et en limitant ses besoins à ceux qu'il est naturellement capable de satisfaire. En revanche, Rousseau prévient : « il faut opter entre faire un homme ou un citoyen : car on ne peut faire à la fois l'un et l'autre » (I, p. 59). Suivre la nature implique en effet de combattre les institutions ; et, réciproquement, « les bonnes institutions sociales sont celles qui savent le mieux dénaturer l'homme » (I, p. 59-60). Mais l'homme naturel est universel, tandis que l'homme social est relatif et contingent. En étant d'abord et fondamentalement un homme, il devient capable d'embrasser tous les états que lui assignera la société. C'est donc bien à former un homme qu'il faut viser, pour son intérêt propre et celui de tous :

> Vivre est le métier que je lui veux apprendre. En sortant de mes mains, il ne sera, j'en conviens, ni magistrat, ni soldat, ni prêtre ; il sera premièrement homme : tout ce qu'un homme doit être, il saura l'être au besoin tout aussi bien que qui que ce soit ; et la fortune aura beau le faire changer de place, il sera toujours à la sienne.
>
> (*Émile ou De l'éducation*, I, p. 64)

L'éducation négative forme donc des « hommes », ne voyant dans leurs semblables que d'autres hommes. Sera du même coup abolie la différence entre les pauvres et les riches, source des injustices et des inégalités.

Pour Soyinka, il semble au contraire que la formation de l'homme soit indissociable de celle du citoyen, et que l'une et l'autre dépendent d'un apprentissage de la liberté. Mais, dans *Aké*, la liberté est d'abord définie comme émancipation. Les maîtres de Wole, à cet égard, sont moins ses enseignants du lycée que la petite poignée de femmes de la campagne, jeunes épouses d'abord réunies autour de Beere et de Chrétienne Sauvage dans la cour du lycée pour apprendre la bonne manière de tenir un foyer. Mais de ces considérations d'abord bien peu politiques, et qui d'ailleurs renvoient les femmes à leur rôle strictement domestique et à leurs devoirs envers leurs maris, émerge bientôt un élan d'émancipation. Le petit groupe de discussion devenu le Syndicat des femmes s'élargit à l'échelle du pays et converge avec « [l]es forces qui cherchaient à mettre un terme à la domination des Blancs sur le pays » (XIV, p. 377).

Andersen, on l'a dit, cherche moins à changer le monde qu'à prévenir l'enfant de l'existence du mal et de la souffrance, et à lui apprendre à vivre en préservant la pureté de son cœur. Un fil rouge traverse alors le recueil, celui du dogme chrétien de l'immortalité de l'âme, qui apporte aux malheureux d'ici-bas la consolation d'une justice dans l'au-delà, si leur cœur est pur et innocent. C'est cette certitude qui console Jørgen dans son cachot : sa « bonne conscience » ainsi que la confiance dans une justice éternelle lui font trouver la sérénité au milieu du plus profond dénuement ; et c'est en cela qu'il peut être proposé en modèle au lecteur. On retrouve alors, par un chemin inattendu, Rousseau et son idée selon laquelle le bonheur provient de la liberté, qui consiste à savoir quelle est sa place et à n'en désirer aucune autre. En effet, les *Contes* montrent que la place que la société assigne aux hommes en fonction de leur rang, de leur naissance ou de leur fortune doit tout au hasard, et rien à la vérité. Ce n'est que dans l'éternité que les êtres retrouvent leur juste place, la seule qui compte et celle que leur désigne la vérité de leur cœur. Ce sont les mots de consolation qu'adresse, dans « Elle n'était bonne à rien ! », la bonne Maren au petit garçon dont la mère vient de mourir :

> « Ma chère mère ! dit-il, et ses larmes ruisselaient. Est-ce vrai que tu n'étais bonne à rien ?
>
> – Si, elle était bonne à quelque chose, dit la vieille fille en levant les yeux au ciel. […] Je peux te dire qu'elle était bonne à quelque chose ! et Notre-Seigneur dans le royaume des cieux le dit aussi. Laisse donc le monde dire : "Elle n'était bonne à rien !" »
>
> (*Contes*, « Elle n'était bonne à rien ! », p. 269)

COMPARAISON

On comprend alors que la flûte magique qui, à la fin du conte intitulé « Chaque chose à sa place », intervertit les rôles sociaux, plaçant l'arrogant baron dans la maison du gardien de vaches, le gardien de vaches dans la chambre des domestiques « parmi les valets élégants qui portaient des bas de soie » et le fils de famille « la tête la première parmi les poules » (p. 249 et 250), est en fait une anticipation imaginaire de la reconnaissance qui aura lieu dans l'éternité. Le conte se termine d'ailleurs sur cette phrase énigmatique, signalant au lecteur la profondeur de cette histoire et l'incitant à y réfléchir après sa lecture : « "Chaque chose à sa place !" et c'est ce qui arrive ! L'éternité est longue, plus longue que cette histoire ! » (p. 250).

C'est donc aussi une forme de liberté qu'enseigne Andersen à ses jeunes lecteurs, en un sens finalement assez proche de celui que lui donne Rousseau, qui la définit comme indépendance et autosuffisance. Elle consiste à refuser toute compromission avec un monde dont on n'attend rien et dont les séductions sont imaginaires, à ne pas dépendre de l'opinion des autres, qui ne reflète en rien la vérité des êtres, enfin à traverser sans amertume les vicissitudes de la vie, confiant dans la justice future qui est promise aux bons, c'est-à-dire à ceux qui, quel que soit leur âge, ont su préserver leur âme d'enfant.

CONCLUSION

Au terme de ce développement, il apparaît que l'un des points communs entre les trois œuvres au programme tient au fait que chacune d'elles attribue à l'enfance une fonction à la fois révélatrice et critique : elle nous fait voir le monde tel qu'il est vraiment et en dénonce les inconséquences.

L'enfant voit le monde pour la première fois. Ainsi, les raffinements compliqués des codes mondains, les mille hypocrisies qui composent les relations sociales, les conventions tacites qui veulent que, bien que tous soient des hommes, une frontière infranchissable sépare un roi d'une gardeuse d'oie, un directeur d'école d'une vendeuse ambulante, au point que leur rôle dans la société leur tient lieu d'essence, lui apparaissent pour ce qu'ils sont : des bizarreries incompréhensibles. L'enfant dit ce qu'il voit, comme il le voit ; ses questions pleines d'un bon sens oublié jettent les adultes dans l'embarras et les renvoient bien souvent à leurs propres enfantillages.

Parler de l'enfance, c'est donc tendre aux hommes un miroir peu flatteur et les forcer à s'y contempler. C'est le but que poursuit Rousseau quand, dans l'*Émile*, il revient à « l'origine » qu'est l'enfant et retrace pas à pas les étapes qui, en suivant la marche de la nature, conduisent à l'homme tel qu'il doit être, tel qu'il n'aurait jamais dû être autrement : il nous fait alors mesurer l'écart entre cet homme *possible*, naturellement bon et heureux, et les êtres dénaturés que nous sommes *en réalité*, méchants, injustes et vaniteux, tourmentés par des craintes imaginaires ou des désirs hors de notre portée, qui nous tiennent en esclavage. Chez Andersen, les personnages d'enfants (qu'ils soient enfants par l'âge ou par l'esprit) dénoncent par le seul effet du contraste le cynisme régnant dans les sociétés humaines. C'est donc vers les enfants qu'il choisit de se tourner, en adoptant leur langage et leur imagination si particulière. S'il investit ses contes d'une visée pédagogique, ce n'est pas tant pour corriger les vices des enfants pas sages (sages, ils le sont plus que bien des adultes) que pour les prier de rester tels qu'ils sont, purs et joyeux, malgré la dureté du monde et ses injustices. Enfin, par la magie de la mémoire, l'auteur d'*Aké* revit son passé et se coule dans la peau du petit garçon qu'il était, superposant au sien le point de vue de l'enfant et parvenant à retrouver toute sa fraîcheur. Le monde est alors perçu dans toute son étrangeté et sa densité premières. Ce voyage de l'écrivain dans le temps des souvenirs est aussi pour le lecteur une immersion dans le passé, dans son propre passé : car la justesse du portrait d'enfant livré par Soyinka l'élève à l'universel. Et si cette expérience nous renvoie à nous-mêmes, c'est sur le mode du regret devant la capacité d'émerveillement que nous avons perdue. Mais des trois œuvres, *Aké* semble être la seule où le monde de l'enfance et celui des adultes ne sont pas présentés comme antagonistes et irréconciliables. Cela tient peut-être au fait que les années de formation de Wole sont aussi des années de formation pour tout un peuple qui, en même temps que l'enfant fait son apprentissage de la vie, poursuit sa marche vers l'émancipation ; et ces deux métamorphoses se produisent en parallèle, l'un étant la métaphore de l'autre.

CINQUIÈME PARTIE

Méthodologie : épreuves d'écrit et d'oral aux concours d'entrée des grandes écoles scientifiques

par Corinne von Kymmel

I. Généralités concernant les épreuves écrites 257

II. Le résumé à l'écrit des concours Centrale-Supélec et CCINP 257

A. Quels textes pour quels résumés ? 257

B. Les enjeux de l'exercice 258

1. Un exercice technique 258
2. Un exercice de communication 258

C. Méthode de travail 259

1. La première lecture 259
2. Étapes de travail 259
3. Quelques décisions à prendre 260

D. Rédaction et vérification 261

III. La dissertation 261

A. Enjeux de l'exercice 261

1. Une dissertation sur programme 261
2. Une dissertation de philosophie 262
3. Une dissertation de français 262

B. Le travail au brouillon : du sujet au problème 262

1. Le sujet 263
2. La problématisation 263

C. Le plan 264

D. Rédaction de la dissertation 265

1. Un préalable indispensable : bien écrire 265
2. L'introduction 265
3. La conclusion 266
4. Le développement 266

IV. Préparer les épreuves de l'oral 268

A. Concours Mines-Télécom 269

B. Concours commun Mines-Ponts 269

C. Concours X (Polytechnique) et ESPCI 270

D. Quelle préparation pour les oraux ? 271

I. Généralités concernant les épreuves écrites

Les grandes écoles publient chaque année non seulement une « notice » qui récapitule le fonctionnement et le contenu de chaque épreuve, mais aussi les rapports des jurys portant sur les épreuves des années précédentes. Vous pouvez consulter la plupart de ces documents officiels à partir des liens proposés sur le site http://www.scei-concours.fr.

Banque d'épreuves	Durée	Exercices	Coefficient de français le plus élevé à l'écrit	Coefficient de mathématiques le plus élevé à l'écrit
ENS/X (Polytechnique)/ ESPCI	4 heures	Dissertation	6 (X) 8 (ENS)	9 (X) 6 (ENS)
Concours commun Mines-Ponts/ Mines-Télécom	3 heures	Dissertation	5	5
Centrale-Supélec	4 heures	Résumé (1200 mots → 200 mots) + Dissertation (1800 mots maximum)	17	17
CCINP/E3A	4 heures	Résumé (de 700 à 900 mots → 100 mots), + Dissertation	9	12
A-BCPST	3 heures	Dissertation	5	4
G2E (BCPST)	3 heures 30	Dissertation	5	5
PT (Français A)	4 heures	Dissertation	10	9

II. Le résumé à l'écrit des concours Centrale-Supélec et CCINP

A. Quels textes pour quels résumés ?

Les supports textuels sont issus de textes généralement argumentatifs organisés autour d'une thèse, mais des textes explicatifs ou descriptifs sont parfois également proposés. Votre premier travail consistera donc à qualifier l'enjeu du texte, son énonciation globale et son lien avec le thème de l'année : la structure du résumé en dépend.

Les textes du concours Centrale-Supélec (MP/PC/PSI) contiennent environ 1200 mots : vous devez les résumer en 200, ±10 % ; ceux de la banque CCINP en contiennent entre 700 et 900 : vous devez les résumer en 100 mots, ±10 %. D'autres concours (classes PT, ATS…) présentent des formats différents mais sachez que, systématiquement, les jurys, très attentifs, sanctionnent sévèrement toute forme de non-respect du nombre de mots attendus dans les résumés.

B. Les enjeux de l'exercice

1. Un exercice technique

Grâce au résumé, le jury mesure votre aptitude à rendre compte de la pensée d'autrui. Formuler celle-ci de manière personnelle, sans modifier ni interpréter le texte, sans le tronquer ni le compléter, voilà l'enjeu principal de cette épreuve. Il s'agit en effet de proposer une réduction du propos de l'auteur du texte, sans aucune mention de ce que vous pensez de ce contenu. Cette réduction reformulée doit se plier à ce que dit l'auteur : s'il utilise la première personne du singulier, vous devez l'utiliser ; si son texte est polémique, le vôtre doit l'être ; s'il sollicite des exemples concrets, votre texte doit les rappeler ; s'il emploie des images ou des métaphores, vous devez les retranscrire… Le jury examine ainsi votre capacité de reproduire l'esprit du texte, mais aussi sa progression et son équilibre.

> ✓ **LE MOT DU JURY (CCINP)**
> « Il s'agit de saisir la thèse et le raisonnement d'un texte – en s'appuyant sur ses liens logiques […] afin de mieux appréhender la pensée de l'auteur – et de restituer de manière fidèle l'essentiel de son argumentation dans une langue correcte. »

2. Un exercice de communication

L'épreuve est aussi une épreuve de français : pour restituer correctement et brièvement un texte écrit par un autre que soi, il faut savoir parfaitement manier la langue. Reformuler le texte avec vos propres mots, c'est ainsi veiller à rendre compte aussi précisément que possible des idées développées par l'auteur : il faut donc éviter de procéder par extraction, raccourci, choix d'une information au détriment d'une autre… Plus largement, le jury est très attentif à vos compétences en matière d'expression et de syntaxe, et les correcteurs valorisent l'usage d'un lexique dense et précis : considérez que le jury doit pouvoir extrapoler le texte de départ en lisant votre résumé.

C. Méthode de travail

1. La première lecture

– La première lecture du texte doit se faire sans prendre de notes : il s'agit de vous concentrer sur le propos que tient l'auteur, sur le contenu comme sur l'enjeu global du texte.

– Une fois cette lecture achevée, vous devez pouvoir formuler en une ou deux phrases tout au plus un résumé synthétique du texte, au brouillon. Cette reformulation minimale vous permet de rendre compte de la thèse proposée par l'auteur ou du point principal qu'il développe, ainsi que de la structure générale du texte. Vous pourrez ensuite revenir régulièrement à ce premier compte rendu, afin de garder à l'esprit l'essentiel du texte et de vérifier au fur et à mesure la validité des étapes du résumé que vous construirez.

✓ **LE MOT DU JURY (Centrale-Supélec)**
Il est nécessaire de procéder à « la lecture rigoureuse mais rapide d'un texte d'idées écrit dans une langue précise, savante parfois, mais toujours claire ; la sélection et la hiérarchisation des éléments d'une pensée complexe dans le respect de son mouvement argumentatif ; la réduction à l'essentiel et la reformulation en termes personnels de cette pensée ».

2. Étapes de travail

Avec les deux points de départ que constituent le texte et le résumé synthétique, vous allez progressivement construire votre propre résumé.

– Lisez une deuxième fois le texte pour dégager les étapes de la pensée développée par l'auteur. Repérez les connecteurs logiques et les techniques d'enchaînement (l'opposition, l'addition, la concession…), et examinez la valeur relative de chaque passage du texte : s'agit-il de la thèse, d'un argument, d'un exemple, d'une digression ? L'enjeu est ici de cerner la dynamique du propos.

– Après cette deuxième lecture, examinez la place qu'occupe chaque étape dans le texte en veillant à respecter l'équilibre du cheminement proposé par l'auteur. Cette mise en évidence de la structure fine du propos deviendra le plan de votre résumé, et vous conduira notamment à décider de la longueur à accorder à chaque sous-ensemble dégagé. Autrement dit, la progression du texte de départ délimite le résumé à construire, par l'intermédiaire d'un schéma qui s'organise en fonction des idées du texte et non en fonction des paragraphes choisis par l'auteur. Une idée de votre résumé pourra ainsi reproduire plusieurs paragraphes ; et, à l'inverse, il est parfois nécessaire de scinder un long paragraphe de l'auteur en plusieurs étapes du résumé.

– Il ne vous reste alors plus qu'à élaborer vos propres phrases pour transformer ce parcours raisonné en résumé rédigé. Pour ce faire, appuyez-vous sur votre schématisation, mais aussi sur votre premier résumé synthétique : l'exercice d'écriture des phrases du résumé résulte d'un va-et-vient constructif entre le texte de départ et votre compte rendu technique. La construction du résumé doit en outre proposer un texte dont la structure reproduit celle du texte initial sans la calquer, et un lexique qui témoigne de votre aptitude à reformuler élégamment la pensée de l'auteur sans la trahir.

3. Quelques décisions à prendre

– **La subjectivité :** l'auteur du texte apparaît parfois dans les choix énonciatifs. Comme vous devez vous substituer à lui, vous ferez les mêmes choix (première personne du singulier, utilisation des temps verbaux, lexique plus ou moins orienté par l'émotion ou l'idéologie...).

– **L'équilibre :** votre résumé doit exactement reproduire le mouvement du texte initial. Si l'auteur répète plusieurs fois une idée, vous devez la répéter. S'il fait une digression, vous devez la reproduire. S'il se contente d'une allusion, vous devez rendre compte de l'allusion. S'il accorde beaucoup d'importance à un exemple, vous devez lui accorder la même importance, etc.

– **Les exemples :** les exemples n'ont pas tous une importance similaire dans le texte. C'est la dimension relative de chaque ensemble qui doit vous guider : si l'exemple n'existe qu'au détour d'une phrase, vous pouvez ne pas en parler dans le résumé ; en revanche, si l'exemple structure le texte ou s'il est une étape nécessaire de l'argumentation, vous devez le restituer. Enfin, si l'auteur propose une citation, vous devez examiner son intérêt dans le propos général. Quoi qu'il en soit, ne choisissez pas de reproduire arbitrairement un exemple plutôt qu'un autre : là encore c'est l'équilibre de votre propos qui sera mesuré par le jury.

> ✓ **LE MOT DU JURY (CCINP)**
> « Le candidat ne doit pas simplifier les contenus de l'extrait mais tenter d'en rendre les nuances. Il lui appartient néanmoins de savoir distinguer l'important – et d'abord l'indispensable – de l'accessoire et surtout d'expliciter de façon neuve – sans reprise littérale, montage de citations, traduction synonymique ou démarquage syntaxique – les idées principales et leur enchaînement. »

– **La reformulation :** reformuler le texte peut sembler difficile. Tous les synonymes ne se valent pas, et il n'est pas question de remplacer artificiellement un mot par un autre. C'est le bon sens qui doit ici vous orienter : choisissez des hyperonymes pour remplacer des énumérations, utilisez des synonymes pour montrer que vous avez compris le texte en profondeur, mais conservez les mots irremplaçables. Cette année, par exemple, *l'enfance* est un concept qui peut paraître banal, compris de tous, et qui, par conséquent et dans tous les cas, appelle des précisions, des reformulations, des nuances – entre « enfant », « élève », « adulte », « parent », « projet », « imaginaire », voire « récit », « autobiographie », « essai » ou « conte », chaque expression devra être soigneusement pesée.

D. Rédaction et vérification

Après le travail au brouillon, il faut recopier le résumé en choisissant une progression en plusieurs paragraphes. Dans un texte de 100 mots environ, on attend ainsi généralement deux paragraphes (trois au maximum), tandis qu'un résumé de 200 mots environ pourra contenir trois ou quatre paragraphes (mais pas davantage, même si le texte initial en contient parfois sept ou huit) : chaque passage à la ligne doit être motivé par la progression logique du résumé proposé.

Enfin, veillez à reporter sur votre copie le nombre total de mots de votre résumé : pour cela, vous devez scrupuleusement suivre la consigne imposée (ajouter une barre oblique tous les vingt ou cinquante mots, indiquer le total…). Évitez surtout une erreur de comptage des mots : le jury reste perplexe face à des scientifiques qui ne savent pas calculer et se montre sévère à leur égard.

VERS LA RÉUSSITE : un exercice technique, mais pas mécanique
Un bon résumé reproduit l'équilibre des idées du texte initial. Il montre une bonne maîtrise de la langue et une bonne compréhension de la structure comme de l'enjeu du texte proposé. Il est aussi parfaitement lisible : une calligraphie et une orthographe soignées sont indispensables.

III. La dissertation

A. Enjeux de l'exercice

1. Une dissertation sur programme

Entièrement rédigée, la dissertation, ou « composition française », est un exercice codifié et spécifique. Elle s'appuie sur le programme : vous devez montrer que vous avez compris les enjeux soulevés par le thème général qui a été étudié en classe (*l'enfance* cette année), les liens entre ce thème et les œuvres, ainsi que les éléments de convergence entre ces ouvrages du programme. Par conséquent, la dissertation doit être envisagée comme l'art d'organiser vos connaissances à partir d'un problème donné – elle est moins le lieu d'un étalage de culture générale que celui d'une réflexion méthodique ordonnée à partir de savoirs attendus.

✓ LE MOT DU JURY (ENS/X)
« La dissertation sur programme revient […] à analyser des textes à la lumière d'une citation. Cela implique, d'une part, une connaissance intime des œuvres, une pratique de leur confrontation et de leur mise en perspective pendant l'année ; cela suppose aussi que les auteurs du programme soient susceptibles de dialoguer entre eux. »

MÉTHODOLOGIE

2. Une dissertation de philosophie

La dissertation vous demande une réflexion d'ordre philosophique, puisqu'elle s'appuie sur un thème particulier et sur au moins une œuvre philosophique. Le thème convoque des concepts précis que vous devez maîtriser et reconnaître dans le sujet proposé. D'ailleurs, c'est la connaissance des concepts qui conduit à interroger correctement le sujet, à en trouver les nuances, les limites mais aussi les prolongements : « Il s'agit bien de défendre une idée, et non de traiter un thème » (A-BCPST) dans cette composition rédigée.

3. Une dissertation de français

Au-delà de sa dimension philosophique, la dissertation s'appuie sur une lecture extrêmement précise des œuvres qui figurent au programme de l'année, et ce corpus constitue la base de données servant à illustrer les arguments conceptuels. Autrement dit, les idées développées dans la dissertation sont accompagnées d'exemples extraits des œuvres au programme, et aucune référence extérieure n'est automatiquement valorisée (il est même préférable de les éviter complètement dans le cadre de la dissertation du concours Centrale) : dans les concours qui les acceptent, notez bien que seules les références jugées très pertinentes et enrichissantes dans le cadre du traitement du sujet proposé seront appréciées.

> ✓ **LE MOT DU JURY (ENS/X)**
> Les points valorisés en dissertation sont les suivants : « rigueur de la conceptualisation et de la réflexion, justesse de l'argumentation, précision des exemples, correction et clarté de la langue française, goût de la culture générale ».

B. Le travail au brouillon : du sujet au problème

Le brouillon est essentiel, même si le temps de travail est bref. C'est au brouillon que vous vérifierez l'équilibre de votre propos et du recours aux œuvres, comme la logique progressive de la démonstration mise en place. Un tiers du temps de travail au moins doit donc être consacré à ce seul brouillon.

1. Le sujet

Le sujet se compose d'une citation suivie d'une consigne. Ce sont les concepts soulevés par la citation qu'il faut mettre au service de la réflexion menée à partir du programme ; et la consigne vous demande généralement d'examiner en quoi la citation éclaire votre lecture des œuvres, même s'il arrive qu'elle soit plus précise et qu'elle propose une piste de travail. Quoi qu'il en soit, il faut *a priori* considérer que le propos tenu dans la citation est toujours au moins partiellement validé dans les œuvres – avant de réfuter éventuellement un aspect du sujet, il faut l'explorer à l'aide du programme. Enfin, chaque sujet est unique : il ne s'agit pas de plaquer artificiellement sur une citation nouvelle un cours ou un corrigé de devoir fait en classe à partir d'une autre citation.

✓ Le mot du jury (G2E)

« Les copies revenant fidèlement aux termes, aux images, aux références et aux sens de l'énoncé en tentant chaque fois de nuancer, d'approfondir, de renouveler la discussion et la démonstration menée, ont été valorisées. »

Pour mieux cerner le contenu et l'enjeu de ce sujet, procédez par étapes successives, avec rigueur. D'abord, vous devez repérer les mots clés qui vous paraissent importants en ce qu'ils structurent la citation et vous renvoient au thème de l'année – c'est une phase d'analyse, pendant laquelle vous allez définir et délimiter ces termes essentiels en utilisant le programme. Ensuite, il faut examiner les liens logiques et conceptuels qui font jouer ces termes clés les uns par rapport aux autres : y a-t-il opposition ? addition ? nuance ? complémentarité ? etc. Enfin – c'est la phase de synthèse indispensable –, vous devez reformuler le sujet en une ou deux phrases : cette reformulation permet de montrer l'enjeu principal du sujet et met en valeur les relations établies entre les termes clés.

2. La problématisation

À partir de la citation et de sa reformulation, il faut trouver ce qui pose problème dans le sujet, autrement dit ce que l'auteur de la citation considère comme évident, et qui ne correspond pas nécessairement à votre lecture précise des œuvres au programme.

Dans cette phase essentielle, vous devez donc poser une question à partir de laquelle pourra se déployer la réflexion de la dissertation ; cette question unique rassemble des interrogations diverses auxquelles le sujet peut inviter à penser, et doit être formulée de manière à induire une réponse du type : « Oui… jusqu'à un certain point. » Enfin, cette question doit prendre en compte non seulement les termes clés, mais aussi les relations

✓ Le mot du jury (A-BCPST)

« Un sujet de dissertation "pose problème", et c'est justement ce *problème* qu'il appartient au candidat de cerner et d'envisager. Une lecture "plate" de la citation, dont le jugement s'impose dès lors avec la force de l'évidence, est un signe qui doit faire réagir : c'est précisément dans ce qui ne tombe pas sous le sens que se situe la problématique à traiter. »

entre les termes que l'étude du sujet a mis en évidence durant la phase d'exploration et de reformulation de la citation. Si la citation oppose deux notions liées au programme (par exemple cette année l'enfant face à sa famille ou face à l'éducation), c'est l'ensemble {termes clés + opposition entre ces termes} qu'il faut prendre en considération pour formuler une seule problématique.

✓ **LE MOT DU JURY (CCMP)**

« La dissertation est avant tout la mise en mouvement d'une pensée qui cherche véritablement à élucider un problème et à donner du sens aux mots et aux concepts présents dans l'énoncé d'un sujet dont il convient d'avoir effectué une lecture complète et détaillée. »

C. Le plan

La phase de reformulation du sujet débouche sur un problème à résoudre. Pour construire le plan de résolution de ce problème, vous disposez d'une base de données unique mais riche : le programme, représenté par le thème développé dans les œuvres. Cet ensemble constitue un réservoir de preuves pour votre démonstration. Concrètement, vous allez résoudre le problème posé à l'aide d'arguments issus de votre connaissance du thème, arguments eux-mêmes illustrés par des exemples tirés des œuvres.

Quel plan choisir ? Les jurys de concours acceptent toute démonstration efficace en deux ou trois points – même si le développement en trois parties est souvent plus pertinent que celui qui oppose de façon brutale deux blocs apparemment contradictoires. Pour travailler, il est donc dans un premier temps utile de valider la citation par un recours organisé aux œuvres. Ce n'est qu'ensuite que vous pourrez montrer que la citation proposée n'est que partiellement confirmée dans les œuvres au programme : la deuxième, puis l'éventuelle troisième partie, vous conduiront à apporter des nuances ainsi que des compléments afin d'explorer la totalité du sujet face à toutes les possibilités du programme. C'est pourquoi d'ailleurs chaque grande partie explore la totalité du sujet.

✓ **LE MOT DU JURY (ENS/X)**

« Le développement est une démonstration et une argumentation visant à […] résoudre le problème défini au cours de l'analyse. […] Il n'y a pas de plan type, mais un ordre logique d'exposition afin de convaincre son lecteur. L'ordre le plus efficace est alors celui qui part des apports les plus évidents du sujet pour les nuancer et les critiquer ensuite au cours d'une analyse toujours plus approfondie des textes au programme. »

En fin de compte, il faut considérer que le sujet pose un problème que le développement de la dissertation résout. Le développement est donc une démonstration cohérente qui, d'argument en argument et d'exemple en exemple, conduit d'un problème posé en introduction à sa résolution présentée en conclusion.

D. Rédaction de la dissertation

1. Un préalable indispensable : bien écrire

Une dissertation est entièrement rédigée, et ne comporte pas de titres ou de sous-titres destinés à mettre le plan en évidence : il faut donc maîtriser la langue française et les subtilités des termes liés au programme pour proposer un travail efficace.

Par ailleurs, la calligraphie et l'orthographe comptent dans l'appréciation – un devoir agréable à lire et qui manie correctement la langue sera valorisé, alors qu'un devoir illisible, rempli d'erreurs d'orthographe, de syntaxe ou de lexique sera pénalisé.

> ✓ **LE MOT DU JURY (ENS/X)**
>
> « L'expression n'est pas un ornement ; elle est révélatrice d'une maîtrise de la pensée. »

2. L'introduction

L'introduction comporte des étapes quasi immuables qu'il convient de respecter : elle est une accroche qui doit mettre en valeur le développement à venir.

– L'amorce générale, très brève (deux à trois lignes) permet d'introduire le thème et la citation. Elle doit être précise, efficace, mais moins ancrée dans l'actualité éphémère présentée par les médias que dans une pensée globale liée aux concepts. Il est également inutile de remonter à une préhistoire mythique (« De tout temps, tous les hommes… »), de même qu'il est souvent peu judicieux de commenter longuement une citation-prétexte uniquement destinée à valoriser votre culture générale.

– Accompagnée de sa source, la citation doit ensuite être intégralement reproduite, en une ou plusieurs étapes : recopiez-la sans en omettre aucun élément et proposez sa reformulation pour montrer au jury que vous avez compris de quoi il est question.

> ✓ **LE MOT DU JURY (A-BCPST):**
>
> La thèse « forme un ensemble cohérent [qu'il importe de] comprendre, c'est-à-dire, étymologiquement, de saisir ensemble, d'appréhender comme un tout solidaire ».

– La reformulation est suivie de la problématique, présentée sous forme de phrase affirmative ou sous la forme d'une question. Attention ici : de nombreux candidats aux concours ne savent pas construire une phrase interrogative indirecte. Entraînez-vous donc pour éviter les erreurs syntaxiques… d'autant que la problématisation est une étape essentielle dans la dissertation.

MÉTHODOLOGIE

– Il faut ensuite rappeler les œuvres au programme, dans l'ordre chronologique si vous vous contentez de les énumérer, ou dans un ordre logique si vous les accompagnez d'une brève proposition indiquant leur principale relation avec le sujet.

VERS LA RÉUSSITE : les étapes de l'introduction
Une amorce, le sujet et sa reformulation, une problématique, le rappel des œuvres et l'annonce des grandes parties du développement.

– L'introduction se termine par l'indispensable annonce du plan : de manière très claire, vous y indiquez les pistes que vous allez explorer, sans entrer toutefois dans le détail des sous-parties.

3. La conclusion

La conclusion répond clairement au problème posé en introduction. Pour ce faire, elle reprend les résultats intermédiaires de la démonstration, sans résumer longuement le développement ni se contenter de reproduire les titres des grandes parties. Cette reprise s'achève par une ou deux phrases générales qui énoncent la réponse apportée par le programme à la question soulevée par le sujet.

Autrement dit, la « conclusion doit permettre, après avoir dressé un bilan de la démonstration, de répondre à la problématique dégagée en introduction » (CCMP).

VERS LA RÉUSSITE : la conclusion est un bilan
Comme un C.Q.F.D. mathématique, elle matérialise l'aboutissement de votre démonstration.

Notez qu'il est souvent utile de rédiger au brouillon la conclusion juste après l'introduction : ainsi, on évite les répétitions et surtout, on prépare le projet de résolution du problème posé. Lorsque la conclusion est rédigée avant la mise au propre, on peut en effet éviter les digressions dangereuses, et il est possible de mieux travailler ensuite la progression du propos dans le développement. Enfin, une conclusion rédigée à l'avance peut toujours être modifiée à la dernière minute, ou être recopiée très rapidement si le temps vient à manquer à la fin de l'épreuve.

4. Le développement

Le développement doit être bien rédigé et construit. Alliant étroitement les arguments et les exemples, une grande partie se présente généralement de la façon suivante :

– § 1 : une annonce rapide du thème développé (il n'est pas nécessaire d'annoncer les sous-parties) ;

– § 2 : sous-partie 1 : un argument, un ensemble d'exemples exploités (tirés d'au moins deux œuvres), un bilan partiel ;

✓ LE MOT DU JURY (ENS/X)
« Le développement est une démonstration et une argumentation. Il doit être clair et bien enchaîner les idées les unes avec les autres. La progression de l'argumentation ne doit pas perdre de vue [...] les termes du sujet. Elle doit sans cesse les travailler et les approfondir. »

– § 3 : sous-partie 2 : transition avec la sous-partie précédente, puis construction identique au § 2 ;

– § 4 (s'il y a trois sous-parties) ;

– § final : un bilan intermédiaire et une transition vers la grande partie suivante. Ce bilan, indispensable, utilise les mots du sujet et les relie à l'étape du problème que la grande partie vient de développer.

Chaque étape du développement doit être travaillée selon trois niveaux : elle doit être complète, elle doit permettre de faire progresser la réflexion à l'intérieur d'une grande partie, et elle doit faire référence au sujet que traite l'ensemble de la dissertation.

✓ Le mot du jury (CCMP)

« La lecture des copies montre qu'un candidat qui s'astreint à revenir régulièrement aux termes du sujet, tout au long de son devoir, est un candidat qui, précisément, n'oublie pas le sujet. Il est, de ce fait, mieux à l'abri du hors sujet. »

Les arguments proposés doivent être très précisément induits par le sujet et par le thème au programme. Pour ce qui est des exemples, il faut penser à confronter systématiquement les œuvres les unes aux autres. Autrement dit, chaque argument est suivi de références aux textes, constituées de citations ou du rappel d'un épisode précis : les citations « confèrent à la copie une indéniable valeur ajoutée, lorsqu'elles sont pertinentes, contextualisées et analysées pour êtres mises en rapport avec l'argument et le sujet » (A-BCPST). D'ailleurs, les citations comme les allusions doivent toujours être commentées afin de montrer comment elles servent l'argument. S'il n'est pas nécessaire de convoquer toutes les œuvres du programme pour chaque argument, il est en revanche utile de faire dialoguer les ouvrages aussi régulièrement que possible : par exemple, les opinions subjectives concernant *l'enfance* apparaissent dans chaque œuvre, mais elles ne s'appuient pas toujours sur une même délimitation précise de cette notion, d'autant qu'on ne peut confondre Émile avec l'enfant des *Contes* ou avec la réalité peinte par Soyinka. Autant dire qu'il faut recourir à des exemples extraits de deux œuvres au moins pour chaque argument. Et, corrélativement, « une copie ne doit jamais oublier d'articuler précisément et clairement l'exemple et l'argument » (X-ENS) : il s'agit de faire progresser le raisonnement d'un argument à l'autre, et non d'une œuvre à l'autre : chaque argument doit convoquer des œuvres différentes en montrant leur convergence relative, et il n'est pas question de consacrer un paragraphe à chaque œuvre.

De fait, le programme est à la fois riche et vaste : il faut au maximum choisir les exemples dans les œuvres recommandées, et non dans d'autres œuvres, qu'elles soient des mêmes auteurs ou qu'elles soient issues de votre culture générale – il n'est pas indispensable, à propos de *l'enfance*, de citer Rabelais ou Piaget, voire la suite de l'essai de Rousseau. En outre, à

✓ Le mot du jury (A-BCPST)

Le « développement ne peut pas proposer des sous-parties envisageant les œuvres une par une [...]. Chaque sous-partie doit se fonder sur des arguments et montrer comment les œuvres y répondent ou non, en les confrontant ». D'ailleurs, l'« utilisation des références ne doit pas être uniquement illustrative et doit participer de la dynamique argumentative ».

Centrale, l'« argumentation doit obligatoirement reposer sur les œuvres du programme, prises comme cadre de la réflexion ; elle ne doit pas faire appel à d'autres références qui seraient, par définition, hors sujet. D'autre part, aucune œuvre ne doit être laissée de côté, chacune doit être prise en compte dans l'argumentation » : l'exercice ne consiste ni en une rédaction de culture générale ni en une accumulation d'opinions individuelles subjectives.

Par ailleurs, veillez à accorder la même importance à chacune des œuvres du programme, en équilibrant avec attention le nombre et la qualité des références que vous proposez. Aucune œuvre ne doit être privilégiée, aucune œuvre ne doit être en retrait, et chaque œuvre doit apparaître au moins une ou deux fois dans chaque grande partie.

Enfin, les grandes parties doivent s'enchaîner logiquement : elles constituent des étapes successives de la résolution du problème, et doivent par conséquent approfondir progressivement la réflexion pour aboutir à une conclusion précise et définitive. Il faut donc soigner la rigueur des enchaînements logiques et valider chaque idée par un retour systématique au sujet. De même, le bilan d'une grande partie gagne à être formulé à l'aide de la citation proposée par le sujet – vous montrez ainsi que vous êtes *en train de* résoudre le problème posé.

VERS LA RÉUSSITE : un sujet, un programme, des œuvres

La parfaite connaissance du contenu des œuvres et votre aisance à circuler d'un ouvrage à l'autre en établissant des liens signifiants en fonction du thème au programme sont les préalables indispensables à la réflexion déployée dans la dissertation.

IV. PRÉPARER LES ÉPREUVES DE L'ORAL

De nombreux concours ne proposent pas d'oral de « français ». Toutefois, au-delà de certaines épreuves spécifiques qui s'appuient notamment sur des entretiens de motivation construits à partir de dossiers, on peut considérer globalement trois formes d'épreuves que vous pouvez rencontrer et qu'il faut avoir préparées durant les deux années de classes préparatoires aux grandes écoles pour espérer les réussir convenablement.

A. Concours Mines-Télécom

D'une durée totale de 25 minutes, cette épreuve, qui mesure « les motivations et compétences pour le métier d'ingénieur » des candidats, combine deux exercices : d'abord, le candidat examine 3 objets iconographiques (2 cartes - 5 minutes de préparation puis 5 minutes d'exposé - complétées ensuite par une troisième carte - 1 minute de préparation et 2 minutes d'exposé) : il s'agit d'évaluer « les possibilités qu'une technologie spécifique peut offrir afin de répondre [...] à un grand enjeu du monde contemporain ». La suite de l'entretien permet au candidat de développer ses idées et d'évoquer « son parcours, ses centres d'intérêt, ses projets professionnels ».

> ✓ **Le mot du jury (Mines-Télécom)**
> « Le jury appréciera particulièrement l'authenticité du candidat, sa spontanéité et ses forces de conviction. »

B. Concours commun Mines-Ponts

L'épreuve est composée de 30 minutes de préparation et d'environ 30 minutes de passage : 5 à 7/8 minutes pour l'analyse, 12 à 15 minutes pour le commentaire (afin d'atteindre environ 20 minutes d'exposé) et environ 10 minutes d'entretien.

L'étudiant doit d'abord travailler sur un texte d'idées récent (postérieur à 1950) de 650 à 750 mots : il s'agit non seulement d'en présenter le contenu par le biais d'une reformulation habile, mais surtout d'en matérialiser la structure et la progression : il ne s'agit donc en rien d'un résumé, mais bien au contraire d'un propos en surplomb, mettant en évidence des articulations logiques au service de la présentation d'une idée. Cette première partie permet au candidat de montrer sa capacité de s'approprier la pensée d'autrui pour en montrer les rouages, les enjeux et l'efficacité relative.

Puis, dans un deuxième moment, l'étudiant doit extraire l'un des thèmes essentiels du texte (qu'il s'agisse d'une phrase saillante ou d'une idée structurante), le problématiser, et construire pour proposer sa résolution une démonstration sous la forme d'un « commentaire personnel » (ou « développement personnel ») qui tient de la dissertation : une progression en deux ou trois parties dynamiques permet alors de résoudre le problème posé en introduction et de compléter ainsi la réflexion initiée par le texte. Les exemples peuvent quant à eux être issus des domaines de la pensée et/ou de l'actualité, mais il est nécessaire de choisir également plusieurs exemples

> ✓ **Le mot du jury (Mines-Ponts)**
> « Il s'agit [...] de comprendre et d'expliquer la pensée d'autrui pour l'analyse, d'organiser une pensée claire, structurée et intelligible pour le commentaire, et de participer à un dialogue ouvert et pertinent pour l'entretien, faisant état d'une culture personnelle, d'une curiosité à l'égard des enjeux contemporains dans des domaines variés (arts, politique, environnement, sciences, médecine, éthique). »

culturels, à exploiter judicieusement. L'élaboration d'une conclusion est ensuite essentielle pour préciser l'aboutissement auquel la réflexion est parvenue.

Enfin, un entretien d'une dizaine de minutes permet au jury d'apprécier la justesse de l'argumentation, en invitant le candidat à préciser sa pensée ou à la poursuivre en l'approfondissant.

C. Concours X (Polytechnique) et ESPCI

La durée de l'épreuve est répartie en une préparation de 45 minutes et un passage d'une trentaine de minutes (2 à 3 minutes pour le résumé, 12 à 13 minutes pour la réflexion articulée et 10 à 12 minutes pour l'entretien).

Le candidat doit d'abord procéder au résumé d'un texte d'une page, issu d'époques extrêmement variées, de l'Antiquité à nos jours, et posant des réflexions sur la littérature, la philosophie, la science, l'économie, la sociologie… Ce texte en prose est choisi pour « sa capacité de provoquer la réflexion », comme le rappellent les rapports du jury. Le résumé à construire (pensez à le rédiger autant que possible au brouillon !) adopte les codes du résumé de l'écrit (cf. *supra*, II), dure entre deux et trois minutes, et reproduit la pensée de l'auteur en conservant les particularités de son énonciation. Il est précédé d'une brève introduction de moins d'une minute, visant à rappeler le nom de l'auteur ou de l'autrice, la source du texte, son thème et ses enjeux ainsi que certaines particularités de ton ou de construction.

> ✓ **LE MOT DU JURY (X/Polytechnique)**
> Le jury apprécie « des analyses rigoureuses, précises, développées et articulées, attentives aux inflexions et intonations d'un texte, aux difficultés et aux questions auxquelles il invite à se confronter, témoignant alors d'un dynamisme de pensée et d'une justesse d'expression toujours valorisés ».

Ensuite, le candidat présente une réflexion articulée, sous la forme d'une brève dissertation orale qui prend appui sur les thèmes essentiels du texte (qu'il s'agisse d'une phrase particulièrement importante ou d'un thème aisément identifiable), problématise cette pensée puis résout ce problème posé dans le cadre d'un plan progressif et rigoureux : les exemples doivent y servir judicieusement les arguments, et doivent rapidement dépasser les simples références à une actualité contingente – cette épreuve valorise en effet non seulement la capacité d'organiser sa pensée, mais également la culture du candidat. Autrement dit, comme dans une dissertation écrite, il s'agit de proposer une pensée structurée dont les étapes progressives conduisent à une conclusion claire, le tout en s'appuyant sur des exemples essentiellement culturels, exploités en fonction des arguments qu'il s'agit d'étayer. Notez que, comme dans le cadre de l'oral Mines-Ponts, les exemples issus des programmes sont absolument prohibés (donc, en 2021, vous ne construirez pas d'arguments importants autour de « la force de vivre », de « la démocratie » ou même de « l'amour ». De même vous ne vous réfèrerez pas aux ouvrages et aux auteurs de ces différents programmes).

Enfin, la dernière phase de cette épreuve consiste en un entretien au cours duquel le candidat est appelé à préciser et à développer sa compréhension du texte résumé ainsi que sa démarche dissertative.

D. Quelle préparation pour les oraux ?

Outre le travail que vous effectuez avec vos professeurs durant les deux années de classes préparatoires aux grandes écoles, il est judicieux de poursuivre votre formation culturelle personnelle : documentez-vous très régulièrement sur l'actualité, nationale et internationale, générale mais aussi scientifique et technique, lisez le plus possible d'ouvrages variés ou d'articles de revues (on trouve aujourd'hui sur Internet des articles signés par des universitaires et des spécialistes renommés), intéressez-vous au monde dans lequel vous vivez, aux idées qui circulent, aux innovations de tous ordres, et pensez à conserver vos cours d'histoire, de français et de philosophie du lycée pour vous les approprier. Face au flux d'informations dont vous êtes les destinataires au quotidien, interrogez-vous sur la valeur de la pensée, apprenez à construire des réflexions qui se dégagent des banalités et des opinions communes, dépassez les simples points de vue qui se contentent de suivre les idées générales ou de les combattre sans arrière-plan, et fuyez le prêt-à-penser des réseaux sociaux qui ne s'appuient que sur la subjectivité de communications peu fiables. Il s'agit finalement d'apprendre à prendre position de façon raisonnée et consciente face à ce monde dans lequel vous allez vous épanouir dans l'ingénierie ou la recherche : si vous vous impliquez dans l'acquisition de vos connaissances et si vous circulez aisément dans ce que le monde vous offre, vous aurez à votre portée les atouts de la réussite.

SIXIÈME PARTIE

Corrigés de dissertations et de résumés

par Maud Schmitt

RAPPEL

On appelle *mot* toute unité typographique signifiante séparée d'une autre par un espace ou un tiret.
Exemples :
- *c'est-à-dire* = 4 mots ;
- *j'espère* = 2 mots ;
- *après-midi* = 2 mots, mais *aujourd'hui* = 1 mot ;
- *socio-économique* = 1 mot, puisque les deux unités typographiques n'ont pas de sens à elles seules ;
- *a-t-il* = 2 mots, car *t* n'a pas une signification propre.

Attention : un pourcentage, une date, un sigle = 1 mot.

I. Dissertation rédigée

[Les titres ainsi que les éléments entre crochets n'apparaissent que pour indiquer les différentes étapes de la rédaction du devoir : ils ne doivent pas figurer dans une copie.]

Sujet 1

Dans *La Part manquante*, Christian Bobin écrit : « Vous demandez à l'enfant ce qu'il veut faire plus tard. C'est une question sans lumière, puisqu'elle suppose la fin de l'enfance en lui, son entrée dans l'âge et la fatigue. La fin de l'enfance est sans histoire. C'est une mort inaperçue de celui qui s'éteint. C'est la plus grande énigme dans la vie, comme l'épuisement d'une étoile dont l'éclat ne cesse plus de ravir toutes vos heures, jusqu'à la dernière » (Gallimard, 1989, p. 33-34).

Dans quelle mesure votre lecture des œuvres au programme éclaire-t-elle ce propos ?

Introduction

[Amorce.] « Voilà que tout cela est passé… Mon enfance n'est plus ; elle est morte, pour ainsi dire, quoique je vive encore. » Dans ces lignes des *Confessions*, saint Augustin formule, sur le ton du regret, un paradoxe : l'enfance disparue est si lointaine qu'elle semble coupée de la vie. L'individu survit à son passé dont il porte le deuil.

[Citation du sujet et analyse des termes.] Christian Bobin, dans *La Part manquante*, évoque lui aussi la fin de l'enfance, qui, quoique disparue, continue de projeter son rayonnement initial sur le reste de l'existence : « Vous demandez à l'enfant ce qu'il veut faire plus tard. C'est une question sans lumière, puisqu'elle suppose la fin de l'enfance en lui, son entrée dans l'âge et la fatigue. La fin de l'enfance est sans histoire. C'est une mort inaperçue de celui qui s'éteint. C'est la plus grande énigme dans la vie, comme l'épuisement d'une étoile dont l'éclat ne cesse plus de ravir toutes vos heures, jusqu'à la dernière. » L'adresse au lecteur, interpelé par la deuxième personne du pluriel, souligne ce que cette question a d'habituel. C'est pourtant une question « sans lumière ». La métaphore est ici évaluative : la question du futur métier est terne, sans intérêt. Mais l'absence de lumière signifie aussi que cette demande ne projette aucun éclairage sur l'avenir de l'enfant, puisque cet avenir ne concernera jamais l'enfant lui-même : quand il sera l'heure de prendre place dans la société, l'enfance aura déjà disparu pour laisser place à une autre époque, étanche et séparée comme par un seuil physique. Après la mort de son enfance, le sujet entre ainsi dans « l'âge et la fatigue ». On reconnaît les deux maux qui accablent Adam et Ève après leur bannissement du jardin d'Éden : la temporalité, qui entraîne le

vieillissement et la mort, et la nécessité de travailler pour vivre (« tu mangeras ton pain à la sueur de ton front », Genèse 3, 19). La sortie de l'enfance est donc présentée comme la fin d'un Éden, l'entrée dans un âge de fer marqué par le tragique et la souffrance. Pourtant, cette « mort » est « sans histoire », car elle est toujours constatée de manière rétrospective ; elle se produit à notre insu. À la manière d'une étoile, qu'on continue de voir briller bien après qu'elle s'est éteinte, notre enfance disparue illumine pourtant le restant de nos jours, qu'elle baigne d'une lumière radieuse. La « plus grande énigme de la vie » est donc la suivante, selon Christian Bobin : quand et comment ai-je cessé d'être un enfant ? Pourquoi mon enfance me paraît-elle à la fois si inaccessible et si essentielle à ce que je suis encore aujourd'hui ?

[Problématique.] À travers la lecture d'*Émile ou De l'éducation* de Jean-Jacques Rousseau, des *Contes* de Hans Christian Andersen et d'*Aké, les années d'enfance* de Wole Soyinka, nous nous demanderons comment comprendre ce mixte de présence et d'absence, de proximité et d'éloignement qui caractérise, selon Christian Bobin, notre rapport à notre propre enfance.

[Annonce du plan. Première partie.] Nous verrons tout d'abord que l'enfance, bien qu'irrémédiablement révolue, accompagne chaque instant de la vie d'un adulte. ***[Deuxième partie.]*** Toutefois, la fin de l'enfance n'est pas toujours « sans histoire » ; et d'ailleurs, la sortie de l'enfance ne se présente pas toujours comme une chute : la vie d'un homme suit parfois une trajectoire ascendante. ***[Troisième partie.]*** Enfin, l'alchimie de la mémoire et la puissance révélatrice de la fiction peuvent permettre de ressusciter l'enfance et de retourner à la source même de sa lumière.

I. L'ENFANCE, À LA FOIS IRRÉMÉDIABLEMENT RÉVOLUE ET ACCOMPAGNANT CHAQUE INSTANT DE LA VIE D'UN ADULTE

1. Deux âges cloisonnés

Un fossé ontologique semble séparer les époques pourtant successives de l'enfance et de l'âge adulte. Soyinka illustre cette différence radicale en montrant la spécificité du rapport que l'enfant entretient au monde qui l'entoure. L'enfant ne disposant pas des facultés d'abstraction permettant le passage du particulier au général, il ne voit dans les objets que des exemplaires uniques, dotés d'un nom et d'une personnalité propres. Ainsi, le campanile de l'école s'appelle « l'Enfant Unique du Lointain Clocher » et a sa place dans la « famille des objets physiques » (V, p. 127) ; le Lave-Main, quant à lui, est l'« une des nombreuses présences mystérieuses de [la] demeure » (IV, p. 119) et fait l'objet d'une description qui lui prête un corps animé et des intentions obscures. Les objets s'animent aussi dans les *Contes* d'Andersen : le soldat de plomb amoureux d'une danseuse (« Le vaillant soldat de plomb »), le sapin pressé d'être décoré pour Noël (« Le sapin »), les fleurs qui donnent un bal (« Les fleurs de la petite Ida ») en sont plusieurs exemples. Mais le merveilleux est chez Andersen plus qu'une simple convention littéraire liée au genre du conte : il est un moyen de traduire le plus fidèlement possible une vision du monde authentiquement enfantine, où la distinction entre le possible et l'impossible est abolie. L'enfant est aussi un être à part au plan moral. Innocent chez Andersen, il dénonce d'autant mieux, par contraste, l'injustice des adultes. Amoral chez Rousseau, il est naturellement bon mais sans qu'y entre aucune notion du bien et du mal, dont il est incapable de se faire une idée. C'est donc au nom de cette différence radicale qu'il importe de ne pas hâter son développement et que la première maxime de l'éducation naturelle doit être, dit Rousseau, de ne pas se presser ; il faut se garder des « questions sans lumière » dont parle Bobin, qui ne réussissent qu'à faire de lui un adulte miniature, un « jeune docteur » (II, p. 216), semblable à un fruit sans saveur. Rousseau reproche aux éducations à la mode de viser à ne développer de l'enfant que des qualités définies en fonction du rang qu'on veut lui faire occuper plus tard. Non seulement cette « prévoyance » est improductive selon Rousseau, mais elle est immorale, car, comme dit Bobin, elle « suppose la fin de l'enfance » et, surtout, la précipite, en écourtant l'« âge de la gaieté », déjà si bref et si précaire (II, p. 149).

2. Pourtant, on sort de l'enfance sans s'en apercevoir : l'énigme d'une mort inaperçue…

Pourtant, c'est sans s'en apercevoir qu'on glisse d'un âge à un autre. La mort de l'enfance est toujours constatée rétrospectivement, et elle s'apparente à une perte. Chez Rousseau, le passage de l'enfance à l'âge adulte constitue une dégradation dans l'état social qui, de fait sinon de droit, est notre milieu. Car les hommes se dénaturent en grandissant : l'âge de raison leur est une seconde nature, qui les coupe de leur nature première. De naturellement bons qu'ils étaient, ils deviennent vaniteux, impérieux ou serviles, tourmentés par mille maux imaginaires. Or cette mort de l'enfant est bien « inaperçue de celui qui en est le sujet », car, précisément, l'enfant la subit : l'origine des vices est en dehors de lui, dans l'attitude qu'adoptent les adultes de son entourage dès sa plus tendre enfance. C'est ainsi que des paroles apparemment insignifiantes, des choix alimentaires, des attitudes censément anodines face à ses pleurs ou à ses besoins ont des conséquences vertigineuses et des effets dévastateurs sur la personne morale qu'il sera plus tard. Chez Soyinka, le travail sur la temporalité du récit rend compte avec beaucoup de justesse de ces glissements imperceptibles qui conduisent le garçon hors de l'enfance, comme à son insu. Le temps, dans l'enfance, semble aboli – le goyavier, à cet égard, en est le symbole en même temps que la figure tutélaire. Et pourtant, il passe ; mais les changements sont constatés après coup et l'enfant s'en étonne. C'est pourquoi le retour au présent de l'écriture est marqué par une tonalité amère. Le narrateur cherche dans le paysage les vestiges d'une enfance qui n'est plus, non parce que les lieux ont disparu mais parce que son regard n'est plus le même. « Même le baobab a perdu de sa taille avec le temps ; et pourtant j'avais cru que ce rempart serait éternel, échapperait aux perspectives élargies d'une enfance disparue », note-t-il (V, p. 127). Enfin, dans les *Contes* d'Andersen, la sortie de l'enfance est presque toujours une entrée dans le malheur. La vie semble s'accélérer et le passage du temps devient cruel, comme pour les trois filles de Valdemar Daae, chassées de leur manoir par l'orgueil de leur père : l'une, Anne-Dorothée, est devenue vieille et se « [tient] courbée », dit le vent (p. 282). Les autres n'ont pas eu le temps de vieillir : le labeur et la misère les ont tuées.

3. … expliquant la nostalgie si particulière aux souvenirs d'enfance

Ainsi, chez Andersen, l'enfance est-elle associée au tragique, car les hommes n'en découvrent le prix que quand elle est déjà finie, comme le sapin qui, pressé de devenir grand et de découvrir le « vaste monde », n'a pas su entendre les avertissements de son entourage. Il est trop tard quand il repense à « sa fraîche jeunesse dans la forêt » (« Le sapin », p. 148). Les moments heureux de l'enfance sont d'autant plus lumineux qu'ils sont les dernières images d'une époque révolue, que l'effet de contraste contribue à idéaliser. « L'enfance a pour tout le monde ses moments lumineux qui, par la suite, illuminent toute la vie », affirme le narrateur d'« Une histoire des dunes » (p. 294), en des termes très proches de ceux qu'emploie Christian Bobin. Jørgen, dans ce même conte, en fait l'expérience, lui qui repense sans cesse aux quatre jours « les plus heureux de son enfance » (p. 301), qu'il revoit dans leurs moindres détails. Le souvenir que lui laissa un sureau en fleur, aperçu lors du voyage, « fut tout au long de sa vie le parfum et le charme du Danemark, que son âme d'enfant “garda pour sa vieillesse” » (« Une histoire des dunes », p. 298). On trouve dans *Aké* une semblable importance accordée aux scènes vues, aux bruits et, surtout, aux odeurs de l'enfance, par exemple lorsque le narrateur raconte les détours qu'il effectuait à travers le marché avant ses répétitions de chant, et qui constituaient une véritable immersion olfactive et gustative. La texture particulière et la vivacité des souvenirs d'enfance tiennent à leur précision sensorielle. Les odeurs, les goûts et les bruits depuis longtemps évanouis emplissent les narines et sonnent aux oreilles de l'adulte plus fortement que les bruits et les odeurs d'aujourd'hui : « […] les odeurs s'en sont allées. […] Les odeurs ont été vaincues », constate le narrateur (X, p. 285-286). Rousseau évoque également le « plaisir » qu'il éprouve à se replonger dans le « doux temps du premier âge » (II, p. 268) et prie le lecteur de lui pardonner ses attendrissements.

Transition. Récapitulation de la partie précédente. L'enfance est donc à jamais révolue et inaccessible ; elle demeure pourtant le point de référence de l'individu qui passe le restant de ses jours à la regretter. ***Annonce de la partie suivante.*** Mais la sortie de l'enfance n'est pas toujours un mystère dont le sujet est dépossédé, et prendre de l'âge permet parfois son épanouissement, voire son émancipation.

II. La fin de l'enfance, un passage nettement marqué qui ne se présente pas toujours comme une chute

1. La sortie de l'enfance : toute une histoire

La fin de l'enfance n'est pas toujours une « mort inaperçue » de celui qui s'éteint. Au contraire, souvent le franchissement de ce seuil s'accompagne de rites de passage. Certaines de ces initiations s'inscrivent dans une tradition collective, comme les incisions pratiquées sur les chevilles du jeune Wole pour accompagner sa métamorphose en homme. « Tu t'es comporté comme un vrai Akin », dira son grand-père (IX, p. 282), qui, par ce rituel, souhaitait préparer son petit-fils aux combats de la vie qu'il ne manquerait pas d'affronter en devenant élève au lycée, proie désignée de l'envie et de la méchanceté d'élèves moins brillants. Dans plusieurs contes d'Andersen, la transition est également brutale, irréversible, et l'individu qui laisse derrière lui son enfance a parfaitement conscience de franchir une étape puisque celle-ci est souvent matérialisée par une transformation physique. C'est la signification du don que fait la petite sirène de sa voix à la sorcière, qui lui tranche la langue : la petite sirène se sépare à cet instant d'une partie d'elle-même, tout comme, l'instant d'après, elle quittera pour toujours le palais familial et le monde sous-marin, en sachant qu'elle ne les reverra jamais. La sortie de l'enfance est donc, pour elle, aussi nette qu'un coup de couteau.

2. L'entrée dans l'âge adulte : un accomplissement

Par ailleurs, cette entrée dans l'âge adulte n'est pas nécessairement une perte ou, pour reprendre la référence biblique implicite du sujet, une chute. Ainsi, Rousseau voit dans l'enfant un être quantitativement et qualitativement moindre qu'un adulte. Les facultés, très limitées chez le petit enfant qui n'est guère plus qu'un « mécanisme » ou un « automate » (I, p. 111), s'épanouissent progressivement, chacune en leur temps, jusqu'aux balbutiements de la raison intellectuelle vers l'âge de douze ans. Si tant est que les vices et les passions ne le corrompent pas et ne viennent pas perturber son développement, l'évolution d'un homme réalise donc les promesses contenues dans l'enfant. C'est d'ailleurs la superposition du présent et de l'avenir qui, selon Rousseau, explique que le spectacle d'un enfant soit émouvant : « je le contemple enfant, et il me plaît ; je l'imagine homme, et il me plaît davantage », écrit Rousseau (II, p. 319-320) – l'adulte imaginaire, on le voit, donne tout son prix à l'enfant réel. Le conte d'Andersen intitulé « L'invalide » illustre ce propos. Hans, le petit infirme de l'histoire, naît progressivement à lui-même grâce à un livre de contes. Éveillé par sa lecture, il connaît une destinée à laquelle son milieu ne le prédisposait pas. L'épanouissement du jeune homme et son accession à une vie nouvelle, plus libre et plus heureuse, sont symbolisés dans le récit par le miracle qui lui rend l'usage de ses jambes. Une fois n'est pas coutume dans les *Contes* d'Andersen, grandir est une bénédiction, et le temps qui passe donne l'occasion de connaître plus encore de bonheur : « Il y avait tellement de choses à apprendre et à savoir, il souhaitait seulement arriver à l'âge de cent ans et devenir un jour maître d'école », écrit Hans à ses parents (p. 427).

3. Devenir adulte, c'est aussi s'affranchir de l'enfance et la laisser derrière soi

Enfin, devenir adulte consiste parfois à savoir se libérer de son enfance et à la laisser derrière soi. Rousseau a des mots très durs dans l'*Émile* pour ces adultes que la société maintient dans une faiblesse puérile : « Nous étions faits pour être hommes ; les lois et la société nous ont replongés dans l'enfance », déplore-t-il (II, p. 162). Une différence importante sépare, dans l'état naturel, l'enfant de l'homme adulte : l'un jouit d'une liberté limitée par la faiblesse de ses moyens ; l'autre, pourvu qu'il se suffise à lui-même, jouit d'une liberté totale. Force et faiblesse sont donc des évaluations relatives : « Celui dont la force passe les besoins, fût-il un insecte, un ver, est un être fort ; celui dont les besoins passent la force, fût-il un éléphant, un lion ; fût-il un conquérant, un héros ; fût-il un dieu ; c'est un être faible » (II, p. 154). Devenir adulte suppose donc de s'affranchir de toute la faiblesse qui caractérise naturellement l'enfance ; c'est ainsi que les riches, les grands et les puissants sont des enfants attardés, d'une faiblesse dérisoire malgré leur autorité, car, dépendants comme des nourrissons, ils ne peuvent se passer des autres. Dans *Aké*, Wole Soyinka montre quant à lui la manière dont le jeune garçon s'est progressivement détaché des préjugés de son enfance. Il acceptait d'abord sans les questionner les différences de traitement entre les garçons et les filles, les inégalités criantes entre les riches et les pauvres, ou encore certains comportements des adultes. Puis l'expérience et la diversité des influences humaines l'ont amené à modifier son regard : ces états de fait lui apparaissent finalement injustes, archaïques ou infondés. L'évolution du regard de Wole sur les parents est également révélatrice de ce processus de dessillement, qui accompagne l'émancipation intellectuelle du jeune adulte. Il passe, à leur égard, de l'adoration respectueuse à la distance critique, puis à la reconnaissance bienveillante de ce qu'il y a en eux d'humain et, donc, de faillible et d'imparfait. Son grand-père le lui avait prédit : « Tu comprendras ça plus tard. Ils ont essayé de faire une bonne chose, mais ils s'y sont mal pris » (IX, p. 271). Soyinka met ici en scène l'une des transitions les plus fondatrices qui caractérisent le passage à l'âge adulte : le moment où l'on assume pleinement l'héritage que nous transmettent nos parents tout en apercevant clairement sa propre voie. Andersen évoque également l'émancipation qui peut caractériser la fin de l'enfance, à travers le personnage du vilain petit canard, qui se donne à lui-même une nouvelle famille et une nouvelle naissance. L'oiseau parle en effet au passé de ce qui est à ses yeux une ancienne identité : « Je ne rêvais pas de tant de bonheur quand j'étais le vilain petit canard ! » (p. 138). Il lui aura fallu, pour connaître ce bonheur, rompre tout lien avec la basse-cour où il est né et où il n'a rencontré que brimades et humiliations.

Transition. Récapitulation de la partie précédente. Qu'elle soit perçue sur le mode du regret nostalgique ou qu'on la laisse derrière soi pour mieux grandir, l'enfance apparaît comme à la fois familière et lointaine, fondatrice de notre identité et pourtant à jamais séparée de notre actualité, présente à chaque instant et disparue pour toujours. ***Annonce de la partie suivante.*** Mais la magie de la mémoire ou la puissance révélatrice de la fiction ne permettent-elles pas d'abolir le temps, de retrouver l'enfance en retournant à la source même de cette lumière ?

III. RESSUSCITER L'ENFANCE GRÂCE À LA MÉMOIRE ET À LA FICTION

1. La mémoire : une voie d'accès au passé

Le récit d'enfance de Wole Soyinka s'apparente à une entreprise de réminiscence grâce à laquelle il retrouve un passé demeuré intact. Ainsi, la clôture qui entoure la mission d'Aké figure certes l'isolement de l'enfance dans la temporalité de l'existence humaine, au sein de laquelle elle occupe une place à part, séparée ; mais ce mur symbolique qui entoure les souvenirs d'enfance permet aussi de les enclore et de les conserver, comme font encore les murs de la maison d'Isara : « les murs ont gardé leurs voix. Des voix familières qui surgissent, venues d'au-delà des chevrons » (V, p. 133). Le travail de la mémoire est incantatoire, il ressuscite le passé et les êtres disparus. C'est ainsi qu'écrire ses souvenirs et les revivre sont une seule et même chose : l'enfance est toujours là, disponible et accueillante, éternelle. Le narrateur adulte se confond parfois avec le personnage d'enfant, par-delà les années. Ainsi, le présent se substitue incidemment à l'imparfait dans la description de certaines scènes, comme celle du bain, qui débute *in medias res*, jetant le lecteur en pleine querelle entre frère et sœur : « Je crache, agrippe la main de Nubi et me bats de toutes mes forces pour lui prendre l'éponge [...]. Je dégage un œil de la mousse qui le recouvre et aperçois Nubi qui a reculé d'un pas et qui me regarde » (IV, p. 105). Rousseau semble lui aussi revivre certaines de ses émotions passées dans toute leur fraîcheur première, comme lorsqu'il raconte un souvenir de sa propre enfance pour expliquer au lecteur comment il convient de guérir les enfants de leur peur du noir. Le présent supplante progressivement le passé simple à mesure que le souvenir se fait plus vif et que Rousseau, en le racontant, se prend à l'illusion d'une enfance retrouvée. Au terme de son récit, il est à nouveau le petit garçon piqué d'orgueil qui surmonte sa frayeur pour aller au temple en pleine nuit rechercher une Bible qui y a été oubliée : « [...] je cours, je vole au temple ; sans m'égarer, sans tâtonner, j'arrive à la chaire ; j'y monte, je prends la Bible, je m'élance en bas ; dans trois sauts je suis hors du temple, dont j'oubliai même de fermer la porte » (II, p. 270).

2. *La fiction recolle les morceaux, donne une cohérence au vécu et une justification téléologique aux épisodes de l'enfance*

Par ailleurs, l'imagination permet de renouer entre enfance et âge adulte un lien que le temps a rompu. Andersen trouve dans le conte le moyen de s'adresser à l'enfant, en lui parlant son langage : celui de l'imaginaire. C'est ainsi qu'un dialogue peut être noué entre l'écrivain d'âge mûr et son lecteur enfantin, à qui il s'adresse familièrement au début et à la fin de plusieurs de ses contes, misant sur son bon sens pour percevoir la morale de ces histoires qui ne doivent pas toujours être prises « au pied de la lettre » (« Le moulin à vent », p. 338). Ce dialogue est parfois mis en abyme à l'intérieur des récits. Dans « Les fleurs de la petite Ida », Andersen se figure lui-même à travers le personnage de l'étudiant, et sa complicité avec la petite Ida tient justement à ce que l'étudiant est un conteur : comme Andersen à ses lecteurs, il raconte à la fillette des histoires merveilleuses dont les autres adultes – représentés de manière caricaturale par le conseiller de chancellerie – sont exclus. L'usage méthodologique de la fiction permet également à Rousseau de revenir à cette origine méconnue qu'est l'enfance. En inventant Émile de toute pièce et en le soumettant de manière expérimentale à sa méthode d'éducation négative, Rousseau prétend faire apparaître ce dont le monde ne propose aucun témoignage : l'homme naturel. La vie humaine est ainsi rendue à sa cohérence que l'état social lui avait fait perdre. Enfin, le récit des années d'enfance de Soyinka, qui, comme tout récit, agence, épure et établit rétrospectivement des causalités et des rapports entre les événements, dessine une trajectoire cohérente qui permet d'expliquer l'homme adulte à partir de l'enfant.

3. *Créer un homme nouveau qui reste fidèle à l'enfance*

Ainsi, l'homme naturel dont Rousseau, à la fin du livre II, imagine l'avènement n'a certes rien d'un homme-enfant, mais, n'ayant jamais depuis l'enfance quitté la route de la nature, il est exactement à la place qui doit être la sienne. Son imagination ne le tourmente pas par des désirs ou des craintes fantastiques : ses besoins sont strictement limités à ses moyens. Dès lors, il n'a plus la faiblesse naturelle à l'enfant, car il se suffit à lui-même ; sa liberté est donc plus grande. Mais, comme l'enfant, il ne désire que vivre, et ainsi, comme l'enfant, il est spontanément bon, fraternel et heureux : « Tout homme qui ne voudrait que vivre, vivrait heureux ; par conséquent il vivrait bon ; car où serait pour lui l'avantage d'être méchant ? » (II, p. 155). De même, c'est à former des adultes qui soient, comme Gerda et Kay, « enfants par le cœur » (« La Reine des Neiges », p. 188) que vise Andersen à travers ses contes, en promettant justice et consolation à ceux qui auront su rester fidèles à eux-mêmes en conservant leur pureté originelle.

Conclusion

Les trois œuvres illustrent le statut particulier qu'occupe l'enfance dans la vie d'un homme. Les différences sont telles entre l'enfant et l'adulte, au plan cognitif, moral et pour ce qui est de la perception du temps, que la vie semble moins linéaire et continue que composée de deux morceaux hétérogènes et séparés. L'enfance, quoique brève, projette sa lumière particulière sur l'ensemble de la vie, et les hommes avancent vers leur fin comme à reculons : tournés vers une origine inatteignable qui laisse dans la mémoire des images douces et poignantes à la fois. Mais l'enfance est aussi une promesse, accomplie par l'adulte ; c'est d'ailleurs parfois en se libérant de son enfance qu'il peut devenir lui-même. Toutefois, la mémoire et l'imagination ont le pouvoir d'abolir le temps : l'enfance revit alors, inaliénable. Le vécu apparaît ainsi dans toute sa cohérence qui, dans le conte pédagogique ou le traité philosophique, acquiert une valeur exemplaire ou revêt la force d'une preuve, et donne des raisons d'espérer de l'avenir de l'humanité.

II. Plans de dissertations

Sujet 2

Jean de La Fontaine conclut sa fable intitulée « Le Pouvoir des fables » par les vers suivants : « Si Peau d'Âne m'était conté,/ J'y prendrais un plaisir extrême./ Le monde est vieux, dit-on ; je le crois. Cependant,/ Il le faut amuser encor comme un enfant » (*Fables* [1678], VIII, 4, GF-Flammarion, rééd. 2019, p. 237).

Votre lecture des trois œuvres au programme vous permet-elle de souscrire à ce propos ?

Analyse des termes du sujet : Ces quelques vers sont la morale d'une fable de La Fontaine intitulée « Le Pouvoir des fables », qui illustre la supériorité qu'un récit plaisant peut avoir sur un discours abstrait pour emporter l'adhésion d'un public. La raison de cette efficacité persuasive des histoires est leur agrément : chacun aime s'identifier à un personnage pour qui l'on éprouve tendresse ou sympathie, être tenu en haleine par des rebondissements bien orchestrés, diverti, touché ou amusé par une histoire bien racontée. Tous les enfants sont friands de récits d'imagination. Mais les adultes ? Ils sont « comme un enfant ». La comparaison est-elle dépréciative ? Traduit-elle un jugement négatif de la part de La Fontaine, qui déplorerait l'immaturité des hommes, plus sensibles à l'imagination qu'à la raison ? Ou le fabuliste se réjouit-il au contraire de ce que l'enfance soit encore accessible dans ce « vieux » monde, si raisonnable, si blasé et si grave, grâce à l'humour, au charme et à la grâce d'un récit divertissant dont l'agrément ne serait pas exclusif de sa complexité ou de sa justesse ?

Problématique : Le goût des histoires est-il la preuve de l'immaturité et de la superficialité des hommes, ou au contraire d'une sagesse que l'usage du monde n'aurait pas corrompue ?

I. Le plaisir des histoires, chez les enfants comme chez les adultes, est une voie d'accès à des sujets profonds

1. Fonction révélatrice des histoires

Rousseau fait un usage philosophique de la fiction. Elle permet de faire apercevoir ce que l'expérience ou le raisonnement seuls ne peuvent montrer : l'homme naturel. Ainsi son ouvrage ne propose-t-il pas une somme de principes abstraits mais leur « application » sur un « élève imaginaire » (I, p. 85). Chez Andersen, certaines histoires ont une portée allégorique, c'est-à-dire qu'elles figurent par un équivalent sensible une idée abstraite : c'est le cas par exemple de « La Reine des Neiges », qui constitue une parabole sur l'origine du mal parmi les hommes et sur la manière d'en triompher. Il faut alors décoder les contes, pour passer du sens littéral au sens second, du concret à l'abstrait : « on ne doit pas tout prendre au pied de la lettre » (« Le moulin à vent », p. 338). Chez Soyinka, la psychologie propre à l'enfant ne fait pas l'objet de développements théoriques mais est imagée par des anecdotes : par exemple, celle du goyavier fait comprendre la perception qu'a l'enfant de la temporalité.

2. Fonction pédagogique, éducative de la fiction

Chez Andersen, certaines histoires sont exemplaires : elles proposent à travers leurs personnages des modèles de conduite, comme dans « Les cygnes sauvages », « La cloche » ou « L'invalide ». D'autres sont contre-exemplaires : elles montrent à la lumière des mésaventures d'un personnage ce qu'il ne faut pas faire, comme dans « Le sapin ». Chez Rousseau, l'éducation doit être pratique et non pas théorique. Dès lors, rendre l'élève acteur au sein de situations fictives permet de lui inculquer efficacement des leçons (par exemple, la mise en scène de l'arrachage des fèves et la confrontation avec le jardinier, pour lui enseigner la notion de propriété). De plus, Rousseau recourt à la démonstration par l'exemple quand il propose au lecteur des cas pratiques, tirés de sa propre expérience de précepteur, afin d'illustrer ses maximes. Pour rendre ses anecdotes plaisantes, il les parsème de traits d'humour ou en fait des récits pleins de vivacité, avec des détails visuels, des dialogues... Dans *Aké*, la Bible est un répertoire d'histoires auquel on a recours pour trancher un problème épineux : ainsi, Essay demande à Wole d'aller chercher la Bible pour résoudre le problème de la formation de l'eau de pluie.

3. Le plaisir des histoires traverse les âges

Andersen montre que les adultes aussi sont sensibles au plaisir des histoires : les parents de Hans, dans « L'invalide », sont séduits et éveillés intellectuellement par la lecture des contes. Dans *Aké*, Essay et ses amis se livrent à des polémiques passionnées autour du langage imagé de la Bible et de l'interprétation qu'il convient d'en faire. Dans l'*Émile*, le philosophe s'abandonne parfois au plaisir de raconter : Émile, le personnage, déborde de son cadre strictement utilitaire ; Rousseau se prend au jeu quand il s'imagine en gouverneur d'un petit garçon qu'il forge à sa mesure : « Émile est orphelin. Il n'importe qu'il ait son père et sa mère. Chargé de leurs devoirs, je succède à tous leurs droits. Il doit honorer ses parents, mais il ne doit obéir qu'à moi. C'est ma première ou plutôt ma seule condition » (I, p. 90). Rousseau aime aussi qu'on lui raconte des histoires : s'il doute de l'utilité éducative des fables de La Fontaine, il dit son admiration pour l'art du fabuliste.

TRANSITION : Le monde a beau être vieux, comme le dit La Fontaine, les adultes comme les enfants aiment qu'on leur raconte des histoires ; et leur agrément fait des récits de fiction une voie privilégiée pour l'enseignement moral, la pédagogie ou la démonstration philosophique.

Pourtant, les récits d'imagination atteignent-ils toujours leur but ? Ne peuvent-ils pas, malgré leur intention morale, se révéler pernicieux ?

II. Quand les histoires sont inutiles, voire nuisibles : une fausse route éducative

1. Histoires inutiles

Rousseau critique l'éducation par les fables et notamment celles de leur plus célèbre représentant, La Fontaine. Selon lui, elles sont incompréhensibles pour le jeune lecteur, justement à cause de tout ce qui les rend plaisantes : les traits d'esprit ou d'humour, la beauté de la langue et des images. L'enfant s'arrête à la surface et ne va jamais jusqu'au sens : « on achète l'agrément aux dépens de la clarté » (II, p. 220). Certains contes d'Andersen mettent en scène l'illisibilité des histoires (comme les histoires sibyllines racontées par les fleurs dans « La Reine des Neiges », dont Gerda ne comprend pas le sens) ou leur inutilité. Certaines sont des avertissements mais ne modifient pas le comportement de celui qui les écoute (voir l'histoire des anguilles dans « Une histoire des dunes », qui annonce les malheurs de Jørgen plus qu'elle ne l'en détourne, puisque de toute façon il subit ces malheurs comme une fatalité sur laquelle il n'a pas prise). Dans *Aké*, les lectures de Wole enferment le petit garçon en lui-même, selon sa mère. Grand lecteur, il est très intelligent, mais manque complètement de sens pratique : l'expérience est un complément indispensable à l'éducation par les histoires. Wole le découvre auprès de ses camarades d'Isara.

2. Histoires nuisibles

Pour Rousseau, la lecture est le « fléau de l'enfance » (II, p. 227). Les fables, quand elles sont comprises, sont pernicieuses, elles « porte[nt] plus au vice qu'à la vertu » (II, p. 220) car elles leur « appren[nent] qu'il y a des hommes qui flattent et mentent pour leur profit » (II, p. 225). Certains contes semblent dispenser une leçon de cynisme : la meilleure façon de s'en sortir dans le monde, c'est de mentir ou de suivre la loi du plus fort (« Le briquet », « L'ombre »). Soyinka montre que « raconter des histoires » est un art que l'enfant acquiert vite et qu'il met au service du mensonge et de la dissimulation : ainsi, Nubi lui enseigne la manière de faire semblant d'avoir de la fièvre pour échapper aux punitions (V, p. 132).

3. Entretenir la confusion des âges est dangereux

Pour Rousseau, les enfants doivent être des enfants, et les adultes, des adultes. L'adulte immature et le « jeune docteur » (II, p. 216) sont renvoyés dos à dos. Or l'adulte immature est victime de son imagination, des chimères qu'il se raconte à lui-même et qui le font vivre tourné vers un futur inatteignable. Le « jeune docteur » est perverti par ses lectures trop précoces auxquelles il ne comprend rien et qui ne réussissent qu'à lui apprendre à se payer de mots et à cabotiner. Chez Andersen, l'imagination est également dangereuse. C'est elle qui a perdu la petite sirène et le sapin : la première s'est mise à envier le monde des humains à cause des histoires qu'elle en a entendu raconter (par sa grand-mère, puis par ses sœurs) et qui lui ont fait désirer de vivre une autre vie, de grandir plus vite qu'elle n'aurait dû. Le sapin avait hâte de devenir grand pour connaître la gloire de Noël. Il faut savoir rester à sa place et suivre la marche de la nature sans rien hâter ; cela suppose de « borner » l'imagination (*Émile*, II, p. 154).

TRANSITION : Les histoires manquent parfois à leur but éducatif. Mais peuvent-elles y être réduites ? Le plaisir propre à l'imagination et à la fiction n'a-t-il pas de valeur en soi, et n'est-il pas un accès salutaire à la part enfantine de chaque adulte ?

III. LE PLAISIR GRATUIT DES HISTOIRES PERMET DE RENOUER AVEC L'ENFANCE

1. Le merveilleux : une vision du monde plus profonde et peut-être plus vraie ?

Dans *Aké*, les histoires d'esprits et de puissances occultes, plongeant leurs racines dans une tradition millénaire, font contrepoids à une modernité rationaliste qui se prive de toute une dimension de l'imaginaire et d'un rapport mystique à la nature. Chez Andersen, l'éloge de la raison au détriment de l'imagination est toujours le fait de personnages très négatifs : le conseiller en chancellerie, dans « Les fleurs de la petite Ida », par exemple. À l'inverse, l'imagination est investie du même poids de vérité que la rationalité des adultes : les enfants à l'enterrement des tulipes montrent une gravité qui n'est pas feinte. Le chagrin de la petite fille est « une peine de cœur, une grande, comme peut souvent l'être celle d'un adulte » (p. 239), même si sa cause peut sembler futile à des gens raisonnables ; mais ceux-là sont renvoyés à la trivialité mesquine de leurs occupations (« celui qui ne la comprend pas peut acheter des actions à la tannerie de la veuve », p. 239).

2. Un regard poétique sur le monde

Chez Andersen, la poésie seule révèle l'invisible, c'est-à-dire le caractère sacré de la nature et la vérité des êtres. Elle est naturelle aux enfants (« La cloche ») et aux poètes, qui sont des adultes restés fidèles à l'enfance (« L'ombre »). En revanche, la raison est incapable de percer le mystère de la vie : Kay, dans « La Reine des Neiges », s'efforce en vain de composer le mot « Éternité » avec les morceaux du « jeu de glace de la raison » (p. 185).

3. Se raconter l'histoire de son enfance permet d'abolir le temps et de retrouver l'unité

Le récit autobiographique est une anamnèse chez Soyinka : elle ressuscite le passé et lui fait revivre l'enfance, conservée intacte dans les plis de la mémoire. Rousseau revit lui aussi son enfance quand il la raconte : quand il évoque l'anecdote de la Bible qu'il a dû rechercher au temple, il redevient le petit garçon terrifié, revit chaque détail de cette aventure marquante. Certains contes d'Andersen ont une valeur autobiographique (« La petite sirène », qui raconte son ascension dans le monde, « Elle n'était bonne à rien ! » qui évoque la figure maternelle). Grâce au récit, le conteur revient sur des traumatismes qu'il met à distance par l'entremise de la fiction, et se réconcilie ainsi avec son passé.

Sujet 3

« L'enfance tout entière est écrite au futur », écrit Louis Aragon dans un poème intitulé « L'Enfant » (*Les Yeux et la Mémoire*, Gallimard, 1954).

Dans quelle mesure ce vers éclaire-t-il votre lecture des trois œuvres au programme ?

Analyse des termes du sujet : Cette affirmation prend la forme d'un paradoxe. L'enfance constitue pour l'individu son origine et son passé. Le temps privilégié du souvenir d'enfance est l'imparfait, temps des faits révolus. Pourtant, elle est « écrite au futur », prétend Aragon : c'est donc qu'il adopte le point de vue de l'enfant, et non celui de l'adulte qui porte sur son ancien moi un regard rétrospectif. Pour l'enfant, il n'y a pas de passé : sa vie vient de commencer ; il a, selon l'expression courante, « la vie devant soi ». Le temps est ouvert, les possibles sont immenses, rien n'est fixé. Tout reste à découvrir et à faire. Mais l'enfance ne subit-elle pas le poids du passé ? L'avenir n'est-il pas une illusion, voire une erreur ? La question du point de vue enfin se pose : accorder tant d'importance à l'avenir, n'est-ce pas le propre d'un regard d'adulte, étranger à la perception enfantine de la temporalité ?

Problématique : L'enfance, commencement de la vie, peut-elle être définie comme l'ouverture de tous les possibles ?

I. L'enfance, un commencement radical

1. L'enfance est l'origine

Rousseau propose de revenir à l'enfance comme à l'origine de l'homme, c'est-à-dire à une époque où il était encore tel que l'a voulu la nature, avant la seconde nature que lui donne la société. C'est pourquoi son traité d'éducation est en même temps un ouvrage de philosophie, qui étudie la « condition humaine » (I, p. 65). Pour Andersen, l'enfance incarne aussi l'innocence première, avant le mal qui règne chez les hommes. « La Reine des Neiges » est ainsi une récriture de l'épisode de la chute du jardin d'Éden et un mythe sur l'apparition du mal ; seuls des enfants, Gerda et Kay, peuvent figurer l'état édénique de nos « premiers parents » (tels qu'ils sont appelés dans « L'invalide », p. 420).

2. L'enfance est une promesse

Rousseau, voyant un enfant, « le prévoi[t] dans un autre âge » (II, p. 319) : il devine l'homme contenu dans l'enfant, et c'est ce qui rend le spectacle émouvant. Mais justement, puisque l'enfance est tout entière écrite au futur, rien n'est sûr : en fonction des influences extérieures et des rapports entretenus avec les hommes et les choses, une diversité de destins s'ouvre devant lui, et nous ne pouvons pas prédire quelle sera sa vie. Soyinka tient le même propos. La vie est faite de hasards, qui font prendre des chemins inattendus. Ainsi la rencontre avec l'organiste, quand Wole chante la cantate de Pâques, entraînera-t-elle son entrée dans la chorale, et les répétitions hebdomadaires le feront passer par le marché, premier éveil au monde d'en dehors de la mission d'Aké, qui jouera un grand rôle dans le développement de sa personnalité. L'invalide, dans le conte du même nom, est dévié de sa destinée par le hasard d'un cadeau qu'on lui a fait : un livre de contes.

3. Un monde neuf et excitant

Dans plusieurs contes, Andersen met en scène l'attrait que le « vaste monde » exerce sur les enfants qui brûlent de le découvrir. Dans « La petite sirène », on permet aux cinq sœurs de découvrir le « monde d'en haut » (p. 57) le jour de leurs quinze ans ; toute leur enfance est tendue vers cet événement qu'elles passent leur temps à rêver. Dans *Aké*, le petit Wole brûle d'entrer à l'école comme sa sœur aînée : « Ma curiosité grandissait de jour en jour. » « Attends d'avoir l'âge de ta sœur », lui répond sa mère (II, p. 53). Le premier jour d'école, tant attendu, l'émerveille : « Je n'avais encore jamais vu une salle de jeux aussi attirante » (II, p. 56). Dans *Aké*, tout a pour l'enfant la fraîcheur d'une première fois. Il nomme les choses, comme au commencement du monde (le rocher « Jonas », le campanile, « Enfant Unique du Lointain Clocher »). Les références sont d'ailleurs nombreuses à la Genèse, le livre de la création du monde.

TRANSITION : L'enfance semble tout entière tournée vers le futur, car elle est le commencement à partir duquel s'ouvrent tous les possibles. Mais l'avenir n'est-il pas aussi une illusion dangereuse ?

II. L'AVENIR, UNE ILLUSION DANGEREUSE ?

1. L'avenir illusoire

Chez Soyinka, certains enfants n'ont pas de futur : ils meurent jeunes, telle la petite Folasade le jour de son premier anniversaire. Le déterminisme est ici physique, comme chez Rousseau, qui rappelle que la moitié des enfants qui naissent n'atteignent pas l'âge de huit ans : la nature élimine ainsi ceux qui n'étaient pas faits pour durer. Mais il existe aussi un déterminisme social. Le milieu dans lequel nous naissons décide de notre destin : notre histoire, celle de nos parents, nous précède. Ainsi, *Aké* évoque les femmes pauvres de la campagne qui ne peuvent pas envoyer leurs enfants à l'école. Dans les contes d'Andersen, le destin est écrit d'avance pour beaucoup d'enfants : Rasmus, obligé de travailler l'aiguille très tôt pour remplacer son père mort (« Ce que racontait la vieille Johanne ») ; Jørgen, que le sort a placé dans une cabane de pauvres pêcheurs : « Il fallait qu'il connaisse la faim, le froid, le besoin et la détresse du pauvre » (« Une histoire des dunes », p. 294).

2. Les dangers de la prévoyance

Pour Rousseau, rien n'est pire que la prévoyance, c'est-à-dire de sacrifier le présent pour un futur chimérique. Cela gâche le temps de l'enfance en l'occupant d'activités ennuyeuses et de contraintes pénibles : on pense au petit garçon à la fin du livre II, qui réprime ses larmes à l'idée d'aller retrouver ses livres. Cette prévoyance est le propre des éducations positives qui modèlent l'enfant en fonction de la place qu'il occupera plus tard. La prévoyance est aussi un péché d'orgueil : l'avenir est incertain, et « la fortune » ne s'accorde pas toujours « avec la vocation des parents » (I, p. 64). Ainsi, le père de Wole veut remplir la tête de son fils de livres et nourrit de grands projets pour lui : il tient à l'envoyer au « lycée des Blancs » à Ibadan. Il « ne croit pas qu'il faille laisser les enfants mûrir dans leur corps avant de forcer leur esprit » (IX, p. 272), et c'est ce que lui reproche le grand-père, qui a peut-être une approche plus sage. Andersen illustre à travers le personnage du sapin l'erreur qui consiste à négliger le présent pour l'avenir. Il est trop tard quand on regrette de n'avoir pas vécu le bonheur simple de l'enfance.

3. La nostalgie de l'enfance

L'enfance, c'est donc moins l'avenir qu'un passé vers lequel, une fois adulte, on se tourne avec regret. Ainsi, le narrateur d'*Aké* compare les odeurs, les bruits et les façons de vivre du passé au spectacle désolant de l'« industrie mondiale du gâchis » (X, p. 286) que lui propose le monde moderne. La vieille fille du conte d'Andersen regarde douloureusement les enfants, croyant revoir sa propre histoire (« En regardant par une fenêtre à Vartou »). Le sapin, repensant à la fraîcheur de sa forêt et au beau soir de Noël, se désole : « Maintenant, c'était fini, et l'arbre était fini, et l'histoire aussi. Fini, fini [...] ! » (p. 149). Rousseau dit que « le vide de l'âge mûr [lui] retrace le doux temps du premier âge » (II, p. 268).

TRANSITION : Projeter l'enfant dans l'avenir ne fait que le priver de son enfance qui, aussitôt terminée, suscite le regret nostalgique. Mais, finalement, l'avenir n'est-il pas seulement dans le point de vue que l'adulte porte sur l'enfant ? L'enfant, lui, ne connaît que le présent ; et retrouver l'enfance peut abolir la temporalité, ou repousser ses limites.

III. L'ENFANCE ABOLIT LA TEMPORALITÉ, ET LA MÉMOIRE PEUT FAIRE REVIVRE CET ÉTERNEL PRÉSENT

1. Pour l'enfant, le temps n'existe pas

L'enfance ne connaît pas la durée. Chez Soyinka, le temps passe à l'insu de celui qu'il fait grandir. Les marqueurs temporels y sont rares, en particulier les notations concernant l'âge de l'enfant. Quand il y a des repères, ceux-ci renvoient à un temps cyclique : la succession des saisons (« l'harmattan [...] disparut de nos mémoires jusqu'à l'année suivante », IV, p. 124), des fêtes (le Nouvel An à Isara). Chez Rousseau, l'enfant, pour qui tout est « image » (II, p. 209) puisque seul existe pour lui l'univers physique, n'a pas la faculté d'abstraction et de comparaison nécessaire pour percevoir le passage du temps. Si le gouverneur veille à borner son imagination, il n'a nulle raison de penser à l'avenir et ne vit qu'au présent : « toi qui vois venir le jour sans inquiétude, la nuit sans impatience, et ne comptes les heures que par tes plaisirs » (II, p. 320).

2. *La mémoire fait retrouver un éternel présent*

La mémoire abolit le temps et fait revivre l'éternel présent de l'enfance. Chez Wole Soyinka, la réminiscence est rendue possible par l'enchantement de l'écriture, qui renvoie l'enfance non seulement à ses événements, mais aussi à ses voix, ses bruits, ses odeurs, ses saveurs : elle est intacte, même dans ce qu'elle a de plus fugace et immatériel – les sons, les parfums, « les murs ont gardé leurs voix » (V, p. 133) ; la description des odeurs (jusqu'aux moins nobles, les odeurs de punaise écrasée) qui font la « "personnalité" d'Aké » (X, p. 285). Rousseau s'autorise à tirer quelques exemples de lui-même pour éprouver, tout en écrivant, le « plaisir » de vivre à nouveau le « doux temps du premier âge » (II, p. 268). Andersen montre qu'on peut traverser toute la vie sans jamais quitter l'enfance, qui n'est donc ni au futur, puisqu'elle est immuable, ni au passé. « On est vieux, même si on reste jeune de caractère » (« Tante Mal-aux-dents », p. 437).

3. *L'enfance écrit l'avenir de l'humanité ou promet l'éternité*

Pour Andersen, conserver son enfance tout en grandissant nous prédispose à subir l'injustice des hommes en ce bas-monde : mais cela nous ouvre la vie éternelle. C'est la consolation que donne Andersen à ses jeunes lecteurs pour les aider à supporter les revers de fortune, à travers l'exemple de Jørgen, serein dans sa cellule : « les choses s'éclairciraient dans "l'autre vie", celle qui nous attend avec certitude ! » (« Une histoire des dunes », p. 311). Tout au long de son existence, il est resté un enfant, bien qu'ayant atteint la trentaine (p. 322). Rousseau rend possible, grâce à l'éducation négative, l'avènement de l'homme naturel, bon, heureux et libre. C'est pourquoi son traité d'éducation touche au « bonheur ou [au] malheur du genre humain » (préface, p. 48), et se projette donc dans un avenir qui dépasse les bornes d'une vie humaine.

SUJET 4

Hobbes, dans la préface de son ouvrage intitulé *Le Citoyen*, écrit : « un méchant homme est le même qu'un enfant robuste, ou qu'un homme ayant l'âme d'un enfant » (trad. S. Sorbière, Flammarion, 1982, p. 73).

Votre lecture des œuvres au programme vous permet-elle de souscrire à cette affirmation ?

ANALYSE DES TERMES DU SUJET : Ce sujet interroge l'enfance sous l'angle de la morale. Le « méchant homme » est défini par le biais de deux analogies : un « enfant robuste », c'est-à-dire, un enfant ayant une force physique suffisante pour dominer et pour nuire aux autres ; et un homme ayant « une âme d'enfant » : l'enfant serait donc, selon Hobbes, naturellement mauvais. Seule la faiblesse de ses moyens physiques le rend inoffensif. Pour le rendre bon, ou pour canaliser sa méchanceté, il faut donc étouffer le naturel. C'est probablement le rôle de l'éducation et des institutions sociales.

PROBLÉMATIQUE : L'enfant est-il méchant et faut-il, pour en faire un homme bon ou du moins inoffensif, étouffer en lui le naturel ?

I. LES HOMMES MÉCHANTS SONT-ILS DES ENFANTS ROBUSTES ?

1. Exemples d'enfants méchants

Il y a des enfants méchants dans les contes d'Andersen : par exemple, le petit garçon qui jette au feu le soldat de plomb. Il agit par une impulsion diabolique (« c'était certainement la faute du troll de la tabatière », « Le vaillant soldat de plomb », p. 93). Dans *Aké*, le garçon tombe parfois dans des « "trou[s]" de violence » (VII, p. 206), qui révèlent une part sombre en lui, renvoyant à un penchant instinctif pour la destruction et l'agressivité. Quand il arrache les roses du jardin de son père sans y penser, par exemple, ou encore quand il roue son petit frère de coups sans pouvoir s'arrêter. Après cet épisode, sa mère lui dira qu'il est « posséd[é] par le diable » (VII, p. 204). Rousseau évoque quant à lui la possibilité pour les enfants d'être « incommodes, tyrans, impérieux, méchants, indomptables » (I, p. 128).

2. Les hommes méchants laissent parler le naturel

Dans « La Reine des Neiges », les brigands, qui vivent comme des bêtes à l'écart de toute civilisation, tuent et blessent sans pitié. Ils menacent de manger la petite Gerda. Chez Soyinka, ce sont les enfants qui, de leur propre chef, commencent à lapider Sorowanke, la mendiante enceinte. Mais les « marchandes de repas », au lieu de sanctionner leur violence, se joignent à eux, comme poussées par un instinct primaire de meute (X, p. 305). Enfin, Rousseau invite à réfléchir sur la différence entre l'homme et le citoyen, en relation avec la question du bon et du mauvais. Un homme bon pour lui-même est un mauvais citoyen. Un bon citoyen oublie son intérêt personnel et étouffe donc le naturel. C'est l'exemple du Lacédémonien Pédarète, heureux de sa défaite, se félicitant de ce qu'il se trouve « trois cents hommes valant mieux que lui ». « [V]oilà le citoyen », conclut Rousseau (I, p. 60).

3. Des adultes attardés en enfance : une bizarrerie morale

Rousseau affirme : « Nous étions faits pour être hommes ; les lois et la société nous ont replongés dans l'enfance » (II, p. 162). Les hommes en société sont faibles et dépendants, comme des enfants ; même la domination est une marque de faiblesse. Ainsi, « les riches, les grands, les rois » (*ibid.*) sont des enfants, tout pleins d'une vanité puérile et du plaisir immature de se faire servir. Chez Soyinka, l'épisode de la punition du maître d'école qui a coupé une rose du jardin d'Essay est un exemple de brouillage des âges qui donne une impression d'étrangeté. Son comportement est infantile : il bégaye comme un enfant pris en faute (V, p. 143) et c'est comme un enfant qu'il reçoit sa « longue et difficile leçon » (V, p. 146). Cette inversion des rôles qui fait voir l'enfant sous le masque de l'adulte respectable fait perdre à ce dernier toute dignité.

TRANSITION : L'enfant peut être méchant, et l'homme méchant est parfois un homme infantile. Pour autant, cette méchanceté est-elle naturelle ? Ou est-elle causée par la société ?

II. L'ENFANT N'EST-IL MÉCHANT QUE PARCE QUE SES RAPPORTS AVEC LES ADULTES LE CORROMPENT ?

1. L'enfant méchant est un contresens : il ne connaît pas le bien ni le mal

Pour Rousseau, l'enfant est naturellement bon, et il est amoral puisque sa raison n'est pas encore développée : « La raison seule nous apprend à connaître le bien et le mal. […] Avant l'âge de raison, nous faisons le bien et le mal sans le connaître ; et il n'y a point de moralité dans nos actions » (I, p. 126). Chez Andersen, l'enfant est pur et innocent. Il représente un stade édénique d'avant la Chute. Dans « La Reine des Neiges », Kay devient méchant, certes : mais il n'est pas né méchant. Un morceau du miroir est entré dans son cœur et l'a rendu comme un bloc de glace. La bonté de la petite Gerda le rendra à son innocence première. Chez Soyinka, la mort de la petite Folasade illustre justement le scandale de la mort des innocents.

2. Les causes de sa méchanceté sont extérieures

Contre les philosophes qui, selon une perspective chrétienne, parlent de la « perversité originelle » des hommes, Rousseau soutient qu'il n'existe « pas un seul vice dont on ne puisse dire comment et par où il y est entré » (II, p. 178). Les comportements des adultes à l'égard des enfants peuvent faire germer les vices, qu'il est ensuite presque impossibles de déraciner : une trop grande complaisance, par exemple, ou au contraire une sévérité excessive. Soyinka illustre ce propos, en montrant comme les enfants deviennent menteurs pour échapper aux punitions disproportionnées des parents ; ou comment, incités par les adultes, ils sont sans pitié envers les plus faibles : quand un vol est commis, « les gamins sont encouragés à fouetter le délinquant » (VI, p. 176). Chez Andersen, les enfants méprisants, durs ou vaniteux imitent les parents et se font l'écho de leurs préjugés : les petits barons ont déjà le mépris des pauvres propre aux gens riches (« Chaque chose à sa place ») ; la petite fille riche de « La cloche », dont le cœur est déjà endurci, est réfractaire à l'idée de Dieu, à la joie enfantine et à la poésie des choses.

3. Les hommes les plus civilisés sont les plus méchants

La civilisation, en étouffant le naturel, rend les hommes plus méchants que ceux qui, par leur dénuement, sont restés plus proches de la nature. Dans le conte « La goutte d'eau », les grandes villes sont présentées comme un concentré de vices et d'injustices. Rousseau préconise d'élever les enfants « loin des noires mœurs des villes » (II, p. 185) où germent tous les vices, à commencer par la vanité ; d'ailleurs, si l'état civil cause la méchanceté de l'homme, la société rend cette méchanceté plus nuisible encore : « Si le méchant était seul, quel mal ferait-il ? C'est dans la société qu'il dresse ses machines pour nuire aux autres » (II, p. 204). Dans *Aké*, le grand-père de Wole met en garde son petit-fils contre l'envie et la méchanceté qu'il ne manquera pas de rencontrer, même dans les milieux éduqués qu'il s'apprête à fréquenter : « crois-moi, le monde des livres est un champ de bataille ; c'est même un champ de bataille plus dur que ceux auxquels nous avons été habitués » (IX, p. 288).

TRANSITION : Ainsi, l'enfant est naturellement bon : la méchanceté est imputable au comportement ou aux exemples des adultes. D'ailleurs, plus l'homme est civilisé, plus il est méchant. Pourtant, si l'homme bon ne se rencontre que dans la nature, l'éducation demeure indispensable pour lui permettre de s'épanouir en société.

III. L'ÉDUCATION EST INDISPENSABLE POUR FORMER DES HOMMES BONS

1. Un enfant laissé à sa seule nature ne pourrait rester bon

Rousseau indique que, l'état social étant désormais une seconde nature, on ne peut plus se passer de l'éducation : « Dans l'état où sont désormais les choses, un homme abandonné dès sa naissance à lui-même parmi les autres serait le plus défiguré de tous » (I, p. 53-54). Sa nature serait rapidement étouffée, sans rien à mettre à la place. Chez Andersen aussi, la société des hommes a beau être la cause de bien des injustices et des souffrances, s'en passer est impossible pour l'individu, qui a besoin de lien social pour survivre. L'« hiver rigoureux » (p. 136) que le vilain petit canard traverse seul, immobile et engourdi, est une mort symbolique qui précède sa renaissance dans la compagnie des cygnes.

2. La nécessité de l'éducation des hommes pour accompagner la nature

Andersen poursuit un but moral à travers ses contes. Il propose un modèle de comportement, l'exemple à suivre étant toujours celui des enfants qui ont réussi à devenir adultes sans laisser corrompre la pureté de leur cœur. Les contes participent donc d'une éducation. Pour Rousseau, la bonne éducation consiste à éloigner tous les obstacles qui pourraient gêner la bonne marche de la nature. Si elle est entièrement négative, elle n'est pas pour autant passive et encore moins superflue.

3. Une société d'hommes bons est possible

Dans *Aké*, Daodu insiste sur la nécessité de l'alphabétisation pour permettre aux femmes de défendre leurs droits et de rétablir une société plus juste et plus morale, celle-là même que le mouvement des femmes cherche à mettre en place en faisant le siège devant le palais. Rousseau explique que, si l'on substituait la loi à l'homme de sorte que cette loi ait la même inflexibilité que la nature, alors « on réunirait dans la république tous les avantages de l'état naturel à ceux de l'état civil ; on joindrait à la liberté qui maintient l'homme exempt de vices, la moralité qui l'élève à la vertu » (II, p. 163).

SUJET 5

« L'enfance est le temps de l'innocence et du bonheur, le paradis de la vie, l'Éden perdu, vers lequel, durant tout le reste de notre vie, nous tournons les yeux avec regret. Ce qui fait ce bonheur, c'est que pendant l'enfance notre existence entière réside bien plus dans le connaître que dans le vouloir », écrit Schopenhauer dans *Le Monde comme volonté et comme représentation* [1819], PUF, 1966, p. 1125.

Votre lecture des trois œuvres au programme vous permet-elle de souscrire à cette affirmation ?

ANALYSE DES TERMES DU SUJET : Cette citation a deux temps. D'abord, une définition de l'enfance comme d'un âge d'or, un paradis perdu. Elle est présentée comme la plus belle époque de la vie, la seule où il soit donné à l'homme de connaître le bonheur, dont il déplore la perte le restant de ses jours. L'existence est donc hantée par ce souvenir heureux de l'enfance, et marquée par la mélancolie. Puis une explication est donnée du « bonheur » propre à l'enfance, qu'une fois adulte nous ne retrouvons plus jamais. C'est que pendant l'enfance, le « connaître » l'emporte sur « le vouloir ». Le « connaître » désigne la découverte du monde et des choses, l'apprentissage que fait l'enfant de l'usage de ses facultés, sa conscience progressive de lui-même et des autres ; il a l'attrait de la nouveauté, le monde tout entier suscite sa curiosité. Au lieu que le « vouloir » serait la cause de l'incapacité des adultes à être heureux : nos désirs engendrent l'insatisfaction, nous font déplorer la faiblesse de nos moyens ou la résistance des choses, et désespérer de la destinée qui est la nôtre.

PROBLÉMATIQUE : Le bonheur propre à l'enfance, que l'adulte n'est plus capable d'éprouver, tient-il au fait que l'enfant se contente de découvrir le monde, sans être l'esclave de désirs chimériques qui le rendent misérable ?

CORRIGÉS

I. L'ENFANCE, ÂGE DE LA GAIETÉ, EST UN PARADIS PERDU

1. L'Éden perdu de l'enfance

Rousseau exprime sa nostalgie pour l'« âge de la gaieté » (II, p. 149), et avoue son « plaisir » (II, p. 268) à s'y replonger. Soyinka fait un portrait enchanté de l'enfance : il y célèbre la vie, les sens, l'harmonie avec la nature et le monde. Andersen dépeint aussi une époque enchantée et lumineuse. Il esquisse des scènes quotidiennes pleines de simplicité et de douceur (« Les bougies »), évoque l'harmonie familiale (« La petite sirène », « Le bonheur peut se trouver dans un bout de bois »). Chez lui, les enfants, « comme tous les autres oiseaux du ciel » (p. 259), sont spontanément joyeux ; chanter et jouer leur est naturel.

2. Le monde est un objet de connaissance et c'est ce qui fait de l'enfance un temps de bonheur

Les enfants ne forment que des « images » et pas encore des « idées », explique Rousseau. Dès lors, chaque chose leur apparaît dans sa singularité radicale. Les choses familières aux adultes sont mystérieuses et extraordinaires aux enfants ; le réel est naturellement merveilleux. Dans « L'invalide », quand le maître d'école parle à Hans de « la taille de la terre et de nombreux pays, et du soleil, qui était presque un demi-million de fois plus grand que la terre » : « pour Hans, c'était nouveau et encore plus merveilleux que tout ce qui était dans le livre de contes » (p. 423). Dans *Aké*, les histoires fabuleuses de la Bible se prolongent dans le merveilleux du quotidien : « [...] c'était à l'École du Dimanche que l'on racontait les vraies histoires, les histoires qui vivaient dans les événements eux-mêmes, franchissaient les limites des dimanches et des pages de la Bible pour entrer dans l'univers des pays, des femmes et des hommes fabuleux » (I, p. 14).

3. La tyrannie des désirs et de la volonté cause le malheur des hommes

À l'inverse, les hommes sont dépendants des autres hommes, car leurs désirs dépassent leurs seules forces : ils ont besoin des autres pour les satisfaire. De là vient leur malheur, selon Rousseau. De plus, la « prévoyance », qui « nous porte sans cesse au-delà de nous, et souvent nous place où nous n'arriverons point », est « la véritable source de toutes nos misères » (II, p. 157). Dans *Aké*, la vanité de la prévoyance est illustrée par Essay. Quand il croit sa fin arrivée, il regrette d'avoir trop sacrifié de son temps à préparer l'avenir : « Les choses ne se passent pas toujours comme nous l'avons prévu. [...] On prévoit minutieusement, on prépare les différentes étapes et puis... enfin, c'est la vie » (XI, p. 309). L'ambition et l'orgueil des hommes sont représentés chez Andersen par le personnage de Valdemar Daae, acharné à « déchiffre[r] le mystère des forces de la nature » (« Le vent raconte l'histoire de Valdemar Daae et de ses filles », p. 278) et consacrant toute sa fortune à des expériences d'alchimie. Par sa folie, il précipite sa famille dans le malheur.

TRANSITION : L'enfance est un âge édénique, car elle est étrangère au « vouloir » qui, sous la forme des vains désirs et des imaginations chimériques, cause le malheur des hommes. Pourtant, cette vision idéale de l'enfance appelle à être nuancée.

II. UNE VISION IDYLLIQUE DE L'ENFANCE QUI APPELLE À ÊTRE NUANCÉE

1. L'enfance peut être malheureuse

Plusieurs contes d'Andersen montrent que l'innocence des enfants jointe à leur vulnérabilité les prédispose à être persécutés : c'est le cas d'Élisa, dans « Les cygnes sauvages ». Ainsi, il faut parfois rompre avec l'enfance pour trouver le bonheur, comme le vilain petit canard. D'autres enfants sont si peu sujets au « vouloir » qu'ils n'ont aucune prise sur leur destin. Ils subissent le hasard ou la fatalité, qui les détermine tragiquement (comme Jørgen, dans « Une histoire des dunes »). Soyinka évoque des enfances particulières, tenues à l'écart de la joie censée caractériser leur âge tendre. Bukola, l'enfant malade, par exemple : « Même lorsqu'elle parlait, elle transmettait un monde de silence où je trouvais ma place » (VII, p. 196-197). Ou encore les treize enfants élevés par leur grand-mère après la mort de leur père, si pauvres qu'ils doivent aller à l'école à tour de rôle (p. 380).

2. Les enfants ne sont pas étrangers au « vouloir » et subissent parfois celui que les adultes projettent sur eux

Rousseau parle de l'éducation positive, celle qui est en vogue à son époque et qui consiste à assigner à l'enfant dès le départ une place dans la société, et à l'éduquer en fonction de cette fin. L'enfant est alors déterminé par la « vocation » que ses parents ont pour lui. On retrouve la même démarche dans *Aké*. Essay veut que son fils réponde à son idéal de réussite : il nourrit de grandes ambitions pour lui, dont l'accomplissement passe par une carrière scolaire dans les meilleurs établissements. De cette volonté, qui détermine son enfance, Wole n'est pas le sujet mais l'objet. Cependant, Andersen montre que les enfants eux-mêmes ne sont pas toujours indifférents au « vouloir ». Le sapin doit son malheur à sa volonté de devenir autre chose que ce qu'il est et de se presser de grandir pour devenir quelqu'un : « Oh, pousser, pousser, devenir grand et vieux, il n'y a que cela de bien dans ce monde » (p. 140).

3. Le « connaître » peut être un joug pénible qui gâche l'enfance

Rousseau dénonce la cruauté des éducateurs accablant les enfants de lectures et de connaissances qui pour eux ne sont que des signes vides dépourvus d'intérêt, comme l'histoire, les langues mortes ou la géographie. Il dresse un portrait pathétique d'un enfant plein de vivacité qu'on emmène dans une chambre remplie de livres (« Des livres ! quel triste ameublement pour son âge ! ») : « À l'instant son œil se ternit, sa gaieté s'efface ; adieu la joie, adieu les folâtres jeux » (II, p. 320). Dans *Aké*, les connaissances scolaires de Tinu se retournent contre elle quand ses parents en prennent prétexte pour la dénigrer, afin de mieux valoriser son jeune frère.

TRANSITION : Les enfants peuvent être malheureux, soumis au « vouloir » de leurs parents ou même au leur, et opprimés par les connaissances qu'on veut leur inculquer et qui rendent pénibles leurs jeunes années. Mais peut-on vraiment opposer « connaître » et « vouloir », et la liberté et le bonheur ne découlent-ils pas de leur juste équilibre ?

III. ÉDUQUER LES HOMMES DÈS L'ENFANCE À RÉGULER LES DÉSIRS, L'IMAGINATION ET LA VOLONTÉ

1. *Connaître et vouloir sont indissociables*

Rousseau précise que, si le caractère illimité de la volonté cause le malheur des hommes, la « route du vrai bonheur » ne consiste pas à « diminuer nos désirs » ; car, sans ce stimulant, « une partie de nos facultés resterait oisive » (II, p. 153), et l'homme ne donnerait pas sa pleine mesure. De même, les derniers chapitres d'*Aké*, consacrés au mouvement des femmes, montrent une dialectique vertueuse entre « connaître » et « vouloir ». Pour qu'un mouvement « commencé devant des tasses de thé et des sandwichs pour résoudre les problèmes des nouvelles mariées » devienne un « mouvement populaire et à l'échelle de la nation » (XIV, p. 377), il a bien fallu que le vouloir des femmes excède leurs forces initiales et repousse leurs limites. Ainsi le « fol optimisme » de Daodu (XIII, p. 342) qui propose d'alphabétiser les femmes illettrées devient réalité ; et le fait d'accéder à un plus haut degré de connaissance leur donne les armes nécessaires pour mener « la bataille de l'Impôt » (XIV, p. 378), jusqu'à faire le siège devant le palais de l'Alake et mettre en cause la colonisation elle-même.

2. *L'éducation vise non pas à supprimer le vouloir mais à le réguler*

Le bonheur s'obtient par la mise « en égalité parfaite » de la puissance et de la volonté, affirme Rousseau. Mais cet équilibre qui définit la sagesse n'est pas naturel à l'enfant ; il est le résultat d'une éducation prudente. Le gouverneur doit faire en sorte « qu'il sente sa faiblesse et non qu'il en souffre ; il faut qu'il dépende et non qu'il obéisse ; il faut qu'il demande et non qu'il commande » (II, p. 161) ; c'est donc à réguler la volonté que le gouverneur consacre ses efforts. De même, chez Andersen, l'imagination doit être régulée : elle est mauvaise quand elle crée des désirs et des volontés qui nous livrent au malheur (« La petite sirène », « Le sapin »). Elle est bonne quand elle permet de s'évader en esprit hors de soi (« L'invalide »), mais aussi d'apercevoir une profondeur sous les apparences : voir le poète de « Tante Mal-aux-dents », qui pense « à la sagesse humaine » en contemplant les nervures d'une feuille verte (p. 431). C'est tout le rôle du conteur que d'enseigner ces nuances à ses jeunes lecteurs.

3. *Le bonheur est accessible aux hommes, à condition d'une réflexion sur les désirs et les buts qu'on se donne dans cette vie*

Pour Rousseau, « l'homme vraiment libre ne veut que ce qu'il peut, et fait ce qu'il lui plaît ». C'est la « maxime fondamentale » de l'éducation, d'où « découl[ent] » toutes les autres (II, p. 160). Le bonheur découle de cette autosuffisance. Chez Soyinka, la liberté est aussi visée, mais elle est définie comme émancipation, en l'occurrence, du « gouvernement par les Blancs » (XIV, p. 378). L'émergence progressive du Syndicat des femmes, né de l'aspiration de celles-ci à la justice et à la liberté, dont Wole est un témoin et, à son échelle, un acteur, constitue l'éducation politique du jeune garçon. Enfin, Andersen propose de ne rien espérer de ce monde, mais de concentrer tout son « vouloir » dans l'espérance du bonheur dans « l'autre vie » (« Une histoire des dunes », p. 311).

III. Pistes de réflexion

Sujet 6

Sartre, dans son récit autobiographique intitulé *Les Mots*, raconte ce souvenir de son enfance : « De bonnes amies dirent à ma mère que j'étais triste, qu'on m'avait surpris à rêver. Ma mère me serra contre elle en riant : "Toi qui es si gai, toujours à chanter ! Et de quoi te plaindrais-tu ? Tu as tout ce que tu veux." Elle avait raison : un enfant gâté n'est pas triste ; il s'ennuie comme un roi. Comme un chien » (Gallimard, 1964, p. 78).

En quoi votre lecture des œuvres au programme éclaire-t-elle ces propos de Sartre ?

Éléments d'analyse : Le sujet parle des « enfant gâtés ». Qu'est-ce à dire ? Cela peut désigner les enfants gâtés par la vie, qui ne connaissent pas de malheurs, qui sont choyés par leurs parents. Plus spécifiquement, au sens courant, un enfant gâté est un enfant couvert de jouets, comblé, dont les moindres besoins et désirs sont satisfaits. Enfin, au sens premier, « gâté » se dit d'un fruit pourri, abîmé. L'enfant gâté est alors l'enfant dont la nature a été corrompue, rendue mauvaise. Il faudra faire jouer tous ces sens pour traiter le sujet.

Pour Sartre, l'enfant gâté n'est pas triste, mais il s'ennuie. Implicitement, ces deux états s'excluent : quand on est triste, on ne s'ennuie pas. La tristesse, les duretés de la vie donnent-elles une certaine densité à notre existence ? Au contraire, cela voudrait dire que l'absence d'obstacles, les satisfactions immédiates de tous les désirs de l'enfant, qui ne lui laissent pas l'occasion de se mettre en peine de les réaliser lui-même, font que la vie lui semble vide, que ses heures sont creuses, oisives… et qu'il en résulte une certaine mélancolie, une asthénie : l'ennui.

L'ennui est un mot qui a une grande fortune philosophique. Chez Blaise Pascal, il revêt une dimension métaphysique. S'ennuyer, quand on est sans occupation, nous pousse à penser à notre propre mort, et cette pensée est insupportable. C'est pourquoi toute occupation est bonne à prendre pour nous « divertir » : l'intérêt qu'on trouve à la guerre, à la carrière, à la compagnie de nos semblables, aux loisirs comme la chasse ou le jeu s'explique uniquement comme recherche d'un remède contre l'ennui. La référence à Pascal est présente à l'arrière-plan, à travers la comparaison : « comme un roi ». Pascal parle en effet du « roi sans divertissement », qui serait le plus malheureux des hommes parce que, ayant tout ce qu'il peut souhaiter, il n'a plus rien après quoi courir, et s'ennuie. Une autre comparaison est ajoutée à titre de surenchère, et elle surprend : « comme un chien ». L'ennui de l'enfant gâté le ramènerait à son animalité. La comparaison est péjorative. L'implicite est que l'enfant gâté est privé des moyens de déployer la mesure de ce qui fait de lui un homme. Être un individu, doté d'une destinée qui lui est propre, suppose des obstacles, des adversités.

Le propos est donc paradoxal, puisque d'un état apparemment enviable – être un enfant gâté, qui ne manque de rien, choyé – Sartre fait un désavantage : ce qui guette l'enfant gâté est pire que la tristesse, c'est l'ennui, doté d'une profondeur existentielle puisqu'il constitue une grande misère de l'homme, le plonge dans la mélancolie et le prive de sa capacité à devenir quelqu'un, à être un humain.

On en vient à penser, à la lecture de ce sujet, que les difficultés de la vie, le manque, le besoin, l'adversité sont préférables, pour un enfant, au confort d'une famille aimante, aisée et sans histoire. Peut-être justement parce que l'histoire, notre propre histoire, ne commence à devenir intéressante que quand elle rencontre l'adversité.

PROBLÉMATIQUE : Le manque, le besoin, l'adversité sont-ils préférables, pour un enfant, à leur absence, au sens où ce serait la seule façon pour lui d'être le sujet de sa propre histoire et de déployer sa pleine mesure en tant qu'homme ?

APPLICATION AUX ŒUVRES AU PROGRAMME : La lecture de ce sujet fait écho à plusieurs passages de l'*Émile*. On pense, par exemple, à l'affirmation selon laquelle la trop grande sollicitude des parents tient enfants et parents en servitude mutuelle. Les enfants trop gâtés, ceux dont les parents accourent pour satisfaire leurs moindres besoins ou faire cesser leurs pleurs, prennent vite le goût « d'agir par les mains d'autrui, et de n'avoir besoin que de remuer la langue pour faire mouvoir l'univers » (I, p. 128) ; ils deviennent impérieux mais, surtout, perdent d'avance leur liberté future : adultes, ils ne sauront pas s'autosuffire et seront dépendants des autres, même s'ils les dominent. Rappelons que le roi et l'enfant sont rapprochés chez Rousseau, comme chez Sartre : les rois sont faibles comme des enfants. C'est pourquoi le gouverneur doit être capable de distinguer entre les besoins et les fantaisies, de pourvoir aux besoins vitaux, en restant sourd aux caprices. Il faut aussi que l'enfant souffre de son impuissance et soit impatient de se libérer de sa dépendance aux adultes. Il faut l'éduquer à trouver les ressources en lui-même, toutes les fois que c'est possible.

On pense aussi à la description des enfants des villes, parés de vêtements luxueux qui les entravent dans leurs mouvements et les empêchent de jouer et de se développer. Leurs jouets sophistiqués les dispensent d'inventer, de comprendre, de trouver par eux-mêmes de nouveaux jeux et brident donc leurs facultés. Rousseau réprouve ce luxe, qui fait des adultes amollis, peu sains. L'enfant gâté s'entend donc au sens propre chez Rousseau : c'est un enfant corrompu, dénaturé. Chez Andersen, les enfants gâtés manquent presque toujours une dimension de l'existence : ils sont fermés aux joies de la nature, dont ils s'excluent. Prisonniers des préjugés de leurs parents, ils n'aspirent qu'à des biens matériels, et cette triste préoccupation les détourne de la compagnie des autres enfants

(« La cloche »). À l'inverse, les enfants pauvres sont les plus joyeux, voire les seuls capables de gaieté (« En regardant par une fenêtre à Vartou », « Le vent raconte l'histoire de Valdemar Daae et de ses filles »).

Enfin, Rousseau évoque l'éducation que l'on dispense habituellement aux enfants « gâtés », à tous les sens du terme, cette fois : enfants riches, que l'on destine à une carrière ou une place prédéterminée, et enfants dénaturés. C'est à eux qu'on inflige « d'ennuyeux sermon[s] de morale » (II, p. 187) ou qu'on emmène « s'ennuyer à l'église » (II, p. 200) ; ou qu'on prédispose déjà à un métier trivial et terre à terre (Andersen, les charcutiers, la jeune fille dont on fait l'éducation), leur gâchant ainsi les joies de l'enfance. Selon Rousseau, il faut éviter l'ennui dans l'éducation ; elle est contre-productive et n'aboutit qu'à gâter encore plus l'enfant (au sens d'abîmer). L'ennui, par ailleurs, rend plus difficile l'apprentissage. C'est pourquoi Rousseau propose de préférer les exercices aux principes, et de mettre l'enfant en situation de comprendre une leçon plutôt que de la lui dispenser par un discours. Chez Andersen, la pratique du conte vise aussi à enseigner en amusant, à dispenser des leçons de morale tout en divertissant. Il faut donc faire la part, comme dit Rousseau, entre « licence » et « liberté », entre l'enfant qu'on « rend heureux » et « l'enfant qu'on gâte » (II, p. 151).

L'enfant heureux, lui, ne s'ennuie pas, mais ne connaît pas non plus la tristesse ; il s'épanouit et développe toutes les facultés qui feront de lui un homme libre. L'opposition formulée par Sartre est donc dépassée. On retrouve ici le petit garçon décrit dans *Aké* : enfant choyé, heureux, mais avide du monde qui l'entoure, plein de promesses pour l'avenir – aussi loin du « roi » que du « chien ». Le récit de Soyinka illustre l'importance du rôle que joue une famille aimante, des rencontres favorables, de l'accès au savoir dans le développement de l'enfant et la construction de son identité.

On pourra enfin s'interroger sur les vertus de l'ennui pour les enfants. L'ennui, qui fait habiter pleinement un présent oisif, ouvert, favorise la rêverie, l'introspection.

PLAN POSSIBLE : Dans un premier temps, on pourra montrer que les enfants gâtés sont privés de l'intensité de l'enfance, de leur liberté et de la possibilité de se construire eux-mêmes comme individus. Mais on nuancera ce propos dans une deuxième partie : heureux sont les « enfants gâtés » à qui l'on épargne les peines et les duretés de la vie. On montrera l'importance d'une famille aimante, des parents, des rencontres favorables pour connaître une destinée plus heureuse, pour accéder à un savoir et une sagesse qui permettront à l'enfant de devenir pleinement lui-même. D'ailleurs, les enfants heureux (ceux qui sont choyés mais pas corrompus) ne connaissent ni l'ennui ni la tristesse, pourvu qu'un gouverneur avisé les éduque, tout en les laissant jouir pleinement des joies de l'enfance. Enfin, on interrogera les possibles vertus de l'ennui, sous l'angle de la temporalité (s'autoriser à s'ennuyer permet de prendre son temps, de ne rien hâter, d'habiter le présent), du retour à soi et du développement des connaissances.

IV. Résumés corrigés

Résumé de type Centrale-Supélec

Névrose, psychose et perversion de Sigmund Freud

Nous sommes tellement habitués à cette absence de souvenirs concernant les impressions de notre enfance que nous méconnaissons ordinairement le problème qui se cache derrière ce fait, et que nous sommes enclins à le faire dériver comme allant de soi de l'état rudimentaire des activités psychiques de l'enfant. En réalité l'enfant normalement développé fait preuve, entre trois et quatre ans déjà, d'innombrables performances psychiques d'une haute complexité, dans ses comparaisons, ses raisonnements, et dans l'expression de ses sentiments, et on ne peut accepter sans autre forme de procès l'idée qu'il doit exister une amnésie pour ces actes psychiques qui sont si complètement équivalents aux actes psychiques ultérieurs. [...]

Le contenu des tout premiers souvenirs d'enfance se situe le plus souvent à l'époque qui va de deux à quatre ans [...]. Mais il y a des gens dont la mémoire remonte plus loin, y compris avant la fin de la première année, et par contre, des personnes chez lesquelles le tout premier souvenir ne provient que de la sixième, septième et même huitième année. Par ailleurs il est impossible de dire pour le moment à quoi tiennent ces différences individuelles ; mais, selon les Henri [1], on constate qu'une personne dont le tout premier souvenir date d'un âge très tendre, environ de la première année, dispose aussi de souvenirs isolés provenant des années suivantes et que la reproduction du vécu comme chaîne continue de souvenirs commence chez elle à un moment – environ la cinquième année – plus ancien que chez ceux dont le premier souvenir date d'une époque plus tardive. Ainsi ce n'est pas seulement le moment d'apparition d'un premier souvenir, mais c'est la fonction entière de la remémoration qui est en avance ou en retard chez quelques personnes.

Il est particulièrement intéressant de se demander quel est, d'habitude, le contenu de ces tout premiers souvenirs d'enfance. La psychologie des adultes devrait nous amener à penser que, dans le matériau constitué par ce qui a été vécu, sont choisies comme dignes d'être notées les impressions qui ont provoqué un affect puissant ou qui ont été vite reconnues comme significatives d'après leurs conséquences. Une partie des expériences rassemblées par les Henri semblent confirmer aussi cette attente, car elles montrent que le contenu le plus fréquent des premiers souvenirs d'enfance consiste d'une part en circonstances qui ont provoqué de la peur, de la

1. Freud cite ici les résultats d'un questionnaire élaboré par Victor et Catherine Henri, visant à étudier les mécanismes du souvenir d'enfance par une enquête sur un échantillon de personnes.

honte, des douleurs physiques et choses semblables, d'autre part en événements importants tels que maladie, mort, incendies, naissance de frères ou de sœurs, etc. On serait ainsi enclin à admettre que le principe du choix mnésique est le même pour l'enfant et pour l'adulte. On comprend bien, encore qu'il faille le mentionner explicitement, que ceux des souvenirs d'enfance qui ont été conservés doivent porter témoignage des impressions sur lesquelles se porte l'intérêt de l'enfant, à la différence de celui de l'adulte. Ainsi il est facile d'expliquer que par exemple une personne nous rapporte qu'elle se souvient de différents accidents survenus à ses poupées lorsqu'elle avait deux ans, mais qu'elle soit amnésique en ce qui concerne les événements sérieux et attristants qu'elle aurait pu percevoir alors. Mais voilà qui est en opposition tranchée avec cette attente et qui ne peut que provoquer une surprise justifiée : nous apprenons que chez maintes personnes les tout premiers souvenirs d'enfance ont pour contenu des impressions quotidiennes et indifférentes qui n'ont pu produire d'effet affectif dans le vécu, même chez un enfant, et qui cependant ont été notés avec tous les détails – on pourrait dire, avec un luxe de détails – tandis que des épisodes à peu près contemporains n'étaient pas conservés dans la mémoire, même lorsqu'à l'époque, selon le témoignage des parents, ils avaient saisi l'enfant d'une manière intense. Les Henri parlent ainsi d'un professeur de philologie dont le premier souvenir, situé entre trois et quatre ans, lui montrait l'image d'une table mise sur laquelle se trouvait une coupe avec de la glace. À la même époque avait eu lieu aussi la mort de sa grand-mère qui, au dire de ses parents, a bouleversé l'enfant. Mais celui qui est maintenant professeur de philologie ne sait rien de cette mort ; son seul souvenir de cette époque est celui d'une coupe avec de la glace. [...]

Les Henri qualifient ces cas de rares ; d'après mon expérience – provenant pour la plus grande part, il est vrai, de névrosés – ils sont assez fréquents. L'un des sujets des Henri a tenté d'avancer une explication pour ces images mnésiques incompréhensibles en raison de leur caractère anodin, et dont je dois dire qu'elle est tout à fait pertinente. Il pense que dans de tels cas la scène en question n'est peut-être qu'incomplètement conservée dans le souvenir ; c'est justement pourquoi elle paraît ne rien vouloir dire ; c'est dans les composantes oubliées que serait contenu tout ce qui a rendu l'impression digne d'être notée. Je peux confirmer que cela se passe effectivement ainsi ; je préférerais seulement dire « éléments escamotés » au lieu d'« éléments oubliés de l'expérience vécue ».

J'ai souvent réussi, grâce au traitement psychanalytique, à découvrir les pièces manquantes de l'expérience vécue infantile, et ainsi à démontrer que l'impression dont un fragment était resté dans le souvenir correspondait bien, une fois complétée, à la supposition selon laquelle l'important est conservé dans la mémoire. Il reste que cela n'explique pas le choix étrange qu'opère la mémoire entre les éléments d'une expérience vécue ; il faut d'abord se demander pourquoi c'est justement ce qui est significatif qui est réprimé, et l'indifférent qui est conservé. On ne parvient à une explication qu'en pénétrant plus profondément dans le mécanisme de ces processus ; on en vient alors à cette idée que deux forces psychiques prennent part à la production de ces souvenirs : l'une s'autorise de l'importance de l'expérience vécue pour vouloir s'en souvenir, tandis que l'autre – une résistance – se dresse contre cette mise en évidence. Les deux forces agissant en sens opposé ne se suppriment pas l'une l'autre ; au lieu de la domination de l'un des motifs sur l'autre – avec ou sans dommage – il se produit un effet de compromis, en quelque sorte analogue à la formation d'une résultante dans le parallélogramme des forces. Le compromis consiste en ceci : ce n'est aucunement l'expérience vécue concernée qui donne elle-même l'image mnésique – sur ce point la résistance finit par avoir gain de cause –, mais bien un autre élément psychique, qui est lié avec l'élément inconvenant par la voix associative de la contiguïté ; ici se montre à nouveau la puissance du premier principe, qui entendait fixer les impressions significatives en produisant des images mnésiques susceptibles d'être reproduites. L'issue du conflit est donc la suivante : au lieu de l'image mnésique originairement justifiée, une autre image mnésique survient, qui est partiellement échangée contre la première par déplacement dans l'association. Puisque justement les composantes importantes de l'impression sont celles qui ont choqué, le souvenir substitutif doit être dépourvu de cet élément important ; pour cette raison il sera volontiers banal. Il nous apparaît incompréhensible parce que nous aimerions trouver, dans son propre contenu, la raison de sa conservation dans la mémoire alors que cette raison repose dans la relation de ce contenu à un autre contenu, réprimé. Pour me servir d'une comparaison populaire, une certaine expérience vécue de la période de l'enfance acquiert de la valeur dans la mémoire, non pas parce qu'elle est elle-même de l'or, mais parce qu'elle se trouve à côté de l'or.

Sigmund Freud, *Névrose, psychose et perversion*,
« Les souvenirs écran » [1899], © PUF, 2005, p. 114-117.

Thèse de l'auteur

Certains souvenirs d'enfance frappent par leur apparente insignifiance. Ce sont en fait des souvenirs incomplets, renvoyant à une expérience marquante dont seuls les éléments les plus banals et les moins choquants, associés à l'épisode par une simple relation de contiguïté, ont été retenus.

Construction du texte

I. (§ 1) **Critique d'une opinion commune (« nous sommes tellement habitués » ; « ordinairement ») concernant l'absence de souvenirs datant de la petite enfance.** Elle serait liée au fait que les facultés psychiques de l'enfant sont encore peu développées. *Opposition forte* (« en réalité ») : mais c'est une erreur. En fait, l'enfant dispose très tôt d'un psychisme aussi complexe que celui de l'adulte.

II. (§ 2) **À quand remontent nos premiers souvenirs ?** Le premier souvenir est parfois très précoce, d'autres fois plus tardif, selon les personnes interrogées ; la moyenne se situe entre deux et quatre ans. La même différence se retrouve lorsqu'on cherche à dater le moment où l'on commence à lier entre eux les souvenirs.

III. (§ 3) **Quel est le contenu du souvenir d'enfance ?** Comme chez l'adulte, certains des souvenirs retenus renvoient à des épisodes marquants, associés à une émotion forte ou à une expérience douloureuse, ou encore à un événement objectivement important. On pourrait en déduire que la mémoire sélectionne les souvenirs selon les mêmes critères que chez l'adulte *(mais ce n'est pas le cas : voir les verbes au conditionnel qui marquent la distance de l'auteur par rapport à cette conclusion).* Il faut toutefois tenir compte du fait que l'« importance » d'un événement ne reçoit pas la même acception chez l'adulte et chez l'enfant, car leurs intérêts ne sont pas les mêmes. *Exemple 1* : les poupées. *Opposition forte* (« Mais ») : pour certaines personnes, les premiers souvenirs, pourtant parfois très précis, frappent par leur insignifiance, alors que des événements marquants survenus au même moment ont été effacés de la mémoire. *Exemple 2* : le souvenir d'enfance du professeur de philologie.

IV. (§ 4 et 5) **Explication du phénomène et cause de cet « escamotage par la mémoire ».** *Explication* : ces souvenirs sont en fait incomplets : seule une partie de la scène a été conservée dans la mémoire, et l'autre, la partie la plus significative, « escamotée ». *Preuve par la référence à son expérience personnelle* (« j'ai souvent réussi... ») : la cure psychanalytique peut permettre de reconstituer l'expérience dans sa totalité. *Recherche de la cause du phénomène* : mais pourquoi cette sélection de la mémoire, qui garde l'insignifiant et étouffe l'important ? *Réponse à la question posée* : c'est le résultat d'un conflit entre deux forces, l'une qui tend à conserver l'expérience, l'autre qui s'y oppose. Cette lutte se solde par un compromis : la mémoire retient non pas l'expérience en question mais une autre, banale, qui lui est associée par contiguïté. Cette dernière image se substitue à la première dans le souvenir ; sa banalité tient à son innocuité. La justification de ce souvenir n'est donc pas dans l'importance de son contenu propre mais dans son lien contingent avec une expérience plus importante.

Conseils méthodologiques

- L'auteur est présent à son texte par la première personne du singulier. Il faut donc adopter le point de vue de l'auteur dans le résumé et dire « je » ou « nous ».
- Les exemples ne doivent pas être retenus dans le résumé. Le texte en compte deux : l'un, très court (« une personne se souvient des accidents survenus à ses poupées quand elle avait deux ans ») ; l'autre, plus développé (le souvenir du professeur de philologie).
- Le résumé doit être structuré, mais le découpage des parties ne doit pas être calqué sur les paragraphes du texte. Le nombre de parties est établi en fonction des idées forces, identifiées au moment de la construction du plan.

Résumé en 212 mots

Si nous ne nous souvenons pas de notre enfance, ce n'est pas parce que le psychisme enfantin est moins élaboré que celui de l'adulte ; l'enfant dispose à cet égard des mêmes capacités que l'adulte.

La datation du premier souvenir est très précoce pour certains, plus tardive pour d'autres ; la même différence se retrouve dans l'apparition de la faculté de lier ces souvenirs en une succession continue.

Par ailleurs, certains de ces souvenirs renvoient à une émotion forte, une expérience douloureuse ou un événement marquant, conformément à ce que l'on observe chez l'adulte. Sans négliger la spécificité du regard enfantin sur ce qui est jugé important, il semblerait donc que la mémoire applique le même critère de sélection à tout âge.

Pourtant, les premiers souvenirs frappent parfois par leur insignifiance et sont néanmoins très vifs, alors que des traumatismes survenus au même moment ont disparu de la mémoire. Ces souvenirs sont en fait tronqués : la partie marquante a été subtilisée. Cet arbitrage surprenant s'explique par le conflit entre deux forces psychiques, l'une tendant à conserver l'image de l'expérience marquante, l'autre s'y opposant. Une conciliation est alors trouvée : la mémoire reporte son intérêt sur une expérience concomitante, mais affectivement neutre.

Résumé de type CCINP

La Crise de la culture de Hannah Arendt

Trois idées de base, qui ne sont que trop connues, permettent d'expliquer schématiquement ces mesures catastrophiques [1]. La première est qu'il existe un monde de l'enfant et une société formée entre les enfants qui sont autonomes et qu'on doit dans la mesure du possible laisser se gouverner eux-mêmes. Le rôle des adultes doit se borner à assister ce gouvernement. C'est le groupe des enfants lui-même qui détient l'autorité qui dit à chacun des enfants ce qu'il doit faire et ne pas faire ; entre autres conséquences, cela crée une situation où l'adulte se trouve désarmé face à l'enfant pris individuellement et privé de contact avec lui. Il ne peut que lui dire de faire ce qui lui plaît et puis empêcher le pire d'arriver. C'est ainsi qu'entre enfants et adultes sont brisées les relations réelles et normales qui proviennent du fait que dans le monde des gens de tous âges vivent ensemble simultanément. L'essence de cette première idée de base est donc de ne prendre en considération que le groupe et non l'enfant en tant qu'individu.

Quant à l'enfant dans ce groupe, il est bien entendu dans une situation pire qu'avant, car l'autorité d'un groupe, fût-ce un groupe d'enfants, est toujours

1. Les « mesures catastrophiques » dont parle Arendt sont celles qui ont été adoptées par le système éducatif américain, dans lequel elle voit le symptôme d'une crise plus globale de l'éducation et de la culture.

beaucoup plus forte et beaucoup plus tyrannique que celle d'un individu, si sévère soit-il. Si l'on se place du point de vue de l'enfant pris individuellement, on voit qu'il n'a pratiquement aucune chance de se révolter ou de faire quelque chose de sa propre initiative. [...] Affranchi de l'autorité des adultes, l'enfant n'a donc pas été libéré, mais soumis à une autorité bien plus effrayante et vraiment tyrannique : la tyrannie de la majorité. En tout cas, il en résulte que les enfants ont été pour ainsi dire bannis du monde des adultes. Ils sont soit livrés à eux-mêmes, soit livrés à la tyrannie de leur groupe, contre lequel, du fait de sa supériorité numérique, ils ne peuvent se révolter, avec lequel, étant enfants, ils ne peuvent discuter, et duquel ils ne peuvent s'échapper pour aucun autre monde, car le monde des adultes leur est fermé. Les enfants ont tendance à réagir à cette contrainte soit par le conformisme, soit par la délinquance juvénile, et souvent par un mélange des deux.

La deuxième idée de base à prendre en considération dans la crise présente a trait à l'enseignement. Sous l'influence de la psychologie moderne et des doctrines pragmatiques, la pédagogie est devenue une science de l'enseignement en général, au point de s'affranchir complètement de la matière à enseigner. Est professeur, pensait-on, celui qui est capable d'enseigner... n'importe quoi. Sa formation lui a appris à enseigner et non à maîtriser un sujet particulier. Comme nous le verrons plus loin, cette attitude est naturellement très étroitement liée à une idée fondamentale sur la façon d'apprendre. En outre, au cours des récentes décennies, cela a conduit à négliger complètement la formation des professeurs dans leur propre discipline, surtout dans les écoles secondaires. Puisque le professeur n'a pas besoin de connaître sa propre discipline, il arrive fréquemment qu'il en sait à peine plus que ses élèves. En conséquence, cela ne veut pas seulement dire que les élèves doivent se tirer d'affaire par leurs propres moyens, mais que désormais l'on tarit la source la plus légitime de l'autorité du professeur qui, quoi qu'on en pense, est encore celui qui en sait le plus et qui est le plus compétent. Ainsi le professeur non autoritaire qui, comptant sur l'autorité que lui confère sa compétence, voudrait s'abstenir de toute méthode de coercition ne peut plus exister.

Mais c'est une théorie moderne sur la façon d'apprendre qui a permis à la pédagogie et aux écoles normales de jouer ce rôle pernicieux dans la crise actuelle. Cette théorie était tout simplement l'application de la troisième idée de base dans notre contexte, idée qui a été celle du monde moderne pendant des siècles et qui a trouvé son expression conceptuelle systématique dans le pragmatisme. Cette idée de base est que l'on ne peut savoir et comprendre que ce qu'on a fait soi-même, et sa mise en pratique dans l'éducation est aussi élémentaire qu'évidente : substituer, autant que possible, le faire à l'apprendre. S'il n'était pas considéré comme très important que le professeur domine sa discipline, c'est qu'on voulait l'obliger à conserver l'habitude d'apprendre pour qu'il ne transmette pas un « savoir mort », comme on dit, mais qu'au contraire il ne cesse de montrer comment ce savoir s'acquiert. L'intention avouée n'était pas d'enseigner un savoir, mais d'inculquer un savoir-faire : le résultat fut une sorte de transformation des collèges d'enseignement général en instituts professionnels qui ont remporté autant de succès quand il s'est agi d'apprendre à conduire une voiture, à taper à la machine, ou – plus important encore pour l'« art de vivre » – à se bien comporter en société et à être populaire, qu'ils ont récolté d'échecs quand il s'est agi d'inculquer aux enfants les connaissances requises par un programme d'études normal.

Hannah Arendt, *La Crise de la culture*,
© Éditions Gallimard, 1972, p. 232-252.

THÈSE DE L'AUTRICE

La crise de l'éducation s'explique par trois idées en vigueur actuellement : l'autonomie du monde des enfants considéré comme un groupe à part, la redéfinition de l'enseignement en tant que technique indépendante de tout contenu spécifique, et enfin le pragmatisme appliqué au processus d'apprentissage.

CONSTRUCTION DU TEXTE

I. (§ 1et 2) *Introduction du thème* : la crise de l'éducation est le résultat de trois idées erronées, en usage dans la société.

Première « idée de base » : les enfants constituent un groupe séparé du monde des adultes et autonome. L'autorité ne provient donc plus des adultes, dont la fonction se limite à réguler de l'extérieur cette société autogérée des enfants, mais du groupe lui-même, dictant sa conduite à chaque individu. *Conséquence 1* (« c'est ainsi que ») : cela a des effets néfastes sur la relation entre adultes et enfants. Le dialogue est interrompu, car la situation ainsi produite est anormale : elle isole du reste du monde toute une tranche d'âge, l'enfance étant considérée comme un groupe et non comme un ensemble d'individus. *Conséquence 2* (« l'enfant n'a donc », « il en résulte ») : les effets sont également néfastes pour l'enfant lui-même : affranchi de l'autorité des adultes, il est asservi à celle du groupe, autrement plus oppressante. D'autre part, exclu du monde des adultes, l'enfant est livré à lui-même ou au groupe, face auquel il est sans défense et auquel il ne peut échapper. Deux comportements typiques en résultent : le conformisme ou la délinquance.

II. (§ 3) *Deuxième « idée de base »* : enseigner ne consiste plus tant à délivrer un savoir qu'à inculquer une technique, indépendamment de tout contenu spécifique. *Conséquence 1* (« cela a conduit ») : les professeurs sont moins bien formés à leur propre discipline. *Conséquence 2* (« en conséquence ») : l'autorité du professeur est délégitimée. Ne pouvant plus asseoir son autorité sur sa connaissance, et se refusant à l'exercer par la contrainte, le professeur peine désormais à lui trouver une justification.

III. (§ 4) *Troisième « idée de base »* : on ne peut apprendre qu'en faisant. On substitue alors l'enseignement du savoir à celui du savoir-faire, la connaissance comme processus à la connaissance comme contenu. *Conséquence* (« le résultat fut... ») : les écoles sont devenues des instituts techniques, aussi efficace pour ce qui est des enseignements pratiques qu'inefficaces pour délivrer les connaissances fondamentales d'un cursus scolaire normal.

CONSEILS MÉTHODOLOGIQUES

Le résumé doit être structuré, mais le découpage des parties ne doit pas être calqué sur les paragraphes du texte. Le nombre de parties est établi en fonction des idées forces, identifiées au moment de la construction du plan. Ce texte de Hannah Arendt indique très clairement les différentes étapes de l'argumentation puisqu'elle aborde successivement les trois « idées de base » dont résulte la crise de l'éducation. Il suffit donc de reprendre ces trois étapes pour construire le plan du résumé, en consacrant un paragraphe à chacune d'elles.

RÉSUMÉ EN 110 MOTS

Cette crise de l'éducation et de la culture résulte / de trois idées originelles. Premièrement, les enfants formeraient une société / distincte et autonome. Le lien est alors coupé entre adultes / et enfants qui, livrés à eux-mêmes ou à l'/autorité écrasante de la masse, répondent par le conformisme ou / la délinquance.

Deuxièmement, l'enseignement est devenu une technique indépendante / de tout contenu spécifique. Les professeurs maîtrisant moins bien leur / discipline, leur autorité est délégitimée.

Enfin, le pragmatisme moderne substituant / la connaissance comme processus à la connaissance comme contenu, les / écoles sont devenues des lieux de formation pratique inaptes à / délivrer les savoirs théoriques constitutifs d'un cursus scolaire normal.

SEPTIÈME PARTIE

Répertoire de citations

par Corinne von Kymmel

Pour chaque item proposé dans cette partie, des citations issues des trois ouvrages au programme se font écho : ces regroupements commentés peuvent constituer une base du travail de fichage des idées portant sur l'enfance, en donnant à observer des thèmes communs développés dans les trois œuvres simultanément. Toutefois, il est à remarquer que, cette année, les points de vue adoptés par les auteurs divergent : Andersen oscille entre le point de vue de l'adulte et celui d'un enfant réinventé dans la narration, Soyinka choisit de développer le point de vue de l'enfant tel qu'il se le remémore et qu'il le reconstruit dans son autobiographie, tandis que Rousseau se positionne en tant que pédagogue et propose donc essentiellement un point de vue surplombant et exclusivement adulte sur l'enfance. C'est pourquoi plusieurs thèmes importants (l'innocence et l'insouciance caractéristiques de l'enfance, le rôle symboliquement structurant de l'imaginaire ou encore le point de vue des enfants sur le monde des adultes) ne sont guère abordés ici – les autres chapitres du manuel constituent donc des compléments indispensables à cette partie.

I. Les débuts de l'enfance

A. L'enfant face à son destin

1. L'enfant soumis au destin inéluctable

- [À la mort de Folasade] Soudain tout se brisa en moi. [...] Les larmes m'avaient envahi, je me sentais aspiré vers un lieu de malheur dont la cause et les limites demeuraient insaisissables.

(*Aké, les années d'enfance*, VII, p. 192)

- L'enfant [espagnol, né au Danemark à la suite du naufrage] qui aurait dû être nourri par la richesse et le bonheur avait été jeté dans le monde, jeté dans les dunes par la mer, pour qu'il connaisse le sort et les jours pénibles du pauvre.

(*Contes*, « Une histoire des dunes », p. 293)

- Il importe de l'accoutumer de bonne heure à ne commander ni aux hommes, car il n'est pas leur maître, ni aux choses, car elles ne l'entendent point.

(*Émile ou De l'éducation*, I, p. 125)

L'enfant vient au monde dans un lieu et face à un avenir qu'il n'a évidemment pas choisi : il doit donc s'accoutumer très tôt à réagir aux directives d'un destin qu'il ne maîtrise pas.

2. *Entre destin destructeur et sort favorable*

▪ [Hans] avait été l'enfant le plus rapide et le plus vif, mais il avait eu brusquement « les jambes molles », comme ils disaient, il ne pouvait pas rester debout ni marcher [...].

(*Contes*, « L'invalide », p. 418)

▪ Presque tout le premier âge est maladie et danger : la moitié des enfants qui naissent périt avant la huitième année. Les épreuves faites, l'enfant a gagné des forces ; et sitôt qu'il peut user de la vie, le principe en devient plus assuré.

(*Émile ou De l'éducation*, I, p. 76)

▪ [Fin d'une crise de Bukola] L'*àbikú* ne reprit pas immédiatement connaissance mais je sus assez rapidement que le danger était passé. [...] Son visage rayonnait d'une étrange beauté.

(*Aké, les années d'enfance*, I, p. 41)

Face à un destin contraire, le petit Hans finit par survivre : le sort qui s'acharne sur l'enfant et le rend malade peut ainsi soudain devenir encourageant, conduisant Émile à dépasser l'âge de huit ans, Bukola à se servir de sa maladie pour diriger son entourage et Hans à devenir savant avant de recouvrer l'usage de ses jambes.

3. *S'emparer du destin ?*

▪ Dans l'ordre social, où toutes les places sont marquées, chacun doit être élevé pour la sienne. [...] L'éducation n'est utile qu'autant que la fortune s'accorde avec la vocation des parents.

(*Émile ou De l'éducation*, I, p. 63-64)

▪ [Une femme accouche pendant l'émeute] Le bébé n'avait pu résister à l'agitation des heures précédentes, à la ruée, au bruit, à la bousculade. Et personne ne s'étonna que ce fût une fille. [...] Il ne pouvait se produire d'augure plus favorable que cette naissance d'un enfant, d'une fille !

(*Aké, les années d'enfance*, XIV, p. 409)

▪ [La chandelle de suif] pensait aux deux enfants aussi heureux l'un que l'autre, l'un éclairé par une bougie de cire, l'autre par une chandelle de suif !

(*Contes*, « Les bougies », p. 362)

Même si Rousseau tend à assigner à chaque enfant une éducation liée à son rang social d'origine, les œuvres d'Andersen et de Soyinka montrent des enfants qui assument ce destin ou en font une force.

B. La vie instinctive

1. La mère et l'enfant

▪ C'est à toi que je m'adresse, tendre et prévoyante mère […]. Forme de bonne heure une enceinte autour de l'âme de ton enfant ; un autre en peut marquer le circuit, mais toi seule y dois poser la barrière.

(*Émile ou De l'éducation*, I, p. 54-55)

▪ [La lavandière parle à son fils] « Je travaille tellement dur que le sang est prêt à jaillir à la racine de mes ongles, mais ça ne fait rien, pourvu que je puisse assurer ton avenir honnêtement, mon cher petit ! »

(*Contes*, « Elle n'était bonne à rien ! », p. 262)

▪ […] Chrétienne Sauvage annonça que le nom de Dipo allait être remplacé par celui de Femi. Elle expliqua qu'elle y pensait depuis quelque temps parce que les enfants appelés Dipo finissaient toujours par être casse-cou et indociles.

(*Aké, les années d'enfance*, VIII, p. 240)

Les trois œuvres considèrent que la mère a un rôle essentiel : même si, dans les sociétés traditionnelles, elle ne s'occupe des enfants que lorsqu'ils sont petits (Rousseau), elle organise son existence pour assurer leur subsistance (Andersen), et conserve le pouvoir de leur donner leur place dans le monde (Soyinka).

2. Une nourriture substantielle

▪ [Pour le petit Wole] C'était la chose la plus naturelle du monde que d'amener chez soi un ami pour qu'il mange avec vous son plat préféré.

(*Aké, les années d'enfance*, II, p. 57)

▪ [Pour la petite fille pauvre] « Ce soir – imaginez-vous ! – ce soir nous allons avoir des pommes de terre chaudes ! »
Et son visage rayonnait de bonheur.

(*Contes*, « Les bougies », p. 361)

▪ Des fruits, du laitage, quelque pièce de four un peu plus délicate que le pain ordinaire […] : voilà de quoi mener des armées d'enfants au bout du monde […].

(*Émile ou De l'éducation*, II, p. 307)

L'enfant trouve son bonheur dans des plaisirs instinctifs : par-delà le foyer et la famille, il est comblé par une nourriture dont il peut savourer les promesses de vie et de partage.

3. Des repères rassurants

▪ [...] plus l'homme est resté près de sa condition naturelle, plus la différence de ses facultés à ses désirs est petite, et moins par conséquent il est éloigné d'être heureux.

(*Émile ou De l'éducation*, II, p. 153-154)

▪ [Les frères d'Élisa regrettent leur patrie] Ici, le charbonnier chante les vieilles chansons au son desquelles nous dansions étant enfants. C'est ici qu'est notre patrie, c'est ici que nous nous sentons attirés, et c'est ici que nous t'avons trouvée, toi, notre chère petite sœur !

(*Contes*, « Les cygnes sauvages », p. 102)

▪ Quant à mon père, évidemment, je le tenais pratiquement pour invulnérable.

(*Aké, les années d'enfance*, I, p. 35)

Le foyer et la famille se confondent dans l'esprit de l'enfant qui y trouve de quoi grandir et vivre en toute sérénité, tant la patrie, la maison ou la parentèle constituent pour son imaginaire un support stable de l'existence.

II. S'EMPARER DU MONDE

A. Du besoin à l'envie

1. Le nécessaire suffit

▪ Le garçon prospérait, son sang noble restait chaud et il puisait des forces dans la maigre pitance, il grandit dans cette humble maison.

(*Contes*, « Une histoire des dunes », p. 294)

▪ « [...] pourquoi est-ce qu'on ne nous achète jamais de chaussures ? »
Essay ouvrit de grands yeux et fit la sourde oreille, tandis que Chrétienne Sauvage déclarait simplement :
« Les enfants ne portent pas de chaussures. »

(*Aké, les années d'enfance*, XV, p. 423)

▪ Des grelots d'argent, d'or, du corail, des cristaux à facettes, des hochets de tout prix et de toute espèce : que d'apprêts inutiles et pernicieux ! Rien de tout cela. Point de grelots, point de hochets ; de petites branches d'arbres avec leurs fruits et leurs feuilles [...] l'amuseront autant que ces magnifiques colifichets [...].

(*Émile ou De l'éducation*, I, p. 132)

En raison de la nécessité ou tout simplement de principes d'éducation, l'enfant grandit souvent dans une forme de simplicité qui, pour Rousseau comme pour les parents de Wole, suffit amplement puisque sa subsistance est par ailleurs assurée.

2. *Le besoin tyrannique*

- [Après l'altercation avec Dipo] Un seul fait m'écrasait : il n'y avait ni justice ni logique dans le monde des adultes.

(*Aké, les années d'enfance*, VII, p. 204)

- Les premiers pleurs des enfants sont des prières : si l'on n'y prend garde, ils deviennent bientôt des ordres ; ils commencent par se faire assister, ils finissent par se faire servir.

(*Émile ou De l'éducation*, I, p. 124)

- « Je veux entendre le rossignol ! Il faut qu'il soit là ce soir ! [...] et s'il ne vient pas, je ferai taper sur le ventre de toute la cour après qu'elle aura pris le souper. »

(*Contes*, « Le rossignol », p. 117)

Lorsque l'enfant comprend que le monde n'est pas à son service, ses demandes deviennent rapidement moins des prières que des exigences : il s'efforce de dominer les hommes et les choses en réclamant ce qu'il considère être son dû.

3. *La volonté magique*

- Aucune [des sœurs] n'était aussi impatiente que la plus jeune, justement celle qui avait le plus longtemps à attendre [...].

(*Contes*, « La petite sirène », p. 57-58)

- [Wole discute avec Bukola au sujet des esprits] [...] Bukola était notre compagne de jeux à nous. Alors j'eus une idée :
« Pourquoi est-ce que tu ne les amènes pas ici ? La prochaine fois qu'ils t'appelleront, invite-les à venir jouer avec nous [...]. »

(*Aké, les années d'enfance*, I, p. 40)

- [...] le sentiment de sa faiblesse [...] rend l'enfant avide de faire des actes de force, et de se prouver à lui-même son propre pouvoir.

(*Émile ou De l'éducation*, I, p. 127)

Face à un besoin jugé primordial (grandir, jouer), l'enfant considère non pas qu'il faut s'en tenir à la simplicité que sa famille lui impose, mais qu'au contraire le monde doit plier devant sa volonté : il considère instinctivement que vouloir c'est pouvoir, et qu'il lui suffit d'exprimer un désir pour que ce souhait puisse être comblé.

B. Des erreurs fondamentales

1. Des faiblesses constitutives

▪ [Tante] nous donnait des confitures et du sucre, bien que ce fût très mauvais pour nos dents, mais elle avait un faible pour ces gentils enfants, disait-elle. C'était cruel de leur refuser ces quelques sucreries qu'ils aimaient tant.

(*Contes*, « Tante Mal-aux-dents », p. 432)

▪ Les plus grands risques de la vie sont dans son commencement ; moins on a vécu, moins on doit espérer de vivre. Des enfants qui naissent, la moitié, tout au plus, parvient à l'adolescence ; et il est probable que votre élève n'atteindra pas l'âge d'homme.

(*Émile ou De l'éducation*, II, p. 149)

▪ [...] la menace la plus constante suspendue au-dessus de mon existence à Aké paraissait être la rêverie ou la rumination. La description que Chrétienne Sauvage en faisait variait, je le découvris, selon la gravité de la faute que cette maladie avait pu provoquer.

(*Aké, les années d'enfance*, V, p. 139)

Qu'il s'agisse de mauvaises habitudes, de dangers inhérents à la faible constitution de l'enfant ou de l'évasion dans un imaginaire jugé inapproprié, l'enfant ne cesse de rencontrer des obstacles qui mettent en danger sa vie physique et psychique.

2. Des projections erronées

▪ La Température était un de ces mots magiques... Si Chrétienne Sauvage disait que vous faisiez de la Température, vous faisiez de la Température.

(*Aké, les années d'enfance*, V, p. 133)

▪ Ce flocon grandit à vue d'œil et prit pour finir l'aspect d'une dame vêtue des voiles blancs les plus fins qui semblaient être composés de millions de flocons étoilés. [...] Le petit garçon eut peur et sauta de la chaise et il lui sembla alors qu'un grand oiseau passait dehors devant la fenêtre.

(*Contes*, « La Reine des Neiges », p. 154-155)

▪ Avant l'âge de raison l'enfant ne reçoit pas des idées, mais des images [qui] ne sont que des peintures absolues des objets sensibles [...].

(*Émile ou De l'éducation*, II, p. 209)

Les enfants n'ont souvent pas les connaissances suffisantes pour comprendre leur environnement : pour Rousseau, l'erreur vient du fait qu'ils remplacent les idées par des images, comme le petit Kay qui ne sait plus faire la différence entre la neige et ses représentations fantasmagoriques, ou Wole qui se laisse emporter dans la pensée magique d'une fièvre à laquelle il donne une majuscule majestueuse.

3. Un imaginaire déformant

▪ C'est justement parce [que la sœur aînée] ne pouvait pas y aller que tout cela lui faisait le plus envie.

(*Contes*, « La petite sirène », p. 58)

▪ [Wole explique à ses parents comment il compte soigner sa blessure] « […] j'ai bien vu ce qui s'est passé : il y a eu trop de sang qui a coulé, et c'était à la tête. Il faut le presser et le remettre dedans. Comme ça je pourrai tout de suite retourner à l'école. »

(*Aké, les années d'enfance*, II, p. 62)

▪ Le monde réel a ses bornes, le monde imaginaire est infini ; ne pouvant élargir l'un, rétrécissons l'autre ; car c'est de leur seule différence que naissent toutes les peines qui nous rendent vraiment malheureux.

(*Émile ou De l'éducation*, II, p. 154)

Les enfants chez Andersen ou chez Soyinka bâtissent leur compréhension du monde à partir de représentations imaginaires ; Rousseau considère que cette tendance est dangereuse parce qu'elle les empêche de comprendre la réalité telle qu'elle est – pour le philosophe, il faudrait « rétrécir » l'imaginaire et lui substituer la seule réalité.

C. L'enfant capricieux

1. L'enfant égocentrique

▪ [Wole a invité ses amis pour « manger l'Anniversaire » et sa mère réagit] « Tu vois, on n'invite pas les gens comme ça sans prévenir. Comment veux-tu que je sache que tu allais venir avec tes amis ? […] »
En fait l'Anniversaire fut exactement ce que j'attendais qu'il fût, une fois qu'il eut dépassé ses petites limites décevantes, à savoir qu'il ne venait pas tout seul et qu'il fallait lui rappeler de venir.

(*Aké, les années d'enfance*, II, p. 66-67)

▪ [Les enfants] se précipitèrent sur [le sapin], si bien qu'on entendit des craquements dans toutes ses branches. S'il n'avait pas été fixé au plafond […], il se serait renversé.
Les enfants dansaient en rond avec leurs superbes jouets. Personne ne regardait l'arbre […].

(*Contes*, « Le sapin », p. 144)

▪ Comment concevrais-je qu'un enfant, ainsi dominé par la colère et dévoré des passions les plus irascibles, puisse jamais être heureux ? Heureux, lui ! c'est un despote [...].

(*Émile ou De l'éducation*, II, p. 168)

Rousseau souligne la tyrannie des enfants soumis à leurs passions, oubliant toute retenue pour exaucer leurs désirs personnels, comme ceux qui profitent des cadeaux de Noël sous le sapin ou comme Wole qui croit obtenir naturellement son repas d'anniversaire.

2. Le caprice

▪ [...] s'il sait une fois vous occuper de lui à sa volonté, le voilà devenu votre maître : tout est perdu.

(*Émile ou De l'éducation*, I, p. 130)

▪ « Je veux aller dans le carrosse ! » dit la petite fille de brigands et elle voulait absolument qu'on cède à son caprice, car elle était gâtée et entêtée.

(*Contes*, « La Reine des Neiges », p. 176)

▪ [Beere réprimande le District Officer] « Sans doute êtes-vous né, mais vous n'avez pas été élevé. Parleriez-vous à votre mère sur ce ton ? »

(*Aké, les années d'enfance*, XIV, p. 399)

Beere Kuti parle au District Officer comme à un enfant, lui rappelant l'importance d'obéir avant de commander, et Rousseau synthétise le comportement des enfants gâtés en mettant en garde les parents – c'est d'ailleurs une « fille de brigands » qu'Andersen choisit pour montrer ce comportement tyrannique.

3. Le maître du monde

▪ L'enfant donc qui n'a qu'à vouloir pour obtenir se croit le propriétaire de l'univers ; [...] et sans jamais savoir gré de la complaisance, il s'indigne de toute opposition.

(*Émile ou De l'éducation*, II, p. 167-168)

▪ [Bukola explique ses crises] « C'est ce que je dis toujours à mes parents : je vais partir, je vais partir si vous ne faites pas ça et ça. S'ils refusent, je m'évanouis. [...] Voilà ce qui se passe quand les grandes personnes ne veulent pas comprendre. »

(*Aké, les années d'enfance*, I, p. 42-43)

▪ [La poule répond au vilain petit canard] « Tu ne vas tout de même pas prétendre que tu es plus sage que le chat et la femme, sans parler de moi ! Ne fais pas le malin, mon enfant [...]. »

(*Contes*, « Le vilain petit canard », p. 134)

Même si certains interlocuteurs des enfants ont de la répartie, comme la poule envers le « caneton », de nombreux enfants considèrent qu'il suffit de se prendre pour le maître pour le devenir, tant leur environnement semble les craindre.

III. L'ENFANCE FACE AU BIEN ET AU MAL

A. La mauvaise éducation

1. Des savants de foire

▪ Quand il s'agit d'examiner l'enfant, on lui fait déployer sa marchandise ; il l'étale, on est content ; puis il replie son ballot, et s'en va.

(*Émile ou De l'éducation*, II, p. 326)

▪ [...] un caneton bien élevé écarte bien les pattes, comme son père et sa mère ! Regardez comment je fais ! Maintenant, courbez le cou et dites : « coin ! »

(*Contes*, « Le vilain petit canard », p. 129-130)

▪ « J'espère que les Blancs de ta nouvelle école aiment les mioches raisonneurs », dit Joseph en me lançant un regard où l'on lisait quelque chose qui ressemblait à de la pitié.

(*Aké, les années d'enfance*, XIII, p. 354)

Certes, les adultes ne sont pas dupes des étalages de savoir que l'on attend des enfants. Mais souvent ils encouragent cette tendance à déployer des connaissances inutiles et donnent à l'enfant la fausse impression qu'il est exceptionnel, même s'il se contente d'imiter ce qu'il croit être l'univers des grandes personnes.

2. Une théorie inutile

▪ [Les communiants aperçoivent une cloche, et l'un d'entre eux] dit que cette cloche était trop petite [...]. Celui qui parlait ainsi était un fils de roi, si bien que les autres dirent : « Ceux-là, ils veulent toujours être plus intelligents ! »

(*Contes*, « La cloche », p. 224)

CITATIONS

▪ [Nubi se moque de Wole] « [...] Si tu crois que parce qu'on t'a accepté à l'école tu es maintenant un grand garçon à la maison, eh bien tu te trompes ; tu as encore beaucoup à apprendre. Il y a des choses qu'on ne peut pas t'apprendre à l'école. »

(*Aké, les années d'enfance*, IV, p. 106)

▪ En pensant lui apprendre la description de la terre, on ne lui apprend qu'à connaître des cartes ; on lui apprend des noms de villes, de pays, de rivières, qu'il ne conçoit pas exister ailleurs que sur le papier où on les lui montre.

(*Émile ou De l'éducation*, II, p. 213)

L'enfant qui apprend des savoirs livresques et théoriques croit qu'il connaît le monde, alors qu'en réalité il n'en maîtrise que la théorie, la représentation : l'essentiel de la connaissance pratique lui échappe et ses récitations savantes font de lui la risée de son entourage.

3. L'érudition détachée du réel

▪ Les fables peuvent instruire les hommes ; mais il faut dire la vérité nue aux enfants : sitôt qu'on la couvre d'un voile, ils ne se donnent plus la peine de le lever.

(*Émile ou De l'éducation*, II, p. 219-220)

▪ « A-t-on idée de faire croire des choses pareilles à une enfant ! C'est de l'imagination, ce sont des stupidités ! »

(*Contes*, « Les fleurs de la petite Ida », p. 51)

▪ « S'esquiver et aller se cacher dans un coin tout seul pour lire, lire et lire, c'est tout ce qu'il sait faire. Il fait semblant de s'occuper avec des livres parce qu'il est incapable de faire quoi que ce soit d'autre. »

(*Aké, les années d'enfance*, VII, p. 200)

Dans les trois œuvres, la lecture et les récits fictifs sont observés avec beaucoup de circonspection par des adultes qui considèrent que le monde réel est bien plus exigeant que les mondes imaginaires – même si Chrétienne Sauvage taquine son fils et s'inquiète seulement de sa propension à la rêverie, Rousseau ainsi que « l'ennuyeux conseiller de chancellerie » d'Andersen se montrent ouvertement critiques à l'encontre de l'activité de lecture détachée de la connaissance du réel.

B. Les enfants et la morale

1. L'absence du mal

- [Chez la magicienne] il y avait sur la table les cerises les plus délicieuses, et Gerda en mangea autant qu'elle voulut, car c'était permis.

(*Contes*, « La Reine des Neiges », p. 162)

- Chez les paysans, la huche et le fruitier sont toujours ouverts, et les enfants, non plus que les hommes, n'y savent ce que c'est qu'indigestions.

(*Émile ou De l'éducation*, II, p. 312)

- [Les parents de Wole, lors de la maladie d'Essay] Ni l'un ni l'autre ne punissaient plus nos petits délits et ceux-ci à leur tour diminuaient, si bien qu'il n'y avait vraiment plus rien à nous reprocher.

(*Aké, les années d'enfance*, XI, p. 307)

Lorsque l'enfant est laissé libre de son comportement, il agit naturellement bien, et ne s'égare pas dans des comportements répréhensibles : sa nature bonne le conduit à la frugalité comme à la sagesse.

2. Absence de réflexion morale

- La chambre de Chrétienne Sauvage était l'expression de la nature même des enfants qu'elle prenait sous son aile ; c'était une chambre animée d'une guerre intérieure et qui cependant formait un tout.

(*Aké, les années d'enfance*, VI, p. 157)

- [Élisa] était trop pieuse et innocente pour que le sortilège puisse avoir du pouvoir sur elle.

(*Contes*, « Les cygnes sauvages », p. 97)

- Avant l'âge de raison, nous faisons le bien et le mal sans le connaître ; et il n'y a point de moralité dans nos actions [...].

(*Émile ou De l'éducation*, I, p. 126)

L'enfant agit pour agir, existe pour exister : il n'a pas de perspective morale particulière, et ne se préoccupe que de son bien-être. C'est pourquoi il est insensible aux discours moraux dichotomiques comme aux sortilèges lancés par la sorcière d'Andersen : la distinction entre le bien et le mal n'a pas de sens pour lui.

3. Détacher l'éducation de la morale

▪ Lorsque le vieux roi mourait, on lui enlevait le cœur et le foie, et le nouveau roi était requis de les manger. Rien ne me troubla davantage que d'apprendre, fortuitement, que l'homme qui m'avait pris sur ses genoux [...] avait bel et bien mangé de la chair humaine, même si ce n'était que pour la royauté.

(*Aké, les années d'enfance*, XIV, p. 388)

▪ Dépourvu de toute moralité dans ses actions, il [l'élève] ne peut rien faire qui soit moralement mal, et qui mérite ni châtiment ni réprimande.

(*Émile ou De l'éducation*, II, p. 177)

▪ « Mais voyons, il n'a rien sur lui ! » dit un petit enfant.
« Mon Dieu, écoutez la voix de l'innocent ! » dit le père. Et on se chuchota de l'un à l'autre ce que l'enfant avait dit.

(*Contes*, « Les nouveaux habits de l'empereur », p. 87)

L'absence d'éducation moralisante permet à l'enfant d'appréhender le monde pour ce qu'il est : un univers fondé sur des croyances ancestrales pour Wole, un lieu dans lequel les courtisans se montrent serviles chez Andersen – l'enfant est donc celui qui révèle aux adultes la réalité de leur environnement, détaché de toute déformation moralisatrice.

IV. De la découverte à la connaissance

A. *Terra incognita* : des possibilités infinies

1. Un esprit ouvert

▪ [L'aînée des petits barons] était une nature saine et bonne, noble dans son âme et dans sa pensée, et elle avait un cœur prêt à s'intéresser à tout ce que Dieu a créé.

(*Contes*, « Chaque chose à sa place », p. 246)

▪ Nous faisions parfois des promenades, des visites à des parents, pour accompagner Chrétienne Sauvage dans ses expéditions marchandes ou pour quelque mission dont nous étions tout à fait incapables de saisir le but. Pourtant, en revenant de ces sorties, il nous restait la vague impression d'avoir été emmenés voir quelque chose, d'avoir vécu une certaine expérience.

(*Aké, les années d'enfance*, I, p. 32)

▪ Tout ce que nous n'avons pas à notre naissance et dont nous avons besoin étant grands, nous est donné par l'éducation.

(*Émile ou De l'éducation*, I, p. 55)

L'enfant est une *tabula rasa*, une table rase sur laquelle l'éducation et les découvertes impriment progressivement des connaissances qui agissent sous la forme d'une sédimentation naturelle : la curiosité des enfants leur permet de s'approprier sans distinction tous les savoirs qui leur sont proposés.

2. *Une insatiable appétence*

- Tout est instruction pour les êtres animés et sensibles.

(*Émile ou De l'éducation*, I, p. 114)

- « [...] je [le petit crapaud] souhaite simplement pouvoir arriver un jour jusqu'à la margelle du puits pour regarder à l'extérieur. C'est certainement charmant ! »

(*Contes*, « Le crapaud », p. 340)

- [Le petit Wole rêve d'aller à l'école] Je n'avais encore jamais vu une salle de jeux aussi attirante.

(*Aké, les années d'enfance*, II, p. 56)

Dès l'origine, l'enfant a envie d'apprendre, de grandir et de progresser : tout lui est objet de découverte, et il ne rêve que d'acquérir des savoirs nouveaux pour mieux avancer.

3. *Tout peut s'apprendre*

- [...] l'éducation de l'homme commence à sa naissance ; avant de parler, avant que d'entendre, il s'instruit déjà.

(*Émile ou De l'éducation*, I, p. 113)

- [Au marché] [...] il paraissait impossible qu'il existât tant de *choses* au monde !

(*Aké, les années d'enfance*, III, p. 87)

- C'était la première fois que cet habitant des dunes voyait une grande ville. Comme les maisons étaient hautes, les rues étroites, grouillantes de monde !

(*Contes*, « Une histoire des dunes », p. 301)

L'absence de perception du bien et du mal chez l'enfant lui permet de s'instruire à partir de tout ce que le monde lui offre : au lieu de classer et de hiérarchiser les savoirs, il les absorbe comme autant de nouveautés qui progressivement construisent sa vision de la réalité.

B. Du potentiel à la réalisation

1. *Une curiosité dynamisante*

▪ [Les petits poissons face au mystère du télégraphe] [...] le plus petit d'entre eux ne voulait pas abandonner l'idée d'arriver à savoir ce que pouvait être cette chose.

(*Contes*, « Le grand serpent de mer », p. 365)

▪ [Au sujet du dessin accompagnant le slogan « LA VOIX DE SON MAÎTRE »] [...] Tinu et moi refusions depuis longtemps de croire que la musique qui sortait du phono était celle d'un chien spécial qui chantait enfermé dans l'appareil. [...] Mais je n'avais pas encore trouvé le moyen d'ouvrir l'instrument, et le mystère demeurait entier.

(*Aké, les années d'enfance*, III, p. 86-87)

▪ Il est alerte, léger, dispos ; ses mouvements ont toute la vivacité de son âge, mais vous n'en voyez pas un qui n'ait une fin.

(*Émile ou De l'éducation*, II, p. 324)

Face à l'immensité du monde et des connaissances à acquérir, l'enfant est très énergique et ne se contente pas de son ignorance : il lui faut toujours éclaircir les mystères, résoudre les énigmes, chercher à comprendre.

2. *Endurance et endurcissement*

▪ Le L.A. [Lycée d'Abeokuta] était à juste titre considéré comme une école d'aguerrissement, comme un terrain d'entraînement pour apprendre à survivre.

(*Aké, les années d'enfance*, XII, p. 315)

▪ Il n'avait pas quatorze ans, c'était encore un enfant. Il partit sur un navire et fit connaissance avec ce que le monde a à offrir. Il connut le mauvais temps, la tempête en mer, la méchanceté et les hommes durs. Il devint mousse !

(*Contes*, « Une histoire des dunes », p. 301)

▪ Le bien-être de la liberté rachète beaucoup de blessures. Mon élève aura souvent des contusions ; en revanche, il sera toujours gai.

(*Émile ou De l'éducation*, II, p. 148)

La difficulté des expériences vécues par les enfants qui grandissent n'est pas toujours délétère : au contraire, pour les adultes qui écrivent les ouvrages du programme, ces endurcissements sont la source d'un apprentissage plus efficace que ne le seraient de simples leçons théoriques.

3. Leçons

▪ [...] il est forcé d'observer beaucoup de choses, de connaître beaucoup d'effets ; il acquiert de bonne heure une grande expérience : il prend ses leçons de la nature et non pas des hommes.

(*Émile ou De l'éducation*, II, p. 234)

▪ [Du haut de l'échelle] j'avais [...] compris que pour voir les choses beaucoup mieux il suffisait de sortir et de regarder.

(*Aké, les années d'enfance*, III, p. 79)

▪ [Dans le rêve d'Élisa, les frères] écrivaient sur l'ardoise, ce n'étaient pas uniquement des zéros et des traits, non, c'étaient les exploits les plus audacieux qu'ils avaient faits, tout ce qu'ils avaient vécu et vu.

(*Contes*, « Les cygnes sauvages », p. 98)

L'expérience aboutit toujours à un accroissement de la connaissance : progressivement l'enfant grandit parce qu'il apprend à s'intégrer au monde et à en extraire ce qui peut lui être utile, au point que, chez Andersen, les cygnes se débarrassent du simple savoir théorique des enfants pour exploiter leur existence même.

V. Vers la maturité

A. Efficacité des apprentissages

1. Le rôle du jeu

▪ Je remarquai que l'un des bancs n'était pas d'aplomb et qu'il faisait balançoire lorsqu'on s'asseyait près des extrémités. C'était une invitation très claire et avec l'aide d'autres enfants nous le transportâmes [...] pour obtenir une vraie balançoire.

(*Aké, les années d'enfance*, II, p. 59)

▪ [...] il y eut une fameuse averse. Quand elle fut passée, deux gamins qui traînaient dans la rue arrivèrent.
« Holà ! dit l'un. Voilà un soldat de plomb, faisons-le naviguer ! »

(*Contes*, « Le vaillant soldat de plomb », p. 91)

▪ [L'enfant] se sent, pour ainsi dire, assez de vie pour animer tout ce qui l'environne. Qu'il fasse ou qu'il défasse, il n'importe ; il suffit qu'il change l'état des choses, et tout changement est une action.

(*Émile ou De l'éducation*, I, p. 127)

Le jeu consiste en une utilisation de l'imaginaire au service d'une appréhension du réel ; mais jouer est surtout pour l'enfant le moyen de mettre le monde à la hauteur de ses ambitions : en réinventant le monde par le jeu, l'enfant se met en position de le maîtriser.

2. *Le rôle de l'imitation*

▪ [...] dans un âge où le cœur ne sent rien encore, il faut bien faire imiter aux enfants les actes dont on veut leur donner l'habitude, en attendant qu'ils les puissent faire par discernement et par amour du bien.

(*Émile ou De l'éducation*, II, p. 203)

▪ Chacune des princesses avait dans le jardin sa petite parcelle qu'elle pouvait retourner et planter comme elle le voulait.

(*Contes*, « La petite sirène », p. 56)

▪ « [...] je suis venu à l'école. [...]
– Mais tu es trop petit, Wole.
– J'ai trois ans. [...] En tout cas, je viens à l'école. J'ai des livres. »

(*Aké, les années d'enfance*, II, p. 55-56)

Comme Wole qui imite sa sœur en apportant des livres à l'école ou les petites sirènes qui se transforment en jardinières sous-marines, les enfants imitent des comportements pour s'approprier des connaissances, ce qui nécessite selon Rousseau de porter une attention particulière aux attitudes imitées afin qu'elles soient fructueuses.

3. *Une expérimentation pragmatique*

▪ [Contrairement à la grenade, le fruit de la passion] réussissait à peine à être sucré, échouant ainsi au test infaillible du fruit véritable.

(*Aké, les années d'enfance*, I, p. 14)

▪ Quoi qu'il veuille faire, il n'entreprendra jamais rien qui soit au-dessus de ses forces, car il les a bien éprouvées et les connaît [...].

(*Émile ou De l'éducation*, II, p. 324)

▪ [Hans] était un garçon très éveillé qui aimait lire, mais qui prenait aussi le temps de travailler, si tant est qu'il pouvait se rendre utile, lui qui devait toujours rester au lit. Il était actif, habile de ses mains, tricotait des bas de laine, et même des couvertures entières pour les lits.

(*Contes*, « L'invalide », p. 418-419)

Les expériences menées par les enfants sont toujours concrètes : orientées vers un objectif, elles s'appuient sur des compétences acquises et aboutissent toujours à des conclusions claires et mesurables.

B. Grandir

1. L'importance du maître

▪ Parlez toujours correctement devant eux, faites qu'ils ne se plaisent avec personne autant qu'avec vous, et soyez sûrs qu'insensiblement leur langage s'épurera sur le vôtre sans que vous les ayez jamais repris.

(*Émile ou De l'éducation*, I, p. 135)

▪ À chaque fois [que le maître d'école] venait, c'était comme une fête pour le garçon. Comme il écoutait ce que le vieillard lui disait, quand il parlait de la taille de la terre et de nombreux pays, et du soleil qui était presque un demi-million de fois plus grand que la terre [...] !

(*Contes*, « L'invalide », p. 423)

▪ Une chose que j'avais remarquée chez [les Ransome-Kuti], chez Daodu en particulier, me frappa de nouveau. Avec eux, je n'avais jamais besoin de poser beaucoup de questions. Ils étaient toujours prêts à me parler, à tout enfant qui le souhaitait d'ailleurs, comme ils le faisaient avec les adultes.

(*Aké, les années d'enfance*, XV, p. 427)

La confiance est réciproque entre l'élève et le maître : le premier écoute avec attention ce que le second lui dispense avec précision. Et cette relation privilégiée permet à l'enfant de mieux percevoir le monde que s'il s'en remettait à ses seules perceptions individuelles.

2. Enjeux de l'éducation

▪ On façonne les plantes par la culture, et les hommes par l'éducation.

(*Émile ou De l'éducation*, I, p. 55)

▪ [Daodu discute avec Wole] « Tu as quel âge maintenant, quel âge ?
– Onze ans, répondis-je.
– [...] ça devrait suffire, je crois. Qu'en penses-tu ? dit-il en se tournant vers Beere.
– Oh oui, l'assura-t-elle. Sans compter qu'il a été élevé par Ayo et Eniola. Je pense qu'il saura faire face. »

(*Aké, les années d'enfance*, XV, p. 430)

▪ Par ses lectures, le petit garçon infirme et intelligent avait amené la réflexion et la joie dans la maison.

(*Contes*, « L'invalide », p. 423)

L'éducation, par son existence même, est positive pour l'enfant dès lors qu'elle réalise son potentiel : les possibilités qui s'offrent à lui sont « cultivées » par des apprentissages qui le conduisent progressivement à une innutrition profitable.

3. La métamorphose

▪ Vivre est le métier que je lui veux apprendre. En sortant de mes mains, il ne sera, j'en conviens, ni magistrat, ni soldat, ni prêtre ; il sera premièrement homme [...].

(*Émile ou De l'éducation*, I, p. 64)

▪ L'enfance a pour tout le monde ses moments lumineux qui, par la suite, illuminent toute la vie.

(*Contes*, « Une histoire des dunes », p. 294)

▪ Le moment était venu d'entreprendre les mutations mentales nécessaires pour accéder à un nouvel univers d'adultes irrationnels et à leur discipline.

(*Aké, les années d'enfance*, XV, p. 432, *explicit*)

Se servant de toutes ses découvertes, l'enfant évolue et progressivement quitte son univers fondateur pour s'engager pleinement dans la vie qui s'ouvre à lui, riche des expériences passées et des compétences à parfaire.

HUITIÈME PARTIE

Lexique

par Corinne von Kymmel

Ce lexique expose des délimitations sommaires de termes liés au programme. Il complète les analyses précises de ces mots qui sont présentées dans les autres parties de ce manuel et constitue un bagage minimal permettant de mieux comprendre de nombreuses notions abordées dans les œuvres au programme : il a pour enjeu l'enrichissement et la précision du vocabulaire à employer dans le cadre des résumés et dissertations proposés aux concours.

Les termes suivis d'un astérisque sont définis au sein même de ce lexique ; en italique sont signalées des notions connexes, que les termes définis permettent d'éclairer.

APPRENDRE : lié étymologiquement à l'appréhension comme à la compréhension, le verbe *apprendre* offre deux sens complémentaires ; d'une part, il témoigne d'un processus d'acquisition de connaissances, d'autre part, il désigne l'enseignement dispensé par le *maître* * à son élève. La notion de transmission apparaît donc au cœur de l'*apprentissage*, et donne ainsi à l'*apprenti* (voire à l'*apprenant*) la perspective d'une construction fructueuse et d'un enrichissement progressif de ses compétences.

BESOIN : désignant l'impérieuse nécessité de combler un manque (Freud évoque le nourrisson « en *désaide* » pour qualifier les besoins primaires de l'existence), le *besoin* est bien plus exigeant qu'un simple *désir*. Toutefois, même s'il est essentiellement employé pour caractériser une exigence vitale (se nourrir, se chauffer...), le terme est parfois utilisé de manière impropre, pour désigner ce qui en réalité relève d'un simple *caprice* *.

BÊTISE : terme souvent employé par les enfants ou par les adultes s'adressant à des enfants, la *bêtise* est régulièrement associée au comportement jugé inconséquent de l'*enfant* *, notamment lorsqu'elle se décline au pluriel (*dire des bêtises*, *faire des bêtises*). Son origine (*bête*) la rattache à la fois à l'animal et à la sottise (sous la forme d'une ignorance conduisant à une parole ou à un acte jugés stupides). Dans le langage courant, le substantif *bêtise(s)* insiste sur le caractère sans gravité de telles actions ou de telles paroles.

CAPRICE : adapté de l'italien, dérivé de *capo* (« la tête »), *caprice* prend au XVIe siècle le sens de « désir soudain qui monte à la tête » ; il désigne donc en langue classique une fantaisie déréglée et l'expression d'une envie jugée déraisonnable. Dans le cadre de l'étude de l'enfance, c'est ce sens péjoratif qui perdure, et non le sens positif romantique d'une œuvre d'art personnelle : le *caprice* est plus négatif encore que la *fantaisie*, laquelle évoque plutôt un goût passager issu d'un imaginaire original.

CURIOSITÉ : emprunté au latin *curiositas* qui désigne un « désir de connaître », le substantif *curiosité* oscille entre un sens négatif et un sens positif : la *curiosité* est en effet un défaut lorsque l'envie de connaître n'est qu'un *caprice* * égocentrique ; mais elle est aussi très méliorative lorsque, rattachée à la *curiositas* valorisée par les humanistes, elle devient l'instrument d'un esprit ouvert et désireux d'acquérir une maîtrise raisonnée de son environnement.

DISCIPLINE : substantif dérivé de *discipulus*, « le disciple » (alors que l'*élève* désigne celui qui est « élevé », comme une plante ou un animal, par celui qui en a le soin), la *discipline* est toujours liée à l'enseignement ; le *disciple* recevant les *leçons* ★ dispensées par le *maître* ★ la *discipline* désigne les matières et domaines de connaissances enseignés tout en conservant l'idée d'une possible *punition* ★ en raison du sens médiéval de « châtiment » relatif à celui qui ne respecte pas les enseignements de la *discipline*.

ÉCOLE : à l'origine, le grec *skholê* désigne le *loisir* ★, et par extension les activités (notamment intellectuelles) que l'on peut exercer durant une période de loisir, hors du travail. Dès lors, l'*école* devient le lieu où l'on ne pratique pas un métier rémunéré, mais où l'on peut exercer son esprit : l'enfant peut y *apprendre* ★ toute une série de connaissances dans des *disciplines* ★ variées. Des expressions figurées, comme *l'école de la vie*, rappellent que toute *expérience* ★ peut s'enseigner.

ÉDUCATION : en latin, *ducere* signifie « conduire, mener » ; l'*éducation* relève donc de ce qui guide l'apprenant dans une direction donnée, et désigne plus spécifiquement la formation (notamment *disciplinaire*) des élèves, tout en conservant également l'idée d'une *initiation* ★ au sens large – l'*éducation* se rattache à la découverte et s'appuie sur la *curiosité* ★ : elle concerne l'être humain dans son ensemble, alors que l'*instruction* qualifie par son origine (*instructio* signifie « action de disposer ») une mise en ordre des savoirs sous l'impulsion d'une autorité.

ÉMANCIPATION : dans le vocabulaire du droit, l'*émancipation* désigne une prise d'indépendance officielle, un acte d'affranchissement par lequel le *mineur* devient *majeur* aux yeux de la loi. Par extension, pour l'enfance, c'est l'action de grandir elle-même qui tient d'une *émancipation* progressive, en lui permettant d'acquérir une *autonomie*, une *liberté*, grâce à laquelle il passe de l'état de *dépendance* à celui d'*indépendance*.

ENFANT : à l'origine, l'*infans* est celui qui « ne parle pas », autrement dit le *nourrisson* (« celui qui est nourri [par le lait maternel] »). Dès le Moyen Âge, ce terme a définitivement remplacé celui de *puer* (à l'origine de *puéril*/*puérilité*) pour désigner également l'*enfant* jusqu'au début de l'*adolescence*, en l'opposant particulièrement à l'*adulte*. Cf. introduction, p. 14.

ÉPREUVE : déverbal d'*éprouver* qui signifie à l'origine « mettre à l'épreuve », puis « *expérimenter* de manière personnelle », l'*épreuve* est d'abord liée à la souffrance, à une résistance qu'il faut dépasser ; c'est ce qui la rend apte à conférer à celui qui « traverse l'*épreuve* » ou « réussit l'*épreuve* » une qualité particulière, un succès, que ce soit au niveau des *études* dans la réalité ou d'une *aventure* dans un conte par exemple.

EXPÉRIENCE : le latin *experientia* désigne à la fois « l'*expérience* acquise » et « l'*épreuve* ★, l'essai, la tentative » à accomplir pour l'acquérir ; il s'agit de rendre compte d'une *exploration* ★ du réel sous la forme d'une réalité observable, d'une étude mesurable, d'une action pragmatique (on parle ainsi de *méthode expérimentale* en sciences) destinée à élaborer un *apprentissage* personnel enrichissant.

FAMILLE : en français, l'usage privilégie assez longtemps les termes *parenté*, *parentage* ou *parentèle* pour désigner les habitants d'un même lieu, rattachés les uns aux autres par des liens du sang, rendant ainsi plutôt compte de la hiérarchie de ces personnes placées sous l'autorité du *parent*. D'abord, le substantif *famille* relève plutôt de la simple co-résidence et inclut notamment les domestiques.

Ce n'est qu'à partir du XVIIe siècle que les liens du sang (et de l'adoption qui y supplée éventuellement) matérialisent réellement l'ensemble des individus formant *famille*.

FOYER : proche du « feu » par son origine *focus*, le *foyer* désigne le lieu où l'on fait du feu et, par extension, l'habitation où se réunissent ceux qui partagent une même nourriture ; point central à partir duquel rayonne l'énergie de la *famille* *, le *foyer* est donc rattaché à la *maison* (au sens de la *mesnie* ou de la *maisonnée*, c'est à dire l'ensemble des personnes rassemblées dans le *foyer*) et, plus largement encore, à la *patrie* (le lieu où se trouve le *pater*, le *père*, c'est-à-dire le lieu d'ancrage originel d'un individu).

IMAGINATION : originairement rattachée à l'*image* ou à la *vision*, l'*imagination* fait d'abord partie du domaine du *rêve*, mais à cette notion s'ajoute celle de l'*invention*, de la *création*. L'*imagination* consiste donc à *inventer*, à *créer* non pas à partir de la *raison* *, mais à partir d'une projection intuitive : elle est une faculté de représentation ouverte sur le futur d'une réalisation non encore accomplie.

IMITATION : à l'origine, *imitatio* désigne une « copie », une « reproduction » d'un objet ou d'un comportement jugés admirables (l'*imitation* est une attitude valorisée dans le cadre de la religion lorsqu'elle permet de calquer un comportement sur celui d'un personnage remarquable). Mais, à ce sens mélioratif, valorisé dans l'apprentissage et dans les jeux de construction, s'oppose parfois le risque d'une *imitation* qui s'attacherait à un modèle peu glorieux ou qui, se contentant de contrefaire l'élément imité, oublierait que ce comportement doit viser une édification de l'*imitateur*.

INITIATION : formé à partir d'*initium* qui marque un « commencement », l'*initiation* est dès son origine liée à l'*apprentissage* par l'intermédiaire de la notion de secret ; grâce à l'*initiation*, un individu peut être autorisé à connaître des informations considérées comme faisant partie d'un domaine réservé à quelques-uns, et à participer à des actions que seule cette élite peut pratiquer. Par extension, l'*initiation* désigne tous les processus de découverte (parfois sous la forme de *rites initiatiques*, ou tout simplement sous la forme d'une *expérience* *) qui conduisent d'une ignorance jusqu'à un savoir permettant de vivre pleinement.

INNÉ/ACQUIS : l'opposition entre ces deux concepts apparaît dès leur origine lexicale ; *inné* est un emprunt savant à *innatus*, « né dans », donc « naturel », tandis qu'*acquis* est lié à *quærere*, « chercher », donc « se procurer ». Au cœur des philosophies réfléchissant à l'*identité* ou à l'*éducation* *, ces deux notions ne cessent de s'affronter dans le cadre d'un travail sur les domaines de la *nature* et de la *culture*, ce qui relève en réalité d'une réflexion sur l'importance relative que l'on peut donner à l'*apprentissage* : jusqu'à quel point l'*instruction* et l'*initiation* * sont-elles efficaces en fonction de la part d'*inné* et d'*acquis* qui jouent durant l'*enfance* * ?

INNOCENT : désignant ce qui ne fait pas de mal (chose ou personne), le terme *innocent* est souvent employé au Moyen Âge pour désigner les enfants très jeunes, qui ne font pas consciemment le mal, grâce à leur *candeur* (*candidus* signifie « blanc » en latin et s'utilise pour qualifier notamment la pureté enfantine), mais aussi grâce à leur *naïveté* (« état naturel, simple, pur, sans artifice »). Attachée à la vertu, à l'absence de culpabilité, l'*innocence* est un terme mélioratif lorsqu'il n'est pas employé pour rendre compte d'une *naïveté* excessive proche de la *bêtise* *.

INNUTRITION : la *nourriture* est liée au verbe *nourrir*, qui signifie dès l'origine « alimenter » mais aussi « élever un enfant », ce que rappellent les usages de *nourrisson* et de *nourrice*. Au XVIe siècle, les humanistes examinent cette manière d'*apprendre* ⋆ et la jugent utile : l'*élève* procède à une *imitation* ⋆ si parfaite du *maître* ⋆ ou du modèle qu'il finit par profiter du savoir comme d'une *nourriture*. Cette technique d'assimilation des connaissances par imprégnation est appelée *innutrition*.

JEUNESSE : dérivé de l'adjectif *jeune* issu du latin et désignant la période de la vie située entre vingt et quarante ans (entre l'*adulescens* et le *senior*), le substantif *jeunesse* est utilisé pour qualifier l'âge d'un individu en fonction de celui des autres, sous la forme d'une comparaison ; c'est pourquoi il désigne aujourd'hui une longue période de l'existence, mesurée par ceux qui sont plus âgés, et caractérisée par des comportements jugés *juvéniles* – est *jeune* celui qui agit comme tel. L'*enfance* ⋆ est donc une catégorie de la *jeunesse* par rapport aux *adultes* et au regard des *jeux* que les enfants pratiquent.

JOUER : le latin *jocus*, lié à la notion de plaisanterie, a donné le verbe *jouer* et les substantifs *jeu* et *jouet*. Il s'agit, dans l'ensemble de ces termes, de rendre compte d'une activité ludique ou du support de cette activité – l'idée du gain y est souvent associée, tout autant que celle d'une régulation du comportement : *jouer*, c'est se conformer consciemment à des *règles du jeu*, même si l'on peut y déployer une forme de *fantaisie* relevant de l'*imagination* ⋆. À ce titre, contrairement au *jouet* qui désigne un objet (ou la dupe d'une manipulation), le *jeu* et le verbe *jouer* sont également rattachés à la notion d'*imitation* ⋆, puisqu'il est possible de *jouer un rôle* dans le cadre d'un *jeu théâtral*. *Jouer* relève donc autant d'une distraction naïve que d'une activité sérieuse.

LEÇON : dérivé de *lectio* qui désigne la *lecture* (au sens propre comme au sens figuré), la *leçon* est d'abord en Occident associée à l'*instruction* ⋆ issue des textes bibliques. C'est au Moyen Âge que le substantif prend ses sens actuels, pour désigner non seulement ce que l'*enfant* ⋆ doit *apprendre* ⋆, mais également une série de *conseils* (*donner une leçon*) auxquels il doit se conformer, ce qui rapproche parfois la *leçon* de la *punition* ⋆, par exemple dans l'expression *recevoir une bonne leçon*.

LOISIR : ce substantif provient du verbe médiéval *loisir*, lui-même issu du verbe latin *licere*, qui signifie « être permis ». L'ancien sens du *loisir* signale donc la possibilité laissée à quelqu'un d'agir à sa guise (*avoir le loisir de*) durant un temps non mesuré : c'est cette licence temporelle qui conduit au sens actuel de *loisir*, considéré comme une *distraction* menée hors du temps dévolu au *travail*, mais sans la dimension péjorative accordée aujourd'hui à l'idée d'*oisiveté* – le *loisir* relève d'une disponibilité libre, et non d'une inactivité.

MAÎTRE : issu du latin *magister*, « maître, chef », ce terme a rapidement supplanté les dérivés de *dominus* (« maître de maison ») pour désigner globalement celui qui domine les êtres et les choses et commande son environnement, notamment grâce à son habileté ; l'agrégation entre *dominus* et *magister* conduit également à appeler *maître* celui qui, ayant accompli un apprentissage, est titulaire d'une *maîtrise*, titre de supériorité qu'il peut utiliser pour *enseigner* une *discipline* ⋆ ou des *leçons* ⋆ à l'élève, au disciple, en lui présentant notamment un modèle à *imiter*.

MINORITÉ/MAJORITÉ : le *mineur* est étymologiquement « le plus petit », mais aussi « le plus *jeune* », par opposition au *majeur*, « le plus grand ». Ce système comparatif repose sur une exclusion lexicale, puisque, par définition, le *mineur* n'a pas atteint la *majorité* – en droit, la *minorité* désigne la situation de celui qui n'a pas encore accès à toutes les prérogatives du citoyen, et qui se trouve donc en position d'infériorité juridique face aux *majeurs* qui peuvent exercer sur lui une *tutelle.* L'accès à la *majorité* se fait par l'âge dans les sociétés occidentales, mais peut se doubler d'un certain nombre de rites *initiatiques* qui rendent compte de la sortie de la *jeunesse* ⋆ et de l'entrée dans la *maturité* de l'âge *adulte.*

PÉDAGOGIE : en grec, le *pais, paidos* est un *enfant* ⋆, conduit à l'*école* ⋆ par un esclave nommé *paidagôgos* (*agein* signifiant « conduire, mener »). Par extension, le *pédagogue* est celui qui guide l'enfant non seulement par ses pas, mais également par son savoir : dès le XVe siècle, le *pédagogue* s'occupe de l'*éducation* ⋆ concrète des enfants et la *pédagogie* des moyens mis en œuvre pour que cette instruction soit efficace, tandis que la *didactique* (de *didaktikos*, « relatif à l'enseignement ») s'occupe de la réflexion sur les savoirs à enseigner – la *pédagogie* applique au quotidien les résultats de cette théorie *didactique.* Cf. introduction, p. 33.

PUNITION : rattaché à son origine *punitio* (le « châtiment »), plus qu'à *poena* (la « peine »), la *punition*, décrétée par une figure de la justice, est infligée par rapport à une *faute* commise. Dans le domaine scolaire, elle relève de la *discipline* ⋆ régulatrice, et s'applique notamment à celui qui ne sait pas sa *leçon* ⋆, tout en conservant l'idée d'une perspective morale guidant l'exercice de la *pédagogie* ⋆.

RAISON : dérivée de *reri*, « compter, penser », la *raison* désigne dès l'origine un comportement méthodique de réflexion théorique visant à organiser la pensée et le monde. S'appuyant sur le *logos* (la parole organisée en discours), la *raison* s'oppose à la *passion* (qui est subie et rattachée à la souffrance) pour devenir, selon une description méliorative, une faculté intellectuelle de l'être humain, qui permet à chacun de devenir *maître* ⋆ de son environnement. Dans le domaine de l'*enfance* ⋆, l'accès à l'*âge de raison* (sept ans dans la perspective occidentale) est une étape *initiatique* permettant de passer de la petite *enfance* à la *jeunesse* ⋆ et de s'approcher de la *maturité* à acquérir à la *majorité* ⋆ : c'est l'âge auquel l'*enfant* ⋆ est censé être capable de *raisonner*, donc d'*apprendre* ⋆.

RÊVER : verbe dont l'origine est incertaine, lié à la notion de « vagabondage » ou d'« évasion », l'art de *rêver* se situe aux antipodes de la *raison* ⋆ et constitue pour l'enfance un support fréquent de l'*imagination* ⋆. Par la représentation fantaisiste du réel, le *rêve* offre une échappatoire à l'univers rationnel des *apprentissages* pour se situer du côté du *loisir* ⋆. En cela *rêver* peut être négatif (*rêvasser* semble vain, et la *rêverie* n'est qu'une fuite hors de la réalité), mais aussi mélioratif, puisque le *songe* peut permettre au *rêveur* d'élaborer une projection constructive dans l'avenir.

TABLE DES ENCADRÉS

INTRODUCTION AU THÈME L'ENFANCE

La représentation de l'enfance dans les arts plastiques 16
Raconter l'enfance : la place de l'enfance en littérature 26
Garçons et filles : la même enfance ? 30
L'enfance en dates 48

PREMIÈRE PARTIE ROUSSEAU

Vie de Rousseau 60
Plan général de l'*Émile* 68
Plan des livres I et II de l'*Émile* 77
Amour de soi, amour-propre, pitié 81
Le gouverneur 91

DEUXIÈME PARTIE ANDERSEN

Vie d'Andersen 108
Un voyage musical au pays de l'enfance : *Scènes d'enfants* de Robert Schumann 137

TROISIÈME PARTIE SOYINKA

Vie de Soyinka 160
Structure d'*Aké, les années d'enfance* 173
Quelques figures d'enfants dans la littérature africaine 188

TABLE DES ILLUSTRATIONS

Camille Claudel, *La Petite Châtelaine*, 1895-1896 20

Charlie Chaplin, *The Kid*, 1921 34

Pablo Picasso, *Paul en Arlequin*, 1924 40

Carlos Saura, *Cría cuervos*, 1976 43

« Façon de redresser la tige courbe d'un jeune arbre, servant d'exemple à la façon de redresser une jambe », 1741 73

« Thétis », illustration tirée de la première édition de l'*Émile*, 1762 88

Jean-Baptiste Greuze, *Le Petit Paresseux*, 1755 99

Hans Christian Andersen et sa famille, 1863 123

Masque *egúngún* datant de la fin du XIXe siècle (Iseyin, État d'Oyo, Nigéria) 184

Cet ouvrage a été mis en pages par

<pixellence>

Cet ouvrage a été achevé d'imprimer en mai 2021
dans les ateliers de Normandie Roto Impression s.a.s.
61250 Lonrai
N° d'édition : L.01EHPN001071.N001
Dépôt légal : juin 2021
N° d'impression : 2101994

Imprimé en France